MINETTE
WALTERS

Die
LETZTE
STUNDE

MINETTE
WALTERS

Die LETZTE STUNDE

HISTORISCHER ROMAN

Aus dem Englischen von Sabine Lohmann
und Peter Pfaffinger

HEYNE

Die Originalausgabe erschien unter dem Titel
THE LAST HOURS
bei Allen & Unwin / Atlantic Books, UK

MIX
Papier aus verantwortungsvollen Quellen
FSC® C014496

Verlagsgruppe Random House FSC® N001967

2. Auflage

Neumarkter Str. 28, 81673 München
Übersetzung: Sabine Lohmann bis einschl. Kap. 23;
Peter Pfaffinger Kap. 24 bis Ende
Karten im Innenteil: Janet Hunt
Redaktion: Angelika Lieke
Umschlaggestaltung: Eisele Grafik·Design, München,
unter Verwendung von Abbildungen aus
dem Archiv der Universitätsbibliothek Heidelberg und
Wikimedia/GNU-Lizenz für freie Dokumentation/Marcelangelo/
https://commons.wikimedia.org/wiki/File:Grisaille.jpg
Satz: Leingärtner, Nabburg
Druck und Bindung: GGP Media GmbH, Pößneck
ISBN: 978-3-453-27168-5

www.heyne.de

Für Madeleine und Martha.
Mit besonderem Dank an
das Dorset History Centre für die Unterstützung
bei der Entstehung dieses Buchs.

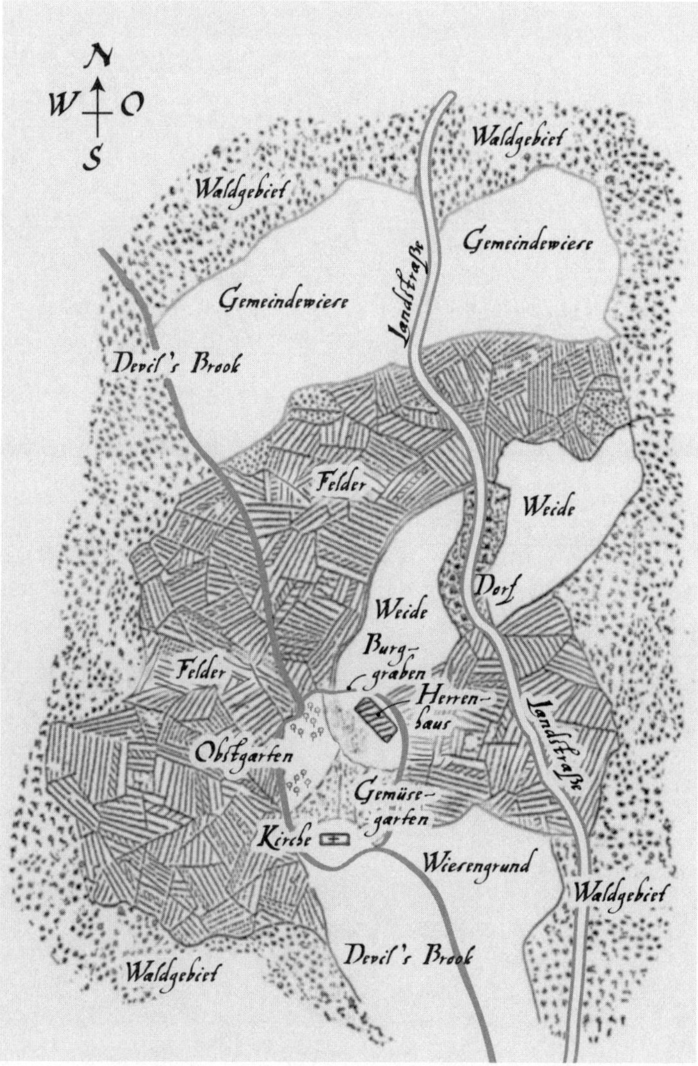

Develish, 1348

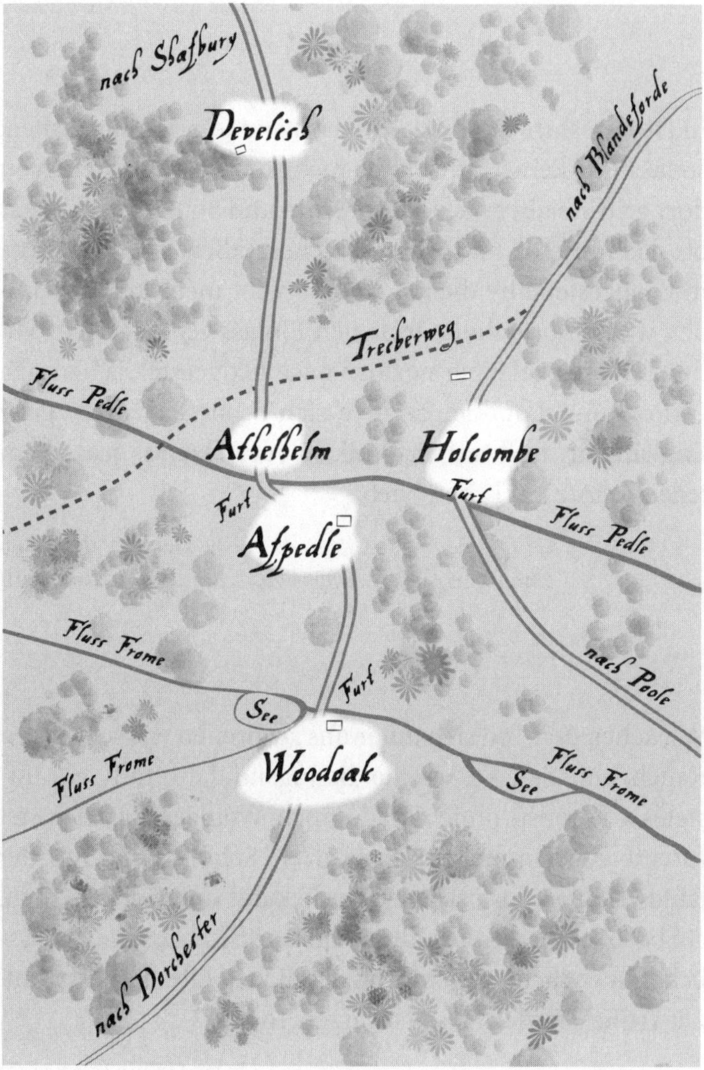

Mittel-Dorsetesshire, 1348

In Dorseteshire fegte die Pest das Land leer von Menschen, sodass fast keine Einwohner mehr am Leben waren. Von dort griff sie über nach Devonshire und Somersetshire, gar bis nach Bristol, und wütete solchermaßen, dass die Leute in Gloucestershire die aus Bristol nicht mehr bei sich dulden wollten und ihnen jeglichen Einlass verweigerten. Mit der Zeit aber gelangte sie doch nach Gloucester, ja bis nach Oxford und London, breitete sich schließlich über ganz England aus und traf das Volk so vernichtend, dass kaum jeder Zehnte am Leben blieb.

Geoffrey the Baker,
Chronicon Angliae temporibus Edwardi II et Edwardi III

Wir sehen den Tod sich unter uns ausbreiten wie schwarzen Rauch, eine Seuche, welche die Jugend dahinrafft, ein unstetes Gespenst, ohne Gnade noch Wohlgestalt. Es wütet furchtbar, wo immer es sich zeigt, ein Schmerz im Kopf, der lautes Heulen auslöst, eine Verdickung unter den Armen, ein böse schmerzender Klumpen, eine Beule. Es ist ein hässlicher Auswuchs, der mit unziemlicher Eile hervorbricht. Die frühe Zierde eines Schwarzen Todes.

Jeuan Gethin (gest. 1349)

Und da waren jene, die so spärlich mit Erde bedeckt waren, dass die Hunde sie ausgruben und viele Leichen durch die ganze Stadt zerrten.

Agnolo di Tura, *Cronaca Senese*

Männer und Frauen [aus Florenz] verließen ihre Wohnstätten, ihre Verwandten, ihre Besitztümer …, als vermeinten sie, dass keiner in der Stadt am Leben bleiben würde, und ihre letzte Stunde gekommen sei.

Giovanni Boccaccio, *Das Dekameron*

DER DRITTE TAG IM JULI 1348

EINS

Develish, Dorseteshire

Die Sommerhitze sog alles Leben aus Develish. An den Bäumen welkten die Blätter, die Pferde ließen die Köpfe hängen, zu matt, um das Gras abzuweiden, die Hühner hockten dösend im Staub, und in den Feldern stützten sich die Bauern schwer auf ihre Sensen. Nur die Schmeißfliegen gediehen, schwärmten in Massen um die Misthaufen vor den Viehställen und brummten durch jeden Raum im Herrenhaus.

Es war kein Tag zum Reisen, und entsprechend übellaunig gebärdete sich Sir Richard of Develish. Jedes Mal, wenn seine Diener einer Forderung nicht schnell genug nachkamen, erhob er zornig die Stimme, und da er so unwillig war, die Reise anzutreten, erregte alles seinen Zorn. Nur dem beruhigenden Einfluss seiner Gemahlin, Lady Anne, war es zu verdanken, dass die Reisevorbereitungen nicht zum Erliegen kamen. Seelenruhig setzte sie sich über alle Entscheidungen Sir Richards hinweg und befahl der Dienerschaft, seine Taschen gemäß ihren Weisungen zu packen.

Eleanor, ihre vierzehnjährige Tochter, hörte all das Getöse von der Kemenate ihrer Mutter aus, die eine Treppe höher gelegen war. Sie war der Reise ihres Vaters ebenso abhold wie er und wünschte ihre Mutter zum Teufel, weil sie ihn dazu genötigt hatte. Das Mädchen hätte an einem Kissen für ihre Aussteuer sticken sollen, stattdessen aber stand sie am Fenster und sah zu, wie ein Planwagen mit Truhen beladen wurde, Truhen voller Vorräte, Kleidung und Gold für ihre Mitgift.

Selbst unter guten Umständen war Eleanor verwöhnt und launisch, aber die Hitze machte sie zum Biest. Ihr Blick fiel auf einen Knecht, der Weidenschösslinge in den Obstgartenzaun flocht. Er arbeitete geschickt, bog das grüne Holz mit starken, sonnengebräunten Armen, ehe er es zwischen die alten Zweige aus früheren Jahren einpasste. Nur ein hirnverbrannter Sklave würde bei solcher Hitze so hart arbeiten, sagte sich Eleanor, und ein zufriedenes Lächeln erhellte ihre Miene. Nichts behagte ihr mehr, als diesen Thaddeus Thurkell herabwürdigen zu können.

Wie alle Leibeigenen war er schmutzig und zerlumpt, aber einen Kopf größer als die meisten Männer in Dorset, und mit seiner dunkel getönten Haut, den langen schwarzen Haaren und mandelförmigen Augen wies er keinerlei Ähnlichkeit mit dem Mann auf, den er widerwillig Vater nannte – den kurzbeinigen, wieselgesichtigen Will Thurkell. Man munkelte, Eva Thurkell habe sich einst nach Melcombe abgesetzt und mit einem Matrosen eingelassen; andere meinten, Thaddeus sei die Frucht einer flüchtigen Liebschaft mit einem Zigeuner.

Wie immer die Wahrheit aussehen mochte, sicher war, dass der Vater den Sohn hasste und der Sohn den Vater. Als Kind war er täglich verprügelt worden, doch mittlerweile wagte sich Will mit seinem Stock nicht mehr an ihn heran, denn wie behauptet wurde, konnte Thaddeus eine Eisenstange übers Knie biegen und einen ausgewachsenen Mann mit einem einzigen Faustschlag zu Boden strecken. Dem

Anschein nach fügte er sich in seine niedere Stellung in Develish, beugte den Kopf, wenn er musste, aber es war ihm anzumerken, dass er es ohne Ehrfurcht tat. Er sah an den Leuten vorbei, als wären sie gar nicht da, besonders an dem Mann, der ihn als Sohn angenommen hatte.

Will Thurkell war träge und verrichtete nur widerwillig die Fronarbeit, die er dem Gutsherrn als Gegenleistung für seine paar Streifen Ackerland schuldete. Selbst als Kind hatte Thaddeus schon an seines Vaters statt schuften müssen, unter der Androhung, dass seine Mutter andernfalls ausgepeitscht würde. Eine trübsinnige Person ohne jeden Lebensmut, hatte Eva über die Jahre mehr als ihren Teil an Strafe abbekommen. Nur die blassen, schwächlichen Kinder, die nach Thaddeus auf die Welt gekommen waren, blieben von den Wutausbrüchen ihres Mannes verschont.

Was nun aber nicht hieß, dass Eleanor auch nur das geringste Mitgefühl für Eva empfand. Die Hure hatte die Regeln gekannt, als sie sich in den Sündenpfuhl legte, und es war ihre eigene Schuld, dass sie ihren Bastard nicht als Wills Sohn ausgeben konnte. Offenbar hatte sie anfangs noch behauptet, Thaddeus sei aus einer Vergewaltigung hervorgegangen, aber kaum einer glaubte ihr, da sie nichts davon hatte verlauten lassen, bevor das dunkle Baby, das ihrem Mann nicht im Geringsten glich, auf die Welt kam. Der Makel der Illegitimität ließ Thaddeus ebenso sündhaft erscheinen wie seine Mutter, obwohl in seiner Haltung nicht ein Funken davon zu erkennen war. Er trug den Kopf hoch, anstatt den Blick beschämt zu senken.

Eleanor gefiel der Gedanke, Thaddeus in die Knie zu zwingen. Er war sechs Jahre älter als sie, und sie träumte davon, ihn zu demütigen. In der Hitze hatte er seinen Rock abgeworfen und arbeitete nun in kurzer Hose und losem

Hemd mit aufgekrempelten Ärmeln. Es machte dem Mädchen Freude, ihn zu beobachten, zumal er sich dessen bewusst war; als er sich einen Fetzen um die Stirn gebunden hatte, damit ihm der Schweiß nicht in die Augen rann, sah er geradewegs zu ihrem Fenster hinauf, und sie lief puterrot an vor schuldbewusstem Verlangen.

Daran war nur ihr Vater schuld, weil er sie dem hässlichen, pockennarbigen Sohn eines benachbarten Gutsherrn versprochen hatte, dessen Anwesen, wesentlich ausgedehnter als Develish, zwei Tagesritte entfernt lag. Eine triste Zukunft war ihr bestimmt als Gemahlin von Peter of Bradmayne, der von so zwergenhafter Statur war, dass er kaum wie ein richtiger Mann auf einem Pferd sitzen konnte. Eleanors eigenes kleines Pony, eine hübsche Fuchsstute mit weißen Strümpfen, weidete jenseits des Burggrabens. Sie war versucht, hinauszugehen und Thaddeus anzuweisen, das Pony zu satteln und ihr hinaufzuhelfen. Falls er es wagte, sie dabei anzusehen, würde sie ihm eins mit der Reitgerte überziehen.

Diese amüsante Fantasterei wurde durch die Schritte ihrer Mutter auf der Treppe unterbrochen. Schnell huschte Eleanor zurück zu ihrem Schemel und Stickrahmen und täuschte Fleiß vor. Ihre Gefühle Lady Anne gegenüber grenzten an Hass, denn Eleanor wusste sehr wohl, dass sie die Auswahl ihres Zukünftigen ihrer Mutter zu verdanken hatte. Lady Anne zog Pflichterfüllung und Disziplin der Liebe vor. Sie war von Nonnen erzogen worden und hätte besser den Schleier nehmen sollen, da es ihr bevorzugter Zeitvertreib war, ihre Tochter wegen ihrer Verfehlungen zu rügen.

Aus ihrem Schweigen schloss Eleanor, dass Lady Anne die Stiche zählte, die dem Muster hinzugefügt worden waren, seit sie das letzte Mal nachgeschaut hatte. »Es ist einfach zu heiß«, erklärte Eleanor trotzig. »Meine Finger rutschen dauernd von der Nadel ab.«

»Du bestickst das Kissen nicht für mich, Tochter, sondern für dich selbst. Wenn du keinen Sinn in der Aufgabe siehst, dann suche dir eine lohnendere Beschäftigung.«

»Es gibt ja nichts.«

Durch das offene Fenster vernahm Lady Anne das Scharren der Pferdehufe auf dem trockenen Lehm unten auf dem Vorplatz, wo Sir Richards Tross sich zur Abreise sammelte. In den Feldern jenseits des Burggrabens konnte sie die Leibeigenen bei der mühseligen Plackerei des Heumachens sehen; weiter vorn schwitzte Thaddeus Thurkell über dem Weidenzaun. Es war nicht schwer zu erraten, womit sich Eleanor die Zeit vertrieben hatte. »Dein Vater lässt dich rufen, um Abschied zu nehmen«, sagte sie. »Er wird zwei Wochen fortbleiben.«

Das Mädchen stand auf. »Aber ich will nicht, dass er wegfährt; und das werde ich ihm auch sagen.«

»Wie du meinst.«

Eleanor stampfte mit dem Fuß auf. »Ihr seid es doch, die ihn wegschickt. Ihr zwingt immer alle dazu, Dinge zu tun, die sie gar nicht tun wollen.«

In Lady Annes Augen flackerte Belustigung. »Nicht deinen Vater, Eleanor. Er mag Wutanfälle bekommen, um uns daran zu erinnern, was er sich unseretwegen alles zumutet, aber er würde nicht nach Bradmayne reisen, wenn es nicht in seinem eigenen Interesse wäre.«

»Was für ein Interesse denn?«

»Es geht das Gerücht, dass Peter of Bradmaynes altes Kindheitsleiden wieder ausgebrochen sei. Dein Vater will mit eigenen Augen sehen, woran er ist, bevor er den Heiratsvertrag unterzeichnet.« Sie schüttelte den Kopf, als sie Hoffnung in den Augen ihrer Tochter aufblitzen sah. »Gib Acht, was du dir wünschst, Eleanor. Wenn Peter stirbt, wirst du womöglich gar keinen Ehemann mehr abbekommen.«

»Na, darum werde ich keine Tränen vergießen.«

»Das wirst du wohl, wenn dein Vetter das Haus erbt. Immer noch besser, Herrin von Bradmayne zu sein, als eine einsame alte Jungfer, die für ihren Unterhalt auf die Großmut eines Verwandten angewiesen ist.«

»Die Welt ist voll von Männern«, gab das Mädchen trotzig zurück. »Es gibt jede Menge sehr viel angenehmere Ehegatten als Peter of Bradmayne.«

»Aber keinen, den dein Vater sich leisten könnte«, erinnerte sie Lady Anne. »Develish ist Sir Richards einziges Gut, ein weiteres ist ihm nie gewährt worden. Glaubst du nicht, er würde eine größere Mitgift anbieten, wenn er nur könnte? Sonst verwöhnt er dich doch in allem. Sei dankbar für Bradmayne und bete, dass Peter stark genug sein möge, dir Söhne zu geben, auf dass einer davon dereinst Lord of Develish werde.«

Eleanor verabscheute diese Predigten, die sie sich unentwegt von ihrer Mutter anhören musste. »Vielleicht werde ich ja mit dem gleichen Fluch geschlagen wie Ihr«, murrte sie gehässig. »Vater sagt, es ist Eure Schuld, dass er keinen Erben hat.«

»Dann steht dir eine traurige Zukunft bevor«, entgegnete Lady Anne. »Ich bedauere jeden Tag, keinen Sohn zu haben, und das solltest du ebenfalls.«

»Ich sehe nicht ein, warum.« Mit einem Rascheln ihrer Schleppe, das beinahe verächtlich klang, wandte das Mädchen sich ab. »Es ist nicht meine Schuld, dass Ihr keinen bekommen habt.«

Lady Anne verzweifelte an der Dummheit ihrer Tochter.

Eleanor war fraglos eine Schönheit mit ihrer blassen Haut, dem blonden Haar und den erstaunlich blauen Augen – eine Miniaturausgabe ihres Vaters –, doch all des jahrelangen geduldigen Unterweisens zum Trotz war sie unfähig, einen Gedanken im Kopf zu behalten. »Wenn du Brüder hättest, dann hätte Milord of Blandeforde deinem Vater mehr Ländereien bewilligt, und er hätte die Abgaben aus den anderen Gütern dazu nutzen können, deine Zukunft zu sichern«, sagte sie ruhig. »So aber ist es ihm nicht gelungen, einen reichen Mann dazu zu bringen, über die Magerkeit deiner Mitgift hinwegzusehen. Wir hatten viele Gäste hier, aber keiner hat ein Angebot für dich gemacht.«

Eleanors Augen verengten sich. »Sie fürchten, dass ich hager und hässlich werde wie Ihr, Mutter. Selbst Vater bringt es nicht mehr über sich, Euch anzurühren.«

»Nein«, stimmte Lady Anne ihr zu. »Und ich bin froh drum, obwohl es mir nicht gefällt, wie du ihn ermunterst, dich zu betätscheln.«

»Seid nicht so eifersüchtig. Ich kann doch nichts dafür, dass Sir Richard mich mehr liebt als Euch. Ihr hättet Sorge tragen sollen, ihn nicht zu enttäuschen.«

In Lady Annes Augen blitzte Belustigung auf. »Dein Vater liebt viele Frauen«, sagte sie, »aber du bist sein einziges Kind. Wenn du ihm nicht so ähnlich sähest, würde er seine Vaterschaft anzweifeln.«

»Ihr lügt!«

Ihre Mutter betrachtete sie prüfend. »Was kränkt dich, Eleanor? Dass dein Vater keine Söhne zeugen kann oder dass er vorgibt, ich sei deine einzige Rivalin um seine Gunst? Was glaubst du, wo er nachmittags immer hinreitet? Wen trifft er dann wohl? Er findet den gleichen Gefallen an Leibeigenen wie du.«

Das Mädchen stampfte wieder mit dem Fuß auf. »Ich *hasse* Euch«, zischte sie.

Ihre Mutter wandte sich ab. »Dann bete, dass Lord Peter frei von Krankheit sein möge und sich mit Sir Richard darauf einigt, dich zu ehelichen, bevor der Sommer vorbei ist. Wenn dein Gatte über die Selbstsucht deines Wesens hinwegzusehen vermag, wirst du ihn wohl leichter erdulden können als mich.«

Thaddeus Thurkell hielt seine Verachtung wohlverborgen, während er aus dem Augenwinkel beobachtete, wie die Tochter ihrem Vater Lebewohl sagte. Nichts daran war aufrichtig. Sir Richard und Lady Eleanor ähnelten einander allzu sehr; selbstgefällig und gierig nach Aufmerksamkeit, spreizten sie sich in ihren leuchtend bestickten Gewändern, und der einzige Zweck ihres geräuschvollen Abschieds war der, aller Blicke auf sich zu ziehen. Wie immer stellten ihr Gewand und Gebaren die Menschen um sie her in den Schatten, und wie immer stand Lady Anne am Rande, ungeliebt und unbeachtet. Sie hatte nichts von der Extravaganz ihres Gatten und ihrer Tochter, und darum mochte Thaddeus sie umso lieber. Er wusste, dass sie im Kloster aufgewachsen und von Nonnen erzogen worden war, und er nahm an, dass ihre stille Weisheit ebenso wie ihre Kenntnisse in der Heilkunde von jener Erfahrung herrührten.

Es stand Thaddeus nicht zu, Milady zu bemitleiden – es stand ihm noch nicht einmal zu, überhaupt an sie zu denken –, aber er konnte sie nicht in Gegenwart ihres Gatten und ihrer Tochter sehen, ohne sich an ihrer statt angegriffen zu fühlen. Sie erwiesen ihr ebenso wenig Achtung wie sein Stiefvater seiner Mutter, doch anders als Eva besaß Lady Anne zu viel Stolz, um sich anmerken zu lassen, dass es sie kränkte. Sie ließ es so aussehen, als stünde sie aus freien Stücken abseits, und wandte sich ab, als Sir Richard seine fleischigen Pfoten über die Flanken seiner Tochter wandern ließ, sie an sich zog und ihr schmatzende Küsse auf die Lippen drückte, bevor er seinen stämmigen Körper auf den Rappen hievte und sein Gefolge mit lauten Rufen aufforderte, sich in Bewegung zu setzen.

Während der Tross loszog, hielt Thaddeus den Kopf gesenkt und fuhr fort, grüne Weidenruten in den Zaun zu flechten. Das rumpelnde Geräusch der Wagenräder war nicht laut genug, um das Rascheln von Lady Eleanors besticktem Gewand zu übertönen, als sie über den Hof auf ihn zukam, aber Thaddeus mochte ihr nicht die Genugtuung verschaffen, sich umzudrehen und das Knie vor ihr zu beugen. Zur Strafe würde er einen Fußtritt bekommen und wegen seiner Unverschämtheit beschimpft werden, aber das war ihm immer noch lieber, als jemandem, den er verachtete, Ehrerbietung zu erweisen. Sollte Lady Eleanor auch nur einen Funken Gnade in sich haben, so war ihm noch nichts davon aufgefallen.

Wie zum Beweis hob das Mädchen eine der Weidenruten auf und zog sie ihm über. »Wie kannst du es wagen, mir den Rücken zuzukehren!«, giftete sie.

Thaddeus richtete sich auf, und diesmal traf die Rute ihn unter dem Kinn.

»Benimm dich deinem Stand gemäß!«, befahl Eleanor. »Senk den Kopf und beug das Knie. Du hast mich nicht anzusehen.«

Thaddeus antwortete nicht, bückte sich nur, um einen weiteren Weidenzweig aufzuheben, und begann, ihn in den Zaun zu flechten, ungeachtet des Schlages, der zwischen seinen Schultern landete. Gewiss sah Sir Richards neuer Verwalter vom Haus aus zu, und wenn er die Arbeit ruhen ließ, um sich Lady Eleanors Launen zu fügen, würde ihm harte Bestrafung blühen. Es wurde gemunkelt, der Mann sei eigens dazu eingestellt worden, den Leibeigenen zusätzliche Steuern zur Befriedigung von Sir Richards Verschwendungssucht abzupressen, und Thaddeus war nicht geneigt, durch eine Bußabgabe dazu beizutragen. Er verachtete Lady Eleanor und den Verwalter gleichermaßen, aber es fiel ihm leichter, ein paar Schläge von einem halbwüchsigen Mädchen einzustecken, als es seiner Familie fiel, auf einen Scheffel Korn zu verzichten.

Weitere Züchtigung blieb ihm dank Lady Anne erspart. Sie packte ihre Tochter beim Handgelenk und entwand ihr die Gerte, während sie den Knecht für die Untadeligkeit seiner Arbeit pries. »Du musst meine Tochter entschuldigen, Thaddeus. Sie weiß den Unterschied zwischen guter und schlechter Arbeit nicht zu würdigen. Du verdienst hohes Lob für das, was du tust.«

Er wandte sich um und verbeugte sich. »Danke, Milady. Ich hoffe, dieser Tag findet Euch wohlauf.«

»Gewiss doch.« Sie legte die Hand auf Eleanors Arm. »Nun komm, Kind. Wir haben drinnen zu tun.«

Thaddeus sah ihnen nach und fragte sich, warum sich in der Tochter so wenig von der Mutter wiederfand. In allem schlug das Mädchen dem Vater nach – selbst in der Grausamkeit –, nur ihre anmutige Gestalt glich der von Lady Anne. Die Mutter war dunkel, die Tochter blond wie ihr Vater. Thaddeus' eigene Lage machte ihn besonders empfänglich für Familienähnlichkeiten. Immer suchte er nach Unterschieden innerhalb einer Familie, wie ein Buckliger nach Verkrümmungen am Rückgrat anderer. Es war tröstlich zu wissen, dass man nicht allein war mit seinem Makel.

Als Kind hatte Thaddeus darum gebetet, dass seine Haare eine andere Farbe annehmen oder seine Knochen zu wachsen aufhören mögen, sodass Will in ihm etwas sähe, was er wiedererkennen könnte. Aber als die Hiebe nach und nach immer schlimmer wurden, lernte er zu schätzen, dass er nichts mit dem Mann gemein hatte. Es war kein Zufall, dass Wills Nachkommen klein und schwer von Begriff waren und Thaddeus das genaue Gegenteil. Unzählige Male hatte seine Mutter ihn angefleht, vor Will den Trottel zu spielen. Es war Thaddeus' wacher Verstand, der ihren bösartigen Gatten in den Wahnsinn trieb, nicht seine Größe oder die dunkle Farbe von Haut und Haar. *Senke den Blick, sei still,* hatte Eva ihn beschworen. *Fordere ihn nicht heraus mit der Gewandtheit deiner Zunge oder der Geringschätzung, die dir aus den Augen blitzt. Er hat keine deiner Fähigkeiten, und das weiß er. Tu es für mich, wenn schon nicht für dich selbst.*

Seiner Mutter gegenüber hegte Thaddeus gemischte Gefühle. Sie zeigte sich selten liebevoll, aus Angst vor Wills Eifersucht, doch wie sehr sie ihn brauchte, erkannte er an ihrem flehenden Blick und in der verzweifelten Art, mit der sie sich an seinen Ärmel klammerte, wenn sie Will nahen hörte. Jeden Tag rang sie Thaddeus das Versprechen ab, sie nicht zu verlassen, aber es ärgerte ihn, dass sie nie den Mut gefunden hatte, ihn gegen Wills Attacken in Schutz zu nehmen.

Sein ganzes Leben lang hatte er mit anhören müssen, wie man sie eine Hure nannte, und es fiel ihm schwer, sie in anderem Licht zu sehen. Als er zehn war, hatte er sie gefragt, wer sein wirklicher Vater war, aber sie hatte es ihm nicht sagen wollen. Will hätte es irgendwann aus ihm herausgeprügelt, und das hätte alles nur noch schlimmer gemacht. Die Wut ihres Gatten wäre unbezähmbar geworden, wenn er einen Namen gehabt hätte, über dem er hätte brüten können, anstatt zu glauben, Thaddeus sei das Ergebnis einer Vergewaltigung durch einen Unbekannten.

Ihre Antwort brachte Thaddeus auf den Gedanken, dass sein Vater Will bekannt sein musste. Er betrachtete sich prüfend in der gehämmerten Zinnplatte, die in Wills Hütte als Spiegel diente, und musterte dann die Züge jedes einzelnen Mannes in Develish, ob reich oder arm, auf der Suche nach einer Nase, einem dunklen Teint oder Augen, die den seinen glichen. Er fand jedoch keine Ähnlichkeiten, und mit der Zeit begann er dem Gerücht zu glauben, dass sein Vater ein ausländischer Seemann sei. Der Gedanke behagte ihm sogar. Ein Mann, der zur See fuhr, war achtenswerter als der Leibeigene eines Feudalherrn.

Was Thaddeus auf Sir Richards Gut für eine Stellung innehatte, war nie genau festgelegt worden. Als Evas Bankert hatte er kein Recht, Wills Pachtgrund zu erben – weder das Ackerland noch die Hütte, die dazugehörte –, doch als er den Priester fragte, was nach Wills Tod aus ihm werden sollte, hatte der Alte nur mit den Schultern gezuckt und ihm geraten, hart zu arbeiten und seine Fertigkeiten zu vervollkommnen. Solange Sir Richard seine Arbeit gutheiße, habe Thaddeus keinen Grund, sich Sorgen um die Zukunft zu machen. Selbst Sklaven wurden gut versorgt, wenn sie das Wohlwollen ihres Herrn besaßen.

Am liebsten verhöhnte Will Thaddeus damit, dass er ihn einen Sklaven nannte. Er behauptete, Thaddeus gehöre ihm mit Leib und Seele; ohne seine Obhut wäre der Junge längst in irgendeinem Straßengraben verreckt. Es schien ihm nicht in den Sinn zu kommen, dass die Leibeigenschaft selbst eine Form von Sklaverei war und dass der Treueid, den er Sir Richard geschworen hatte – *Ich werde nicht heiraten oder dieses Land verlassen ohne die Erlaubnis meines Herrn, und ich binde meine Kinder und Kindeskinder an dieses Gelöbnis …* –, ihn und seine rechtmäßigen Nachkommen in einer Weise an Develish fesselte, die für Thaddeus nicht galt.

Es war Lady Anne, die Thaddeus dies erklärt hatte, als er dreizehn Jahre alt war. An Mariä Verkündigung hatte sie ihn beiseitegenommen, während er gerade damit beschäftigt war, die Hühnerställe auszumisten, und ihn vor dem Büttel gewarnt. *Gib Acht, dass er dich nicht zu fassen kriegt,* hatte sie gesagt. *Heute ist der Tag, an dem Sir Richard sich die Treuegelöbnisse vortragen lässt. Da du aber der Verpflichtung nicht unterstehst, die Will eingegangen ist, hüte dich besser davor, dich selbst in die Lehenspflicht zu begeben. Ohne Land oder Wohnstätte wirst du ganz und gar vom Wohlwollen meines Gemahls abhängig sein, und das ist kein Schicksal, das ich dir wünschen würde, Thaddeus.*

Er begriff nicht, weshalb Lady Anne sich seiner annahm, aber er verdankte ihr mehr als jedem anderen, und nie hatte sie eine Gegenleistung verlangt. »Wenn ich dem Büttel dies Jahr entkomme, Milady, wird er mich nächstes Jahr finden.«

»Der Verwalter meines Gemahls ist krank und wird wohl kein weiteres Jahr überleben«, erklärte sie, »und er ist es, der dein Bleiberecht infrage stellt. Sir Richard wird die Sache nach einer Woche schon vergessen haben, und ein neuer Verwalter wird nichts von deiner Lage wissen. Jedes Jahr, das vergeht, ist ein gewonnenes Jahr der Ungebundenheit, vergiss das nicht.«

Thaddeus dachte an die Strafe, die er dafür erhalten würde, dass er seine Arbeit vernachlässigt hatte. Wenn der Büttel mit ihm fertig war, würde Will übernehmen. War es wirklich so viel Pein wert, einem Lippenbekenntnis der Dienstbarkeit zu entgehen? »Können Freie den Hunger besser ertragen als Leibeigene, Milady?«

Lady Anne lächelte. »Du weißt, dass dem nicht so ist, Thaddeus, doch ein Leibeigener wird immer vor seinem Herrn sterben. Wenn dir dein Leben lieb ist, gib Acht, ihm nicht zu leicht abzuschwören, und gib noch mehr Acht, in der Sache Schweigen zu bewahren. Wenn mein Gemahl im Voraus gewarnt wird, dass du dich mit Fug und Recht frei von ihm erklären kannst, wird er den Bischof zu Rate ziehen und das Kirchenrecht gegen dich geltend machen.«

Die Prügel, die er bezog, war so fürchterlich gewesen wie nur je, doch wie Lady Anne vorausgesagt hatte, starb der alte Verwalter, und die Frage war vergessen, ob ein Bankert durch den Treueid eines Mannes gebunden sei, der ihn nicht an Sohnes statt annahm. An Thaddeus' Leben änderte sich wenig, nur, dass er allmählich begann, sich eine Zukunft außerhalb von Develish vorzustellen. Seine Träume waren zwangsläufig begrenzt durch seine Unwissenheit darüber, was jenseits des Dorfes lag, aber sie entfachten eine Hoffnung, die vorher nie da gewesen war. Er achtete mehr auf die Geschichten der Händler und Hausierer, die durch Develish zogen, und horchte gespannt darauf, was die Knechte erzählten, die Schafe auf andere Landgüter oder zum Markt trieben.

Am meisten faszinierten ihn Beschreibungen der See, die, wie er wusste, im Süden lag. Sein Ehrgeiz war geweckt, sie eines Tages zu erreichen und mit einem Schiff zu fernen Gestaden zu segeln, wo ihn keiner mehr als Eva Thurkells Bankert oder Will Thurkells Prügelknaben sehen würde. Im Winter, wenn die Bäume ihre Blätter abwarfen und er an den waldigen Hängen am Ende des Tals Feuerholz für die Kamine des Herrenhauses sammelte, konnte er die Hügel sehen, die sich bis zum Horizont erstreckten. In fernen Höhen verschwamm ihr Blau zu schimmerndem Violett, und er war überzeugt, dass jenseits davon sein Tor zu einer anderen Welt lag. Aber wie weit es bis dorthin war und wie lange er brauchen würde, um an jenen Ort zu gelangen, das wusste er nicht.

Eleanor riss sich von ihrer Mutter los, als sie das Haus betraten. »Sprecht nie wieder so mit mir vor einem Sklaven«, fauchte sie. »Thaddeus hat sich unbotmäßig benommen. Er hat die Schläge verdient.«

Lady Anne ging weiter, ohne sich nach ihr umzusehen. »Du bist es, die sich schlecht benommen hat, Tochter. Sei dankbar, dass ich dir weitere Beschämung erspart habe.«

Das Mädchen stürmte ihr nach. »Ihr seid es, die es zu den Knechten hinzieht, nicht ich oder Vater. Glaubt Ihr, ich sehe nicht, wie Thaddeus Euch verehrt? Wenn er sich vor Sir Richard verbeugt, dann nur, um Schläge zu vermeiden, aber Euch zollt er Respekt. Warum eigentlich?«

Lady Anne wunderte sich, dass ihre Tochter so scharfsichtig war. »Ich habe ihm ab und zu Salbe für seine Blutergüsse gegeben, als er noch ein Kind war. Er wird sich wohl daran erinnern.«

»Er bemitleidet Euch. Ich sehe es seiner Miene an.«

Lady Anne hielt vor der Küchentür inne. Dahinter war es ungewöhnlich still, als ob jede Dienerin drinnen dem Wortwechsel lauschte. »Dann siehst du falsch, Eleanor. Gott allein weiß, was in einem Menschen vorgeht.«

Das Mädchen verzog das Gesicht. »Thaddeus setzt sich mit Euch gleich, wenn er es wagt, Mitleid mit Euch zu haben. Ist das etwa keine Unbotmäßigkeit? Wird Vater auch sagen, ich hätte mich schlecht benommen, wenn ich ihm erzähle, dass Eva Thurkells Bankert sich die Rechte eines Freien anmaßt?«

Lady Anne musterte ihre Tochter einen Moment. »Nimm du dich lieber in Acht vor Sir Richards Unmut, wenn er merkt, wie sehr du dich für Thaddeus Thurkell interessierst, Eleanor. Auch deiner Miene ist nämlich allerhand anzusehen.«

Der dritte Tag im Juli 1348

Sir Richard ist nach Bradmayne abgereist, begleitet von einem Tross aus zehn Männern und dem Büttel, Master Foucault. Sie haben das Gold mitgenommen, das ich so sorgsam für Eleanors Mitgift aufbewahrt habe. Ich frage mich, ob es der Mühe wert war, wenn sie mich in einem Atemzug dafür verflucht, nicht genug gespart zu haben, um einen besseren Gatten für sie zu kapern, und mich im nächsten beschuldigt, Sir Richard daran gehindert zu haben, es alles beim Glücksspiel zu verschwenden. Ohne Mitgift würde sie gar nicht heiraten können, und sie versichert mir, das würde sie bei Weitem einer Ehe mit Lord Peter vorziehen.

Tief in meinem Herzen hoffe ich, die Gerüchte von der Erkrankung des Jungen mögen wahr sein, denn ich sehe kein Glück für Eleanor in Bradmayne. Ihr Vater hat ihr so viele Lügen aufgetischt, dass sie ganz unvorbereitet ist auf das, was sie dort vorfinden wird. Es gefällt ihm, Lord Peter in ihren Augen herabzuwürdigen, weil er eifersüchtig ist, doch er zögert nicht, Bradmayne als einen Hort der Schönheit und des Wohllebens anzupreisen.

Solche Beschreibungen unterscheiden sich aber sehr von den Berichten, die Gyles Startout mir zukommen lässt. Wenn ich dächte, dass Eleanor mir glauben würde, täte ich mein Bestes, sie zu beraten, aber Sir Richard hat ganze Arbeit geleistet, sie zu überzeugen, dass ich verantwortlich für diese Verbindung bin. Alles, was ich sage, trifft auf taube Ohren, besonders meine Versuche, Lord Peter in milderem Licht zu zeichnen. Sollte es ihr gelingen, ihm einen Sohn zu schenken, so fürchte ich, dass dieses Kind im Hass empfangen und geboren werden wird.

Ich sprach noch einmal unter vier Augen mit Gyles, bevor Sir Richard aufbrach. Er ist loyaler, als ich und Develish es verdienen, und erduldet jeglichen Schimpf und Spott von meinem Gemahl und seinen Begleitern, nur um uns Kunde von der Welt draußen zu bringen. Ich habe ihn gebeten, die Dienerschaft in Bradmayne auszuhorchen, wie Eleanor sich am ehesten mit Milady of Bradmayne anfreunden könnte – allein schon zu wissen, dass Milady eine Schwäche für bunte Bänder hat, wäre von Nutzen. Ich fürchte, ohne eine Vertraute wird Eleanor dort unter großer Einsamkeit leiden.

DER VIERZEHNTE TAG IM JULI 1348

ZWEI

Bradmayne, Dorseteshire

Gyles Startout verlor schnell das Interesse an der Frage, ob Lady Eleanors zukünftige Schwiegermutter mit bunten Bändern zu umwerben sein würde. Weit mehr zu schaffen machte ihm die Frage, was er von der Lage der Dinge halten sollte, die er auf dem Nachbargut vorfand. Von früheren Besuchen her wusste er von dem feindseligen Verhältnis zwischen Milord of Bradmayne und seinen Leuten – Auspeitschungen waren an der Tagesordnung, die Steuern waren hoch, allenthalben herrschte Misstrauen –, aber die Kluft schien inzwischen noch tiefer geworden zu sein.

Seit Sir Richards Ankunft vor neun Tagen hatte Gyles immer wieder beobachtet, wie die Leibeigenen sich hitzig debattierend vor den Türen ihrer Hütten versammelten und zu dem verbarrikadierten Tor in der Mauer blickten, die das Herrenhaus umschloss. Sie wirkten unruhig und aufgebracht, auch wenn Gyles auf dreihundert Schritte Entfernung weder ihre Mienen erkennen noch hören konnte, was sie sagten. Niemand versuchte sich dem Tor zu nähern.

Nur der Verwalter, der Büttel und der Priester durften kommen und gehen, wie sie wollten. Der Priester ging zu Fuß, segnete einen jeden und empfing dafür Ehrerbietung; der Verwalter und der Büttel bewegten sich hoch zu Ross, der eine bellte Befehle, der andere setzte sie mit dem Ochsenziemer durch. Mehrmals sah Gyles ein paar Frauen zur Kirche hin deuten, die innerhalb der Mauer stand, ganz so, als fragten sie den Priester, wann sie ihn dort aufsuchen dürften, aber der Mann schüttelte immer nur den Kopf. Offenbar war alles, was innerhalb der Mauer vor sich ging, für die Bauernschaft tabu.

Gyles beobachtete das Treiben während der langen, öden Stunden der Untätigkeit, die er mit den Gefolgsleuten in einer offenen Scheune auf dem Vorhof absitzen musste. Jeder von Milord of Bradmaynes Gästen hatte seine eigene Entourage mitgebracht, und es herrschte drangvolle Enge. In der behelfsmäßigen Baracke lagerten an die fünfzig Gardeleute, und alle außer Gyles waren Franzosen. Er beherrschte ihre Sprache, hatte sonst aber nur wenig mit ihnen gemein. Es waren gedungene Söldner, die von der Heimat sprachen und kein Interesse an Dorseteshire und den Menschen dort hatten. Deren verwaschenes Kauderwelsch, so beklagten sie sich, verhindere jede Unterhaltung.

Die lastende Sommerhitze – noch verschlimmert durch Sir Richards Anweisung, dass die Männer die ganze Zeit ihre dicke wollene Livree zu tragen hätten – kostete Kraft. Bei jeder Bewegung rann den Männern ein Sturzbach von Schweiß über den Rücken. Da es aber nur zwei Brunnen innerhalb der Einfriedung gab und Mengen von geladenen Edelleuten mit ihrer Garde auf jedem Flecken verfügbaren Grundes lagerten, wurde das Wasser langsam knapp. Gyles war sich dessen bewusst, weil er hörte, was die Dienerschaft redete, doch die Franzosen, deren bevorzugte Getränke Dünnbier und saurer Wein waren, bekamen nichts davon mit.

Sie saßen unterm Scheunendach, vertrieben sich die Zeit

mit Würfelspiel und machten sich über Gyles lustig, weil er lieber für sich allein im Schatten der Mauer lehnte. Sie nannten ihn »Grandpère«, wegen seiner fünfundvierzig Jahre und seines grauen Haupthaars, und verspotteten ihn dafür, den Soldaten zu markieren, ohne dazu gezwungen zu sein. Sie hielten ihn für beschränkt, weil er in Knechtschaft geboren war, und Gyles tat nichts, um ihre Meinung zu ändern. Er ertrug den Hohn der Männer schon so lange, wie er zu Sir Richards Gefolge gehörte.

Er war dabei, weil Lady Anne ihren Gatten überredet hatte, einen Leibeigenen von Develish in die Garde aufzunehmen, doch seine niedere Geburt brachte ihm keinen Respekt ein, ebenso wenig wie die Tatsache, dass eine Frau sich für ihn eingesetzt hatte. Selbst die Neulinge unter Sir Richards Gefolgsleuten blickten auf ihn herab, und die Aufgaben, die er zu erfüllen hatte, waren untergeordneter Art. Er beklagte sich nie. Seine Treue zu Lady Anne überwog bei Weitem die Demütigung, seinen Kumpanen als Stallbursche dienen zu müssen und seinem normannischen Herrn als Kübelleerer.

Während jeder Reise, auf der er ihren Gatten begleitete, war er Miladys Augen und Ohren, und die Kunde, die er heimbrachte, war für Develish von großem Nutzen. Lady Anne wollte wissen, wie andere Landgüter bewirtschaftet wurden, und hielt Gyles' Berichte heimlich auf Pergament fest. Was sie dadurch lernte, nutzte sie im Stillen, um Sir Richards Verwalter zu beeinflussen, auch wenn sie nach außen hin vorgab, sich an seichten Beschreibungen von Banketten und Hahnenkämpfen zu ergötzen, die das Einzige waren, was Sir Richard je von seinen Besuchen mitbrachte.

Tatsächlich bezweifelte Gyles, dass Sir Richard überhaupt

etwas anderes beschreiben konnte. Er war von schwerfälligem Geist, stets fleischlichen Gelüsten zugeneigt, und die Verwaltung seines eigenen Gutes interessierte ihn so wenig, dass er wohl kaum in der Lage war, an anderen Orten Fortschritte zu erkennen. Er konnte kaum seinen Namenszug unter die Briefe und Verfügungen setzen, die der Verwalter ihm vorlegte, und da er nicht lesen konnte, wusste er gar nicht, was er unterschrieb.

Das meiste von dem, was Gyles zusammentrug, erfuhr er, weil er mit den Knechten zu reden verstand. In Develish geboren und aufgewachsen, wurde er von den Leuten in Dorset als einer der ihren angesehen. Sie wussten von seiner Familie und vertrauten ihm, trotz seiner Rolle als Gardesoldat eines normannischen Herrn. Aber diesmal fand Gyles niemand in Bradmayne, der bereit gewesen wäre, mit ihm zu sprechen – nicht mal die, mit denen er sich bei früheren Besuchen angefreundet hatte. Die Dienerschaft schüttelte nur furchtsam den Kopf, und das verbarrikadierte Tor hielt die Bauern außer Reichweite.

Am dritten Tag trat er zu den Wachen, die am Tor aufgestellt waren. Er sagte ihnen wahrheitsgemäß, er habe eine Base, die mit einem aus Bradmayne verheiratet sei, und bat um die Erlaubnis, ins Dorf zu gehen, um sie für eine Stunde zu besuchen. Sie verweigerten es ihm, mit Hinweis auf die strikte Order ihres Herrn, dass sämtliche Gäste und ihr Gefolge innerhalb des Mauergevierts zu bleiben hätten. Als Gyles sich nach dem Grund dafür erkundigte, wurde ihm bedeutet, eine Sondersteuer habe Unruhe unter den Bauern ausgelöst.

Es war eine durchaus glaubwürdige Antwort. Die Festlichkeiten zur Feier der Allianz zwischen Bradmayne und Develish waren opulent und verschwenderisch, darauf abzielend, die Truhe mit Gold zu ergattern, die Sir Richard als Mitgift im Gepäck hatte. Wenn Bradmayne seine Gäste auf Kosten seiner Bauern bewirtete, würde es sicher als große Ungerechtigkeit empfunden werden.

Gyles achtete darauf, sich seine Missbilligung ob solcher Exzesse niemals anmerken zu lassen. Es war ihm zuwider, wie Sir Richard eine angebissene Rehkeule den Hunden vorwarf und volltrunken vom Stuhl fiel, während etliche der Leibeigenen hungerten, doch er durfte keine Miene verziehen, wenn er seine Stellung nicht aufs Spiel setzen wollte. Er wusste, dass die französischen Kumpanen ihn verraten würden, wüssten sie von seiner Verachtung für seinen Herrn – wenn nicht gar für die gesamte herrschende Zunft.

Die Edelleute lebten von der Arbeit der Bauern, die sie mittels Bestrafung zu immer mehr Leistung antrieben. Kein französischer Söldner wusste dies so gut wie Gyles, der viele Jahre auf den Feldern von Develish geschuftet hatte. Die unablässige Arbeit eines Leibeigenen war überaus mühevoll, und der Hungertod rückte in gefährliche Nähe, wenn es Missernten gab oder die Abgaben ohne Vorwarnung erhöht wurden. Gyles entsann sich seiner Wut, wenn der bescheidene Vorrat an Korn, den seine Familie angelegt hatte, von Sir Richards Verwaltern beschlagnahmt wurde, um in Tagen der Prasserei wie diesen hier vergeudet zu werden. Und doch begann er langsam daran zu zweifeln, dass eine Sondersteuer der Grund für den Unmut der Leute sein sollte. Als er sich einmal von seinem Posten entfernte, um das ganze Rund der Festungsmauer abzuschreiten, konnte er sehen, dass die Felder der Bauern im Westen noch gar nicht abgeerntet waren. Im Sommer waren die Steuern leichter zu verschmerzen, da es genügend Nahrung gab und Milords

Ackerland im Süden mit Bohnen und reifem Weizen im Überfluss gesegnet war. Warum sollte er denn Unruhe unter seinen Leuten schüren, fragte sich Gyles, wenn er selbst noch reichlich Korn zur Verfügung hatte?

Am sechsten Tag ihres Aufenthalts wurde er gewahr, dass die Unruhe der Bauern in Angst umschlug. Immer öfter blickten die Frauen zum Herrenhaus hinüber, auf der Suche nach dem Priester. Sobald sie seiner schwarz gewandeten Gestalt vor dem Tor ansichtig wurden, fielen sie auf die Knie und streckten ihm flehend die Hände entgegen. Es sah aus, als erbäten sie von ihm Absolution als Gruppe, und die ausladenden Gesten, mit denen er das Kreuz schlug, ließen darauf schließen, dass er sie den Frauen erteilte.

Er trug eine Ledertasche, die wohl Phiolen mit Weihwasser, Salben und Arzneien enthielt, wie Gyles annahm. Wenn der Priester eine Hütte betrat, was er häufig tat, hielt er sich lange darin auf, und selbst ein Dummkopf hätte erraten können, dass er an Krankenlagern Beistand leistete. Wahrscheinlich, sagte sich Gyles, waren seine Salben und Segnungen wirksam, denn es wurden keine Leichen herausgebracht. Aber warum waren die Bauern dann so verängstigt? Anscheinend war die Krankheit, die sich in Bradmayne ausbreitete, ja doch nicht tödlich?

An diesem Morgen jedoch, dem neunten, änderte Gyles seine Meinung, als seine scharfen Augen einen frisch aufgeworfenen Erdhügel auf dem Gemeindeland im Osten erspähten. Es sah nach einem Grab aus, wenn auch ungewöhnlich groß für einen einzelnen Leichnam. Er konnte sich nicht erinnern, ob der Hügel am Vortag schon da gewesen war, und erkundigte sich, wann er denn gegraben worden sei. Über Nacht? Und wenn ja, warum in aller Heimlichkeit? Und mit welchem Recht verweigerte Milord of

Bradmayne seinen Leuten ein christliches Begräbnis in geweihter Erde?

Krankheit war das Thema, das Sir Richard schon auf der Hinreise beschäftigt hatte. Weil es Gerüchte gab, dass Lady Eleanors Zukünftiger kränkeln solle, hatte er seine Männer angewiesen, sich umzuhören, ob jemand dies bestätigte. Er war überzeugt, man werde ihm Lord Peter mit rosig bemalten Wangen vorführen, um ihm einen Anschein von Gesundheit zu verleihen. Die Allianz zwischen Bradmayne und Develish wäre zwar vorteilhaft, aber nicht, wenn man Mitgift für eine zum Scheitern verurteilte Ehe zahlen musste, die keine Erben hervorbringen würde.

Wie nicht anders zu erwarten, war Sir Richard schon ein paar Stunden nach seiner Ankunft nicht mehr in der Lage, Peter of Bradmaynes Gesundheitszustand zu beurteilen – im Suff hätte er selbst einen einbeinigen Knecht als passenden Gemahl für seine Tochter angesehen –, aber Gyles konnte an dem jungen Mann nichts Besorgniserregendes feststellen. Er sah nicht weniger wohl aus als bei ihren früheren Besuchen. Von schmächtiger Statur und mit Pockennarben im Gesicht – von denen Sir Richard seiner Tochter hämisch berichtet hatte –, aber augenscheinlich ungeschminkt, aß und trank er genauso genüsslich wie seines Vaters Gäste.

Es war in Develish kein Geheimnis, dass Lady Eleanor sich dieser Verbindung entziehen wollte, und Gyles empfand ein wenig Mitleid mit Lord Peter. Er würde die Brautwahl seines Vaters noch bitter bereuen, wenn er erst Eleanors Launen ausgesetzt war. In Bradmayne würde es wenig geben, was ihr zusagte, wenn sogar ihr Gatte sie enttäuschte. Vielleicht, sagte Gyles sich in einer zynischen Anwandlung, würde es ihr gefallen, wie die Leibeigenen hier für jede Kleinigkeit ausgepeitscht wurden, aber sicherlich würde sie entsetzt sein von all dem Schmutz.

Die Männer schlugen ihr Wasser ab, wo sie gerade standen, die Frauen leerten die Kübel vor ihren Türen aus, und Hunde und Ratten wühlten im Unrat. Innerhalb der Mauer war es auch nicht besser. Am Haus entlang verlief ein offener Jauchegraben, aus dem es dermaßen stank, dass sogar Sir Richard es bemerkte. Zu den seltenen Gelegenheiten, da er nüchtern genug war, um aus dem Haus zu wanken, hielt er sich eine mit Gewürznelken gespickte Orange unter die Nase. Noch schlimmer aber fand Gyles die allgegenwärtige Rattenplage. Ihre Köttel fanden sich in der Küche und im Kornspeicher, doch es wurde nichts unternommen, um die Tiere zu verjagen. Milord of Bradmayne schien sich nicht darum zu scheren, dass Schmutz und Unrat von Fell und Pfoten in seine Nahrung gelangten.

Aus dem Augenwinkel sah Gyles den Priester wie jeden Morgen ans Tor kommen, und er wandte sich von seiner Betrachtung des Erdhügels ab, um zu beobachten, was nun geschehen würde. Der kurze Wortwechsel mit den Wachen gestaltete sich anders als an den Vortagen. Der Priester, unter seiner weiten Kapuze verborgen, schien gebeugt vor Müdigkeit, und die Wachen wichen erschrocken vor ihm zurück. Mit zitternden Händen schlug er das Kreuz über sie und hob dann selbst den Riegel, um sich mit schwankenden Schritten zum Dorf hin zu begeben.

Vom Verwalter und vom Büttel war nichts zu sehen, obwohl sie gewöhnlich jeden Morgen mit Sattel und Zaumzeug überm Arm die Einfriedung verließen. Ihre Pferde grasten friedlich mit denen von Milords anderen Gästen zusammen auf den Weiden außerhalb der Mauer. Waren die beiden denn noch im Bett, fragte sich Gyles, nachdem sie über Nacht das Ausheben der Grube beaufsichtigt hatten? Oder womöglich auch schon von Krankheit geschwächt, wie der Priester?

Er wartete bis zum Mittag, dann suchte er Pierre de Boulet auf, Sir Richards Gardehauptmann. Hätte er es nicht für nötig erachtet, mit dem Franzosen zu sprechen, hätte er seinen Verdacht für sich behalten; er konnte sich schon vorstellen, wie man ihn dafür abfertigen würde, dass er es wagte, eine Meinung zu äußern. De Boulet, der noch keine dreißig war und erst seit zwei Jahren Hauptmann, machte keinen Hehl daraus, wie sehr es ihm missfiel, dass ein englischer Knecht zu Sir Richards Garde gehörte.

»Was willst du?«, blaffte er auf Französisch, nachdem Gyles ein paar Minuten schweigend dagestanden und zugesehen hatte, wie der Hauptmann mit drei Kameraden auf dem staubigen Scheunenboden die Würfel rollen ließ.

Gyles antwortete in derselben Sprache. »Einen Moment Eurer Zeit, *mon capitaine.*«

»Ich bin beschäftigt.«

»Es ist wichtig, *mon capitaine.*«

»Sprich.«

»Unter vier Augen, bitte, *mon capitaine*. Es geht um Sir Richard.«

De Boulet, der gerade eine Pechsträhne hatte, funkelte ihn ärgerlich an. »Was unterstehst du dich! Milords Belange gehen dich nichts an.«

Gyles deutete eine Verbeugung an. »Soll ich mich lieber an Master Foucault wenden, *mon capitaine?* Als Büttel von Develish ist er es, der über Sir Richards Gold wacht.«

Mit saurer Miene wandte der Franzose sich vom Spiel ab und stand auf. Foucault war noch so einer, der de Boulets Recht infrage stellte, zu bestimmen, wer in Sir Richards

Tross mitreiten durfte. Ein Büttel hatte gefälligst zu Hause zu bleiben und den Verwalter dabei zu unterstützen, die Befehle seines Herrn durchzusetzen; stattdessen war er hier, mit der Schatzkiste betraut, bis Sir Richard geruhte, sie an Milord of Bradmayne zu übergeben. Und aus welchem Grund? Nur damit Sir Richards Garde, von der Verantwortung befreit, jederzeit Spalier stehen konnte, wenn es dem noblen Herrn gefiel, vors Haus zu treten.

Gyles verstand de Boulets Kümmernisse besser, als der Franzose ahnte. Gardehauptmann bei Sir Richard zu sein hieß Unwürdigkeit ertragen. Die allgemeine Belustigung war nicht zu überhören, die wie eine Welle durch die offene Scheune schwappte, wenn er und seine Männer sich in Reih und Glied aufstellen mussten, sobald ihr betrunkener Herr in den Hof wankte, um in den Jauchegraben zu pissen. De Boulets Vorgänger hatten sich allesamt nicht lange gehalten. Lieber hatten sie sich anderswo verdungen, als Sir Richards demütigende Order ausführen zu müssen.

»Es steht dir nicht zu, vor anderen Leuten von Milords Gold zu sprechen«, fuhr de Boulet Gyles an, kaum dass sie draußen standen. »Wenn das noch einmal vorkommt, setzt es Stockhiebe. Also, was gibt's so Wichtiges?«

»Ich weiß, dass Sir Richard die Mitgift bewachen lässt, bis er sich versichert hat, dass Lord Peter gesund ist, *mon capitaine.*«

De Boulets Augen verengten sich. »Hast du Grund zu der Annahme, dass er es nicht ist?«

»Nein, aber ich glaube, im Dorf geht eine todbringende Krankheit um, *mon capitaine.* Seit Tagen steht der Priester den Leidenden bei, und über Nacht ist in einem der Felder eine Grube gegraben worden.«

Der Franzose maß ihn mit zornigem Blick. »Du störst

mich beim Würfelspiel, nur um mir zu sagen, dass Bauern sterben? Seit wann ist das eine Neuigkeit? In Pedle Hinton sind letztes Jahr zehn an Fieber und Durchfall gestorben.«

»Aber keinem wurde ein christliches Begräbnis verwehrt, *mon capitaine.* Wenn Ihr gen Osten zum Gemeindeland hinüberblickt, werdet Ihr einen Erdhügel sehen, groß genug für eine Menge Leichen. Die Grube wurde heimlich ausgehoben, während wir anderen alle schliefen. Offenbar will Milord of Bradmayne die Kirche ebenso den Toten verschließen wie den Lebenden.«

De Boulet blickte in die angegebene Richtung. »Und zu welchem Zweck?«

»Ich weiß es nicht, *mon capitaine.* Entweder fürchtet er, dass die Krankheit sich innerhalb der Mauer ausbreiten könnte, oder er will vermeiden, dass seine Gäste vom Sterben der Bauern erfahren. Vielleicht beides. Es wäre nicht in seinem Interesse, wenn Sir Richard erkrankte, bevor die Mitgift bezahlt ist … oder wenn er infrage stellt, ob er überhaupt noch zahlen soll.«

»Sir Richard ist um Lord Peters Gesundheit besorgt, nicht um eine Handvoll Bauern.«

Gyles neigte den Kopf, wie in respektvoller Zustimmung. »Sehr wahr, *mon capitaine,* aber der Erdhügel dort scheint dreißig Schritt lang und zwei Schritt breit zu sein – breit genug für dreißig Leichen nebeneinander. Oder mehr, wenn die Toten Kinder sind. Das ist mehr als eine Handvoll.«

»Man kann aus der Entfernung gar keine Größe abschätzen. Wer hat dir nur diesen Unsinn eingeredet?«

»Niemand, *mon capitaine.* Das Landvolk darf das Tor zum Anwesen nicht passieren, und die Dienerschaft will nicht mit mir reden. Die Länge des Erdhügels lässt sich an den

Eichen zur Rechten davon abschätzen. Gefällt erstrecken solche Bäume sich auf gut sechzig Schritt, und das Grab ist mindestens halb so lang.«

Wieder blickte der Franzose zum Gemeindeland hin und sah, dass Gyles recht hatte. »Das geht uns nichts an. Krankheit drüben im Dorf stellt für uns keine Bedrohung dar. Unser Aufenthalt hier ist in drei Tagen zu Ende.«

Noch einmal neigte Gyles den Kopf, mehr um seine Irritation über de Boulets Selbstzufriedenheit zu verbergen, als um Respekt vorzutäuschen. »Der Priester sieht alles andere als wohl aus, *mon capitaine,* und der Büttel und der Verwalter sind heute Morgen nicht aus dem Haus gekommen. Wenn alle drei die Krankheit haben, ist sie bereits innerhalb der Mauer. Ich kann nicht sagen, um welches Leiden es sich handelt, aber es scheint sich sehr schnell auszubreiten. Die Anzahl der Leute, die auf den Feldern arbeiten, ist viel geringer als noch in der letzten Woche. Milord of Bradmayne hat vierhundert Leibeigene, doch heute Morgen habe ich kaum zehn Dutzend bei der Feldarbeit gesehen. Die Frauen, Kinder und Graubärte bleiben im Dorf, aber auch ihre Zahl scheint sich verringert zu haben.«

»Für einen Knecht scheinst du dich ja gut mit Zahlen auszukennen.«

Gyles hob den Kopf. »Ihr werdet sehen, dass ich recht habe, wenn Ihr selbst nachzählt, *mon capitaine.*«

»Na und? Das alles ist Milord of Bradmaynes Problem, nicht Sir Richards.«

»Sir Richard würde es als Problem sehen, wenn er davon wüsste, *mon capitaine.* Ohne Arbeiter verliert ein Anwesen schnell an Wert. Tote können keine Ernte einbringen oder fürs nächste Jahr säen, und Milord of Bradmayne wird sich schwertun, höhere Abgaben einzutreiben, wenn seine Leute ihm wegsterben. Unter diesen Umständen eine Verbindung mit ihm einzugehen wäre riskant.«

De Boulet war nicht beeindruckt. »Du täuschst ein Wissen vor, das du nicht hast.«

»Meine Sorge gilt ebenso Develish wie Bradmayne, *mon capitaine.* Wir erweisen unseren Leuten keinen Dienst, wenn wir eine Krankheit mit heimbringen. Wir sollten besser gleich aufbrechen, solange Sir Richard und seine elf Gefolgsleute noch gesund sind.«

»Unser Anwesen ist nicht gefährdet. Durch Gottes Gnade und die Reinheit unserer Luft sind wir mit guter Gesundheit gesegnet. Das verdanken wir Sir Richards Frömmigkeit.«

De Boulet unterlag der gleichen Selbsttäuschung wie Sir Richard, wenn er glaubte, Gottes Gnade sei so leicht zu gewinnen, doch Gyles machte sich seine Gutgläubigkeit zunutze. »Ganz recht, *mon capitaine,* und Milord of Bradmayne wird wohl wissen, dass er unserem Herrn an Tugend unterlegen ist. Sonst würde er nicht vertuschen müssen, was hier gerade passiert. Sollte man Sir Richard nicht davon unterrichten, bevor er sein Gold hergibt? Gottesfürchtige Männer verbünden sich nicht gerne mit solchen, die Gott zu strafen sucht.«

De Boulet wandte sich ab. Sein Widerwille, Sir Richard mit der Sache zu behelligen, war ihm deutlich anzusehen. »Ich werde mich nach dem Büttel und dem Verwalter erkundigen, obwohl ich bezweifle, dass du die Wahrheit sagst«, knurrte er. »Ihr Knechtsgesindel bildet euch doch immer irgendwelche Schauermärchen ein.«

Gyles sah ihm nach, als er auf das Eingangstor des Herrenhauses zuging, und nahm dann wieder seinen Platz an der Mauer ein. Er hoffte aufrichtig, dass de Boulet recht haben möge. Lieber wollte er sich wegen eingebildeter Ängste verspotten lassen, als eine Krankheit nach Develish einzuschleppen, die innerhalb einer Woche Dutzende dahinraffen konnte. Ob Lady Anne wohl schon von einer derart mörderischen Krankheit gehört hatte? Selbst der Hunger, die gefürchteten Pocken und die blutige Ruhr brauchten Zeit, bis sie die Leidenden so geschwächt hatten, dass sie zugrunde gingen.

Als die Sonne gen Westen sank und die Schatten länger wurden, kam eine Frau vom Dorf die Straße herauf. Sie weinte und rang die Hände, doch die Wachen befahlen ihr stehen zu bleiben, als sie noch ungefähr fünfzig Schritte vom Tor entfernt war.

»Vadder Jean hevt Help nodig«, rief sie verzweifelt und sank dabei auf die Knie. »De Beuln ans'n Nack sin uffplatzt un'r is hinnich. Milord muss'm z'Kirsch karre lasse.«

Einer der Torwächter hob den Bogen. »Hör auf mit dem Gebrabbel und geh zurück«, sagte er auf Französisch. »Ihr habt eure Befehle.«

»Aber Vadder Jean bruch sin Heem un sin Bedde. Je mut Milord um Gnad frach!«

Gyles stieß sich von der Mauer ab und ging auf das Tor zu. »Sie bittet um Hilfe«, rief er den Wächtern zu. »Sie sagt, Pater Jean sei zusammengebrochen, und bittet darum, Männer zu schicken, die ihn zur Kirche tragen sollen.«

»Was hat sie sonst noch gesagt?«

»Die Beulen an seinem Hals sind geplatzt. Er braucht sein Heim und sein Bett. Sie möchte, dass Ihr Milord bittet, ihm Gnade zu erweisen.«

Der Wächter machte ein Gesicht, als käme ihm die Galle hoch. »Zwecklos«, murmelte er. »Der Priester wird vor Anbruch der Dunkelheit tot sein. Er hat es heute Morgen schon gewusst. Die Beulen am Hals hat er unter der Kapuze verborgen, aber der Tod stand ihm schon ins Gesicht geschrieben. Wenn Ihr Euch der Frau verständlich machen könnt, sagt ihr, sie soll sich um ihn kümmern, so gut sie eben kann.«

Gyles überlegte einen Moment, erhob dann die Stimme und sprach die Frau in breitem Dorset-Dialekt an, den kein Franzose verstehen konnte: »Gute Frau, ich bin Gyles Startout, verwandt mit Aggy Bushrod. Diese Franzmänner haben zu viel Angst vor ihrem Herrn, um Gnade für den Priester zu erbitten. Ich sehe ein frisches Grab da drüben. Wie viele sind gestorben? Wie viele sind krank?«

Die Antwort, die sie gab, war ein Schock. Drei Dutzend Tote und ebenso viele mit Fieber und eitrigen Beulen am Hals und in der Leiste. Er fragte, ob sie wisse, was für eine Krankheit das sei, aber sie verneinte. So etwas habe keiner je gesehen. Das Blut werde schwarz, während der Körper absterbe, und alle, die es sähen, schlotterten vor Entsetzen.

Gyles fragte, wie und wann die Krankheit ausgebrochen sei, und sie berichtete, reisenden Händlern zufolge sei sie am Johannistag im Hafen von Melcombe ausgebrochen. Vor zwölf Tagen sei ein Kind in Bradmayne gestorben – wahrscheinlich an den Pocken –, doch aus Angst vor der Seuche habe Milord das Tor verriegeln lassen und den Bauern befohlen, sich fernzuhalten.

Der Priester wollte sie damit trösten, dass sie nichts von einer Krankheit in Melcombe zu befürchten hätten, aber er hatte unrecht. Kaum hatten droben im Herrenhaus die Festlichkeiten begonnen, fingen viele im Dorf an, über heftige Schmerzen und Fieber zu klagen. Die eitrigen Beulen wurden so dick wie Hühnereier, und keiner überlebte länger als drei Tage. Die Toten hatten zwischen den Lebenden gelegen, bis der Verwalter Milord überredet hatte, eine Grube ausheben zu lassen. Sie blieben zuversichtlich, solange Pater Jean noch wohlauf war und ihnen die Beichte abnehmen konnte, doch nun hatten sie keine Hoffnung mehr. Gott hatte ihnen diese Plage geschickt, um sie zu strafen.

Die Wächter wurden ungeduldig. Sie warnten Gyles, er gefährde die Frau, indem er sie so lange aufhielt; Milord habe strikt angeordnet, keinen Bauern in der Nähe des Hauses zu dulden. Gyles rief der Frau zu, sie solle sich entfernen, und fügte noch eine letzte Frage an: Welche Sünde die Bauern denn begangen hätten, um solche Strafe zu verdienen?

Sie wisse es nicht, rief sie verzweifelt. Stets hätten sie nach den Lehren der Kirche gelebt und ihr Treuegelöbnis befolgt, wie schlecht ihr Herr sie auch behandeln mochte. Er verachte sie, weil sie Engländer seien, und beschuldige sie, Unheil über sein Anwesen gebracht zu haben. Jetzt würde er sie erst recht verfluchen, wenn er erführe, dass der Priester krank sei.

Ihre Worte wurden von den zornigen Rufen der Wächter übertönt, und mit einem letzten verzweifelten Blick zum Tor raffte sie sich auf und ging mit schleppenden Schritten ihres Weges.

Der Wächter hinderte Gyles mit vorgehaltenem Bogen am Durchschreiten des Tors. »Ihr müsst Schweigen bewahren über das, was Ihr hier erfahren habt.«

Gyles zuckte die Achseln. »Die Wahrheit kommt ans Licht, ob ich schweige oder nicht. Die Vesperstunde naht, und Pater Jean ist nicht in seiner Kirche. Milords Gäste werden sich fragen, warum.«

Die weiteren Entwicklungen beobachtete er von seinem selbst gewählten Posten an der Mauer aus. Offenbar war Milord bereit, jedweden als Ersatz für den Priester zu akzeptieren, sogar Pater Jeans jungen Mesner, damit die Gäste nicht erfuhren, dass Bradmayne todgeweiht war. Der Junge – kaum sechzehn Jahre alt – stolzierte im Ornat seines sterbenden Lehrmeisters einher und empfing Milord und Milady an der Kirchentür.

Aber sein Knabengesicht zeigte nackte Angst.

Vielleicht wusste er, dass sein eigenes Ende nah war.

DREI

Die Nacht brach an, doch Gyles blieb, wo er war. Er war zu aufgewühlt, um Schlaf finden zu können. Die Hoffnung, dass es de Boulet gelingen würde, Sir Richard zu überzeugen, wurde zunichte, als der Hauptmann wieder aus dem Haus trat. Milord of Bradmaynes Kammerherr hatte ihm versichert, der Büttel und der Verwalter seien in aller Früh fortgeritten, und de Boulet weigerte sich, Gyles' Bericht von den Schreckensnachrichten der Bauersfrau anzuhören. Er sei klug genug, meinte er, seinen Herrn nicht mit den Hirngespinsten blöder Bauern zu behelligen.

Gyles drängte ihn nicht weiter. Es gab zu viele Fragen, die noch nicht beantwortet werden konnten. Warum hatte Sir Richard denn gar keine Kunde von jener tödlichen Krankheit in Melcombe erhalten, bevor er hier eintraf? Es war elf Tage her, seit sie von Develish aufgebrochen waren, aber selbst während ihrer Reise hatten sie nichts davon gehört. Konnte so etwas tatsächlich innerhalb einer einzigen Woche von Melcombe auf Bradmayne übergreifen? War das der Grund, weshalb die Gäste hier ebenfalls ahnungslos waren?

Vor allem aber fragte sich Gyles, ob die Bauersfrau recht damit hatte, dass es eine gottgesandte Plage sei. Lady Anne würde solch eine Behauptung sicherlich von sich weisen, aber Gyles konnte sich keine andere Erklärung für schwarzes Blut und schwärende Beulen vorstellen. Lehrte denn nicht die Kirche, dass die Ungläubigen in Ägypten auch von derartigen Plagen heimgesucht worden waren?

Das Ächzen und Würgen eines Soldaten in der Scheune ließ Gyles das Blut in den Adern gefrieren, ahnte er doch, was die Ursache war. Es kam ihm vor, als wüchsen ihm selbst schon Beulen am Hals, und er hob eine bebende Hand, ihn zu betasten. Da er keinerlei Schwellung finden konnte, zwang er sich, in Ruhe nachzudenken. Milady hatte immer gesagt, der Aberglaube sei der Feind der Vernunft. Aus gutem Grund habe Gott den Menschen Verstand gegeben, und nur Ignoranten weigerten sich, ihn zu benutzen.

Als sie vor anderthalb Jahrzehnten als junge Braut nach Develish gekommen war, sah kaum jemand irgendetwas Bewundernswertes an ihr. Gerade erst vierzehn Jahre alt, blässlich und bescheiden gekleidet, wie sie war, zweifelte keiner daran, dass Sir Richard sie nur ihrer Mitgift wegen geheiratet hatte. Zwanzig Jahre älter als sie und so stattlich, wie ein Mann nur sein konnte, machte er keinen Hehl aus seiner mangelnden Zuneigung, bezeichnete sein Eheweib als sein Eigentum und beschimpfte sie ebenso hemmungslos wie seine Leibeigenen.

Was Lady Anne von ihrer Lage hielt, konnte man nur ahnen, da sie wenig sprach und eine unbewegte Miene zur Schau trug. Von ihrer Vorgeschichte war lediglich bekannt, dass sie mit sechs Jahren ins Kloster gesteckt worden war, als ihr Onkel das Gut ihres Vaters geerbt hatte, und ihre Unterwürfigkeit ließ darauf schließen, dass sie nichts weiter gelernt hatte als Gehorsam. Frei von den Zügeln, die eine temperamentvollere Frau ihm vielleicht angelegt hätte, frönte Sir Richard sorglos wie zuvor seinen Ausschweifungen auf Kosten seiner Bauern.

Schwer zu sagen, wann und wie Miladys Einfluss sich zu

zeigen begann. Gyles' Frau Martha sah es in der ruhigen Art, mit der sie allmählich den Haushalt übernahm und den Dienern immer wieder Schläge ersparte, indem sie ihre Fehler korrigierte, bevor Sir Richard davon erfuhr. Gyles sah es in der überraschenden Wahl eines englischen Verwalters – kurz nach Lady Eleanors Geburt –, der Latrinen an der windabgewandten Seite des Dorfes ausheben und ein Hospital mit drei Kammern zur Betreuung der Kranken errichten ließ.

Als die Knechte sich über die Mehrarbeit beklagten, die ihnen damit auferlegt wurde, sagte der Verwalter, es sei zu ihrem eigenen Besten, und wies ein Schreiben mit Sir Richards Signatur vor. Niemand glaubte, dass ihr Herr gewusst hatte, was er unterschrieb. Seine Gleichgültigkeit dem Wohlergehen anderer gegenüber und seine Unkenntnis der Schrift ließen darauf schließen, dass seine Frau ihn getäuscht hatte, denn Lady Annes Geschick im Umgang mit dem Federkiel war weithin bekannt.

Sie machte sich damit keine Freunde. Das Graben und Mauern war mühselig, und die Knechte grummelten voller Bitterkeit über die verrückten Ideen, die Lady Anne aus dem Kloster eingeschleppt hatte. Noch vernehmlicher wurde ihr Murren, als die Latrinen und das Hospital fertiggestellt waren und der Verwalter ihre Benutzung unter Androhung von Strafabgaben erzwang. Die Frauen verfluchten Miladys Einbildung, sie wüsste besser als sie, wie man Kranke pflegte, und die Männer scheuten sich davor, eine gemeinschaftliche Grube für ihre Notdurft zu nutzen. Es schickte sich nicht für ein halbwüchsiges Mädchen, fanden sie, den Erwachsenen vorzuschreiben, wie sie ihr Leben zu führen hätten.

Doch dieser Groll hielt nicht lange an. Von allen Fortschritten, die Develish in den folgenden vierzehn Jahren machte, war keiner so durchschlagend wie die Verbesserung der Gesundheit dank der Latrinenbenutzung und Lady Annes Krankenbetreuung in ihrem neuen Hospital. Wenn ihre Bauern versuchten, sie für ihre Güte zu preisen, schüttelte sie den Kopf und hieß sie schweigen. Es war unklug, Aufmerksamkeit zu erregen mit dem, was sie in Develish tat, denn launenhaft, wie er war, gefiel sich Sir Richard ebenso im Niederreißen wie im Aufbauen.

Eine der vielen Weisheiten, die sie ihren Leuten vermittelte, war die, dass Krankheiten sich schneller ausbreiteten, wenn die Kranken sich unter die Gesunden mischten. Doch als Gyles dem Ächzen des Soldaten lauschte, konnte er sich nicht erinnern, dass der Priester, der Büttel oder der Verwalter je die Scheune betreten hätten. Nur das Küchenpersonal war mit Essen und Trinken herübergekommen, und keiner von ihnen hatte Anzeichen von Fieber gezeigt. Anfangs versuchte er sich einzureden, dass dem Mann nur übel sei von zu viel Wein, doch als im Laufe der Nacht immer mehr Kameraden zu jammern begannen, ließ er die Hoffnung fahren.

Von seinem Platz an der Mauer aus sah er Fackeln zwischen dem Dorf und der Gemeindewiese hin- und herziehen. Er konnte nicht sehen, wer sie trug und was dort vorging, erriet aber, dass die Familien ihre Toten herausbrachten. Während die Prozession kam und ging, wanderte der Mond drei Stunden lang über den Himmel, und Gyles wagte nicht daran zu denken, wie viele der Dörfler nun wieder in der Grube versenkt worden waren. Die Geschwindigkeit, mit der all dies geschah, bestürzte ihn. Er kannte nichts, was so viele Menschen innerhalb eines einzigen Tages dahinraffte – außer dem Krieg.

Dennoch sorgte er sich mehr um Develish und seine Familie als um die Bewohner von Bradmayne. Ohne Kunde von den Geschehnissen hier würden Lady Anne und ihre Leute der Krankheit wehrlos ausgesetzt sein, wenn ihr Gebieter sie zu Hause einschleppte. Gyles wusste, dass Sir Richard dies rücksichtslos tun würde, wenn es ihm Zugang zu dem korrupten Priester verschaffte, der ihm die schwarze Seele jeden Morgen mit dem Blut und dem Leib Christi reinwusch. Sogar ein Mann, der seine Sünden ehrlich bereute, würde diese Welt ungern ohne den Segen und Beistand der Kirche verlassen, und so ein Mann war Sir Richard keineswegs.

In der Stunde vor Sonnenaufgang fasste Gyles den Entschluss, selbst mit der Kunde von der furchterregenden Krankheit heimzureiten. Wenn er querfeldein ritt, konnte er den Weg in einem Tag bewältigen, sodass Lady Anne mehr Zeit zur Vorbereitung hätte. Sicher würde man ihn bis aufs Blut auspeitschen, falls Sir Richard gesund heimkehrte, aber er verbannte jeglichen Gedanken an künftige Bestrafung. Er bereute nur, dass er nicht schon am Abend aufgebrochen war und jetzt auf den nächsten warten musste, um den Versuch zu wagen. Bei Tag wäre es Wahnsinn, da alle Pferde auf der Koppel sich in Sichtweite von Milord of Bradmaynes Wächtern befanden.

Als die Sonne aufging, sah Gyles, dass seine Reue berechtigt gewesen war, denn die Chance auf Flucht war vertan. Drei der Söldner lagen fieberglühend und bewusstlos auf dem Scheunenboden, und fünf weitere saßen an die Mauer gelehnt, die Gesichter schmerzverzerrt, die Hemden mit Erbrochenem befleckt. Der Anblick verstörte ihren Hauptmann genug, dass er sich auf die Suche nach seinem Herrn machte, und Gyles zweifelte nicht daran, dass andere ihm bald folgen würden.

Im Haus erhoben sich die Stimmen der Frauen zu einem verhaltenen Klagen, und kurz darauf lief eine Magd zur Kirche, um den Mesner zu holen. Mit fliegenden Röcken hastete er über den Pfad, das geweihte Öl in den Händen, und seine Angst spiegelte sich in den Mienen der Diener, die im Vorhof zusammenstanden. Flüsternd verbreitete sich die Nachricht, dass Lord Peter erkrankt sei.

De Boulet hatte viel von der hochfahrenden Art eingebüßt, mit der er noch am Vorabend alle Knechte ins Fegefeuer verwünschte, als er Gyles befohlen hatte, seine Ängste für sich zu behalten. Nun kam er in verbindlicher Manier auf ihn zu. »Deine Ansichten scheinen heute schon glaubwürdiger«, sagte er. »François Valennes hat sich die ganze Nacht lang übergeben und klagt über Schmerzen unter den Achseln. Zwei andere – Gerard und Simon – schwitzen vor Fieber. Ist das die Krankheit, von der du sprachst?«

»Ihr müsst den Kammerherrn fragen, *mon capitaine.* Sein Wort als Normanne hat mehr Gewicht als meins.«

»Ich spreche mit dir. Gestern Abend hast du versucht, mir von einer Bauersfrau zu berichten, die aus dem Dorf gekommen ist. Die Zeit war ungünstig, aber jetzt bin ich bereit, dir zuzuhören.«

Ein zynisches Lächeln umspielte Gyles' Mundwinkel. »Ihre Vorstellungen werden heute noch ebenso unbedarft sein wie gestern, *mon capitaine* … und Ihr werdet gewiss nicht bereit sein, sie Sir Richard zu überbringen. Umso weniger, als er Euch fragen könnte, wieso Ihr ihm die Kunde vorenthalten habt.«

De Boulet ballte die Fäuste. »Ich dulde keine Frechheit. Berichte mir, was sie gesagt hat.«

Gyles tat, wie ihm geheißen.

»Der Priester ist tot?«

»Die Torwächter schienen sicher, dass er die Nacht nicht überleben würde. Vielleicht liegt er schon bei den anderen in der Grube. Meiner Einschätzung nach sind wieder drei Dutzend dazugekommen. Ich habe die Fackelzüge beobachtet, als sie die Toten hinausgetragen haben. Und das Gleiche geschieht in Melcombe. Die Frau sprach von Hunderten, die dort zugrunde gehen.«

De Boulets Erschrecken war von Ungläubigkeit abgemildert. »Unmöglich!«, protestierte er. »Solche Kunde hätte Sir Richard doch erreicht, bevor wir Develish verließen.«

»Das dachte ich auch, bis ich sie fragte, wann die Krankheit in Melcombe zum ersten Mal aufgetreten ist. Am Johannistag, sagte sie … vor knapp drei Wochen. Milord of Bradmayne hat sein Tor vor zehn Tagen verriegelt, doch er täuscht sich, wenn er glaubt, dass nur englische Bauern dahingerafft werden. Innerhalb dieser Einfriedung sind es Normannen, die leiden.«

De Boulet schauderte. »Wir müssen fort. Unverzüglich. Ich suche Sir Richard auf.«

Gyles blickte an ihm vorbei zum Haustor hin. »Nicht nötig«, murmelte er, als ihr Herr gähnend herausgewankt kam und sich ausgiebig in der Leiste kratzte, bevor er den Hosenstall aufknöpfte, um in den Jauchegraben zu pissen. »Er ist schon da und wird gleich feststellen, dass seine Ehrengarde nicht aufmarschiert ist. Wahrscheinlich wird ihn das mehr schockieren als die Warnung vor einer unbekannten Krankheit.«

Ein anderer Lord hätte vielleicht gefragt, warum die Garde abwesend war; nicht so Sir Richard. Er beschimpfte den Hauptmann als Hundsfott und Halunken und forderte, sie antreten zu lassen, wenn er sich zur Frühmesse begab. Und um das Maß voll zu machen, befahl er de Boulet, seine Männer den ganzen Tag Habachtstellung einnehmen zu lassen, egal ob er sich auf dem Hof befand oder nicht. Er knöpfte sich die Hose wieder zu und machte Anstalten, ins Haus zurückzugehen.

Da de Boulet schwieg, sprach Gyles ihn an. »Es wird keine Messe geben, Milord. Die Kirchenglocke ist verstummt, und es gibt niemand, um die Messe zu lesen. Der Priester ist tot, und sein Messdiener wurde ins Haus gerufen.«

Sir Richards Handrücken traf hart auf seine Wange. »Du wagst es, mich ungefragt anzureden, Knecht?«

»Ich habe einen Eid geleistet, Euch zu schützen, Sir. Es ist meine Pflicht zu reden. Milord of Bradmayne verschweigt Euch, dass an die siebzig von seinen Bauern einer noch nie gesehenen Krankheit erlegen sind. Jetzt sind auch schon drei Eurer Männer krank. François Valennes, Gerard Dubois und Simon Arcourt. Andere sind ebenso befallen.«

Gyles blickte stoisch vor sich hin, als Sir Richard erneut zuschlug.

»Wenn ich Euch beleidige, indem ich versuche, Euer Leben zu retten, Sir, bitte ich um Vergebung. Aber Ihr setzt Euch und Euer Gold großer Gefahr aus, wenn Ihr hier noch länger verweilt. Es wird gemunkelt, dass der Messdiener ins Haus kam, um Lord Peter die Letzte Ölung zu verabreichen. Versucht zumindest zu ergründen, ob das wahr ist, ehe Ihr den Ehevertrag unterzeichnet.«

Er hätte Lord Peter gleich als Erstes erwähnen sollen, sagte er sich, als Sir Richard die Hand sinken ließ und sich die Knöchel rieb. Das Wohlergehen des Jungen war alles, was ihm wichtig war. Er wandte sich an de Boulet. »Spricht er die Wahrheit?«

»Ich fürchte, ja, Milord.«

»Und wieso spricht *er* mir davon, und nicht du?«

De Boulet neigte betont demutsvoll den Kopf. »Er ist besser davon unterrichtet als ich, denn er versteht die Mundart der Leute, Sir. Was er weiß, stammt von den Bauern und den Dienern. Ich weiß nur, was ich an den Gardesoldaten gesehen habe, die über Nacht erkrankt sind.«

Sir Richard musterte Gyles misstrauisch. Er hatte nie seine Abneigung gegen die Leibeigenen verhehlt, die ihm von seiner Frau als Begleiter aufgezwungen worden waren. »Lord Peter sah gestern noch gesund genug aus. Wenn es ihm heute schlecht ergeht, liegt es allein am übermäßigen Weingenuss. Er hat gestern tüchtig mitgehalten.«

»Er ist nicht zur Vesper erschienen, Sir.«

»Soll heißen?«

Gyles machte sich auf einen weiteren Schlag gefasst. »Ihr vertragt den Wein so gut wie nur je ein Mann, Sir, doch Eure Erinnerung an den gestrigen Abend mag ein wenig verschwommen sein. Seit unserer Ankunft wohnte Lord Peter jeder Andacht bei, aber gestern hat er die Vesper versäumt. Ich frage mich, warum.«

Sir Richard besann sich stirnrunzelnd. »Jetzt bringst du mich ganz durcheinander. Wie macht diese Krankheit sich überhaupt bemerkbar?«

»Fieber, Schmerzen und Beulen, Milord. Wenn der Geplagte stirbt, wird das Blut schwarz. Niemand überlebt länger als drei Tage. Milord of Bradmayne hat Todesangst davor. Indem er das Tor verriegeln ließ, wollte er die Plage draußen halten, aber das ist ihm nicht gelungen. Sein Priester, Verwalter und Büttel sind schon tot, und jetzt fallen die Gardesoldaten seiner Gäste der Krankheit zum Opfer.«

Ein Faustschlag in den Magen ließ ihn zusammenklappen.

Sir Richard schmunzelte befriedigt. »Bradmayne versichert mir, der Büttel und der Verwalter sind in Geschäften unterwegs, und der Priester sitzt bei einem sterbenden Greis, der seiner Lordschaft lange Jahre treu gedient hat. Soll ich dich mit hineinnehmen, damit du Milord ins Gesicht sagen kannst, er sei ein Lügner? Es würde für Kurzweil sorgen, dich bis aufs Blut auspeitschen zu lassen.«

Gyles richtete sich auf und schnappte nach Luft. Er sah Sir Richard an und hielt seinem Blick stand, ohne auch nur den Versuch zu machen, seine Abneigung zu verbergen. »Es könnte kurzweiliger sein, Wetten darüber abzuschließen, welcher von Milords Gästen wohl klug genug ist, als Erster abzureisen. Ich tippe auf Chaldon. Sein Hauptmann ist ihn vor einer Viertelstunde suchen gegangen.«

Sir Richard spie auf den Boden. »Ich ziehe dir höchstpersönlich die Haut ab, wenn du mich anlügst«, drohte er. »Das wird ein hübsches Stück Pergament für Milady ergeben, wenn sie mich daheim willkommen heißt.«

Der Aufbruch erfolgte in Eile. De Boulet, von einem ängstlichen Dienstboten in die große Halle zitiert, kehrte mit der Order zurück, auf der Stelle anspannen zu lassen. Anscheinend war Lord Peter nicht der Einzige, der vom Fieber niedergestreckt worden war. Ein älterer Gast, der Kammerherr und einige Diener waren ihm ebenfalls zum Opfer gefallen. De Boulet berichtete wispernd, dass zwischen Milord of Bradmayne und seiner Gemahlin ein erbitterter Zwist entbrannt sei. Milady, vor Trauer um den Sohn wie von Sinnen, überschüttete ihren Gatten mit Vorwürfen, weil er behauptet hatte, sein Haus wäre sicher. Gott habe ihnen diese Plage auferlegt, schrie sie unbeherrscht, zur Strafe für Milords sündhaftes Treiben.

De Boulet zufolge hatte sie offenbart, dass Bradmayne hoch verschuldet und Eleanors Mitgift das Einzige sei, was den Ruin noch abwenden könne. Jede Nacht habe ihr gottloser Gatte Sir Richard mit Met abgefüllt und gedrängt, den Ehevertrag vor Tagesanbruch zu unterzeichnen, und jede Nacht habe Gott Sir Richard die Weisheit verliehen, ihm zu widerstehen. Develish sei gesegnet mit seinem Gebieter, Bradmayne mit dem seinen verflucht. Sie würden alle tot sein, ehe die Woche vorüber sei.

De Boulets Entsetzen zeigte sich in der Fahrigkeit, mit der er aufs Geratewohl Befehle bellte. Sir Richards Zorn war fürchterlich gewesen, und de Boulet fürchtete, er würde vollends unbezähmbar werden, wenn der Planwagen nicht auf dem Vorplatz stand, sobald Milord aus dem Haus kam. Er schien unentschlossen, welche Pferde vor den Wagen gespannt werden sollten, und beorderte vier seiner Männer, die Tiere von der Weide draußen herbeizutreiben.

Gyles trat vor. »Mit Verlaub, *mon capitaine,* es wäre sinnvoller, unsere Pferde erst einzufangen und zu satteln, wenn wir uns außerhalb der Mauer befinden. Sir Richards Rappe, der Wagen und die zwei Zugpferde sind im Obstgarten, wo Master Foucault sie so scharf bewacht wie das Gold. Wenn Ihr Sir Richards Sachen zur Haustür bringen lasst, werden die unter uns, die noch bei Kräften sind, umgehend dafür sorgen, dass der Wagen beladen wird.«

De Boulet schien fast erleichtert, dem Knecht die Entscheidung zu überlassen, vielleicht, um ihm die Schuld zuweisen zu können, wenn etwas schiefging. »Was ist mit Valennes, Dubois und Arcourt?«, fragte er. »Wird Sir Richard erwarten, dass sie mitreiten?«

Gyles blickte zur Scheune hinüber. »Nicht wenn er noch bei Trost ist«, entgegnete er ungerührt. »Denen ist nicht mehr zu helfen. Wenn wir aufbrechen, müssen wir sie zurücklassen.«

Da es sich nicht vermeiden ließ, das Dorf zu durchqueren, befahl Sir Richard Master Foucault, den Planwagen vorneweg zu lenken und die Peitsche über allen zu schwingen, die sich heranwagen sollten. Doch keiner näherte sich. Die Lebenden kauerten hinter ihren Türen, und nur die Toten waren draußen zu sehen.

Meist wandte Gyles die Augen von den traurigen ausgezehrten Leichen ab – viele davon Kinder –, die neben den Hütten im Staub lagen, doch er empfand tiefen Schmerz, als er an der Heimstatt der Bushrods vorbeiritt und seine Kusine Aggy dort blicklos in den Himmel starren sah. Er erkannte sie an dem Muster auf ihrer Schürze – es war das gleiche, das seine Frau immer stickte –, doch ihr Gesicht wies keine Ähnlichkeit mehr mit dem der lebenden Aggy auf. Schwarze Krusten umgaben Nase, Mund und Augen, als wäre ihr das Blut aus allen Öffnungen gesickert. Im Dunkel ihrer Hütte konnte er die Gesichter ihrer Kinder sehen, und es zog ihm das Herz zusammen vor Scham, während er weiterritt. Ein besserer, mutigerer Mensch hätte angehalten, um ihnen Beistand zu leisten.

Sobald sie das Dorf hinter sich gelassen hatten, setzte Sir Richard sich mit seinem Rappen an die Spitze des Zuges, unentwegt Gebete murmelnd und sich bekreuzigend. Falls er die Gnade Gottes erflehte, dann sicher nur für sich selbst. Sir Richard verschwendete nie ein Gebet an Knechte und schien sich nicht weiter drum zu scheren, dass sie drei seiner Leute zum Sterben in Bradmayne zurückgelassen hatten. Master Foucault, der auf einem der Zugpferde saß, bemühte sich, Gyles' Blick aufzufangen, auf der Suche nach einer Erklärung, doch Gyles ignorierte ihn. Er verstand auch nicht besser als der Büttel, was sie dort eben gesehen hatten. Wahrscheinlich war Aggy heute Morgen gestorben – sonst wäre sie ja schon in die Grube gebracht worden –, doch es war ihm unverständlich, wie schnell und in welchem Ausmaß das Unheil über sie gekommen war.

Er spürte den Tod allenthalben, während sie in schleppender Gangart durch die Lande zogen. Selbst die Vögel waren verstummt. In der Sommerluft ließ sich nichts als das Stapfen der Hufe und das Knarren der Wagenräder vernehmen. Zwei Wegstunden weiter gen Norden lag der Marktflecken Dorchester, ein Ort des blühenden Handels, wo jeden Tag Vieh und Feldfrüchte den Besitzer wechselten. Auf dem Herweg war die Straße voller geschäftigem Treiben gewesen, doch jetzt lag sie wie ausgestorben, so weit das Auge reichte.

Gyles wagte nicht daran zu denken, wie viele in Dorchester wohl schon tot waren oder dahinsiechten. Der Ort lag an der einzigen Straße, die aus der Hafenstadt Melcombe hinausführte, und bildete eine Kreuzung mit anderen, wie die, die sie gerade entlangritten. Wenn die Krankheit in Bradmayne war, dachte Gyles, dann war sie wohl auch schon in Dorchester; die völlige Abwesenheit von Menschen auf der Straße sprach dafür. Er hoffte von Herzen, er möge unrecht haben; es würde kein Entrinnen geben, wenn der Tod über die Landstraße kam.

Gleich einem Leichentuch lag die Angst auf der Stadt, als sie dort einritten. Geisterhafte Gestalten duckten sich in den Schatten, die Köpfe mit Tüchern umwickelt, zum Schutz vor der verseuchten Luft. Wachsam und misstrauisch lugten die Augen daraus hervor, ein jeder darauf bedacht, dem anderen aus dem Weg zu gehen, ebenso wie den Fremden hoch zu Ross. Die meisten trugen das Gewand von Dienern oder Knechten, und Gyles nahm an, dass ihre Herren sie geschickt hatten, um Bier, Brot oder Fleisch bei den wenigen Händlern zu erwerben, die noch den Mut hatten, ihre Geschäfte zu öffnen. Foucault hielt sich an seiner Peitsche fest, doch er fand hier nicht mehr Anlass, sie zu schwingen, als in Bradmayne.

Sie kamen an Türen vorbei, die mit Kreuzen in blutroter Farbe markiert waren, manche zusätzlich mit schweren Steinen verschlossen. Hie und da konnten sie bleiche, angstverzerrte Gesichter hinter halb geschlossenen Fensterläden erkennen. Keiner sagte ein Wort. Keiner bat um Nachricht von außerhalb. Eine hölzerne Schubkarre, mit übereinandergestapelten Toten hoch beladen, stand verlassen am Straßenrand, und der Fäulnisgestank, der von den in Tücher geschlagenen Leichen ausging, war so unerträglich, dass zwei der jüngeren Reiter sich mit aschfahlen Mienen vorbeugten, um sich auf den Boden zu erbrechen.

Sir Richard schüttelte die Faust zu den dunklen Häusern hin. »Seid ihr denn Heiden, dass ihr eure Toten unbestattet lasst?«

Er ritt weiter voran, Verwünschungen gegen alle Sünder ausstoßend, und Gyles wunderte sich, dass ein Mensch derart selbstgerecht sein konnte. Sir Richard warf kaum einen Blick auf die Kirchentür, die mit Balken verrammelt war und ein Kreuz in leuchtend roter Farbe aufwies, nebst den Worten GOTT SEI UNS GNÄDIG. Mochte die Schrift ihm auch unverständlich sein, konnte er wohl nicht umhin zu begreifen, dass Gottesmänner dort drinnen starben. Fühlte er sich seiner Frömmigkeit so sicher, dass er sich mehr vom Himmel begünstigt wähnte als alle anderen?

Gyles allerdings gab sich keinen solchen Illusionen hin. Wenn er starb, würde er als Sünder sterben, denn es war lange her, seit er das letzte Mal die Beichte abgelegt hatte. Er versuchte, sich den Glauben zu bewahren, dass man der Seuche entkommen könnte, doch der Zweifel gewann die Oberhand.

In zwölf Tagen hatte die Welt sich bis zur völligen Unkenntlichkeit verändert.

DIE ZWEITE UND DRITTE WOCHE IM JULI 1348

VIER

Develish, Dorseteshire

Eine Woche nach Sir Richards Abreise traf ein Bote des Bischofs von Sarum in Develish ein mit der Kunde, dass eine tödliche Seuche in Melcombe und den Dörfern rings um die Mündung des Flusses Wey grassierte. In Abwesenheit des Lehnsherrn war es Sir Richards Verwalter, dem die Botschaft überbracht wurde, eine Botschaft von alttestamentarischer Wucht, in der von Beulen, Blutstürzen und Verheerungen die Rede war. Der Bote war so verängstigt von dem, was er zu verkünden hatte, dass er seinen Bericht nur stotternd hervorbrachte.

Höchst alarmiert führte der Verwalter ihn zu Lady Anne. »Er ist uns vom Bischof gesandt, Milady. Gott hat uns mit einer Plage heimgesucht.«

Lady Anne saß in ihrer Spinnkammer. Zwei Dienerinnen kämmten die Schafwolle aus, während sie die Fasern auf ihrer Spindel zu Fäden spann. Sie legte die Arbeit beiseite und bedeutete den Mädchen, den Raum zu verlassen, während sie Hugh de Courtesmain durch ein Stirnrunzeln zu verstehen gab, er solle Schweigen bewahren, bis die Tür hinter ihnen ins Schloss fiel. Er war erst zwei Monate zuvor zum Verwalter ernannt worden, und Lady Anne wusste wenig über ihn, nur dass er aus dem Norden gekommen war, auf

Empfehlung von Sir Richards Schwester. Sie vermisste seinen Vorgänger, einen älteren Mann, der öfter ihren Rat eingeholt hatte, als ihm gestattet war. Hugh de Courtesmain würde nie so entgegenkommend sein. Bisher hatte Lady Anne ihn nur im Beisein ihres Gemahls gesprochen, und sie war nicht beeindruckt von der Bereitschaft des neuen Verwalters, jedwede Anweisung Sir Richards vorbehaltlos zu befolgen.

»Was für eine Plage, Sir?«

»Eine Plage, die schwärende Eiterbeulen auf der Haut wachsen lässt und die Menschen innerhalb einer Woche tötet, Milady. Sie soll mit einem Schiff in Melcombe eingeschleppt worden sein, aber niemand hat je zuvor eine solche Krankheit gesehen. Sie schreitet so schnell voran wie ein Reiter in vollem Galopp.« Panik schwang in seiner Stimme mit. »Sollte ich Sir Richard ausrichten lassen, er möge zurückkehren?«

»Beruhigt Euch«, sagte sie. »Wir sterben noch vor Angst, ehe wir an der Krankheit sterben, wenn Ihr durchs Haus lauft und behauptet, der Tod stehe vor der Tür.«

Der Bote sank auf ein Knie. »Er sagt nur die Wahrheit, Milady. Ihro Gnaden haben mich beauftragt, von Herrenhaus zu Herrenhaus zu reiten und vor der Gefahr zu warnen.« Er zog ein zusammengerolltes Pergament aus der Joppe. »Hier steht es geschrieben, für alle, die lesen können. Ich soll Euch eine Stunde Zeit lassen, um es abzuschreiben, bevor ich weiterreite.«

Lady Anne nickte. »In der Küche gibt es etwas zu essen. Master de Courtesmain wird dich hinbringen. Du darfst so viel essen, wie du willst, aber nicht die Dienstboten mit Gerede von einer Pestilenz ängstigen. Ich werde selbst mit ihnen sprechen, wenn du fort bist.«

Sie wartete, bis die Männer gegangen waren, ehe sie das Pergament entrollte. Der Bericht war auf Französisch verfasst und berichtete von einer Krankheit, die kurz nach dem Fest des heiligen Johannes in Melcombe ausgebrochen war und sich jetzt nach Osten, Westen und Norden ausbreitete. Die Krankheit kündigte sich durch Kopfschmerzen und Fieber an, dann traten dunkle, blutgefüllte Beulen an Hals, Achseln und Leiste auf, die den Körper schwarz werden ließen und binnen weniger Tage zum Tode führten. Der Schmerz war fürchterlich. Es gab kein Heilmittel. Alle, die damit in Berührung kamen, starben. Viele Hunderte waren bereits daran zugrunde gegangen.

Seine Hoheit nannte es eine Plage, eine Strafe Gottes, um die Welt von Sündern zu reinigen, und das einzige Gegenmittel, das er zu bieten hatte, fand sich in den letzten Worten seiner Botschaft.

Ein Schwarzer Tod hat unser Land befallen. Nur wenige werden verschont bleiben. Leistet Abbitte für eure Sünden und betet um Gottes Gnade, wenn ihr vor Seinen Richterstuhl tretet. Suchet Vergebung, um der ewigen Verdammnis zu entgehen. Es gibt keine Rettung, außer durch Jesus Christus, unsern Herrn.

Lady Anne setzte sich an den Tisch in einer Ecke der Kemenate und tauchte einen Federkiel ins Tintenfass, um das Dokument auf einen Pergamentbogen aus Kalbshaut zu kopieren, doch ihre Hand zitterte so sehr, dass die Buchstaben unlesbar wurden. Sie hielt inne, um sich zu fassen. Sie bezweifelte nicht, dass die Krankheit eine Bedrohung war oder dass sie einen so schrecklichen Tod brachte, wie der Bischof andeutete, aber war es wirklich eine Strafe Gottes?

Ein Schwarzer Tod hat unser Land befallen.

Was meinte der Bischof damit? Dass die Schwärze das Land in ewige Nacht versinken lassen würde?

Nur wenige werden verschont bleiben.

Sie las noch einmal nach, was die Krankheit für Symptome aufwies, und versuchte sich zu entsinnen, ob die Mutter Oberin ihres Klosters jemals etwas Derartiges beschrieben hatte.

Es gibt kein Heilmittel.

Aber wie konnte das sein, wo doch Mutter Maria sie gelehrt hatte, dass selbst die schlimmsten Leiden und das höchste Fieber überlebt werden konnten? Die Alten und die ganz Jungen waren weniger gegen Krankheit gewappnet, doch sofern man die Anzeichen früh erkannte, war es möglich, ihre fieberheißen Köpfe mit feuchten Tüchern zu kühlen und ihnen so manchen Kräutersud gegen die Pein und für den Schlaf zu verabreichen. *Beruhige das Gemüt, und der Leib wird sich selbst heilen,* hatte Mutter Maria immer gesagt.

Lady Anne hatte den Wert dieses Ratschlags schon oft in Develish unter Beweis gestellt, wie auch die anderen Lektionen in Bezug auf die Trennung von Kranken und Gesunden, um Ansteckung zu vermeiden, sowie die Bedeutung von Sauberkeit und Bildung. Sir Richard wurde allgemein um die Kraft und Geschicklichkeit seiner Bauern beneidet, doch alle sahen den Grund dafür ausschließlich in Gottes Gnade – besonders Sir Richard, der stolz darauf war, seine Frömmigkeit jeden Morgen vor dem Altar zur Schau zu stellen.

Trotz ihrer Klostererziehung – oder gerade deswegen – war es Lady Anne nie leichtgefallen, an Gott zu glauben; schon gar nicht an den Gott, den ihr Gatte und der Bischof verehrten. Sie stand ständig auf Kriegsfuß mit Ihm, auch wenn es ein heimlicher Krieg war, der nur in ihrem Kopf ausgefochten wurde. Nach außen hin gab sie sich fromm, nahm pflichtschuldig an der Messe teil und beichtete dem Gemeindepriester ihre Sünden, ohne irgendjemand – am wenigsten ihren Gatten und ihre Tochter – jemals etwas von ihren Zweifeln auch nur ahnen zu lassen. Sir Richard hätte keinen besseren Vorwand zur Annullierung ihrer Ehe finden können, als die Kirchenoberen davon zu überzeugen, dass er mit einer Ketzerin vermählt sei.

Sie griff zur Feder und machte sich wieder ans Werk, denn die Stunde verrann, und der Bote würde zurückkommen, ehe sie bereit war. Doch bereit wofür? Ihren Leuten zu sagen, dass Gott sie tot sehen wollte und ihnen nur noch die Hoffnung blieb, Ihn auf Knien um einen Platz im Himmel anzuflehen? Konnte es sein, dass Mutter Maria sie falsch unterwiesen hatte?

»Glaube nicht an einen rachsüchtigen Gott«, hatte sie ihre junge Schülerin immer wieder angehalten. »Jesus kam in Liebe, nicht in Hass. Die Bischöfe predigen Verdammnis, weil sie so gierig auf ihren Kirchenzehnten sind wie der König auf seine Steuern, und sie wissen, dass Menschen, die den Zorn Gottes fürchten, bereitwilliger zahlen.«

Lady Anne stützte das Handgelenk auf die Tischkante, um ihre Feder ruhig zu halten.

Ein Schwarzer Tod hat unser Land befallen.

Wie konnte sie das schreiben, wenn die Sonne schien, die Vögel sangen und die Klänge von Leben und Lachen aus den unteren Räumen heraufschallten? Sie blickte durchs Fenster und sah, dass der Himmel strahlend blau war, bis hin zum Horizont. Was auch immer dieser Schwarze Tod sein mochte, am Himmel war nichts davon zu sehen.

Einst hatte Mutter Maria ihr von den Stämmen der

Hundsköpfe und der Fischköpfe erzählt, menschlichen Wesen mit Tierköpfen, die der Legende nach am Rande der Welt wohnten. Jahrhundertelang hatte die Kirche an diese Mythen geglaubt und war darob erst in Verlegenheit geraten, als ein venezianischer Seemann, Marco Polo, von seinen Reisen in den fernen Osten berichtete, wo er keinen einzigen Menschen mit Hunds- oder Fischkopf angetroffen hatte.

Was die Mutter Oberin ihr erzählte, hatte Lady Anne fasziniert, und sobald sie alt genug war, war ihr gestattet worden, die Geschichten selbst zu lesen. Die verblichene Handschrift trug den Titel *Die Reisen des Marco Polo* und war von der Mutter Oberin selbst aus dem Italienischen übertragen worden. Die Ideenwelt darin – so ganz anders als die englische – hatte den Geist des jungen Mädchens in einer Weise aufgeschlossen, wie es die Bibel nie vermocht hatte. Wer konnte schon sagen, dass dieser Schwarze Tod nicht ebenso ins Reich der Fabel gehörte wie ein Hundskopf oder Fischkopf? Oder jenes andere Lieblingskonzept der Kirche, Engel, die auf Stecknadelköpfen tanzten?

Mutter Maria, stets bereit, mit Anne zu debattieren, als sie noch im Kloster war, hatte ihr mit ernster Miene geraten, gut Acht zu geben, wen sie heiraten würde. Je klüger eine Frau sei, desto mehr müsse sie es einem weniger klugen Ehemann gegenüber verbergen, denn er besitze sie ebenso wie all sein anderes Eigentum. »Hätte dein Vater länger gelebt, dann hätte er einen würdigeren Gemahl für dich gefunden, Kind, aber dein Onkel hat wenig Interesse an dir gezeigt, seit er dich in meine Obhut gegeben hat. Und so musst du dich entweder für Sir Richard entscheiden, der dich nur deiner Mitgift wegen nimmt, oder für den Nonnenschleier.«

Lady Anne hatte das Leben eines unfreien Eheweibes in

Develish gewählt, denn sie war zu neugierig auf die Welt, um ihr Leben hinter Klostermauern zu verbringen; doch nichts hatte sie auf die Qual vorbereitet, mit einem so unbedarften und brutalen Kerl wie Sir Richard verheiratet zu sein. Wie oft hatte sie ihm schon den Tod gewünscht, und wie oft hatte sie an Mutter Marias Abschiedsworte denken müssen.

»Vergifte dir nicht das Herz durch Hass, Anne. Erweise denen Liebe, die ihrer bedürfen, und sie wird dir vergolten tausendfach.«

Plötzlich entschlossen, schob Lady Anne den ersten Bogen Pergament beiseite, nahm einen anderen und verfasste einen neuen Text auf Englisch. Wenn Ihro Gnaden seine Worte von Gott empfangen hatte und wenn es die Wahrheit war, dass es kein anderes Mittel gegen diese Seuche gab als die Absolution, dann beging sie eine unverzeihliche Sünde, indem sie etwas anderes behauptete. Aber es kam ihr noch sündhafter vor, in Develish Panik zu verbreiten. Das Leben der Leibeigenen war schon elend genug, ohne dass man sie auch noch dazu verdammte, ihre letzten Tage in Todesangst zu verbringen.

Sarum gibt kund, dass vor nunmehr drei Wochen eine seltene Krankheit von einem fremden Schiff nach Melcombe eingeschleppt wurde. Sie bewirkt Kopfschmerzen und Fieber und schmerzhafte Schwellungen unter den Armen und in der Leiste. Fürchtet euch nicht. Es gibt Linderung durch Heilkräuter und Salben.

Sarum befiehlt seinen treuen Dienern, auf dem Anwesen ihres Herrn zu bleiben, auf dass die Krankheit sich nicht weiter ausbreite. Der Mildtätigkeit wegen möge man Fremden etwas zu essen am Tor hinterlassen, sich aber hüten, ihnen Einlass zu gewähren. Gott wird die schützen, die sich selbst schützen.

Um unser aller willen, beichtet eure Sünden und betet täglich darum, dass die Krankheit vorübergehen möge. Gesegnet sind die, die reinen Herzens sind, wenn sie für andere um Gnade bitten.

Euer Bruder im Herrn Jesus Christus,
der Fürstbischof von Sarum

Sir Richards Verwalter las Miladys Version des Briefes gleich zweimal durch. Er blickte verwundert auf. »Stand das wirklich so geschrieben, Milady?« Er sprach französisch.

Da sie ihn noch nicht lange genug kannte, um ihm zu vertrauen, behalf sie sich mit einer Halbwahrheit. »Nicht genau«, gab sie zurück. »Ihro Gnaden hat in Eurer Sprache geschrieben, aber weil Sir Richard lieber Englisch liest, schien es mir besser, den Brief für ihn zu übersetzen.«

Hugh de Courtesmain wusste, dass Sir Richard kaum lesen und schreiben konnte, doch er wagte nicht, Lady Anne eine Lügnerin zu nennen. Er wusste auch, dass es mit Sir Richards Kenntnis des Englischen nicht weit her war und dass nur Lady Anne beide Sprachen fließend beherrschte. »Der Ton des Briefes überrascht mich«, sagte er. »Es ist hier die Rede von einer Krankheit, die mit Heilkräutern zu lindern sei, aber der Bote Seiner Hoheit hat mich eher das Gegenteil glauben lassen. Er warnte vor einer grauenvollen Seuche, für die es keine Heilung gibt. Einmal angesteckt, muss der Kranke ihr unweigerlich erliegen.«

»Und hat die Kunde des Boten Euch Trost gespendet, Master de Courtesmain?«

»Nein, Milady. Sie hat mich furchtbar erschreckt.«

»Dann war es weise von Seiner Hoheit, den Brief mit so

viel Bedacht abzufassen und guten Rat zu spenden. Welche Form auch immer die Krankheit annehmen mag, ist es doch sicher vernünftig, daheim zu bleiben, die Tore zu schließen und sich vor Fremden in Acht zu nehmen. Wenn wir die Krankheit von uns fernhalten, haben wir eine bessere Chance, ihr zu entgehen.«

Hugh trat ans Fenster. Er war im gleichen Alter wie Lady Anne – sie achtundzwanzig, er neunundzwanzig –, doch wie Sir Richard war er normannischer Abstammung, sie dagegen kam aus einer angelsächsischen Familie. Darum hatte er den Eindruck, sie sei ihm nicht gewogen und nutze seine Abwesenheit, um die Dokumente in seinem Kontor zu durchschnüffeln. Sie war zu geschickt in der Kunst der Verstellung, als dass er hätte ergründen können, wie sie ihr heimlich erworbenes Wissen einsetzte, aber ihr Einfluss in Develish war überall spürbar, vor allem in der Hochachtung, mit der Sir Richards Bauern ihr begegneten.

Dennoch hatte er in keiner Weise den Eindruck, dass sie eine kluge Frau sei. Auch wenn sie lesen und schreiben konnte, sah er sie, wie alle ihres Geschlechts, als dem Manne unterlegen an und voll von der List und Tücke, die Eva schon Adam gegenüber angewandt hatte. »In Sir Richards Abwesenheit trage ich die Verantwortung für sein Gut«, erklärte er kühl. »Hätte ich geahnt, dass Ihr den Brief Seiner Hoheit verfälschen würdet, dann hätte ich die Aufgabe selbst übernommen.«

Lady Anne musterte seinen starren Rücken. Wie schmuck er war in seinem feinen wollenen Rock, den straff sitzenden Beinkleidern und dem glatten dunklen Haar und wie sicher in seiner Stellung hier. Sie hatte von Anfang an gewusst, dass er sie an Sir Richard verraten würde, falls sie ihm anbot, bei der Verwaltung des Gutes zu helfen. Seine englischen Vorgänger hatten das Angebot gerne angenommen, und die einzige Täuschung, die sie von ihnen verlangte, war keine schwerwiegende: Sir Richard davon zu überzeugen, dass es eher seiner Frau als seinen Verwaltern zukam, ihm Dokumente vorzulesen. Es erstaunte sie immer noch, dass ihr träger Gatte – zu faul, lesen zu lernen, wo es doch eine dienstbare Ehefrau gab, die das für ihn übernahm – alles akzeptierte, was sie ihm vorlas, ohne je zu zweifeln, ob es wirklich die Worte waren, die dort geschrieben standen.

»Ihr kränkt mich, Master de Courtesmain«, entgegnete sie leichthin. »Ebenso gut könnte ich sagen, Ihr hättet mehr aus den Worten des Boten herausgehört, als sie enthielten. Haltet Ihr den Rat Seiner Hoheit denn nicht für weise?«

»Wenn es denn *sein* Rat ist, Milady.« Mit einem zynischen Lächeln wandte er sich zu ihr um. »Wozu unsere Tore vor einer Krankheit verschließen, von der man genesen kann? Ich für meinen Teil hätte lieber Kunde davon, was die Seuche bei unseren Nachbarn anrichtet, als diese aus Angst vor Kopfschmerzen auszusperren.«

»Nun, vielleicht denkt Ihr anders darüber, wenn Euer Kopf tatsächlich zu schmerzen beginnt. Meiner Erfahrung nach ist es das beste Heilmittel für eine Krankheit, sie gar nicht erst zu bekommen.«

»Bei allem Respekt, Milady, Eure Ansichten sind ohne Belang. Seine Hoheit sprach von einer gottgesandten Plage, um die Sünder in Dorseteshire zu strafen. Ihr werdet Sir Richards Leute ihres Seelenheils berauben, wenn Ihr ihnen einredet, es gebe nichts zu befürchten.«

Er war überrascht von dem kühlen Spott in ihrer Miene. »Ihr hofft wohl, Gott werde Euch verschonen, weil Ihr Franzose seid, Master de Courtesmain?«

»Wir sprechen von Develish, Milady.« Er deutete auf das

Pergament. »Ich habe einige Briefe von Seiner Hoheit an Sir Richard in meinem Kontor gefunden, und keiner davon liest sich wie dieser. Bei jedem seiner Besuche hier habe er genug Sünde vorgefunden, um das Höllenfeuer bis ans Ende aller Tage am Brennen zu halten. Er schreibt mehr über Sir Richards Pflicht, seine Leute vor der ewigen Verdammnis zu bewahren, als über Liebe und Fürsorge.«

»Wahrscheinlich macht es ihm Spaß, Sir Richard ein wenig zu foppen.« Lady Anne erhob sich von ihrem Schemel und schüttelte den Saum ihres Gewandes aus. »Selbst Bischöfe erlauben sich hin und wieder eine Prise Humor.«

»Seine Briefe sind mehr im Zorn als im Scherz verfasst, Milady. Er schreibt, die Bauernschaft in Develish sei von Grund auf verdorben. Wenige legten die Beichte ab, und wenn, dann nicht in aller Ehrlichkeit.«

Lady Anne verwünschte sich im Stillen, dass sie die Pergamente Seiner Hoheit nicht beiseitegeschafft hatte, bevor dieser Verwalter eintraf. Sie hätte sich doch denken können, wie gründlich er seine neue Umgebung durchforsten würde. »Die Geheimnisse des Beichtstuhls gehen allein den Sünder und seinen Priester an, Master de Courtesmain. Wir beide haben nicht darüber zu urteilen, wie Ihr als gottesfürchtiger Mann wohl wisst.«

Er vollführte eine steife kleine Verbeugung. »Es stimmt, Milady, ich bin ein gottesfürchtiger Mann, weshalb ich auch gerne den wahren Ratschlag Seiner Hoheit erfahren würde.«

Lady Anne lächelte milde. »Wenn er jetzt hier bei uns wäre, würde er Euch an den heiligen Eid erinnern, den mein Gemahl geschworen hat, als er sein Erbe antrat – den Eid, seine Leute zu beschützen. Als Sir Richards Verwalter müsst Ihr Euer Möglichstes tun, um diesen Eid zu gewährleisten, da Ihr ja, wie Ihr ganz richtig sagt, in seiner Abwesenheit für ihn einsteht.«

Hugh hatte das ungute Gefühl, dass sie ihn allmählich in die Enge trieb. »Nur vor Dieben und Räubern, Milady. Von einer Seuche war bei dem Eid nicht die Rede.«

»Noch von ewiger Verdammnis«, entgegnete sie trocken. »Pater Anselm tut in Sir Richards Namen sein Bestes, um den Teufel in uns auszutreiben, aber es scheint ihm leichter zu fallen, wenn er trinkt. Gottes Wege sind unergründlich.«

Hughs Unbehagen wuchs. Die wenigen Male, die er die Frau bisher hatte sprechen hören, waren ihre Kommentare kurz und förmlich gewesen, und er hatte den scharfen Verstand unter dem eng anliegenden Häubchen und dem hausbackenen Äußeren nicht gleich erkannt. Bevor er Foxcote verließ, hatte Sir Richards Schwester ihm gesagt, Lady Anne passe besser zum vertrockneten, geregelten Nonnendasein als zu einem so ungestümen Menschen wie ihrem Bruder, und in den letzten acht Wochen hatte Hugh keinen Anlass gesehen, diese Einschätzung anzuzweifeln. Es hatte ihn nicht überrascht, dass Sir Richard wärmere Betten dem ihren vorzog.

Er sah auf den Brief hinab. »Es muss Euch doch in den Sinn gekommen sein, dass nicht nur Fremde, sondern auch Freunde diese Krankheit in sich tragen könnten. Bradmayne ist nur einen Tagesritt von Melcombe entfernt, und weniger als drei von hier. Erwartet Ihr etwa von mir, Sir Richard den Einlass zu verwehren, wenn er wiederkommt?«

»Ihr müsst tun, was Ihr für richtig haltet, Sir. Mein Gemahl wäre sicherlich selbstsüchtig genug, uns eine Krankheit einzuschleppen. Er wird von mir erwarten, dass ich ihn pflege, wie immer, und sich nicht darum kümmern, ob sonst noch jemand in Mitleidenschaft gezogen wird.«

Hugh fürchtete, sich zu versündigen, allein schon indem er ihr zuhörte. »Ich habe keine Macht, ihn abzuweisen.«

»Sehr wahr, aber darauf kommt es im Moment nicht an. Zunächst ist es unsere Pflicht, die Diener und Bauern von den Worten Seiner Hoheit zu unterrichten. Wünscht Ihr, dies zu tun, oder soll ich …?«

Der Franzose schüttelte den Kopf, rollte das Pergament ein und reichte es ihr. »Das sind Eure Worte, Milady. Ihr werdet sie glaubwürdiger vortragen, als ich es kann.«

Ein Funken von Ironie blitzte in ihren Augen auf. »Wenn Ihr die Worte für unwahr haltet, müsst Ihr mich davon abhalten, sie überhaupt auszusprechen. Ihr solltet unseren Leuten sagen, dass Gott ihnen einen entsetzlichen Tod zugedacht hat, und Pater Anselm anweisen, ihnen ohne Unterlass die Absolution für ihre zahllosen Sünden zu erteilen. Sie werden qualvoll an eiternden Geschwüren sterben, aber wenigstens werden ihre Sünden ausgemerzt … solange Pater Anselm noch nüchtern genug ist, sich an das Sakrament der Buße zu erinnern.«

Hugh war zutiefst schockiert, nicht nur von ihrem Sarkasmus, sondern auch von der unverhohlenen Ketzerei, die in ihrem letzten Satz mitschwang. Er hielt sich für einen frommen Mann, weil er die Lehren der Kirche ohne Hinterfragen befolgte. »Er ist Priester, Milady. Er hat die Macht, uns die Absolution zu erteilen, ganz gleich in welchem Zustand.«

»Dann sagt das auch unseren Leuten. Wenn sie schon an einer schrecklichen Seuche sterben, sollen sie sich wenigstens damit trösten, dass Pater Anselm ihnen auch benebelt noch einen Platz im Himmel zusichern kann. Er beschäftigt sich allerdings mehr mit seinen Bienenstöcken, um Met herzustellen, als mit seinem Katechismus.«

Hugh blickte zu Boden. Noch nie hatte er jemanden so

herabwürdigend über ein Mitglied der Geistlichkeit reden hören. Das System, das ihre Gesellschaft regierte, hing davon ab, dass die Untertanen glaubten, was ihre Priester ihnen von einer Belohnung im nächsten Leben erzählten. »Er ist immerhin ein Mann Gottes, Milady.«

»Aber kein sehr guter, Master de Courtesmain. Bevor ich hierherkam, versuchte er die weiblichen Leibeigenen unter dem Vorwand der Beichte zu verführen, und nur, weil sie genug Verstand hatten, es mir zu berichten, war es mir möglich, seine Gelüste zu zügeln.« Sie schob das Pergament in ihre Kitteltasche. »Dieses hier ist guter Rat. Ich schlage vor, dass wir ihn befolgen.«

Er fand ihre Ruhe befremdlich. Hatte sie denn nicht die Angst in der Miene des Boten gesehen, das Zittern seiner Stimme vernommen? »Warum fürchtet Ihr Euch nicht vor dieser Seuche, Milady? Wenn Gott uns strafen will, gibt es kein Entkommen.«

»Ich möchte lieber glauben, dass Gott uns liebt, Sir, und uns Verstand und Weisheit gab, um uns leben zu helfen.«

»Ist es wahr, was Ihr über Heilkräuter und Salben geschrieben habt?«

»Ihr müsst es eben hoffen. Wenn Ihr es bezweifelt, könnt Ihr anderen zumindest die Zuversicht geben, dass ein Schlaftrunk den Schmerz lindern wird. Das beste Heilmittel ist immer noch, die Krankheit nicht hereinzulassen.«

»Wären das Sir Richards Anweisungen?«, wollte er wissen.

»Ihr kennt die Antwort«, gab sie zurück. »Sir Richard sorgt sich nicht um seine Leute. Er würde Euch nur anweisen, ihm Pferde und Wagen bringen zu lassen, um so weit wie möglich vor der Seuche zu fliehen. Die Verantwortung für das, was hier geschieht, würden nur wir beide tragen. Wie eben jetzt schon.«

Hugh de Courtesmain war von Natur aus scheinheilig. Es war ein Wesenszug, der ihm auf seinem letzten Posten von Nutzen gewesen war; so hatte er die Gunst von Sir Richards Schwester auf Kosten ihrer Dienerschaft erlangt. Er bildete sich ein, so gut auszusehen, dass er das Herz jeder Frau – ob Dienerin oder Herrin – zu erobern vermochte, und so gerissen zu sein, dass er alles, was sie sagten, zu seinem eigenen Vorteil verdrehen konnte. Er zweifelte nicht daran, dass es ihm in Develish ebenso gelingen würde.

Also neigte er in respektvoller Ergebenheit den Kopf. »Dann müssen wir denen, die uns in Treue verbunden sind, Schutz gewähren, Milady. Alles andere wäre unwürdig.«

Er registrierte das Lächeln, das sie ihm schenkte, und beglückwünschte sich dazu, dass er so leicht ihr Vertrauen gewonnen hatte. Bis Sir Richard zurückkehrte, würde Milady ihm aus der Hand fressen.

Es verging eine Stunde, ehe die zweihundert Leibeigenen – Diener und Knechte, Männer und Frauen, Jung und Alt – in der großen Halle versammelt waren. Lady Anne verbrachte die Zeit in der Küche, Brühen kostend, die vom Küchenpersonal für das abendliche Mahl zubereitet wurden. Hugh de Courtesmain lehnte an der Wand und trug eine Gelassenheit zur Schau, die er nicht empfand. Sein tiefes Misstrauen gegenüber den Leibeigenen ließ ihn instinktiv deren Nähe meiden.

Ungläubig sah er zu, wie Lady Anne sich ungezwungen zwischen ihnen bewegte, ihre Hände nahm und sie beim Namen nannte. Sie schien sich ihrer eigenen hohen Stellung nicht bewusst, behandelte die Untergebenen als Gleichgestellte, hörte sich höflich an, was sie zu sagen hatten. In einer Gesellschaft, in welcher die Bauern den niedersten Stand bildeten, auf Lebenszeit an ihren Herrn und sein Land gebunden, fand Hugh es gefährlich, ihnen überhaupt eine Stimme zu gewähren.

Seine Verwunderung schlug in Ärger um, als Lady Anne ihren Platz an seiner Seite einnahm und ihre Kammerzofe heranwinkte. »Willst du eine Aufgabe für mich übernehmen, Isabella? Ihro Gnaden, unser Bischof, hat den Leuten von Develish einen Brief zukommen lassen, und ich möchte, dass du die Worte laut vorliest, sodass jeder sie hören und als Wahrheit vernehmen kann.« Sie zog die Pergamentrolle aus ihrem Kittel.

Hugh trat zwischen sie und das Mädchen, mit dem Rücken zum Raum. »Ihr treibt Spott mit der Obrigkeit, Milady«, zischte er. »Die Worte Seiner Hoheit sind nicht für die Augen eines Bauerntrampels bestimmt.«

Ohne ihn eines Blickes zu würdigen, reichte Lady Anne dem Mädchen das Pergament. »Und sprich schön laut und deutlich, Isabella. Der Bischofsname wird ›Sairum‹ ausgesprochen.« Sie klatschte in die Hände, um Aufmerksamkeit zu erwirken.

Hugh war schockiert von dem, was nun folgte. Isabellas Vortrag war so flüssig, wie er nur je einen gehört hatte. Sie las jeden Satz so, dass er klar verständlich war, ließ die Worte mit einer frischen, jungen Stimme erklingen und betonte mit besonderer Wärme: *Gesegnet sind die, die reinen Herzens sind, wenn sie für andere um Gnade bitten.* Er beobachtete die Gesichter in der Menge, und ihm schien, dass niemand ihre Leistung außergewöhnlich fand, als wäre es unter dem Bauernvolk hier gang und gäbe, des Lesens kundig zu sein.

Ihm schwirrte der Kopf, teils vor Empörung über diesen Umsturz der Gesellschaftsordnung, teils vor Zorn darüber, in welchem Ausmaß man Sir Richard hintergangen hatte.

Wie hatten diese Leibeigenen die Zeit gefunden, lesen zu lernen, wo doch jede ihrer wachen Stunden ihrem Herrn gehörte? Warum verbargen sie ihr Können, außer vor Lady Anne? Hatte sie noch weiteren Aufruhr unter ihnen angezettelt? Wer hatte die Akten in seinem Kontor gelesen? Waren das die Sünden, die sie ihrem Priester verschwiegen?

Lady Annes Stimme unterbrach sein Grübeln. Nachdem Isabella ihre Lesung beendet hatte, herrschte Totenstille in der Halle. Nicht das leiseste Füßescharren übertönte, was Lady Anne zu ihm sagte: »Ihr scheint überrascht, Sir, aber Isabella kann schon seit ihrem achten Lebensjahr lesen. Sie ist eine gute Schülerin und eine ebenso gute Lehrerin.« Sie musterte ihn prüfend. »Haltet Ihr die Kunst des Lesens für so schwierig, dass sie nur von Höhergestellten erlernbar ist?«

»Ich war noch nie auf einem Gut, wo die Leibeigenen geschult worden sind, Milady. Das ist höchst ungebührlich. Die Rolle eines Knechts ist es, für seinen Herrn zu arbeiten, nicht Zeit zu stehlen, um lesen zu lernen.«

»Hattet Ihr denn Grund, die Arbeit zu bemängeln, die hier in Develish geleistet wird? Ich weiß, dass Ihr Euch bei unseren Nachbarn in Funtenel und Pedle Hinton erkundigt habt, aber mir ist nicht bewusst, dass deren Ernten mehr als unsere einbrächten.«

Hugh wusste wohl, dass das Gegenteil der Fall war. Die Aufzeichnungen seines Vorgängers machten deutlich, dass der Ertrag der Ländereien von Develish der weitaus höhere war. Hugh hatte sich dies nicht erklären können, es sei denn, es läge an der besseren Bodenbeschaffenheit. Naturgemäß führte es aber dazu, dass die Höhe der Abgaben für das Herrenhaus und die Kirche – die Hälfte aller geernteten Feldfrüchte – die in Funtenel und Pedle Hinton übertraf, sehr zu Gunsten von Sir Richards Geldsäckel.

Dennoch wurde Hugh von Sir Richard gedrängt, die Abgaben zur Erntezeit noch einmal um die Hälfte zu erhöhen; die früheren Verwalter, meinte er, seien nur zu feige gewesen, den Bauern entgegenzutreten. Da er nur das eine Gut besaß, war Sir Richard darauf aus, so viel wie möglich herauszupressen. Stets erinnerte er Hugh daran, dass er nur eingestellt worden sei, weil seine Schwester sich für seine Härte im Umgang mit Dieben und Drückebergern in Foxcote verbürgte. In Develish sollte er nun genauso unbarmherzig durchgreifen, was Hugh in eine Zwangslage brachte. Seine Pflichten als Büttel eines schlampig verwalteten Anwesens, wo nichts als Hass zwischen Herrn und Knechten herrschte, ließen sich nicht mit denen eines Gutsverwalters von Develish vergleichen, wo es scheinbar so wohlgeordnet und friedlich zuging.

Der Worte eingedenk, die sein Vorgänger in seinen Niederschriften hinterlassen hatte – *Sir Richard drängt mich immer wieder, die Gans zu schlachten, die goldene Eier legt, und sieht nicht die Torheit solchen Handelns* –, versuchte Hugh, vernünftige Argumente dafür vorzubringen, dass man die Steuer so beließ, wie sie war. Die Ernte würde leiden, erklärte er, wenn den Bauern zu wenig übrig blieb, um ihre Familien ernähren zu können. Kränklichkeit und böser Wille würden in das Gemeinwesen einziehen, und der Wert von Sir Richards Anteil würde sich verringern.

Solche Ausreden trafen auf taube Ohren. Wenn ein Leibeigener nicht zahlen konnte, was von ihm verlangt wurde, musste er geprügelt werden. Selbst einfache Rechenexempel – wie zum Beispiel, dass fünf Zehntel von hundert Scheffel Weizen mehr wert waren als sechs Zehntel von achtzig – vermochten Sir Richard nicht umzustimmen; es war nur eine Frage der Zeit, sagte sich Hugh, bis man ihm gebot, zwei Drittel von allen Erzeugnissen beschlagnahmen zu lassen.

Wie er nun die Gesichter vor ihm betrachtete – alle auf seine Reaktion gespannt –, fragte er sich, ob diese Leute womöglich mehr von Logik und Bruchrechnen verstanden als ihr Herr und Gebieter. Konnte es sein, dass sie ebenso für sich wirtschafteten wie für Sir Richard? Verstanden sie den Vorteil, den sie davon hatten, Sir Richards Wohlstand zu mehren, weil ihrer dabei gleichfalls wuchs? Wenn ja, dann machte es ein paar seltsame Zahlen begreiflich, die ihm in den Dokumenten aufgefallen waren, denen zufolge reisende Händler mehr Getreide von Sir Richard gekauft hatten, als in den Steuerquittungen vermerkt war. Verkauften die Bauern auch etwas von ihrem Anteil mit? Hatten sie vor, sich aus der Knechtschaft freizukaufen? Und wer half ihnen dabei? Es gab nur eine Person in Develish, die ihnen so radikale Ideen eingepflanzt haben konnte.

Er wandte sich an Lady Anne. »Ich habe an der Arbeit, die in Develish geleistet wird, nichts auszusetzen, Milady, außer dass meine Kollegen in Funtenel und Pedle Hinton mich mit Fragen bombardieren, weshalb wir so hohe Erträge haben. Da ich noch so neu auf meinem Posten bin, scheinen sie zu glauben, dass sie mir das Geheimnis entlocken können … doch da ich die Antwort selbst nicht kenne, kann ich ihnen auch nichts verraten.«

Lady Anne nahm Isabella das Pergament ab und winkte ihr, sich wieder zu der Dienerschaft zu gesellen. »Es gibt kein Geheimnis, Sir, nur dass die Leute von Develish bessere Arbeiter sind. Das werdet Ihr selbst noch an dem Eifer sehen, mit dem wir die Anweisungen des Bischofs befolgen. In Mildtätigkeit und Gastfreundschaft werden wir Proviant für Wanderer hinterlassen … in Reinheit des Herzens werden wir um Gnade für andere beten … und in der Weisheit, die Ihro Gnaden uns zuteilwerden ließ, werden wir uns der Krankheit zu erwehren wissen.«

Hugh wusste, dass er ausmanövriert worden war. »Ich beuge mich Eurer Überlegenheit, Milady«, murmelte er, »und ich nehme zu Protokoll, dass Ihr das Schicksal von Develish in Eure Hände genommen habt. Wollen wir hoffen, dass Sir Richard und Ihro Gnaden, der Bischof, Grund genug haben werden, es Euch zu danken.«

Wenn er Lady Anne hatte ängstigen wollen, damit sie ihm die Zügel wieder überließ, so war es ihm nicht gelungen. In den folgenden Tagen übernahm sie die volle Befehlsgewalt in Develish, während ihm nur noch die Rolle des Zuschauers blieb. Er versuchte, einen Boten zu finden, der einen Brief an Sir Richard nach Bradmayne bringen würde, aber keiner wollte die Reise ohne Lady Annes Erlaubnis unternehmen. Und sie wollte sie nicht erteilen. Ihre Order war klar: Keiner durfte das Anwesen verlassen und keiner es von außen betreten.

Darum versammelte sie sämtliche Leibeigenen innerhalb des Anwesens, das durch den Burggraben begrenzt war. Kleine Hütten wurden entlang des Kirchenpfades errichtet, ebenso wie im Obstgarten und auf den Koppeln, wo die Leute zusammenrücken mussten, so gut es eben ging. Der Friedhof wurde in Gehege für die Schafe, Schweine und Rinder unterteilt. Die große Halle, in der sonst die Diener schliefen, wurde zu einem Schlafsaal für die Kinder und die gebrechlichen Alten, und in allen vier Ecken wurden Weizen, Mais, Dörrfleisch und Rüben gestapelt. Die Dienerinnen wurden in Lady Annes Schlafgemach untergebracht, während Hugh und die Diener sich das von Sir Richard teilten.

Um den Leuten die Dringlichkeit ihres Vorhabens deutlich zu machen, ließ Lady Anne es zu, dass sich das Gerücht verbreitete, in Melcombe seien etliche schon gestorben, doch ebenso hielt sie die Lüge aufrecht, dass Heilung durch Arzneien möglich sei. Sie ließ Blätter, Wurzeln und Blüten auf den Wiesen sammeln – Johanniskraut, Leinkraut, Bilsenkraut, Fingerhut, Schierling, Wildknoblauch und viele andere –, die sie von zwei Dienerinnen trocknen und in beschrifteten Gläsern verwahren ließ. Sogar Hugh, der nicht an ihre Behauptung glaubte, schöpfte Zuversicht aus der beachtlichen Sammlung, die in der Halle ausgestellt war. *Lavendel und Salbei: lindert Kopfschmerz. Johanniskraut: erleichtert Kümmernis. Bilsenkraut: bringt wohltuenden Schlaf. Fingerhut: kräftigt das Herz.*

Mehrmals traf Hugh auf Leibeigene, die wispernd zusammenstanden. Sie gingen auseinander, sobald er sich näherte, und verbeugten sich vor ihm, wie es sich gehörte, aber niemand sprach ihn an. Ihre Mienen erschienen ihm sorgenvoll, und einmal hörte er jemanden raunen, des Bischofs Bote sei »geritten, als ob ihm der Teufel im Nacken säße«. Doch falls die Leute wussten, dass sie belogen wurden, behielten sie es für sich.

Innerhalb von drei Tagen wurden das Herrenhaus und das umliegende Gelände in eine Festung verwandelt, in der zweihundert Leute untergebracht werden mussten. Wäre es eine Burg gewesen, wie Restormel in Cornwall, hätte es genug Platz für eine solche Menge gegeben, aber das Haus war nur ein bescheidenes Gebäude, von einigen Hektar Land und einem Wassergraben umgeben, und die Bedingungen waren äußerst beengt.

Der Wassergraben wurde von einem Nebenfluss des River Pedle gespeist, der Devil's Brook genannt wurde. Er floss durch das Tal in Richtung Süden, in Richtung der größeren Liegenschaften von Afpedle und Woodoak, doch Sir Richard hatte es für gut befunden, den Flusslauf rings um seine Ländereien umzulenken, um Develish mittels des Burggrabens einen hochherrschaftlichen Anstrich zu verleihen. Monat für Monat hatte er seine Knechte den Graben ausheben lassen, ohne auf die Warnungen seiner Frau zu hören, dass sie nach dem langen Tagwerk auf den Feldern doch schon erschöpft seien, denn Milord of Develish wollte es an Großartigkeit unbedingt mit den Lords von Afpedle und Woodoak aufnehmen können.

Seit zehn Jahren war der Wassergraben bereits fertig, doch erst jetzt diente er einem besseren Zweck, als nur Sir Richards Stolz aufzupolieren. Zur endgültigen Trennung von der Außenwelt gebot Lady Anne, die Holzbrücke abzuschlagen und zu verbrennen. Die Bauernkaten jenseits des Wassers standen nun leer und verlassen, und viele Hektar an Feldern, Wald und Wiesen erstreckten sich ungenutzt bis zum Horizont. Die Hitze des Scheiterhaufens war unerträglich in der Julisonne, doch jeden zog es dorthin, um der symbolischen Brückenverbrennung beizuwohnen. Auch Hugh de Courtesmain war unter den Schaulustigen. Während die Glut langsam erstarb, horchte er auf die Kommentare der Umstehenden. Wie es schien, war er nicht der Einzige, der die Folgen dieses Spektakels vorhersah.

»Sie wird sich ihren Gatten zum Feind machen, wenn sie vorhat, ihn auszusperren …«

»Mach dir lieber Sorgen über seinen Zorn auf uns, weil wir gemeinsame Sache mit ihr machen …«

Hugh kannte die Namen von Sir Richards Leuten aus seinen Akten, doch er hatte sich noch nicht gemerkt, welcher Name mit welchem Amt einherging. Bisher hatte er stets den Büttel, Foucault, die Knechte zur Fronarbeit innerhalb der Einfriedung abkommandieren lassen, und nun tat es ihm leid, dass er sich nicht selbst hinbemüht hatte. Nur einen von ihnen erkannte er – einen hochgewachsenen, dunkelhaarigen Burschen, der sich am Tag von Sir Richards Abreise Lady Eleanors Zorn zugezogen hatte. Der Vorfall hatte ihn neugierig gemacht, sodass er sich bei einer Dienerin nach dem Gezüchtigten erkundigt hatte, und sie hatte ihm den Namen Thaddeus Thurkell genannt.

Thurkell schien die Aufsicht über den Scheiterhaufen innezuhaben, entweder auf Lady Annes Anweisung oder aus eigener Initiative. »Sir Richard wird uns alle anstecken, wenn er die Krankheit hat«, sagte er ruhig und bückte sich, um einen schwelenden Scheit, der ihm vor die Füße gerollt war, in die Glut zurückzuwerfen. »Lady Anne beweist großen Mut, indem sie ihn aussperrt. Sein Zorn wird sie treffen, bevor er uns trifft, und wir werden ihn alle nur denkbaren Verwünschungen über den Graben rufen hören, ehe er uns zu zwingen versucht, ihre Gebote zu missachten.«

»Sei still, Junge«, zischte ein anderer ärgerlich. »Deine Ansichten zählen hier nicht.«

»Lass ihn doch reden, Will«, mischte eine Frau sich ein, die etwas weiter hinten stand. »Wir haben mehr Grund, Lady Anne zu trauen als Sir Richard. Was hast du sonst noch zu sagen, Thaddeus?«

»Falls Sir Richard bereit ist zuzuhören, wird er erfahren, dass in John Truebloods Hütte genügend Vorräte gelagert sind, um ihn und seine Männer zwei Wochen lang zu erhalten. Wenn sie dann noch immer nicht befallen sind, werden wir sie ungefährdet einlassen können. Der Bote des Bischofs hat uns versichert, dass die Krankheit einen Verlauf von drei bis vier Tagen hat, also müssten vierzehn Tage reichen, um zu beweisen, dass Sir Richard und seine Männer frei davon sind.«

Der Bursche hatte etwas Überzeugendes, fand Hugh, und das nicht nur, weil er größer und kräftiger war als alle anderen. Er schien außerdem über Wissen zu verfügen, das den anderen verborgen war.

»Und wenn er seinen Männern befiehlt, die Einfriedung zu stürmen?«, fragte jemand aus der Menge.

»Wir müssen sie eben daran hindern, über den Burggraben zu setzen.« Thurkells dunkle Augen musterten die Gesichter der Umstehenden. »Sir Richards Schwur, uns zu beschützen, ist ebenso heilig wie der eure. Er wird vor Gottes Richterstuhl stehen, wenn er Siechtum und Tod über seine Leute bringt.«

»Du bist sehr kühn, für Gott zu sprechen, Thaddeus.«

»Ich erinnere euch nur daran, was der Treueschwur besagt. Denkt an die Worte, die ihr nachgesprochen habt, und erinnert euch an die Bedingung, unter der ihr euch und eure Nachkommen Sir Richard überantwortet habt – dass er so standfest zu euch hält wie ihr zu ihm.«

»Er ist kein vernünftiger Mensch. Er wird uns prügeln lassen, ganz gleich, was wir tun.«

Thaddeus deutete auf das hölzerne Floß am Ufer, das Lady Anne hatte bauen lassen, ehe die Brücke verbrannt wurde. »Dann setzt damit über, kehrt zurück zu euren Hütten und werft euch vor ihm nieder, wenn er heimkommt. So erspart ihr euch die Prügel, aber vielleicht nicht die Ansteckung.«

»Sag uns, was du von dieser Krankheit weißt, Thaddeus. Manche von uns glauben nicht, dass sie sich mit Kräutern heilen lässt, und verstehen nicht, warum Lady Anne sie so unbedingt draußen halten will.«

Eine andere Frau erhob die Stimme. »Die Küchenmädchen haben den Boten des Bischofs gesehen. Er hat so vor Angst geschlottert, sagen sie, dass er kaum essen konnte. Ist es möglich, dass Lady Anne uns belügt?«

Hugh war genauso gespannt auf Thaddeus' Antwort wie alle anderen, denn der Knecht schien das Sprachrohr seiner Herrin zu sein. Wie zornig sie gewesen war, als ihre Tochter Thaddeus Thurkell mit der Weidenrute traktiert hatte! Seitdem fragte sich Hugh, ob sich hinter dem Verhältnis von Herrin zu Knecht nicht vielleicht mehr verbarg, als sie zu erkennen gaben.

Thaddeus hob eine Forke auf und stocherte in der Glut. »Sie hat uns noch nie belogen«, sagte er ruhig. »Jede Krankheit kann töten, wenn der Leib schwach oder alt ist. Das wisst ihr. Ihr alle habt doch Kinder durch die Blattern verloren, bevor Lady Anne nach Develish kam.«

»Es ist schon ein starkes Stück, ihren Gemahl nicht mehr über den Graben zu lassen, nur damit wir uns kein Fieber einfangen.«

»Wenn jedes Kind in Develish zur gleichen Zeit krank wird, können vielleicht zwanzig geheilt werden, aber nicht fünfzig. Lady Anne kann nicht Wunder wirken und sie alle retten. Was, wenn sie selbst sich das Fieber zuzieht?«

»Sie muss uns beibringen, wie man den Kräutersud macht«, warf eine Frau von hinten ein.

»Dann bitte sie um Anweisung. Je mehr Hilfe wir ihr leisten, desto mehr helfen wir uns selbst.«

Allmählich zerstreute sich die Gruppe. Die Zuschauer schlenderten in kleineren Grüppchen davon. Nur Thaddeus Thurkell blieb, um den verglimmenden Scheiterhaufen zu bewachen. Hugh de Courtesmain trat auf ihn zu. »Du sprichst wie ein freier Mann«, sagte er auf Englisch, »aber die Dokumente weisen dich als Leibeigenen aus.«

Thaddeus verbeugte sich leicht. »Bitte um Vergebung, Sir«, antwortete er auf Französisch. »Es war mir nicht bewusst, dass es einen Unterschied gibt in der Art, wie die Leute sprechen … außer in der Sprache, die sie bevorzugen.«

Es war nicht unüblich, dass Leibeigene auch Französisch sprachen – seit Wilhelm dem Eroberer war die Sprache in allgemeinem Gebrauch –, doch Lady Anne hatte Hugh den Eindruck vermittelt, die Bauernschaft in Develish spräche ausschließlich Englisch. Jetzt überkam ihn mit einem Mal das unangenehme Gefühl, dass alles, was er seit seiner Ankunft zu Sir Richard gesagt hatte, belauscht und verstanden worden war. »Nur Freie haben eine Wahl im Leben«, sagte er steif. »Leibeigene haben keine … du aber willst deinesgleichen dazu bringen, dass sie eigene Entscheidungen treffen.«

»Unsere Gedanken sind frei, Sir. Noch gibt es kein Gesetz, das uns am Denken hindert.«

Der Verwalter fühlte sich im Nachteil, weil er zu einem Leibeigenen aufschauen musste. Der Bursche musste ja wohl mehr als sechs Fuß messen, wie er da stand und Hugh um Haupteslänge überragte. »Wer hat dir gesagt, dass ich meine eigene Sprache leichter verständlich finde? Bin ich für die Hausdiener denn so interessant, dass sie alles nach draußen weitertratschen?«

»Ihr seid für alle interessant, schon vom ersten Tag Eurer Ankunft an, Master de Courtesmain. Ihr wisst mehr über England als wir. Nur Sir Richard ist je so weit nordwärts bis zu dem Gut seines Schwagers gereist.«

Hughs Unmut und Misstrauen nahmen zu. Seit er in Develish war, hatte er den Dienstboten nichts von sich erzählt – schon gar nicht, dass er auf Empfehlung von Sir Richards Schwester hergekommen war –, und doch schien es allgemein bekannt zu sein. »Woher nimmst du die Kunde?«

»Seit acht Wochen wird praktisch von nichts anderem geredet. Jeder Neuankömmling erweckt Neugier.«

»Und was weißt du sonst noch?«

Thaddeus blickte über den Burggraben zu den Feldern hin, die sich in sanften Hängen zum Wald hin ausdehnten. Die meisten waren in schmale Äcker unterteilt, doch am Saum des Waldes lag ein Streifen Grasland, auf dem ein paar Pferde träge in der Hitze mit den Schweifen schlugen. »Dass Ihr hier an nichts gebunden seid, Master de Courtesmain, und niemandem verpflichtet. Solltet Ihr auf den Gedanken kommen, Euch auf eins dieser Rösser dort zu schwingen und gen Norden zu reiten, um der Krankheit zu entkommen, wird es Euch keiner verdenken.«

Hugh folgte seinem Blick. »Du irrst. Ich bin Sir Richard durch Eid verpflichtet und brauche seine Erlaubnis, um meinen Posten zu verlassen, sonst muss ich vor Gericht dafür geradestehen.«

Mit einem Tritt beförderte Thaddeus ein Holzscheit zurück ins Feuer. »Ein weiser Mann lebt für den heutigen Tag und sieht zu, was der Morgen bringt.«

»Und dennoch scheint Lady Anne mir sehr darum besorgt, wie diese Krankheit uns treffen mag. Man könnte denken, die Plage wäre eigens zu unserem Verderben gesandt, so, wie sie dagegen aufrüstet.« Lauernd auf eine Reaktion des Burschen, konnte er doch nicht erkennen, ob Thaddeus wusste, dass der Bischof vor Schlimmerem als Kopfschmerzen und Fieber gewarnt hatte. »Wenn es Gottes Wille ist, uns zu strafen, würde nur ein törichtes Weib – oder ein Teufel – dies zu vereiteln suchen.«

Der Knecht musterte ihn eine Weile schweigend. »Ich gebe nicht vor, Gottes Willen zu kennen, Master de Courtesmain«, sagte er schließlich und wandte sich wieder zum Feuer um.

»Aber Euch steht es ebenso frei, südwärts nach Bradmayne zu reiten, um Sir Richard vor den Geschehnissen hier zu warnen. Wenn er wohlauf ist und nicht von der Krankheit befallen, wird er Euch für Eure Loyalität belohnen. Wenn aber nicht, bleibt Euch das Privileg, an seiner Seite zu sterben.«

(AUSZUG AUS LADY ANNES TAGEBUCH)

Der sechzehnte Tag im Juli 1348

Was Gott mit der einen Hand gibt, das nimmt er mit der anderen. Ich danke Ihm demütig für Thaddeus Thurkell, aber um meinen guten Freund Gyles Startout bin ich zutiefst besorgt. Wir haben so viel zusammen geplant und erreicht, und er sollte jetzt hier an meiner Seite sein.

Ich kann nicht glauben, dass Bradmayne von diesem Schwarzen Tod verschont geblieben sein kann, da es nur einen Tagesritt von Melcombe entfernt liegt. Niemand wird um Sir Richard trauern, sollten wir ihn verlieren, aber wenn Gyles nicht wiederkommt, wird es vielen das Herz brechen – auch mir. Ich bete darum, dass er heil und unversehrt zu uns zurückkehren möge.

FÜNF

Hugh de Courtesmains Vasallentreue wurde früher auf die Probe gestellt, als er erwartet hatte. Am Nachmittag nach der Verbrennung der Brücke wurden Rufe laut, dass Reiter sich von Süden her näherten. Die Landstraße, die dem Flusslauf des Devil's Brook folgte, war weithin sichtbar, ebenso wie jeder, der dort entlangkam. Es gab noch einen Pfad von Ost nach West, der ab und zu Händler oder Barden von Pedle Hinton und Funtenel herbeiführte, doch es brauchte ein starkes Herz und kräftige Beine, um das schroffe, dicht bewaldete Hügelland zu überwinden.

Wie er es sich seit einigen Tagen angewöhnt hatte, stattete Hugh Lady Eleanor in der Kemenate ihrer Mutter einen Besuch ab, hörte sich ihre Kümmernisse an und ertrug ihre schlechte Laune. Mit ihren vierzehn Jahren war sie ein leichtes Opfer für einen doppelt so alten Mann, der willens war, ihr zu schmeicheln, um sie besser aushorchen zu können. Sie war so indiskret, wie er gehofft hatte, und erzählte ihm unbefangen, was sie über Develish wusste oder zu wissen glaubte.

Er stellte fest, dass sie im Lesen und Schreiben ebenso wenig bewandert war wie ihr Vater, der sie anscheinend ermutigte, derlei als Belange der Kirche und solcher Leute wie Hugh anzusehen, die dazu angestellt waren, Buch zu führen. Folglich war sie der Ansicht, dass Schulbildung unnötig sei, da es ja weniger hochgestellte Personen gab, um die langweiligen Aufgaben zu erfüllen, die damit einhergingen.

Hugh erfuhr von Lady Annes Abneigung gegen ihren Gemahl, welche der Grund dafür gewesen war, weshalb sie auf ein eigenes Schlafgemach bestanden hatte, um ihm den Zugang zu ihrem Bett verwehren zu können. Ferner erfuhr er von ihrer Vorliebe, sich in Gesellschaft von Bauern aufzuhalten, allen voran der von Thaddeus Thurkell, dem Bankert, den Eva von einem fremdländischen Seemann empfangen hatte. An Sir Richard hatte Eleanor nichts auszusetzen, abgesehen davon, dass er es seiner Hexe von Eheweib erlaubt hatte, Peter of Bradmayne als würdigen Gemahl für seine Tochter zu wählen.

Als die Rufe draußen lauter wurden, ließ Hugh davon ab, Eleanors Gejammer zu lauschen, und trat ans Fenster. Er kniff die Augen zusammen, um die Herankommenden ins Visier zu nehmen, und vor Schreck schnürte es ihm den Magen zusammen, als er Sir Richards Rappen erkannte, auf dem eine schlaffe Gestalt im Sattel hing. Einer aus dem Tross hielt das Tier am Zügel und führte es in schleppendem Schritt, und zwei weitere – die Letzten von den elf Getreuen, die einst aufgebrochen waren – trotteten hinterdrein. Von dem Planwagen war nichts zu sehen.

»Wer ist es denn?«, fragte Lady Eleanor von ihrem Schemel aus.

»Schwer zu sagen auf die Entfernung, Milady.«

Das Mädchen trat zu ihm ans Fenster. »Es ist mein Vater«, stellte sie mit Genugtuung fest. »Ich wusste doch, dass er zurückkommen würde. Er wird zornig sein, wenn er sieht, was meine Mutter getan hat. Hoffentlich jagt er sie endlich davon, zu dem Bauernpack, dann sieht sie mal, was sie davon hat, mit Leuten unter ihrem Stand zu hausen.«

»Seid Ihr sicher, dass es Sir Richard ist, Milady?«, fragte Hugh verwundert. »Er ist mit elf Männern aufgebrochen, aber dort sehe ich nur noch vier.«

»Das ist doch sein Rappe«, fuhr sie ihn ungeduldig an.

Das Einzige, was Hugh an ihr anziehend fand, waren ihre blauen Augen und ihr blondes Haar. Ihr stumpfer Geist dagegen übte keinerlei Reiz aus. »Wenn das Euer Vater ist, kann er sich kaum im Sattel halten«, gab er vorsichtig zu bedenken, »und Lady Anne wird ihn nicht über den Graben lassen, wenn ihm unwohl ist.«

»Sie wird keine Wahl haben. Er wird das Floß anfordern, und keiner wird es wagen, sich ihm zu widersetzen.«

Hugh war überzeugt, dass der Befehl erteilt, jedoch nicht befolgt werden würde. Er trat ans andere Fenster, das auf den Hof hinausging, und sah zu, wie Lady Anne durch die Menge schritt, die dort versammelt war. Sie wandte sich kurz an Thaddeus Thurkell, der daraufhin einer Gruppe von Männern mit Forken winkte, am Wassergraben Aufstellung zu nehmen. Hugh wusste nicht, ob er den Mut der Frau bewundern sollte, die da so schmal und entschlossen zwischen den Knechten stand, oder sie nicht doch für die Frechheit verdammen, sich gegen ihren eigenen Gatten aufzulehnen.

Er hatte vorgehabt, sich zur Sicherheit außer Hörweite zu begeben, wenn Sir Richard wiederkam – vielleicht in die Kirche zu Pater Anselm –, aber nun sah er sich dadurch kompromittiert, dass er im Beisein von Lady Eleanor Zeuge seiner Rückkehr geworden war. Und prompt erklärte das Mädchen auch schon, dass sie hinausgehen wolle, um ihren Vater zu begrüßen.

Hugh stellte sich ihr in den Weg. »Eure Frau Mutter ist nicht ganz aufrichtig gewesen hinsichtlich dieser Krankheit,

Milady. Es gibt kein Mittel dagegen. Wenn Sir Richard sich angesteckt hat, wird er die Krankheit in ganz Develish verbreiten, und wir alle werden binnen einer Woche tot sein. Die einzige Möglichkeit, dies zu verhindern, ist tatsächlich, ihn auszusperren.«

Eleanor machte große Augen. »Ich glaube Euch kein Wort. Warum schlagt Ihr Euch jetzt plötzlich auf ihre Seite?«

»Ich hatte gehofft, die Kunde von einer Pestilenz wäre übertrieben, und Euer Vater würde bei guter Gesundheit zurückkehren … aber wenn acht seiner Männer gestorben sind, muss Bradmayne schon befallen gewesen sein, als er dort eintraf.«

Ein kleines Lächeln umspielte Eleanors Mundwinkel. »Heißt das, Lord Peter ist tot?«

»Das ist wohl anzunehmen, Milady.«

»Umso besser.« Sie wandte sich wieder zum Fenster.

Über ihre Schulter blickend, beobachtete Hugh, wie die kümmerliche Gruppe die ersten Bauernkaten erreichte. Der, der voranritt, sprang von seinem Ross und hämmerte an die Tür, stieß sie weit auf, als er keine Antwort erhielt. So ging er von einer Hütte zur nächsten, und seine Rufe schallten bis zum Herrenhaus hinüber, doch aus der Menge auf dem Vorplatz antwortete ihm keiner. Es war, als ob sie allesamt den Atem anhielten, in der Hoffnung, dass ihr Schweigen die Reisenden zum Weiterziehen bewegen würde.

Hugh sah zu, wie die beiden anderen Begleiter absaßen und Sir Richard auffingen, als er aus dem Sattel glitt. Einer umfing seine Schultern, während der andere seine Füße aus den Steigbügeln zog. Hilflos blickten sie sich um, wo sie ihn ablegen könnten, und entschieden sich schließlich für den staubigen Straßenrand, wo sie sich neben ihn kauerten. In Hughs Augen wirkten sie ebenso unfähig, sich auf den Beinen zu halten, wie ihr Herr, doch er konnte nicht erkennen, ob es Erschöpfung oder Fieber war, was sie so schwächte.

Der Mann, der vorangeritten war und als Einziger noch bei Kräften schien, wanderte die kurze Strecke vom Dorf zum Herrenhaus hinüber. Langsam ließ er den Blick über die Gesichter auf der anderen Seite des Grabens schweifen, als ob er sie zählte, und verneigte sich zu Lady Anne hin.

»Ich bin froh, Euch und Eure Leute wohlauf zu finden, Milady. Darf ich fragen, warum das Dorf verlassen ist?« Er sprach ein förmliches Englisch, das Hugh verstehen konnte.

»Aber sicher darfst du das, Gyles. Wir tun, was Seine Hoheit, der Bischof von Sarum, uns geraten hat. Er sandte Kunde von einer Krankheit, welche von Melcombe aus um sich greift und die unglücklicherweise Befallenen mit Fieber und Kopfschmerz plagt, und er gebot uns, die Tore zu schließen und das Anwesen nicht zu verlassen, bis sie vorbei ist. Die Krankheit ist mit Kräutern und Salbe zu heilen, verursacht aber Schmerzen, solange sie anhält.«

Hugh erkannte Unsicherheit in des Mannes Miene. Er öffnete den Mund, als wollte er Lady Anne widersprechen.

Sie kam ihm zuvor. »Wir sind alle so glücklich, dich zu sehen, Gyles. Heute Abend werden wir die Kinder tanzen lassen, um deine Rückkehr zu feiern. In ihrer Unschuld fragen sie jeden Tag, warum sie ihre Häuser verlassen mussten. Es gibt hier so vieles, was sie ängstigt – nicht zuletzt die Schatten in der großen Halle bei Nacht. Wir tun unser Bestes, um ihnen Albträume zu ersparen, und hoffen, du wirst es uns gleichtun.«

Der Mann rang sich ein müdes Lächeln ab. »Da sei Gott vor, dass mich jemand fürchtet, Milady.« Er wies zum Dorf hin. »Was soll ich für Sir Richard tun? Er leidet am Fieber, seit er heute Morgen erwachte.«

»Wann habt ihr Bradmayne verlassen?«

»Vor drei Tagen, Milady, aber wir kamen nur langsam voran. Wenn das Fieber kommt, kommt es überfallartig und beraubt einen aller Kräfte. Von den acht, die noch imstande waren, mit Sir Richard zu reiten, sind fünf auf der Strecke geblieben.«

Hugh überlief es kalt, und er musterte die Gesichter in der Menge, gespannt auf ihre Reaktion. Gewiss würden sie jetzt in Panik geraten? Aber nein. Die Leibeigenen, die sich um Thurkell geschart hatten – samt und sonders Männer, die in vorderster Reihe am Bau der provisorischen Hütten und am Viehtreiben über den Burggraben beteiligt gewesen waren, bevor die Brücke verbrannt wurde –, ermunterten die Frauen hinter ihnen, ihre Nachbarinnen zu beruhigen. Auch Lady Anne umfasste die Schultern der beiden Kinder, die neben ihr standen, und zog sie schützend an sich. »Was ist mit dir, Gyles?«, fragte sie mit unverminderter Gelassenheit. »Hast auch du das Fieber?«

»Ich bin der Einzige, der nicht befallen ist, Milady. Captain de Boulet und Master Foucault, der Büttel, sind ebenso leidend wie Sir Richard.«

»Dann werde ich Arzneien mit dem Floß hinübersenden, und du musst sie ihnen verabreichen. John Truebloods Kate ist mit Strohsäcken und reichlich Proviant ausgestattet. Dort könnt ihr Quartier nehmen, bis alle wieder genesen sind. Wir bitten euch nur, vierzehn Tage zu warten, bevor ihr euch über den Wassergraben zu uns gesellt.«

»Sir Richard hat nicht die Geduld, so lange abzuwarten, Milady. Er will gleich übersetzen und seinen Priester um Beistand ersuchen.«

»Sag ihm, Pater Anselm wird zu ihm kommen, Gyles. Er soll Bilsenkraut und Johanniskraut einnehmen, um das

Fieber zu senken, damit sein Geist klar ist, wenn er den Leib und das Blut Christi empfängt.« Sie winkte einer ihrer Dienerinnen. »Bring mir einen Korb mit Phiolen, und ich will Gyles erklären, wie er sie verabreichen soll. Sir Richard hat nichts zu befürchten von diesem Fieber.«

Während Hugh die Szene vom Fenster aus verfolgte, konnte er Lady Annes Täuschungsmanöver nur bewundern. Überzeugt, dass die kleinen Fläschchen mit gelblicher Flüssigkeit die Krankheit bezwingen würden, brach die Menge in ermutigende Rufe aus, als das Floß mit dem Korb an einer Seilwinde über den Wassergraben gezogen wurde. Er möge stark bleiben, riefen sie Gyles zu, und auf den Tag warten, an dem Sir Richard sich genug erholt haben würde, um ins Herrenhaus zurückzukehren. Die Stimmung bekam etwas Ausgelassenes – wie am Erntedankfest –, und Hugh fragte sich, ob irgendwer begriff, dass Lady Anne den armen Teufel dort drüben dazu verdammt hatte, an der Seite seines Herrn zu sterben.

Sein Blick ruhte auf Thaddeus Thurkell, der die Seilwinde bediente. Dieser Knecht wusste, welches Schicksal Gyles erwartete, sagte sich Hugh, und er war bereit, für Lady Anne den Henker zu geben, wenn es sein musste. Er hielt ein Messer in der Rechten, während er mit der Linken die Kurbel betätigte, und neben ihm stak die Forke im Uferwall des Wassergrabens. Sollte Gyles aus Angst versuchen, das Floß zu entern, so würde Thaddeus mit Dolch und gegabelter Lanze dafür sorgen, dass er nie das andere Ufer erreichte.

»Wieso hat Thaddeus ein Messer in der Hand?«, fragte Eleanor neugierig.

»Um das Floß loszuschneiden, falls es sich im Schilf verfängt.«

Es war eine dürftige Erklärung, aber Eleanor gab sich damit zufrieden. Sie schien unfähig, über irgendetwas nachzudenken, das nicht sie selbst betraf, und ihr Spatzenhirn hatte Hughs Warnung vor einer tödlichen Krankheit, der man innerhalb einer Woche erlag, schon wieder vergessen. »Warum hat Mutter ihn nicht gefragt, ob Peter noch am Leben ist?«, nörgelte sie. »Sie ist so *gemein* zu mir. Jetzt kann ich warten, bis es Vater besser geht, um herauszufinden, ob ich immer noch in das abscheuliche Bradmayne einheiraten muss.«

Zwei weitere Tage vergingen, bevor Lady Anne Hugh de Courtesmain ins Kontor des Verwalters rufen ließ, um ihm mitzuteilen, dass Sir Richard gestorben sei und de Boulet und Foucault die Nacht nicht überleben würden. Sie hatte Hughs Amtsstube so selbstverständlich übernommen wie sein Amt, und so fand Hugh sie an seinem Schreibpult, über Vorratslisten gebeugt, während Thaddeus Thurkell ihr über die Schulter sah und ihr Stichworte aus einer eigenen Liste vorlas. Falls Hugh je bezweifelt hatte, dass Isabella die Einzige unter den Leibeigenen war, die lesen konnte, so hatte er jetzt Gewissheit.

Was ihn jedoch schockierte, war das intime Bild, das die beiden abgaben. Die Frau hatte ihr Häubchen abgenommen und ließ ihr braunes Haar lose auf die Schultern fallen; Thurkell hatte die Ärmel aufgekrempelt, und das Hemd hing ihm achtlos über die Hose. Es war nicht auszumachen, wer von ihnen der Ältere war, da Lady Anne ohne Kopfbedeckung jünger wirkte, während Thurkell mit seinen dunklen Bartstoppeln älter aussah.

Noch schockierter war Hugh von der sachlichen Art, in der Lady Anne ihren Gatten für tot erklärte. Sie sprach französisch. »Ihr sollt wissen, dass Ihr Sir Richard von nun an nicht länger verpflichtet seid, Master de Courtesmain. Er ist gestern seiner Krankheit erlegen, und es steht zu erwarten, dass der Hauptmann und der Büttel ihm noch heute folgen werden. Ihr seid frei zu gehen, sofern dies Euer Wunsch ist.«

Hugh zögerte einen Augenblick mit der Antwort. War sie von Sinnen, dass sie so leichthin vom Tod ihres Gatten sprach? Hatte sie vergessen, was der Bote des Bischofs über Beulen und Schwären gesagt hatte? Das Dorf war nur zweihundert Schritte entfernt, und Hugh wurde es übel beim Gedanken an Sir Richards entstellte Leiche in solcher Nähe. Wie lange würde es dauern, bis der Gestank sie hier erreichte?

»Warum verharrt Ihr in Eurem Hohn?«, fragte er zornig. »Habt Ihr denn keine Angst vor Vergeltung? Ihr führt Eure Leute in die Irre, indem Ihr ihnen etwas von Heilmitteln vorgaukelt.«

Sie hob die dunklen Augen, und eine kleine, fragende Falte erschien auf ihrer Stirn. »Habe ich Euch in die Irre geführt, Master de Courtesmain? Wenn ja, dann bitte ich aufrichtig um Vergebung. Ich dachte, Ihr hättet verstanden, dass Sir Richard nicht überleben konnte. Warum ihn sonst von seinem Bett fernhalten? Mit den Kräutern konnte Gyles seine Schmerzen lindern … weiter nichts. Das Gleiche tut er für Captain de Boulet und Master Foucault, aber sie werden so unvermeidlich sterben wie ihr Herr.«

»Dann sind wir alle tot«, entgegnete Hugh verzweifelt. »Gott würde doch nicht den Herrn zu sich rufen, die Knechte aber verschonen.«

Lady Anne schüttelte den Kopf. »Ich bezweifle, dass diese Krankheit die Stellung eines Menschen erkennt, Sir. In Bradmayne starben die Bauern zuerst, aber der Haushalt folgte ihnen bald nach. Lord Peter empfing gerade die Letzte Ölung, als Sir Richard aufbrach.«

Hugh starrte sie entsetzt an. »Wie könnt Ihr das wissen? Gyles hat sich nie wieder am Wassergraben aufgehalten, seit Ihr ihm die Arzneien gesandt habt.«

»Thaddeus hat bei Nacht ins Dorf hinübergesetzt, als alle schliefen, und hat mit Gyles gesprochen. Es hat ja keinen Sinn, unsere Leute unnötig zu ängstigen, und wir brauchen Gyles, um die Leichen zu beerdigen, damit sie nicht noch zur Ansteckungsquelle für andere werden.«

Der Verwalter trat hastig einen Schritt zurück und hielt sich unwillkürlich den Rockärmel vor Mund und Nase. »Und was hat Thurkell daran gehindert, die Krankheit mit zurückzubringen?«

Es war der Knecht, der ihm antwortete, wobei er sich des Französischen bediente, ebenso wie Milady. »Ich habe Abstand gehalten. Wir haben Glück, dass es Gyles Startout war, der gesund zurückkam. Er ist einer unserer Ältesten, mit fast einem halben Jahrhundert Lebenserfahrung. Er hat Weib und Kinder und ist klug genug zu verstehen, dass die Gesunden von den Kranken getrennt werden müssen. Er sah, wie schnell die Seuche sich in Bradmayne ausgebreitet hat, und möchte vermeiden, dass es auch hier geschieht.«

»Ist er denn befallen?«

»Noch nicht.«

»Wie kann das sein?«, wandte Hugh sich an Lady Anne.

Sie nahm die Frage ernst. »Im Kloster habe ich gelernt, dass Krankheiten sich unterschiedlich auf Menschen auswirken«, sagte sie. »Wenn es nicht so wäre, würden wir jedes Mal einen Ausschlag bekommen, wenn unsere Kinder die Blattern haben. Aber so ist es nicht. Haben wir als Kind die Blattern gehabt, werden wir sie als Erwachsener nicht mehr bekommen. Die Nonnen hatten keine Erklärung dafür, und ich auch nicht, doch die Erfahrung zeigt, dass es stimmt.«

Sie besann sich einen Augenblick. »Es kann sein, dass Gyles Glück hat oder eine besondere innere Stärke, welche die Krankheit an der Ausbreitung in seinem Körper hindert.«

»Aber dieses Übel hier ist eine tödliche Seuche mit eitrigen Beulen, Milady, kein Hautausschlag. Der Bote des Bischofs nannte es den Schwarzen Tod.«

»Dann erteilt mir doch bitte einen Rat, Master de Courtesmain. Wenn uns ohnehin der Tod bestimmt ist, was soll ich dann tun?«

»Euren Leuten sagen, dass sie ihren Frieden mit Gott machen sollen. Sie daran erinnern, dass die Beichte und Absolution der einzige Weg zur Erlösung sind. Ersucht sie, um Gnade zu beten.«

Sie musterte ihn zweifelnd. »Und welche Sünden sollen sie begangen haben, um so einen Tod zu verdienen? Welche Gebete sollen sie sprechen, um ihren Schöpfer, der ihnen solches Schicksal zugedacht hat, am Ende noch umzustimmen? Meint Ihr nicht, mein Gemahl habe um Gnade gebetet, während das Leben ihn verließ?«

»Ihr habt ihm den Priester versprochen, Milady.«

»Der Priester weigerte sich, zu ihm zu gehen. Er hat sich lieber bis zur Bewusstlosigkeit betrunken, als sein Leben zu gefährden.«

Mit schmallippiger Miene nahm Hugh diese Blasphemie zur Kenntnis. »Das ist Ketzerei, Milady. Kein Wunder, dass Gott Euch und Euer Anwesen zu strafen sucht.«

Lady Anne lächelte milde. »Seine Strafen fallen sehr willkürlich aus, Sir. Wenn meine Sünden diese Krankheit über Dorseteshire gebracht haben, dann war es grausam von Gott, zuerst Melcombe und Bradmayne heimzusuchen. Nach dem, was Gyles erzählt hat, wird dort wohl kaum noch einer am Leben sein.«

Thaddeus schüttelte den Kopf. »Es ist unsinnig, die Seuche durch Beichten abwehren zu wollen«, sagte er. »In Bradmayne haben sie jeden Tag gebeichtet – Sir Richard ebenfalls –, und dennoch sind sie krank geworden. Gyles dagegen, der den Priester nur von Weitem sah, ist verschont geblieben.«

Der Einwurf ärgerte Hugh. Es klang ja geradeso, als stünde Thurkell auf gleicher Stufe mit seiner Herrin und dem Gutsverwalter. »Die Arroganz und Respektlosigkeit dieses Burschen ist Grund genug, Gottes Missfallen zu erregen«, belehrte er Lady Anne. »Er muss lernen, wo sein Platz ist. Ein Leibeigener hat keine Meinung zu haben.«

Wieder lächelte sie. »Ich habe Master Thurkell zu meinem Verwalter ernannt, Sir, und ich lege Wert auf seine Hilfe. Wir kennen uns nun schon viele Jahre, und er ist ebenso gebildet wie Ihr und ich. Es ist nicht meine Absicht, Euch in den Augen aller herabzuwürdigen, indem ich Thaddeus Euren Posten gebe, doch Ihr wart von Sir Richard berufen, nicht von mir. Sein Tod hat uns von jeder gegenseitigen Verbindlichkeit befreit.«

Hugh pochte das Herz im Halse. Er suchte nach einer passenden Antwort, voller Angst vor dem Rauswurf, auch wenn es ihn nicht weniger ängstigte zu bleiben. Er deutete eine Verbeugung an. »Ich bin willens, Euch meine Gefolgschaft anzutragen, Milady.«

»Das wäre unrecht von Euch, wenn Ihr mich für eine Ketzerin haltet, Sir. Wenn Gott nun Develish meiner Sünden wegen straft, wird Er auch Euch strafen.« Als sie keine Antwort erhielt, setzte sie hinzu: »Ist Euer Herz denn so rein von aller Intrige und Hinterlist, dass Ihr so selbstgewiss andere tadeln mögt? Lady Eleanor sagte mir, Ihr wärt ihr einziger Freund, aber ich frage mich, aus welchem Grund ein

Mann Eures Alters meine vierzehnjährige Tochter wohl interessant findet.«

Hugh wurde rot. »Sie machte sich Sorgen um ihren Vater, Milady. Ich habe ihr nur Trost spenden wollen.«

»Meine Dienerin Isabella macht sich gleichfalls Sorgen um ihren Vater. Möchtet Ihr sie auch trösten?«

»Ich kenne Isabellas Vater nicht.«

»O doch, Sir. Es ist Gyles Startout, und weit davon entfernt, ein sündiger Mensch zu sein, hat er Mut und Aufopferung gezeigt, indem er Sir Richard, Captain de Boulet und Master Foucault gepflegt hat. Gyles wird sie tief in der Erde jenseits des Dorfes begraben und für ihre unsterblichen Seelen beten, doch er weiß, wenn *er* das gleiche Schicksal erleidet, wird er allein sein, und seine Leiche wird unter freiem Himmel verwesen, bis nur noch die blanken Knochen daliegen.«

Die Vorstellung von einem solchen Tod machte Hugh schaudern. Über die letzten zwei Tage hatte er oft zum Dorf hinübergespäht und beobachtet, wie Gyles vor die Hütte trat, sich in den Staub kauerte und das Gesicht der Sonne zuwandte. Jedes Mal war Hugh bemüht gewesen, verräterische Anzeichen der Seuche an dem Mann zu entdecken, doch die Entfernung war zu groß. Am vorigen Nachmittag hatte sich ein Reiter auf der Straße genähert, und Gyles war herausgerannt und hatte warnend die Arme geschwenkt. Hugh konnte nicht sehen, ob Worte gewechselt wurden, aber der Fremde hatte sich schleunigst wieder davongemacht. »Wo ist der Reitersmann gestern hergekommen?«, fragte er.

»Aus Afpedle«, sagte Thaddeus. »Die Seuche hat dort schon mehr als fünfzig Menschen getötet, und hundert in Woodoak. Gyles meinte, der Mann sei totenblass geworden, als er hörte, dass es hier auch schon Leidende gab.«

»Wo ritt er hin?«

»Gen Norden. Im Süden ist nichts mehr sicher. Gyles sagte, auf der Rückreise hätten sie gehört, dass jedes Dorf in einem Radius von zwanzig Meilen östlich und westlich von Dorchester befallen sei.«

Hugh wunderte sich über die Ruhe, mit der Lady Anne und Thaddeus sprachen, als ginge es um nichts Schlimmeres als die Vorhersage von Regenwetter. Fehlte es ihnen an Fantasie? Hatten sie keine Furcht vor Schmerz und Tod? Seine eigene Todesangst – verwurzelt in den albtraumhaften Höllenvisionen der Kirche, die ihm von klein auf eingebläut worden waren – ließ ihm das Herz in der Brust flattern wie ein gefangener Vogel.

Er fuhr sich mit der Zunge über die trockenen Lippen. »Warum fürchtest du dich nicht?«, fragte er den Knecht. »Vertraust du Lady Anne denn so sehr, dass du glaubst, du wirst überleben?«

Thaddeus griff nach einer Pergamentrolle auf dem Tisch. »Das hier ist ein Dokument Eures Vorgängers, in dem er aufgezeichnet hat, wie wir mit einer Schafsseuche umgingen, die vor fünf Jahren unsere Herde befallen hat.« Er hielt Hugh das Schriftstück hin. »Hätten wir damals nicht die gesunden von den kranken Tieren getrennt, dann hätten wir sie alle verloren. In Klöstern wird die Methode schon seit vielen Jahren angewandt. Soll ich es Euch aus dem Englischen übersetzen?«

Hugh hasste den Knecht glühend. »Das wird nicht nötig sein, wenn es in dem Englisch verfasst ist, das die Edelleute sprechen«, entgegnete er steif.

Thaddeus lächelte. »Aber ja, Sir. Die Mundart von Dorset ist schwer zu schreiben, aber noch schwerer zu lesen und zu verstehen.«

24. April. Heute sind wieder 3 Mutterschafe erkrankt, macht insgesamt 12. Die 5 aus Pedle Hinton angekauften sind Dienstag verendet. Ich habe angeordnet, die kranken Tiere zu schlachten und zu verbrennen und die gesunden auf eine frische Weide zu treiben.

6. Mai. Aus Pedle Hinton kam die Kunde, dass ihre ganze Herde eingegangen ist. Offenbar haben die 5 Schafe von dort die Seuche hier eingeschleppt. Ich habe die Anweisung gegeben, dass neue Tiere immer abseits gehalten werden müssen, bis wir sicher sein können, dass sie gesund sind.

3. Juni. 120 Tiere sind noch immer gesund, und ich bin voller Hoffnung, dass wir das Schlimmste hinter uns haben. Alles in allem haben wir 12 Mutterschafe, 2 Böcke und 8 Lämmer verloren. Ich habe Order erteilt, dass kranke Tiere in Zukunft sofort getötet werden müssen. Die Herde ist zu wertvoll, als dass wir uns eine Ausbreitung von Krankheitsbefall erlauben könnten.

Hugh mochte nicht einsehen, dass es irgendeine Vergleichbarkeit zwischen Mensch und Tier geben konnte. Er machte eine wegwerfende Geste. »Und was für eine Lehre ziehst du daraus?«, fragte er sarkastisch. »Dass ein kranker Mensch genauso zu behandeln ist wie ein krankes Schaf? Soll dann jeder in Develish getötet werden, der über Kopfschmerzen klagt?«

Thaddeus senkte den Blick, aber Hugh hatte den Spott darin bereits gesehen. »Die Lehre, die wir daraus ziehen, ist die Isolierung von Kranken«, erklärte er. »Vom Menschenmorden steht nichts darin. Wenn Ihr Eure Bibel kennt, werdet Ihr wissen, dass Gott schon Moses anwies, die Ausbreitung von Krankheit durch die Trennung von Kranken und Gesunden zu verhindern.«

»Wie das?«, wandte Hugh sich an Lady Anne. »Ich weiß nichts von einer solchen Weisung.«

»Ihr findet sie im vierten Buch Mose«, sagte sie. »Ein Aussätziger soll allein leben, getrennt von seiner Sippe. Dass sie ihn töten sollen, steht nicht geschrieben, er muss nur abgesondert werden, damit die Lepra eingedämmt wird.«

Sprach sie die Wahrheit? Hugh war sich nicht sicher. »Aber was soll denn werden, Milady, wenn Ihr die Seuche nicht draußen zu halten vermögt? Innerhalb des Burggrabens gibt es nicht genug Platz, um die Gesunden von den Kranken zu trennen.«

Lady Anne nickte. »Wenn das passiert, werden wir die Kranken ins Dorf schicken und Freiwillige ersuchen, sie zu pflegen. Wir können nur unser Bestes tun, Master de Courtesmain.«

»Es liegt bei Gott, zu entscheiden, was das Beste ist, Milady.«

»In der Tat, und Ihr seid ein guter Christ, dass Ihr mich dran erinnert. Euer demütiges Annehmen von Gottes Fügung wird ein leuchtendes Beispiel sein, wenn die Zeit kommt, nach Freiwilligen Ausschau zu halten.«

»Ich kann mich im Dorf nicht nützlich machen, Milady«, sagte Hugh, mit dem unbehaglichen Gefühl, wie ein Heuchler dazustehen. »Ich kenne mich nicht mit Arzneien aus.«

»Dann müsst Ihr ernsthaft bedenken, ob Ihr in Develish bleiben wollt.« Sie klang belustigt. »Wenn Ihr keine Tugend bei uns findet und keinen Beitrag zu unserem Wohlergehen leisten könnt, wäre es doch nur vernünftig, das Weite zu suchen, nicht wahr? Unsere Vorräte werden länger halten, wenn wir einen weniger durchzufüttern haben – und Ihr wärt besser aufgehoben in Foxcote, wo die Leute weniger sündhaft sind.«

Hugh verfluchte sich dafür, dass er ihr die Gelegenheit gegeben hatte, sich über ihn lustig zu machen. Sicher hatte sie den Brief von Sir Richards Schwester gelesen, in welchem geschildert wurde, wie Hugh auf Milord of Foxcotes Landsitz mit Raufereien, Ehebruch und Diebstahl umzugehen pflegte. Hugh hatte den Brief säuberlich auf einem der Regale in seinem Kontor abgelegt gefunden, und er konnte sich noch an die Worte erinnern.

Ihr könnt Euch auf Hugh de Courtesmain verlassen, Bruder. Er ist ein gewissenhafter Büttel und wird einen guten Verwalter abgeben. Er schwingt die Peitsche über Missetätern mit dem rechtschaffenen Eifer eines Zuchtmeisters. Ich wünschte nur, es gäbe mehr von seiner Sorte, stets bereit, ihren Herrschaften anzuzeigen, wer die Übeltäter sind. Er ist mein einziger Zuträger solcher Kunde, und ich werde ihn vermissen.

Hugh hatte dies als uneingeschränktes Lob verstanden und sich geschmeichelt gefühlt. Auch Sir Richard hatte nur Anerkennung darin gesehen und dem neuen Verwalter reichliche Belohnung versprochen, wenn er seinem Herrn oft genug Kunde von Fehltritten brachte. Doch angesichts einer Frau, die keinen Fehl an ihren Knechten finden konnte, war Hugh sich nicht mehr sicher, ob es wirklich rechtschaffen von ihm war, einen hungernden Bauern dafür auszupeitschen, dass er ein Säckchen Mehl versteckt hatte, um seine Kinder satt zu bekommen, oder ihn bei der übellaunigen Gemahlin eines brutalen Lehnsherrn anzuschwärzen.

Nun steckte er in der Zwickmühle. Er wollte nicht zurück nach Foxcote – nachdem er ihm einmal entkommen war – und erst recht nicht allein durch Dörfer reiten, in denen die

Seuche grassierte; doch in Develish sah er für sich keine Zukunft mehr. Welche Stellung konnte er noch einnehmen, wenn Lady Anne den Verwalterposten Thaddeus Thurkell übertragen hatte? Wollte sie Hugh etwa auf den Rang eines verhassten Knechts zurückstufen?

Er beugte das Knie vor ihr. »Darf ich es mir überlegen, Milady?«

Sie nickte. »Das dürft Ihr wohl, Master de Courtesmain, aber ich rate Euch, beizeiten einen Entschluss zu fassen. Es werden verzweifelte Leute unterwegs sein, wenn die Pestilenz sich erst gen Norden ausbreitet.«

Kaum hatte er den Raum verlassen, wurde Hugh das ungute Gefühl nicht los, sich zum Narren gemacht zu haben, indem er den Zweck der Unterredung missverstand. Warum hatte Lady Anne ihm zu verstehen gegeben, er sei nicht länger erwünscht, und ihn dann um Rat gefragt? Warum ihm die Wahl lassen, ob er fortwollte, anstatt ihn einfach davonzujagen? Hatte sie seine Bereitschaft erproben wollen, sich ein eigenes Urteil zu bilden, anstatt einfach nur Befehle auszuführen, wie Sir Richard es von ihm erwartet hätte?

Am anderen Ende der großen Halle sah Hugh eine der Dienerinnen ein Grüppchen Frauen in der Herstellung von Kräutersud unterweisen. Manche waren grauhaarig, viel älter als die Leibeigenen in Foxcote, aber sie wirkten immer noch robust. Zu seiner Rechten saßen Mütter mit Babys auf dem Schoß und sahen Isabella dabei zu, wie sie den älteren Kindern Lesen und Schreiben beibrachte. Und in der Küche zu seiner Linken, in die er durch die offene Tür sehen konnte, bereiteten die Köchinnen eine Mahlzeit für zweihundert Menschen zu. Der würzige Duft von gesottenem Hammelfleisch hing in der Luft, und Hugh versuchte, sich eine ähnliche Szenerie in Foxcote vorzustellen. Unmöglich, dachte er, und es wäre auch hier unmöglich gewesen, wenn Sir Richard gesund zurückgekehrt wäre.

Es wurde ihm immer beklommener ums Herz, als er seine Zukunft bedachte. Bliebe er, so wäre er stellungslos, machtlos, der Willkür der Knechte ausgeliefert. Ginge er, so wäre es sicherlich sein Todesurteil. Mit Entsetzen wurde ihm bewusst, dass der einzige Engländer aus Sir Richards Tross noch am Leben war, alle Franzosen aber tot.

SECHS

Die Kirche von Develish war ein schönes Steingebäude mit einem Turm, einer gewölbten Decke, einem Altar aus massivem Eichenholz und einem mit Spreu bedeckten Boden. Ein Wandbild von der Verkündigung – auf dem der Erzengel Gabriel die Züge eines früheren Gutsherrn trug und die Heilige Jungfrau die seiner Gemahlin – verlieh der Nordwand eine lebhafte Farbigkeit, während die Bogenfenster in der Südwand die Sonnenstrahlen hereinließen, die das Gemälde mit Gold sprenkelten.

Die brennenden Wachskerzen verströmten einen intensiven Geruch, allerdings nicht intensiv genug, um Pater Anselms Alkoholfahne oder den Bocksgestank seiner Soutane zu überlagern. Er wohnte im Turmzimmer, und wenn Lady Anne nicht dafür gesorgt hätte, dass ihre Dienstboten es täglich schrubbten, hätte die ganze Kirche nach ihm gerochen. Anders als die meisten der Leibeigenen hielt Pater Anselm wenig von Sauberkeit, denn er war zu faul, sich Wasser aus dem Brunnen zu holen.

Hugh zögerte in der Tür. Er sah den Priester plötzlich mit Lady Annes Augen, und es streifte ihn der Gedanke, dass Pater Anselm seinen Geist mit Alkohol benebelte, weil er sich seiner Unzulänglichkeiten nur allzu bewusst war. Alles, was ihn über seine Mitmenschen erhob, waren ein paar Brocken Latein, eine gewisse Fertigkeit im Umgang mit dem

Federkiel und der Segen eines Bischofs. War es eine kluge Entscheidung, einem solchen Menschen seine Geheimnisse anzuvertrauen?

Hugh war gekommen, um zu beichten, was ihm nun aber noch mehr widerstrebte, als er sah, dass Lady Eleanor sich ebenfalls in der Kirche aufhielt. Sie stand am Altar, von Schluchzern geschüttelt, und Hugh scheute sich, die Rolle des Freundes und Trösters einnehmen zu müssen.

Doch für einen diskreten Rückzug war es zu spät. Pater Anselm begrüßte ihn mit unverhohlener Erleichterung und winkte ihn nach vorn. »Eben sagte ich diesem Kind, dass der Fürstbischof von der Frevelhaftigkeit ihrer Mutter Kunde erhalten wird«, schnaufte er Hugh ins Ohr.

»Welche Frevelhaftigkeit, Pater?«

Der Alte sah triefäugig zu Eleanor hin, als könnte er sich nicht erinnern, was sie gesagt hatte, und das Mädchen stampfte ärgerlich mit dem Fuß auf. »Sie will den Leichnam meines Vaters nicht über den Burggraben bringen lassen und verweigert ihm ein christliches Begräbnis. Angeblich ist es zu unser aller Wohl, aber sie lügt, sie tut es aus Hass auf Sir Richard.«

Hugh sah den Priester an. Wusste der Alte, wie vernichtend die Seuche war? »Ich bin tief betrübt über Euren Verlust, Milady«, sagte er mit einer kleinen Verbeugung. »Die Kunde vom Tod Eures Vaters geht mir sehr nah.«

»Dann bringt meine Mutter doch dazu, dass sie endlich Vernunft annimmt«, flehte sie. »Die Seele meines Vaters kann nicht fort, wenn er nicht nach dem kirchlichen Ritus beerdigt wird und seine Sünden ihm vergeben sind.« Entsetzliche Angst lag in ihrem Blick. »Ich kann es nicht ertragen, ihn in der Vorhölle zu wissen.«

Ein verlegenes Schweigen trat ein, bis Pater Anselm ihr

schließlich unbeholfen die Hand tätschelte. »Kein Mensch hatte eine reinere Seele«, sagte er. »Er kam jeden Morgen hierher, seine Sünden zu beichten. Er ist jetzt bei Gott.«

Eleanor schüttelte ihn ab. »Dafür gibt es keine Gewissheit, wenn er nicht die Letzte Ölung erhalten hat«, fauchte sie. »Ihr müsst sofort zum Fürstbischof von Sarum reiten und einen Erlass fordern, der Lady Anne zwingt, seinen Leichnam hierherzubringen.«

Mit einem listigen Glitzern in den Augen wandte der Priester sich zu Hugh um. »Möchte Master de Courtesmain das vielleicht übernehmen? Seid Ihr Sir Richard nicht immer noch durch den Lehnseid verpflichtet und habt gelobt, seiner Tochter beizustehen? Sie bekennt, dass es ihre einzige Freude ist, sich mit Euch zu unterhalten.«

Er war nicht so beduselt, wie er tat, sagte sich Hugh, und im Stillen verfluchte er den Alten dafür, die Verantwortung auf ihn abwälzen zu wollen. »Ich stehe Lady Eleanor zu Diensten«, antwortete er, »aber ich fürchte, die Reise nach Sarum und zurück wird allzu lange dauern. Bei dieser Hitze und den vielen Fliegen« – er zuckte entschuldigend die Achseln – »kann er nicht länger als einen Tag ohne Begräbnis bleiben.«

»Das ist leider die Wahrheit«, seufzte Pater Anselm. »Ihr müsst Euch abfinden, Kind. Wir können jetzt gar nichts tun. Zu gegebener Zeit werden wir die Knochen mit allen von Euch gewünschten Riten zu Grabe betten.«

»Dann wird es zu spät sein.« Tränen strömten Eleanor über die Wangen. »Gewährt ihm wenigstens noch die Letzte Ölung, damit seine Seele Frieden findet.«

Hugh hielt die Augen gesenkt. Wie würde der Priester sich nun herauswinden, nachdem er Sir Richard die Letzte Ölung schon verweigert hatte, als er noch am Leben war?

»Ihro Gnaden würden es mir nicht erlauben«, sagte Pater Anselm betrübt und rieb sich die Hände vor seinem aufgeblähten Bauch. »Ich bin der Hirte für jede Seele in Develish. Wenn ich den Graben überquere, wird Lady Anne mir die Rückkehr verweigern, und dann erhält niemand mehr die Absolution, auch Ihr nicht, Milady. Habe ich recht, Master de Courtesmain?«

Nein!, hätte der Franzose am liebsten gerufen und den Priester als den Heuchler bloßgestellt, der er war. Ein echter Gottesmann wäre an Sir Richards Seite geeilt, kaum dass er zurückgekehrt war, auch ohne das Plazet seiner Herrin. Aber Hugh sah zu viele Schwierigkeiten vor sich auftauchen, wenn er Eleanor glauben machte, er stehe für ihre Sache ein. »Ja, Pater, Ihr habt recht«, sagte er. »Develish kann nicht ohne Priester bleiben.«

Eleanor ballte die Fäuste. »Das ist mir egal! Meine Mutter bricht Gottes Gesetz mit dem, was sie tut.« Fragend blickte sie von einem zum anderen. »Wollt Ihr sie denn nicht dafür verdammen?«

»Wir würden nur unseren Atem verschwenden, Milady«, entgegnete Hugh. »Ihre Leute halten zu ihr, in allem, was sie tut und lässt.«

»Das sind nicht ihre Leute!«, fuhr Eleanor zornig auf. »Es sind Sir Richards!« Sie funkelte Pater Anselm an. »Ihr wisst genau, dass sie hier in Develish ohne Recht auf Eigentum ist, denn sie war nie gefällig genug, um dieses gewährt zu bekommen. Aus gutem Grund hat Sir Richard sie sein Besitztum genannt, und es ist Eure Pflicht, sie als solches anzuprangern.«

»Und wer wird das Anwesen leiten, wenn die Bauern mich beim Wort nehmen und Lady Anne entmachten?«, fragte er. »Wollt Ihr lieber von Thaddeus Thurkell geleitet werden?«

Während sie die ganze Bauernschaft in Bausch und Bogen verfluchte, blickte Hugh an ihr vorbei aus dem Fenster hinter dem Altar, von dem aus man ein Stück des östlichen Burggrabens sehen konnte. Etliche Männer arbeiteten an der Erhöhung der Mauer, die das Ufer säumte, schleppten Steine herbei und verankerten sie mit feuchtem Lehm. Sie sangen bei der Arbeit – eine muntere Volksweise aus Dorseteshire –, und ihre Stimmen trugen die Melodie bis in die Kirche hinein. Das hölzerne Kruzifix auf dem Altar nahm Hugh einen Teil der Sicht, und aus reiner Gewohnheit bekreuzigte er sich.

»Vielleicht ist Lady Annes Weigerung, Sir Richards Überreste in das Anwesen zu überführen, eine lässlichere Sünde als die, alle Menschen, die er zu beschützen gelobte, in Gefahr zu bringen«, begann er vorsichtig. »Die Krankheit ist schlimmer, als man es sich je hätte vorstellen können. Der Reiter, der gestern vorbeikam, berichtete von ganzen Dörfern, die ausgelöscht wurden, im Umkreis von etlichen Meilen. Eine Seuche fegt über das Land, sagte er. Die Leute nennen es den Schwarzen Tod.«

Er hatte vergessen, dass Eleanor neben ihm gestanden hatte, als er Gyles mit dem Reiter sprechen sah. Sie stampfte wütend mit dem Fuß auf. »Ihr lügt für Eure eigenen Zwecke«, herrschte sie ihn an. »Ihr könnt gar nicht wissen, was er gesagt hat. Nur Gyles Startout hat es gehört.«

Hugh deutete zum Fenster hin. »Was glaubt Ihr wohl, Milady, warum die Leute da draußen die Mauer befestigen? Sie singen, um ihre Kinder glauben zu machen, dass es keinen Grund zur Sorge gibt, aber sie wissen, dass niemand am Leben bleiben wird, wenn die Seuche hier einbricht. Gestern Abend habe ich Thurkell mehrere Wachtposten nach Norden und Süden hin aufstellen sehen. Ich nehme an, sie haben vor, jeden am Eintreten zu hindern.«

»Dann hat meine Mutter gelogen, als sie sagte, dass die Krankheit heilbar sei.«

Das hatte er ihr schon vor zwei Tagen mitgeteilt. »Aber doch nur in ehrbarer Absicht, Lady Eleanor. Sie wollte vermeiden, dass die Angst von den Leuten Besitz ergreift, auch wenn nun wohl kaum noch einer daran zweifelt, dass dieses Fieber tödlich ist, nachdem Euer Vater daran starb.« Wieder machte er eine Handbewegung zum Fenster hin. »Die Männer da draußen beweisen Mut, indem sie ruhig bleiben – ebenso wie Eure Mutter. Alle haben verstanden, dass uns ein furchtbarer Tod erwartet, wenn die Pestilenz uns erreicht.«

Pater Anselm nickte. »Master de Courtesmain spricht weise, meine Tochter. Es wird uns alle gefährden, wenn wir den Leichnam Eures Vaters über den Burggraben bringen.«

Eleanor blickte mit empörter Miene vom einen zum anderen. »Ihr seid also auf ihrer Seite und nicht auf meiner.«

Unter gesenkten Lidern hervor musterte Hugh ihr zornrotes Gesicht und fragte sich, woher dieser Hass auf ihre Mutter rühren mochte. Während er sich die endlose Litanei ihrer Kümmernisse hatte anhören müssen, war ihm aufgegangen, dass es vielleicht eine hilflose Liebe war, die sich mangels Anerkennung ins Gegenteil verkehrt hatte. Daher auch die Eifersucht auf jene, denen die Anerkennung ihrer Mutter zuteilwurde – allen voran Thaddeus Thurkell.

Es war ein Gefühl, das Hugh gut kannte und für sich zu nutzen gedachte. »Aber nein, Milady. Uns sind die Hände gebunden, solange Thaddeus Thurkell den Burggraben bewacht und die Anordnungen Eurer Mutter durchsetzt.«

Ein berechnender Ausdruck trat in Eleanors Augen. »Er ist nichts als ein niedrig geborener Knecht. *Mich* kann er nicht am Ausgehen hindern … und Euch ebenso wenig, Master de Courtesmain.« Sie trat dicht an Hugh heran und zupfte ihn am Ärmel. »Nehmt Ihr mich mit nach Foxcote, auf dass ich bei meinem Onkel Beschwerde einlegen kann? Er wird nicht tatenlos zusehen, wenn er hört, was für eine Schandtat meine Mutter an dem Bruder seiner Gattin begeht.«

Hugh entfernte sich einen Schritt; es war ihm unbehaglich, ihren jungen Leib so nah an dem seinen zu spüren. »Ihr wisst, dass es unmöglich ist, Milady. Eure Mutter hat mich von meiner Lehenspflicht befreit, damit ich nach Norden zurückkehren kann, falls ich es wünsche, aber sie wird Euch nicht gestatten, mit mir zu reisen. Es wäre unschicklich, und die Straßen sind gefährlich.«

Eleanor musterte ihn prüfend. »Ist das wahr, oder sind das nur Ausreden dafür, dass sie Euch nicht mehr als Verwalter will? Es muss Euch doch kränken, Eva Thurkells Bankert auf Eurem Posten zu sehen.«

»Nein, es ist wahr, Milady.«

»Gut.« Sie nickte zufrieden. »Dann müsst Ihr sofort nach Foxcote reiten. Wenn mein Onkel von Sir Richards Tod erfährt, wird er Soldaten schicken, um das Begräbnis meines Vaters zu erzwingen, und einen Wagen, um mich von der Pestilenz fortzubringen. Selbst meine Mutter wird sich Milord of Foxcotes Befehl nicht widersetzen, wenn er mit Waffengewalt daherkommt.«

Hugh deutete eine Verbeugung an, wie zum Zeichen seiner Zustimmung. Er hatte weder den Willen noch die Kraft, sich mit ihr zu streiten, doch sie täuschte sich schwer, wenn sie glaubte, ihr Onkel würde Geld für ihre Rettung ausgeben, oder ihre Tante, Lady Beatrix, würde von dem Auftauchen einer hübschen jungen Nichte angetan sein. Und noch mehr täuschte sie sich, wenn sie glaubte, alle Anwesen wären wie Develish. Eleanor hatte an diesem Ort keine Veranlassung, die Knechte zu fürchten, aber das wäre völlig anders, wenn sie so viel Hass auf die herrschende Klasse in sich trügen wie die Leibeigenen auf Foxcote.

Er entschuldigte sich, überließ Eleanor ihrer Beichte und begab sich zu der Stelle hinter dem Obstgarten, wo die Latrinen angelegt wurden. Die Idee war ihm neu. In Foxcote und auf allen anderen Anwesen, die er besucht hatte, verrichtete man seine Notdurft auf den Feldern oder leerte die Kübel in den nächsten Bach. In Develish war die Luft tatsächlich reiner, wie Hugh es gleich bei seiner Ankunft bemerkt hatte, doch jetzt konnte er sich nur noch wundern, dass er so leichtgläubig gewesen war, Sir Richards Frömmigkeit für die Ursache dieser Reinheit zu halten.

Eine Grube – für die Dienstboten des Hauses – war schon seit Jahren vorhanden, aber sie war zu klein, um von zweihundert Leuten genutzt zu werden. Die Aushebung von vier neuen Gruben schien einem doppelten Zweck zu dienen, da der Lehm sogleich weggeschafft wurde, um die Mauer am Graben zu verstärken. Hugh sah den Arbeitern eine Weile zu, bis jemand ihm einen hölzernen Spaten vor die Füße warf. »Möchtet Ihr Euch nützlich machen, Master de Courtesmain, oder seid Ihr nur hier, um uns zu bewundern?«

Der Mann grinste ihn fröhlich an, doch Hugh erbebte innerlich, wie jedes Mal, wenn ein Knecht etwas Unerwartetes tat. Er bückte sich nach dem Spaten. »Mit wem spreche ich hier?«

»Alleyn Startout, Bruder von Gyles und Vetter von John Trueblood.« Er legte dem Mann neben ihm die Hand auf die Schulter. »Das ist Adam Catchpole, Vetter von Clara Trueblood, und der neben ihm ist James Buckler, Vetter von Will Thurkell. Ihr seid herzlich willkommen in dem Loch hier bei uns, wenn Ihr den Mumm zum Schaufeln habt, Sir.«

Der Mann drückte sich in dem gleichen klaren Englisch aus, das auch sein Bruder sprach. »Sprechen alle Männer aus Dorset so wie ihr?«, fragte Hugh. »Auf meinem vorigen Posten war der Dialekt völlig unverständlich.«

»Unserer auch, wenn wir ihn benutzen.«

»Und wieso tut ihr es nicht?«

»Aus Achtung vor Milady. Als sie hier eintraf, hat die Mundart von Dorset ihr so wenig gesagt wie Euch, und wir wollten nicht, dass sie dachte, wir würden etwas vor ihr verheimlichen. Unsere Kinder kennen die Mundart kaum noch.«

Hugh lehnte den Spaten gegen sein Knie und fing an, die Ärmel seines wollenen Rocks aufzukrempeln. »Vielleicht haben sie die Schriftsprache aus dem Unterricht, den Milady ihnen zukommen lässt?«

Alleyn Startout beäugte ihn belustigt, ohne auf seine Bemerkung einzugehen. »Ihr solltet den Rock ausziehen, Sir, und das Beinkleid auch. Es ist heiß und schmutzig hier unten, und es wär schade um den guten Stoff. Ihr würdet Euch wohler fühlen im Hemd. Da hinten bei dem Erdhügel liegen Fetzen, die könnt Ihr Euch um die Hände wickeln, um Blasen zu vermeiden.«

Später fragte sich Hugh, warum er die Einladung nicht einfach ausgeschlagen hatte und weggegangen war. Was hatte er beweisen wollen? Dass er etwas zu bieten hatte? Dass er keine Angst vor diesen Leuten hatte?

Er erkannte in ihnen die Männer wieder, die neben Thurkell am Burggraben gestanden hatten; sicher hatten sie eine Führungsrolle unter den Leibeigenen inne. Sie waren größer und stärker als die Knechte auf Foxcote, und ihr herzliches Gelächter klang in seinen Ohren wie blanker Hohn. Hugh musste sich zwingen, zu ihnen in die Grube zu springen, doch sie machten ihm Platz und zeigten ihm, wie er es anstellen musste, die schweren Lehmbrocken abzustechen und sie mit Schwung auf den Erdhügel zu wuchten. Er arbeitete nicht einmal halb so schnell wie sie, und als die Sonne den Zenit erreicht hatte, war er völlig erschöpft.

Er ließ den Spaten fallen, beugte sich vor und stützte die Hände auf die Knie. »Ich kann nicht mehr«, keuchte er.

»Das ist keine Schande, Master de Courtesmain«, sagte Alleyn Startout. »Ihr habt wacker zugepackt, trotz Eurer weichen Hände. Ich wette, morgen tut Euch alles weh, aber Ihr könnt stolz auf das sein, was Ihr heute Vormittag geschafft habt.«

Er schlug Hugh kumpelhaft auf die Schulter, doch der Verwalter duckte sich unwillkürlich.

Startout trat einen Schritt zurück. »Bitte um Vergebung, Sir. Ihr habt keinen Grund, uns zu fürchten. Es gibt hier keinen Einzigen, der Euch übel will.«

Hugh atmete tief durch. Er schämte sich, so leicht durchschaubar zu sein. »Es wäre wünschenswert, dass wir alle den Mut deines Bruders hätten, Startout.«

»Es hat keinen Sinn, das Unmögliche zu wünschen, Sir. Allein Milady kann von sich behaupten, so mutig wie Gyles zu sein. Wenn wir überleben, dann wissen wir, wem wir es zu verdanken haben.«

»Werdet ihr denn nicht Gott dafür danken?«

Hugh schien es, als zögerte der Mann ein wenig, ehe er antwortete. »Aber ja doch, Sir. Ich danke ihm jeden Tag dafür, dass er mir und meiner Familie dieses Leben gegeben hat. Wir hier in Develish sind besonders gesegnet. Tod durch Krankheit ist selten, selbst bei unseren Kindern.«

Hugh hatte dies schon den Akten entnommen. Auch die Daten der Grabsteine auf dem Friedhof zeugten von längeren Lebensspannen als in Foxcote. Dort konnte ein Mann kaum erwarten, älter als fünfunddreißig zu werden, aber hier lebten manche bis fünfzig oder sogar länger. Hugh konnte es sich ebenso wenig erklären wie die besseren Ernteerträge. Er musterte die Gesichter der Männer vor ihm. »Was macht euch denn so gesegnet? Auf dem Anwesen, von dem ich komme, wurden nur die kräftigsten Kinder älter als fünf Jahre.«

»Das liegt daran, dass die Leute dort ungebildet sind«, stellte James Buckler fest, als wäre es eine allgemein bekannte Tatsache. »Wenn ein Mann gelernt hat, ein gesundes Kind wertzuschätzen, und eine Frau gelernt hat, die rechte Sorgsamkeit walten zu lassen, dann gedeihen die Kleinen.«

»Und wodurch zeigt sich diese Sorgsamkeit?«

»Durch ordentliche Verteilung der Vorräte. Mütter brauchen Nahrung, um gesunden Nachwuchs zu bekommen, und Kinder brauchen Nahrung, um ihre Knochen zu kräftigen. Das zahlt sich dann aus, wenn sie alt genug sind, ihrem Vater auf dem Feld zu helfen. Mehr Hände bringen mehr Ertrag für jedermann.«

Die Vorstellung, dass ein Leibeigener weiter als bis zum nächsten Tag dachte, war Hugh von Grund auf fremd. Er war mit der kirchlichen Lehre aufgewachsen, dass der einzige Lohn für Hunger und Pein auf Erden die Aussicht auf die himmlische Seligkeit sei. »Aber wie kann ein Mann tüchtige Arbeit leisten, wenn er nicht den Löwenanteil für sich beansprucht? Seine Familie wird umkommen, wenn er zu schwach ist, um seinen Acker zu pflügen.«

»Und hier ist die Bildung hilfreich. Ein weiser Mann lernt, seine Gelüste zu zügeln. Vier gesunde Kinder sind wertvoller als acht im Grab.«

Hugh war sich nicht sicher, ob er ihn richtig verstanden hatte. »Seine Gelüste?«

Die Männer lachten. »Seine *fleischlichen* Gelüste«, sagte

Startout. »Ein Mann, der rücksichtslos sein Weib bedrängt, wird sie erschöpfen und zu viele Mäuler zu stopfen haben.«

»Wie Bucklers Vetter Will Thurkell«, knurrte Catchpole. »Wenn Thaddeus nicht für Essen auf dem Tisch sorgen würde, wär die ganze Brut längst verreckt.«

Buckler winkte ab. »Will ist für niemanden ein Beispiel. Er würde sich die eigene Nase abschneiden, wenn er glaubte, Eva und Thaddeus damit bestrafen zu können.«

Hugh erinnerte sich an die ungezähmten Gelüste der Männer auf Foxcote, die sich ihrer Weiber bemächtigten, wie es ihnen passte, und oft genug auch ihrer Töchter. »Aber wie kann ein Mann sich denn zügeln, wenn sogar die Mönche ihre liebe Not mit der Abstinenz haben?«

Seine Frage löste neues Gelächter aus. »Es gibt etliche Weisen, auf die ein Eheweib ihrem Gatten Genuss bereiten kann, ohne schwanger zu werden«, erklärte Catchpole. »Ein Mann kann seinen Samen auch zu Boden fallen lassen.«

Hugh war bestürzt. »Aber das ist Sünde! Die Kirche verbietet es, sich selbst zu befriedigen.«

Nach kurzem Schweigen ergriff Alleyn Startout das Wort. »Warum soll ein Bauer sich anders verhalten als ein Mönch oder ein Priester? Alle wissen, dass Pater Anselm sich keinen Zwang antut. Den Beweis hinterlässt er in seinem Pisspott.«

Hughs Bestürzung nahm weiter zu. »Seit wann darf Bauerngesindel die Geistlichkeit infrage stellen? Ihr lästert Gott mit solchen Reden und hängt uns noch die Pest an den Hals.«

Achselzuckend ob Hughs Empörung verschränkte Alleyn Startout die Hände und bückte sich, um Hugh hinaufzuhelfen. »Kommt, Ihr werdet Euch anderswo wohler fühlen«, ermunterte er ihn, die Räuberleiter zu nutzen.

Hugh schüttelte verdutzt den Kopf. »Warum fürchtest du

nicht Gottes Zorn? Sir Richard ist tot, und dein Bruder wird ihm vermutlich bald folgen. Empfindest du da denn keine Schuld?«

»Ganz und gar nicht, Sir. Wenn mein Bruder stirbt, dann nur, weil er sich in Bradmayne angesteckt hat … ebenso wie Sir Richard. Sollen wir den armen toten Seelen von Bradmayne jetzt vielleicht die Schuld dafür geben, dass sie *uns* ihre Sünden büßen lassen?«

James Buckler beförderte eine Lehmscholle auf den Erdhügel, haarscharf an Hughs Kopf vorbei. »Ich sehe mehr Zorn in Euch als in Gott«, sagte er. »Ihr solltet besser auf Euer Anwesen im Norden zurückkehren. Alleyn hat ganz recht damit, dass Euch woanders wohler sein wird.«

Nirgends war Ruhe zu finden. Bei so vielen Menschen auf engstem Raum begegnete Hugh auf Schritt und Tritt Leibeigenen. Er hatte den Eindruck, dass sie ihn hinter seinem Rücken auslachten und es kaum erwarten konnten, ihn verschwinden zu sehen, ganz egal, ob er unterwegs zugrunde ging. Die Vorstellung eines einsamen Todes erfüllte ihn mit namenlosem Schrecken. Wer würde ihn begraben? Wer würde sein Hinscheiden betrauern? Zu allem Überfluss spürte er nun auch noch beginnendes Kopfweh, und das Herz klopfte ihm vor Angst im Halse.

Eva Thurkell entdeckte ihn an der nördlichen Mauer des Herrenhauses, die an den Graben angrenzte. Sie war ihn auf Geheiß ihres Sohnes suchen gegangen, und es hatte über eine halbe Stunde gedauert, bis sie ihn schließlich fand. Auf dem schmalen Grasstreifen zwischen der Mauer und dem Wasser konnte er sich nur mühsam halten, und Eva vermutete, dass er sich den Platz ausgesucht hatte, um unbeobachtet zu bleiben.

Er schwankte hin und her, die Hände gegen die Schläfen gepresst, und murmelte dabei etwas Unverständliches. Sie nahm an, dass er betete, und zog sich diskret hinter den Mauervorsprung zurück. Sie wusste nichts von Hugh de Courtesmain, abgesehen von dem Gerücht, das vor ein paar Wochen die Runde gemacht hatte. *Sir Richard bringt einen neuen Verwalter aus Foxcote her, um unsere Steuern zu erhöhen.*

Eva hatte Thaddeus gefragt, ob das stimmte, aber er hatte nur mit den Schultern gezuckt und gesagt, er wisse es nicht. Es war die Antwort, die er auf all ihre Fragen gab. *Warum hat der Büttel dich heute nicht finden können, Sohn?* Weiß nicht. *Wie kann Lady Anne wissen, wann du Salbe brauchst?* Weiß nicht. *Stimmt es, dass manche der Dienstboten lesen können?* Weiß nicht. *Was bekommst du zu hören, wenn du Frondienst im Hause leistest?* Nichts …

Inzwischen wusste sie, dass Thaddeus sie seit Jahren belog, und sie fühlte sich zutiefst verraten. Sie hatte sich so für ihn aufgeopfert, und es tat ihr in der Seele weh, dass er es ihr mit Misstrauen und Heimlichkeit vergalt. Er hatte sich nicht einmal die Mühe gemacht, ihr mitzuteilen, dass Lady Anne ihn zum Verwalter befördert hatte. Glaubte er etwa, sie würde sich freuen, ihn an der Seite dieser Frau zu sehen oder von Klatschbasen wie Clara Trueblood und Rosa Catchpole zu erfahren, dass ihr Sohn mehr Bildung besaß als jeder andere Mann in Develish?

Eva gab immer anderen die Schuld an ihren Nöten, und so fiel es ihr auch nicht schwer, eine Zielscheibe für ihren Groll zu finden. Dass Thaddeus gescheit war, hatte sie schon immer gewusst, doch es war ihr nie in den Sinn gekommen, dass seine Gescheitheit vom Lernen kam und dass seine Lehrerin Lady Anne war. Sie sah die Achtung, die er Milady entgegenbrachte, und empfand quälende Eifersucht. Die einzige Gefühlsregung, die er je für seine Mutter übrig hatte, war müde Gereiztheit, wenn sie ihm wieder einmal das Versprechen abrang, sie niemals zu verlassen.

Sie hörte Hugh de Courtesmain vor Schmerzen aufstöhnen und wagte sich ein wenig näher, um nach ihm zu schauen. Er spürte wohl ihre Anwesenheit, denn er drehte sich mit erschrockener Miene um. »Wer ist da?«

»Eva Thurkell, Sir, die Mutter von Thaddeus. Er hat mich geschickt, um Euch zu ihm zu bringen.«

Hugh runzelte die Brauen und fragte sich, wie eine so kleine und fahle Person einen so großen und dunklen Kerl wie Thaddeus hervorgebracht haben konnte. Er konnte nicht die geringste Ähnlichkeit zwischen ihnen erkennen. »Komm nicht näher«, wehrte er sie mit erhobener Hand ab. »Der Schädel pocht mir zum Zerspringen. Ich glaube, ich habe Sir Richards Fieber.«

Eva trat hastig einen großen Schritt zurück. »Ich hole Lady Anne.«

Hugh schüttelte den Kopf. »Hol deinen Sohn.«

Aber Eva mochte keine Befehle, schon gar nicht von einem Mann, der seinen Posten verloren hatte. »Thaddeus kennt sich nicht mit Arzneien aus.«

»Ganz egal. Arznei hilft nicht gegen das Fieber. Ich brauche jemanden, der stark genug ist, um das Floß übers Wasser zu lassen. Ich bitte dich, tu, was ich sage, Weib. Sonst breitet sich das Fieber noch übers ganze Anwesen aus.«

Eva gehorchte aus Angst, doch innerlich war sie voller Auflehnung, als sie zum Haus zurücklief. Gab es denn keine Wahrheit mehr in Develish? Hatte Lady Anne etwa auch gelogen? *Arznei hilft nicht gegen das Fieber …*

Sie fand Thaddeus allein im Kontor des Verwalters. Er

benutzte einen Abakus, um auszurechnen, wie lange die Vorräte noch reichen würden, und Eva verspürte neuen Groll angesichts dieser weiteren Fertigkeit, die er vor ihr verborgen hatte. »Das hättest du deinen Brüdern aber auch mal beibringen können«, nörgelte sie.

»Hätte ich«, stimmte Thaddeus zu. »Wenn ich willens gewesen wäre, mich von deinem Mann dafür prügeln zu lassen, dass ich etwas kann, was er nicht kann. Sie werden es jetzt lernen, wenn sie den Kopf dafür haben. Isabella Startout bringt ihnen Lesen und Schreiben bei und Amelia Buckler das Rechnen mit dem Abakus.« Er hob den Kopf. »Hast du Master de Courtesmain gefunden?«

Evas Groll wuchs. »Du bist so kalt geworden, Thaddeus. Liegt es an Lady Anne? Hat sie dich gegen mich aufgehetzt?«

Er seufzte. Seine Miene zeigte die Gereiztheit, die sie so gut kannte. »Du bist meine Mutter. Ich empfinde das Gleiche für dich wie eh und je.«

»Und wieso hast du dann so viele Geheimnisse vor mir?« Ihre Stimme wurde schrill. »Wieso muss ich es von anderen erfahren, dass Lady Anne dich zur Unterweisung ausersehen hatte?«

»Du hättest es deinem Mann gesagt, und er hätte es zu verhindern gewusst.«

Ein Funken Bosheit glomm in Evas Seele auf. »Du bist ja selbst schuld dran, dass Will dich so behandelt. Wenn du ihn nicht immer mit deinem Hochmut erzürnt hättest, wären uns allen viele Stockhiebe erspart geblieben.«

Schweigend beugte Thaddeus sich wieder über sein Rechenbrett, und Evas Groll kochte über.

»Es ist deine Schuld, dass mich alle verachten«, klagte sie. »Du hättest sterben und mich in Ruhe weiterleben lassen sollen. Stattdessen habe ich mein Glück für dich aufgegeben –

nur um jetzt von einer Frau verdrängt zu werden, die selbst keine Söhne zur Welt bringen kann.«

Thaddeus vernahm diese Litanei schon sein Leben lang. Es war Evas Waffe, so wirksam wie Wills Schlagstock und dem gleichen Zwecke dienlich – ihren Willen durchzusetzen. »Du hast gar nichts aufgegeben«, sagte er. »Mit Will zum Mann wärst du ohnehin unglücklich geworden. Sei lieber froh, dass er seine Wut mehr an mir ausgelassen hat als an dir.«

Eva wurde schmallippig vor Verdruss. »Und wer hat ihn überredet, dir ein Dach über dem Kopf zu geben? Ohne mein Flehen wärst du im Straßengraben verreckt.«

»Und dafür bin ich dir dankbar«, sagte Thaddeus ruhig. Er tauchte die Feder ins Tintenfass und notierte eine Zahl auf dem Pergamentbogen vor ihm. »Warum ist Master de Courtesmain nicht mit dir gekommen?«

»Du bist Eva Thurkells Bankert«, schnaubte sie. »Er achtet deine Befehle ebenso wenig wie jeder andere hier.«

Thaddeus maß sie mit prüfendem Blick. »Ihr habt noch andere Kinder, Madam«, sagte er und erhob sich. »Ich schlage vor, Ihr wendet Euch in Zukunft an sie und vergesst alle Ansprüche, die Ihr an mich zu haben meint. Ich bin kein Thurkell – was seit jeher eine Quelle großer Freude für mich war.«

Der Verwalter bot einen traurigen Anblick, als Thaddeus ihn fand. Er lehnte zitternd an einem Mauervorsprung und konnte sich kaum noch auf den Beinen halten.

»Was quält Euch, Master de Courtesmain?«, rief Thaddeus ihm zu.

Hugh sah ihn mit angstbleicher Miene an. »Ich habe alle Symptome dieser Pestilenz«, ächzte er. »Du musst Abstand halten, Thurkell.«

Seine Angst war so deutlich spürbar, dass Thaddeus sich ihrer gleichfalls nicht erwehren konnte. Ein Anflug von Panik krampfte ihm die Eingeweide zusammen. Was nun? Es war eine Sache, die Pestilenz am Überqueren des Grabens zu hindern, aber eine ganz andere, sie innerhalb des Anwesens zu haben. Doch warum sollte Hugh de Courtesmain vor allen anderen angesteckt worden sein? Der Verwalter hatte die letzte Woche kaum das Haus verlassen, sondern lieber vom Fenster aus den anderen bei der Arbeit zugesehen.

»Das ergibt keinen Sinn«, überlegte Thaddeus. »Wenn die Pestilenz durch den Wind übertragen wird, hätten die Männer, die als Wachen an der Mauer stehen, sie doch zuerst bekommen müssen. Und ich ebenso, nachdem ich drüben war, um mit Gyles Startout zu sprechen.«

»Gott macht mich zum Exempel, auf dass andere daraus lernen«, entgegnete Hugh weinerlich.

Thaddeus schüttelte ungeduldig den Kopf. »Haltet Ihr Euch für wichtiger als Sir Richard? War der Tod eines Herrn nicht Exempel genug?« Er sah zu Boden, dachte fieberhaft nach. »Habt Ihr Euch gegen Lady Annes Gebot ins Dorf begeben? Habt Ihr versucht, Sir Richard nach seiner Rückkehr noch einmal zu sehen?«

Der andere antwortete nicht.

»Ihr müsst mit mir sprechen, Master de Courtesmain. Wenn ich nicht verstehen kann, warum Ihr von der Pestilenz befallen seid, dann ist jeder hier in Gefahr. Habt Ihr Kontakt zu Sir Richard oder seinen Begleitern gehabt?«

»Nein.«

»Und wie erklärt Ihr Euch dann das Fieber, das Euren Leib schüttelt?«

»Meine Sünden werden mir zum Verhängnis.«

Thaddeus lachte kurz auf. »Eure Sünden werden Euch

höchstens zum Verhängnis, wenn Ihr für Diebstahl oder Totschlag gehängt werdet. Wenn es anders wäre, hätte Gott Euch schon bei Eurer ersten Lüge niedergestreckt.«

Der Zorn verlieh dem Verwalter neue Lebenskraft. »Wenn irgendwer es verdient hat zu sterben, dann du«, zischte er. »Du bist das Erzeugnis von Unzucht, und dein Spott ist anstößig.«

»Und doch bin ich gesund, und Ihr seid krank. Wie erklärt Ihr Euch das?«

»Der Teufel ist dir zugetan.«

»Dann habt Ihr doppelt Pech, Sir. Anscheinend sind Eure Sünden schlimm genug, dass Gott Euch vernichten will, aber nicht schlimm genug, dass Satan Euch leben lässt.«

Hugh senkte den Kopf; Übelkeit stieg ihm in die Kehle. Er war überzeugt gewesen, der gottesfürchtigste Mann in Develish zu sein, und die Ungerechtigkeit seiner Lage traf ihn hart. »Was würdest du denn tun?«, wisperte er.

Thaddeus zog sein Hemd aus und kniete sich hin, um es im Graben einzutunken. »Kühlung wird Erleichterung bringen. Wenn Ihr Euch etwas näher zu mir hin bewegt, werdet Ihr das Ufer hier breit genug finden, um Euch niederzulassen und die Beine ins Wasser zu halten. Sobald Ihr dort sitzt, werfe ich Euch das Hemd zu, um Kopf und Schultern damit zu bedecken.«

»Und was dann?«

»Dann bleibt, wo Ihr seid, bis ich mit Lady Anne wiederkehre. Vielleicht kann irgendeine von ihren Tinkturen Euch ja helfen.«

Hugh sah ihn verzweifelt an. »Ich habe keine Absolution empfangen. Lady Eleanor war in der Kirche, als ich zu Pater Anselm wollte.«

Thaddeus erhob sich, knüllte das nasse Hemd zusammen

und warf es dem Franzosen zu. »Alles zu seiner Zeit«, sagte er ruhig. »Selbst Sir Richard ist nicht gleich gestorben … auch wenn er es weiß Gott verdiente.«

Hugh glaubte nicht an die Liebe Gottes, nur an seine Rache, und der Gedanke an das göttliche Strafgericht ließ ihn nicht mehr los. Es war ungerecht, dass er zur Verantwortung gezogen werden sollte, niedrig Geborene wie Thurkell dagegen verschont wurden. Trotz der Kälte des nassen Hemdes auf der Haut war ihm, als glühte er – wie ein Vorgeschmack der Hölle –, und er fluchte seinem Schöpfer, dass er ihm diese Strafe auferlegte. Was hatte er, ein frommer Mann, denn Schlimmeres getan als die ketzerische Herrin und die verlogenen Knechte von Develish?

Sein überhitztes Hirn suchte panisch nach Gründen. Sollte er Abbitte leisten für die Taten, die er in Foxcote begangen hatte? War es eine Sünde, einen hungernden Mann vor den Augen seiner hohläugigen Frau und Kinder öffentlich zu züchtigen? Aber wo lag seine Schuld? Ein Büttel war genauso an die Befehle eines Lehnsherrn gebunden wie die Knechte. Hätten der Priester und der Bischof sich gegen die Prügel ausgesprochen, dann hätte Hugh sein Gewissen geprüft, aber die Kirche billigte und ermutigte die Auspeitschung von Übeltätern. Bei so viel Hass auf die herrschende Klasse in Foxcote waren die Steuerabgaben nur durch drakonische Strafen zu erzwingen, und der Bischof forderte seinen Zehnten ebenso wie der König.

Das Gesetz, nach dem Hugh immer gelebt hatte, war in dem vor Gott geleisteten Treueschwur verankert, und es erschien ihm als Naturgesetz: Jede Klasse hatte der über ihr zu dienen. Aber Sir Richard war noch vor seinen Lehnsmännern gestorben, und Thaddeus Thurkell, der Niedrigste der

Niedrigen, war so hoch aufgestiegen, dass er nun den Pflichten eines Verwalters nachkam. Thurkell war kaum mehr als ein Sklave – ein Bankert ohne Besitz oder Erbrecht –, und doch stand er nun an Lady Annes Seite. Wie war das möglich in einer gottgefälligen Gesellschaftsordnung? Die verstörende Idee, dass die Lehren der Kirche falsch sein könnten – gar eine Quelle des Bösen –, setzte sich in Hughs Gedanken fest.

Mit einem verzweifelten Stöhnen vergrub er den Kopf in den Armen und presste Thurkells feuchtes Hemd gegen seine fiebrige Haut. Der Stoff strömte starken Schweißgeruch aus, und Hugh erinnerte sich an den schrecklichen Gestank nach Angst und Schmutz, der von den bloßen Leibern der Männer ausging, die er geprügelt hatte. In seiner Reue über die früheren Taten murmelte er »*mea culpa*« vor sich hin und wisperte das Glaubensbekenntnis auf Latein. »*Credo in unum Deum, Patrem omnipotentem, factorem caeli et terrae, visibilium omnium et invisibilium …*«

War das der Augenblick, in dem sein Kopf zu pochen aufhörte? Oder war der Schmerz schon seit einiger Zeit verschwunden? Er wusste es nicht, doch er hatte das Gefühl, dass es das Bekenntnis seines Glaubens an einen Gott, den allmächtigen Vater, Schöpfer des Himmels und der Erde und aller sichtbaren und unsichtbaren Dinge, war, das seine Pein gelindert hatte. Verwirrt und verängstigt, glaubte er schließlich, er sei durch ein Wunder gerettet worden.

SIEBEN

In jener hellen Mondnacht glitt Thaddeus an der Nordseite des Grabens, wo Alleyn Startout Wache schob, in das dunkle Wasser und schwamm in langen, ruhigen Zügen, um so wenig Wellen zu machen wie möglich, auf die andere Seite hinüber. Dort zog er sich auf die Böschung hoch und lag keuchend im Gras, bis Alleyn die Hand hob, um zu bestätigen, dass sein Abtauchen unbeobachtet geblieben war. Trotzdem lief er zunächst nur gebückt über die Felder und suchte Deckung zwischen den hohen Ähren. Je weniger Leute von seinen nächtlichen Besuchen bei Gyles wussten, desto besser. Keiner würde sich mehr an Lady Annes Anweisungen halten, wenn herauskam, dass Thaddeus ihnen auf ihr Geheiß zuwiderhandelte.

Sobald er sich im Schutz der Hütten in dem verlassenen Dorf befand, streifte er sein durchweichtes Hemd ab und wrang es aus. Mehr trug er nicht am Leibe. Selbst seine Stiefel hatte er in Alleyns Obhut gelassen, aus Furcht, dass ihre Feuchtigkeit Evas misstrauischen Augen tags darauf auffallen könnte. Ihr wäre jedes Mittel recht, um ihren Groll an Lady Anne auszulassen, und es hätte ihr nichts ausgemacht, ihren Sohn dabei zu Fall zu bringen. Die Verachtung ihres Gatten konnte sie weit besser ertragen als die ihres Sohnes.

Die Tür von John Truebloods Hütte stand offen. Drinnen hatte Gyles Kerzen angezündet, seit Sir Richard im Fieberwahn nach dem Licht des Herrn gerufen hatte, ihn zu erleuchten. Vielleicht hielt er die tropfenden Flämmchen tatsächlich für göttlich; immerhin habe er von da an zu etwas mehr Ruhe gefunden, berichtete Gyles. Thaddeus hielt es für wahrscheinlicher, dass Lady Annes Arzneien seine Schmerzen gelindert hatten, zumindest aber schien er friedlich genug gestorben zu sein.

In der vergangenen Nacht hatte Thaddeus ein Grab im hintersten Winkel der Gemeindewiese gegraben und aus der Ferne beobachtet, wie Gyles Sir Richards Leichnam auf den Rappen lud und das Tier am Halfter die Dorfstraße entlangführte. Er staunte, wie behutsam Gyles den toten Körper vom Pferderücken hob und wie ehrfurchtsvoll er seinen Herrn in die Erde bettete und dabei ein Gebet sprach. Vielleicht dachte Gyles, Thaddeus würde sich über solche Sanftmut wundern, denn er rief ihm eine Erklärung zu, während er Erde über den Leichnam schaufelte. »Wenn ich diesem Mann die Vergebung verweigere, kann ich keine für mich selbst erhoffen.«

»Die werdet Ihr nicht brauchen, Sir«, entgegnete Thaddeus. »Wir erwarten Euch bald bei guter Gesundheit zurück. Lady Anne glaubt, Ihr habt eine innere Kraft, die dieser Krankheit widersteht.«

Gyles lachte hohl. »Wenn sie so zuversichtlich ist, warum schickt sie dich dann dauernd, um mich auszuhorchen? Sind vierzehn Tage zu lang, um auf Antworten zu warten?«

»Das hängt davon ab, wer des Weges kommt, Sir. Einzelne Reiter bereiten ihr keine Sorge, eine Rotte Verzweifelter hingegen schon. Falls wir umzingelt würden, könnten wir die Eindringlinge schwerlich zurückwerfen. Je mehr Ihr uns sagen könnt, desto besser können wir uns vorbereiten.«

Gyles schaufelte einen letzten Klumpen Erde über Sir

Richard und griff dann nach den Zügeln des Rappen. »Ihr müsst rote Kreuze auf die Grenzmauern malen, um Fremden Angst vor dem zu machen, was drinnen vor sich geht. Ich werde ebenfalls Kreuze auf alle Türen im Dorf malen, wenn du mir Farbe bringst.« Er ließ den Spaten auf der Erde liegen. »Hast du noch genug Mumm in den Knochen, um eine weitere Grube zu graben, breit genug für zwei? Der Hauptmann und der Büttel werden wohl nicht mehr bis morgen durchhalten.«

Er hatte recht gehabt, was Foucault betraf, dessen Leichnam nun verhüllt vor John Truebloods Hütte lag, aber de Boulet klammerte sich immer noch ans Leben. Der Hauptmann saß an einen Strohballen gelehnt, nackt vom Gürtel aufwärts, und atmete röchelnd. Jede Einzelheit seines Leidens war deutlich zu erkennen. Groteske Beulen, bleigrau vor vergiftetem Blut, zogen sich wie ein Kranz aus Äpfeln um seinen Hals, während kleinere, teils eiternde Geschwüre sich über Brust und Schultern ausbreiteten. Am grausigsten war seine rechte Hand, die im Schoß ruhte, schwarz bis zum Handgelenk, wie in Pech getaucht.

Selbst auf dreißig Schritt Entfernung roch Thaddeus den Gestank, der von dem armen Kerl ausging, und er fragte sich, wie Gyles es ertragen konnte, ihm so nah zu sein. Er kniete an seiner Seite und benetzte ihm die Stirn mit einem Tuch, das er immer wieder in eine Wasserschale tauchte. Seine Bewegungen waren unbeholfen und beinahe ein wenig ruppig, aber das Mitgefühl, das daraus sprach, ließ Tränen über de Boulets Gesicht strömen.

»Geh fort«, flüsterte er, »geh fort, sonst wirst du auch noch sterben.«

»Ich habe doch gesagt, ich bleibe, Sir. Soll ich etwa mein Wort brechen?«

»Du schuldest mir nichts. Es tut mir leid, wie schlecht ich dich früher behandelt habe. Wir hätten alle noch leben können, wenn wir auf dich gehört hätten.«

»Ihr könnt ganz beruhigt sein, Sir. Nichts, was Ihr dem Herrn hättet sagen können, hätte ihn überzeugt, dass ich recht hatte. Wir sind aufgebrochen, weil Lord Peter krank wurde. Wäre er gesund geblieben, würden wir immer noch in Bradmayne sitzen.«

Ein langes Schweigen folgte, lediglich von de Boulets röchelnden Atemzügen unterbrochen. »Ich hab nur noch wenig Zeit«, sagte er schließlich leise. »Nimmst du mir die Beichte ab? Gott mag mich weniger hart richten, wenn ich meine Fehler bekenne.«

»Sagt, was Ihr auf dem Herzen habt, Sir, aber fürchtet Euch nicht vor Gottes Gericht. Er hat Euch in Liebe erschaffen, nicht im Hass oder Zorn.«

Thaddeus zog sich zurück; er wollte nicht länger lauschen. Was immer der Hauptmann für Sünden auf dem Gewissen hatte, war nur für Gyles' Ohren bestimmt. Auch wenn Gyles nicht die Befugnis hatte, Absolution zu erteilen, so gab es doch keinen besseren Begleiter als ihn in diesen letzten Minuten des Lebens.

Er machte sich auf den Weg zu Wills und Evas Hütte, stieß die Tür auf und wartete, bis seine Augen sich an die Dunkelheit gewöhnt hatten. Sein ganzes Leben lang hatte er hier geschlafen und sich doch nie heimisch gefühlt. Seit Will ihn Schwerstarbeit verrichten ließ, war es nur noch ein Platz gewesen, an dem er sein müdes Haupt niederlegen konnte. Selbst seine Mahlzeiten nahm er lieber draußen ein, um Ruhe vor der Gehässigkeit zu haben. Wenn er heutzutage seine jüngeren Halbgeschwister sah, wie sie in der großen Halle von Isabella unterrichtet wurden, fiel ihm auf, dass er sie kaum kannte.

Selbst die Jüngste, eine kleine Zweitausgabe seiner Mutter, hatte ihn Knecht geheißen, sobald sie sprechen konnte, und er hatte sich ebenso von ihr abgewandt wie von Will und Eva.

Tat es ihm leid? Vielleicht. Seine Kindheit hatte ihn Menschenscheu gelehrt, und er beneidete Gyles um sein Mitgefühl und um die Zuneigung, die so viele in Develish ihm entgegenbrachten. Falls Gyles die nächsten vierzehn Tage überlebte, würde Lady Anne ihn zum Steward ernennen, und Thaddeus würde nicht mehr viel zu melden haben. Die Aussicht bedrückte ihn. In unbewusstem Echo von Hugh de Courtesmains Ängsten fürchtete auch er, es würde ihm schlecht ergehen, wenn er sich nicht mit Arbeit ablenken konnte, denn er hatte kein Talent dazu, in müßiger Gemeinschaft mit anderen zu leben.

Mit einem tiefen Seufzer verbannte er die unnützen Sorgen und begann, die Truhe seiner Mutter zu durchsuchen. Wie jedes Weib in Develish hatte sie Gaben von Lady Anne erhalten, die zum Färben von Stoffen dienten – blauen Färberwaid, gelben Ocker und rote Krappwurzel –, doch weil Eva kein Rot mochte, hatte sie es weggeräumt und sich darüber beschwert, dass Lady Anne ihr etwas Unnützes schenkte, anstatt es einfach gegen etwas anderes einzutauschen. Als Thaddeus das Gefäß unter einem Stapel Kaninchenfelle ertastete, hatte er erstmals Grund, für den Starrsinn seiner Mutter dankbar zu sein.

Er ging zu Alleyn Startouts Hütte, wo er einen Krug mit Kalkmilch und einen weiteren mit Leinöl finden würde, wie Alleyn ihm versichert hatte. Thaddeus ließ es an Respekt mangeln, indem er den Kochtopf und die Kelle von der Feuerstelle nahm, um die Flüssigkeiten zu mischen, doch er gelobte Alleyns Eheweib im Stillen, ihr das Geschirr zu ersetzen, falls sie alle diese Seuche überlebten.

Er hörte Gyles nach ihm rufen, als er begann, das Öl und die Krappwurzel zu einer dicken Paste zusammenzurühren. »Bist du da, Thaddeus?«

»Jawohl, Sir – ich mische gerade die Farbe, damit Ihr die Kreuze an die Türen malen könnt. Ist der Hauptmann noch bei uns?«

»Nein, er ist dahingegangen, wie Master Foucault. Es schmerzt mich sehr. Alle beide haben sie ihr Leiden mit mehr Tapferkeit ertragen, als ich gezeigt hätte.«

Thaddeus bezweifelte es. »Das Grab ist geschaufelt. Seid Ihr bereit, sie hinzubringen?«

»Noch nicht. Ich muss erst wieder ein wenig zu mir kommen.«

Thaddeus hielt im Rühren inne. »Was habt Ihr denn?«

»De Boulet war jung, und ich bin alt. Ich hätte vor ihm gehen sollen.«

»Gott ist noch nicht bereit für Euch, Sir.«

Gyles legte ihm die Hand auf die Schulter. »Du brauchst mich nicht mit einem Titel zu beehren, Thaddeus. Wir sind beide von niederer Geburt. Gyles reicht als Anrede. Die Gesellschaft eines Freundes ist mir willkommen, eines Freundes zumal, dem Lady Anne Achtung zollt. Du sagst, sie hat dich zum Verwalter ernannt. Fällt die Aufgabe dir leicht?«

»Nicht so leicht wie dir, wenn du zurückkehrst. Es gibt viele, die mich für eine solche Stellung zu jung finden.«

»Nur die Dummen«, entgegnete Gyles. »Milady sagte mir schon vor zwei Jahren, dass die Begabung meiner Tochter Isabella für das Lesen und Schreiben nur von der deinen übertroffen wird. Sie hat immer gehofft, dass du eines Tages Verwalter von Develish werden mögest.«

Thaddeus wunderte sich nicht so sehr darüber, dass Lady Anne mit Gyles über seine Zukunft gesprochen hatte; viel mehr wunderte es ihn, dass sie überhaupt Pläne für ihn machte. »Darüber hat sie nie etwas gesagt.«

»Sie war zu weise, um deinen Kopf mit Träumen zu füllen, die sich vielleicht nie erfüllt hätten. Sir Richard hätte sehr starke Argumente gebraucht, um einen Leibeigenen zum Verwalter zu machen. Eher hätte er dich dafür auspeitschen lassen, dass du lesen gelernt hast, als dass er dir den Titel ›Master‹ zugestanden hätte.«

Thaddeus nahm seine Arbeit wieder auf und verdünnte die Paste mit Kalkmilch. »Dann habe ich mein Glück also dieser Pestilenz zu verdanken, wenn auch vielleicht nur für kurze Zeit«, entgegnete er leichthin. »Jedermann in Develish erwartet dich in vierzehn Tagen als Verwalter zurück, Gyles. Es wäre falsch, wenn du uns nicht an Lady Annes Seite vorstehen würdest, wo dir doch mehr Achtung entgegengebracht wird als jedem anderen.«

Wieder trat Schweigen ein. »Gott mag anderes mit mir vorhaben. Ich bin zu lange auf dieser Erde gewesen und habe zu wenig gebeichtet, um der Strafe zu entgehen. Wenn des Hauptmanns lässliche Sünden solch einen furchtbaren Tod verdienten, wird der meine noch schlimmer werden.«

Thaddeus vernahm das Zittern in Gyles' Stimme und wusste nicht mehr, was er sagen sollte. Er war jung genug, um sein Sohn zu sein, hatte nur einen Bruchteil dessen erlebt, was der andere erlebt hatte, und fand keine Worte des Trostes. Verzweiflung und Einsamkeit konnten nicht mit seichtem Gerede zerstreut werden. Er schob den Kochtopf beiseite und erhob sich, trat hinaus und schloss die Tür von Alleyns Hütte hinter sich.

»Ich gehe mit dir zum Grab«, sagte er. »Die Beerdigung der Toten ist keine Aufgabe, der man sich allein stellen sollte.«

Alleyn Startout fuchtelte ärgerlich zum östlichen Horizont hin, als Thaddeus sich aus dem Burggraben stemmte und die Mauer erklomm. »Du verdammter Narr«, wetterte er, packte Thaddeus beim Arm und zog ihn herüber. »Der Morgen graut bereits. Ich hoffe, du hast einen guten Grund dafür, dass ich mir hier seit drei Stunden in die Hosen scheiße.«

Wieder streifte Thaddeus sein durchweichtes Hemd ab und wrang es aus. »Dein Bruder brauchte Gesellschaft«, sagte er zwischen den Zähnen hindurch, die vor Kälte aufeinanderschlugen. »Er leidet schrecklich unter dem, was er für uns tut.«

»Hat er die Krankheit schon?«

»Noch nicht, aber er fürchtet, ihr nicht entkommen zu können.« Thaddeus zog sich langsam wieder an.

»Hast du ihm gesagt, wie sehr seine Familie ihn liebt?«

»Eure Zuneigung ist ihm nichts Neues.«

Alleyn musterte ihn tadelnd. »Du bist ein kalter Fisch, Thaddeus. Ich hätte an deiner Stelle gehen sollen. Gyles braucht Worte der Hoffnung und Zuneigung in dieser schweren Zeit.«

Thaddeus bückte sich, um die Stiefel über die eiskalten Füße zu streifen. »Bestimmt wäre ihm dein Gesicht willkommener gewesen als meins, aber ich bezweifle, dass du ihm mehr Hoffnung hättest geben können. Er weiß besser als du, wie diese Krankheit tötet. Seit zwei Wochen ist er nun schon Zeuge ihrer grausamen Willkür.«

Alleyn fand seinen Ton respektlos. »Hoffnung gibt es immer«, zischte er. »Lady Annes Gunst hat dich arrogant werden lassen. Du willst Gyles lieber tot sehen, als deinen Verwalterposten wieder zu verlieren. Ich werde morgen rüberschwimmen und versuchen, seine Stimmung zu heben, wo du sie nur getrübt hast.«

Thaddeus richtete sich auf. »Kommt nicht infrage. Ich habe ihm mein Wort gegeben, dass kein Startout den Graben durchqueren wird. Er würde lieber sterben und seine Familie in Sicherheit wissen, als die Ursache dafür zu sein, dass sie von der Seuche befallen wird. Er befürchtet, dass ihr euch nicht fernhalten wollt.«

»In Wahrheit bist du derjenige, der das befürchtet, und gibst deshalb vor, Gyles fordere unser Fernbleiben. Du selbst hast sicher nichts dagegen, ihm fernzubleiben. Dein Herz ist zu kalt, um ihm die Hand in Freundschaft zu reichen.«

Thaddeus ließ seinen Blick einen Moment auf Alleyn ruhen. »Gyles würde sie nicht annehmen, selbst wenn ich sie ihm reichen würde. Dafür sorgt er sich viel zu sehr um Develish.«

»Dann gibt es keinen Grund für mich, nicht zu ihm zu gehen.«

»O doch, den gibt es, und ich sage es dir noch einmal, du wirst es nicht tun.«

Alleyn hob die Faust. »Ich empfange meine Befehle von Lady Anne und nicht von einem Rotzbengel, der halb so alt ist wie ich. Glaubst du, ich würde hier für dich Wache schieben, wenn sie es mich nicht geheißen hätte?«

Thaddeus barg die Faust in seiner Riesenhand und rang Alleyns Arm herunter. »Wenn du deinen Bruder liebst, wirst du tun, was ich sage«, murmelte er. »Gyles ist viel zu erschöpft, um Freude vorzutäuschen. Sein Kopf ist angefüllt mit Schuld.«

Alleyn machte sich los. »Du sprichst in Rätseln. Warum sollte er denn Schuld empfinden?«

»Er ist am Leben, und alle anderen, die nach Bradmayne aufgebrochen waren, sind tot. Acht hat er am Wegrand hinterlassen, und den dreien, die er heimbrachte, ist er Priester und Beichtvater gewesen. Jeder einzelne Tod lastet schwer auf ihm, denn er sieht keinen Sinn darin, dass diese Männer gelitten haben und er nicht.«

»Er sollte dankbar sein, dass Gott ihm gnädig ist.«

»Und das würdest du ihm sagen?«

»Natürlich. Hast du es etwa nicht getan?«

»Ich zog es vor zu erfahren, was Gyles denkt, anstatt ihn darüber zu belehren, was er denken sollte.«

Alleyn runzelte die Brauen. »Sag wenigstens, dass du versucht hast, ihm Trost zu spenden.«

»Er sprach, und ich hörte zu. Falls er stirbt, habe ich die Erlaubnis, dir und seiner Familie alles weiterzusagen. Falls er aber am Leben bleibt, wird er dich mit aller Dankbarkeit, die du dir wünschst, in die Arme schließen.«

Thaddeus vergewisserte sich, dass sein feuchtes Hemd unter dem Rock verborgen war. »Es tut mir leid, dass deine Wache Anlass zu Ängstigung war. Nächstes Mal werde ich James Buckler bitten, hier Posten zu beziehen.« Seine dunklen Augen maßen Alleyn einen Moment lang mit mehr Herablassung als Mitgefühl, bevor er über den Vorplatz davonging.

Alleyn trug den anderen Bauern seine Kümmernisse vor. In James Buckler und Adam Catchpole, seinen Kameraden aus der Latrinengrube am Vortag, fand er sogleich Verbündete, aber John Trueblood schüttelte den Kopf. »Thaddeus kann es euch einfach nicht recht machen. Immer habt ihr was auszusetzen, egal was er tut.«

»Er geht zu sehr in seiner Rolle auf«, sagte James Buckler. »Alleyn hat recht damit, dass Lady Annes Gunst ihn arrogant gemacht hat.«

John Trueblood lächelte zynisch. »Du hast wohl Eva zugehört? Sie würde ihn in ganz Develish unmöglich machen, wenn sie nur könnte. Und weshalb? Nur weil er getan hat, was er schon vor Jahren hätte tun sollen, und die Verbindung zu ihr abgebrochen hat.«

»Es ist grausam, dass er es jetzt tut.«

»Seit wann liegt dir das Weib deines Vetters denn am Herzen, James? Oder gar dein Vetter? Will Thurkell ist ein Grobian und Eva ein faules Stück, das hast du selbst doch oft genug verkündet. Die beiden hätten Thaddeus zerbrochen, hätte Milady sich nicht seiner angenommen.«

»Das ist noch lange kein Grund, ihn zum Verwalter zu machen«, entgegnete Adam Catchpole. »Die Stellung hätte einem von uns gebührt, bis Gyles zurückgekommen wäre. Wir sind doch seit Jahren die Hauptbauern auf ihrem Gut.«

John Trueblood schmunzelte. »Und wer von euch will dann den Schreiber machen? Ich bestimmt nicht. Meine Hände sind an Werkzeug gewöhnt, nicht an den Federkiel. Die Fertigkeit scheinen nur die Kinder leicht zu erlernen. Selbst Gyles hatte Mühe, sich das Buchstabendrechseln von seiner Tochter Isabella beibringen zu lassen.«

Adam Catchpole runzelte die Stirn. »Soll das heißen, Milady wird Thaddeus als Verwalter behalten, wenn Gyles wiederkommt?«

»Sie wäre dumm, wenn sie es nicht täte. Gyles würde ihr besser als Gardehauptmann dienen, statt an einem Tisch zu sitzen, auf Pergament herumzukratzen und am Rechenbrett auszuknobeln, wie lange die Vorräte reichen.« Trueblood sah zu Alleyn hin. »Dein Bruder hatte nie den Ehrgeiz, als Schreiber tätig zu werden. Das weißt du so gut wie ich. Warum dann sinnlos Unfrieden stiften?«

»Den Unfrieden hat Thaddeus gestiftet. Er maßt sich einen Posten an, der ihm die Macht verleiht, andere herabzusetzen. Viele nehmen es ihm übel. Sie erinnern sich besser als er an die Umstände seiner Geburt.«

Die Tür zum Kontor des Verwalters stand offen und gab den Blick frei auf Lady Anne, die allein am Tisch saß, mit dem Rücken zum Fenster. Die Sonne stand schon hoch am Himmel, und die Lichtstrahlen, die durch die bleiverglasten Fenster fielen, verliehen ihrem Haar einen rötlichen Schimmer und tauchten ihr Gesicht in Schatten. Als John Trueblood an den Türrahmen klopfte, schien ihm, als sähe er etwas wie Unwillen in ihrer Miene.

Es war nur ein flüchtiger Eindruck, denn sie blickte lächelnd von ihrer Arbeit auf. »Sucht ihr mich oder Thaddeus?«, fragte sie und sah von einem Besucher zum andern.

»Euch, Milady«, erwiderte Alleyn Startout. »Es geht um Thaddeus.«

Sie bat die Männer herein und sah zu, wie Adam Catchpole die Tür schloss und sich davor aufbaute, als stünde er Wache. Sie konnte sich vorstellen, worüber sie sich beschweren wollten, versuchte aber, ihren Unmut durch Schmeichelei zu zerstreuen. »Master de Courtesmain hat sich lobend über euch geäußert«, sagte sie warm. »Er sagt, ihr hättet euch freundlich verhalten, als er euch beim Ausheben der Latrine half. Ich danke euch für euer Wohlwollen.«

Offenbar hatten sie Alleyn zum Sprecher ernannt. »Wir haben getan, was wir für Euren Wunsch hielten, Milady«, antwortete er steif. »Wenn der Franzose nicht Verwalter sein kann, muss er anderweitig beschäftigt werden. Thaddeus dient Euch schlecht, wenn er ihm keine Aufgaben zuweist. Die erzwungene Müßigkeit lässt ihm Zeit, gegen Euch zu zischeln.«

Die Familienähnlichkeit zwischen Alleyn und Gyles war nicht zu übersehen, aber Alleyn besaß nichts von seines Bruders kluger Umsichtigkeit. Lady Anne legte noch etwas an Schmeichelei nach. »Das ist guter Rat, Alleyn. Ich werde Thaddeus anweisen, ihn zu befolgen.«

»Er hätte selbst dran denken sollen, Milady.«

»Wenn ihr einen Vorschlag habt, was für Aufgaben Master de Courtesmain denn erfüllen könnte, will ich sie gerne anhören. Gegenwärtig scheint er noch unentschlossen, welche Rolle er in unserer Gemeinschaft zu spielen wünscht.«

»Dann muss er fortgeschickt werden, Milady.«

Sie faltete die Hände unter dem Kinn. »Master de Courtesmain muss euch ja sehr verärgert haben, um solche Strafe zu verdienen. Darf ich fragen, womit?«

James Buckler mischte sich ein. »Er hat uns Sünder geheißen, Milady – hat uns beschuldigt, die Pestilenz über Develish gebracht zu haben.«

Lady Annes Augen blitzten belustigt auf. »Sind eure Schultern nicht breit genug, um die Fantastereien eines verängstigten Mannes zu ertragen, James? Mich beschuldigt man gar, die Pestilenz über ganz Dorseteshire gebracht zu haben, aber dafür würde ich Master de Courtesmain nicht in den Tod schicken. Er stürbe ja vor Angst, wenn wir ihn auf das Floß verfrachten würden.«

John Trueblood lachte unwillkürlich auf. »Er ist ein armer Wicht, Milady. Meine Frau sagt, er hat einen Sonnenstich für die Pestilenz gehalten und schwatzt nun ständig von Wundern, seit Eure Salbe sein Schädelweh kuriert hat.«

»Mag sein, aber ich finde, wir sollten ihm eher unser Mitgefühl zukommen lassen als Bestrafung.« Sie wandte sich an Alleyn, dessen grimmige Miene von weiterem Groll kündete. »Ihr habt aber noch mehr auf dem Herzen als Master de Courtesmain.«

»Jawohl, Milady. Thaddeus Thurkell hat Euch sicher schon von unserem Streit heute Morgen berichtet. Ich möchte meine Sicht der Sache vortragen.«

Sie musterte ihn nachdenklich. »Kann ich dich vielleicht davon abbringen, indem ich sage, dass Thaddeus dich gar nicht erwähnt hat, Alleyn?«

»Nein, Milady. Wenn er den Mund gehalten hat, dann nur aus Scham, und Ihr sollt den Grund dafür erfahren.«

John Trueblood legte ihm die Hand auf den Arm. »Besinne dich, bevor du redest, mein Freund. Ich habe dich schon gewarnt. Milady will ebenso wenig von deinen Hirngespinsten hören wie Master de Courtesmain.«

Alleyn schüttelte ihn ab. »Die Wahrheit muss ans Licht. Thaddeus hängt zu sehr an seinem Posten, um ihn meinem Bruder zu überlassen, Milady. Er rechnet damit, dass Gyles sterben wird.«

Lady Annes Überraschung war echt, zumal sie keine Absicht hegte, Gyles zum Verwalter zu machen. »Befürchtet Thaddeus, er könnte seinen Posten verlieren?«

»Alle erwarten es, Milady. Gyles ist der geachtetste Mann in Develish.«

Sie nickte. »Fahr fort.«

Die Liste von Thaddeus' Makeln war lang, von seiner unehelichen Geburt bis hin zu seiner Respektlosigkeit Alleyn gegenüber. »Er hat mich verspottet, als ich ihm seine Kälte vorwarf, Milady. Mein Bruder braucht Trost, aber Thaddeus spendet ihm keinen. Er sagt ihm nicht mal, wie sehr seine Familie ihn vermisst.«

Lady Anne senkte den Blick auf ihr Hauptbuch, damit er ihre Miene nicht sehen konnte. »Zumindest beschuldigst du Thaddeus nicht, deinen Bruder umbringen zu wollen«, entgegnete sie leichthin. »So finster, wie ihr alle dreinschaut, war ich schon auf Mord und Totschlag gefasst.«

»Hartherzig genug wäre er.«

Sie ließ den Finger über die Zeilen gleiten, die Thaddeus

an jenem Morgen notiert hatte. »Bist du des Lesens kundig genug, um diese Worte zu entziffern, Alleyn?«

»Ich glaube nicht, Milady. Gyles' Tochter hat ihn besser unterwiesen als mich die meine.«

»Es ist eine schwer erlernbare Fertigkeit, wenn man nicht mehr jung ist. Gyles kann entziffern, was geschrieben steht, aber selbst zu schreiben fällt ihm schwer.« Sie hob den Kopf und blickte Adam Catchpole an. »Könnt ihr lesen? James? John?«

Alle drei schüttelten den Kopf.

»Dann werde ich euch dies vorlesen. Die Worte hier sind von Thaddeus. *Nun, da seine Gefährten gestorben sind, hat Gyles keinen Grund mehr, im Dorf zu verharren. Ich habe ihm nahegelegt, jeden weiteren Kontakt mit Reisenden zu meiden, indem er sich in den westlich gelegenen Wald zurückzieht. Er hat eingewilligt, sich uns jeden Tag zur Mittagsstunde zu zeigen. Seine Familie wird sich weniger Sorgen machen, wenn sie sehen, dass es ihm weiter gut geht.*« Sie hielt inne. »Ist das die Kälte, die du meinst, Alleyn?«

»Was hat er sonst noch geschrieben, Milady?«

»Es wird dir nicht gefallen.«

»Dann geht es wohl um mich.«

Lady Anne schüttelte den Kopf. »Dein Name kommt nicht vor. Er zählt nur die Symptome der Krankheit auf. *Der Schwarze Tod beginnt mit Kopfschmerz und Fieber. Innerhalb von drei Tagen ist der Leidende zu schwach geworden, um zu stehen, zu gehen oder zu reiten. Die Beulen, die am Hals, unter den Achseln und in der Leiste schwellen, bewirken unerträgliche Qualen. Hauptmann de Boulets Beulen waren so groß wie Äpfel, ehe sie aufplatzten und blutiger Eiter unter schrecklichem Gestank auslief. Kleinere, schwärende Beulen zogen sich ihm über Brust und Schultern, so viele, dass man sie nicht mehr zählen konnte. Das Fleisch seiner Hand war schwarz bis zum Handgelenk.«* Sie hob den Kopf. »Es steht noch mehr da, falls du es hören willst. Er erwähnt Hauptmann de Boulets Tapferkeit und Gyles' Mitgefühl und beschreibt, wie er deinen Bruder zum Grab begleitete und den Rest der Nacht an seiner Seite blieb.«

James Buckler ergriff das Wort, als Alleyn schwieg. »Sterben sie alle auf die gleiche Weise, Milady?«

»Ich fürchte, ja. Hier steht genau beschrieben, was Gyles auf dem Heimweg mit angesehen hat. Könnte Gyles mit dem Federkiel umgehen, so hätte Thaddeus ihm Pergament und Tinte gebracht, damit er den Bericht selbst hätte verfassen können, denn ebenso wie ich ist er der Ansicht, dass die Kunde von diesem Geschehen überdauern sollte, auch wenn alle in Develish sterben.« Sie hielt inne. »Es wäre, als hätte es uns nie gegeben, wenn unsere Geschichte nicht gelesen werden kann.«

Als niemand antwortete, begann sie, in einem Stoß von Pergamenten zu blättern.

»Sollen wir gehen, Milady?«, fragte John Trueblood.

»Noch nicht, John. Ich suche nach einem Schriftstück, das Thaddeus vorbereitet hat ... und da es meine Hauptbauern betrifft, solltet ihr es zuerst zur Kenntnis nehmen. Es bedrückt mich, dass Alleyn Anlass zur Klage über Thaddeus fand, obwohl niemand – nicht einmal Gyles – die Aufgaben eines Verwalters so gut zu erfüllen vermag.«

Die Männer traten unbehaglich von einem Bein aufs andere, aus Furcht vor öffentlicher Demütigung. Alleyn war besonders betroffen, spürte er doch, dass er Miladys Wohlwollen und auch das seiner Freunde eingebüßt hatte. John hatte recht gehabt; er hätte den Mund halten sollen. Weit davon entfernt, Thaddeus vom Podest zu stoßen, hatte er nur erreicht, dass sein Recht, an Lady Annes Seite zu stehen, noch bestärkt worden war.

Lady Anne fand die Seite, nach der sie suchte. Sie reichte sie John Trueblood. »Sorgst du dafür, dass dies hier ausgehängt wird, John? Thaddeus drängt schon seit Tagen darauf, aber ich hatte zu viel damit zu tun, kleinliche Streitigkeiten zu schlichten, als mich um Dinge zu kümmern, die Develish Nutzen bringen.«

John Trueblood grinste schief, mit einem Seitenblick zu Alleyn hin. »Es gibt so wenig Raum hier, Milady«, sagte er entschuldigend. »Da geht man sich nur allzu leicht auf die Nerven.«

Sie nickte und beugte sich wieder über ihre Arbeit, für die Männer das Zeichen, dass sie entlassen waren.

Lady Anne gibt kund, dass fürderhin John Trueblood, Alleyn Startout, James Buckler und Adam Catchpole sie in allem beraten werden, was die Leibeigenen von Develish betrifft. Sie erwartet sich weisen Ratschlag von ihnen und legt dieses auch ihren Leuten nahe. Sie ermächtigt sie, Streitigkeiten mit Umsicht und Gerechtigkeit zu schlichten, in gebührender Berücksichtigung des allgemeinen Wohls.

In nomine Patris et Filii et Spiritus Sancti
Thaddeus Thurkell, Verwalter

AUGUST 1348

ACHT

Develish, Dorseteshire

Eleanors Leben war zu einem tristen Einerlei geworden. Tag für Tag sah sie von der Kemenate ihrer Mutter aus zu, wie die Geschehnisse dort unten sich entfalteten. Der allgemeine Unmut, den sie unter den Leuten beobachtet hatte, als Thaddeus Thurkell zum Verwalter ernannt worden war, schien sich gelegt zu haben, obwohl Eleanor nicht recht verstand, weshalb. Sein Benehmen hatte sich nicht geändert, nur dass er jetzt öfter mit einigen der älteren Bauern sprach. Ihre Namen waren ihr unbekannt, aber sie schienen recht angetan von der Achtung, die Thaddeus ihnen entgegenbrachte.

Gyles Startout wohnte nun nicht mehr im Dorf, sondern hatte ein Lager im Wald aufgeschlagen, nahe dem Flüsschen Devil's Brook. Jeden Tag, wenn die Sonne am höchsten stand, schwamm er durch den Fluss, um seiner Familie von der Pferdeweide aus zuzuwinken, doch der Anblick freute Eleanor mitnichten; es erzürnte sie im Gegenteil maßlos, dass ein Knecht noch am Leben war und ihr Vater tot. Bevor Gyles das Dorf verließ, hatte sie gesehen, wie er rote Kreuze auf die Türen der Hütten malte. Aber erst, als vorbeiziehende Reisende sich Mund und Nase verhüllten und weiterhasteten, ohne auch nur Wasser aus dem Brunnen zu schöpfen, erriet sie, dass jene Zeichen eine Warnung darstellten.

In den ersten Tagen nach Sir Richards Tod waren viele zu Fuß oder zu Ross gen Norden gezogen – manchmal allein, manchmal zu zweit oder in Gruppen –, doch mittlerweile war der Verkehr zum Erliegen gekommen. Eleanor dachte lieber nicht darüber nach, warum das so war, und zog es vor, ihrer Mutter die Schuld zu geben an dieser plötzlichen, furchterregenden Isolation von Develish. Was sollte nur aus ihr werden, wenn sie nun für immer so leben musste, mit nichts als den verhassten Leibeigenen zur Gesellschaft?

In einer Welt, welche vom Rest der Welt abgeschieden war, erwählte sie die Abgeschiedenheit für sich selbst. Wenn ihre Mutter oder die Mägde den Raum betraten, kehrte sie ihnen den Rücken zu, sprach kein Wort und nahm ihre Mahlzeiten allein ein. Sie hatte sich angewöhnt, die kostbaren Gewänder zu tragen, die ihr Vater ihr gekauft hatte, um den Unterschied zwischen ihr und dem gemeinen Volk zu unterstreichen, und ihr einziger Zeitvertreib war es, sich vor ihrem kleinen Spiegel hin und her zu drehen, ihr blondes Haar zu flechten und sich ein wenig Farbe in die blassen Wangen zu kneifen.

Sie redete sich ein, dass sie dergestalt das Gedenken an ihren Vater aufrechterhielt, besser noch, des Sakrilegs gemahnte, das sie alle an ihm begangen hatten, doch die Wahrheit war, dass sie keine andere Möglichkeit hatte, auf sich aufmerksam zu machen. Als Sir Richard noch am Leben war, rief er sie an seine Seite, wann immer ihm der Sinn danach stand, pries ihre Schönheit und sorgte dafür, dass sie beachtet wurde, doch jetzt beachtete sie niemand mehr. Selbst Hugh de Courtesmain hatte sie im Stich gelassen und war mit dem Eifer eines Konvertiten zu Lady Anne übergelaufen.

Durch das Gewisper der Mägde, die in der Kemenate

ihrer Mutter schliefen, hatte Eleanor erfahren, dass der Verwalter einen Sonnenstich bekommen hatte, als er beim Ausheben der Latrinen half. Der verweichlichte kleine Franzose hatte sich zu lange barhäuptig in der Sonne abgeplagt und die daraus resultierende Übelkeit für die Pest gehalten. Die Frauen kicherten über seine Unbedarftheit, zumal er sich auch noch weigerte zu glauben, dass ein kühles, nasses Hemd und die Behandlung mit Lavendelöl und Hagebuttensalbe ihn kuriert hatten. Offenbar zog er es vor, an ein Wunder zu glauben, welches er als Fingerzeig Gottes ansah, er solle in Develish ausharren, wo er sich aus Reue und Dankbarkeit nach Kräften an den anfallenden Arbeiten beteiligte.

Es lag nicht in Eleanors Wesen, Hugh von sich aus aufzusuchen. Ungeduldig wartete sie darauf, dass er zu ihr käme, wie es sich für einen Untergebenen ziemte. Während sie von ihrem Fenster aus zusah, wie er verschiedene Aufgaben für Lady Anne und Thaddeus Thurkell erfüllte, wuchs ihr Groll auf ihn mehr und mehr. Ebenso wie Lady Anne ging auch er nun in grobes Bauernleinen gekleidet, kaum noch zu unterscheiden von den niederen Kreaturen, die Sir Richards einstmalige Heimstatt in Massen besetzt hielten.

Nichts konnte Eleanor freuen, und sie erschrak selbst über die Wut, die sie so heftig überfiel, dass sie mit den Fäusten gegen die Wand trommelte. Gelegentlich ließ der rundliche kleine Pater sich in seiner fleckigen Soutane blicken – gewiss auf Geheiß von Lady Anne –, doch er blieb gleichfalls erfolglos in seinen Bemühungen, Eleanor aus ihrer selbst auferlegten Einsamkeit zu locken. Der Pater blökte von der Christenpflicht zur Vergebung, während Lady Anne unentwegt das Wort Verantwortung im Munde führte.

Nach Tagen unerträglicher Belehrungen fühlte Eleanor sich zu einer Reaktion angestachelt. »Warum hasst Ihr mich so sehr?«, schrie sie ihre Mutter an. »Hättet Ihr nur einen Funken Liebe für mich, hättet Ihr Master de Courtesmain befohlen, mich nach Norden zu meiner Tante zu geleiten.«

»Ich habe sehr viel Liebe für dich, Eleanor, weshalb ich dich auch nicht gehen lasse. Wie weit würdest du wohl kommen, bevor du die Straßen zu gefährlich und das Reiten zu mühevoll fändest? Du könntest aber nicht zurück, selbst wenn du schon nach einer halben Meile umkehren wolltest. Du müsstest es dann wie Gyles machen und die nächsten vierzehn Tage im Wald nächtigen.«

»Ich bin doch keine solche Memme. Ich würde bis zum Gut meines Onkels reiten.«

»Deine Tante würde dich nicht willkommen heißen. Sie hat selbst fünf Töchter, und nur die drei älteren haben überhaupt eine Chance, unter die Haube zu kommen. In ihrem Hause gibt es keinen Platz für ein vierzehnjähriges Mädchen ohne Mitgift.«

»Ihr vergeudet meine Mitgift an dieses Knechtsgesindel«, fauchte Eleanor und deutete zum Fenster hin. »Ich habe mehr Recht auf Sir Richards Reichtum als die da.«

»Dein Vater hat alles Gold, das wir besaßen, nach Bradmayne mitgenommen, und nichts davon ist zurückgekehrt. Wir müssen warten, bis Gyles wieder hier ist, um zu erfahren, wo der Wagen abgestellt wurde und ob man das Gold in Sicherheit gebracht hat.« Die Antwort darauf kannte sie zwar schon, mochte sie Eleanor aber nicht verraten, aus Furcht vor ihrer Reaktion, wenn sie erfuhr, dass Thaddeus den Graben durchschwommen hatte, um mit Gyles zu sprechen.

»Dann überlasst mir wenigstens das Getreide, damit mein Onkel es für mich verkaufen kann.«

Lady Anne verkniff sich die scharfe Erwiderung, die ihr auf der Zunge lag. Sie fand Eleanors Selbstsucht ermüdend, noch ermüdender aber fand sie es, sie dauernd dafür zu rügen. »Welches Getreide, Tochter?«

»Die Säcke in der großen Halle.«

»Nur wenige davon gehören uns. Ich habe Sir Richards Scheffel als erste zu Brot verbacken lassen. Von dem Rest ist die eine Hälfte für die Steuern bestimmt, die andere ist Eigentum der Leibeigenen. Wenn du hinuntergehst, wirst du die Säcke mit den Namen der Familien markiert sehen, die sie gestiftet haben. Sie haben sich bereit erklärt, alles, was sie haben, mit allen zu teilen ... auch mit dir.«

Eleanor runzelte die Stirn. »Ihr lügt! Alles in Develish hat meinem Vater gehört.«

Lady Anne lächelte milde. »Hat er dir das weisgemacht?« Sie sah das Mädchen an. »Und wovon, meinst du, sollen die Leibeigenen leben, wenn sie nicht auch Lebensmittel für sich selbst anbauen, ebenso wie für ihren Herrn?«

»Ist mir doch egal. Ihr hättet mich besser unterweisen sollen, wenn Ihr wollt, dass ich mich auf solcherlei verstehe.«

Lady Anne dachte daran, wie oft sie es versucht hatte und wie oft ihr Gatte die Schulstunde rüde unterbrochen hatte, um seine Tochter zum Würfelspiel mitzunehmen und ihr den dummen Kopf mit Gaukeleien von eitlem Putz und Zierrat anzufüllen. Doch mit der Zeit war ihr aufgegangen, dass Eleanors mangelnde Lernbereitschaft von Nutzen für Develish war. Eleanor hätte noch mehr Anlass gefunden, sie bei ihrem Vater anzuschwärzen, wenn sie gewusst hätte, wie weit ihre Mutter sich in die Verwaltung des Anwesens einmischte. Es war eine Sache, Krankheiten zu kurieren und sich vorsichtig dafür einzusetzen, dass die Leute lesen und schreiben lernten, aber eine ganz andere, mit Leibeigenen freimütig über Mittel und Wege zu reden, sich aus der Knechtschaft freizukaufen.

»Es spielt keine Rolle«, sagte sie und wandte sich zum Gehen. »Selbst wenn wir Getreide übrig hätten, haben wir keinen Wagen mehr und auch niemanden, der willens wäre, dich zu begleiten. Du machst dir etwas vor, wenn du glaubst, Master de Courtesmain würde sich deinetwegen in Gefahr begeben.«

Das Mädchen lachte bitter. »Ihr habt ihn gegen mich aufgehetzt, wie Ihr das ja mit allen macht. Er war bereit, mich zu begleiten, als mein Vater gestorben ist.«

»Das glaube ich kaum«, entgegnete Lady Anne trocken. »Die Straße nach Norden ist gefährlich, und sein eigenes Leben ist ihm zu lieb, als dass er Verantwortung für deines übernehmen würde.« Sie hielt inne. »Weißt du, Eleanor, es gefällt ihm gar nicht in Foxcote, und dir würde es dort auch nicht gefallen, wenn ich bedenkenlos genug wäre, dich ziehen zu lassen.«

»Meine Tante wird es mir schon angenehm machen.«

Lady Anne schüttelte den Kopf. »Lady Beatrix ist eifersüchtig auf die Anmut ihrer eigenen Töchter. Wieso sollte sie die deine dulden?«

Das Kompliment nahm Eleanor als selbstverständlich hin. »Ich bin das einzige Kind ihres Bruders. Da wird sie mich doch lieben, wie sie Sir Richard geliebt hat.«

»Dein Vater hat dir den Kopf mit sonderbaren Ideen angefüllt, Eleanor. Sei froh, dass du sie nicht auf ihren Wahrheitsgehalt prüfen musst. Die Blamage würde ich dir gern ersparen.«

Trotzig wie immer stampfte Eleanor auf. »Ihr habt es nötig, von Blamage zu reden! Seht Euch doch an, Ihr seid nicht besser als ein Bauernweib. Ihr beschämt uns beide, so wie Ihr Euch kleidet und gebärdet.«

Seufzend ging Lady Anne zur Tür. »Und du gebärdest

dich töricht, Tochter. Bis wir wieder Besuch empfangen können, werden deine Kleider so schmutzig und zerrissen sein, dass man dich für eine heruntergekommene Dirne halten wird statt für Sir Richards Töchterlein.«

Bebend vor ohnmächtiger Wut hörte Eleanor die Schritte ihrer Mutter auf der Treppe verklingen. Sie wusste selbst kaum, was sie mit ihrem Trotz und Schmollen erreichen wollte, aber die kühle Überlegenheit ihrer Mutter reizte sie immer wieder zur Weißglut. Es wäre ihr lieber gewesen, wenn ihre Mutter aus der Haut gefahren wäre und sie angeschrien und geohrfeigt hätte, sodass alle in Develish gewusst hätten, dass ihre Herrin keine Heilige war. Stattdessen schoss Lady Anne ihre kleinen Pfeile ebenso diskret wie zielsicher ab, und Eleanor kam sich verraten vor.

Sie blickte an ihrem goldbestickten Mieder hinab. Hatte ihre Mutter womöglich recht? War es dumm, ihre schönsten Kleider zu tragen, wo doch niemand da war, der sie sehen konnte? Plötzlich entschlossen, warf Eleanor ihr über den Boden schleifendes Überkleid ab und langte nach den Schnüren auf der Rückseite ihres eng anliegenden Mieders. Ohne Hilfe war es ihr nur gelungen, die Schnüre um die Taille festzuzurren, und in ihrer Ungeduld, sie jetzt wieder zu öffnen, zogen sie sich nur noch fester zu.

In ihrem kindischen Zorn war Eleanor unfähig, gelassen auf solches Ungemach zu reagieren. Sie riss die Schnüre aus den Ösen, und schon lag das Mieder in Fetzen am Boden, als hätte sie es nur zu eilig, die Vorhersage ihrer Mutter zu erfüllen. Unter Wutgeheul machte sie sich daran, alles in Reichweite zu zerstören, riss die Wandteppiche herunter, zerschlug die Schemel und warf so viel Stroh von den Lagern der Mägde auf das Bett ihrer Mutter, wie sie nur konnte. Keuchend und bebend, erhitzt von ihrem Wutanfall, stand sie mitten im Raum, als Isabella Startout in der Tür erschien, mit einer Schüssel Kohl und Bohnen zum Mittagsmahl für ihre junge Herrin.

Die kleine Magd war es gewohnt, das Essen auf einem Schemel hinter Eleanors abgewandtem Rücken abzustellen; diesmal aber stand sie wie angewurzelt und blickte sich fassungslos im Raum um. »Wer war das?«, rief sie entsetzt. »Seid Ihr angegriffen worden, Lady Eleanor? Seid Ihr verletzt?«

Eleanor antwortete nicht.

»Ich hole Thaddeus«, sagte das Mädchen. »Er weiß besser als ich, was zu tun ist.«

Eleanor ballte die Fäuste. »Wag es ja nicht!«, fauchte sie. »Räum es selber auf, und dann mach, dass du verschwindest.«

Isabellas Verblüffung wuchs. Oft genug hatte sie die schlechte Laune ihrer jungen Herrin erdulden müssen, aber noch nie hatte sie erlebt, dass Eleanor alles kurz und klein geschlagen hätte. Es sah aus wie das Werk einer Tobsüchtigen, und sie fragte sich, ob Eleanor durch die selbst auferlegte Einsamkeit nicht am Ende den Verstand verloren hatte. Verrückt genug sah sie aus, wie sie da inmitten der Trümmer stand, ihr glänzendes Gewand am Boden, im offenen Hemd, mit Stroh im Haar und rotfleckigem Gesicht.

Vorsichtig trat Isabella in die Kemenate, setzte die Schüssel mit Gemüse auf dem Fenstersims ab und sah sich vor, dass sie nicht in Eleanors Reichweite kam. »Ich kann es alleine nicht schaffen, Milady. Ich bin nicht groß genug, um die Wandteppiche wieder aufzuhängen, und nicht geschickt genug, um die Schemel wieder herzurichten.«

»Dann hole einen der Diener zur Hilfe.«

Mochte Isabella auch ein Jahr jünger sein als Eleanor, so war sie doch um einiges älter an Weisheit. »Es wäre besser, wenn Ihr und ich es bewerkstelligen könnten, Lady Eleanor. Ein Diener würde vielleicht Klatsch über Euch in Develish verbreiten.«

»Mir doch egal.«

»Aber es wäre unklug, Euch in dem Zustand von einem Manne sehen zu lassen, Milady. Lasst mich Euch wenigstens helfen, Euch geziemend anzukleiden.«

Eleanors Augen verengten sich. »Wer bist du, dass du mir hier Moralpredigten hältst?«

Isabella schlug die Augen nieder, um nur ja nicht so auszusehen, als ob sie das Mädchen herausfordern wollte. Sie empfand mehr Mitleid als Furcht und bezweifelte, dass Eleanor überhaupt wusste, wie absurd sie aussah, mit ihren entblößten Brüsten, die Füße im Stroh vergraben. Die Magd hatte wenig für ihre junge Herrin übrig, doch aus Mitleid überlegte sie, ob es vielleicht die Trauer war, die Eleanor zur Furie hatte werden lassen. Es musste schwer sein, ganz allein um einen Vater zu trauern, wohl wissend, dass niemand sonst ihm eine Träne nachweinte.

Und doch hatte sie nie geglaubt, dass Eleanors Liebe zu ihrem Vater so tief ging, wie sie vorgab, noch die seine zu ihr. In der Öffentlichkeit hatten sie ihre gegenseitige Zuneigung zur Schau gestellt, doch in Isabellas Augen war es alles gekünstelt, und sie fragte sich, wie oft Eleanor ihrem Vater gegenüber wohl die Anschmiegsame gespielt hatte, um ihre Mutter eifersüchtig zu machen. Sie hatte die Seitenblicke gesehen, die Eleanor Lady Anne zuwarf, wenn sie ihren Vater umhalste, und auch ihre Enttäuschung war Isabella nicht entgangen, wenn Milady dies mit Gleichmut hinnahm.

Isabella hatte keine Ahnung, was Eleanor mit diesen seltsamen Spielchen bezweckte, aber sie hatte immer gespürt, dass der Hass, den das Mädchen seiner Mutter entgegenbrachte, ebenso unecht war wie die Liebe zum Vater. »Ich möchte gar nicht predigen, Milady«, sagte sie nun, »sondern Euch nur erinnern, dass Lady Anne Euch herzlich zugetan ist und es gewiss nicht gutheißen würde, wenn Skandalgeschichten über ihre Tochter die Runde machen.«

Eleanor starrte das Mädchen einen Moment lang sprachlos an, dann sprang sie zu der Schüssel mit dem Essen und warf sie ihr an den Kopf. »Wenn du noch einmal so frech zu mir bist, du Miststück, dann setzt es Schläge. Und jetzt marsch, hol mir einen Diener zum Aufräumen her.«

Sie stand wieder am Fenster und lachte spöttisch über Hugh de Courtesmain, der sich da unten mit den Knechten gemein machte, als die Tür hinter ihr aufging. Doch erst, als sie eine befehlende Männerstimme hörte, wurde sie gewahr, dass Isabella ihr nicht gehorcht hatte. Mit funkelnden Augen fuhr sie herum, das Hemd vor der Brust raffend, und sah Thaddeus mit einem halben Dutzend Männer in der Kemenate stehen. Sie stampfte mit dem Fuß auf und schrie, sie sollten sich alle zum Teufel scheren, aber keiner beachtete sie. Sie nahmen ihre Anweisungen nur von Thaddeus entgegen und wehrten sie mit ihren Besen ab, als sie versuchte, sie mit Fußtritten zu traktieren.

Thaddeus nahm ihre Anwesenheit nur zur Kenntnis, um ihr einen leinenen Kittel zuzuwerfen, mit dem barschen Gebot, sich gefälligst zu bedecken. Ansonsten sprach er nur mit den Dienern, und nach und nach fühlte Eleanor sich in eine Ecke gedrängt, während das Stroh zu Bündeln zusammengekehrt und die Wandteppiche wieder aufgehängt wurden. Als die Kemenate endlich wieder in Ordnung gebracht war, gab Thaddeus die zerbrochenen Schemel einem der Männer zur Reparatur, schickte sie alle hinaus und schloss die Tür hinter ihnen.

»Warum hast du ihnen nicht befohlen, dass sie ihre verdammten Mäuler halten sollen?«, fuhr Eleanor ihn an. »Du willst doch wohl nicht, dass ich meiner Mutter Schande mache, oder?«

Zerzaust, wie sie war, ließen ihre glühenden Wangen sie noch schöner erscheinen, und Thaddeus war dagegen nicht gefeit. Hätte ihr Wesen ihrem Aussehen entsprochen, hätte jedermann in Develish sie verehrt. »Zu spät«, sagte er und verschränkte die Arme. »Alle haben Isabella mit Blut im Gesicht und Essen auf den Kleidern herunterkommen sehen.«

»Sie ist gestolpert und gefallen. Wenn sie was anderes behauptet, dann lügt sie.«

»Sie brauchte gar nichts zu behaupten. Ihr seid für Eure Biestigkeit bekannt wie die Stechmücke fürs Stechen.« Er nickte zu dem Kittel hin, der immer noch am Boden lag. »Bedeckt Euch, Milady, denn Ihr werdet nicht mehr in der Kemenate schlafen. Wenn Ihr anständig gewandet seid, werde ich Euch zu Eurem neuen Gemach begleiten.«

Zum ersten Mal im Leben wusste Eleanor nichts zu sagen. In all ihren Fantasien, die sich um diesen Mann spannen, war es immer sie, die befahl, und er, der gehorchte. Sie wich zurück an die Wand, ohne sich bewusst zu sein, was für einen lächerlichen Anblick sie bot, in ihrem verrutschten Hemd, den Mund vor Verblüffung aufgeklappt.

»Ihr habt die Wahl«, sagte Thaddeus. »Ich geleite Euch ebenso gern halb bekleidet hinaus. Mir macht es keine Freude, Eure bloßen Brüste zu betrachten, aber den jungen Gockeln da unten im Hof, denen könnte es schon gefallen. Ich zähle jetzt bis zehn. Wenn Ihr dann immer noch nicht angekleidet seid, gehen wir trotzdem. Eins … zwei … drei …«

»Du überschreitest deine Befugnisse«, fauchte sie.

»Vier … fünf … sechs …«

»Ich *hasse* dich!«

»Sieben … acht …«

Sie huschte zu dem Kittel und warf ihn sich über. »Bleib weg von mir«, befahl sie ihm mit ausgestrecktem Finger. »Ich komme nicht mit.«

Thaddeus öffnete die Tür. »O doch, Lady Eleanor, und Ihr könnt entweder freiwillig gehen oder aber mit Zwang. Eure Mutter hat ihr Bestes getan, Euch ins Gewissen zu reden, aber nach dem, was Ihr heute Mittag aufgeführt habt, fallt Ihr nun mir als Aufgabe zu.« Er deutete zur Treppe hin. »Wollt Ihr selbst gehen, oder soll ich John Trueblood und Adam Catchpole herrufen, um Euch zu tragen? Alle Kinder dort unten in der Halle werden Eurer dann ansichtig sein, darum schlage ich vor, Ihr betragt Euch so würdevoll wie möglich.«

Eleanor suchte nach Milde in seinen Zügen und fand keine. »Was soll das heißen, ich falle dir als Aufgabe zu?«

»Ich bin hier der Gutsverwalter, und Eure Selbstsucht wirkt sich störend auf die Gemeinschaft aus.«

Sie stampfte auf. »Und ich bin Lady Eleanor, Tochter von Sir Richard of Develish. Du hast kein Recht, mich irgendwo hinzubringen. Meine Mutter wird es nicht erlauben.«

»Sir Richard ist tot, und Lady Anne hat Wichtigeres zu tun, als sich um einen verwöhnten Fratz zu kümmern.« Wieder deutete er zur Treppe hin. »Geht Ihr jetzt, oder wollt Ihr Euch weiter der Lächerlichkeit preisgeben?«

»Wenn das hier alles vorbei ist, wirst du immer noch ein rechtloser Bankert sein und ich eine Hochwohlgeborene. Und wenn ich dich dann vor Gericht stellen lasse, wirst du dir wünschen, du hättest das eher bedacht.«

»Wenn der Tag kommt, Milady, könnt Ihr nur auf einen

Richter hoffen, der Euch glaubt, dass Ihr wirklich die seid, die zu sein Ihr vorgebt.«

Sie runzelte die Stirn. »Meine Mutter wird es ihm sagen. Jeder in Develish wird es bezeugen.«

»Aber nur, wenn sie noch am Leben sind und wenn es ihnen so beliebt.«

Pater Anselm verwahrte sich mit Nachdruck dagegen, dass Eleanor ihm von einem mit versteinerter Miene dreinblickenden Thaddeus Thurkell aufgehalst wurde. Schnell war ein Strohlager auf dem Kirchenboden aufgeschüttet, das ihr als Lagerstatt zugewiesen wurde. Thaddeus gebot ihr, das Lager selbst in Ordnung zu halten und dieselbe Latrine zu benutzen wie die Mägde. Auch sollte sie sich in die allgemeine Essensschlange einreihen, wenn sie ihren Hunger zu stillen wünschte.

Der Priester, entsetzt ob der Aussicht auf Eleanors Launen, verstellte Thaddeus den Weg und flehte ihn an, die Unschicklichkeit seines Tuns zu bedenken. »Das ist kein passender Platz für Sir Richards Tochter, mein Sohn.«

»Ich kann mir keinen besseren denken«, entgegnete Thaddeus. »Was kann ihr im Hause Gottes schon geschehen?«

»Sie wird allein sein, ohne Beistand.«

»Bis auf Euch und die Mägde, die täglich Eure Kammer putzen kommen, Pater. Ich werde sie anweisen, jedem vernünftigen Wunsch Lady Eleanors zu willfahren. Sie werden ihr täglich frische Kleidung bringen, und ich hoffe doch, Ihr werdet ihr aus Sittsamkeit erlauben, sich in Eurer Kammer umzukleiden.«

Pater Anselm warf einen grämlichen Blick auf das Mädchen, ganz offensichtlich nicht gewillt, ihr solches zu gewähren. »Seine Hoheit der Fürstbischof würde es nicht gutheißen – und Lady Anne erst recht nicht. Die Räumlichkeiten eines Priesters dürfen nur von Männern betreten werden.«

Eleanor lachte über sein klägliches Sträuben. »Keine Sorge, Pater, ich will ebenso wenig hier sein, wie Ihr mich hier haben wollt. Ich werde gehen, sobald dieser *Bastard* sich verzogen hat.«

»Dann werdet Ihr unter den Augen der Öffentlichkeit schlafen müssen«, sagte Thaddeus. »Hier habt Ihr wenigstens Eure Ruhe.«

»Ich werde an überhaupt keinem Platz bleiben, den du mir zuweist.«

»Wie Ihr wollt, Milady.« Er deutete eine Verbeugung an. »Nur beklagt Euch hinterher nicht, man hätte Euch nicht gewarnt.«

Eleanor stand an der Kirchentür und sah zu, wie Thaddeus davonging. Ein winziger Zweifel machte sich leise nagend bemerkbar. »Was hat er gemeint?«, fragte sie Pater Anselm. »Wie kann er mich zwingen, mich vor aller Augen zum Schlafen zu betten, wenn ich das nicht will?«

Pater Anselm schüttelte den Kopf. »Ihr solltet ins Haus zurückkehren und Eurer Mutter diese Fragen stellen.«

»Er ist ein niederer Knecht! Ich werde ihn hängen lassen, wenn diese Pestilenz erst überstanden ist.«

»Sehr wohl. Lady Anne tat nicht recht daran, ihn zu ihrem Verwalter zu ernennen. Er ist kein gottgefälliger Mann.« Der Priester ließ eine plumpe Hand auf ihre Schulter sinken. »Die Kirche ist kein Platz für Euch, Lady Eleanor. Es schickt sich nicht für ein junges Edelfräulein, das Schlafquartier mit ihrem Beichtvater zu teilen.«

Sie schüttelte seine Hand ab. »Hört auf, mir Dinge zu erklären, die ich schon weiß. Wenn ich gezwungen bin, hier zu nächtigen, dann müsst Ihr aber in einer der Hütten dort draußen unterkommen. Ihr habt mehr mit den Knechten gemein als ich.«

Doch Pater Anselm ließ sich nicht so leicht ins Bockshorn jagen. Er genoss seine priesterlichen Privilegien viel zu sehr, um sie auf Geheiß einer vaterlosen Vierzehnjährigen aufzugeben. Mochte er auch stets betrunken sein, so fehlte es ihm gleichwohl nicht an Schläue. Er hätte seine Stellung in Develish über all die Jahre gar nicht halten können, wenn er nicht gelernt hätte zu erkennen, wer dort in Wahrheit das Sagen hatte. Er wusste, dass Lady Anne die Zügel in Händen hielt und dass sie ihn nur als Seelsorger duldete, weil er seine Pflichten nicht allzu ernst nahm. Ein Priester, der den Leibeigenen Angst vor Tod und Teufel einflößte, wäre längst davongejagt worden, mit oder ohne Sir Richards Erlaubnis.

Mit einem vagen Nicken, das Eleanor für Zustimmung halten konnte, wenn sie wollte, und einer gemurmelten Entschuldigung, er müsse sich auf die Andacht am Nachmittag vorbereiten, zog Pater Anselm sich in sein Turmzimmer zurück und schob den Riegel vor. Er verstand es meisterlich, Ärger zu meiden, indem er sich in seiner Kammer einschloss, mit einem leeren Humpen als Pisspott und einem hübschen Fässchen Met zur Gesellschaft. Wie die meisten Seelenhirten hatte er mehr für seine Bienen übrig als für seine Schäfchen.

Nicht gewillt, Thaddeus' Geduld sogleich auf die Probe zu stellen, wanderte Eleanor in der Kirche auf und ab und murmelte dabei Verwünschungen vor sich hin, doch bald schwenkte ihre Wut auf ihre Mutter um, die diesem Bastard zu einer Machtstellung in Develish verholfen hatte. Ihr flammender Zorn auf die beiden ängstigte sie selbst so sehr, dass sie vor dem Altarkreuz auf die Knie fiel und Gott um Schutz anflehte. Was auch immer den anderen auf dem

Anwesen geschehen mochte, der geliebten Tochter Seines treuen Dieners, Sir Richard of Develish, sollte kein Unglück widerfahren.

Lautes Rufen von draußen lockte sie zurück zur Tür. Sie spähte über den Friedhof und die Hütten der Knechte zum Burggraben hin, wo eine Menschenmenge zusammengeströmt war, suchte nach Thaddeus' hoher Gestalt zwischen den Leuten und entdeckte ihn, als er sich neben dem vertäuten Floß von den Knien erhob und zu dem Burschen neben ihm sprach. Der Junge nickte eifrig, drehte sich dann um und rannte auf die Kirche zu.

Eleanor dachte, er sei geschickt worden, um nach ihr zu schauen, und wich zurück in den Schatten der Tür, bereit, ihm in sein schmutziges Gesicht zu schlagen, sollte er ihr zu nah kommen. Er aber huschte an ihr vorbei, warf einen flüchtigen Blick zum Altar hin und lief die Wendeltreppe hinauf zur Priesterkammer. »Pater! Pater!«, rief er und trommelte gegen die Tür. »Eine Truppe kommt heran. Ihr müsst die Glocke läuten, um Gyles zu warnen. Er ist im Dorf und sucht Vorräte, und sie werden ihn schnappen, bevor er weiß, wie ihm geschieht.«

»Wer spricht da?«

»Robert Startout, Sohn von Alleyn und Neffe von Gyles. Bitte macht schnell, Pater. Mein Onkel ist frei von der Pest, aber diese Fremden könnten ihn anstecken.«

»Wer hat den Befehl erteilt?«

Eleanor beobachtete, wie der Knabe mit sich kämpfte, ob er ehrlich sein sollte oder nicht. »Lady Anne befiehlt es«, rief er. »Zwanzig Schläge sollt Ihr läuten. Wenn mehr gebraucht werden, komm ich wieder.«

Er legte das Ohr an die Tür und lauschte auf das Murren und Schlurfen des Priesters drinnen. Als das Geläut begann, wandte der Junge sich zum Gehen und fand den Weg von Eleanor versperrt. »Du hast gelogen«, sagte sie kalt. »Es war Thaddeus Thurkell, der den Befehl gegeben hat.«

Der Junge duckte sich. »Ich wusste nicht, dass Ihr Euch hier befindet, Milady.«

Seiner Größe nach schätzte Eleanor ihn auf zehn oder elf. Er hätte erbeben sollen vor ihr, der Tochter des Hauses, doch er tat nichts dergleichen. »Du hast den Namen meiner Mutter missbraucht, und dafür wird sie dich bestrafen, wenn ich's ihr weitersage.«

Den Blick auf den Boden geheftet, bewegte er sich vorsichtig an der Wand entlang, bis er dem Eingang gegenüberstand. »Ich tu's nur, um meinen Onkel zu retten, Milady. Ein Gebot von Lady Anne würde Pater Anselm sich nicht ablehnen trauen, egal wie betrunken er ist.«

»So kannst du nicht von einem Priester sprechen!«

»Hab's grad getan.« Er schoss so schnell davon, dass er durch die Tür war, ehe sie es sich versah. Sie hörte sein helles Lachen zwischen den Glockenschlägen über den Friedhof schallen, ganz unbesorgt darum, ob Eleanor ihn bei ihrer Mutter verpetzen würde.

Der Zweifel, den Thaddeus in ihr gesät hatte, wuchs. *Wenn der Tag kommt, könnt Ihr nur auf einen Richter hoffen, der Euch glaubt, dass Ihr wirklich die seid, die zu sein Ihr vorgebt.* Aber würde ein Lümmel wie Robert Startout zu leugnen wagen, dass sie Lady Eleanor of Develish war? Fürchtete er denn nicht ihren Zorn? Fürchtete er nicht den Zorn ihrer *Mutter?* Eleanor beobachtete, wie das Kind schlitternd vor Thaddeus anhielt, sah zu, wie Thaddeus sich bückte und ihm durchs Haar fuhr, während die Glockenschläge weiter erklangen. Die Heldenverehrung des Jungen war offensichtlich, selbst für Eleanors bitteren Blick, ebenso wie die Kameradschaft der Männer dort am Ufer des Burggrabens.

Sie klopften sich gegenseitig auf die Schultern, als die ferne Silhouette von Gyles Startout, für Eleanor nur ein Punkt in der Landschaft, winkend aus John Truebloods Hütte trat. Thaddeus, einen Kopf größer als alle anderen, reckte die Arme und deutete mit beiden Zeigefingern gen Norden, bevor er den Mann mit ausladenden Gesten zum Graben hin winkte. Wozu das?, wunderte sich Eleanor. Hatte er etwa die Absicht, Gyles auf das Anwesen zurückkehren zu lassen?

Sie war zu neugierig, um der Sache nicht nachzugehen, und als die Glocke verstummte, huschte sie hinüber zum Hof und verbarg sich im Schatten des Gartentors. Sie sah Gyles Startout aus dem Dorf herankommen und hinter ihm, in der Ferne, einen Planwagen und zehn Reiter, die sich auf der Landstraße näherten. Die Plane des Wagens sah nach Leder aus, und Eleanor meinte, ein Wappen darauf zu erkennen. Wenn ja, dann musste es der Tross eines Edelmanns sein.

»Bist du wohlauf?«, rief Thaddeus, als Gyles in Hörweite kam.

»Jawohl! Dreizehn Tage und noch immer kein Fieber. Was soll ich mit diesen Besuchern machen?«

»Nichts, mein Freund. Es sind zu viele, und du hast ohnehin schon zu viel für uns getan. Bist du kräftig genug, durch den Graben zu schwimmen?«

»Jawohl.«

»Dann lass deine Kleider am Ufer liegen und bedeck dich hiermit, wenn du unsere Seite erreichst.« Thaddeus schlüpfte aus dem Überrock. »Damit die Damen nicht in Ohnmacht fallen, wenn du aus dem Wasser steigst.«

Eleanor konnte sich nicht erklären, warum solche Freude über Gyles' Rückkehr herrschte, noch verstand sie, warum Thaddeus' Bemerkung so viel Heiterkeit auslöste. Was war schon so geheimnisvoll an einem dunklen Haarbusch und einer Falte aus rosa Fleisch zwischen den Beinen? Und wie schlimm konnte diese Krankheit schon sein, wenn so ein schäbiger Knecht es schaffte, frei davon zu bleiben? Sie zuckte zusammen, als sie Hugh de Courtesmains Stimme hinter sich vernahm. »Ihr solltet frohlocken, Lady Eleanor. Gyles ist der Beweis dafür, dass es möglich ist, die Pest zu überleben. Das bedeutet, dass Eure Mutter recht hatte: Gott hat nicht vor, uns alle auszurotten.«

»Vielleicht sprecht Ihr voreilig«, gab sie zurück. »Vielleicht ist Gyles gar nicht so wohlauf, wie er tut. Vielleicht war es dumm von Thaddeus, ihm zu glauben. Werdet Ihr meine Mutter immer noch preisen, wenn Ihr tatsächlich krank werdet, Master de Courtesmain?«

»Ihr solltet sie nicht so sehr hassen, Milady. Das schadet Eurem Ansehen bei den Leuten.«

Eleanor rückte ärgerlich von ihm ab. »Eure Meinung ist mir einerlei«, schnaubte sie. »Ihr verbündet Euch, mit wem es Euch gerade passt, sagt jedem, was er hören will. Ich habe gesehen, wie Ihr vorgebt, einer von ihnen zu sein, und ich verachte Euch dafür.«

Sein Blick hielt dem ihren stand. »Ich tue, was ich tue, um zu überleben, Milady. Solange wir uns innerhalb dieses Burggrabens befinden, haben die Bauern die Macht. Vier davon dienen Eurer Mutter als Ratgeber, und dieser Mann da, der gerade zurückkehrt, wird Anführer ihrer Garde werden. Am meisten Macht aber hat Thurkell an sich gerissen. Wenn Ihr klug seid, macht Ihr es wie ich und sucht Euch Verbündete, wo Ihr könnt.«

»Ich denke nicht dran.«

De Courtesmain zuckte die Achseln. »Wenn die Pest erst vorüber ist, werden nur die Starken das Sagen haben, und ein junges Mädchen ohne Freunde wird schwach sein.« Er sah zu dem Wagen und den Reitern hinüber, die gerade aus dem Dorf auftauchten. »Diese Männer werden Euch bestätigen, was ich meine.«

Eleanor folgte seinem Blick. »Wie das?«

»Mit dem Kutscher sind es elf Mann, und sie sind mit Langbögen ausgerüstet. Wenn sie vorhaben, uns einen nach dem anderen abzuschießen, um die Festungsmauer zu stürmen, können sie das jederzeit tun. Wir sind machtlos gegen ihre Pfeile.«

»Was würden sie hier denn wollen?«

Hugh fragte sich, ob sie überhaupt wusste, dass Wachen an der Mauer standen, um die Kranken und Hungrigen am Einbrechen zu hindern. »Wir haben zu essen, Milady. Wenn sie von einem Anwesen kommen, wo die Leute darben, werden sie vielleicht unsere Vorräte stehlen wollen. Warum haben sie wohl einen Wagen dabei, wenn nicht, um ihn zu füllen?«

Die gleichen Gedanken beschäftigten auch Thaddeus und Lady Anne. Sie waren zuversichtlich, unbewaffnete Bauern abwehren zu können, aber auf bogenbewehrte Soldaten waren sie nicht gefasst gewesen. Sir Richard hatte seine Garde zum Schutz vor Straßenräubern nach Bradmayne mitgenommen, und ihre Waffen waren mit ihnen verschwunden. Die wenigen Kurzbögen, die noch in Develish verblieben waren, konnten es mit der Schlagkraft und Reichweite von Langbögen nicht aufnehmen.

»Du hast recht daran getan, Gyles zurückzurufen«, sagte

Lady Anne. »Sie hätten sich nicht von den roten Kreuzen an den Hüttentüren abschrecken lassen.«

»Erkennt Ihr das Emblem auf ihren Mänteln, Milady?«

Lady Anne schüttelte den Kopf. »Sie müssen von weiter her kommen. Ich kenne alle Wappen im Umkreis von zwanzig Meilen.« Sie hob die Hand, um die Augen abzuschirmen, und musterte die Mienen der Männer hoch zu Ross. Sie wirkten finster entschlossen, als wüssten sie, dass man ihnen in Develish keinen Einlass gewähren würde. »Wir können sie nicht unsere Vorräte plündern lassen«, sagte sie.

»Dann müssen wir verhandeln, Milady. Sie werden schnell merken, dass wir nichts haben, womit wir sie von dieser Seite aus bedrohen können.«

Sie sah ihn nachdenklich an. »Außer mit noch mehr Angst, als sie jetzt schon haben. Bist du bereit, ein weiteres Mal dein Seelenheil zu gefährden, Thaddeus?«

Er lachte. »Von mir aus, wenn es uns das Leben rettet! Ich kann ja morgen bereuen, sofern ich heute nicht mit einem Pfeil im Herzen sterbe.«

NEUN

Das Ufer war fast menschenleer, als die ersten Reiter den Burggraben erreichten. Sie hatten die Menge auf dem Vorhof auseinanderlaufen sehen, als der Tross näher kam, und jetzt hatten sie sich alle ins Haus oder in ihre provisorischen Hütten zurückgezogen. Nur eine kleine Frau und ein großer Mann standen noch am Wassergraben, um sie zu begrüßen. Ihrer Kleidung nach – schlichtes, farbloses Bauernleinen – schienen es Leibeigene zu sein, und der Gardehauptmann sprach sie als solche an.

»Wo ist euer Herr?«

Lady Anne machte einen tiefen Knicks. »Er ist tot, Sir. Sein Blut wurde schwarz und quoll aus riesigen Beulen an seinem Hals, vor zwei Wochen ist das gewesen. So etwas haben wir noch nie gesehen. Milady ist ihm bald darauf gefolgt, und seither sind noch viele gestorben.«

Mit betroffener Miene drehte sich der Hauptmann zum Haus um, aus dem plötzlich Klagegeheul drang. Das Geheul fand ein Echo in zahlreichen Frauenstimmen, die lauthals in eine Totenklage ausbrachen. »Um wen klagen die da?«, fragte er.

»Ein Kind!«, rief Lady Anne und rang verzweifelt die Hände. »Wir haben so wenige übrig. Sie sterben uns in einem Tag weg, wenn die Pest ihre kleinen Leiber befällt.« Sie hob den Kittelsaum an die Augen, um Tränen abzuwischen. »Es ist eine furchtbare, mörderische Seuche, Sir.«

»Wo begrabt ihr eure Toten?«

»Es sind zu viele«, sagte Thaddeus mit gebrochener Stimme. »Erst haben wir eine Grube gegraben, aber der Verwesungsgeruch wurde so unerträglich, dass wir sie zugeschüttet haben. Jetzt versenken wir die Leichen im Burggraben hinter der Kirche. Das Wasser überdeckt sie und ihren Gestank.«

»Die Toten haben unseren Brunnen vergiftet«, setzte Lady Anne hinzu und fiel auf die Knie. »Und auch die Luft.«

Der Hauptmann schlug unwillkürlich die Hand vor den Mund, während Thaddeus neben Lady Anne auf ein Knie sank und flehend die Hände ausstreckte. »Wir bitten um Beistand, Sir. Die von uns, die noch am Leben sind, brauchen zu essen und zu trinken, sonst halten wir nicht mehr lange durch.«

Der Hauptmann nickte zu dem Floß hin, das Thaddeus losgemacht hatte, sodass es müßig auf dem Wasser trieb. »Warum nutzt ihr das nicht, um überzusetzen und Wasser aus dem Dorfbrunnen zu holen und die Ernte von euren Feldern einzubringen?«

»Keiner wagt sich in den Burggraben«, sagte Lady Anne. »Unser Priester, Gott hab ihn selig« – sie bekreuzigte sich –, »hatte den Mut, es zu versuchen, und wurde sogleich von der Seuche befallen. Sein Tod war ein grausamer Anblick. Blut rann ihm aus den Augen, und seine Zunge schwoll an und platzte ihm im Munde.«

Der Mann zügelte sein Ross vom Wasser zurück. »Warum habt ihr denn keine Brücke?«

»Sir Richard hatte befohlen, sie zu zerstören, um ein Übergreifen der Seuche zu verhindern«, erklärte Thaddeus. »Aber es war zu spät. Der Tod war schon eingedrungen, und die befallenen Leichen haben die Ansteckung verbreitet.

Wir bedürfen dringend Eures Beistands. Wenn die Seuche uns nicht umbringt, wird es der Hunger tun.«

Der Hauptmann starrte einen Moment lang sprachlos zu ihnen herüber, dann warf er die Zügel herum und trabte zurück zu dem Planwagen. Er beugte sich über die Mähne seines Tiers, um jemandem drinnen zu lauschen. »Milord of Bourne möchte wissen, warum vorhin noch solch eine Menge von Leuten auf dem Vorplatz war, wenn doch so viele schon gestorben sind«, rief er hinüber.

»Sir Richard hat Leibeigene aus benachbarten Gütern aufgenommen«, rief Lady Anne zurück. »Vor zwei Wochen waren wir noch über vierhundert an der Zahl, aber diese Pest ist so fürchterlich, dass wir kaum noch halb so viele sind, und etliche liegen im Sterben. Die Gesunden bleiben so lange wie möglich an der Luft, um den Gestank schwärender Beulen zu meiden.«

»Warum sind sie ins Haus gelaufen, als wir herankamen?«

»Aus Furcht, Sir. Ihr tragt Langbögen. Wenn Ihr uns töten wollt, können wir Euch nicht davon abhalten.«

»Und ihr beide? Habt ihr denn keine Angst?«

Wieder rang Lady Anne die Hände und betete im Stillen, dass die Schafe auf dem Friedhof nicht just in diesem Moment blöken oder der Hahn im Gemüsegarten krähen würden. »Wir haben mehr Angst zu verhungern«, rief sie. »Bitte um eine milde Gabe, Sir, ein wenig Korn oder Fleisch, auf dass wir noch einen weiteren Tag überleben mögen.«

Der Hauptmann neigte sich wieder dem Mann im Wagen zu. »Milord lässt fragen, was euch ein weiterer Tag nutzen soll, wenn Gott euch ohnehin schon verlassen hat.«

»Selbst eine Stunde Leben birgt noch Hoffnung, Sir«, rief Thaddeus. »Unsere Toten rafft es ohne Absolution und Begräbnis dahin, und wir haben große Furcht vor dem, was uns im Jenseits erwartet.«

Eine knochige Hand schob die Lederplane beiseite, und das Antlitz eines alten Mannes erschien in der Öffnung. Er starrte auf die beiden, die da am Boden knieten, und ließ den Blick über die Fassade des Herrenhauses schweifen. Die klagenden Stimmen der Frauen waren noch immer zu hören, aber gedämpfter, wie erschöpft vor Trauer. »Gott hat diesen Landstrich schwer gerichtet«, sagte er. »Der Tod überzieht alles, von Melcombe im Süden bis Shafbury im Norden, und lässt die Dörfer ausgestorben zurück. Was hat Dorseteshire Böses getan, dass euch diese Plage auferlegt wurde?«

»Das wissen wir nicht, Sir.« Lady Anne faltete die Hände und streckte sie ihm flehend entgegen. »Sir Richard war ein guter Mann, und dennoch wurde er zuerst dahingerafft.« Sie musterte Lord Bourne unter halb gesenkten Lidern und fragte sich, ob sie je im Leben eine so eisige Miene gesehen hatte. Seine Lippen waren nicht mehr als ein dünner Strich, seine Augen hart und gnadenlos wie Glas.

»Dann müsst ihr den Herrgott um Vergebung eurer Sünden bitten und Buße tun, soweit ihr es vermögt, bevor Er euch richtet«, entgegnete er. »Von mir habt ihr keinen Beistand zu erwarten. Wenn es Gott gefiel, euch zu strafen, dann sei es so. Alles, was ich tun kann, ist, andere vor dem Odium eurer Ruchlosigkeit zu schützen.« Er winkte dem Hauptmann. »Schießt Brandpfeile auf das Floß und legt Feuer im Dorf und auf den Feldern. Es soll den Pilgern zur Warnung gereichen, dass diese Leute verdammt sind.«

Er sah zu, wie seine Männer talggetränkte Lumpen um ihre Pfeilspitzen wanden und sie mit Flintstein in Brand setzten. Zehn Pfeile, die in den trockenen Planken stecken blieben, ließen das Floß noch schneller abbrennen, als Thaddeus für möglich gehalten hätte. Anscheinend fand Milord of Bourne das Resultat erbaulich. Seine dünnen Lippen verzogen sich zu einem hässlichen Grinsen, ehe er seinem Kutscher mit einem letzten Blick auf die Knienden befahl, den Wagen zu wenden.

Die Brandschatzung des Dorfes dauerte bis in den Nachmittag, doch beim Abbrennen der restlichen Ernte schien die Begeisterung abzuflauen. Anstatt sich über die Felder herzumachen, nachdem das letzte Strohdach in Flammen aufgegangen war, schwangen die Männer sich auf ihre Rösser und galoppiertem dem Wagen gen Norden nach. Fast alle Einwohner von Develish hatten sich auf dem Vorplatz versammelt, um die Zerstörung ihrer Hütten mit anzusehen, und Gyles Startout wandte sich an Thaddeus mit dem Vorschlag, dass genügend Männer mit genügend Eimern noch etwas von den rauchenden Ruinen zu retten vermöchten.

Der schwarzhaarige Hüne schüttelte den Kopf. »Besser, es brennt weiter, falls Milord beschließt, in der Nähe sein Nachtlager aufzuschlagen. Die Glut wird meilenweit zu sehen sein. Er soll uns lieber für geschlagen halten, als dass er auf den Gedanken kommt, wir hätten ihm einen Bären aufgebunden.«

»Er wird schneller zur Hölle fahren als irgendeiner von uns«, sagte Gyles. »Was ist das nur für ein Mensch, dass er sich anmaßt, das Strafgericht Gottes über eine ganze Gemeinde zu verhängen?«

»Einer, der sich selbst mit Rechtschaffenheit gesegnet glaubt«, entgegnete Thaddeus.

Gyles sah zu, wie die Funken von John Truebloods Hütte aufwirbelten. »Auf jeden Fall wirkt das Feuer reinigend«, bemerkte er. »Wenn das Übel noch in den Mauern saß, wird es morgen ausgeglüht sein.«

Eleanor war mit allen anderen ins Haus gelaufen, als Thaddeus anordnete, den Vorplatz zu räumen. Sie schlüpfte in die Kemenate ihrer Mutter und schloss die Tür hinter sich. Vom Fenster aus hatte sie einen guten Blick in den Wagen und konnte sehen, dass der Alte darin trotz der Hitze einen reich mit Hermelin besetzten roten Umhang trug und Ringe an allen Fingern. Ein Hündchen lag zusammengerollt auf seinem Schoß, und neben ihm auf dem Sitzpolster stand eine eisenbeschlagene Schatulle, die gewiss Gold enthielt.

Auf sie machte Milord of Bourne einen wesentlich günstigeren Eindruck als auf ihre Mutter. Sie sah ihn als Verbündeten, als Gottes Antwort auf ihre Gebete, ein Mann, der Mitleid mit ihr haben und sie aus Develish fortbringen würde, wenn sie ihm nur irgendwie mitteilen könnte, dass die Leibeigenen sich des Anwesens ihres Vaters bemächtigt hatten. In fieberhafter Eile riss sie all ihre Kleider aus der Truhe an der Wand und versuchte zu entscheiden, welches davon einen ältlichen Edelmann beeindrucken würde, während sie ungläubig mit anhörte, wie Lady Anne ihm Lüge um Lüge auftischte.

Sie warf sich gerade ein silberdurchwirktes blaues Seidengewand über, als sie hörte, wie Milord seine Männer anwies, das Floß abzubrennen. Hastig hakte sie das Mieder zu und lief die Treppe hinab in die große Halle. Dort kehrten alle ihr den Rücken zu und blickten gespannt aus den Fenstern. Selbst das Lamentieren der Frauen erstarb, als die Soldaten ihre Pfeile mit talggetränkten Lumpen umwanden und Funken aus ihren Flintsteinen schlugen. Unbemerkt, wie sie glaubte, schlich Eleanor zur Tür.

»Wo wollt Ihr denn hin in dem feinen Gewand?«, fragte eine mondgesichtige Frau und trat ihr mit ihrer groben Holzpantine auf die Schleppe. Sie war das Eheweib von John Trueblood, seit jeher als Hausmagd im Dienst der Herrschaft, und kannte Eleanor gut. »Habt Ihr etwa vor, Eure Frau Mutter vor dem ekligen Alten da als Lügnerin hinzustellen?«

Eleanor fuhr herum und holte zum Schlag aus. »Wie kannst du es wagen!«

Aber Clara Trueblood fing ihr Handgelenk ab und verdrehte es ihr schmerzhaft. »Ich würd ja zurückschlagen, wenn Ihr nicht die Tochter Eurer Mutter wärt. Sie hätt Besseres verdient als so eine wie Euch, Miss Eleanor.«

Das Mädchen zerrte ärgerlich an ihrer Schleppe. »*Lady* Eleanor heißt das.«

»In Eurer Einbildung vielleicht, aber sonst für niemand. Glaubt Ihr, ein Edelmann wird Euch als Dame behandeln, wenn Ihr Euch seiner Gnade ausliefert? Keine Meile weit werdet Ihr kommen, bevor er sich auf Euch wirft als Lohn für seine Güte.«

»So benehmen sich Knechte«, zischte Eleanor, »nicht Edelleute.«

Claras Augen blitzten vor Belustigung. »Schad, dass Ihr das nicht Euerm Vater gesagt habt. Mag sein, er hätt seine Gelüste gezügelt, wenn er gewusst hätt, dass Ihr's nicht gutheißt.« Sie wehrte Eleanors andere Hand mit dem Unterarm ab. »Fast wär's mir lieber, Euch gehn zu lassen. Es würd Euch guttun, das wahre Leben auf die Art kennenzulernen.«

»Ja, worauf wartest du dann?«, fuhr das Mädchen sie an. »Hier will mich doch sowieso keiner.« Sie machte Miene, ihr Mieder aufzuhaken. »Ich gehe auch im Unterkleid, wenn es sein muss.«

»Damit Milord Euch für'n blöden Bauerntrampel hält? Er wird denken, die Pest hätt Euch den Verstand geraubt, wenn Ihr halb nackt da rausrennt und versucht, durch'n Graben zu schwimmen … obwohl ich kaum glaube, dass Ihr dazu fähig seid. Er wird Euch für eine Hexe halten, wenn Ihr untergeht.«

Das Geräusch der brennenden Pfeile, die in das Floß einschlugen, ließ sich durch das offene Portal vernehmen, gefolgt vom gedämpften Ächzen der Menge an den Fenstern, als die Holzplanken Feuer fingen. Eleanor stieß Clara heftig von sich und rannte hinaus. Doch sie kam zu spät, um Bourne ins Auge zu fallen. Der Wagen rumpelte schon mit geschlossener Plane davon.

Sie hätte ihm hinterhergerufen, hätte ihre Mutter sich nicht just in dem Moment erhoben und zum Haus hin gesehen. Lady Anne sagte ein paar Worte zu Thaddeus, und auch er richtete sich auf und wandte sich um. Sie standen dicht beisammen, wie Leute, die eine tiefe Vertrautheit einte, und verblüfft wurde Eleanor gewahr, dass sie beide jünger aussahen, als sie waren. Ohne ihr strenges Häubchen, das Gesicht weich umrahmt vom braunen Haar, war ihre Mutter schön; und mit Schrecken erkannte Eleanor, dass jene Vertrautheit echt war.

Die Nacht brach schon an, als Lady Anne ihre Tochter aufsuchte. Die Feuersbrunst im Dorf erleuchtete den Himmel mit rötlich flackerndem Schein, den Eleanor im Windfang der Kirchentür beobachtete. Sie war allein. Der Priester war zu betrunken oder zu bockig, aus seiner Turmkammer zu kommen und ihre Bitte um Beistand zu erhören.

»Wo ist Pater Anselm?«, fragte Lady Anne.

Eleanor antwortete nicht, und ihre Mutter trat in die

dunkle Kirche, in der noch nicht einmal die Altarkerzen angezündet waren. Unter der Tür zum Turmzimmer war ein schwacher Lichtstreifen zu sehen; sicher hatte der Alte sich eingeschlossen, um dem Drama draußen zu entkommen. Ein weniger pflichtvergessener Priester wäre womöglich mit mahnend erhobenem Kreuz den Bewaffneten entgegengetreten und hätte seine Herrin der Lüge bezichtigt.

»Clara sagt, du wolltest mit Milord of Bourne von dannen ziehen. Aber glaubst du denn, er hätte dich mitgenommen, Eleanor? Hast du dich nicht gefragt, wo seine eigene Familie geblieben sein mag und warum er allein mit seiner Garde unterwegs ist?«

Das Mädchen schwieg verstockt. Sie sah blasser aus als sonst, erschöpft von den Aufregungen des Tages.

»Er rettet nur sich selbst, niemand sonst«, setzte Lady Anne sanft hinzu. »Sir Richard hätte es genauso gemacht.«

Eleanor fühlte sich angestachelt, ihren Vater zu verteidigen. »*Mich* hätte er mitgenommen.«

»Es wäre kein Platz mehr im Wagen gewesen, nachdem er ihn bis obenhin mit Vorräten und Wasser vollgepackt hätte. Er hätte höchstens versprochen, dir den Wagen zu schicken, wenn er am Ziel angekommen wäre … und du hättest vergeblich gewartet.«

Eleanor entsann sich der Kisten und Schatullen in Milord of Bournes Wagen. »Aber Ihr hättet mich ja sowieso nicht fortgelassen.«

»Nein«, stimmte Lady Anne zu. »Ich hätte dich nie der Obhut deines Vaters überlassen. Deine Gegenwart wäre ihm schon nach wenigen Meilen zur Last gefallen, wenn du es gewagt hättest, dich über den harten Sitz oder die Langsamkeit der Reise zu beklagen.«

»Ich hätte mich nicht beklagt.«

Die Augen ihrer Mutter zwinkerten in mildem Spott. »Du beklagst dich doch unentwegt, Tochter.« Sie strich dem Mädchen über die Wange. »Es vergeht kein Tag, ohne dass du einen neuen Anlass zum Schmollen findest.«

Eleanor schlug ihre Hand weg. »Bei Sir Richard hatte ich keinen Grund zu klagen.«

Lady Anne schob die Hände in die Kitteltaschen. Es war naiv gewesen zu glauben, dass Eleanor ihr mütterliches Wohlwollen erkennen würde. »Kein Wunder, er erkaufte sich deine gute Laune mit Tand und Zierrat und hatte Zeit für dich, wenn es ihm gerade gefiel. Hättest du ihn genauso geliebt, wenn er dir keine Geschenke gemacht hätte?«

Unter Getöse und Funkenflug stürzten die Wände von John Truebloods Hütte ein, und beide Frauen wandten sich um und blickten zum Dorf. Die Hütten waren nur noch glimmende Trümmerhaufen, und das Licht nahm merklich ab, als die Flammen erstarben. Was einst eine florierende Gemeinde gewesen war, existierte nicht mehr.

»Ein garstiger Kerl«, murmelte Lady Anne. »Das hat er nur getan, um seine armselige Macht zu beweisen.« Mit einem Seufzer trat sie wieder zurück in die Kirche. »Sollen wir ein paar Kerzen anzünden? Soll ich dir helfen, dein Bett zu richten?«

Das Mädchen zuckte die Achseln. »Ich schlafe ja doch nicht hier.«

»Wo denn sonst?«

»In Eurer Kemenate.«

Doch Lady Anne schüttelte den Kopf. »Du wirst nur unwillkommene Aufmerksamkeit erregen, wenn du versuchst, heute Nacht ins Haus zurückzukehren, Eleanor. Du kannst so laut an die Tür hämmern, wie du willst, sie wird dir nicht geöffnet werden. Du hast keine andere Wahl, als unter freiem Himmel zu nächtigen, wenn du hier nicht dein Bett aufschlagen willst.«

Die Augen des Mädchens verengten sich. »Und auf wessen Geheiß?«, fauchte sie. »Thaddeus Thurkells? Verbannt Ihr mich aus Eurem Zimmer, damit er Euer Lager teilen kann? Will er sich nun endgültig bei Euch einnisten, nachdem Sir Richard tot ist?«

Lady Anne ignorierte sie. »Ich glaube kaum, dass Pater Anselm dich belästigen wird, aber falls du den Riegel an seiner Tür aufgehen hörst, dann lauf zu der ersten Hütte am Wege. John Trueblood wird dich beschützen.«

Das Mädchen ballte die Fäuste. »Ich suche keine Hilfe bei Knechten. Mögen sie auch Macht über Euch haben, über mich haben sie keine. Ich werde immer über ihnen stehen.«

Lady Anne schloss kurz die Augen. »Nach welchem Maßstab, Eleanor? Du hast keine ihrer Fähigkeiten – du bist nicht einmal fähig zur Liebenswürdigkeit –, und doch bestehst du darauf, dich für überlegen zu halten. Warum nur?«

»Meiner Geburt wegen«, sagte das Mädchen schnippisch. »Ich vergesse nicht, wer ich bin, auch wenn Ihr es tut.«

»Es wäre besser für dich, wenn du nicht so stur wärst«, entgegnete Lady Anne und begab sich zur Tür. »Du bist nur eine und sie sind zweihundert, und deine Geburt wird dir nichts nützen, falls sie beschließen, sich gegen dich zu verbünden. Du kannst mit dem Fuß aufstampfen und dich als Sir Richards Tochter aufspielen, so viel du willst, aber damit machst du dich nur lächerlich.«

»Ich bin auch *Eure* Tochter.«

Lady Anne hielt inne. »Bist du dir da sicher? Du änderst so häufig deine Meinung, dass man kaum noch mitkommt. Heute Morgen war ich noch eine Bauersfrau, vor zwei Minuten war ich Thaddeus Thurkells Hure, und nun bin ich wieder deine Mutter. Sollte ich mich geschmeichelt fühlen von dieser plötzlichen Bereitschaft, mich anzuerkennen?«

»Ihr braucht mich nicht auch noch zu verspotten«, sagte das Mädchen mit Tränen in den Augen.

»Aber du bist zu alt, um dich hinter meinen Röcken zu verstecken, Eleanor. Wenn du geachtet sein willst, musst du lernen, auf eigenen Beinen zu stehen. Du kannst nicht weiter dem Müßiggang frönen, nur weil der Zufall deiner Geburt dich mit einem Titel ausgestattet hat.«

Mit der Schuhspitze malte das Mädchen Halbkreise in den Staub des Kirchenbodens. »Wie kann meine Geburt ein Zufall gewesen sein? Gott hat mich als Lady Eleanor of Develish *geschaffen.*«

Lady Anne blickte zur orange lodernden Glut des Dorfes hinüber. »Aber für wie lange?«, gab sie zurück. »Niemand hier ist außerhalb dieser Mauern bekannt. Unsere Namen und Gesichter werden spurlos verschwinden, wenn wir der Pest zum Opfer fallen. Nur die Grundmauern des Hauses werden bleiben, um zu bekunden, dass wir je gelebt haben.«

Eleanor war nicht klug genug, um zu begreifen, was sich hinter den Worten ihrer Mutter verbarg. So lag sie denn am Fuße des Altars auf ihrem Strohsack und widersprach im Geiste allem, was sie gehört hatte. Wie immer ließ sie keinen anderen Blickwinkel gelten als ihren eigenen.

Es war doch absurd zu behaupten, Lady Eleanor of Develish sei außerhalb dieser Mauern unbekannt. Ihr Vater hatte sie vielen Leuten vorgestellt. Seinen Freunden, die das Anwesen besucht hatten … Milord of Blandeforde … Seiner Hoheit, dem Fürstbischof. Sir Richards Schwester in Foxcote wusste von ihr, wie auch der ganze Haushalt von Bradmayne und vielleicht noch darüber hinaus, falls Peters Vater die Kunde von ihrer Verlobung mit seinem Sohn verbreitet hatte.

Aber würde irgendjemand von ihnen sie erkennen, wenn sie vor ihnen stand?

Sosehr sie auch versuchte, die Zweifel zu bekämpfen, sie wuchsen dennoch, je länger sie dort im Dunkeln lag und keinen Schlaf fand. Sie musste sich eingestehen, dass Lady Beatrix zwar ihren Namen kannte, nicht aber ihr Gesicht. Eleanor war nie in Foxcote gewesen, und niemand aus Foxcote hatte Develish je besucht. Sie erinnerte sich an die flüchtige Beachtung, die ihres Vaters Freunde ihr gezollt hatten, bevor sie sich zu ihm an den Spieltisch setzten oder ihn drängten, einen Hahnenkampf auf dem Vorplatz zu veranstalten. Auch hatte keiner von ihnen sich bemüßigt gefühlt, seinen Sohn im Austausch für ihre klägliche Mitgift anzubieten. Sie erinnerte sich an ihr einziges Zusammentreffen mit Seiner Hoheit, als der Bischof sie ignoriert hatte, um mit ihrer Mutter zu sprechen; oder ihr einziges Zusammentreffen mit Milord of Blandeforde, der sie mit gelangweiltem Blick in ihrem kostbaren Festgewand musterte und kurzerhand ablehnte, Sir Richard weitere Ländereien zu gewähren, weil »eine Tochter« nicht zählte.

Als der Morgen über dem Tal anbrach und Lichtfinger sich durch das Altarfenster tasteten, sah Eleanor schließlich ein, dass ihre Mutter und Thaddeus Thurkell recht hatten. Die Einzigen, die beschwören konnten, dass sie die war, die sie zu sein behauptete, waren die Leute von Develish.

Sie erinnerte sich an Hugh de Courtesmains Worte.

Wenn Ihr klug seid, macht Ihr es wie ich und sucht Euch Verbündete, wo Ihr könnt …

(AUSZUG AUS EINER NIEDERSCHRIFT VON LADY ANNE OF DEVELISH, DIE ALS EINE GESCHICHTE IHRER LEUTE GELTEN SOLL, FALLS NIEMAND DIE PEST ÜBERLEBT)

Der dreizehnte Tag im August 1348

Das Anwesen wirkt friedlicher seit Milord of Bournes Besuch. Vielleicht brauchten unsere Leute einen Beweis für die Gefahren, die außerhalb unserer Einfriedung lauern, um zu verstehen, warum ich mich dazu entschlossen habe, sie innerhalb des Burggrabens einzusperren. Milord of Bourne sagen zu hören, dass der Tod ganz Dorseteshire verwüstet, hat uns allen Angst gemacht, ebenso wie das Abbrennen unseres Dorfes. Hat er auf Befehl des High Sheriff gehandelt? Gar auf Befehl des Königs? Planen die Mächtigen, jede Gemeinde zu zerstören, die von der Seuche heimgesucht wurde?

Gyles' Rückkehr hat uns alle aufgemuntert, weil es scheint, dass diese schreckliche Pest überwunden werden kann. Er tut sein Bestes, uns erkennen zu helfen, wie und warum er gesund geblieben ist, aber einer Antwort sind wir noch nicht näher gekommen. Thaddeus meint, die Krankheit könne nicht durch den Atem oder die Berührung eines Kranken übertragen werden, denn sonst wäre Gyles sicherlich dahingerafft worden. Ich aber frage mich immer noch, ob Gyles nicht etwas in sich trägt, das der Ansteckung zu widerstehen vermag. Ich habe es so viele Male erlebt, dass manche an den Blattern sterben, andere dagegen nicht.

Gyles spricht oft von dem Schmutz in Bradmayne. Er beschreibt die offenen Jauchegruben, die Männer, die ihre Not-

durft vor ihren Hütten verrichten, und die Rattenplage im Kornspeicher. Er versucht mich zu überzeugen, dass all dies der Grund für die Krankheit sei, aber ich kann ihm da nicht zustimmen. Develish war genauso schmutzig, als ich hierherkam, aber niemand starb an Beulen und schwarzem Blut.

Nichtsdestotrotz sind wir gut beraten, weiter auf unsere Sauberkeit zu achten. Bei so vielen Menschen auf so engem Raum ist es wichtiger denn je, die Läuse und das Ungeziefer in Schach zu halten. Die Ruhr können wir uns ebenso wenig leisten wie die Pest.

In nomine Patris et Filii et Spiritus Sancti
Anne of Develish

ZEHN

Im Laufe der nächsten zwei Wochen bemerkte Thaddeus einen Wandel bei Eleanor, bezweifelte aber dessen Echtheit. Ihr Wesen ähnelte zu sehr dem ihres Vaters, als dass sie klein beigegeben hätte. Dass sie sich in Bauernleinen kleidete, bescheiden ihren Platz in der Essensschlange einnahm und sich sogar erbot, den Brei und die Suppe in den Kesseln umzurühren, mochte andere davon überzeugen, dass sie sich geändert hatte, aber nicht Thaddeus. Nachdem sie dreimal in der Kirche genächtigt hatte, war ihr gestattet worden, in die Kemenate ihrer Mutter zurückzukehren, unter der Bedingung, dass sie ihre Launenhaftigkeit im Zaum hielt. Sie hatte es bereitwillig versprochen, hatte sich sogar für ihr Benehmen entschuldigt, aber der Ausdruck in ihren Augen sagte etwas anderes. Was immer Eleanor gelobte, würde sie nicht halten, dessen war er sich sicher.

Einmal kam sie ins Kontor, als er allein war, schloss die Tür hinter sich und trat auf ihn zu, um ihren jungen, warmen Körper an ihn zu drücken. Sie tat, als läse sie etwas, das er ins Rechnungsbuch schrieb, doch da sie des Lesens ebenso unkundig war wie ihr Vater, nahm Thaddeus an, dass sie nur Beachtung suchte. Er ging nicht darauf ein und fuhr fort mit seiner Arbeit, als ob die Gegenwart des Mädchens ihm nichts bedeutete.

»Siehst du mich gar nicht?«, fragte sie und beugte sich so

tief über ihn, dass ihre Brust seinen Arm streifte. »Bin ich denn nicht schön, Thaddeus?«

»Ihr seid, was Ihr seid, Lady Eleanor. Die meisten würden auch von der Schierlingsblüte sagen, sie sei schön, bis sie von deren Wurzel vergiftet werden.«

Eleanors Stimme klang weinerlich. »Warum bist du so grausam zu mir? Ich tue doch alles, was du von mir verlangst, oder nicht?«

Thaddeus stand auf und suchte Abstand zu ihr. In ihren Augen sah er keine Tränen, nur kalte Berechnung. »Bauernleinen tragen und mit den Leibeigenen essen heißt nicht, dass Ihr Euch selbst vergessen sollt, Milady. Wie Ihr so richtig in der Kemenate Eurer Mutter sagtet, bin ich ein niedrig geborener Bankert, und Ihr seid Sir Richards Tochter. Ich rate Euch, nichts zu tun, was Schande über Eures Vaters Namen bringen könnte.«

Wie sich zeigte, war der Zaum, den sie sich auferlegt hatte, ebenso unecht wie ihre gerade noch tränenerstickte Stimme. Zornig packte sie das Tintenfass und goss es über dem Rechnungsbuch aus. »Niemals würde ich mich mit dir erniedrigen!«, schrie sie.

»Dann sind wir uns ja einig, Milady.« Er öffnete die Tür. »Gewiss werdet Ihr anderswo geeignetere Gesellschaft finden.«

Mit hasserfülltem Blick rauschte sie an ihm vorbei. »Die Arroganz wirst du mir büßen«, zischte sie.

Thaddeus zweifelte nicht, dass sie es ernst meinte, doch es gab anderes, das ihm mehr Sorge bereitete als Eleanors Drohungen. Die Langeweile innerhalb der Einfriedung machte allen zu schaffen, besonders den Männern. Nachdem die Latrinen ausgehoben und die Mauern verstärkt worden waren, gab es kaum noch etwas für sie zu tun, außer Nacht für

Nacht abwechselnd Wache zu halten. Ohne die gewohnte schwere Arbeit und mit viel zu viel Zeit zum Grübeln fingen sie an, sich mit ängstlichen Gedanken über ihre Zukunft zu plagen.

Die Vorstellung, dass Develish als einziges Anwesen die Pest überleben könnte, beschäftigte die Leute ebenso wie die Furcht, dass es nur Dorseteshire getroffen hatte. Würde irgendwer von außerhalb kühn genug sein, sich in die Grafschaft zu wagen und nachzuschauen, ob es noch Überlebende gab? Wer würde ihnen Boten mit der frohen Kunde schicken, wenn die Pest vorbei war? Waren sie auch wirklich sicher, solange sie innerhalb des Burggrabens blieben? Wovon würden sie leben, wenn ihre Vorräte zu Ende gingen?

Thaddeus wusste, dass diese Ängste und Ungewissheiten sich bald in abergläubische Panik verwandelt hätten, wenn Gyles Startout nicht gesund zurückgekehrt wäre. Pater Anselm hatte nicht all die Jahre Hölle und Verdammnis gepredigt, nur damit die Leibeigenen jetzt die Vorstellung von der göttlichen Rache so einfach über Bord werfen konnten. Will Thurkell zum Beispiel hörte nicht auf zu behaupten, Gott wolle Develish strafen, wenn nicht durch langsames Verschmachten, dann durch immer gehässigere Zwistigkeiten von Nachbar zu Nachbar. Doch Gyles war der lebende Beweis, dass ein Mann aus Dorset mit dem Schwarzen Tod in Kontakt kommen und dennoch weiterleben konnte, um davon Kunde zu geben. Und da er freimütig zugab, kein größeres Anrecht auf Gottes Gnade zu haben als die anderen aus Sir Richards Tross, eigneten die meisten Leute sich seine vernünftige Sichtweise an und hörten nicht weiter auf Wills Angstmacherei.

Thaddeus kannte seinen Stiefvater gut genug, um zu wissen, dass es Will nur darum ging, Zwietracht zu säen und

Evas Bastard das Leben schwer zu machen. Er würde alles tun, um Taddeus' Stellung als Verwalter zu untergraben, denn es verdross ihn ebenso, wie es Eva verdross, dass er so vieles vor ihnen verborgen gehalten hatte. Seinem Groll ließ Will freien Lauf, besonders dann, wenn Thaddeus Lady Annes Berater zusammenrief, um sich mit ihr zu besprechen.

»Warum übergehst du *mich*, Junge?«, fragte er bei einer solchen Gelegenheit und baute sich breitbeinig vor der versammelten Mannschaft auf. »Bin ich nicht gut genug für deine kostbare Herrin?«

Thaddeus deutete auf das Hausportal. »Es steht dir ebenso frei wie jedem anderen, mit Lady Anne zu sprechen«, sagte er. »Geh ruhig und trag ihr deine Beschwerden vor. Wir warten hier, bis du fertig bist.«

»Ich rede mit *dir*, Junge. Antworte auf die Fragen, die ich dir stelle.«

Gyles Startout runzelte die Brauen. »Du überschreitest deine Befugnis, Will«, sagte er streng. »Wenn du schon keinen Respekt zeigen kannst, dann sei wenigstens höflich. Es war Lady Anne, die ihre Berater ausgesucht hat, nicht Thaddeus.«

Aber Will war nicht in der Stimmung zurückzustecken. »Hältst du mich für blöde? Sie ruft euch doch nur zu sich, weil ihr sagt, was sie hören will ... ganz egal, ob viele von uns die Weisheit ihres Tuns bezweifeln.«

John Trueblood beäugte ihn belustigt. »Niemand hält dich hier, Will. Wir helfen dir gern über den Wassergraben, wenn du meinst, dass du drüben besser aufgehoben wärst. Gott bewahre, dass du ein Regime erdulden solltest, das dir zuwider ist, auch wenn du freudig futterst, was man dir vorsetzt, und dich um jede Aufgabe drückst, die dir aufgetragen wird.«

Adam Catchpole grinste breit. »Gute Idee! Und die restlichen Querulanten schicken wir dir hinterher, wenn du uns ihre Namen nennst. Einer fällt mir gleich ein – dein übellauniges Eheweib. Sie folgt dir sicher gern, wenn du ihr sagst, du bringst sie an einen besseren Ort.«

Thaddeus schaltete sich ein, bevor die Sticheleien überhandnahmen. Mochte es auch recht unterhaltsam für ihn sein, seinen Stiefvater dem Spott ausgesetzt zu sehen, wusste er doch nur zu gut, dass Will seine Wut hinterher an Eva auslassen würde.

»Wenn es etwas gibt, was du Lady Anne in eigener Sache mitzuteilen wünschst, sag es uns, und wir tragen es ihr vor. Heute geht es ihr um die Frage, was zu tun ist, wenn die Vorräte zur Neige gehen. Unser Plan ist es, mutige Männer zu finden, die freiwillig auf Proviantsuche außerhalb des Anwesens gehen.« Er wies auf die Gruppe der Umstehenden. »Diese fünf haben sich gemeldet, obwohl sie wissen, dass sie vielleicht nicht zurückkommen werden. Gyles hat sich als Erster gemeldet, weil er die Pest schon einmal überlebt hat und hofft, dass es ihm wieder gelingt. Dürfen wir dich als Zweiten hinausschicken, falls er nicht wiederkehrt?«

Wills Miene war komisch anzuschauen. »Ich bin nie draußen gewesen«, stammelte er. »Ich wüsste ja gar nicht, wohin.«

»Meinst du vielleicht, wir wissen es? Wenn man Milord of Bourne glauben darf, ist jedes Dorf in weitem Umkreis von der Pest befallen. Keiner von uns weiß, welcher Ort sicher ist, nicht einmal Gyles – also begibt sich jeder, der da hinausreitet, in Lebensgefahr.«

Will klammerte sich an das Einzige, dem man nicht widersprechen konnte. »Ich kann nicht reiten«, sagte er schnell. »Das weißt du. Mit meinem schwachen Rücken kann ich gar nicht auf ein Pferd steigen.«

»In der Tat«, sagte Thaddeus mit einer kleinen, ironischen Verbeugung. »Es ist ja allgemein bekannt, dass du zu beeinträchtigt bist, um irgendwas Anstrengendes zu tun.«

James Buckler sah zu, wie sein Vetter davonschlurfte. »Der wird dir irgendwann noch mal ein Messer zwischen die Rippen stoßen, wenn du nicht aufpasst«, warnte er Thaddeus mit leiser Stimme. »Egal, wie eifersüchtig er früher immer schon auf dich war, jetzt ist es noch tausendmal schlimmer. Es war dir bestimmt, Knecht zu sein, und nicht Verwalter.«

John Trueblood nickte. »Er hat einen mächtigen Neid auf dich, Thaddeus, und deine Mutter einen mächtigen Hass auf Lady Anne. Sie werden einen Aufstand anzetteln, sobald sie eine Möglichkeit dafür sehen.«

Während der August sich seinem Ende zuneigte, kam Thaddeus der Gedanke, ob John Trueblood nicht vielleicht recht gehabt hatte. Es war für die Jahreszeit noch immer ungewöhnlich warm, und Streit entbrannte schon beim nichtigsten Anlass. Die Heranwachsenden waren die Schlimmsten – Knaben zwischen vierzehn und fünfzehn, die regelmäßig aneinandergerieten. Des ständigen Schlichtens überdrüssig, gesellte Thaddeus sich zu Gyles Startout auf seinem Posten an der westlichen Mauerbrüstung und fragte ihn um Rat, wie er sie besser einspannen könnte.

Trotz ihres Altersunterschieds waren die beiden seit Thaddeus' heimlichen Ausflügen über den Burggraben enge Freunde geworden. Gyles hatte den jungen Verwalter stets nach Kräften unterstützt und keinerlei Zweifel daran gelten lassen, dass Lady Anne die richtige Entscheidung getroffen hatte, Thaddeus als ihre rechte Hand einzustellen. Da Thaddeus ebenso gut lesen und schreiben könne wie Hugh de Courtesmain, sagte er, sei es doch nur sinnvoll, ihm das Amt des Franzosen zu übertragen.

Immer wieder hatte er Thaddeus vor Hugh gewarnt. »Den Normannen solltest du besser an der Kandare halten«, riet er ihm. »De Courtesmain ist sehr geschickt darin, die Leute gegeneinander aufzubringen. Isabella sagte, sie habe gehört, wie er dem jungen Catchpole einredete, sein Vater sei bei Lady Anne weniger hoch angesehen als der Vater des jungen Buckler, und mehr braucht es nicht, damit zwei junge Burschen sich gegenseitig an die Gurgel gehen.«

»Deine Zwillinge sind genauso schlimm«, gab Thaddeus zurück. »Sie schlagen sich ebenso oft untereinander, wie sie sich mit anderen prügeln. Wir müssen irgendetwas finden, um ihre Kräfte zu erschöpfen, sonst wird es immer schlimmer werden. Zurzeit wird hier jedes falsche Wort als Beleidigung aufgefasst, ob von Hugh de Courtesmain angestachelt oder nicht.«

Der Ältere überlegte einen Moment. »Ich könnte den Schwertkampf mit ihnen trainieren ... obwohl es das Problem möglicherweise noch verschärft. Wenn sie erst Waffen in der Hand haben, werden sie sich vielleicht noch gegenseitig umbringen.«

»Sie bringen sich sowieso um, wenn wir ihre Energie nicht bald in andere Bahnen lenken«, entgegnete Thaddeus trocken. »Dein Olyver und der junge Trueblood sind den ganzen Vormittag über immer wieder mit Hammer und Zange aufeinander losgegangen.«

Gyles spähte zum westlichen Horizont hin, wo der Pfad durch die Wiesen in dichtem Wald verschwand. »Es wäre eine nützliche Fertigkeit, die man auch anderen beibringen sollte«, sagte er. »Wenn ich hinausziehe, um nach neuen Vorräten zu suchen, hätte ich lieber Männer bei mir, die sich aufs Kämpfen verstehen.«

Thaddeus nickte. »Haben wir denn Schwerter?«

»Nicht hier. Die Waffen, die wir mit zurückbrachten, habe ich mit Sätteln und Zaumzeug bei meinem Lager im Wald versteckt – aber sie würden sich ohnehin nicht zum Üben eignen. Wir brauchen Tischler, die uns Holzschwerter anfertigen. Wenn dann die Zeit für echte Schwerter kommt, werden wir sie aus Eisen schmieden.«

»Was für Eisen?«

»Aus Türangeln und Fassreifen. Man macht sich die Frauen zum Feind, wenn man ihnen die Kochtöpfe wegnimmt.«

Gyles' Fechtstunden waren bald so beliebt, dass die Erwachsenen ebenfalls mitmachten. In langen Reihen standen sie im Obstgarten und übten unermüdlich Ausfallschritte und Parieren, und Thaddeus hatte bald begriffen, dass die Kraftanstrengung ihnen ebenso zusagte wie das Waffenspiel. Das Leben der Bauern war körperlich fordernd, sechzehn Stunden Schinderei auf Feld und Wiese im Sommer, mit kurzen Essenspausen, gefolgt von acht Stunden Schlaf. An Muße waren sie nicht gewöhnt.

Die Idee der Anstrengung nur um der Anstrengung willen trug er Lady Anne vor. »Sie streiten längst nicht mehr so viel, seit Gyles mit ihnen trainiert, Milady, aber er kann sie ja nicht alle zugleich unterrichten. Wenn wir sie in Gruppen einteilen würden und abwechselnd antreten ließen, würden sie sich weniger langweilen.«

»Und was könnten sie tun?«

Thaddeus' dunkles Gesicht verzog sich zu einem verlegenen Lächeln. »Das überlege ich mir schon die ganze Zeit, Milady. Aber das Einzige, was mir eingefallen ist, wäre ein tägliches Wettrennen vom einen Ende des Anwesens zum andern.«

Lady Anne legte die Hände vor dem Gesicht zusammen,

sodass sie Mund und Nase berührten, den Blick gedankenverloren in die Ferne gerichtet. »Ich entsinne mich, dass Marco Polo von der Langeweile auf Seereisen schrieb«, murmelte sie. »Ich glaube, die Seeleute sangen und tanzten, um sich die Zeit zu vertreiben.« Sie hielt inne, als versuchte sie, sich an Einzelheiten zu erinnern.

Thaddeus ließ das Schweigen andauern, wohl wissend, dass alles, was sie zu sagen hatte, interessant sein würde. Er hatte schon so viele ihrer Geschichten von Marco Polo angehört, und sie hatten seine Fantasie ebenso beflügelt wie die ihre.

»Mutter Maria erzählte von einer Arena in Rom, wo sie Christen an Löwen verfüttert und Sklaven gezwungen haben, sich gegenseitig umzubringen, um das Volk zu ergötzen. Das geschah wohl ebenfalls, um die Langeweile in Schach zu halten.« Sie lächelte über Thaddeus' betroffene Miene. »Es ging nicht nur um Tod und Verderben. Sie hatten auch noch Wagenrennen und Wettlauf, Weitsprung, Ringkampf und Speerwerfen. Das alles nannten sie ›Spiele‹, und der Sieger war ein Held und musste seinen Lorbeerkranz gegen neue Herausforderer verteidigen.«

»Und die Männer haben dafür trainiert?«

Lady Anne nickte. »Das ist anzunehmen. Der Sieger zu sein war schließlich eine große Ehre.«

»Würden unsere Leute solch einen Lorbeerkranz für erstrebenswert halten?«

»Warum nicht, wenn wir ihnen sagen, die Spiele werden am Saint-Edward's-Tag abgehalten, und die Sieger werden auf Schultern herumgetragen, bevor das Tanzen beginnt? Wenn wir ihnen nicht ein wenig Kurzweil bieten, fangen sie gewiss bald an zu fragen, ob es wirklich notwendig ist, sich hier noch länger einsperren zu lassen.«

Thaddeus war erleichtert zu sehen, wie begeistert die Idee des Wettbewerbs aufgenommen wurde. Mit James Bucklers Hilfe entwarf er Arenen für sechs verschiedene Spiele: einen abgesteckten Pfad für einen Wettlauf über zehn Runden rings um den Vorhof, eine Zielscheibe fürs Bogenschießen im Obstgarten, eine Grasbahn für den Weitsprung, eine weitere Bahn fürs Speerwerfen, ein mit Seilen abgetrenntes Geviert für Ringkämpfe in der Hofmitte und ein weiterer Platz, mit Feldsteinen verschiedener Größe, wo die Männer sich im Gewichtheben messen sollten.

Einige der Apfelbäume im Obstgarten mussten geopfert, einige der Hütten abgerissen und anderswo wieder aufgebaut werden, aber die Aussicht auf Spiele schien alle zu beflügeln. Die Übungen im Schwertkampf und Bogenschießen füllten die Vormittage aus, und nachmittags wurden die restlichen Disziplinen trainiert. Die Frauen nutzten die Pausen von der Küchenarbeit, um zuzuschauen, wie ihre Männer, Söhne und Brüder gegeneinander antraten. Sie feuerten sie an und brachen in Gelächter aus, wenn sie auf dem Hintern landeten. Und als es offensichtlich wurde, dass die Halbwüchsigen beim Gewichtheben und Ringen nicht mit den Erwachsenen mithalten konnten und die Erwachsenen ebenso wenig mit den Jüngeren auf der Rennbahn, schlug James Buckler vor, zwei verschiedene Wettkämpfe abzuhalten – einen für die Senioren und einen für die Junioren.

»Stimmt es, dass du die Rationen der Männer erhöhen musstest?«, fragte er Thaddeus eines Abends, als sie Alleyn Startout beim Ringen mit seinem Bruder zusahen.

Thaddeus nickte. »Entweder wir sitzen den ganzen Tag herum, essen wenig und streiten viel, oder wir fordern uns körperlich und geistig und essen mehr.«

»Und wie wirkt sich das auf unsere Vorräte aus?«

»Sie gehen zwei Wochen eher zur Neige … vielleicht auch drei. Zu Weihnachten werden wir wohl vor leeren Tellern sitzen.«

»Hat Milady Gyles' Aufbruch jetzt vorverlegt?«

»Noch nicht. Sie hofft immer noch auf das Eintreffen von reitenden Boten.«

Buckler musterte Thaddeus' Miene, noch unentschlossen, ob Evas schwarzhaariger Bankert den Respekt verdiente, den Gyles ihm entgegenbrachte. James hatte die Brutalität seines Vetters gegenüber dem Jungen nie gutgeheißen, hatte sogar manches Mal eingegriffen, um Will davon abzuhalten, Thaddeus irgendwann noch totzuprügeln, dennoch hatte er Wills Verdruss immer nachfühlen können. Wer wäre nicht verärgert, das Kind eines anderen untergeschoben zu bekommen, das ihm dazu auch noch nicht im Geringsten ähnelte? Das einzig Rätselhafte blieb weiterhin die Frage nach dem Erzeuger.

Wenn man Eva jetzt sah, war es kaum vorstellbar, wie viel Eifersucht sie entfacht hatte, als sie blutjung nach Develish kam. Sie war zu sehr von sich eingenommen gewesen, zu gierig nach Aufmerksamkeit, zu gefallsüchtig. Selbst James hatte sie begehrlich beäugt und sich gefragt, warum Gott es mit seinem faulen, nichtsnutzigen Vetter so gut gemeint hatte. Die Verlobung war von Sir Richards Verwalter arrangiert worden, mit Wills begeisterter Zustimmung. Er war zu jähzornig, um ein Mädel aus Develish für sich einzunehmen, und er schätzte sich glücklich, als seine hübsche Braut aus einem Anwesen nahe bei Melcombe eintraf. Alles hätte noch gut werden können, hätte sie nicht die Unschuldige gespielt und ihm weisgemacht, dass sie so rein sei wie der frisch gefallene Schnee.

Als leichtgläubiger Narr dazustehen, das war es, was Will

zur Weißglut brachte. Sieben Monate lang war er einherstolziert, im festen Glauben, dass Evas schwellender Leib seinen Sohn enthielt, und als Thaddeus dann acht Wochen zu früh geboren wurde, wusste er auf die wissenden Blicke der Nachbarn nichts zu antworten. Evas Behauptung, vergewaltigt worden zu sein, stieß auf taube Ohren, weil ja sonnenklar war, dass sie gehofft hatte, ihr Kind als das von Will auszugeben. Die meisten glaubten, sie habe sich mit mehreren Männern eingelassen und wisse selbst nicht, wer der Vater war.

Wer er auch sein mochte, er hatte seinem schwarzhaarigen unbekannten Sohn jedenfalls mit Nachdruck seinen Stempel aufgeprägt. Von Eva war nur wenig in ihm zu erkennen. Konnte man so einem überhaupt trauen, dessen Vater ganz offensichtlich nicht aus Dorseteshire stammte – oder nicht einmal aus England?

»Milady könnte recht haben«, sagte James. »Bist du denn nie auf den Gedanken gekommen, dass die Pest vielleicht schon vorbei ist und wir uns hier Sorgen um unsere Felder machen, während der Rest des Landes bereits ausgelassen feiert?«

Die Frage bekam Thaddeus jeden Tag zu hören. Wie würde Develish es erfahren, wenn die Seuche vorüber war? Wer würde es ihnen sagen, wenn sie gefahrlos in ihr Dorf zurückkehren konnten, um ihre Häuser wieder aufzubauen? Wann würde das Leben wieder seinen gewohnten Gang gehen? Er wusste keine Antwort, bis auf die, die er James nun gab. »Wir hätten Leuchtfeuer auf den Hügeln gesehen. Der König würde uns nicht im Ungewissen lassen.«

Thaddeus verabschiedete sich mit einem Kopfnicken und suchte den Friedhof auf, um nach dem Vieh zu sehen. Der Abend brach schon an, aber zwei von den Säuen standen kurz vor dem Abferkeln, und er wollte sichergehen, dass alles in Ordnung war, bevor er sich zur Nachtruhe begab. Die Tiere lagen breit hingelagert im Stroh, ohne Anzeichen einer bevorstehenden Niederkunft, und er lehnte sich in den Koben, um die Borsten auf ihren Köpfen zu kratzen. Es waren prächtige Tiere, die das Ende ihrer Fruchtbarkeit erst in drei oder vier Jahren erreichen würden, doch er wusste, er würde sie schlachten müssen, wenn bis Mitte Dezember kein Bote eingetroffen war. Alles würde im Kochtopf landen, wenn Develish zu darben begann – sogar die drei Kühe in einem Winkel des Kräutergartens, die sie mit Milch versorgten.

Während sein Kraulen den Säuen ein wohliges Grunzen entlockte, hörte er ein Mädchen in der Kirche lachen, und sein erster Gedanke war, dass Pater Anselm wieder einmal seiner alten Leidenschaft frönte. Der Mann kam ja kaum noch aus seiner Kammer, tauchte nur an Sonntagen auf. Da aber niemand sich über die Abwesenheit des Priesters beschwerte, ließ Thaddeus ihn gewähren. Die Kirchentür war geschlossen, doch im Fenster des Altarraums flackerte eine Kerze. Er wäre vielleicht nachschauen gegangen, wenn nicht eine andere Stimme auf das Mädchenlachen geantwortet hätte – eine jugendliche Stimme, die sicher nicht die von Pater Anselm war.

Thaddeus war nicht der Ansicht, dass er die Vorkommnisse in der Kirche zu überwachen hatte. Wenn der Priester nichts Verwerfliches darin sah, dass junge Leute sie für heimliche Treffen nutzten, dann war das seine Angelegenheit. Einerseits wollte er Pater Anselm für seine Großzügigkeit Beifall zollen, andrerseits wusste er, dass der Alte sich schadlos hielt, indem er durch die Gucklöcher in seiner Tür spähte. Er war so häufig beim Spionieren ertappt worden, dass Lady Anne ihn oft nur noch den Spanner nannte. »Er beobachtet gerne junge Mädchen«, hatte sie Thaddeus vor Jahren schon gewarnt. »Sag deinen Schwestern, sie sollen sich vor ihm in Acht nehmen.«

Nachdem er noch den restlichen Viehbestand auf dem Friedhof überprüft hatte, beschloss er, einen Rundgang um die Mauer zu machen, bevor das Tageslicht vollständig schwand. An den vier Kompasspunkten schoben die Bauern abwechselnd Wache in Sechsstundenschichten und suchten den Horizont nach Anzeichen von Bewegung ab. Sie wachten paarweise, meist Vater und Sohn, damit der Jüngere gleich loslaufen und Alarm schlagen konnte, falls Fremde sich näherten. Meist waren sie die Straße von Süden her entlanggekommen, manche auch aus östlicher Richtung über den Fußweg, doch seit Milord of Bourne das Dorf abgebrannt hatte, war keiner mehr gesichtet worden.

Manche der Männer beklagten sich, es sei nutzlos, Wache zu halten, wenn der Himmel verhangen war und die Dunkelheit ihnen die Sicht nahm, aber Gyles zog sie nicht von ihrem Posten ab. Selbst wenn eine Warnung erst dann kam, wenn Plünderer schon über den Graben setzten, war es immer noch besser als gar keine Warnung. Sich in falscher Sicherheit zu wiegen war genauso gefährlich wie die Langeweile, und die beste Zeit zur Erstürmung einer Festung war seit jeher Mitternacht. Nachdem aber weiterhin alles ruhig blieb, wurde es immer schwerer, die Wachen dazu zu bewegen, ihre Pflichten ernst zu nehmen.

Auch Thaddeus hatte seine Zweifel. Wenn er sah, wie die Feldfrüchte auf der anderen Seite verrotteten, und wenn er bedachte, dass es nächstes Jahr überhaupt keine Ernte gäbe, wenn im Herbst nicht ausgesät würde, dann fragte er sich, ob Lady Anne mit ihrer strikten Isolationspolitik wirklich recht gehabt hatte. Aus Respekt vor ihrer Erfahrung hatte er ihr anfangs beigepflichtet, aber da hatte er noch nicht gewusst, wie sehr der Hunger sie mit der Zeit bedrängen würde.

Was konnte es schaden, den Graben zu überqueren, um die Ernte einzubringen und die Saat fürs nächste Frühjahr zu setzen, wo die Leute doch bei Gefahr jederzeit durch die Kirchenglocke zurückgerufen werden konnten?

Lady Anne schüttelte den Kopf, als er ihr den Vorschlag unterbreitete. Gyles' und des Bischofs Warnungen vor einem schnellen und schrecklichen Tod hätten nicht klarer sein können. Wollte Thaddeus etwa mutwillig das Leben seiner Familie und seiner Nachbarn aufs Spiel setzen?

»Seit Sir Richards Rückkehr haben wir keine weiteren Kranken mehr gesehen, Milady, und er ist jetzt schon fast zwei Monate tot.«

Lady Anne stützte den Kopf in die Hand und rieb sich die müden Augen. »Aber wir wissen ja nicht einmal, auf welche Weise die Krankheit übertragen wird«, wandte sie ein. »Vielleicht ist die Seuche ja schon in unsere Gegend vorgedrungen. Vielleicht hat jeder, der die Straße entlangkam, sie an Kleidern, Pferd und Zaumzeug getragen.«

»Dann wird man den Graben nie mehr gefahrlos überqueren können«, gab Thaddeus zurück, ohne sie daran zu erinnern, dass er selbst schon mehrmals drüben gewesen war. »Wir sind dem Tod geweiht, sobald wir den Fuß auf verseuchten Boden setzen.«

Lady Anne antwortete nicht, seufzte stattdessen nur, und er ließ das Thema wieder fallen. Vermutlich war sie ebenso unentschlossen wie er, und er wollte ihr keine Entscheidung aufzwingen, zu der sie noch nicht bereit war. Es gab eine Grenze dafür, wie viele Sorgen ein Mensch sich aufbürden konnte, bevor die Last unerträglich wurde. Im Stillen hatte er sich vorgenommen, Gyles auf den Erkundungsritt zu begleiten und Hugh de Courtesmain in seiner Abwesenheit als Verwalter agieren zu lassen. Sie mussten herausfinden, was draußen los war, sonst konnte jede ihrer Entscheidungen falsch sein.

Er begann seinen Rundgang am südlichen Wachtposten, gleich hinter der Kirche. Es war nichts weiter als eine hohe Stufe, von der aus man über die Mauerbrüstung sehen konnte, aber dort stand niemand. Derjenige, der dort hätte sein sollen, hatte entweder seinen Posten verlassen oder war gar nicht erst aufgetaucht. Verärgert, weil er sich schon denken konnte, wer der Abwesende war, kletterte Thaddeus auf die Stufe und starrte in die Dunkelheit. Das Licht war so schwach, dass er nur nach Zeichen von Bewegung Ausschau halten konnte. Hundert Mann konnten dort am Wiesenrand kauern, doch er würde es nicht sehen, bevor sich irgendein Schatten regte.

Seine Anwesenheit schreckte die Schafe in ihrem Gehege zwischen Friedhof und Mauer auf, und sie begannen zu blöken. Thaddeus war sich sicher, dass Will Thurkell diesen Posten hätte einnehmen sollen, und wie er ihn kannte, wäre das Geblöke ihm bald auf die Nerven gegangen. Darum hatte er wohl seinen ältesten Sohn geschickt, Jacob, um an seiner Stelle Wache zu halten, und Jacob hatte sich von dem Mädchen in die Kirche locken lassen. Mit sechzehn war Jacob ebenso lüstern wie all die anderen jungen Burschen auf dem Anwesen, aber zu klein und unscheinbar, um die Augen der Mädchen auf sich zu ziehen. Wie er es fast jeden Tag seines Lebens getan hatte, verfluchte Thaddeus Will für seine Faulheit und Dummheit. Wenn der Idiot glaubte, damit durchzukommen, dann würde er sich noch wundern.

Er verweilte lange am Wachtposten, um Jacob die Chance einer rechtzeitigen Rückkehr zu geben, weil er ihn für weniger schuldig hielt als Will. Nicht, dass er viel für seinen Halbbruder übrighatte; Jacob war so geschickt darin gewesen, den Zorn seines Vaters auf Thaddeus' breitere Schultern umzuleiten, dass Thaddeus mit zehn Jahren für jede Missetat des sechsjährigen Jacob verprügelt worden war. Er hätte den Jungen ernstlich gehasst, wenn Lady Anne ihn nicht gelehrt hätte, dass fehlgeleiteter Zorn nur Zeitverschwendung war.

Während sie Balsam auf seine geprellten Rippen strich, sagte sie: »Dein Vater würde dich prügeln, ob Jacob nun lügt oder nicht, Thaddeus. Seinem eigenen Sohn bringt er damit nichts bei, aber du lernst wenigstens, dass Grausamkeit Hass erzeugt.«

»Und ist es gut, das zu lernen?«, hatte Thaddeus verwundert gefragt.

»Ja, wenn es dich überzeugt, dass Ungerechtigkeit und Böswilligkeit alles Übel in der Welt auslösen.«

Er genoss das Gefühl ihrer weichen Finger auf seiner geschundenen Haut. Sie sprachen von Liebe in ganz anderer Weise als das dauernde Klagen und Fordern seiner Mutter. »Ratet Ihr mir, ich soll tun, was Jesus sagte? Die andere Wange hinhalten und mich so oft von Will verprügeln lassen, wie es ihm passt?«

»Ich rate dir, dich daran zu erinnern, wie es ist, ungerecht behandelt zu werden, Thaddeus. Wenn du dich von Wills Grausamkeit mit Hass erfüllen lässt, wirst du später genauso bösartig wie er.«

»Lieben werde ich ihn nie.«

»Dann finde einen Weg, ihn nicht zu hassen.« Sie zog ihm das Hemd über den Kopf und half ihm in die Ärmel.

»Ein kluger Mensch findet seinen eigenen Weg im Leben und schreitet voran. Wer sein Leben lang auf Rache sinnt, tritt auf der Stelle.«

»Wie lernt man denn, jemand nicht zu hassen?«

»Indem man begreift, wie wenig er einem bedeutet«, sagte Lady Anne. »Warum Gefühle an jemanden verschwenden, der dich nichts angeht? Will Thurkell kann dir nichts beibringen und nichts geben. Jetzt tut sein Stock noch weh, und seine Peitsche sticht, aber in vier Jahren, wenn du ihn um Haupteslänge überragst, wird er Angst haben, die Hand gegen dich zu erheben. Lebe für *diesen* Tag, Thaddeus.«

»Und wenn ich ihn dann töten will?«

Sie wickelte den Salbentopf in Sackleinen und knotete die Zipfel fest. »Dann wirst du den Weg gewählt haben, den er dir vorgegeben hat. Nichts könnte ihm besser gefallen, als zu beweisen, dass du die Brut des Satans bist.« Sie drückte ihm das Säckchen in die Hand. »Trag die Salbe morgens und abends auf, um die Schmerzen zu lindern, aber lass dich nicht von Will erwischen. Er wird dir noch mehr grollen, wenn er weiß, dass du mit mir gesprochen hast.«

Er musterte ihr sanftes Antlitz und fragte sich, wie ein so junges Weib so viel Weisheit besitzen konnte. »Glaubt Ihr, mein wahrer Vater war ein guter Mann, Lady Anne?«

Sie lachte auf und kniff ihn scherzhaft ins Kinn. »Das war er wohl«, sagte sie, »sonst wärst du nicht so tapfer.«

Nach einer halben Stunde gab Thaddeus seine Wache auf und ging zurück zur Kirche, um Jacob hinauszuscheuchen. Aber zu spät. Das Licht im Fenster war schon verloschen, und die Kirche war leer. Mit einer Verwünschung eilte er die Treppe hinauf zum Turmzimmer und hämmerte an die Tür. »Pater Anselm! Thaddeus Thurkell hier! Vorhin sind zwei junge Leute in der Kirche gewesen. Wisst Ihr, wer das war?«

Falls der Mann wach war, antwortete er nicht, und Thaddeus kehrte zurück nach draußen, um die Westseite der Kirche zu umrunden. Er konnte sich nicht vorstellen, dass Jacob den längeren Weg zu seinem Posten genommen hätte, doch er ließ den Blick über den Friedhof schweifen, auf der Suche nach der Silhouette des Jungen über der Mauer. Seine Augen waren an die Dunkelheit gewöhnt, aber die Gestalt, die bäuchlings vor dem Schafgehege im Gras lag, hätte er übersehen, wenn der Mond nicht aufgegangen wäre. Das Licht reichte gerade aus, dass er die Farbe seiner Joppe erkennen konnte – safrangelb, dieselbe, die Thaddeus getragen hatte, als er zwölf war.

Er umrundete zwei Grabsteine und setzte die Stiefelsohle auf dem Rücken seines Halbbruders ab. »Ich gerbe dir das Fell, wenn du Pater Anselms Met gestohlen hast, du kleines Wiesel«, knurrte er. »Ich hab dich oft genug gewarnt, du sollst das Stehlen lassen.« Als er keine Antwort bekam, ruckelte er den Liegenden ein wenig mit dem Fuß hin und her. »Los, Jacob, auf mit dir!«

Hinterher fragte er sich, warum er so lange gebraucht hatte, bis er merkte, dass der Junge tot war. Selbst ein paar Fußtritte erbrachten keine Reaktion, und noch immer kam er nicht darauf, dass der Tod der Grund für Jacobs Reglosigkeit war. Erst, als er den Körper umdrehte und die offenen, starren Augen gewahrte, wusste er, dass er auf eine Leiche hinabsah. Der Schock war fürchterlich. Vor wenigen Stunden noch hatte er Jacob dabei zugesehen, wie er im Obstgarten den Weitsprung übte. War er da schon krank gewesen? Hatte er die Symptome der Pest aus Angst verborgen gehalten?

Schaudernd kniete Thaddeus neben der schlaffen Gestalt nieder, die im Tod noch kleiner schien als im Leben, und tastete den Hals nach Beulen ab, ließ die Hand dann in den Rock gleiten und befühlte Jacobs Achselhöhlen und Leisten. Die Haut war warm und feucht, und Thaddeus zuckte zurück und wischte sich angeekelt die Finger am Ärmel ab. Im Leben war er seinem Bruder nie so nah gewesen, und es widerte ihn an, doch er musste herausfinden, wie Jacob gestorben war.

Er schob die Arme unter den Nacken und die Kniekehlen des Jungen, richtete sich grunzend vor Anstrengung auf und wankte um die Kirche herum zurück, mit dem toten Gewicht des Jungen in den Armen. Er wusste keinen anderen Platz, um ihn abzulegen, als vor dem Altar. Er brauchte mehr als das Mondlicht, um den Körper zu untersuchen, mochte Jacob aber auch nicht öffentlich ausstellen; wenn der Junge wirklich an der Pest gestorben war, hätte es alles nur noch schlimmer gemacht, seine verseuchte Leiche durch das Anwesen zu tragen.

Seine Hände zitterten so sehr, dass er länger brauchte als nötig, um Pater Anselms Flintstein hinter dem Altar zu finden und einen Funken herauszuschlagen, mit dem sich ein Kienspan entfachen ließ. Obwohl er nicht abergläubisch war wie Hugh de Courtesmain, fuhr er bei jedem Knarzen herum und spähte in die Dunkelheit hinter ihm. Ein schwacher Lichtschein war unter Pater Anselms Tür zu sehen, doch der Priester blieb so still und stumm wie Jacobs Leiche.

Thaddeus konnte das Kreuz nicht umgehen, als er die Kerzen auf dem Altar anzündete. »Ist die Hölle schlimmer als das Elend, das du uns in dieser Welt auferlegst?«, fragte er, und seine Stimme hallte durch die leere Kirche. »Ist Satans Feuer schlimmer als diese Pest, die du uns geschickt hast, um uns zu vernichten?« Als die Dochte Feuer fingen und die Schatten um ihn her sich auflösten, hörte er den Riegel an der Tür zum Turmzimmer zurückschnappen.

»Wer erleuchtet den Tisch des Herrn ohne Befugnis?«, ließ Pater Anselm sich mit grämlicher Stimme vernehmen.

Thaddeus blies den Kienspan aus. »Thaddeus Thurkell«, sagte er. »Ihr habt nicht geantwortet, als ich angeklopft habe, Pater. Ich dachte, Ihr würdet schlafen.« Er wandte sich um und blickte zu der Schattengestalt in der halb geöffneten Tür. »Ihr tut besser daran, Euch wieder einzusperren. Wenn ich Euch brauche, werde ich rufen.«

Aber der Alte ließ sich nicht so leicht abwimmeln. Vor den hell strahlenden Kerzen konnte er Thaddeus weit besser sehen als Thaddeus ihn. »Du hast Blut auf den Kleidern«, sagte er anklagend. »Was hast du getan? Wer ist das auf dem Boden da?«

»Mein Bruder Jacob.« Stirnrunzelnd sah Thaddeus auf sein wollenes Hemd hinab, sah die roten Flecken, wo er seines Bruders Leiche an sich gedrückt hatte, und die Spuren auf den Ärmeln, wo er sich die Hände abgewischt hatte. »Ich dachte, es sei Schweiß«, sagte er, plötzlich verwirrt, fiel auf die Knie und hob Jacobs Arm hoch, worauf das Blut auf der gelben Joppe zum Vorschein kam. Er löste die Kordel um Jacobs Leib und schob die Joppe hoch, um die Quelle der Blutung zu finden. Es gab so viel Blut – das meiste noch feucht –, dass kaum zu erkennen war, wo es herkam, bis eine Blase aus entweichender Luft sich um eine Wunde zwischen zwei Rippen bildete.

Der Priester schlurfte auf ihn zu. »Ist er tot?«

»Das dachte ich, als ich ihn gefunden habe, aber es scheint noch Atem in ihm zu sein.« Thaddeus stieß den Körper an, um ihn zum Leben zu erwecken. »Da, seht Ihr?«

Pater Anselm schüttelte den Kopf. »Ich habe bereits Leichen

aus toten Lungen ausatmen sehen, als der Sargdeckel gerade über ihnen zugenagelt wurde.« Mühsam ließ er sich neben der Leiche auf die Knie nieder. »Jacob sieht nichts mehr, Thaddeus. Seine Augen sind schon glasig. Hole das Öl vom Altar. Für die Absolution ist es zu spät, aber seine ruhelose Seele mag Frieden finden, wenn ich ihm die Letzte Ölung verabreiche.«

Mit gemischten Gefühlen betrachtete Thaddeus die kleine Zeremonie. Es hatte etwas Beruhigendes, wie Pater Anselm so sorgsam das Öl auf Jacobs Stirn, Augenlider, Nasenflügel, Lippen, Ohren, Brust, Hände und Füße auftrug, als könnte die Ölung wirklich Frieden bringen. Thaddeus hatte sogar den Eindruck, als ob Jacob schliefe, sobald der Priester die starrenden Augen geschlossen und die Handgelenke über der eingefallenen Brust gekreuzt hatte. Dennoch war er so verstört von der Todesart seines Bruders, dass er kaum auf die lateinischen Fürbitten antwortete.

Er versuchte sich einzureden, die Verletzung sei zufällig passiert, aber das konnte einfach nicht sein. Es musste ein tiefer Stich gewesen sein, der Jacob das Leben gekostet hatte. Im Kerzenlicht konnte Thaddeus noch mehr Spuren von Gewalt an dem Jungen erkennen – Kratzer im Gesicht, einen langen Schnitt über dem Handteller, als hätte er ein Messer abgefangen, ein weiterer Schnitt über dem Unterarm, als hätte er versucht, es abzuwehren. Alles deutete auf einen Kampf hin, der mit einem Stich zwischen die Rippen geendet hatte.

Pater Anselm bekreuzigte sich. »War es deine Tat, Thaddeus?«, fragte er. »Du hast sein Blut an dir.«

Thaddeus schüttelte den Kopf. »Ich habe ihn am Schafgehege hinter der Kirche gefunden. Ich dachte, er sei betrunken, bis ich ihn umgedreht habe.«

Er zog die Kordel unter Jacobs Leib hervor, um zu sehen, ob er das Messer bei sich hatte, das er zum Rutenschneiden verwendete. Wie die meisten Knechte trug Jacob seine Werkzeuge in Kordelschlaufen an der Seite, doch während die Ahle noch an ihrem Platz war, fehlte das Messer mit dem Eichenholzgriff, und Thaddeus fragte sich, ob das die Klinge war, die ihn getötet hatte.

»Habt Ihr einen Kampf draußen gehört?«, fragte er den Priester. »Es muss eine laute Auseinandersetzung gegeben haben, als das hier geschah.«

Der Priester vermied es, ihn anzusehen. »In meiner Kammer höre ich nichts.«

Thaddeus glaubte ihm nicht. Er erhob sich und trat an das Fenster, das auf das Schafgehege hinausging. Die Altarkerzen warfen kaum Licht nach draußen, doch hie und da konnte er den matten Schimmer von weißem Fell ausmachen. Er erinnerte sich, wie viel heller es gewesen war, als er die Mauer erklommen hatte, um zum südlichen Waldrand hinüberzuspähen. »Jemand könnte von diesem Fenster aus etwas gesehen haben«, sagte er, »zumindest, wie Jacob im Gras lag. Ich habe ein Mädchen lachen hören, als ob etwas sie belustige. Wisst Ihr, wer sie war, Pater?«

Der Priester antwortete nicht gleich, und Thaddeus wandte sich nach ihm um. Er kniete immer noch neben der Leiche, händeringend, als ob ein innerer Konflikt sich auf diese Weise Ausdruck verschaffen wollte. »Es ist eine böse, böse Sache, aus welchem Grund auch immer«, murmelte er.

Eine merkwürdige Wortwahl, dachte Thaddeus. Er hatte nicht gefragt, warum Jacob in eine Messerstecherei geraten war, nur, wer sie mit angesehen haben könnte. Er runzelte die Stirn. »Soll das heißen, das Mädchen hatte etwas damit zu tun?«, fragte er. »War sie der Anlass für den Streit?«

Doch Pater Anselm schüttelte den Kopf. »Ich weiß so wenig darüber wie du, Thaddeus«, sagte er. »Ich habe nichts gesehen und nichts gehört. Lady Anne muss nach dem High Sheriff schicken und ihn damit beauftragen, den Schuldigen zu finden. Uns steht es nicht zu, über die Schuld eines Menschen zu urteilen.«

»Selbst wenn sie willens wäre, einen Boten loszuschicken, wieso glaubt Ihr, dass der Sheriff sich hierherbegeben würde – wenn er überhaupt noch am Leben ist? Warum sich für den Tod eines Einzelnen interessieren, wenn Hunderte an der Pest sterben?« Thaddeus trat an den Altar zurück, um dem Priester auf die Beine zu helfen. »Kann sein, dass Jacob als Erster das Messer gezückt hat und sein Gegner sich nur verteidigen wollte. Ich brauche den Namen des Mädchens, falls sie etwas gesehen hat, Pater.«

Der Alte machte sich wieder auf den Weg zu seinem Turmzimmer. »Du hast dir selbst die Schuld daran zuzuschreiben, Thaddeus«, sagte er über die Schulter.

»Wie das? Ich war's nicht, der ihm ein Messer zwischen die Rippen gestochen hat.«

»Ich hatte dich davor gewarnt, das Mädchen in meiner Kirche unterzubringen.«

Thaddeus ließ eine Kerze für Jacob auf dem steinernen Sims des Altarfensters brennen und kehrte zu seiner Mauerstufe zurück. Er brauchte Raum und Zeit zum Nachdenken, und der Wachtposten am Südende des Schutzwalls bot Ruhe und Ungestörtheit. Er zögerte, Lady Anne aus dem Bett zu holen, da sie in der Dunkelheit nichts tun konnte, was sich nicht besser bei Tageslicht erledigen ließ. Und erst recht nicht wollte er seine Mutter wecken, um ihr mitzuteilen, dass eins ihrer Kinder tot sei. Ihr Geheul würde das ganze

Anwesen aufscheuchen, und der gesunde Menschenverstand sagte Thaddeus, dass er die Wahrheit leichter würde aufdecken können, wenn er die Sache vorerst nicht an die große Glocke hängte.

Er musste die Stelle untersuchen, wo er Jacob gefunden hatte, um zu sehen, ob der Junge sein Messer ins Gras hatte fallen lassen. Wenn es nicht da war, dann hatte sein Gegner es wohl mitgenommen, und eine Durchsuchung sämtlicher Jungs könnte es zutage fördern, zusammen mit Blutflecken an den Kleidern und Schnitten an Händen und Armen. Im Dunkeln danach zu suchen wäre töricht, zumal ein schlauer Täter sich die Nacht zunutze machen würde, um das Messer und die blutbesudelte Joppe am Grund der Latrinen verschwinden zu lassen.

Thaddeus grübelte darüber nach, was Pater Anselm gesagt hatte. Er hatte den Alten gedrängt, seine Worte zu erklären, der aber hatte sich geweigert. »Ich möchte nicht, dass so etwas Lady Anne zu Ohren kommt«, murmelte er, bevor er seine Tür zuschlug und den Riegel vorschob.

Es brauchte nicht viel Fantasie, um sich ein plausibles Szenario zusammenzureimen. Eleanors plötzliche Bereitschaft, sich zu den Leibeigenen zu gesellen … die zunehmende Streitlust unter den Jugendlichen … heimliche Verabredungen in der Kirche. Wenn sie die Jungen nicht absichtlich gegeneinander aufhetzte, hatte sie zumindest ihren Spaß daran.

Eleanor wurde von Isabellas kleiner, horniger Hand auf dem Mund geweckt. »Psst, Milady«, flüsterte das Mädchen ihr ins Ohr. »Schweigt still, um Eure Mutter nicht zu wecken. Ihr wollt sicher nicht, dass sie meine Botschaft hört.«

Im fahlen Morgengrauen konnte Eleanor nur vage Isabellas Gesicht erkennen. Die kleine Magd kniete neben ihr auf dem Boden und starrte ihr in die Augen, um zu sehen, ob sie verstand. Als Eleanor nickte, nahm sie die Hand weg und beugte sich noch einmal flüsternd vor.

»Schlimme Dinge werden Euch von manchen der Jungen nachgesagt, Milady. Sie reden darüber, was Ihr mit ihnen in der Kirche macht. Ihr müsst sofort ins Kontor des Verwalters kommen, wenn Ihr nicht wollt, dass Eure Mutter davon erfährt.«

Es war ihr eine Genugtuung, die plötzliche Furcht in den Augen ihrer jungen Herrin zu sehen. Also hatte Thaddeus recht mit dem, was er über Eleanor sagte. Er hatte Isabella an ihrem Schlafplatz zwischen den Kleinen geweckt, denen sie bei Nacht Kinderfrau und Trösterin war, und ihr erklärt, was sie ihrer jungen Herrin sagen sollte. Ein anderes Mädchen hätte Fragen gestellt, aber nicht Isabella. Sie hatte bemerkt, wie ihre Zwillingsbrüder Lady Eleanor ansahen.

Sie legte den Finger an die Lippen und half Eleanor beim Aufstehen, geleitete sie an den vielen Schläfern vorbei zur Tür. Hin und wieder streiften ihre Füße die Strohsäcke, doch jedes Geräusch wurde vom Schnarchen der älteren Frauen übertönt. Die meisten arbeiteten in der Küche und schliefen in Lady Annes Kemenate, um immer für das Zubereiten der Mahlzeiten zur Hand zu sein. Alle klagten über einen trockenen Mund, kaum dass die Sonne hoch genug stand, um sie zu wecken, aber sie wussten, dass sie ruhiger und ungestörter bei Lady Anne auf dem Boden schliefen als im Bett ihrer Ehegatten.

Am Fuß der Treppe begann Eleanor sich gegen die Hand zu sträuben, die sie zog, doch Isabella packte sie nur noch fester, um sie mit sich zum Kontor zu zerren. Es wäre ihr aber dennoch nicht gelungen, wenn Thaddeus nicht gesehen hätte, was draußen vor sich ging, und herausgekommen wäre, um sie in Empfang zu nehmen. Er ergriff Eleanor beim Arm und zwang sie, mit hineinzugehen, winkte auch Isabella hinein und schloss die Tür. »Ich tue das für Eure Mutter, nicht für Euch«, sagte er kalt. »Ich persönlich würde es vorziehen, wenn die Wahrheit über Euch allgemein bekannt würde.«

Der Raum war von einer einzelnen Kerze auf dem Tisch erleuchtet. In ihrem schwachen Schein konnten Eleanor und Isabella die dunklen Flecken auf Thaddeus' Hemd sehen, auch wenn er nicht wusste, ob sie errieten, dass es getrocknetes Blut war. Er sah die beiden Mädchen an, wie sie mit ihren zerzausten Haaren und verblichenen wollenen Nachthemden barfuß vor ihm standen, und fand, dass sie sich ungemein ähnelten. Ein Fremder hätte nicht sagen können, wer die Herrin war und wer die Magd. Thaddeus stand mit dem Rücken zur Tür, damit Eleanor nicht entwischte.

»Wer war gestern Abend mit Euch in der Kirche?«, fragte er schroff. »Nennt mir seinen Namen.«

Eleanor senkte den Blick. »Ich war seit Tagen nicht in der Kirche.«

»Es gibt genug Zeugen, nicht zuletzt Pater Anselm.«

»Beten ist nicht verboten.«

»Ihr geht nicht zum Beten hin. Bestenfalls macht Ihr Euch einen Spaß daraus, die jungen Männer aufzureizen, bis sie in Flammen stehen; schlimmstenfalls legt Ihr Euch zu ihnen. Kein anderes Mädchen auf dem Anwesen würde es wagen, die Kirche für solche Zwecke zu missbrauchen. Sie hätten Angst, dass Pater Anselm sie verrät.« Er deutete eine ironische Verneigung an. »Aber das gilt ja nicht für Euch, nicht wahr, *Milady?* Selbst ein Priester würde sich nicht trauen, Lady Anne zu sagen, dass ihre Tochter eine gewöhnliche Hure ist.«

Eleanor hob den Kopf, puren Hass in den Augen. »Wer beschuldigt mich? Wer wagt es zu behaupten, ich würde mich mit Knechten abgeben?«

Thaddeus nickte zu einem Pergamentbogen auf dem Tisch hin. »Da ist die Liste. Lest sie durch und sagt mir, ob irgendwelche von den Namen nicht stimmen.«

Isabella stand nah genug dabei, um zu sehen, was dort geschrieben stand, und sie hob die Hand, um ihr Lächeln zu verbergen. *Scheffel Weizen – 25 … Fässer Pökelfleisch – 6 … Säcke Rüben – 23 …* Schade war nur, dass Eleanor keine Ahnung hatte, wie Thaddeus sich über sie lustig machte.

»Du weißt, dass ich es nicht kann. Isabella soll sie mir vorlesen.«

Doch Thaddeus schüttelte den Kopf. »Ihr hättet Euch mehr Euren Lektionen widmen sollen und weniger vor dem Spiegel stehen. Es kommt Isabella nicht zu, Euch Eure Beschuldiger auf dem Präsentierteller zu servieren. Ihr seid gerissen genug zu behaupten, sie hätten sich Euch aufgedrängt, wenn Ihr meint, Lady Anne würde Euch das glauben.«

Eleanor war einfach zu vorhersehbar. »Meine Mutter wird es mir glauben, weil es wahr ist«, sagte sie. »Sie weiß, dass ich Knechte zu sehr verachte, als dass ich mich von ihnen anfassen ließe.«

Thaddeus lächelte leicht. »Gestern Abend habt Ihr es ergötzlich genug gefunden«, sagte er. »Ihr habt gelacht und Euch durchaus die Zeit genommen, eine Kerze im Fenster des Altarraums anzuzünden. Wie das, Lady Eleanor, wenn Ihr mit Gewalt in die Kirche gezerrt worden seid?«

Sie gab keine Antwort, und in dem Schweigen, das nun eintrat, hörten sie das Geräusch heller Stimmen in der Halle.

»Die Kinder rühren sich schon«, sagte Thaddeus. »Wenn Ihr nicht wollt, dass man Euch fragt, weshalb Ihr nicht in

Eurem Bette seid, nennt mir den Namen Eures Gefährten von gestern Abend. Sonst behalte ich Euch hier, bis Eure Mutter aufwacht, dann werdet Ihr einiges zu erklären haben.«

Eleanor fuhr sich nervös mit der Zunge über die Lippen. »Wozu brauchst du den Namen? Was wirst du machen, wenn ich ihn dir sage?«

Thaddeus verschränkte die Arme vor den Blutflecken auf seinem Hemd. »Fragt lieber, was ich machen werde, wenn Ihr es nicht tut«, gab er zurück. »Ich halte nichts von Euch, Lady Eleanor, und es kommt mir nicht darauf an, wenn ich alle Männer auf dem Vorplatz zusammenrufen muss, um sie zu fragen, was sie von Euch wissen. Seid versichert, dass ich in das Gelächter mit einstimmen werde, wenn Ihr als Hure gebrandmarkt werdet, wie meine Mutter.«

Er sprach mit solcher Verachtung, dass Isabella fast ein wenig Mitleid mit Eleanor empfand. Sie wusste, dass ihre junge Herrin Thaddeus insgeheim begehrte, denn es gab keine Maid in Develish, die es nicht tat. Er war so ganz anders als die anderen Männer, sowohl im Aussehen als auch im Gebaren, dass jedes Mädchen im heiratsfähigen Alter bemüht war, seine Aufmerksamkeit auf sich zu ziehen, und eifersüchtig war, wenn er einer Rivalin ein Lächeln schenkte. Mägde und Dienerinnen ersehnten ihn sich als Ehegatten; Eleanor erhoffte ihn sich als liebestollen Sklaven, der sie von ferne anbetete. Doch alle wurden enttäuscht. Er musterte öfter den Horizont als die Gesichter der Töchter von Develish.

Isabellas Mutter meinte, es sei die Grausamkeit, mit der er aufgewachsen war, die ihn so kalt hatte werden lassen, und sie hatte ihre Tochter davor gewarnt, ihr Herz an ihn zu verlieren. *Gut aussehen ist nicht alles*, sagte sie. *Such dir einen Jungen deines Alters, der deiner Liebe bedarf, nicht einen so viel Älteren, der nichts davon wissen will.* Das war leichter gesagt als getan. Auch wenn sie willens war, ihrer Mutter zu gehorchen, flatterte ihr jedes Mal das Herz, wenn Thaddeus ihr eine Aufgabe übertrug. Die Achtung, die er ihr bezeugte, hatte ihn in ihren Augen stets freundlich und sanftmütig wirken lassen, doch als sie jetzt diese Härte in ihm gewahrte, wurde ihr bewusst, dass er ganz anders war, als sie sich vorgestellt hatte.

ELF

Ein paar Männer standen vor ihren offenen Türen und reckten und streckten sich, als Thaddeus durch den Obstgarten auf die Reihe der Hütten am Rande der Mauer zuging, aber die meisten schliefen noch. Er klopfte an die windschiefe Hüttenwand der Startouts und schob die Tür auf. Gyles öffnete gähnend die Augen, wälzte sich aber frohgemut auf die andere Seite, als Thaddeus den Kopf schüttelte. »Du hast noch zehn Minuten«, sagte Thaddeus. »Ich bin nur Olyvers wegen hier.« Er beugte sich über den Jungen und schüttelte ihn unsanft. »Steh auf!«, befahl er. »Es gibt etwas zu tun.«

»Wieso kann Ian das nicht machen?«, beschwerte Olyver sich und versetzte seinem neben ihm schlafenden Zwillingsbruder einen Tritt.

Thaddeus zog ihn hoch und schob ihn zur Tür. »Weil es dich angeht.«

Der Junge stolperte hinaus, verschlafen und zerzaust. Er war vierzehn, aber im Morgenlicht, mit den spindeldürren Beinen, die unter dem kurzen Hemd hervorschauten, wirkte er jünger. Thaddeus packte ihn am Ohr und schleppte ihn, taub für seine Proteste, zur Kirche mit. »Sei froh, dass ich es bin und nicht dein Vater«, knurrte er. »Wenn Gyles erst hört, was du gestern Abend hier mit Lady Eleanor getrieben hast, zieht er dir das Fell über die Ohren.«

Er stieß Olyver vor sich her bis zu der Stelle, an der er Jacob gefunden hatte. Der rote Schein der aufgehenden Sonne färbte sich schon golden, und in wenigen Minuten würde jedes Detail der Szene grell beleuchtet sein. Es würde auch nicht mehr lange dauern, bis James Buckler seine Wache auf der Mauer antrat.

Thaddeus verdrehte Olyver noch einmal schmerzhaft das Ohr, bevor er ihn losließ. »Gestern Abend hat es hier einen Kampf gegeben. Ich denke, du kennst die Beteiligten. Sag mir ihre Namen.«

Olyver hielt sich das Ohr. Er hätte alles abgestritten, wenn Thaddeus nicht so grimmig geklungen hätte. »Jacob Thurkell und Edmund Trueblood«, murmelte er.

»Warum haben sie sich gestritten?«

Der Junge antwortete nicht.

»Jacob hätte auf der Mauer Wache schieben sollen. Wie hat Edmund ihn dazu gebracht, seinen Posten zu verlassen?«

Olyver blickte sich panisch um, ob es nicht irgendwo eine Fluchtmöglichkeit gab. »Das musst du Edmund fragen.«

Ohne Vorwarnung machte Thaddeus von seiner Überlegenheit Gebrauch, hakte ein Bein hinter die Kniekehlen des Jungen und brachte ihn zu Fall. »Ich will eine Antwort!«, sagte er barsch und grub seine Ferse in Olyvers Magengrube. »Sonst wirst du dir bald wünschen, du wärst nicht geboren worden. Was hast du mit Lady Eleanor in der Kirche gemacht?«

»Du tust mir weh.«

»Ich habe noch nicht mal angefangen«, entgegnete Thaddeus ungerührt. »Mein Bruder wurde letzte Nacht getötet, und ich hätte nichts dagegen, dich dafür hängen zu sehen. Wenn du mir nicht auf der Stelle sagst, warum Jacob und Edmund gestritten haben, werde ich dich des Mordes bezichtigen. Und du weißt sehr gut, dass Lady Eleanor dich nicht verteidigen wird. Sie wird abstreiten, überhaupt in der Kirche gewesen zu sein.«

Die Augen des Jungen weiteten sich vor Schreck. »Ich weiß nichts von einem Toten«, keuchte er. »Ich schwör's bei Gott.«

Thaddeus nahm den Fuß von seinem Bauch und hieß ihn sich aufsetzen. »Sag mir, was du weißt.«

Es war eine schmuddelige kleine Geschichte, ähnlich der, die Thaddeus sich während der Nacht schon zusammengereimt hatte – lüsterne Jugendliche, die um Eleanors Gunst wetteiferten. Olyver sprach von Anfassen und Küssen und Samenerguss auf den Kirchenboden, doch aus seinem Gestammel schloss Thaddeus, dass die Sache wohl noch weiter gegangen war.

Er fragte grob, ob Olyver seinen Schwengel in den Schlitz des Mädchens gesteckt habe. »Wenn ja, dann bist du ein verdammter Idiot«, sagte er. »Wenn du nicht für Mord gehängt wirst, dann für Vergewaltigung.«

»Hab ich ja gar nicht«, beteuerte der Junge. »Hab vor den andern vielleicht damit angegeben, aber ...« Er brach ab. »Dann ist es doch keine Vergewaltigung, oder?«

»Es wird das sein, was Lady Eleanor behauptet, und sie hat mir schon gesagt, dass du dich ihr aufgedrängt hast.« Thaddeus musterte ihn spöttisch. »Was zum Teufel hast du dir denn bloß dabei gedacht?«

»Es war ja nicht bloß ich.«

»Und wer sonst noch?«

Der Junge wand sich verlegen. »Jeder, der nichts dagegen hatte, sich auspeitschen zu lassen.«

Thaddeus runzelte die Stirn. »Auspeitschen? Von wem?«

»Von Eleanor«, kam die Antwort, kaum hörbar. »Man

hatte sich eine Belohnung verdient, wenn man nicht zusammenzuckte.«

Thaddeus erinnerte sich, wie das Mädchen ihn an dem Tag, als Sir Richard nach Bradmayne aufbrach, mit einem Weidenzweig traktiert hatte und wie ihre Freude daran in Wut umgeschlagen war, als ihre Mutter ihr Einhalt gebot. »Wohin hat sie dich geschlagen?«

»Auf den Rücken.«

»Zeig's mir.«

Widerstrebend drehte der Knabe sich um und zog das Hemd hoch. »Es tut nicht weh«, sagte er.

Thaddeus bezweifelte das, zumal er den Jungen aufstöhnen hörte, als er mit dem Finger über einen frischen Striemen strich. Wie verbogen musste ein Mädchen sein, um das Zufügen von Schmerzen mit geschlechtlicher Gunst zu vergelten? Und was hoffte sie damit zu erreichen? Demütigung? Gehorsam? Unterwerfung? »Was wollte sie durch die Schläge erproben?«, fragte er. »Deine Bereitschaft, ihr Sklave zu sein?«

Olyver blickte verwirrt drein, als wäre ihm solch eine Frage nie in den Sinn gekommen. »Es war nur ein Spiel«, sagte er naiv. »Man musste ja nicht mitspielen, wenn man nicht wollte.«

Thaddeus fragte sich, ob der Bursche wirklich etwas für das Mädchen empfand. Ihre Anmut und der süße Duft ihres Haars ließen sie weit anziehender erscheinen als die robusten Bauernmägde. *Sie* hatte keine Schwielen an den Händen, keine wettergegerbte Haut.

»Wer war noch alles bereit mitzuspielen?«

Widerstrebend nannte Olyver vier Kumpanen, darunter auch seinen eigenen Zwillingsbruder. Zwietracht war zwischen ihnen entbrannt, und wenn sie nicht gerade um Eleanors Gunst wetteiferten, dann stritten sie erbittert um die Vorherrschaft untereinander. Olyver gab zu, gelogen zu haben in Bezug darauf, wie weit er mit Eleanor gegangen war, aber die anderen, sagte er, hätten ebenfalls gelogen. Es ging nur ums Prahlen und Angeben. Thaddeus fand es bemerkenswert, dass Eleanor nur die halbwüchsigen Söhne der Hauptbauern – Startout, Trueblood, Catchpole und Buckler – ins Auge gefasst hatte. War es der Einfluss ihrer Väter auf dem Anwesen, der das Mädchen reizte?

»War Jacob auch dabei?«, fragte er.

Olyver sah auf seine Hände hinab. »Nicht wirklich.«

»Was soll das heißen?«

»Er hat immer zugesehen. Hat sich die Nase am Fenster platt gedrückt und sich einen runtergeholt.«

»Wusste Eleanor davon?«

Der Junge nickte. »Sie hat extra die Kerze angezündet, damit er uns sehen konnte. Sie fand es witzig. Er kriegte eins mit der Peitsche drüber, wenn er mit runtergelassener Hose erwischt wurde.«

»Von Eleanor?«

»Na klar.«

Ein zynisches Lächeln umspielte Thaddeus' Mundwinkel. »Und wer hat ihn dabei festgehalten? Du?«

Olyver antwortete nicht, und Thaddeus stellte sich vor, wie sein Bruder Abend für Abend allein auf seinem Posten an der Mauer stand und nur auf das Licht im Kirchenfenster wartete. Es war nicht schwer, sich den Aufruhr seiner Gefühle auszumalen. Er war mehr an Zurückweisung gewöhnt als an irgendeine Art von Zuwendung.

»Warum war Edmund gestern Abend hier?«

»Er kam, um zu sehen, ob ich mit Eleanor zusammen war … und um sich dann mit mir zu schlagen.«

»Und wie kam es dann dazu, dass er sich mit Jacob geschlagen hat?«

»Er ist um die Kirche herumgeschlichen, um sich zu vergewissern, dass wir in der Kirche waren – man sieht nicht so gut durch das Fenster mit der Kerze –, und da hat er Jacob mit der Nase an der Scheibe erwischt. Er hat ihm eine reingehauen, zur Strafe fürs Spannen, und Jacob hat zu plärren angefangen. Eleanor und ich sind dann raus, um nachzuschauen, was los war.« Verlegen zuckte Olyver die Achseln. »Ich weiß, er ist dein Bruder, Thaddeus, aber wir mögen ihn nicht. Er beklaut uns ständig.«

»Beklau*te*«, berichtigte Thaddeus. »Jacob ist tot.« Er sah, wie die Farbe des Grases vor ihnen sich von einem rosa getönten Grau in ein sanftes Grün verwandelte, während die Sonne über dem östlichen Horizont aufging. Dann entdeckte er die flach gedrückte Stelle vor dem Schafgehege, wo Jacob gelegen hatte, aber er fand das Messer mit dem Eichengriff nicht. »War es Edmund, der ihn getötet hat?«

Olyver schüttelte perplex den Kopf. »Das kann nicht sein. Jacob stand noch aufrecht, als Eleanor und ich um die Ecke kamen.« Er nickte zum westlichen Ende der Kirche hin. »Wir haben gelacht, und Edmund hat aufgebrüllt wie ein Stier und ist auf uns zugestürzt. Derweil hat Jacob an der Stelle dort gestanden« – er deutete auf das Schafgehege – »und geheult, dass Edmund kein Recht hat, ihm eins aufs Maul zu geben.«

»Wo hast du dich mit Edmund geschlagen?«

»Auf der anderen Seite, bei den Schweinekoben.« Seine Augen leuchteten triumphierend. »Edmund hat ganz schön was abgekriegt. Hat sich mit eingeklemmtem Schwanz getrollt.«

»Wie spät war es da?«

»Eine halbe Stunde vor Sonnenuntergang. Es war noch hell, als ich ihm die Nase blutig geschlagen hab.«

»Hat Eleanor zugeschaut?«

»Na klar. Sie hat mich von ihm weggezogen, als er anfing, Blut zu verspritzen wie ein Springbrunnen, und sie hat ihm ein Tuch gegeben, um das Blut aufzufangen, damit es ihn nicht so sehr schmerzte, dass er verloren hatte.«

»Und was ist danach passiert?«

»Edmund hat sich verzogen, und Eleanor und ich sind wieder zurück in die Kirche.«

»Hast du aus dem Fenster geschaut, um zu sehen, ob Jacob noch am Leben war?«

»Ich nicht, aber Eleanor. Ich saß auf der Altarstufe, um zu verschnaufen.«

»Was hat sie gesagt?«

»Dass er weg war.« Er lehnte sich vor und zog die Knie an die Brust. »Ich verstehe nicht, wie er tot sein kann. Er hat nicht halb so viel Schläge von Edmund eingesteckt wie ich.«

Thaddeus ging die paar Schritte zum Schafgehege vor, kniete sich vor die flach gedrückte Stelle im Gras und suchte tastend nach Jacobs Messer. Er fand es sehr schnell, halb begraben in der Erde. Hatte Jacob es fallen lassen, oder hatte jemand anders es weggeworfen, bevor er umfiel? Sorgfältig untersuchte er die Klinge nach Blut, fand aber nichts als Schlammspuren. Er konnte nicht einmal erkennen, ob es die Waffe war, die seinen Bruder umgebracht hatte.

Er drehte sich zu Olyver um. »Ich selbst habe Jacob hier gefunden, etwa eine Viertelstunde, nachdem du die Kirche verlassen hast. Er war erstochen worden und bereits eine Weile tot.«

Der Junge sah verängstigt drein. »Woher weißt du das?«

»Weil ich am Schweinekoben vorbeikam, nachdem

Edmund sich, wie du sagst, verzogen hatte. Du und Eleanor habt euch noch in der Kirche aufgehalten. Ich habe sie lachen hören und die Kerze im Fenster flackern sehen. Jacob hatte gar nicht genug Zeit, wegzugehen und wiederzukommen … und selbst wenn, hätte ich etwas von dem Kampf hören müssen, der zu seinem Tod geführt hat. Jacob muss geschrien haben. Er hatte die Arme voller Schnitte, weil er versucht hat, das Messer abzuwehren.«

Gebannt starrte Olyver auf das Messer in Thaddeus' Hand, sichtlich bemüht, den Sinn seiner Worte zu ergründen. »Ich schwör bei Gott, Thaddeus, ich war es nicht. Ich bin gar nicht in seine Nähe gekommen – und Edmund hat ihm nur ein paar Maulschellen verpasst. Frag Eleanor, wenn du mir nicht glaubst.«

Thaddeus erhob sich. »Du bist ein Dummkopf, Olyver«, sagte er kalt. »Deine Schwester hat mehr Grips im kleinen Finger, als du je im Hirn haben wirst.« Er zeigte auf den Pfad. »Kehr zurück in deines Vaters Hütte. Sag ihm, ein paar Schafe waren ausgebrochen, und ich brauchte deine Hilfe, um sie wieder einzufangen. Dann geh wie immer an dein Tagwerk. Und zu keinem ein Wort von dieser Sache hier, auch nicht zu Edmund und Eleanor. Wenn du ihnen was geflüstert haben solltest – und sie deswegen was anderes aussagen als du –, dann bleibt mir nichts anderes übrig, als dich wegen Mordes zu belangen. Habe ich mich klar ausgedrückt?«

Die aschfahle Miene des Jungen war Bestätigung genug.

Die Behausung der Truebloods lag an dem Pfad, der zur Kirche führte. John Trueblood stand schon draußen und beobachtete interessiert, wie Olyver Startout im Nachthemd an ihm vorbeischoss. Thaddeus folgte ihm in einiger Entfernung und nickte James Buckler zu, der gerade auf dem Weg zu seinem Wachtposten war, dann blieb er bei John Trueblood stehen und sah Olyver nach. »Er hat mir mit den Schafen geholfen«, erklärte er schmunzelnd, »und jetzt geniert er sich, hier halb nackt durch die Gegend zu laufen. Ich habe eine Aufgabe für Edmund. Ist er schon angezogen?«

John bückte sich und warf einen Blick in die Hütte. »Los, Junge, beweg dich, es gibt Arbeit für dich.«

Der Bursche trat mit mürrischer Miene aus der Tür, die Nasenlöcher von trockenem Blut verkrustet, ein Auge zugeschwollen. »Ich bin nicht ganz bei Kräften, wisst ihr, hab gestern beim Ringkampf ziemlich was abgekriegt.«

Sein Vater schüttelte tadelnd den Kopf. »Du übertreibst es aber wirklich mit diesen Spielen, Thaddeus. Es ist nicht das erste Mal, dass er sich eine blutige Nase holt.«

»Das muss Edmund selbst entscheiden, John. Keiner zwingt ihn zu kämpfen. Wenn er nichts einstecken kann, sollte er lieber gar nicht erst damit anfangen.« Er legte dem Jungen freundschaftlich den Arm um die Schulter, wandte sich mit ihm in Richtung Friedhof und schlug den Pfad zur Kirche ein. »In einer Stunde ist er wieder da!«, rief er dem Vater zu.

Edmund versuchte, sich ihm zu entwinden. »Ich hab überall blaue Flecken«, beklagte er sich. »Es ist unfair, mich zum Arbeiten zu zwingen.«

Thaddeus achtete nicht auf das Gejammer und schob den Jungen an den Schweinekoben vorbei zum Kirchturm hin, wo er ihn mit Wucht gegen die Mauer stieß und seine Hand mit eisernem Griff Edmunds Nacken packte. »Du sagst mir jetzt, was gestern Abend hier passiert ist, und halt die Stimme gesenkt, wenn du nicht willst, dass Pater Anselm oder James Buckler mithören. Und versuch nur nicht, mich anzulügen.«

Edmunds Erschrecken übertraf sogar noch das Olyvers, vielleicht, weil er den Jungen eben noch hatte wegrennen sehen, als wären ihm sämtliche Höllenhunde auf den Fersen. Man brauchte kein großer Denker zu sein, um darauf zu kommen, dass es Thaddeus war, der ihm Angst eingejagt hatte, oder dass Olyver ihm etwas offenbart hatte, das Thaddeus in Rage versetzte. Unsicher, was er denn nun bekennen sollte, stammelte Edmund seine Geschichte hervor, doch Thaddeus begriff bald, dass er keine Ahnung von Jacobs Tod hatte.

Edmunds Version wich kaum von der Olyvers ab, außer dass er sich mehr zu schämen schien. Er hatte nichts von Olyvers Forschheit, wenn er von seinen Treffen mit Eleanor sprach; vielleicht war ihm im Nachhinein bewusst geworden, wie schäbig all dies für andere klingen musste. Er hätte Eleanor auch gar nicht erwähnt, hätte Thaddeus' Umklammerung sich nicht noch fester um seinen Hals geschlossen, als er ihm weiszumachen suchte, seine Raufereien mit Jacob und Olyver hätten »nichts Besonderes« zum Anlass gehabt.

Er gestand Thaddeus, wie er Olyver am Fenster gefunden und zum Schafgehege gezerrt hatte, um ihm »eine Abreibung« fürs Spannen zu verpassen. Er meinte, dass es Jacobs Geheul gewesen sei, das Eleanor und Olyver aus der Kirche gelockt hatte. Lachend waren sie herangekommen und hatten Jacob für sein Gewinsel und Edmund für seine zornrote Miene verspottet. Er erinnerte sich, dass er auf Olyver losgegangen war und dass sie in erbittertem Ringkampf zwischen die Grabsteine gerollt waren, doch er konnte sich nicht erinnern, Eleanor noch einmal gesehen zu haben, bis sie Olyver anschrie, er solle aufhören, Edmunds Kopf auf den Boden zu schlagen.

»Sie war freundlich zu mir«, murmelte er, wie um sie zu verteidigen. »Sie kniete sich hin, wischte mir das Gesicht ab und gab mir ihr Schnupftuch für mein Nasenbluten.«

»Nur weil es ihr so gefiel«, sagte Thaddeus, ließ den Burschen los und sah zu, wie er gegen die Kirchenmauer taumelte. »Worum ging es bei diesen Treffen? Abgesehen davon, dass Lady Eleanor offenbar Gefallen daran fand, einen Knecht zu schlagen und ihn darum betteln zu sehen, dass er zur Belohnung seinen Schwengel gerubbelt bekommt?«

Der Bursche starrte zu Boden, Schamröte im Gesicht.

»Was solltest du für sie tun, Edmund?«

»Meine Mannhaftigkeit beweisen … dass ich Schläge einstecken kann … dass ich mich dazu eigne, ihr Streiter zu sein.«

»Gegen wen?«

Der Bursche zögerte. »Gegen dich«, gab er zu. »Sie mag dich ganz und gar nicht, Thaddeus.«

Die morgendlichen Geräusche des erwachenden Lebens nahmen allmählich zu, und Thaddeus wusste, dass er Jacobs Tod nicht viel länger geheim halten konnte. Ohne Erklärung befahl er Edmund, vor der Kirchentür Wache zu halten, während er hineinging, um sich zu vergewissern, dass drinnen noch alles unverändert war. Wieder kniete er neben Jacob nieder, zupfte seine gelbe Joppe zurecht, damit die Blutflecken weniger sichtbar waren, und drückte mit beiden Händen die gefalteten Hände des Jungen, im vergeblichen Bemühen, ihnen ein wenig Farbe und Wärme abzugeben. Aber sie blieben so weiß und kalt wie Marmor. Es hätte eine Statue sein können, die dort vor dem Altar lag.

Von Pater Anselm war weit und breit nichts zu sehen. Thaddeus erwog einen Moment, ihn zu wecken, entschied dann aber, dass es nicht weise wäre, dem Priester Zeit zu lassen, seine Gedanken zu ordnen. Verwirrt und verschlafen wäre er für Thaddeus ergiebiger, als wenn er sich schon eine Entschuldigung für seine Untätigkeit zurechtgelegt hätte. Im Hinausgehen verschloss Thaddeus sorgfältig die Tür und schärfte Edmund ein, niemand hineinzulassen. Als der Bursche wissen wollte, warum, beschied er ihm barsch, das Maul zu halten und zu gehorchen, wenn er nicht noch mehr Ärger bekommen wollte.

Er kehrte zur Hütte der Startouts zurück, strich Alleyns Sohn, dem kleinen Robert, durchs struppige Haar und wies ihn an, zur Behausung der Thurkells zu laufen, um ihnen auszurichten, Lady Anne lasse Will und Eva ins Kontor des Verwalters rufen. Dann begab er sich in Sir Richards Gemach, zog ein wollenes Wams und eine Lederweste über, um sein blutbeflecktes Hemd zu verbergen, und bat Hugh de Courtesmain, ihn nach unten zu begleiten.

Der Franzose kniete am Boden und rollte seinen Strohsack zu einem Bündel zusammen. Er setzte sich auf die Fersen, sah zu Thaddeus auf und musterte ihn neugierig. »Ist was passiert?«, wollte er wissen. »Du bist ja die ganze Nacht nicht im Bett gewesen.«

Thaddeus überging die Frage. »Lady Anne könnte Euren Beistand brauchen«, war alles, was er sagte. Er streckte die Hand aus und half dem Mann auf die Beine.

Nun erst recht neugierig geworden, folgte Hugh ihm zum Kontor. Thaddeus' Miene war undurchschaubar, doch seine Schritte wurden merklich zögernder, je mehr sie sich der offenen Tür näherten, und Hugh hatte den Eindruck, dass er sich überwinden musste einzutreten. Aber warum nur, da Lady Anne sie doch wie gewöhnlich mit freundlichem Lächeln begrüßte?

»Guten Morgen, Thaddeus. Guten Morgen, Master de Courtesmain.«

»Guten Morgen, Milady«, erwiderten die Männer einstimmig und neigten das Haupt.

Hätte Thaddeus eine Bestätigung gebraucht, dass seine Entscheidung die richtige war, so fand er sie in Lady Annes Miene. Sie war so wohlwollend wie nur je, und er legte Wert darauf, dass es so blieb. Nichts von dem, was er von Olyver und Edmund erfahren hatte, war dazu angetan, den nächtens gefassten Beschluss zu ändern, dass Jacobs Tod als Unfall zu gelten hatte. Die Bekenntnisse der beiden Jungen hatten seine Entschlossenheit noch mehr gefestigt.

Die Harmonie von Develish war zu verletzlich, um einen Mordprozess zu überstehen, und keiner würde beschädigter daraus hervorgehen als Lady Anne. Anstelle des High Sheriff und Milord of Blandeforde würde es ihr zufallen, die Leute dem Verhör zu unterziehen, um die Wahrheit aufzudecken, und schlimmer noch, das Todesurteil über den Schuldigen zu verhängen.

»Du wirkst besorgt, Thaddeus«, sagte sie. »Ist irgendetwas nicht in Ordnung?«

»Ich denke an meinen Bruder Jacob, Milady, und wünschte, ich wäre ihm beizeiten ein besserer Freund und Berater gewesen. Er hat es nie verstanden, dem Unheil aus dem Weg zu gehen.«

Sie sah ihn prüfend an und fragte sich, was Jacob denn Schlimmes getan hatte, dass die Sache ihr vorgetragen werden musste. Auf frischer Tat beim Stehlen ertappt, nahm sie an, und das Herz wurde ihr schwer bei dem Gedanken, ihn auspeitschen lassen zu müssen, falls der Bestohlene darauf bestand. Sie empfand einen Anflug von Ärger, dass Thaddeus die Sache nicht selbst in die Hand genommen hatte, und war eben im Begriff, ihn deshalb zu tadeln, als Robert Startout in den Raum geschlüpft kam, Thaddeus am Ärmel zupfte und ihm zuwisperte, dass Will und Eva draußen warteten.

Thaddeus tätschelte dem Jungen dankbar den Kopf und schickte ihn dann seines Weges. »Ich habe Will und Eva herrufen lassen, Milady. Erlaubt Ihr, dass sie hereinkommen?«

Angesichts der Düsterkeit seiner Miene wurde ihr das Herz noch schwerer. War denn die ganze Familie beim Stehlen ertappt worden? Sie nickte widerstrebend. Thaddeus winkte das Paar herein. Es war offensichtlich, dass sie nicht aus freien Stücken da waren. Will blickte so mürrisch drein, als wäre es unter seiner Würde, ins Haus gerufen zu werden, und Evas Abneigung gegen Lady Anne war deutlich an ihrem abgewandten Blick und dem trotzig vorgereckten Kinn zu erkennen.

»Was wollt Ihr von uns?«, fragte Will ihre Herrin. »Wir haben zu tun.«

»Das müsst ihr Thaddeus fragen«, gab sie zurück. »Er war es, der euch hergerufen hat.«

Will baute sich in markiger Haltung auf, die Brust herausgedrückt, die Fäuste in die Seiten gestemmt. »Ja und, was ist, Junge?«

Thaddeus zog einen Schemel aus der Zimmerecke hervor. »Würdet Ihr meiner Mutter erlauben, sich hinzusetzen, Milady? Was ich zu sagen habe, wird ihr Kummer bereiten.« Er nahm Lady Annes Schweigen als Zustimmung und drückte Eva auf den Schemel, ließ sich vor ihr auf die Knie nieder und nahm ihre Hände zwischen die seinen. »Jacob ist tot«, sagte er still. »Ich habe ihn heute Nacht gefunden und in die Kirche getragen, und von Pater Anselm hat er die Letzte Ölung erhalten, auf dass seine Sünden ihm abgegolten seien. Im Altarfenster brennt eine Kerze für ihn, und Edmund Trueblood hält Wache am Eingang, damit keiner seine Totenruhe stören kann, bis ihr eure Gebete über ihm gesprochen habt.«

Eva blickte verwirrt drein. »Wie kann er tot sein? Gestern ging's ihm doch gut. Willst du uns mit der Geschichte zum Narren halten?«

Thaddeus schüttelte den Kopf. »Ich hab ihn neben den Schafgehegen gefunden, als ich den Wachtposten an der Südmauer überprüft hab. Er lag auf dem Bauch und schien schon seit einiger Zeit tot zu sein.« Er wandte sich Lady Anne zu. »Ich dachte, er sei an der Pest gestorben, obwohl ich mir nicht erklären konnte, wieso. Erst, als ich ihn in die Kirche getragen hatte und die Kerzen anzündete, ist mir die Wunde aufgefallen.«

Lady Anne war nicht weniger verwirrt als Eva. »Was für eine Wunde denn?«

Müde ließ Thaddeus die Hände seiner Mutter los und erhob sich. »Eine Stichwunde in seiner Brust … aber ich glaube, er hat sie sich aus Versehen selbst zugefügt. Es gibt keine Anzeichen dafür, dass sonst noch irgendwer da gewesen ist. Meiner Ansicht nach hat er sich auf seinem Wachtposten gelangweilt und angefangen, mit seinem Messer Fechtübungen zu machen. Da kann man im Dunkeln auf der Mauerbrüstung leicht die Balance verlieren.«

»Aber warum lag er dann am Schafgehege?«

»Ich nehme an, er wollte Hilfe holen, Milady, und hat nicht gleich gemerkt, wie schwer die Verletzung war. Es sieht so aus, als hätte er das Messer noch aus der Brust gezogen und wäre darüber zusammengebrochen. Ich hab's heute Morgen im flach gedrückten Gras gefunden, wo er gelegen hat.« Er rieb sich mit müder Geste das Kinn. »Er hätte nicht mehr gerettet werden können, selbst wenn jemand bei ihm gewesen wäre. Verblutet wäre er auf jeden Fall.«

Schwankend stand Eva von ihrem Hocker auf. »Es ist deine Schuld«, schrie sie ihren Gatten an und hämmerte mit den Fäusten auf ihn ein. »Du bist zu faul gewesen, deine Pflicht zu tun, genau wie immer!«

Thaddeus zog sie von ihm weg, bevor Will zurückschlagen konnte. »Ihr habt einen Sohn zu betrauern, nicht zu streiten«, sagte er und trat zwischen sie. »Wenn hier jemand Schuld hat, dann ich. Wenn ich nicht versucht hätte, Bauern zu Soldaten zu machen, wäre Jacob noch am Leben.«

»Ich werde zusehen, dass du gehängt wirst, wenn du ihn umgebracht hast«, knurrte Will hasserfüllt. »Du und deine großkotzigen Annahmen! Ein gemeiner Lügner bist du, Bursche!«

Thaddeus hielt seinem Blick stand. »Viele werden mit anklagendem Finger auf dich zeigen, Will. Dem Wachtplan nach hättest *du* gestern Abend bei ihm sein sollen – als *Einziger* –, und dein Jähzorn ist ja allgemein bekannt.«

Will warf einen nervösen Seitenblick auf Lady Anne. »Ich war nicht dort. Mein Weib kann's bezeugen. Ich war die ganze Nacht in unserer Hütte.«

»Dann bezichtige andere nicht der Lüge«, sagte Lady Anne. »Wenn du nicht so pflichtvergessen wärst, könnte dein Sohn noch leben.« Sie wandte sich Thaddeus zu. »Warum bist du nicht zu mir gekommen, als du Jacob gefunden hast? Und warum hast du nicht gleich seine Eltern geholt, um an seiner Seite zu beten?«

»Ich hatte Angst, es könnte die Pest sein, Milady. Bis ich die Wunde in seiner Brust entdeckt habe, dachte ich, das Blut käme von einer geplatzten Beule in seiner Achselhöhle. Eigentlich hatte ich vor, seine Leiche übers Wasser zu schaffen und neben Sir Richard zu begraben.«

»Und dich selbst damit von der Rückkehr auszuschließen?«

Er nickte stumm.

»Das hätte ich nicht gewollt, Thaddeus.« Sie erhob sich und trat auf Eva zu. »Ich trauere mit euch um euren Verlust«, sagte sie aufrichtig. »Ich hatte gehofft, alle würden diese schlimme Zeit lebendig überstehen, und es betrübt mich sehr, dass es Jacob nicht vergönnt gewesen ist. Wenn ihr ihm die letzte Ehre erwiesen habt, dürft ihr euch aussuchen, wo er zur Ruhe gebettet werden soll, und Thaddeus wird dafür sorgen, dass ein Grab ausgehoben wird. Ganz Develish wird zu seiner Beerdigung kommen, um für seine Seele zu beten.«

Thaddeus sah, wie seiner Mutter die Tränen aus den Augen rannen, und er wusste, es würde nicht lange dauern, bis kein Trost ihren Gram mehr zu lindern vermochte. Er verneigte sich leicht zu Lady Anne hin. »Hat Master de Courtesmain Eure Erlaubnis, meine Pflichten zu übernehmen, Milady? Er ist mehr als geeignet, und ich kann Euch nicht so redlich dienen, wie ich sollte, während dieser Trauerfall meine Familie erschüttert.«

Lady Anne erteilte die Erlaubnis bereitwillig, doch es wurde ihr schwer ums Herz, als Thaddeus die Eltern hinausgeleitete. Die Art, in der ihr vertrauter Freund seine Verantwortlichkeiten an den Franzosen abtrat, hatte doch etwas sehr Endgültiges.

ZWÖLF

Evas hysterisches Wehgeheul gellte Thaddeus in den Ohren, während er sie mehr zur Kirche schleppte als geleitete. Die Leute traten zurück, um sie vorbeizulassen, und warfen Thaddeus fragende Blicke zu. Er ignorierte sie, hielt die Augen gesenkt, um sich nicht anmerken zu lassen, wie es ihn anwiderte, seine Mutter so fest untergehakt halten zu müssen. Es kam ihm vor, als ginge es ihr mehr darum zu beweisen, dass ihrem Ältesten noch etwas an ihr lag, als echte Trauer um Jacob auszudrücken.

Wütend darüber, dass seine Frau ihn nicht beachtete, zerrte Will seine übrigen Kinder aus der Menge und scheuchte sie vor sich her, trieb sie mit Kopfnüssen an, wenn sie sich nicht genug beeilten. Thaddeus betrachtete die absurde kleine Prozession als das, was sie war: pures Theater. Sie waren alle nur Schauspieler in einem Stück, dessen einziger Sinn darin bestand, die Wahrheit zu verschleiern.

Er sah Edmund vor Angst schlottern, als sie herankamen, offenbar im Glauben, Evas Geheul habe etwas mit ihm zu tun. Doch wenn er Thaddeus gehorcht und die Kirchentür nicht geöffnet hatte, konnte er noch gar nicht wissen, dass Jacob tot war. Es war nun einmal das Wesen der Jugend, Grenzen zu überschreiten, aber dennoch die Schande öffentlicher Anprangerung zu fürchten. Thaddeus winkte ihn beiseite. »Warte hier, bis ich wiederkomme«, raunte er ihm zu und hob den Türriegel. »Diese Familie hier darf hinein, aber niemand sonst.«

Während seine Halbgeschwister neben Jacobs Leichnam auf die Knie fielen, während Eva sich aufschluchzend über ihn warf und das kalte, bleiche Antlitz küsste, stieg Thaddeus zur Turmkammer hinauf, klopfte an Pater Anselms Tür und rief dem Priester zu, seine Dienste würden benötigt. Zu seiner Überraschung trat der Alte sogleich heraus, ordentlich gewandet in Soutane und bestickter Schärpe, mit einer Linnenstola um den Hals. Er winkte Thaddeus, sich zu ihm herabzubeugen. »Weint deine Mutter, weil ihr Sohn ermordet wurde?«, wisperte er ihm ins Ohr.

»Nein, Pater. Sie glaubt, er sei zu Tode gestürzt, und vergießt Tränen um ihren Verlust.«

»Dann hat Gott dir Weisheit gegeben. Ich habe die ganze Nacht gebetet, dass du vernünftig entscheiden mögest.«

Er stieg von seiner Kammer hinab, um sich durch den Mittelgang zum Altar zu begeben, und Thaddeus konnte nur staunen, wie überzeugend er den Seelenhirten für eine trauernde Familie gab. Anscheinend zog selbst Gott die Lüge der Wahrheit vor, wenn Pater Anselm es mit seinem Gewissen vereinbaren konnte, Mitwisser einer Täuschung zu sein. Thaddeus blieb, wo er war, und neigte den Kopf in stillem Abschied von seinem Bruder, dann schlüpfte er leise hinaus und winkte Edmund, ihm zu folgen.

Am Torbogen vor dem Gemüsegarten blieb er stehen. »Such Peter Catchpole und Joshua Buckler und bring sie her«, sagte er. »Wenn sie wissen wollen, warum, sag nur, das werde ich ihnen dann schon erklären. Verstanden?«

Der Junge war schlau genug zu begreifen, dass er zwei seiner Rivalen herbeiholen sollte. »Und was ist mit Olyver und Ian Startout?«

»Keine Fragen, Edmund. Tu einfach, was ich dir sage.«

Wieder ging Thaddeus zu Robert Startout, um ihn als Boten einzusetzen, und trug ihm auf, seine Vettern Olyver und Ian zu der Stelle nahe des Hauses zu bringen, wo das neu erbaute Floß am Ufer des Burggrabens lag. Er stattete Sir Richards Gemach einen letzten Besuch ab und stopfte seine wenigen Habseligkeiten – Werkzeug, Holzschüssel und Löffel, Waschlappen – in die Ledertasche, die Lady Anne ihm geschenkt hatte, als er vierzehn war. Einen Moment lang stand er noch in der Tür und ließ seinen Blick durch den Raum schweifen, dann verließ er seine Heimstatt der letzten zwei Monate, ohne sich noch einmal umzuwenden.

Die Startout-Zwillinge warteten schon auf ihn, als er wieder aus dem Haus trat. Er warf die Tasche mitten aufs Floß, vergewisserte sich, dass die Taue zu beiden Enden an Pfählen diesseits und jenseits des Burggrabens befestigt waren, und wies die Jungen an, ihm zu helfen, das Floß die Böschung hinab ins Wasser zu schieben. Nur die Holzplanken, die aus dem Wasser ragten, waren von den Feuerpfeilen verbrannt worden. Die Planken unter Wasser waren unversehrt geblieben, und für Thaddeus und Gyles war es ein Leichtes gewesen, ins Wasser zu steigen und das Floß an Seilen aufs Trockene zu ziehen. Da man es auf diese Weise leichter vor fremden Augen wie denen des Lord Bourne verbergen konnte und es auch nicht genug Planken auf dem Anwesen gab, um solche Reparaturen noch einmal ausführen zu können, hatte Thaddeus sich entschieden, es an Land liegen zu lassen, nachdem es wiederhergestellt war.

Selbst ausgetrocknet war es schwer, und Ian murrte, als es sich nicht von der Stelle rühren wollte. »Wir brauchen mehr Männer«, sagte er und blickte sich um. »Wo sind die denn alle? Und warum machen wir das hier überhaupt? Weiß Lady Anne, dass du übersetzen willst, Thaddeus?«

Thaddeus beachtete ihn nicht, stemmte sich gegen das Floß und verwendete seine ganze Kraft darauf, es allein mit Olyvers Hilfe in Bewegung zu setzen. Er löste die Taue von den Pfählen und schob das Floß am Ufer zu der Stelle, wo Hugh de Courtesmain zwischen der Südwestwand des Hauses und dem Wassergraben gesessen hatte. Dort kniete er sich hin und rammte das Schnitzmesser, das er immer am Gürtel trug, in den schmalen Grasstreifen, um das Floß behelfsmäßig zu vertäuen. Er hielt die Taue mit beiden Händen fest und rief die Jungen herbei. Widerwillig kamen sie heran.

Ian, wie immer der Anführer, konnte es wieder nicht lassen querzuschießen. »Du wirst die Achtung meines Vaters einbüßen, wenn ich ihm sage, dass du uns hier zu etwas Verbotenem gezwungen hast. Dann kriecht er dir nämlich nicht mehr in den Arsch … und Lady Anne auch nicht.«

Blitzschnell packte Thaddeus den Jungen am Nacken und zwang ihn auf die Knie. »Du stellst meine Autorität nie wieder infrage. Wenn ich deine Meinung hören will, werde ich's dich wissen lassen.«

Ian versuchte, sich ihm zu entwinden. »Du kannst mir nicht sagen, was ich zu tun habe«, knurrte er. »Ein Startout steht immer noch über einem dreckigen Thurkell-Bastard. Du bist doch nur auf diesem Posten gelandet, weil Lady Anne eine Schwäche für dich hat, wie jeder weiß.«

Thaddeus reagierte so blitzschnell, dass der Bursche sich unversehens im Wasser wiederfand. »Kann er schwimmen?«, fragte er Olyver, als er gewahrte, wie Ian um sich schlug.

»Nein.«

»Steig aufs Floß.« Er wartete, bis Olyver sich hinaufgezogen hatte, und ließ dann die Taue durch die Finger gleiten. »Halte seinen Kopf über Wasser. Wenn du ihn nicht selbst rausziehen kannst, versuch, ihn festzuhalten, dann hol ich euch beide ans Ufer.«

Mit klopfendem Herzen warf Olyver sich auf die Planken und langte nach den wild fuchtelnden Händen seines Zwillingsbruders. Er wollte rufen, dass auch er nicht schwimmen konnte und dass sie beide untergehen würden, wenn sein Bruder ihn hinabzog, aber vor lauter Angst hatte es ihm die Sprache verschlagen. Was immer Thaddeus an Zuneigung oder Zusammengehörigkeitsgefühl für sie empfunden hatte, schien verschwunden zu sein. Völlig versteinert war seine Miene, als er Ian mit einem Mal hochgehoben und ins Wasser geworfen hatte, als würfe er ein Stück Abfall weg und nicht ein anderes menschliches Wesen.

Olyver barg den Kopf seines Bruders in den Händen, doch als er sich Hilfe suchend zu Thaddeus umwandte, war der wie vom Erdboden verschluckt. Er hatte sie mitten auf dem Burggraben allein gelassen, nur mit einem Schnitzmesser vertäut und außer Sichtweite für alle anderen auf dem Gut, ohne sich darum zu kümmern, ob Ian gerettet wurde oder nicht.

Peter Catchpole und Joshua Buckler bombardierten Edmund im Kräutergarten mit Fragen, zunehmend verärgert von seiner standhaften Weigerung zu antworten.

»Vielleicht hat es was mit den Thurkells zu tun«, sagte Peter. »Warum sind sie denn alle auf einmal in die Kirche gelaufen? Warum hat Eva so geheult?«

»Ich weiß nicht«, beharrte Edmund grimmig. »Ihr müsst auf Thaddeus warten.« Erleichtert sah er auf, als schwere

Schritte sich näherten und Thaddeus im Torbogen erschien. »Da ist er. Fragt ihn selbst.«

Aber sie wurden enttäuscht. Erklärungen gab es keine, nur Anweisungen, ihre Sachen aus den Hütten ihrer Eltern zu holen und sie zum Eingangsportal des Hauses zu bringen. Joshua Buckler, ein rothaariger Bengel mit Sommersprossen, wollte keck fragen, wozu das alles, besann sich aber eines Besseren, als Thaddeus ihm einen finsteren Blick zuwarf. Er hatte immer geglaubt, Thaddeus habe etwas für ihn übrig – denn schließlich waren sie väterlicherseits ja so etwas wie Vettern –, aber Thaddeus' Miene ließ keinerlei Zuneigung mehr erkennen.

»Ihr habt genug Zeit, euer Zeug zusammenzuraffen und euch am Haus einzufinden«, sagte er, »mehr aber nicht. Wer zuletzt kommt, wird heute nicht essen.«

Edmund, der guten Grund hatte zu glauben, dass Thaddeus Ernst machte, flitzte augenblicklich los, und die anderen zwei, von seinem Beispiel angespornt, hefteten sich an seine Fersen. Thaddeus folgte ihnen in den Hof, nicht ohne sich im Vorbeigehen zu vergewissern, dass das Floß noch hinter dem Haus verborgen war. Dann trat er in die große Halle und begab sich zur Küche, wo er aus dem Hintergrund das geschäftige Treiben beobachtete. Manche Frauen kneteten Teig, andere rupften Hühner oder füllten Kessel mit Wasser vom Brunnen.

Erst als er sich überzeugt hatte, dass Lady Anne unter ihnen war, ging er ins Kontor des Verwalters hinüber. Wie erhofft, saß Hugh de Courtesmain dort über die Liste mit den Tagesrationen gebeugt. Er blickte auf, als Thaddeus eintrat. »Alles gut gegangen in der Kirche?«, fragte er.

»So gut, wie es eben gehen konnte«, gab Thaddeus zurück. Er sprach französisch, damit Hugh auch wirklich verstand, was er zu sagen hatte. »Ich habe eine Botschaft für Lady Eleanor, bevor sie und ihre Mutter Jacobs Beerdigung beiwohnen. Könntet Ihr sie ihr überbringen, falls ich selbst nicht dazu kommen?«

Hugh nickte. »Was soll ich ihr sagen?«

»›Erlaubt meinem Bruder, in Frieden zu ruhen.‹« Auf den fragenden Blick des anderen hin schüttelte er nur den Kopf. »Lady Eleanor wird schon verstehen, was gemeint ist, wenn Ihr ihr sagt, dass es von mir kommt. Und für Lady Anne habe ich ebenfalls eine Botschaft.« Er hielt inne, dachte an all die Dinge, die er ihr gern anvertraut hätte. »›Zündet eine Kerze für jeden von uns an, wenn Ihr eine für Jacob anzündet.‹«

Hugh runzelte die Stirn. »Das geht nicht, Thurkell. Den Tod deines Bruders bedauern wir alle sehr, aber Lady Anne wäre verschwenderisch, wenn sie seinem Andenken zweihundert Kerzen opfern würde.«

Thaddeus neigte den Kopf. »Ihr habt recht. Es ist Verschwendung, eine Flamme zu entzünden, wenn sie uns nicht den Weg nach Hause weist. Sagt Lady Anne, es tut mir leid, die Bitte geäußert zu haben.«

»Du sprichst in Rätseln«, entgegnete Hugh säuerlich. »Ich brauche gar nichts zu sagen, denn ich werde ihr die Botschaft nicht übermitteln.«

Thaddeus nickte lächelnd und wandte sich zur Tür. »Die erste Muttersau sollte morgen abferkeln, also sorgt dafür, dass Adam Catchpole in der Nähe ist. Er ist der beste Schweinehirt, den wir haben.«

Bevor er die Halle verließ, begab er sich noch einmal zur Schlafstelle der Kinder und suchte nach der Schiefertafel, die Isabella dazu verwendete, ihnen das Lesen beizubringen. Sie lag auf ihrem säuberlich eingerollten Strohsack, mit dem Kreidestück obendrauf. Er bückte sich und schob zwei kleine versiegelte Päckchen unter die Tafel, dann machte er kehrt und ging mit langen Schritten zur Tür.

Die drei Jungen warteten draußen auf ihn, und jeder von ihnen behauptete, die anderen seien später gekommen. Thaddeus hieß sie schweigen, warf einen schnellen Blick zurück, um zu sehen, ob sie beobachtet wurden, und scheuchte sie vor sich her um die Hausecke. Peter Catchpole und Joshua Buckler grinsten, als sie Olyver und Ian Startout wie begossene Pudel auf dem Floß hocken sahen, doch Edmund Trueblood lief es kalt über den Rücken. Schlimmer noch als alle Ängste, die er am Morgen ausgestanden hatte, war die neu gewonnene Überzeugung, dass Thaddeus vorhatte, ihn und seine bisherigen Freunde aus dem Anwesen zu vertreiben, und zwar auf solche Weise, dass niemand es mitbekommen würde.

Seine Befürchtungen spiegelten sich in Olyver Startouts Miene. »Thaddeus will uns loswerden«, wisperte er seinem Zwillingsbruder zu.

Ian, bleich und durchweicht von seinem unfreiwilligen Bad, spähte zu der Gruppe am Ufer hin. Bis auf die Knochen durchgefroren, war er voller Wehmut, seit Olyver ihm von Jacobs Tod erzählt hatte. Vor allem aber wünschte er, er könnte die an Thaddeus gerichteten zornigen Worte zurücknehmen, die er Eleanor wie ein Papagei nachgeplappert hatte. Sie war es, die seine Gedanken mit ihrer Eifersucht auf Thaddeus vergiftet hatte, den sie immer nur den Thurkell-Bastard nannte.

Er sah, wie Thaddeus das Schnitzmesser aus der Böschung zog und die Tauenden um die Faust schlang. »Sieht ganz so aus, als würde er mitkommen«, flüsterte er Olyver zu, mit rauer Stimme von all dem Wasser, das er hochgewürgt hatte. »Seine Tasche hat er auf dem Floß gelassen.«

»Er kann uns nicht wegschicken, wenn wir nicht wollen«, raunte Olyver zurück. »Ein jeder unserer Väter hat mehr zu sagen als er. Wir müssen schreien, um Hilfe rufen, damit die anderen merken, was er da im Schilde führt.«

»Du landest im Wasser, wenn du schreist.«

»Dann müssen wir uns gemeinsam auf ihn stürzen. Er ist nicht stark genug, um uns alle gleichzeitig abzuwehren.«

Ian spürte, wie das Floß sich in Bewegung setzte, als Thaddeus an den Tauen zog. »Stürz *du* dich doch auf ihn«, knurrte er. »*Ich* hab nichts ausgeplaudert … und ich hab verdammt noch mal auch nicht Jacob getötet.«

Sie hörten Thaddeus am Ufer lachen. »Wir können euch hören. Der Wind trägt eure Stimmen her. Wenn ihr unbedingt kämpfen wollt, kämpft miteinander. Mich ficht es nicht an, wenn ihr im Graben ertrinkt. Euer Vater wird euch schon irgendwann wieder rausfischen.« Er ließ das Floß noch ein Stück treiben. »Na, wie sieht's aus?«

Ian räusperte sich. »Ist das die Strafe für Jacob?«, krächzte er. »Ich schwöre bei Gott, ich hab nie Hand an ihn gelegt, Thaddeus. Ich wusste nicht mal, dass er tot war, bis Olyver es mir gesagt hat.«

Aus dem Augenwinkel sah Thaddeus einen schockierten Peter Catchpole zurückweichen, als wollte er flüchten. Er packte den Jungen beim Hemd und zog ihn unsanft zurück. »Bist du auch einer von denen, die bereit sind zu schwören, dass sie nichts mit dem Mord an meinem Bruder zu tun hatten?«, fragte er kalt.

Entsetzt starrte Peter ihn an. »Ich hab nicht … ich wusste nicht …«, stammelte er. »Hat deine Mutter deswegen so geweint?«

Thaddeus wandte sich zu Joshua Buckler um. »Und du? Wie viel Schuld trägst du an dem, was gestern Nacht geschah?«

Joshua erbleichte unter seinen Sommersprossen, ebenso schockiert wie Peter. Er schüttelte heftig den Kopf, unfähig, einen Laut hervorzubringen.

»Wer von euch traut sich wohl, Lady Eleanors Worte abzustreiten?«, fragte Thaddeus, ließ Peter abrupt los und beugte sich vor, um das Floß wieder einzuholen. »Sie wird sich inzwischen eine eigene Version der Ereignisse zurechtgelegt haben, und die wird für keinen von euch günstig ausfallen. Wenn ihr Glück habt, wird sie nur vorgeben, mit keinem von euch je gesprochen zu haben und nichts von den Kämpfen zu wissen, die ihr untereinander ausgefochten habt. Wenn nicht, wird sie sagen, sie sei von Olyver zum Friedhof geschleppt und gezwungen worden, mit anzusehen, wie Jacob von Edmund getötet wurde, damit er nichts von den Vergewaltigungen ausplaudert, deren Zeuge er war.«

»Aber so war es doch gar nicht«, protestierte Edmund.

Thaddeus zuckte die Achseln. »So wird sie es darstellen, wenn man sie fragt, und ihre Stimme wird mehr Gewicht haben als deine. Pater Anselm wird dich nicht verteidigen. Er hat bessere Chancen, seine Pfründe zu bewahren, wenn er sagt, einer von euch habe Jacob umgebracht.«

Edmund fuhr sich mit der Zunge über die Lippen. »Dann würde er lügen.«

»Das tut er doch immer. Ihr hättet daran denken sollen, bevor ihr seine Kirche als Freudenhaus benutzt und Sir Richards Tochter von Hand zu Hand gereicht habt wie eine gewöhnliche Hure.«

Wie auf ein Stichwort hin begann vom Kirchturm die Totenglocke zu läuten.

Vom rückwärtigen Fenster in der Kemenate ihrer Mutter aus sah Eleanor das Floß über den Burggraben gleiten. Sie erkannte die fünf Jungen, die Thaddeus begleiteten, auch wenn sie sich nicht erklären konnte, was der plötzliche Aufbruch zu bedeuten hatte. Da sie nicht mehr gewagt hatte, das Gemach zu verlassen, seit Thaddeus sie dorthin beordert hatte, wusste sie von den Vorfällen nur, was sie vom Fenster aus hatte beobachten können: Evas Wehgeheul, als Thaddeus die Thurkells zur Kirche führte, seine Rückkehr mit Edmund, das eilige Zusammentreiben der anderen vier Jungen, Ians Rettung vor dem Ertrinken und schließlich das Läuten der Totenglocke.

Als das Floß das jenseitige Ufer erreichte, stiegen alle sechs ab, und Thaddeus schob es kräftig an, um es zur Mitte des Grabens zurückzuschicken. Er warf einen kurzen Blick zurück zum Anwesen, bevor er sich über die Felder zum Dorf hin aufmachte und den anderen winkte, ihm zu folgen.

Eleanor hätte weiter zugesehen, hätte sie nicht die Schritte ihrer Mutter auf der Treppe vernommen. Mit heftig pochendem Herzen warf sie sich auf ihren Strohsack und stellte sich schlafend.

»Du musst dich ankleiden, Tochter«, sagte Lady Anne in der Tür. »Pater Anselm ruft uns alle zum Begräbnis eines jungen Knechts. Wenn du nicht daran teilnimmst, wird es auffallen.«

Eleanor rührte sich nicht und wartete ab, ob noch mehr kommen würde.

»Antworte mir, Tochter. Hast du die Glocke nicht gehört? Willst du nicht wissen, für wen sie läutet?«

»Der Tod eines Knechts geht mich nichts an. Ich werde ihn sowieso nicht gekannt haben.«

»Mag sein, aber seinen Namen wirst du kennen. Es ist

Thaddeus' Halbbruder, Jacob Thurkell. Du wirst der Familie die Ehre erweisen, wie alle anderen in Develish.«

»Und was soll ich anziehen?«

»Etwas Schlichtes.« Lady Anne hielt inne. »Trifft dich der Tod dieses Jungen denn so wenig, dass du nicht einmal fragst, wie er gestorben ist, Eleanor?«

Das Mädchen klaubte ein Stückchen Stroh auf. »Wie ist er denn gestorben, Mutter?« Sie steckte den Halm in die Ritze zwischen zwei Dielen und brach ihn ab.

»Er ist bei seiner Wache von der Südmauer gestürzt.«

Eleanor zögerte kurz, ehe sie nachfragte: »Wer hat Euch das erzählt?«

Aber Lady Anne war nicht geneigt zu antworten. »Beeile dich«, sagte sie. »Es wäre nicht höflich, Jacobs Familie warten zu lassen.«

Lady Anne war verblüfft über die Kleiderwahl ihrer Tochter, als Eleanor sich unten in einem bestickten Gewand einfand, die Stirn mit dem Goldreif geschmückt, den ihr Vater ihr geschenkt hatte. Verschwunden war offenbar die kürzlich erst gefasste Neigung zu grob gewebten Leinenkitteln; stattdessen herrschte jetzt wieder das unpassende Gepränge, das auch Sir Richard bei der Beerdigung eines Leibeigenen an den Tag gelegt hätte. Aber warum nur?

»Halte wenigstens die Augen gesenkt«, sagte Lady Anne. »Jacobs Tod mag dir nichts bedeuten, seinen Eltern jedoch sehr viel.«

»Ihr solltet Euch das nicht so zu Herzen nehmen, Mutter«, entgegnete das Mädchen herablassend. »Keiner von uns ist denen willkommen. Eva hasst Euch dafür, dass Ihr ihr Thaddeus entfremdet habt. Und sie wird Euch noch mehr hassen, wenn sie erfährt, dass er Develish verlassen hat.«

Lady Anne runzelte die Stirn. »Was redest du da?«

Eleanor ließ sich ihren Triumph nicht anmerken. »Wusstet Ihr das nicht? Ich hab ihn mit fünf Knechten den Burggraben überqueren sehen, bevor Ihr mich holen kamt. Ich dachte, er täte es mit Eurer Erlaubnis, aber jetzt erscheint es mir doch sonderbar.« Mit gespielter Neugier sah sie ihre Mutter an. »Warum würde er nicht wenigstens das Begräbnis seines Bruders abwarten?«

»Welche fünf Jungen waren bei ihm?«

»Weiß ich doch nicht.« Eleanor zuckte die Achseln. »Für mich sehen sie alle gleich aus.« Sie blickte zu Hugh hinüber, der gerade, als die Glocke aufhörte zu läuten, durch das offene Portal trat und sich vor ihrer Mutter verneigte. »Vielleicht solltet Ihr Master de Courtesmain fragen.«

Hugh ignorierte sie und wandte sich Lady Anne zu. »Pater Anselm bittet Euch, in die Kirche zu kommen, Milady.«

»Gewiss. Ist eine Grabstätte ausgehoben worden?«

Der Verwalter nickte. »Ich habe selbst dafür gesorgt.«

»Warum hat Thaddeus es nicht getan?«

»Ich weiß nicht, Milady. Er wird es vergessen haben. Es ist eine Stunde her, dass ich ihn zuletzt gesehen habe.« Er sah zu Eleanor hin. »Er bat mich, Euch vor dem Begräbnis eine Botschaft von ihm zu überbringen, falls er selbst keine Zeit haben sollte.«

Das Mädchen schaute plötzlich sehr betroffen drein, was weder Hugh noch Lady Anne entging. »Das höre ich mir lieber später an, wenn ich die Muße dazu habe.«

»Von Muße war nicht die Rede, Milady, nur davon, dass Ihr die Botschaft noch vor der Totenmesse erhalten sollt. Sie lautet: ›Erlaubt meinem Bruder, in Frieden zu ruhen.‹ Thaddeus sagte, Ihr würdet verstehen, was es heißt, wenn Ihr wüsstet, dass es von ihm kommt.«

Die Kirche war zu klein, um ganz Develish auf einmal aufzunehmen, sodass die meisten sich vor der Kirchentür drängten, rings um die Gräber und Schweinekoben. Sie traten zurück, um Lady Anne vorbeizulassen, und beugten die Häupter zum Gebet. Auch drinnen waren aller Blicke zu Boden gesenkt, in Ehrerbietung vor dem hastig zusammengezimmerten Sarg vor dem Altar. Ob jemand Thaddeus' Fehlen bemerkte, war nicht zu erkennen. Selbst Eva schien zu versunken in ihre Trauer, um sich nach ihm umzuschauen. Vielleicht glaubte sie, er warte draußen, um seinen Bruder in die Erde zu senken.

Lady Anne kniete auf ihrem Betstuhl seitlich des Altars, dankbar, dass sie eine Entschuldigung hatte, die Augen zu schließen und nachzudenken. Sie wusste nicht mehr, was sie tun sollte. Ihr Instinkt riet ihr, Gyles Startout zur Verfolgung der Flüchtigen zu beordern, doch eine namenlose Angst hielt sie zurück. Sie hörte das Rascheln des seidenen Gewandes, als das Mädchen neben ihr niederkniete, hörte die glockenhelle Reinheit ihrer Stimme, während sie die Responsorien lauter sang als alle anderen. Und sie fragte sich, ob je ein Weib so viel Grund hatte, einem Kind zu misstrauen, wie sie dem ihren misstraute.

Erlaubt meinem Bruder, in Frieden zu ruhen …

Sie entsann sich, wie bedrückt Thaddeus an jenem Morgen gewirkt hatte und wie sie von düsteren Vorahnungen gestreift worden war, als er seine Pflichten an Hugh de Courtesmain übergeben hatte. Da wusste er schon, dass er weggehen würde, dachte sie, und er hatte die allgemeine Verwirrung nach Jacobs Tod ausgenutzt, um unbemerkt zu verschwinden. Aber warum, und wozu auch noch fünf junge Knechte mitnehmen?

So richtete sich ihr Verdacht vor allem gegen Eleanor.

Wenn das Mädchen ihn über den Graben hatte setzen sehen, warum hatte sie dann nichts davon gesagt, als Lady Anne sie am Morgen geweckt hatte? Warum hatte sie damit gewartet, bis sie herunterkam? Und was hatte Eleanor dazu bewogen, sich so festlich herauszuputzen? War Jacobs Tod für sie ein Grund zum Feiern? Oder eher Thaddeus' Verschwinden?

Während Pater Anselm in gewohntem Singsang die Liturgie intonierte, begriff Lady Anne, dass Thaddeus in Bezug auf die Ereignisse der vorigen Nacht gelogen haben musste. Er konnte gar nicht lange gebraucht haben, um herauszufinden, dass Jacob durch einen Messerstich umgekommen war, sobald er den Leichnam in die Kirche getragen und die Kerzen angezündet hatte. Warum tat er dann so, als hätte er Angst vor einem Ausbruch der Pest gehabt? Und warum hatte er bis zum Morgen gewartet, ehe er seine Eltern und Lady Anne von Jacobs Tod in Kenntnis setzte? Seltsamer noch, warum hatte Pater Anselm sich dieser Verzögerung nicht widersetzt? Warum hatte er nicht darauf bestanden, dass Jacobs Mutter bei der Letzten Ölung zugegen war?

Sosehr sie sich auch den Kopf zermarterte, es führte immer zu der gleichen Schlussfolgerung: dass Jacob nicht durch einen Unfall zu Tode gekommen war und Thaddeus es wusste. Er kannte sich gut genug mit dem englischen Recht aus, um zu wissen, dass die Bestrafung von Verbrechen Sache des Lehnsherrn war oder im Falle schwerer Verbrechen der Gerichtsbarkeit des High Sheriff oblag. Da sich jene Obrigkeit aber außerhalb seiner Reichweite befand – und der Lehnsherr tot war –, musste die Bürde der Rechtsprechung Lady Anne zufallen. Und welches Urteil konnte sie über einen Mörder verhängen, wenn nicht Tod durch den Strang?

Sie begriff, ebenso wie Thaddeus und Pater Anselm, dass allein schon die Suche nach einem Täter die Gemeinschaft spalten und zerstören würde. Verdacht würde auf jeden fallen. Auf jeden würde mit Fingern gezeigt werden, während alte Feindschaften wieder zutage traten, und die mühsam aufgebaute Harmonie würde in Zwietracht enden. Aber wie schlimm würde die Zwietracht erst werden, sagte sich Lady Anne, wenn der Mörder gefunden und bestraft würde. Jacobs Hang zum Stehlen und die Faulheit seiner Eltern machte diese allgemein unbeliebt. Das Auslöschen eines anderen Lebens anzuordnen, um die Thurkells zufriedenzustellen, würde nur für Unfrieden sorgen.

Lady Anne wollte nicht glauben, dass Thaddeus der Mörder seines Bruders war, doch sein fluchtartiger Aufbruch ließ sie unwillkürlich an ihm zweifeln. Warum hatte er das Anwesen verlassen, wenn er sich nichts vorzuwerfen hatte? Sie hätte Jacobs Tod ja gar nicht hinterfragt, wenn Thaddeus dageblieben wäre – und auch sonst hätte niemand Fragen gestellt –, doch sein Verhalten erregte just den Verdacht, den er zu vermeiden trachtete, indem er vorgab, Jacobs Tod sei ein Unfall gewesen.

Sie war des Grübelns müde. Es gab zu viele Rätsel und zu wenige Lösungen, und es schmerzte sie, dass Thaddeus sie ohne Erklärung und ohne Abschied im Stich gelassen hatte. Sie mochte sich die möglichen Gründe nicht vor Augen führen, gestand sich jedoch ein, dass sie sich mehr auf ihn verlassen hatte, als ihr bewusst gewesen war.

Als die lange Totenmesse endlich vorbei war, vollzog sie die Riten, die von einem Lehnsherrn erwartet wurden. Sie sagte Dank für Jacobs kurzes Leben, als der Sarg in die Grube gesenkt wurde, spendete Pater Anselm einen Shilling für die getreuliche Sorge um sein Seelenheil und verteilte

Pennies in Jacobs Namen an jeden Leibeigenen in Develish, während sie auf dem Rückweg vom Friedhof zwischen ihnen einherschritt. Alle dankten ihr beglückt, besonders Will und Eva, denen sie Sixpence zukommen ließ. Aber sie gab sich nicht der Illusion hin, dass ihre Großzügigkeit die Leute am Tratschen hindern würde, wenn erst bekannt wurde, dass Thaddeus und fünf junge Knechte das Anwesen heimlich verlassen hatten.

»Ihr hättet unser Geld nicht so verschwenden sollen«, zischte Eleanor ihr ins Ohr, während sie ins Haus zurückgingen. »Den Jacob mochte doch sowieso keiner. Er hat ständig alle bestohlen.«

Lady Anne verlangsamte den Schritt. »Das wusste ich nicht«, schwindelte sie.

Eleanor funkelte sie an. »*Jeder* weiß das, Mutter. Sie müssen Euch für verrückt gehalten haben, dass Ihr ihm ein Begräbnis ausrichtet wie einem Lord. Für meinen Vater habt Ihr nichts getan, aber für Thaddeus' diebischen kleinen Bruder werft Ihr mit Gaben nur so um Euch.«

»Es schien mir das Richtige.« Lady Anne blieb stehen und spähte über den Burggraben hin zur Landstraße. Ob Thaddeus wohl das Tal schon verlassen hatte? »Wieso weißt du denn so viel von Jacob, Tochter? Vor kaum drei Stunden noch hast du behauptet, für dich sähen alle Leibeigenen gleich aus.«

»Die Dienstboten reden. Ich kann nicht umhin, es zu hören. Sie werden Euch dafür auslachen, dass Ihr der Hure Sixpence zugesteckt habt.«

Ihre Mutter warf ihr einen Blick zu. »Und dich werden sie dafür auslachen, Eleanor, dass du ein Begräbnis mit einer Hochzeit verwechselst. Welchen Grund hast du, derart zu frohlocken?«

Durch Isabellas lautloses Erscheinen blieb Eleanor die Antwort erspart. Sie gewahrte das Mädchen noch vor ihrer Mutter, und die plötzliche Erinnerung an Isabellas Existenz verschattete ihre Miene, was Lady Anne nicht entging.

Sie lächelte ihrer Zofe zu. »Wolltest du etwas von mir?«

»Ich hab dies hier unter meiner Schiefertafel gefunden, Milady. Vorne drauf steht geschrieben: ›Für Lady Anne‹.« Sie reichte ihr ein Pergamentpäckchen.

Lady Anne erkannte die Schrift sofort als die von Thaddeus. Sicher hatte Isabella sie ebenfalls erkannt, da sie keinerlei Neugier zeigte, wer ihr das Päckchen hinterlassen haben könnte. Sie brach das Siegel, überflog den Brief und blickte Eleanor an. »Du wirkst beunruhigt«, sagte sie. »Warum, Tochter? Möchtest du wissen, was hier geschrieben steht?«

Das Mädchen gab keine Antwort.

»Es ist von Thaddeus. Er nennt die fünf Jungen, die das Anwesen gemeinsam mit ihm verlassen haben – Edmund Trueblood, Olyver und Ian Startout, Peter Catchpole und Joshua Buckler –, und entschuldigt sich dafür, dass sie sich nicht von ihren Familien verabschiedet haben.« Fragend sah sie Isabella an. »Haben deine Brüder deinen Eltern gesagt, wo sie hinwollten, Kind?«

»Ich glaube nicht, Milady. Eben noch hat meine Mutter nach Ian gefragt.«

»Und du? Haben sie dich eingeweiht?«

Ein fast unmerkliches Zögern. »Nein, Milady.«

Lady Anne wusste, dass sie log; Eleanor nicht. Sie fühlte sich ermutigt genug, den Kopf zu heben. »Ist das etwa alles?«

»Was erwartest du denn noch, Tochter?«

»Eine Entschuldigung dafür, dass sie sich aus dem Staub gemacht haben. Wenn mein Vater noch am Leben wäre, würde er ihnen Soldaten nachschicken.«

Lady Anne überflog den Brief noch einmal. Thaddeus' Worte wirkten so vernünftig, dass sie ihr keinen Anlass zum Verdacht gegeben hätten, wäre sie nicht schon von seinem Verschwinden unterrichtet gewesen. Es war Eleanors hämische Freude daran, ihr etwas zu erzählen, was sie nicht wusste, die Zweifel in ihr geweckt hatte.

»Warum beschuldigst du sie, sich aus dem Staub gemacht zu haben?«, fragte sie milde. »Es scheint mir eine seltsame Interpretation ihres Handelns.«

»Sie sind ohne Eure Erlaubnis aufgebrochen. Wenn das keine Flucht ist, was soll es denn sonst sein?«

»Es kommt drauf an, was du darunter verstehst. Meiner Erfahrung nach laufen Leibeigene nur weg, um gerechter Strafe oder ungerechter Härte zu entgehen.« Sie sah ihre Tochter prüfend an. »Kannst du dir einen Grund vorstellen, warum Thaddeus und seine Gefährten so etwas gefürchtet haben sollten – so sehr, dass sie lieber ihr Leben riskiert haben, als im sicheren Hort unseres Anwesens zu bleiben?«

Eleanor wandte den Blick ab. »Wer weiß schon, warum Knechte tun, was sie tun? Vater sagte mit Recht, dass sie nichts als die Peitsche verstehen.« Sie nickte zu dem Pergament in Lady Annes Hand hin. »Wenn Thaddeus Euch die Erklärung verweigert, dann zeigt das nur, wie arrogant er ist und wie wenig er Euch achtet.«

»Aber er gibt ja eine Erklärung, Tochter, eine sehr gute sogar«, erwiderte Lady Anne mit gespielter Leichtigkeit. »Er verweist auf Tugenden seiner Gefährten, die Sir Richard nicht erkannt hätte, da er selbst keine davon besaß. Kühnheit … Rücksichtnahme … Selbstlosigkeit … Großzügigkeit. Thaddeus schreibt, dass sie auf Vorratssuche gegangen sind, damit wir anderen überleben können.« Sie hielt inne. »Dir ist vielleicht nicht bewusst, dass unsere Vorräte bis zum Jahresende erschöpft sein werden und es mutiger Männer bedarf, um für Nachschub zu sorgen? Denn sonst müssten wir alle verhungern.«

»Mit dem Zählen von Getreidesäcken habe ich nichts zu schaffen. Das ist Eure Sache.«

»Jeder Leibeigene hier weiß mehr von Hunger als du, Eleanor. Du solltest Thaddeus dankbar sein, statt ihn der Arroganz zu bezichtigen.« Lady Anne legte Isabella die Hand auf die Schulter. »Ihre Zwillingsbrüder gehen anstelle ihres Vaters Gyles, der sich als Erster gemeldet hatte.«

Eleanor musterte Isabella voller Abneigung. »Aber nur, weil Thaddeus sie gezwungen hat«, giftete sie. »Nie im Leben sind *die* freiwillig gegangen.«

Isabella fuhr sich mit der Zunge über die Lippen. Sie wandte sich an Lady Anne. »Doch, Milady, ganz gewiss. Sie haben mehrmals gesagt, sie würden an Vaters Stelle gehen, wenn sie könnten.«

»Du lügst«, gab Eleanor verächtlich zurück. »Thaddeus hat Ian in den Wassergraben geworfen, weil er nicht aufs Floß wollte, und er wäre ertrunken, wenn Olyver ihn nicht gerettet hätte. Keiner von ihnen wollte mit … auch die anderen Jungen nicht.«

Lady Anne verwahrte das Pergament in ihrem Kittel. »Was für bemerkenswerte Geschichten du erzählst, Tochter«, sagte sie. »Du änderst so oft deine Meinung, dass ich nicht mehr weiß, was ich glauben soll. Heute Morgen noch konntest du einen Leibeigenen nicht von dem anderen unterscheiden, und jetzt kannst du sogar die Zwillinge auseinanderhalten. Ich wusste nicht, dass dir die Namen von Isabellas Brüdern geläufig sind; du hast doch sonst nichts für Knechte übrig.«

Eleanor zog die Schultern hoch und warf der Zofe einen

drohenden Blick zu. »Fragt sie doch, woher ich das weiß. Andauernd überschüttet sie mich mit langweiligem Geschwätz über ihre dämliche Familie.«

Nach kurzem Zögern entgegnete Isabella: »Es ist wirklich ganz einfach, die Zwillinge zu unterscheiden, Milady. Sie wollten nie gleich aussehen, und darum färbte Mutter Ians Joppe rot und Olyvers blau.« Sie rang sich ein Lächeln ab. »Ian trägt das Haar schulterlang, weil er glaubt, es macht ihn schöner, und Olyver schneidet seins kurz.«

»Na bitte!«, warf Eleanor ein. »Glaubt Ihr mir jetzt? Ich habe Euch nur erzählt, was ich vom Fenster aus sah, und es ist nicht meine Schuld, wenn es etwas anderes war als das, was Thaddeus behauptet. Ihr hättet ihn nicht so begünstigen sollen, wenn Euch an seinem Gehorsam liegt. Jetzt macht er, was er will, weil er sich auf gleicher Stufe mit Euch wähnt.«

Lady Anne versuchte, sich vorzustellen, wie die schüchterne Isabella ihre Tochter mit Geschwätz ›überschüttete‹, doch die niedergeschlagene Miene der kleinen Zofe ließ sie begreifen, wie viel Angst sie um ihre Brüder haben musste. Was immer diesen plötzlichen Aufbruch veranlasst haben mochte, Thaddeus hatte sich und die fünf Jungen in schreckliche Gefahr gebracht. Und dafür war sie ihm gram. Er verlangte zu viel von ihr, wenn sie jetzt auch noch die Last des Kummers ihrer Familien tragen sollte, zugleich aber die Kühnheit der Jungen preisen und dem unglückseligen Unterfangen ihren Segen geben.

Sie hatte ihr ganzes Vertrauen in ihn gesetzt, aber der heimliche Aufbruch sprach dafür, dass ihr Vertrauen nicht erwidert wurde. Und dennoch …

Sie griff nach Isabellas Hand. »Du musst dir keine Sorgen um Ian und Olyver machen, Kind. Thaddeus verspricht, innerhalb von zwei Wochen mit ihnen zurückzukehren, und ich vertraue darauf, dass sie gesund wiederkommen. Er weiß mehr als die meisten darüber, wie die Krankheit sich überträgt, und wird die Jungen nicht unnötig in Gefahr bringen.«

Die Sicherheit, mit der das Mädchen ihr antwortete, überraschte sie, und sie fragte sich, warum Isabellas Worte so sehr denen in Thaddeus' Schreiben glichen.

»Das wird er bestimmt nicht, Milady. Er ist so weise wie Ihr und hätte den Jungen nicht erlaubt, ihn zu begleiten, wenn er gedacht hätte, dass sie zu Schaden kommen könnten. Es sind die Söhne Eurer Hauptbauern, und sie werden sich mutig bewähren.« In unerwarteter Demutsgeste verneigte Isabella sich mit einem tiefen Knicks. »Sie sind heimlich auf und davon, weil sie wussten, dass ihre Mütter sie sonst zurückhalten würden. Bitte vertraut Thaddeus, Milady. In den letzten Monaten hat er wahrhaftig seine Treue zu Develish bewiesen … vor allem aber seine Treue zu Euch.«

Für Lady Anne

Verehrteste Herrin,
ich habe heute Morgen das Anwesen verlassen, zusammen mit Edmund Trueblood, Olyver und Ian Startout, Peter Catchpole und Joshua Buckler. Sie haben sich erboten, zum Wohle von Develish mit mir zu reisen, aber ich bitte Euch von ganzem Herzen um Vergebung dafür, ohne Eure und ihrer Eltern Erlaubnis aufgebrochen zu sein.

Ich weiß, wie sehr es Euch widerstrebt, jemanden aus dem Anwesen fortzulassen – besonders die Haupt-

bauern, auf die Ihr am meisten zählt –, aber die Notwendigkeit, unsere Vorräte aufzufüllen, wächst mit jedem Tag. Es sind die Söhne jener Männer, die sich an deren Stelle freiwillig gemeldet haben, und sie haben sich entschlossen, heimlich aufzubrechen, während mein Bruder beerdigt wird, um ihren Müttern den Abschiedsschmerz zu ersparen.

Meine eigene Mutter ist schon vernichtet durch den Verlust von Jacob und würde mein Fortgehen verhindern, wenn sie könnte. Und auch Ihr, werte Herrin, würdet mich nicht ziehen lassen, fürchte ich, obwohl Ihr besser versteht, wie dringend wir Kunde von der Welt draußen brauchen. Bitte lasst unsere Familien wissen, dass sie uns in zwei Wochen wieder erwarten können. Ich bete, dass es Grund zum Feiern geben möge, wenn der Tag kommt.

Meine jungen Begleiter sind guten Mutes und unternehmen dieses Wagnis aus Liebe zu Euch und zu den Menschen von Develish. Ich bitte Euch, ihnen Euer Herz zu öffnen und ihren Mut zu preisen. In der Hoffnung, dass wir Euren Segen haben,

Euer gehorsamer Diener,
Thaddeus Thurkell

Für Isabella

Meine liebe Freundin,
nie habe ich Deine Freundlichkeit und Klugheit mehr gebraucht als heute. Gib das andere Pergament Lady Anne und unterstütze die Version, die ich ihr darin

geschildert habe: dass Deine Brüder und ihre Freunde sich entschlossen haben, anstelle ihrer Väter auf Vorratssuche zu gehen.

Ich habe Lady Anne gebeten, ihren Mut zu preisen und uns ihren Segen zu geben, aber sei nicht gekränkt unseretwegen, wenn sie sich nicht dazu durchringen kann. Ich habe sie gebeten zu glauben, dass wir heimlich davongegangen sind, um unseren Müttern den Schmerz zu ersparen, aber sie könnte zu anderer Ansicht gelangen, wenn Lady Eleanor unsere Abwesenheit zu übler Nachrede nutzt.

Liebe Freundin, bitte glaube mir, dass ich all dieses tue, um Deine Brüder und ihre Freunde aus dem Netz der Intrige zu befreien, und nicht, um sie noch mehr darin zu verstricken. Soweit es in meiner Macht steht, werde ich sie beschützen. Wenn unsere Unternehmung erfolgreich ist, wird man die Gründe, die ich für unseren Aufbruch angab, gewiss akzeptieren, mag man sie jetzt auch infrage stellen.

Schütze Dich, indem Du niemand weitersagst, was Du heute Morgen von Lady Eleanor gehört hast. Es ist besser für alle, wenn Develish nichts von der Unterredung erfährt. Verschweige Deine Gedanken zu dem Geschehen von gestern Nacht, vor allem vor Lady Eleanor, der nicht zu trauen ist.

Deine Brüder sind frei von Sünde, wie auch ihre Freunde und ich. Glaub an uns und bete für unsere gesunde Rückkehr.

Dein gehorsamer Diener,
Thaddeus Thurkell

(AUSZUG AUS LADY ANNES TAGEBUCH)

Ich wünschte, ich könnte meine Verzweiflung so offen zeigen wie Eva Thurkell. Um Thaddeus heult sie noch lauter, als sie um Jacob geheult hat. Der Tod ihres jüngeren Sohnes war schnell vergessen, als sie vom Verschwinden ihres Ältesten hörte. Armer Jacob. Seine Diebereien hatten ihn unbeliebt gemacht. Ob er durch einen Unfall umkam, wie Thaddeus mich glauben machen will, oder durch Mörderhand, lange ist er nicht betrauert worden.

Ich weiß nicht, wen ich mehr verfluchen soll – Eleanor oder Thaddeus. Ich fürchte, die eine ist verantwortlich für Jacobs Tod, und der andere, dieses wohl wissend, hat sich lieber entfernt, als mit der Wahrheit herauszurücken. Aber warum nur, warum nur hat er sich vorher nicht mit mir beraten? Glaubt er etwa, Eleanor habe Jacob eigenhändig umgebracht? Wollte er mir den Schmerz ersparen, über sie zu Gericht sitzen zu müssen? Ich fürchte, ja. Doch ich kann mir nicht vorstellen, dass sie einen anderen Menschen ohne Grund töten würde. Sosehr sie sich seit dem Tod ihres Vaters gegen mich und unsere Leute auflehnt, ist sie doch gewiss nicht so verloren, dass sie einen Mord begehen würde?

Ich begreife nicht, warum Thaddeus fünf junge Knechte mitgenommen hat, aber es ist bestimmt kein Zufall, dass es die Söhne meiner Hauptbauern sind. Thaddeus hat oft genug seine Bewunderung für diese Männer bekundet, und ich glaube, er würde ihnen Schande ersparen wollen, wenn es in seiner Macht stünde. Aber Schande weswegen? Waren ihre Söhne an Jacobs Tod beteiligt? Sicherlich nicht. Einer vielleicht – aber doch nicht alle fünf.

Der Brief, den Thaddeus mir zukommen ließ, verlangt von mir, die Fabel zu verbreiten, dass er und seine Gefährten das Anwesen mit meinem Segen verlassen haben, um auf Vorratssuche zu gehen. Um ihrer Eltern willen habe ich mich diesem Ansinnen gebeugt. Möglicherweise kennt Thaddeus meine Tochter besser als ich, denn das Lob für die Jungen hat Eleanor zum Schweigen gebracht. Ihre ganze Freude über deren Verschwinden ist auf einmal verpufft.

Anfangs war sie sehr darauf aus, die fünf in schlechtem Licht erscheinen zu lassen. Hatte sie darauf gebaut, dass man Anschuldigungen gegen geflüchtete Leibeigene nicht weiter überprüfen würde? Wenn ja, dann hatte sie wohl nicht mit Isabellas bewegender Fürsprache für Thaddeus und ihre Zwillingsbrüder gerechnet, die Treue und Tapferkeit in sich vereinen.

DREIZEHN

Keiner der Jungen sagte ein Wort, als Thaddeus das Floß über den Wassergraben beförderte und sie am anderen Ufer abspringen hieß. Edmund Trueblood, Peter Catchpole und Joshua Buckler standen noch immer unter dem Schock der Nachricht, dass Jacob tot – schlimmer noch, ermordet worden – sei, während Ian Startout nur noch ein nasses, frierendes Häufchen Elend war und Olyver sich verzweifelt fragte, wie er und sein Zwillingsbruder hier draußen in der Wildnis ohne Werkzeug und Proviant überleben sollten. Den anderen war wenigstens Zeit zum Packen vergönnt gewesen; jeder von ihnen hatte einen prall gefüllten Beutel dabei. Er fand es ungerecht von Thaddeus, wagte aber nicht, sich zu beschweren. Das monotone Geläut der Totenglocke klang von Jacobs Beerdigung herüber wie eine grimmige Warnung, die Geduld ihres Entführers nicht mutwillig auf die Probe zu stellen.

Sobald sie an Land gegangen waren, kappte Thaddeus die Taue und ließ das Floß wieder in die Mitte des Burggrabens zurücktreiben. Er wollte vermeiden, dass Gyles ihnen folgte, solange sie sich noch im Tal aufhielten, oder dass Plünderer sich Zugang zum Anwesen verschafften, während alle Bewohner noch bei der Aussegnung waren. Vielleicht hofften die Jungen auf Verfolgung, denn sie standen da wie gelähmt, blickten betrübt zum Haus hinüber und setzten sich erst zögerlich in Bewegung, als Thaddeus über die Felder davonging und ihnen über die Schulter zurief, sie sollten gefälligst mit ihm Schritt halten oder sehen, wo sie blieben. Da kam plötzlich Leben in die Jungen, und sie beeilten sich, ihn einzuholen. Jeder von ihnen mochte der Meinung sein, nichts Falsches getan zu haben – zumindest nichts, das Verbannung verdiente –, aber alle hatten panische Angst davor, der Pest ausgeliefert zu sein. Keiner zweifelte daran, dass Thaddeus meinte, was er sagte. Er war immer still und zurückgezogen gewesen – ein Junge mit Geheimnissen, der zu einem Mann mit Geheimnissen herangewachsen war –, aber diese kalte, fast verächtliche Gleichgültigkeit seinen Gefährten gegenüber war neu, und sie machte ihn zu einem überzeugenden Anführer. Jeder der Jungen fürchtete, seinen Unmut zu erregen und zurückgelassen zu werden, um am Wegrand an schwärenden Beulen und schwarzem Blut elend zu verrecken.

Als sie die ausgebrannten Reste des Dorfes Develish erreichten, führte Thaddeus sie zu der Bauernkate seiner Familie. Ein Teil der Lehmmauern stand noch, aber von den Balken und dem Strohdach waren nichts als Kohle und Asche übrig. Mit dem Fuß scharrte Thaddeus das Geröll aus einer Ecke des Lehmbodens hervor und befahl den Zwillingen, an dieser Stelle zu graben. »Euer Vater ist nicht untätig gewesen, nachdem Sir Richard gestorben war«, erklärte er. »Er hat Vorräte aus John Truebloods Hütte hier vergraben, damit künftige Kundschafter sich mit Proviant versorgen können. Grabt alles aus, was ihr findet.«

»Aber wir haben kein Werkzeug«, protestierte Olyver. »Edmund, Peter und Joshua hast du ihres holen lassen, Ian und mich aber nicht. Wir haben nicht einmal Löffel oder Schüsseln.«

»Dann grabt eben mit den Händen.« Thaddeus nahm sein Schnitzmesser vom Gürtel. »Hiermit könnt ihr den Lehm auflockern. Und ihr anderen durchsucht die restlichen Katen.« Er machte eine ausholende Armbewegung. »Sucht nach allem, was uns irgendwie nützlich sein könnte – Töpfe, Tonschalen, Werkzeug, Messer. Bringt, was ihr findet, zum Brunnen, und wartet dort auf meine Rückkehr.«

»Und was hast du vor?«, fragte Edmund besorgt.

Thaddeus nickte zu einer ferner gelegenen Wiese hin. »Die Pferde holen, die mit Sir Richard heimgekehrt sind. Zu Fuß würden wir ja nicht weit kommen.«

Es war eine vernünftige Erklärung, doch die fünf Jungen blickten ihm unruhig nach, als er sich auf den Weg machte. Sie konnten sehen, dass er weder Stricke noch Halfter hatte, und ihr Unbehagen wuchs, als er den Pfad zur Weide verließ und in Richtung Wald abbog. Er lief gebückt, nutzte den Schutz der hochgeschossenen Bohnen- und Erbsenstauden, um von den Wächtern auf der Mauer nicht entdeckt zu werden. Die Jungen warteten, bis Thaddeus durch den Devil's Brook gewatet und zwischen den Bäumen verschwunden war, dann fingen sie an, sich gegenseitig mit Schuldzuweisungen zu überhäufen.

»Und wenn er uns jetzt hier im Stich lässt?«, maulte Olyver. »Einer von uns hätte mit ihm gehen sollen.«

»Keiner hat dich aufgehalten«, gab sein Zwilling zurück. »Wieso bist du denn nicht mitgegangen? Den ganzen Mist hier verdanken wir sowieso bloß der Tatsache, dass du dein dummes Maul nicht halten kannst.«

»Hört auf zu zanken!«, blaffte Peter Catchpole. »Ich begreife das alles nicht. Was machen wir hier überhaupt?«

»Jacob ist gestern Nacht ermordet worden«, sagte Ian. »Thaddeus hat ihn tot auf dem Friedhof gefunden, mit einer

Stichwunde zwischen den Rippen … falls es stimmt, was Olyver behauptet.«

Olyver ballte die Fäuste. »Warum sollte ich lügen?«

Peter blickte aufgebracht von einem zum anderen. »Wen kümmert's, ob Jacob tot ist? *Ich* hab ihn nicht umgebracht. Ich hab die ganze Nacht mit meinem Vater an der Westmauer Wache gehalten.« Er nickte zum Anwesen hin. »Ich bin dafür, dass wir zum Floß zurückkehren und wieder übersetzen, bevor uns noch jemand vermisst.«

»Geht nicht. Thaddeus hat es davontreiben lassen. Könnt ihr schwimmen? Joshua? Edmund?«

Beide schüttelten den Kopf.

»Ist sowieso eine blöde Idee«, sagte Edmund und ließ den Kopf hängen. »Jetzt wissen bestimmt schon alle, was los ist. Denkt nur, wie sie uns mit Fragen löchern werden.«

»Also, ich will verdammt sein, wenn ich mir die Schuld in die Schuhe schieben lasse«, knurrte Joshua. »Ich wusste von nichts, bis Ian anfing zu winseln, dass *er* es nicht gewesen ist.«

»Ich war's ja auch nicht!«, blaffte Ian zurück. »Edmund ist der Einzige, der gestern Nacht mit Jacob gekämpft hat.«

Edmund schüttelte den Kopf. »Es war gar kein Kampf. Ich hab dem Kerl ein paar aufs Maul gegeben, und er hat sich verkrümelt, bevor ich ihm noch eine verpassen konnte.«

»Und wo hast du dann das blaue Auge her?«, fragte Peter und deutete auf Edmunds lädiertes Gesicht.

»Von Olyver.« Edmund sah zu seinem Gegenspieler hin. »Wenn du Thaddeus gesagt hast, ich hätte seinen Bruder getötet, dann kriegst du von mir die Hucke voll fürs Lügen. Er hat mich heut Morgen schon beinah erwürgt, weil er dachte, ich wär's gewesen, und nur weil er gemerkt hat, dass ich gar nichts von Jacobs Tod wusste, hat er mich gehen lassen. Woher wusstest du es denn eigentlich?«

Olyver trat nach einem Stein. »Thaddeus hat's mir gesagt. Er hat mich vor Tau und Tag aus dem Bett geholt und zum Friedhof geschleppt. Er wusste, dass ich gestern Abend in der Kirche gewesen bin … keine Ahnung, woher. Er hat mir gezeigt, wo Jacob gelegen hat, nah beim Schafgehege, und hat gesagt, er sei erstochen worden. Im Gras hat ein Messer gelegen.«

»Wessen Messer?«

»Es sah aus wie das von Jacob. Jedenfalls hab ich geschworen, dass weder du noch ich es gegen ihn gewendet haben. Es muss jemand gewesen sein, der nach uns kam.«

Das Schweigen, das darauf folgte, wurde schließlich von Peter Catchpole gebrochen. »Das ergibt doch alles keinen Sinn. Wenn keiner von uns der Schuldige ist, warum haben wir dann das Gut verlassen müssen?«

Edmund rieb sich die schmerzenden Armmuskeln. »Wegen Eleanor«, sagte er. »Sie war gestern Abend in der Kirche, und Thaddeus war stinksauer deswegen. Wahrscheinlich hofft er, dass Lady Anne nichts von der ganzen Sache erfährt, wenn wir nicht mehr da sind und Eleanor den Mund hält.«

»Ich hätte sowieso nichts gesagt«, entgegnete Joshua empört. »Ich war bloß zweimal bei ihr, und ich hab verdammt noch mal nicht gewusst, dass sie gestern Abend in der Kirche war.«

»Ich auch nicht«, sagte Peter. »Es ist einfach ungerecht, uns da mit reinzuziehen.«

»Ganz genau«, sagte Ian und zog sich das nasse Hemd vom Leib. »Wir werden rausgeschickt, um uns die Pest zu holen, und dieses Miststück Eleanor darf weiter so tun, als könnte sie kein Wässerchen trüben.«

»Ja, aber das Miststück besteigen, das wolltest du doch nur zu gern«, zog Edmund ihn auf.

Ian ignorierte ihn. »Ihretwegen hab ich Thaddeus einen dreckigen Bastard geheißen. Sie redet ja von nichts anderem – immer geht's nur um den Thurkell-Bastard. Das bohrt sich einem ja langsam schon ins Gehirn. Mit uns wird es nicht anders gehen – sie wird uns alles Mögliche schimpfen – Mörder, Vergewaltiger, Räuber –, und ganz Develish wird ihr glauben, wenn sie es nur oft genug wiederholt.«

»Eleanor kann nichts dafür!«, widersprach Olyver hitzig. »Es ist Thaddeus, der uns entführt hat … und wir wissen auch, warum. Er räumt alle aus dem Weg, die er für seine Rivalen hält.«

»Unsinn«, winkte Peter ab. »Er kann Eleanor gar nicht leiden. Lady Anne ist es, die er bewundert.«

»Es ist mehr als nur Bewunderung«, gab Olyver zurück. »Er will die Herrschaft über Develish an sich reißen.«

Vielleicht hatte die Begegnung mit dem Tod, als er beinah ertrunken wäre, Ian ein wenig Weisheit verliehen, denn in den Worten seines Bruders erkannte er sogleich Eleanors Stimme. »Glaubst du, sie hätte nicht jedem von uns das Gleiche eingeredet, wenn sie uns mal einen Blick auf ihre mickrigen Titten gegönnt hat? Du hast das Hirn ja wohl in deinem Schwengel sitzen, wenn du ihr Gerede für bare Münze nimmst.« Er sprang blitzschnell zurück, als Olyver die Fäuste hob.

Edmund trat zwischen sie. »Hört schon auf, es bringt doch nichts, sich zu schlagen«, sagte er beschwichtigend. »Ihr könntet wenigstens anerkennen, dass Thaddeus sich selbst ja ebenfalls ins Exil geschickt hat.«

»Er wird wohl seine Gründe haben«, gab Olyver mürrisch zurück.

»Mag sein, aber er kann die Herrschaft in Develish nicht an sich reißen, wenn er sich nicht an Lady Annes Seite befindet. Er verliert mehr als wir, indem er geht. Es gibt nicht viele Leibeigene, die fähig wären, ein Anwesen zu verwalten. Jetzt wird Master de Courtesmain wohl das Amt übernehmen. Er ist der Einzige, der ebenso gut lesen und schreiben kann wie Thaddeus.«

»Und du kannst darauf wetten, dass Eleanor ihre Gunst jetzt ihm zuwendet«, sagte Ian. »Wenn Lady Anne weise ist, wird sie einen von unseren Vätern zu ihrem Verwalter ernennen. Dem Franzosen wird sie nie so vertrauen können, wie sie Thaddeus vertraut hat.«

»Glaubst du, er hat ihr gesagt, dass er wegwill?«, fragte Joshua.

Ian schüttelte den Kopf. »Dann hätten wir ja nicht heimlich aufbrechen müssen.« Er hielt inne und überlegte. »Olyver sagte, Thaddeus hätte gedroht, ihn für den Mord an Jacob anzuklagen, wenn Edmunds Geschichte nicht mit seiner übereinstimmte. Ich glaube, darum geht es bei dieser Sache hier.«

»Aber unsere Geschichten waren ja die gleichen«, widersprach Edmund. »Wir haben ihm beide gesagt, dass wir Jacob nicht umgebracht haben. Er hätte uns vor Lady Anne dem Verhör unterziehen können, und wir hätten nichts anderes gesagt.«

»Gut … aber irgendwer hat Jacob schließlich erstochen – und laut Olyver war sonst nur noch Eleanor in der Kirche. Hättest du *das* vielleicht Lady Anne sagen wollen? Glaubst du, sie würde zwei Leibeigenen eher glauben als der eigenen Tochter? Thaddeus hatte dich gewarnt.«

Es lag eine Spannung in der Luft, die man beinahe greifen konnte.

»Willst du etwa behaupten, Eleanor hat Jacob getötet?«, fragte Edmund.

»Das muss sie wohl getan haben, wenn du es nicht warst oder mein Bruder … es sei denn, du willst den Priester beschuldigen.« Ian blickte zum Anwesen hinüber. »Deswegen sind wir hier draußen, und Eleanor ist dort drinnen. Thaddeus bewahrt Lady Anne davor, ihre eigene Tochter als Mörderin verurteilen zu müssen. Jetzt ist keiner mehr da, der weiß oder erraten kann, was wirklich geschehen ist.«

Thaddeus sah die Erleichterung in den Mienen der fünf Jungen, als er auf Sir Richards Rappen ins Dorf geritten kam, mit drei Rössern und drei Ponys im Schlepptau. Sogleich bemerkte er, dass sich eine Hackordnung gebildet hatte, mit Ian an der Spitze, was ihm keineswegs missfiel. Der Bursche hatte eine rasche Auffassungsgabe und einen starken Charakter; er war ein geborener Anführer, ob er nun Befehle zu befolgen geruhte oder nicht. Es hatte Thaddeus heute Morgen überrascht, dass Olyver Startout auch seinen Zwillingsbruder als einen von Lady Eleanors Gespielen genannt hatte. Er konnte sich ebenso wenig vorstellen, dass Ian sich vor Sir Richards Tochter erniedrigte, wie er dies Isabella zutraute, Ians und Olyvers jüngerer, aber sehr viel weiserer Schwester.

Thaddeus zweifelte nicht daran, dass die Jungen ganz versessen darauf waren, von Eleanor beachtet zu werden – ihre Schönheit stand außer Frage –, aber warum das Mädchen sie auch noch anstachelte, das war ihm unverständlich. Edmunds Erklärung, dass sie sich nach einem treu ergebenen Streiter sehnte, der für sie einträte, hielt er für naiv. Kein Mädchen, und sei es noch so töricht, würde einem halbwüchsigen Jungen zutrauen, sich mit Lady Annes Beratern anzulegen. Die ganze Nacht hatte er sich den Kopf zerbrochen, um hinter ihre Absichten zu kommen, aber letztlich war ihm nichts weiter eingefallen, als dass sie die Harmonie zu zerstören versuchte, die ihre Mutter mit solcher Mühe aufgebaut hatte. Es gäbe keine sicherere Methode, die Gemeinschaft aufzuspalten, als die Söhne der Hauptbauern der Vergewaltigung zu bezichtigen und damit Milady zu zwingen, über sie zu Gericht zu sitzen. Selbst in dieser Zeit des Bangens, da alles aus dem Ruder lief, selbst wenn Lady Anne argwöhnte, dass Eleanor log, konnte sie das Wort eines Leibeigenen nicht gegen die Tochter von Sir Richard of Develish geltend machen.

Thaddeus hatte die Knaben dafür verflucht, dass sie ihn in ihre schmuddeligen Spielchen mit hineingezogen hatten, doch nun empfand er die Last der Verantwortung, als ihm auffiel, wie jung sie aussahen. Edmund Trueblood war der Größte unter ihnen, braunhaarig und mit einem kantigen Gesicht, aber er war zu schnell gewachsen, und seine Hände hingen ihm wie Paddel an den Handgelenken. Peter Catchpole, beinah ebenso groß wie Edmund, mit dunklem Flaum auf den Wangen, schmollte wie ein Zweijähriger, dem man sein Spielzeug weggenommen hatte. Und Joshua Buckler, der Kleinste und Schmächtigste unter ihnen, rothaarig und sommersprossig, schien vor Angst und Unsicherheit den Tränen nah. Die Zwillinge wiederum bekundeten ihren Ehrgeiz, sich möglichst stark voneinander zu unterscheiden, indem sie stets den äußersten Abstand zueinander hielten.

Offenbar hatte irgendeine Streitigkeit zwischen ihnen stattgefunden, aber Thaddeus gab vor, nichts davon zu bemerken, als er Ian die Haltestricke der Pferde überließ, bevor er von dem Rappen sprang. Was auch immer der Anlass zu dem Streit gewesen sein mochte, er schien inzwischen beigelegt zu sein. Alle vier Pferde waren gesattelt und aufgezäumt, nur die drei Ponys – darunter Lady Eleanors Fuchsstute –

waren ohne Halfter. »Zwei von euch werden ohne Sattel reiten müssen«, sagte er. »Es gibt keine Sättel diesseits des Grabens, bis auf die, die mit Sir Richard heimgekehrt sind.«

»Und wo waren sie?«, wollte Ian wissen.

»Dein Vater hatte sie bei seinem Lager im Wald abgelegt. Nach Sir Richards Tod hat er die Zeit genutzt, um alles Wertvolle vor Plünderern in Sicherheit zu bringen.«

»Was, wenn er selbst der Pest erlegen wäre? Dann hättest du gar nicht gewusst, wo du danach suchen musst.«

Thaddeus dachte an all die Male, die er den Burggraben nächtens durchschwommen hatte, um sich heimlich mit Gyles zu beraten. »Er hat es mir gezeigt, als ich hierherkam, um mit ihm zu sprechen. Ich habe eine Menge von eurem Vater gelernt – wie ihr es hättet tun können, wenn ihr euch die Mühe gemacht hättet, ihm nach seiner Rückkehr zuzuhören.« Er hakte einen Sack vom Sattel seines Pferdes los und setzte ihn auf dem Boden ab, um ihn zu öffnen. »Er hatte diese Waffen hier zusammen mit den Sätteln versteckt. Vier Schwerter, drei Kurzbögen und zwanzig Pfeile. Wählt mit Bedacht, was ihr brauchen könnt. Aus dem Training mit Gyles kennt ihr ja eure Stärken und Schwächen. Sir Richards Schwert ist das längste und schwerste. Wer es erwählt, wird sehr viel üben müssen, um damit zurechtzukommen.« Thaddeus blickte sich in der Runde der besorgten Mienen um. »Wenn keiner von euch bereit ist zu kämpfen, dann sagt es besser gleich. Ich mache mich lieber allein auf den Weg, als verängstigte Knaben mitzuschleppen, die meines Schutzes bedürfen.«

Ein kurzes Schweigen trat ein, dann blickten die Jungen zu Ian hin, der für sie sprechen sollte. »Gegen wen sollen wir denn kämpfen?«

»Gegen jeden, der uns bedroht.«

»Und wohin soll es gehen?«

Thaddeus deutete mit dem Kinn zum südlichen Horizont. »In diese Richtung, auf der Suche nach Vorräten und nach Neuigkeiten. Eure Väter hatten das übernehmen wollen, aber ich habe stattdessen euch als Freiwillige abkommandiert. Ihr könnt euch wie Männer benehmen oder wie Kinder. Ich bin allerdings nicht eure Kinderfrau und auch nicht euer Hüter. Wenn ihr lieber zu Kreuze kriechen und Rede und Antwort zum Tode meines Bruders stehen wollt, dann könnt ihr das gerne tun. Andernfalls wählt ihr jetzt eure Waffen.«

»Sir Richards Schwert sollte dir gehören.«

Thaddeus schüttelte den Kopf. »Ihr alle habt mehr Übung im Schwertkampf als ich. Edmund kann am besten mit der Holzklinge umgehen, also schlage ich vor, dass er das Schwert nimmt. Und ihr anderen wählt aus, was ihr wollt … bedenkt aber, dass ihr alles, was ihr auswählt, auf dem Buckel mitschleppen müsst. Verstanden?«

Sie nickten.

»Der Sack hier ist für die Vorräte und alles andere, was ihr aus der Asche zu bergen vermögt. Den laden wir dann auf das dritte Pony.« Prüfend musterte er die Jungen. »Ihr zwei seht am leichtesten aus«, sagte er schließlich und deutete auf Joshua und Peter. »Ihr könnt den Rotfuchs und das andere Pony nehmen. Das heißt auch, dass ihr als Erste ohne Sattel reiten müsst, aber keine Sorge, wir tauschen sie dann nach ein paar Stunden. Wenn ihr euch zutraut, eure Tiere nur mit Strickhalftern zu führen, umso besser; wenn nicht, nehmen wir euch ins Schlepptau.«

Die Jungen traten unbehaglich von einem Fuß auf den anderen, aus Angst, jemand könnte sie auslachen, wenn sie lieber ins Schlepptau genommen werden wollten.

»Ihr tut gut daran, ehrlich zu sein«, sagte Thaddeus sachlich. »Wenn ihr abgeworfen werdet und eure Tiere durchgehen, müsst ihr zurückbleiben.« Er blickte sich in der Runde um. »Das gilt für jeden von euch. Ihr beweist euren Wert durch Weisheit, nicht durch forsches Gehabe. Ist das klar?«

Sie nickten.

»Gut.« Er übergab Olyver die Zügel seines Pferdes und wies ihn und Edmund an, sich um die Tiere zu kümmern, ehe er sich an Ian wandte. »Zeig mir mal, was ihr gefunden habt.«

Ian führte ihn zum Brunnen, wo ein Sack getrockneter Bohnen, einer mit Trockenpflaumen und ein Tontopf mit Pökelfleisch inmitten einer Ansammlung von Zinntellern und Steingutkrügen standen. »Bis auf die vier da waren alle zerbrochen«, sagte er. »Wir haben sie ausgewaschen und mit Wasser gefüllt, aber wir wussten nicht, was wir als Stöpsel nehmen sollen. Sie werden bald wieder leer sein, wenn wir sie auf dem Pferderücken transportieren.«

Thaddeus nickte zerstreut und wünschte, er wüsste mehr über den Landstrich jenseits von Develish. Mochte er als Kind auch noch so oft zum fernen Horizont hin geblickt und davon geträumt haben, mit einem Schiff übers Meer zu segeln, so wusste er doch noch lange nicht, wie es zwischen dem heimischen Anwesen und der Küste aussah, da er das Tal nie verlassen hatte. So weit er den Blick über die Hügel auch hatte schweifen lassen, hatte er doch immer nur weitere Hügel gesehen. So hatte er sich Dorseteshire wie ein zu Boden geglittenes Frauengewand vorgestellt, voller Falten, die in alle Richtungen verliefen – doch ob jedes Tal auch einen eigenen Wasserlauf hatte, das wusste er nicht.

Während ihrer nächtlichen Gespräche hatte er Gyles Startout so viel an Beschreibungen abgerungen, wie er nur konnte, aber trotz der zahlreichen Reisen, die Gyles in Sir Richards Tross unternommen hatte, beschränkte seine Kenntnis der Wasserläufe sich auf die Güter, die entlang der Landstraße lagen. Gyles wusste, dass Devil's Brook der Straße folgte, bis zu einem größeren Fluss, der durch Afpedle floss und bei Athelhelm über eine Furt zu queren war, aber von anderen Bächen, Flüssen oder Quellen wusste er nichts. »Unsere Wasservorräte haben wir immer bei den Herrenhäusern aufgefüllt, die wir besuchten«, hatte er erklärt. »Sir Richard hat nie unter freiem Himmel genächtigt. Stets erwartete er ein üppiges Abendmahl und reichlich Bier von jedem Gutsherrn, den er heimsuchte.«

»Hast du denn nie Teiche oder Seen in der Landschaft gesehen?«

Gyles schüttelte den Kopf. »Teiche nur in Dörfern, wo der Wald gerodet und Felder angelegt waren. Ansonsten kann man in den Waldgebieten nicht erkennen, was sich zwischen den Bäumen verbirgt. In Winterburn habe ich mal eine Überschwemmung gesehen, als der Bach nach heftigen Regenfällen über die Ufer getreten war. Das Land hat tagelang unter Wasser gestanden.«

»Wo liegt Winterburn?«

»Nordwestlich von Melcombe.«

»Wie habt ihr dort hingefunden?«

Gyles lächelte über Thaddeus' Ahnungslosigkeit, was das Reisen betraf. »Genauso, wie man überall hinfindet – wir sind der Straße gefolgt. Da kann man sich nicht verirren. Händler, Hausierer und Viehtreiber sind dort jeden Tag unterwegs.«

»Und woher weiß man, dass man sich auf dem rechten Weg befindet?«

»Man fragt sich durch.«

»Aber wenn nun alle an der Pest gestorben wären? Wie würde man sich dann zurechtfinden?«

Gyles musterte ihn neugierig. »Hast du etwa die Absicht, uns zu verlassen, Thaddeus?«

Thaddeus schüttelte den Kopf. »Noch nicht, aber ich könnte dich begleiten, wenn es Zeit wird, nach neuen Vorräten zu suchen. Zu zweit hätten wir mehr Aussicht auf Erfolg.«

Er merkte sich die Namen der Orte, die Gyles erwähnt hatte, und dazu die Himmelsrichtungen, doch er hatte keine Vorstellung davon, wie weit sie voneinander oder von Develish entfernt lagen. Gyles bemaß Wegstrecken in Tagen, nicht in Meilen, und Sir Richards Reisegeschwindigkeit hatte sich danach gerichtet, wie der schwer beladene Wagen auf der holprigen Straße vorankam.

Sarum – Nordosten
Melcombe – Südwesten
Blandeforde – Nordosten
Bradmayne – Süden
Athelhelm – Süden
Afpedle – Süden
Pedle Hinton – Westen
Winterburn – nordwestlich von Melcombe
Dorchester – nördlich von Melcombe

Während er sich diese Einzelheiten ins Gedächtnis rief, fragte sich Thaddeus, ob sie überhaupt einen Wert hatten. Den Namen eines Ortes zu kennen hieß noch lange nicht, ihn auch gefahrlos betreten zu können. Ob Gyles und er nun zusammen reisten oder getrennt, um bessere Chancen zu haben, die Gefahren blieben in jedem Fall gewaltig. Nur ein Dummkopf oder ein Märtyrer würde sich in ein Dorf hineinwagen, wo Pestleichen unbegraben an der Straße lagen.

Daran musste er denken, als er mit Ian die Tonkrüge begutachtete. Ohne geeignete Gefäße, Wasser zu transportieren, und ohne Kenntnis der Wasserläufe würden sie auf Brunnen angewiesen sein, aber Thaddeus scheute sich vorerst noch, überhaupt eine Ansiedlung zu betreten. Sie brauchten Zeit, ihre Muskeln zu stählen, ihren Proviant in der Natur finden zu lernen und sich im Waffengebrauch zu üben, bevor sie sich in die Nähe von fremden Menschen wagten.

Kurz entschlossen streifte er sein Lederwams ab. »Wir brauchen etwas zum Abdecken für die Krüge. Stoff hält nicht, aber Leder müsste gehen.« Er nahm das Messer vom Gürtel und reichte es Ian. »Schneide, was du brauchst, aus den Ärmeln.« Dann ging er zurück zu den Pferden, nahm Edmunds Klinge, schnitt ein ellenlanges Stück von einem der Halfterstricke ab und händigte es Peter zum Entwirren aus. »Mach mir daraus sieben Stück Schnur«, trug er ihm auf. »Sie müssen widerstandsfähig sein, also sieh zu, dass du sie nicht zerfaserst. Bring sie mir, wenn du fertig bist.«

»Und was soll ich machen?«, fragte Joshua.

Thaddeus kippte die Waffen aus dem Sack. »Finde Träger dafür und auch eine möglichst bequeme Weise, sie über den Schultern zu tragen.«

Er kehrte zum Brunnen zurück, wog die Behälter mit Bohnen, Pflaumen und Pökelfleisch in den Händen und überlegte, wie man ihr Gewicht am besten auf dem Pony, das als Lasttier diente, verteilen könnte. Die Jungen hatten acht verbeulte Zinnteller eingesammelt und einen schweren Eisenkessel. Den Kessel ließ er liegen, die Teller sortierte er zu zwei gleich großen Stapeln.

Er vermied es, daran zu denken, wie unvorbereitet sie

diese Reise angetreten hatten, schob seine Ängste und Zweifel entschlossen beiseite. Nachdem er im Morgengrauen entschieden hatte, dass er nicht in Develish bleiben konnte, wenn er die Unwahrheit über Jacobs Tod sagte, gab es nun kein Zurück mehr. Allen hätte er weismachen können, dass es ein Unfall war, aber Eleanor wusste es besser, und Thaddeus wollte ihr den Triumph nicht gönnen, als Verwalter in Develish zu bleiben und sich blind zu stellen. Entweder hielte sie ihn dann für zu dumm, um zu begreifen, was wirklich geschehen war, oder sie würde glauben, der Bankert einer Hure sei davon überzeugt, dass Lady Annes Tochter über dem Gesetz stand.

Er hatte kurz mit dem Gedanken gespielt, Eleanor klarzumachen, dass er die Wahrheit kannte, und ihr mit Bloßstellung zu drohen, falls sie sich noch einmal den geringsten Fehltritt erlaubte, aber der Plan stand auf so schwachen Füßen, dass er sogleich wieder Abstand davon genommen hatte. Es gab nur wenige Hinweise darauf, dass Eleanor Jacob getötet hatte, und auch die würden sich bald auflösen, wenn die Erinnerung an das Geschehen verblasste. Wer würde Thaddeus die zweite Version seiner Geschichte glauben, wenn er zugab, dass die erste eine Lüge gewesen war? Seine Aufrichtigkeit wäre nicht weniger zweifelhaft als die von Eleanor; und Eleanor hätte den Vorteil, dass sie Edmund und Olyver dazu bringen konnte, ihre Aussage zu bezeugen, wie auch immer sie lauten mochte.

Thaddeus sah zu, wie Ian Lederflecken aus den Ärmeln seiner Jacke schnitt, und fragte sich, ob er recht daran getan hatte, im Leben dieser Knaben Gott zu spielen. Vielleicht waren sie vernünftiger, als er dachte, und hätten sowieso begriffen, dass sie den Mund halten und jeden weiteren Kontakt mit Eleanor meiden mussten.

Ian schien seine Gedanken zu erraten. »Du brauchst nicht so besorgt zu schauen«, sagte er. »Wir lassen dich nicht hängen.«

»Ich mach mir eher Sorgen, ob ich euch hängen lasse.«

»Hast du bisher ja nicht«, gab der Junge zurück. »Du hättest uns auch einfach rausschmeißen können, aber stattdessen bist du mitgekommen.«

»Ich hatte keine Wahl. Wie hätte ich denn erklären sollen, dass ich euch weggeschickt habe?«

Peter Catchpole tauchte an Thaddeus' Seite auf und legte eine Handvoll Schnüre auf dem Brunnenrand ab. »Du hättest dir schon was einfallen lassen, wenn du gewollt hättest«, sagte er. »Mit diesem Aufbruch gibst du mehr auf als wir.«

»So? Findest du?«

Peter zuckte die Achseln. »Lady Anne hat dich zu ihrem Verwalter ernannt. Das ist eine hohe Stellung für einen Leibeigenen. Du hättest dir die Freiheit erkaufen können, wenn du dageblieben wärst.«

Thaddeus klaubte drei von den Schnüren auf und nickte zu einem seiner Stapel hin. »Gib mir mal den Tontopf da und die vier Teller.« Er kniete sich neben den Sack und zog ihn auseinander, stellte die Sachen ordentlich darin auf, zurrte das Sackleinen ringsum fest und band es mit einer der Schnüre zu. Dann stopfte er den zweiten Stapel Teller und Vorräte in den verbliebenen Raum, knüpfte ein Stück Schnur als Tragriemen daran und wies Peter an, das letzte Stück für das untere Ende herzunehmen. »Und mach die Knoten schön fest«, ermahnte er ihn. »Wir wollen ja nichts verlieren.«

Anschließend half er Ian, die Lederflecken mit den restlichen Schnüren um die Hälse der Krüge zu befestigen, sodass sie fest versiegelt waren. »Wir müssen eine Möglichkeit finden, sie aufrecht zu transportieren«, sagte er. »Irgendwelche Vorschläge?«

»Wie viele Stricke haben wir noch?«

»Nur drei … aber einen brauchen wir, um den Sack auf dem Pony festzubinden, und die anderen möchte ich auch lieber nicht zerschneiden, die benötigen wir, um den Pferden über Nacht Fußfesseln anzulegen.«

Ian deutete mit dem Kopf zum Brunnen hin. »Wir könnten das Brunnenseil nehmen«, schlug er vor. »Den Eimer auch. Hier hat schon seit Wochen keiner mehr Wasser geholt.«

Thaddeus folgte seinem Blick. »Wer einen Gemeindebrunnen verschmutzt oder unbrauchbar macht, kann dafür gehängt werden«, wandte er ein. »Wasser ist ein Gottesgeschenk. Was, wenn hier Wanderer vorbeikämen, halb wahnsinnig vor Durst?«

Ian wand sich verlegen. »War nur so eine Idee.«

Thaddeus schmunzelte. »Und zwar eine gute.« Er ließ den Eimer langsam in den Brunnen hinab. »Aber zuerst sollten wir uns die Bäuche füllen, und die der Tiere auch. Es könnte ein wenig dauern, bis wir wieder auf Wasser treffen.«

Ian lag die Frage auf der Zunge, wann sie denn wohl auf Essen treffen würden, doch er besann sich eines Besseren. Lieber erwarb er sich Anerkennung von Thaddeus als dessen Missbilligung. Ein Krieger kämpfte mit leerem Magen. Nur Kinder legten Wert darauf zu wissen, wo ihre nächste Mahlzeit herkam. »Wenn wir den Eimer nehmen, können wir den Kessel auf dem Rücken des Ponys damit ausbalancieren«, erklärte er. »Es wäre mühsam, sich irgendwas auf Zinntellern zu kochen.«

VIERZEHN

Lady Anne schloss die Tür des Kontors hinter sich und trat ans Fenster, um Ausschau zu halten nach dem Streitross ihres Gatten und den anderen Pferden, die nach Sir Richards Tod auf der entlegensten Weide sich selbst überlassen worden waren. Sie waren dort drüben nicht mehr zu sehen, und auch nicht auf der Landstraße, die gen Norden führte.

Was sollte sie glauben? Wem vertrauen?

Mit einem Seufzer griff sie zur Feder und trug die Namen der Abtrünnigen ins Hauptbuch ein. Im Geiste sah sie immer noch Isabellas ehrliche Augen und ihre flehende Miene, als sie ihre Herrin bat, weiterhin an Thaddeus' Treue zu glauben. Was wusste Isabella? Hatten Olyver und Ian ihr anvertraut, dass sie Streit mit Jacob gehabt hatten? Hatte sie es Thaddeus gestanden und ihn um Hilfe gebeten? Lady Anne runzelte ratlos die Stirn. Aber warum waren sie dann zu sechst aufgebrochen, wenn nur zwei sich schuldig gemacht hatten? Es ergab alles keinen rechten Sinn.

Sie hätte Isabella zu sich gerufen, hätte Hugh de Courtesmain nicht just in diesem Moment den Raum betreten. Er vollführte eine extravagante Verbeugung, die sie unwillkürlich mit den Zähnen knirschen ließ, war sein Gehabe doch das genaue Gegenteil der scheuen Ritterlichkeit, die Thaddeus ihr immer bezeugte. »Bitte vielmals um Vergebung, Milady. Ich wusste nicht, dass Ihr Euch hier aufhaltet.«

»Nun, da Ihr wieder der Verwalter seid, steht dieses Kontor Euch ebenso zur Verfügung wie mir, Master de Courtesmain. Ich habe nur gerade das Hauptbuch auf den neuesten Stand gebracht, obwohl noch die Einzelheiten zu Jacobs traurigem Ableben fehlen. Ich finde keine Worte, die nicht danach klingen, als würde ich ihm einen Vorwurf machen. ›Versehentlich an einer selbst verschuldeten Verletzung gestorben‹, das hört sich doch nach Dummheit oder Selbstmord an, meint Ihr nicht auch?

»Da bin ich ganz Eurer Meinung, Milady.«

Die Feder schreibbereit gezückt, blickte sie zu ihm auf. »Fällt Euch etwas Besseres ein, damit seine Familie ihn in ehrenvoller Erinnerung behalten kann?« Prüfend musterte sie seine Miene, aber falls der Franzose irgendeinen Argwohn hegte, was Jacobs Tod betraf, so wusste er ihn gut zu verbergen.

»Vielleicht: ›Verstarb durch einen unglücklichen Sturz, während er an der Südmauer getreulich Wache hielt?‹ Würde das dem Anlass entsprechen?«

»O ja, das trifft es genau, Master de Courtesmain.« Sie widmete ihm ein dankbares Lächeln, ehe sie sich über das Pergament beugte, um Jacobs Nachruf zu notieren. »Euer Geschick mit Worten könnte mir noch in einem anderen Fall zu Hilfe kommen, einem sehr schwierigen, fürchte ich. Wenn ich mich in der Lage fühlte, es selbst zu erledigen, würde ich es tun, aber ich verfüge nicht über Eure Fähigkeiten.« War er eingebildet genug, ihr die plumpe Schmeichelei zu glauben?

Es schien ganz so. Er verbeugte sich abermals. »Ihr braucht nur zu fragen, Milady.«

Sie schob ihm das Pergament hin. »Wenn Ihr das hier lest, so werdet Ihr sehen, dass Thaddeus Thurkell und fünf unserer Leibeigenen heute Morgen das Anwesen verlassen haben, als alle anderen bei der Beerdigung waren. Sie sind heimlich auf und davon, ohne meine Erlaubnis und ohne sich von ihren Familien zu verabschieden.«

Hätte Hugh de Courtesmain sich nicht durch ein kurzes freudiges Aufleuchten seiner dunklen Augen verraten, bevor er eine besorgte Miene aufsetzte, wäre Lady Anne versucht gewesen, ihm zu vertrauen. Doch nun wusste sie, dass jede seiner Antworten nur vom Ehrgeiz diktiert sein würde. Nachdem Thaddeus fort war, konnte er auf eine Dauerstellung als Verwalter hoffen.

»Ich hätte nicht gedacht, dass Thaddeus sich Euch gegenüber als so verantwortungslos erweisen könnte, Milady«, sagte er vorsichtig. »Es muss Euch große Sorge bereiten.«

»Gewiss bin ich besorgt um sein Leben und das seiner fünf Begleiter«, entgegnete sie. »Aber vor allem bewundere ich ihren Mut, Master de Courtesmain.« Sie zog Thaddeus' Brief aus ihrer Kitteltasche und reichte ihn dem Franzosen über den Tisch. »Ihr habt meine Erlaubnis, dies zu lesen und die Einzelheiten darin bekannt zu geben. Ich für meinen Teil werde es auf mich nehmen, mit den Eltern der jungen Männer zu reden. Ich werde ihren Mut preisen und betonen, dass ich auf Thaddeus' Versprechen vertraue, in zwei Wochen zurückzukehren. Doch Eure Redegewandtheit, Sir, ist so überzeugend, dass ich Euch die Aufgabe übertrage, die Ängste der anderen zu beruhigen. Vielleicht mit einem Aushang am Portal? Wir haben genug Leute auf dem Gut, die lesen können, um das, was ich ihnen mitzuteilen habe, ihren Nachbarn weiterzusagen.«

Hugh überflog das Pergament mit ausdrucksloser Miene, und Lady Anne fragte sich, ob er ihre Lesart der dort geschilderten Dinge akzeptieren würde. »War es denn nötig, Gyles Startout beider Söhne zu berauben?«, fragte er.

»Thaddeus hatte wohl keine Wahl«, erwiderte sie. »Da es Zwillinge sind, wollte einer gewiss nicht ohne den anderen gehen.«

Glaubte er ihr? Sie konnte es nicht an seiner Miene erkennen.

Er dachte einen Moment nach, und seine Stirn legte sich in Falten. »Aber warum überhaupt Jugendliche mitnehmen? Die Väter dieser Jungen wären doch sicher die bessere Wahl gewesen. Ein jeder von ihnen ist älter und erfahrener als Thurkell. Was können ihre Söhne ihm bei einer derart gefahrvollen Unternehmung nützen?«

»Fragt lieber, wie beschwerlich unsere Lage wäre, wenn wir auf einmal alle unsere Hauptbauern verloren hätten, Master de Courtesmain. Thaddeus hat die Bürde nun auf sich genommen, aber wenn er keinen Erfolg hat, wird Gyles Startout die nächste Kundschaftertruppe anführen und John Trueblood die übernächste. Werdet Ihr Euch ebenfalls dazu bereit erklären, wenn es so weit ist, Sir? An der Pest stirbt es sich schneller als am Hungertod, denke ich.«

Hugh grinste schief. »Ich bin Euch stets zu Diensten, Milady.«

»Und dafür danke ich Euch. Ich werde jeden Tag beten, dass Thaddeus und seine tapferen jungen Begleiter in ihrer Mission erfolgreich sein mögen und dass die Zeit niemals kommen möge, da Ihr uns verlassen müsstet.«

Ein kurzes Schweigen trat ein, und sie fragte sich schon, ob sie vielleicht zu überschwänglich gewesen war. »Thurkell bat mich, Euch eine Botschaft zukommen zu lassen,

Milady«, sagte Hugh schließlich. »Jetzt verstehe ich, was sie bedeutet, auch wenn sie mir anfangs übertrieben erschien. ›Zündet eine Kerze für jeden von uns an, wenn Ihr eine für Jacob anzündet.‹ Ich dachte, er meinte ganz Develish damit, und sagte, wir könnten es uns nicht leisten, zweihundert Kerzen zum Gedenken an seinen Bruder zu verschwenden.«

Jetzt war es an Lady Anne zu zögern. »Und was antwortete er darauf?«, wollte sie wissen.

»Dass ich recht hätte – es sei Verschwendung, eine Flamme zu entzünden, wenn sie nicht den Weg nach Hause wiese. Ich habe ihm vorgeworfen, er spreche in Rätseln, und er erinnerte mich daran, dass die Säue morgen abferkeln sollten.«

Lady Anne senkte den Blick auf das Pergament vor ihr, drehte es herum und tauchte den Federkiel ins Tintenfass, wie um mit dem Tagesbericht fortzufahren. »Ihr habt seinen Brief gelesen«, sagte sie ruhig. »Er beabsichtigt, binnen zwei Wochen zurückzukehren. Gebt diese Hoffnungsbotschaft an alle weiter und verkündet, dass Lady Anne jeden Abend sechs Kerzen in ihrem Fenster entzünden wird, um den tapferen Gefährten heimzuleuchten. Ich werde Euren Beistand im Zerstreuen der Ängste unserer Leute zu schätzen wissen, Master de Courtesmain. Wenn wir sie stets daran erinnern, dass unsere besten jungen Männer diese Reise angetreten haben, werden sie dem Erfolg des Unternehmens mit größerer Zuversicht entgegensehen.«

Hugh versprach geschmeichelt, sich in ihrem Sinne einzusetzen; doch er hatte auch ihre freudige Miene bemerkt, als er sagte, er habe eine Botschaft von Thaddeus für sie, und er fragte sich, was sie ihm wohl verschwieg.

Martha Startout suchte ihre Tochter in Lady Annes Spinnkammer auf, um ihr die Nachricht zu überbringen, dass Olyver und Ian das Anwesen verlassen hatten. Isabella zeigte sich gebührend erschrocken, doch die Reaktion ihrer Mutter war nicht die, die sie erwartet hätte. Mochte Martha sich auch noch so oft mit dem Schürzenzipfel die Augen abtupfen, so konnte sie doch nicht verbergen, wie stolz sie auf ihre Jungs war, und dafür sandte Isabella ein stummes Stoßgebet zum Himmel, er möge ihre geliebte Herrin segnen.
»Jemand musste hinaus«, erklärte Martha, »und Thaddeus hat deine Brüder erwählt. Er wollte die Besten, nicht wahr?«

»Aber wozu, Mutter?«

»Um herauszufinden, was es mit diesem Schwarzen Tod auf sich hat, bevor unsere Vorräte erschöpft sind. Dein Vater redet seit Wochen von nichts anderem. Er war darauf gefasst, selbst hinauszumüssen, und er hätte sich nie träumen lassen, dass Thaddeus stattdessen seine Söhne mitnehmen würde. Und erst recht nicht, dass sie heimlich aufbrechen würden, um zu vermeiden, dass andere erst auslosen müssten, wer geht und wer bleibt.«

»Ist Vater denn böse auf Olyver und Ian?«

Martha schüttelte den Kopf. »Er ist traurig, dass sie ohne seinen Segen aufgebrochen sind« – ein Lächeln huschte über ihr Gesicht –, »aber er stolziert umher wie ein Pfau und lässt sich von allen Seiten beglückwünschen.«

»Dann will ich auch stolzieren.« Isabella sprang von ihrem Schemel und fiel ihrer Mutter um den Hals. »Ich weiß, dass sie wiederkommen, Mutter, weil Thaddeus dafür sorgen wird. Wenn Vater die Pest überleben konnte, dann können es unsere Zwillinge auch.«

»Dein Wort in Gottes Ohr, Kind. Denn sonst wird uns allen das Herz brechen.«

Isabella wartete, bis ihre Mutter gegangen war, ehe sie sich wieder ans Auskämmen der Wolle machte, die gesponnen werden sollte. Die Arbeit war ihr so vertraut, dass sie sie ganz mechanisch erledigte, während ihr alle möglichen Gedanken durch den Kopf schwirrten. Anscheinend wurde die Geschichte von Lady Anne genau so verbreitet wie erhofft, und Thaddeus und seine Begleiter hatten Heldenstatus erlangt. Wie leicht es Isabella fiel, an der Geschichte mitzuspinnen! Zum Lügen konnte sie sich nie so recht durchringen, aber Thaddeus zu preisen kostete sie keinerlei Überwindung. Sie war sogar bereit, ihre Brüder zu loben – und seien sie auch noch so töricht –, wenn sich dadurch unangenehme Fragen vermeiden ließen.

Sie schrak zusammen, als Eleanors Stimme sie aus ihren Gedanken riss. »Du bist ja so ein braves kleines Mägdelein, nicht wahr, Isabella? Immer eifrig, immer fleißig, immer bereit zu tun, was man dir aufträgt.«

Die Magd sprang auf und rang sich ein Lächeln ab, während sie beflissen knickste. Sie hatte sich in der Spinnkammer versteckt, um Ruhe vor Eleanor zu haben, doch die Warnungen in Thaddeus' Brief gingen ihr nicht aus dem Kopf. *Schütze Dich, indem Du niemand weitersagst, was du heute Morgen von Lady Eleanor gehört hast … Es ist besser für alle, wenn Develish nichts von der Unterredung erfährt …* »Bedürft Ihr meiner Dienste, Milady?«

Eleanor schritt durch den Raum, ließ ihre Schleppe über den Boden rascheln und trat mutwillig auf jede eingerollte Bettstatt, die ihr im Weg war. Vor Lady Annes Nähkorb blieb sie stehen und nahm eine lange Nadel heraus, die dazu benutzt wurde, die Hängeschlaufen für die Wandteppiche zu fertigen. Sie probierte die Spitze an ihrer Fingerkuppe aus. »Glaubst du wirklich, Jacob war dumm genug, auf sein eigenes Messer zu fallen?«, fragte sie hinterhältig.

Isabella wandte den Blick nicht von der Nadel. »Er war schon immer recht ungeschickt, Milady. Mein Vater musste ihn sogar einmal aus dem Burggraben ziehen, nachdem er ausgerutscht und reingefallen war.«

»Und ich sage, Thaddeus hat ihn getötet und ist danach geflohen, damit man ihm nicht draufkommt. Wir haben beide heute Morgen das Blut auf seinem Hemd gesehen.«

Isabella biss sich auf die Lippen. »Die Flecken sind sicher daher gekommen, dass er Jacob in die Kirche getragen hat, Milady.«

Eleanor stach die Nadel in den Korb und zog sie dann wieder heraus. »Ist das die Geschichte, die er dir weisgemacht hat?«

»Er hat mir nichts weisgemacht, Milady. Ich weiß nicht mehr als Ihr und alle anderen in Develish.«

»Aber wir können uns ja alle unseren Teil denken, nicht? Glaubst du, ich bin die Einzige hier, die sich fragt, ob Thaddeus seinen Bruder getötet hat? Warum sollte er sich heimlich davonmachen, wenn nicht aus Angst vor Entlarvung?«

»Einfach aus dem Grunde, den er Eurer Mutter angegeben hat, Milady. Er braucht keine Entlarvung zu fürchten. Keiner zweifelt daran, dass Jacobs Tod ein Unfall war.«

Eleanor warf ihr einen misstrauischen Blick zu. »Du hast deine Antworten ja sehr schnell parat. Wie kommt das? Hast du sie dir fein zurechtgelegt, während du dich hier in der Spinnkammer versteckst?«

Isabella tat einen Schritt zur Seite, damit das Spinnrad zwischen ihr und ihrer jungen Herrin stand. »Ich sage die Wahrheit, Milady. Ihr werdet nicht auf Sympathie stoßen, wenn Ihr Thaddeus ohne guten Grund des Mordes beschuldigt.«

»Du wagst es, mir zu sagen, was ich tun oder lassen soll?«

Isabella zögerte. Ihre Furcht vor dem Mädchen riet ihr zu schweigen, doch ihr Widerwille dagegen, dass Eleanor meinte, sich alles erlauben zu können, gewann die Oberhand. »Die Leute werden sagen, es gibt keinen Rauch ohne Feuer, wenn Ihr aus Rachsucht handelt, Milady. Sie werden fragen, woher Ihr so viel über Jacobs Tod wisst … und warum Ihr Thaddeus beschuldigt, wo er doch einer der sechs ist, die selbstlos auf Proviantsuche für uns alle gegangen sind.«

»Selbstlos? Sie haben schon auch was davon. Meine Mutter hebt sie in den Himmel, anstatt sie als Abtrünnige anzuprangern.«

Nicht zum ersten Mal fragte sich Isabella, ob Eleanor eigentlich noch bei Verstand war. Hatte sie vergessen, was heute früh im Kontor besprochen worden war? Konnte sie denn nicht sehen, dass die Einzige, die von Thaddeus' Verschwinden profitierte, sie selbst war? »Ihr kennt den eigentlichen Grund dieses Aufbruchs. Es sollte vermieden werden, dass Lady Anne von Eurem Stelldichein mit einem Bauernsohn in der Kirche erfährt. Und meine Eltern wären auch nicht glücklich, wenn sie wüssten, dass dieser Bauernsohn Olyver war.«

Eleanor fing wieder an, die Nadel in den Nähkorb zu stechen. »Sie sollten sich freuen, dass ich ihren Sohn mit meiner Gunst beehre. Es hebt ihn unter den anderen hervor.«

Wieder zögerte Isabella, ehe sie antwortete, doch Eleanors Hochmut entfachte eine Flamme der Rebellion in ihrem Herzen. »Das pflegte Euer Vater auch zu sagen, wenn er die

Mägde seiner Gunst teilhaftig werden ließ«, sagte sie leise. »Dafür war er auf dem ganzen Anwesen verhasst. Lady Anne setzte dem Treiben ein Ende, als es ihr zu Ohren kam, und seitdem hatte sie jede Achtung vor ihm verloren. Auch Pater Anselm traut sie nicht mehr, weil er lieber geschwiegen hat, als sich Sir Richards Unmut zuzuziehen. Es würde sie beschämen und erzürnen, wenn sie hörte, dass jetzt schon wieder so etwas passiert ist.«

Eleanor starrte sie einen Moment lang an, mit einem eigenartigen Flackern in den Augen – war es Angst? –, doch als sie zu einer Antwort ansetzte, klang ihre Stimme eisig. »Wenn wir diese Pest überleben, werde ich dich für immer von hier verjagen. Ich hasse dein hässliches, gewöhnliches Gesicht. Es macht mich krank, dich auch nur anzusehen.«

Isabella hielt die Augen gesenkt. »Wie Milady meinen.«

Eleanor schnaubte verächtlich. *»Wie Milady meinen«*, äffte sie Isabellas sanfte Stimme nach. »Warum bist du nur derart rückgratlos? Da hat ja sogar Jacob mehr Mumm gezeigt. Wenigstens hat er noch *versucht* zu kämpfen.«

Isabellas Augen weiteten sich vor Entsetzen, als sie unwillkürlich zur Tür hin sah.

»Ich bitte um Entschuldigung, Isabella, wenn meine Tochter dich von der Arbeit abhält«, sagte Lady Anne, während sie in die Kammer trat. »Sie selbst verfügt über so wenige Fertigkeiten, dass es ihr missfällt, sie bei anderen zu sehen.«

Vorsichtig legte Eleanor die Ahle zurück in den Nähkorb, ehe sie sich umwandte. »Wir haben uns nur ein bisschen unterhalten, weiter nichts. Braucht Ihr mich für irgendwas, Mutter?«

Lady Anne nickte. »Du wirst mich jetzt in die Kirche begleiten, um mit Pater Anselm für die sichere Rückkehr von

Thaddeus und seinen Gefährten zu beten.« Doch sie blickte Eleanor nicht an. Stattdessen ruhten ihre dunklen Augen auf Isabellas Antlitz. Wie schon Thaddeus eine Weile zuvor bemerkt hatte, sah auch sie, wie fein gemeißelt die Züge des Mädchens waren und welch reizvollen Kontrast ihre dunkle Anmut zu Eleanors blonder Schönheit ergab. »Hätte meine Tochter die Wahrheit gesprochen, dann hätte sie gesagt, es ist dein Liebreiz, der sie verärgert, Kindchen. Sie weiß, wie schön du in einem ihrer Gewänder aussehen würdest, und die Vorstellung ängstigt sie. Es ist die Eifersucht, die sie grausam macht.«

Isabella versank in einem tiefen Knicks, als die beiden Frauen den Raum verließen, unsicher, was sie von Lady Annes Strafpredigt halten sollte. Eigentlich tadelte sie nie jemanden vor Dritten, nicht einmal Leibeigene, sondern wies sie nur dann auf Fehler hin, wenn niemand sonst dabei war. Dass sie Eleanor so offen rügte, hatte Isabella noch nie erlebt. Ihre Mutter pflegte dies zu bedauern; sie sagte immer, das Benehmen der jungen Herrin laufe dermaßen aus dem Ruder, weil ihr eine öffentliche Maßregelung fehlte. Ihr Vater dagegen war der Ansicht, es sei weise von Lady Anne, dem Mädchen nicht noch mehr Gründe zu geben, sie zu hassen. Er gab sich selbst die Schuld an Eleanors Feindseligkeit gegenüber ihrer Mutter. Hätte Lady Anne sich nicht gegen ihren Gemahl für die Startouts eingesetzt, dann hätte Sir Richard sie nicht damit gestraft, dass er ihr ihre Tochter entfremdete.

Eleanor war klug genug, den Mund zu halten, während sie und Lady Anne durch das Anwesen gingen. Wenn Bauersleute sich vor ihnen verneigten, lächelte sie allerliebst, in der Hoffnung, dass die Gereiztheit ihrer Mutter schneller verfliegen würde, wenn sie die Rolle der pflichtschuldigen Tochter spielte. Sie wünschte, sie wüsste, wie lange Lady Anne schon in der Tür gestanden und wie viel sie mit angehört hatte, aber wie immer war es unmöglich, in ihrem Gesicht zu lesen, was sie wirklich dachte.

Sogar Sir Richards Übellaunigkeit, seine Schläge und Tritte, wenn seine Frau ihn erzürnte, hatten keinerlei Regungen in Lady Annes Miene wecken können. Eleanor hatte sie darum verachtet und ihres Vaters Ansicht geteilt, dass ihre Mutter eine kalte, verknöcherte Person sei, die ihrem Gatten das Leben zur Hölle machte.

Eleanor versuchte, Sir Richards Gesicht heraufzubeschwören, doch zu ihrer Bestürzung gelang es ihr nicht mehr. Es war, als hätte der Tod ihre Erinnerung ausgelöscht. Allerdings hatte sie auch zu seinen Lebzeiten gar nicht allzu viel von ihm zu sehen bekommen. Ihre Mutter hatte recht gehabt, als sie sagte, er habe seiner Tochter nur hin und wieder eine Stunde seiner Zeit gegönnt, wenn er nicht gerade jagte, mit seinen Kumpanen zechte oder auf Reisen war. Ihre Erinnerungen waren verwirrend. Sie klammerte sich an die Überzeugung, dass er sie wirklich geliebt hatte, doch Isabellas Gerede von Bauernmädchen hatte ihr ein unschönes Bild aus der Vergangenheit ins Gedächtnis gerufen.

Es war zu einer lange zurückliegenden Zeit gewesen, als Eleanor erst vier oder fünf Jahre alt war. Lady Anne war für immer aus Sir Richards Schlafgemach ausgezogen, das Gesicht so zornesrot, wie ihre Tochter es nie zuvor und auch niemals mehr danach gesehen hatte. Sie hatte angeordnet, ihre Tür mit einem eisernen Riegel zu versehen, und hatte Eleanor und alle anderen Mädchen in ihrer Kemenate schlafen lassen, Sir Richard aber standhaft den Eintritt verwehrt, mochte er auch noch so heftig an die Tür hämmern.

Den Grund für diese Entzweiung kannte Eleanor nicht, aber sie entsann sich, dass ihre Mutter ein paar Tage lang ein Mädchen gepflegt hatte, das dem Tode nahe war. Sie hatte nicht aufgehört zu bluten, und während Lady Anne versuchte, den Blutfluss mit Tüchern zu stillen, war das Mädchen immer blasser und blasser geworden. Welches von den Bauernmädchen war es gewesen? Eleanor erinnerte sich nicht mehr daran, wohl aber an ihre Eifersucht, als Lady Anne sie beiseitegeschoben hatte, um sich hingebungsvoll der Pflege einer Magd zu widmen.

Im Hinterkopf hatte Eleanor noch das Bild, wie ihre Mutter Pater Anselm die Tür vor der Nase zuschlug, als er in die Kemenate kommen und für die Genesung des Mädchens beten wollte. Eleanor wünschte, sie könnte sich an noch mehr Einzelheiten erinnern, aber sie war ja damals selbst noch ein Kind gewesen und hatte den Zwischenfall bald vergessen. Ihr Vater hatte ihr kurz danach ein Pony geschenkt, und die junge Magd war wieder zu einem gesichtslosen Dienstboten geworden. Aber wer mochte sie sein? Ob sie wohl noch in Develish lebte?

Eleanor erinnerte sich, wie von da an alles anders geworden war. Nur noch männliche Dienstboten durften Sir Richards Gemach betreten und nur verheiratete Mägde ihn bei Tisch bedienen. Ihre Mutter hatte sich mehr und mehr zurückgezogen und die Gegenwart ihres Gatten gemieden, außer wenn Gäste im Haus waren, und ihr Vater war immer öfter auf Reisen gegangen und immer länger weggeblieben. Wenn er zu Hause war, lächelte niemand; war er aber fort, dann sprachen und lachten die Leibeigenen frei heraus, bezeugten Lady Anne Respekt und bewegten sich auf dem Anwesen, als gehörte es ihnen.

Wie hatte Eleanor sie dafür gehasst! Wie oft hatte sie versucht, Sir Richard zu sagen, dass seine Knechte seiner Gemahlin mehr Loyalität bezeugten als ihm! Gelegentlich hatte er seine Verwalter dazu befragt – besonders zu den Anschuldigungen seiner Tochter, reisende Händler machten im Dorf bei den Bauern halt, um säckeweise Feldfrüchte auf ihre Wagen zu laden –, aber die Verwalter hatten nur den Kopf geschüttelt und ihm die Steuerquittungen vorgelegt. Kein Gutsherr in Dorseteshire hatte loyalere oder produktivere Knechte als Sir Richard of Develish.

Das Geräusch des Riegels, den Lady Anne an der Kirchentür anhob, brachte Eleanor zurück in die Gegenwart und mahnte sie, Besorgnis um Thaddeus und seine Gefährten vorzutäuschen, wo sie in Wahrheit doch hoffte, sie würden niemals wiederkommen. Wie viel leichter würde es sein, sie anzuschwärzen, wenn sie nicht mehr da waren, um ihr zu widersprechen! Wie wunderbar, wenn Thaddeus an der Pest verreckte und ihre Mutter mit gebrochenem Herzen zurückbliebe. Mit einem frommen Lächeln auf den hübschen Lippen senkte Eleanor den Kopf in Demut vor dem Hause Gottes und trat ein.

»Hier gibt es kein Publikum für dein Theater«, sagte Lady Anne und ließ die Tür hinter ihnen zufallen. »Die Kirche ist leer.« In der Luft hing noch ein Rest Weihrauch von Jacobs Totenmesse. »Vielleicht hoffst du, Gott lässt sich von geheuchelter Demut beeindrucken, aber sei versichert, Eleanor, mich täuschst du damit nicht.«

Eleanor warf ihrer Mutter einen verstohlenen Seitenblick zu, als sie merkte, dass ihr Versuch, sie zu erweichen, keine Wirkung zeigte. »Ich dachte, wir sind hergekommen, um für Thaddeus und seine Begleiter zu beten.«

»Wenn wir das tun, dann beten wir jeder für sich.« Lady Anne ließ den Blick über Eleanors prächtiges Gewand gleiten. »Werden die Worte, die dir über die Lippen kommen, den Gefühlen in deinem Herzen entsprechen? Du scheinst Thaddeus' Abwesenheit ja geradezu zu feiern, darum frage ich mich, ob deine Bitten um seine sichere Rückkehr wohl ehrlich gemeint sein werden.«

Eleanor gab keine Antwort, und mit plötzlicher Entschlossenheit packte Lady Anne sie beim Arm und zog sie vor den Altar. Sie wusste nicht, was sie damit erreichen wollte, zumindest aber das unerträgliche Grinsen im Gesicht des Mädchens zum Verschwinden bringen. Die Kerzen, die Thaddeus in der vorigen Nacht entzündet hatte, waren zu Wachsinseln zusammengeschmolzen, und in der Spreu auf dem Boden zeigten sich noch die Abdrücke des Sarges.

Verängstigt von der steinernen Miene ihrer Mutter, riss Eleanor sich am Fuße der Altarstufen los.

»Warum seid Ihr nur so zornig auf mich?«, schrie sie. »Ich kann doch nichts dafür, dass Thaddeus fort ist.«

Lady Anne verkniff sich die Entgegnung, dass sie sich da gar nicht so sicher sei; von Eleanor würde sie die Wahrheit ohnehin nicht erfahren. »Ich bin zornig über viele Dinge, Tochter, vor allem aber über Jacobs Tod.« Sie fuhr mit dem Fuß durch die Spreu und verwischte die Sargabdrücke. »Er war zu jung, um sein Leben so sinnlos zu verlieren.«

»Na und? Das hat nichts mit mir zu tun.«

»Das erschien mir aber anders, als ich hörte, was du zu Isabella gesagt hast.«

Eleanor tat unbeteiligt, zuckte mit den Schultern. »Ich erinnere mich nicht mehr daran.«

»Du hast gesagt: ›Wenigstens hat Jacob noch *versucht* zu kämpfen.‹«

»Ach, das.« Eleanor sah zu Boden, gab sich nachdenklich. »Irgendeine der Mägde meldete, Jacob sei von der Mauer gefallen, als er den Schwertkampf mit seinem Messer geübt hat, und Isabella hat sich darüber lustig gemacht, dass sich der dumme Kerl beim Kämpfen mit sich selbst aus Versehen erdolcht hat. Ich sagte, sie könnte doch wenigstens den *Versuch* zu kämpfen würdigen.«

Lady Anne staunte, wie aalglatt ihrer Tochter die Lüge von der Zunge ging. Glaubte sie vielleicht, ihre Mutter würde Isabella solche Kaltschnäuzigkeit zutrauen? »Wie sehr du doch nach deinem Vater schlägst«, murmelte sie. »Er konnte auch nie die Wahrheit sagen.«

Eleanor war erleichtert, sich auf vertrautem Terrain wiederzufinden. »Ihr hättet ihm doch ohnehin nicht geglaubt. Dazu habt Ihr ihn viel zu sehr gehasst.«

Ihre Mutter ignorierte sie. »Sir Richard dachte, keiner könnte ihn durchschauen, nicht einmal Gott.« Sie streckte die Hand nach dem Altarkreuz aus. »Es war lachhaft, wie er dieses Kreuz an die Brust drückte, den Messwein soff und in Freudentränen ausbrach, wenn sein verkommener Priester ihn für reingewaschen von allen Sünden erklärte.«

Eleanor war ebenso schockiert, wie Hugh de Courtesmain es gewesen war, einen Priester so lästerlich tituliert zu hören. »So könnt Ihr nicht von Pater Anselm sprechen!«

»Warum nicht? In ihm ist nicht mehr von Gott als in diesem Stück Holz. Er hat deinem Vater die Absolution von seinen Verbrechen erteilt, um seine Pfründe zu wahren, und nicht etwa, weil Sir Richard Reue bekundet hätte. Ein Leben in Sünde ist leicht, wenn ein Priester so billig zu kaufen ist wie Pater Anselm.«

Eleanor sah erschrocken zur Tür der Turmkammer hinauf. »Er kann Euch hören«, flüsterte sie.

»Gewiss doch, Tochter. Er sieht und hört alles in und um diese Kirche. Wahrscheinlich wusste er noch vor Thaddeus, dass Jacob tot war.« Sie strich mit dem Finger über das Kruzifix. »Vielleicht hat er ihn sogar sterben sehen, ohne ihm zu Hilfe zu kommen. Er hat doch längst gelernt, dass es ihm das Leben leichter macht, wenn er sich taub oder trunken stellt … sogar im Beichtstuhl. Seine Versäumnisse als Priester kann er besser vor sich selbst entschuldigen, wenn er sie dem Met zuschreibt.«

Das Mädchen spürte die Angst wie eine Faust im Magen. So unverblümt hatte sie ihre Mutter noch nie sprechen hören. »Warum sagt Ihr so etwas? Und auch noch im Hause Gottes? Fürchtet Ihr denn nicht Seinen Zorn?«

»Sollte ich?« Lady Anne blickte sich im Raum um. »Wo ist Er? Ich sehe Ihn nicht.« Sie schüttelte den Kopf, als ihre Tochter sie schockiert anstarrte. »Wovor hast du Angst? Dass hier Blut von den Wänden rinnt, weil ich es wage, die Wahrheit laut auszusprechen? Gott weiß schon lange, dass ich Ihn eher in einer guten Tat sehe als in der Heuchelei der Kirche.«

Der Gedanke war zu verwirrend für Eleanor, und so hielt sie sich an das, was sie verstand. »Es gibt keine größere Sünde als die Ketzerei. Ihr kommt noch in die Hölle, wenn Ihr so weitermacht.«

»Mag sein, aber nicht dafür, dass ich frage, ob Gott so leicht verzeiht, wie die Kirche vorgibt. Bischöfe verdienen sich fett an den Ablässen, die sie verkaufen, obwohl sie wissen, dass es falsche Versprechen sind. Das Seelenheil kann nicht mit Gold erworben werden. Gott beurteilt uns nach unseren Taten, nicht nach der Zahl der *mea culpas*, die wir herunterleiern.«

»Das kann man nicht wissen. Vergebung ist für jeden zu erlangen.«

Lady Anne stellte das Kruzifix auf den Altar zurück und wünschte, sie hätte hartnäckiger um Eleanor gekämpft. Zu schnell hatte sie sich damit abgefunden, im Leben ihrer Tochter den zweiten Platz einzunehmen, ermattet von all den Konflikten zwischen ihnen und allzu leicht bereit zu der Überzeugung, dass Eleanor aufgrund ihrer Wesensverwandtschaft eine stärkere Bindung zu ihrem Vater hatte. »Nicht in dieser Welt«, sagte sie. »Gyles Startout sprach ein Gebet, als er Sir Richard in ungeweihter Erde begrub, aber er hätte ihn ebenso gut verfluchen können. Keinem Manne hat Sir Richard mehr Unrecht getan als Isabellas Vater.«

Eleanors Angst nahm zu, als ihr die junge Magd wieder einfiel. »Ich will nichts mehr davon hören!«, schrie sie. »Ihr wollt doch nur, dass ich Sir Richard ebenso hasse wie Ihr, aber das kann ich nicht. Er war mein Vater, und ich liebe ihn.«

»Aber du *wirst* mir zuhören«, sagte Lady Anne und stellte sich ihrer Tochter in den Weg, falls sie Anstalten machen sollte zu flüchten. »Ich bin es leid, mit anzusehen, wie du mit unseren Leuten umspringst. Kein Mensch verdient die Grobheit, mit der du sie behandelst. Bist du so blind oder so gefühllos, dass du es nicht selbst erkennst, sondern das ignorante Benehmen deines Vaters nachäffen musst?«

»Er war nicht ignorant.«

»O doch, das war er. Kannst du dir nicht vorstellen, warum er dir immer sagte, das Einzige, was ein Leibeigener versteht, ist die Peitsche?« Prüfend sah sie das Mädchen an, suchte nach ersten Anzeichen von Einsicht. »Es war das Einzige, was *er* verstand. Es verschaffte ihm ein kümmerliches Machtgefühl, jemandem mit Auspeitschen zu drohen. Er fühlte sich stärker und wichtiger mit der Peitsche in der Hand – ganz ähnlich wie du, Tochter.«

Eleanor wandte sich ab, doch nicht, bevor Lady Anne die Angst in ihren Augen gesehen hatte. Sie war versucht, ihre

Tochter zu fragen, ob sie Jacob in der vorigen Nacht mit Schlägen gedroht hatte, aber sie schwieg, da ihr bewusst wurde, dass sie ihr nur ein »Ja« als Antwort geglaubt hätte. Ihr Instinkt sagte ihr, dass das Mädchen irgendwie in Jacobs Tod verwickelt war; aber die Wahrheit zu wissen wäre ihr unerträglich gewesen, denn es hätte bedeutet, im Verschweigen zu Eleanors Komplizin zu werden.

»Hätte ich gewollt, dass du deinen Vater hasst, dann hätte ich deinen Kopf vom Tag deiner Geburt an mit Gift angefüllt«, fuhr sie fort. »Es wäre nicht schwer gewesen. Seine Lügen hast du ja auch bereitwillig geschluckt.« Sie hielt inne, musterte den starren Rücken des Mädchens. »Es macht mir Sorgen, dass es dir so gleichgültig zu sein scheint, wie deine Worte und Taten andere Menschen verletzen. Glaubst du, Gott lächelte hernieder, als du gedroht hast, Isabella aus dem Anwesen zu verbannen? Was hat sie dir je getan, um solche Strafe zu verdienen?«

»Ihr ergreift immer ihre Partei«, murrte das Mädchen.

»Aus gutem Grund. Du hättest Sir Richard fragen sollen, warum Isabellas Vater der einzige Leibeigene aus Develish in seiner Garde war, die sonst ausschließlich aus Normannen bestand. Es war die Entschädigung, die ich ihm für das Verbrechen an Isabellas Schwester abgerungen hatte. Sir Richard fand es selbstverständlich, dass Gyles' Treueid ihm seine Loyalität erhalten würde und dass eine solche Beförderung eine ausreichende Wiedergutmachung für die Schändung und den Tod einer Tochter wäre.«

Eleanor hielt sich die Ohren zu. »Ich höre mir das nicht länger an!«

Lady Anne ignorierte sie. »Ihr Name war Abigail. Sie war noch ein kleines Mädchen, kaum zehn Jahre alt, und es hat fünf Tage gedauert, bis ich die Blutung stillen konnte.

Sie war nicht erwachsen genug, um deines Vaters Begierde standhalten zu können.« Ruhig sah sie zu, wie Eleanor die Hände noch fester gegen die Ohren presste, dann fuhr sie fort. »Ich ersuchte Pater Anselm, einen Boten zu unserem Herrn Bischof auszusenden, um ihn zu uns zu rufen, aber der Priester lehnte ab, mit der Begründung, es habe kein Verbrechen stattgefunden. Sir Richard hatte behauptet, das Mädchen sei leichtfertig gewesen und habe sich ihm aus freien Stücken angeboten, um Vergünstigungen zu erlangen, und Pater Anselm hat ihn – wie immer – von allen Schandtaten reingewaschen.«

Eleanor kniff die Augen zu, als könnte sie mit der Blindheit auch die Worte ausblenden.

»Beide Männer behaupteten, es sei allgemein bekannt, dass Abigail vierzehn sei, und sogar Gyles und Martha konnten ihnen nicht widersprechen, weil sie selbst nicht genau wussten, wie alt ihr Kind war. Als ich vier Monate später das Kirchenbuch anforderte, um ihr Ableben einzutragen, stellte ich fest, dass ihre Geburt zehn Jahre zuvor von Pater Anselm darin vermerkt worden war. Er hatte schamlos gelogen, um die fälschliche Behauptung zu stützen, dass sie die Geschlechtsreife bereits erreicht hatte und keine Jungfrau mehr war.« Sie blickte zur Tür der Turmkammer hin. »Hätte ich je einen Ansporn gebraucht, um unsere Leute lesen und schreiben zu lehren, so war es die Wut darüber, wie leicht es für einen korrupten Priester und einen verkommenen Lord war, die Wahrheit zu verdrehen. Abigail lebte nur noch bis zur Weihnacht vor ihrem elften Geburtstag, dann starb sie vor Entkräftung durch den Blutverlust, und ich habe dem Priester nie mehr gestattet, eine Geburt oder einen Tod auf diesem Anwesen ins Kirchenbuch einzutragen.«

Sie hielt inne, um zu sehen, ob das Mädchen etwas darauf antworten wollte. »Gyles war drauf und dran, deinen Vater zu töten, aber ich flehte ihn an, sein Leben nicht so sinnlos aufs Spiel zu setzen. Am Galgen wäre er seiner Frau und seinen übrigen Kindern zu nichts mehr nütze gewesen.« Sie seufzte. »Zum Glück konnte ich ihn überzeugen, dass Sir Richard auch uns mehr nützen würde, wenn er am Leben blieb. Einen neuen Gutsherrn würde ich niemals so lenken können wie deinen Vater, nachdem ich Abigails Entjungferung mit Todesfolge auf Pergament festgehalten hatte und drohte, den Bericht an Milord of Blandeforde zu senden, falls Sir Richard je wieder einen unserer Leibeigenen anrührte. Er wusste, dass ich es ernst meinte, und er wusste, dass Milord of Blandeforde ihm seine Brutalität nicht verzeihen würde, selbst wenn der Priester es tat. Blandeforde nimmt Treueide durchaus ernst.«

Benommen ließ Eleanor die Hände sinken, voller Furcht, noch mehr anhören zu müssen. Was würde ihr noch bleiben, wenn alles, woran sie glaubte, als falsch und verlogen hingestellt wurde? »Nun, da er tot ist, könnt Ihr Sir Richard so schlechtmachen, wie es Euch gefällt«, schluchzte sie, noch immer abgewandt. »Niemand kann sagen, ob all das wahr ist, außer Pater Anselm … und den wollt Ihr mir ja auch noch verhasst machen.«

Mit einem müden Kopfschütteln vergrub Lady Anne die Hände in den Falten ihres Kleides. »Du bist nicht so dumm oder so kindisch, dass dies alles gewesen ist, was du meinen Worten entnommen hast. Gott verlangt mehr von dir, als der Priester dich glauben macht. Wenn es dich nicht anficht, dass ein Knecht heute begraben wurde und sechs weitere es gerade riskieren, sich mit der Pest anzustecken, dann versuch wenigstens zu begreifen, dass Gott sich durch dein falsches Lächeln und dein lautes Singen in der Kirche nicht täuschen lässt, ebenso wenig wie die Leute von Develish.«

Eleanor wünschte, der Priester würde aus seiner Turmkammer hervorkommen und Lady Anne für ihre gotteslästerlichen Reden niederstrecken. Sie wollte sie anschreien, es sei alles nur ihre Schuld, es sei ihre Kälte gegenüber Sir Richard, die ihn rasend gemacht habe. Wenn er seine Leute so schlecht behandelte, dann nur wegen der Liebe, die sie seiner Gemahlin entgegenbrachten. Wenn er drohte, sie auspeitschen zu lassen, wurde er wenigstens auch einmal beachtet. Aber Eleanor wusste, dass sie nicht mehr würde aufhören können zu toben, wenn sie erst anfing, ihrer eigenen schmerzlichen Eifersucht Luft zu machen.

Als das Schweigen sich immer beklemmender ausdehnte, wandte sie sich schließlich um, aber die Kirche war leer, und plötzlich durchflutete sie ein Gefühl abgrundtiefer Verlassenheit. Nicht einmal das Knirschen der Spreu am Boden oder das Klacken des Türriegels hatte das Fortgehen ihrer Mutter verraten.

Lady Anne hätte sich einfach in Luft aufgelöst haben können, so wenig deutete noch darauf hin, dass sie je an diesem Ort gewesen war.

Ankündigung

Lady Anne gibt kund, dass sechs tapfere Söhne von Develish heute Morgen das Anwesen mit ihrem Segen verlassen haben. Sie beweisen großen Mut, indem sie diese gefährliche Reise zu Nutz und Frommen unserer Leute antreten. Lady Anne ordnet an, täglich für ihre sichere Rückkehr zu beten. Sie selbst wird jeden Abend Kerzen in ihrem Fenster entzünden, um ihnen den Weg zurück nach Hause zu weisen.

In nomine Patris et Filii et Spiritus Sancti
Hugh de Courtesmain, Haushofmeister

FÜNFZEHN

Südlich von Develish, Dorseteshire

Thaddeus ritt am Ende der Kolonne, mit dem Packpony am Führstrick, die Landstraße entlang. Ian und Olyver ritten vorne, Joshua zwischen ihnen am Halfterriemen, und Edmund und Peter bildeten den Abschluss. Die, die Zaumzeug hatten, hätten ihre Pferde zügeln sollen, um der Gruppe Zeit zu geben, sich ans Reiten zu gewöhnen, aber die Pferde waren ungebärdig, weil sie laufen wollten, und Joshua und Peter krallten sich an den Mähnen ihrer Ponys fest, um nicht abgeworfen zu werden.

Joshua hatte wissen wollen, warum sie gen Süden ritten, just dorthin, wo die Pest wütete, anstatt sich so weit wie möglich davon zu entfernen. »Willst du uns denn alle in den Tod schicken?«, fragte er düster.

»Wenn wir gen Norden ziehen, wo noch keine Seuche herrscht, werden wir für unsere Vorräte zahlen müssen«, gab Thaddeus ungerührt zurück. »Wenn wir uns aber gen Süden wenden, wo ganze Dörfer verwaist sind, können wir uns alles Nötige zusammenstehlen, wir brauchen nur noch einen Karren, um es mitnehmen zu können. Es ist leichter, die Toten zu berauben als die Lebenden.«

»Und wenn alles, was wir anfassen, mit der Seuche behaftet ist?«, erkundigte Edmund sich ängstlich.

»Dann hättest du sie bereits«, erwiderte Thaddeus kalt. »Das Schwert, das du trägst, gehörte Sir Richard.«

Am wichtigsten war es ihm gewesen, das Waldgebiet zu erreichen, bevor Jacobs Leichnam hinausgebracht wurde und die Leute alle auf den Friedhof strömten. Wie er Pater Anselm kannte, würde der Priester die Totenmesse bis zum Sankt-Nimmerleins-Tag ausdehnen, um peinliche Nachfragen zu Jacobs Tod zu vermeiden, da eine durch endlose Gebete und Litaneien zermürbte Gemeinde eher das Weite suchen würde, als am Ende der Messe auf Gespräche aus zu sein. Doch des Priesters Hang zum Met machte ihn unberechenbar. War er betrunken, konnte es ihm ebenso gut herausrutschen, dass Jacob ermordet worden war, wie es andererseits auch möglich war, dass er seinen eigenen Rat an Thaddeus befolgte, die Todesart des Jungen geheim zu halten.

Der Einzige, der genug Pflichtgefühl besaß, um an der südlichen Mauerbrüstung Wache zu halten, war Gyles Startout, aber selbst wenn er die sich entfernende Reiterkolonne sah und seine Söhne unter ihnen erkannte, würde er wohl kaum etwas unternehmen, ohne vorher mit Lady Anne zu sprechen. Dennoch konnte Thaddeus sich nicht darauf verlassen, und den ganzen Weg bis zur südlichen Grenze von Develish spürte er misstrauische Blicke im Rücken. Seine Nerven waren zum Zerreißen gespannt, bis das Anwesen endlich außer Sichtweite war.

»Was hat dir denn solche Sorgen bereitet?«, fragte Ian.

»Dass die Alarmglocke läuten würde. Jacob muss beerdigt sein, bevor man unser Verschwinden bemerkt. Falls der Sarg noch nicht unter der Erde ist, wenn Lady Anne von unserem heimlichen Aufbruch erfährt, wird sie argwöhnisch werden und ihn öffnen lassen.«

»Na und?«

»Dann wird sie die Schnittwunden an seinen Armen und Händen sehen, wo er versucht hat, sich zur Wehr zu setzen, und ihr wird klar sein, dass er nicht durch einen Unfall ums Leben gekommen ist.«

»Ist es das, was du behauptet hast?«

Thaddeus nickte. »Sie schien es mir zu glauben, aber sie könnte es sich anders überlegen, wenn sie entdeckt, dass wir fort sind. Es hängt davon ab, was Lady Eleanor sagt.«

Betreten blickten die Jungen zu Boden.

»Also, ich denke, jetzt hätte die Glocke schon läuten müssen, wenn jemand uns erspäht hätte«, fuhr Thaddeus fort, »und ich habe getan, was ich konnte, um unsere Absichten ehrenhaft erscheinen zu lassen. In Isabella haben wir eine Verbündete. Sie kennt einen Teil der Wahrheit und wird sich, wenn nötig, schon etwas zu unserer Verteidigung einfallen lassen. Sie ist besonnener als ihr alle fünf zusammen, und sie hat nicht vergessen, wie ihre Schwester gestorben ist« – er warf einen tadelnden Blick auf Olyver und Ian –, »auch wenn ihre Brüder nichts mehr davon wissen wollen.«

Ian errötete, aber Olyver setzte eine trotzige Miene auf. »Das ist ja nicht Eleanors Schuld. Sie ist nicht verantwortlich für das, was ihr Vater getan hat.«

Offensichtlich hegte Olyver stärkere Gefühle für Eleanor als die anderen Jungen. Sogar Edmund, der das Mädchen noch in Schutz nahm, als Thaddeus ihm schon die Gurgel zudrückte, schien ihr gegenüber abgekühlt zu sein. Immer wieder fluchte er vor sich hin, als dächte er daran, was seine Eltern sagen würden, wenn sie von seinen erregenden Spielchen mit Eleanor erführen.

»Sie mag nichts dafür können«, antwortete Thaddeus kühl, »aber ich werfe ihr vor, dass sie in seine Fußstapfen tritt, und das gilt auch für euch. Wenn ihr wissen wollt, wie sich ein Ehrenmann benimmt, dann nehmt euch euren Vater zum Beispiel – und nicht das grunzende Vieh, das diese von euch so angebetete kleine Hexe gezeugt hat.« Verächtlich streiften seine dunklen Augen die anderen Jungen. »Und ihr braucht auch nicht so schadenfroh zu grinsen. Eure Mütter wurden alle Opfer von Sir Richards Begierde, bevor Lady Anne auf das Anwesen kam. Keine war so jung wie die erst zehnjährige Abigail Startout, aber vergewaltigt hat er sie genauso. Ihr könnt noch froh sein, dass ihr bei euren Spielchen in der Kirche nicht drauf und dran wart, eure Halbschwester zu schwängern.«

Es sah nicht so aus, als wäre ihnen all dies neu, denn sie verzogen keine Miene und hüllten sich in verstocktes Schweigen. Die, die sich die Schwerter ausgesucht hatten – Ian, Olyver und Edmund –, hatten sie sich quer über den Rücken geschnallt, ebenso wie Joshua und Peter ihre Kurzbogen. Verwegen wirkten sie damit, wie Banditen, auch wenn sie die Waffen im Notfall gar nicht schnell genug zur Hand gehabt hätten. Was in Joshuas und Peters Fall auch nichts genutzt hätte, da die Pfeile gebündelt auf dem Packpony lagen.

Wahrlich, sie waren eine seltsam zusammengewürfelte Truppe, in ihren verknitterten Wolljoppen und Bauernhosen, ganz und gar nicht dazu in der Lage, Angreifer abzuwehren oder Verfolgern zu entkommen. Thaddeus war zwar mit Schwert und Bogen ausgestattet, aber sie hätten genauso gut nur zur Zierde dienen können, so wenig wären sie ihm im Ernstfall von Nutzen gewesen. Bei jedem Schritt seines Pferdes schlugen sie ihm gegen die Schulter, und die Steigbügelriemen, die Joshua aus Stricken verfertigt hatte, scheuerten unaufhörlich an seinen Waden.

Selbst in voller Länge waren Sir Richards Steigbügelriemen immer noch zu kurz für Thaddeus gewesen. Als Joshua vorschlug, die Riemen lieber als Tragegurte für Ians und Olyvers Schwerter zu verwenden, da keiner von beiden einen Gürtel besaß, hatte Thaddeus eingewilligt, sich mit Hanfstricken zu begnügen. Mittlerweile bereute er diese Entscheidung. Am Abend würden sie alle über Blasen und wund gescheuerte Stellen klagen, besonders Joshua und Peter, die ohne Sättel unbeholfen auf ihren Reittieren hin und her rutschten.

Wenigstens leistete das Packpony ganze Arbeit. Das Brunnenseil hatte sich zu einem brauchbaren Geschirr zurechtzurren lassen, und Thaddeus war zuversichtlich, dass die Ladung auf dem Rücken des Tiers bleiben würde, anstatt unter seinen Bauch zu rutschen. Die Krüge hatten sie – zwei auf jeder Seite – sicher an den Flanken des Ponys befestigt, und die aus den Joppenärmeln zurechtgeschnittenen Deckel schienen zu halten. Mit etwas Glück, so hoffte Thaddeus, würde alles unbeschädigt die Wegstrecke überstehen, bis sie am Abend ihr Lager aufschlugen.

Sein Plan – nur allzu abhängig von den dürftigen Ortskenntnissen, die ihm Gyles übermittelt hatte – sah vor, der Landstraße in südlicher Richtung zu folgen, bis es ihm ratsam erschien, sich querfeldein zu bewegen, auf der Suche nach einer menschenleeren Stelle am Fluss, der durch Athelhelm und Afpedle floss. Aller Vernunft nach musste es solche Stellen geben, doch mit der Sonne als einzigem Wegweiser war er nicht gerade zuversichtlich, sie tatsächlich zu finden. Auch konnte er nicht erkennen, wann es ratsam wäre, die Straße zu verlassen, da er nicht wusste, wie weit sie in einer Stunde kommen würden oder wie lange die Pferde brauchten, um die Furt bei Athelhelm zu erreichen.

Am meisten fürchtete er jedoch, anderen Reisenden zu begegnen. Unentwegt spähte er voraus, aber in dem hügeligen Gelände konnte man nicht sehr weit sehen. Wenn Reiter oder Wanderer sich auf der Straße befanden, würde sein kleiner Trupp wohl ohne Vorwarnung auf sie stoßen. Bei jeder Lücke im Gesträuch, das die Straße säumte, hielt er an, um auszuspähen, was vor ihnen lag, doch alles, was er sehen konnte, war dichtes Waldgelände bis zum Horizont. Allmählich begriff er, warum Gyles sich so wenig in der Gegend jenseits der Straße auskannte. Selbst Devil's Brook war unsichtbar hinter dem Buschwerk an seinen Ufern. Thaddeus wusste, dass der Fluss in der Nähe war, weil er das beständige Rauschen des Wassers hören konnte, doch in seinen Ohren klang es eher wie eine Warnung, dass es schwer sein würde, einen passenden Lagerplatz am Ufer zu finden.

Die Kraft der Jungen ließ langsam nach, als die Sonne den Zenit erreichte und ihnen allen die Mägen knurrten. Die staubige Straße schien sich unendlich hinzuziehen, und da die Pferde ohnehin nur im Schritt gingen, zogen Joshua und Peter es vor, neben ihnen herzulaufen, um die Qual des sattellosen Reitens nicht länger aushalten zu müssen. Thaddeus hatte nichts dagegen, wandte nur ein, dass zu Fuß gehen ihre Schenkel nicht fürs Reiten abhärten würde.

»Dann überlass mir doch deinen Sattel«, murrte Peter. »Versuch es selbst mal ohne, dann siehst du ja, wie es ist. Du hast gesagt, dass wir uns alle zwei Stunden abwechseln würden.«

»Zwei Stunden sind aber noch nicht um.«

»Wie willst du das wissen? Für mich fühlt es sich wie zwei Stunden an.«

Thaddeus ignorierte ihn; linker Hand war ihm gerade wieder eine Lücke im Gebüsch aufgefallen. Aus welchem Grund auch immer – allzu magerer Boden, vielleicht auch ein früherer Waldbrand – wurde das Gelände allmählich lichter. Er zügelte seinen Rappen, hieß die Jungen anhalten, beschattete die Augen mit der Hand und spähte gen Südwesten über Buschland zu den Hügelketten in der Ferne hin. Lag das Tal des Flusses Pedle dort drüben? War dies der geeignete Moment, die Straße zu verlassen?

»Hat euer Vater je von den Jagdausflügen mit Sir Richard erzählt?«, fragte er Ian.

»Manchmal.«

»Hat er gesagt, wo es da langging, über wessen Ländereien sie geritten sind? Sie waren ja immer abends zurück, also können sie sich nicht sehr weit entfernt haben.«

Der Junge schüttelte den Kopf.

»Ich weiß noch, dass er mal sagte, das ganze Land hier, über Meilen im Umkreis, sei das Lehnsgut von Milord of Blandeforde«, warf Olyver ein. »Man wird ausgepeitscht, wenn man auf dem Gelände erwischt wird, und gehängt, wenn man beim Wildern erwischt wird.«

»Aber wer soll einen denn da erwischen?«, fragte Joshua, das ganze sommersprossige Gesicht ein einziges Staunen. »Ich hab immer gedacht, Develish ist so groß« – er schwenkte den Arm im Halbkreis zum Horizont hin –, »aber das hier ist ja *unermesslich.* Wo hört es überhaupt auf?«

»Am Meer«, erwiderte Thaddeus, wohl wissend, wie bedeutungslos die Antwort für die Jungen war. Wenn es darum ging, sich einen Begriff von schierer Ausdehnung zu machen, war er nicht weniger naiv als Joshua. In zwanzig Jahren hatte seine Vorstellungskraft nie über das Tal hinausgereicht, in dem er lebte. Lady Anne hatte ihm von den Reisen des Marco Polo nach Cathay erzählt, aber sosehr er sich auch bemühte, er hatte sich weder die Menschen des Fernen

Ostens vorstellen können noch die Pracht ihrer Paläste. Er bezog alles auf das Leben in Develish, unfähig, sich vor Augen zu führen, was eine Reise von zwanzig Meilen darstellte.

»Und wo hört das Meer auf?«, fragte Edmund.

»Ich weiß nicht.« Mit zusammengekniffenen Augen musterte Thaddeus die fernen Hänge. Ob es wohl irgendwelche Pfade durch die Wälder gab? Oder würden sie das Unterholz so undurchdringlich finden, dass sie umkehren müssten? »Wir biegen jetzt in diese Richtung ab«, sagte er, plötzlich entschlossen. »Es ist sicherer, als auf der Straße zu bleiben.«

»Und wenn sie uns beim widerrechtlichen Betreten erwischen?«, fragte Peter.

»Dann werdet ihr merken, wie es ist, ohne Sattel in gestrecktem Galopp zu reiten«, sagte Thaddeus trocken und sprang von seinem Rappen. Er händigte Joshua die Zügel aus, zog sein Schwert und hackte damit eine schmale Schneise bis zum Flüsschen. »Hol mir den Eimer vom Packpony«, wies er Peter an. »Wir können ohne Essen leben, aber nicht ohne Wasser.«

Die Sonne war hinter die Hügelkette gesunken, bis sie den Waldsaum erreichten, doch Thaddeus schätzte, dass ihnen wohl noch drei Stunden Tageslicht bleiben würden, bevor sie unterging. Das Gelände war trügerisch, führte auf und ab über eine Reihe kleinerer Hügel, ohne dass sie den größeren näher zu kommen schienen. Als sie einen überwucherten Saumpfad querten, erinnerte Thaddeus sich, dass Gyles von Treiberwegen gesprochen hatte, Jahr um Jahr von Herden neu gespurt.

Inzwischen waren alle von ihren Pferden abgestiegen, weil sie das Scheuern an Schenkeln und Waden nicht mehr aushielten. Durch Brombeerranken und Stechginster laufen zu müssen war auch nicht besser, aber die Dornen lenkten sie wenigstens von ihren Blasen ab.

Als sie näher kamen, konnte Thaddeus sehen, dass die Bäume auf dem Hang vor ihnen Buchen waren, deren hohe Kronen den Waldboden in Schatten tauchten, sodass unter den Bäumen wenig wuchs, was die Wanderer in ihrem Fortkommen behindern könnte. Es stand nur zu befürchten, dass sie sich zwischen den dichten Reihen der Baumstämme verlaufen würden.

Plötzlich erschienen ihm die Schwierigkeiten, denen sie entgegensahen, unüberwindlich. Die Pferde waren so müde und hungrig wie die Reiter. Hier draußen am Waldrand gab es wenigstens Gras für die Tiere, selbst wenn das Wasser am Morgen verbraucht sein würde. Was hätten sie davon, wenn sie ihren Weg zwischen den Bäumen hindurch suchten und es stockfinster wurde, bevor sie die andere Seite erreichten? Vielleicht gab es gar keine andere Seite …

Seufzend hielt er an. »Ich habe euch fehlgeleitet«, sagte er. »Wenn wir dieses Waldgebiet betreten und vom Weg abkommen, gibt es für die Tiere nichts mehr zu grasen, und wer weiß, ob wir dann morgen zum Fluss hinfinden.«

»Wo, glaubst du, ist denn der Fluss?«, fragte Ian.

»In dem Tal jenseits dieses Hügels. Dein Vater hat mir erzählt, dass ein größerer Wasserlauf durch Afpedle fließt. An seinem Ufer möchte ich heute Abend unser Lager aufschlagen, weit genug entfernt von Landgütern und Leuten.« Er straffte sich und atmete tief durch. »Aber die Wahrheit ist, ich weiß nicht, wo wir sind und wie weit dieses Waldgebiet sich erstreckt. Wenn wir jetzt umkehren, könnten wir wenigstens Wasser vom Devil's Brook schöpfen.«

Peter Catchpole, immer der Erste, der aufgab, sank auf

die Knie. »Mir reicht's«, sagte er. »Von mir aus könnt ihr machen, was ihr wollt, ich leg mich hier hin und sterbe.«

Ian sah den gleichen Widerstand auch in den Mienen der anderen Jungen. »Können wir nicht einfach an Ort und Stelle lagern und dann bei Tagesanbruch zur Straße zurückkehren?«, fragte er Thaddeus.

»Das wird aber noch schwieriger. Morgen früh sind wir steif gefroren, und ihr bekommt nichts zu essen. Wir haben nicht genug Wasser, um die Bohnen und das Pökelfleisch einzuweichen und zu kochen und dazu noch unseren Durst zu löschen. Wenn wir umkehren wollen, müssen wir es gleich tun.«

Ian warf einen Blick zum Wald hin. »Warum fürchtest du, dass wir uns verlaufen?«

Thaddeus folgte seinem Blick. »Dort drinnen sieht man weder die Sonne noch den Mond. Wir könnten im Kreis wandern, ohne es zu merken.«

»Ganz zu schweigen davon, dass wir gegen alle Bäume rennen, wenn es dunkel wird«, setzte Edmund düster hinzu. »Ich bin dafür, hier zu kampieren, auch wenn wir morgen noch so steif und hungrig sein werden.«

Zustimmendes Gemurmel von Peter, Olyver und Joshua. Nur Ian widersprach. »Der Wald liegt doch am Hang«, sagte er. »Da brauchen wir die Sonne nicht. Wir steigen einfach auf bis zum Kamm und an der anderen Seite wieder runter bis zum Fluss.« Er schlug die Augen nieder, als er Thaddeus' ungeduldiges Stirnrunzeln sah. »Tut mir leid. War 'ne blöde Idee.«

Thaddeus schmunzelte. »Ganz im Gegenteil. Hätte selbst draufkommen sollen.« Einen Moment blickte er schweigend auf die Bäume. »Gut«, sagte er schließlich. »Wir machen jetzt Folgendes: Peter, Olyver und Edmund nehmen die Pferde und lagern hier; Ian, Joshua und ich nutzen den Rest vom Tageslicht, um einen Pfad den Hügel hinauf zu finden.«

»Und wenn wir nicht zurückfinden?«, fragte Joshua.

»Keine Sorge.« Thaddeus nahm den Bogen von der Schulter, um ihn Olyver auszuhändigen, und riet Joshua, das Gleiche zu tun. »Nimm dir lieber ein Schwert. Damit können wir die Stämme auf unserem Weg markieren, und du« – er deutete auf Peter – »machst bei Einbruch der Dunkelheit Feuer, damit wir zu euch zurückfinden. In meiner Abwesenheit wird Edmund das Sagen haben. Seht zu, dass ihr den Tieren Fußfesseln anlegt, bevor ihr sie grasen lasst.« Er reichte Edmund die Zügel seines Rappen und den Führstrick des Packponys.

»Soll ich ihnen Wasser geben?«

Thaddeus nahm die Krüge vom Rücken des Ponys und setzte sie vorsichtig am Boden ab, in sicherem Abstand zu den Pferdehufen, bevor er den Eimer vom Strick löste. »Den Inhalt von zwei Krügen gießen wir hier hinein. Wir nehmen jeder einen großen Schluck, aber der Rest muss an die Pferde gehen. Die leeren Krüge nehmen wir mit, für den Fall, dass wir unterwegs Wasser finden, und die anderen zwei werden nicht angerührt. Verstanden?«

Edmund nickte. »Und das Essen?«

Thaddeus breitete die Arme aus. »Uns bleiben noch gut drei Stunden Tageslicht. Sucht euch, was ihr könnt. Wenn wir im Wald Pilze finden, bringen wir sie hier drin mit.« Er klopfte auf den ledernen Rucksack, der an seinem Gürtel baumelte.

»Und wenn die Büttel daherkommen?«

»Dann reitet, als ob euch der Teufel im Genick säße.«

Der Anstieg war steiler als alles, was ihnen bisher begegnet war, aber dafür standen die Bäume nicht so dicht, wie Thaddeus befürchtet hatte. Ihre glatten grauen Stämme ragten an die zwanzig Fuß hoch, und erst in luftiger Höhe sprossen die Äste, sodass es nicht besonders schwer war, sich einen Weg hindurch zu bahnen. Er machte den Jungen vor, wie sie in einer Entfernung von je fünfzig Fuß die Rinde von den Bäumen einzukerben hatten, sodass eine Spur entstand, der man in beide Richtungen folgen konnte. Wenn man sich umsah, leuchteten die hellgrünen Kerben wie Kerzen in der Dämmerung, und Joshuas Angst legte sich allmählich.

Der Waldboden war weich bemoost und gab federnd nach, und sie kamen gut voran, obwohl Thaddeus immer wieder stehen blieb, um die gekräuselten gelben Pilze abzupflücken, die in dicken Klumpen am Fuß der Buchen wucherten. Er nannte sie bei dem französischen Namen, den Lady Anne ihn gelehrt hatte – *chanterelles* –, aber Joshua und Ian kannten sie nur als Eierschwämme. Beide wollten wissen, wie er sie denn ohne Speck oder Wasser zu garen gedachte.

»Ihr seid da ja wohl die Fachleute, was?«, schmunzelte Thaddeus. »Wann habt ihr denn das letzte Mal in der Küche gestanden?«

»Ich hab's mir von den Frauen abgeguckt«, sagte Ian.

»Sie verschmoren, wenn man bloß eine heiße Pfanne hat«, ergänzte Joshua. »Man muss reichlich Speck dazugeben oder Wurzelgemüse.«

»Und wie schmecken sie roh?«

»Nicht so gut. Mein Vater isst sie getrocknet, aber außer ihm mag das keiner.«

Thaddeus bückte sich und klaubte eine weitere Handvoll auf. »Ihr werdet froh sein, überhaupt noch was zu kriegen, bis wir zurück sind. Es wäre ein Wunder, wenn Peter es geschafft hätte, ein Feuer zu machen, also würde ich mir an eurer Stelle keine allzu großen Hoffnungen machen, nicht mal auf Verschmortes.«

Es war die Zeit der reifen Beeren, und er wies die Jungen an, die Augen offen zu halten, aber die Brombeeren an den Ranken waren im tiefen Schatten der Baumkronen klein und kümmerlich geblieben, und die reifen waren längst von Tieren abgefressen. Jedes Mal, wenn sie stehen blieben, um einen Baumstamm einzukerben, hörten sie kleine Nagetiere im Unterholz rascheln und Vögel in den Zweigen zwitschern, und einmal flüchtete ein größeres Tier – vielleicht ein Reh – vor ihnen, als sie sich näherten. Sie sahen gerade noch den weißen Fleck am Hinterteil im Unterholz verschwinden.

»Wir hätten einen Bogen mitnehmen sollen«, meinte Ian.

»Wir hätten es sowieso nicht getroffen«, entgegnete Joshua. »Es war ja schon weg, bevor wir's richtig gesehen haben.«

Thaddeus hielt an. »Ich glaube, wir sind fast oben«, schnaufte er. Vierundzwanzig Stunden hatte er nichts gegessen, sechsunddreißig Stunden nicht geschlafen, und sein Mund war ausgedörrt. »Es ist zu schnell verschwunden. Wir würden es immer noch sehen, wenn es bergauf laufen würde.« Er kerbte die Buchenrinde neben ihm ein. »Von jetzt an sollten wir zur Sicherheit jeden Baum in zwanzig Schritt Entfernung mit unserem Zeichen versehen. Wir können es uns nicht leisten, vom Weg abzukommen, wenn wir im Halbdunkel zurückgehen.«

Die Baumstämme wurden immer dünner, je höher sie stiegen – als wäre der Boden hier zu karg, sie zu ernähren –, und schon bald erreichten sie den Hügelkamm, wo nichts mehr wuchs außer Moos und struppigem Gras. Verwundert sah Thaddeus sich um. Von der Landstraße aus hatte er den Eindruck gehabt, dass der Wald sich unendlich ausdehnte, von einem Hügel zum nächsten, stattdessen konnte er jetzt plötzlich meilenweit in die Landschaft blicken.

Das Tal unter ihnen, viel breiter und länger als das von Develish, erstreckte sich von Osten nach Westen, mit einem glitzernden Fluss, der sich in weiten Bögen hindurchwand, und bewaldeten Hängen auf der anderen Seite. Das Wasser war nur dort zu sehen, wo die Bäume nicht zu dicht am Ufer standen, doch an zwei Stellen, die deutlich voneinander entfernt lagen, waren ausgedehnte Lichtungen für Felder und Weiden angelegt worden. Gebäude oder gar Menschen waren aus dieser Höhe nicht auszumachen, doch an der streifenförmigen Anlage der Felder konnte Thaddeus erkennen, dass es sich um Landgüter handelte. Das nächstgelegene, nahm er an, musste Afpedle sein, aber den Namen des anderen, das viele Meilen westlich davon lag, kannte er nicht.

Joshua deutete auf die Sonne, die nur noch knapp über dem Horizont stand. »Wir müssen zurück«, drängte er.

Thaddeus nickte, noch immer spähend, ob es irgendwelche Anzeichen für eine Ansiedlung diesseits des Flusses gab. Alles sprach dafür, denn wo Wasser war, war auch Leben, aber das Waldgelände vor ihnen fiel so steil ab, dass dem Auge alles verborgen blieb, bis auf ein paar Wiesenhänge, wo der Fluss eine scharfe Kehre machte. Das Blattwerk der Baumkronen formte große Wellen, als ob der Hang sich in Stufen hinabsenkte; und obwohl der Wald bis ans Flussufer zu reichen schien, ging Thaddeus vorsichtshalber davon aus, dass noch ein anderes Landgut, vielleicht größer als Afpedle, sich am Fuß des Hanges verbarg.

Er lenkte Ians Blick auf eine besonders breite Schleife

des Flusses nach Westen hin. »Siehst du dort drüben Schafe grasen?«

Der Junge kniff die Augen zusammen. »Es ist meilenweit weg«, beschwerte er sich. »Wie soll man da irgendwas erkennen? Wozu willst du das überhaupt wissen?«

»Ich frage mich, ob der Boden dort gerodet wurde, um Weideland zu gewinnen. Dein Vater erwähnte ein Dorf namens Athelhelm, wo sie den Fluss auf einer Furt durchqueren, um Afpedle zu erreichen.« Thaddeus blinzelte in die Sonne. »Kannst du die Straße von hier aus sehen? Oder die Mündung von Devil's Brook?«

»Die werden wir wahrscheinlich sehen, wenn wir dem Hügelkamm folgen«, sagte Ian. »Diese Waldhänge hier verdecken ja alles.«

»Und dort hinten?« Thaddeus deutete auf das Anwesen, das er für Afpedle hielt.

»Wonach soll ich Ausschau halten?«

»Leute … Tiere … Lebenszeichen.«

Ian schüttelte den Kopf. »Ich kann ein Herrenhaus erkennen und eine Kirche, aber mehr nicht.«

»Joshua?«

Der andere Junge war zu ängstlich, um es auch nur zu versuchen. »Wir müssen zurück«, drängte er. »Im Wald wird es schon dunkel sein, bevor die Sonne untergeht.«

Nach kurzem Zögern legte Thaddeus sein Schwert ab, zog den Gurt über den Kopf und knüpfte den Rucksack ab. »Schafft ihr zwei es, zum Lager zurückzufinden und morgen die anderen mit den Pferden heraufzuführen?«

»Und wo willst du hin?«, fragte Ian.

»Die Krüge am Fluss auffüllen. Morgen Vormittag treffen wir uns an dieser Stelle hier wieder. Je mehr Wasser wir haben, desto besser.« Er händigte Joshua den Rucksack aus und nahm den Jungen die leeren Krüge ab. »Tut, was ihr könnt mit den Pilzen, aber vergesst nicht, morgen vor dem Anstieg müssen auch die Tiere trinken, ebenso wie ihr.«

»Und wenn du nicht da bist, wenn wir heraufkommen?«, fragte Joshua besorgt.

»Ich werde da sein.«

»Das kannst du doch gar nicht wissen. Es könnte alles Mögliche passieren.«

»Seht lieber zu, dass *ihr* da seid«, entgegnete Thaddeus schroff. »Ich habe nicht vor, den ganzen Tag auf diesem Hügel zu sitzen, während ihr fünf auf der faulen Haut liegt und euch über eure Blasen beklagt.« Er nickte zu dem Pfad hin, den sie sich gebahnt hatten. »Macht euch auf den Weg, und denkt daran, *Eile mit Weile.* Ihr müsst sicher sein, auf welchen Baum ihr als nächsten zugeht, bevor ihr den, an dem ihr gerade seid, hinter euch lasst.«

Er blickte den beiden Jungen nach, bis sie außer Sichtweite waren. Dann band er die Krüge an seinen Gurt, zog ihn sich wieder über den Kopf und bückte sich, um das Schwert aufzuheben. Seine frühere Unsicherheit war verflogen. Er hatte den Fluss gefunden, und seine Neugier war stärker als die Müdigkeit. Seine einzige Sorge war, dass seine Klinge inzwischen so stumpf war, dass er Mühe haben würde, die nötigen Kerben in die Stämme zu ritzen, um den Weg zurück zu finden. Darum errichtete er vorsorglich eine kleine Pyramide aus kreideweißen Steinen, die er im Gras gefunden hatte, am vereinbarten Treffpunkt. Es war eine Frage des Stolzes, sich pünktlich an Ort und Stelle einzufinden, auch wenn sieben Pferde wohl kaum zu übersehen sein würden, sobald sie am Hügelkamm auftauchten.

Seine Halsstarrigkeit ließ ihn durchhalten, sogar, als die Finsternis so undurchdringlich geworden war, dass er Edmunds Vorhersage erfüllte und mehrmals gegen Bäume lief. Sein Gesicht, seine Arme waren völlig zerkratzt von unsichtbaren Ranken, Dornen und Zweigen, als er den Talgrund erreichte, und er wagte es kaum zu glauben, als seine müden Beine ihn über das weiche Gras einer Lichtung trugen und er Wasser über Steine plätschern hörte.

SECHZEHN

Der unverwechselbare Anblick von Thaddeus' hoher Gestalt, die sich vor dem Himmel abzeichnete, war für alle Jungen eine große Erleichterung, besonders für Ian. Joshua und er gingen den anderen voran, jeder mit zwei Pferden am Halfter, und der Groll, den sie gegen ihre Gefährten hegten, war ihren Mienen anzusehen, ebenso wie den Kampfspuren an Ians Knöcheln. Olyver, Edmund und Peter hatte er nur mit den Fäusten überzeugen können, den Aufstieg zu unternehmen, und dabei hatte er selbst einiges eingesteckt, sodass die Dornenschrammen in Thaddeus' Gesicht harmlos wirkten gegen die blutunterlaufenen Augen und aufgeplatzten Lippen, die da um bestimmt zwei Stunden verspätet dem Wald entstiegen.

»Wie ich sehe, habt ihr euch gut unterhalten«, bemerkte Thaddeus, während er die Pferde und Ponys musterte, die vor Erschöpfung die Köpfe hängen ließen. »Haben diese armen Tiere was zu saufen bekommen?«

»Einer der Krüge war leer, als wir wieder unten ankamen«, sagte Ian.

»Du hättest ja auch was übrig lassen können«, maulte Peter.

»Und du genauso.«

Thaddeus löste den Strick, der den Eimer auf dem Rücken des Packponys sicherte. »Wenigstens ist die Ladung hier ordentlich festgezurrt. Und wem habt ihr das zu verdanken?«

»Keinem«, sagte Ian. »Der Eimer wurde ja gar nicht runtergenommen. Die faulen Kerle haben die Pferde bloß an Bäumen festgebunden und sich aufs Ohr gelegt. Und bis wir wieder da waren, konnte man die Hand nicht mehr vor Augen sehen. Peter hatte nicht mal versucht, Feuer zu machen.«

»Also habt ihr nichts zu essen gehabt?«

»Nein.«

»Und die Tiere haben nicht gegrast?«

»Nein.«

Thaddeus trug den hölzernen Eimer zu seinen beiden Krügen, die er im Schatten abgestellt hatte, und leerte sie in den Eimer, den er dann von einem Tier zum nächsten trug. Als kein Tropfen Wasser mehr übrig war, befestigte er Krüge und Eimer wieder im Packgeschirr. »Auf dem Abstieg gibt es Lichtungen, wo das Gras üppiger steht als hier«, sagte er und nahm das Packpony und den Rappen beim Halfter. »Wir werden an jeder Wiese haltmachen, um die Tiere grasen zu lassen.«

»Wie lange brauchen wir, bis wir an den Fluss kommen?«, fragte Peter und spähte ins Tal.

»Doppelt so lange, wie wir gebraucht hätten, wenn die Pferde über Nacht etwas zu fressen gehabt hätten.«

»Daran sind Olyver und ich nicht schuld. Es war Edmunds Aufgabe, ihnen Fußfesseln anzulegen.«

Edmund funkelte ihn an. »Das konnte ich doch gar nicht alleine. Du und Olyver hättet mir helfen sollen.«

»Ich hab wenigstens ein paar Beeren gefunden«, murrte Olyver. »Ohne mich hättet ihr überhaupt nichts gekriegt.«

Thaddeus blickte vom einen zum anderen. »Also habt ihr euch die Bäuche vollgeschlagen, während Joshua, Ian und ich leere Mägen haben, obwohl wir uns mehr verausgabt und weniger geschlafen haben?«

»Na, *vollgeschlagen* nicht gerade«, entgegnete Peter. »Wir hatten jeder nur eine Handvoll Beeren, mehr nicht.«

Thaddeus schüttelte den Kopf. »Ich hatte doch gesagt, ich wollte keine Kinder auf die Reise mitnehmen. Und wie benehmt ihr euch?«

Beschämt wandten sie die Augen ab.

Thaddeus nickte zum südlichen Waldhang hin. »Ian und Joshua kommen mit mir«, beschied er. »Und wenn die Schatten der Bäume um zwei Yards länger geworden sind, könnt ihr drei uns folgen oder mit eingekniffenem Schwanz nach Develish zurückkehren. Wenn ich eure Stimmen höre oder eure Visagen sehe, bevor ich so weit bin, sie wieder ertragen zu können, müsst ihr weitere vierundzwanzig Stunden ohne essen und trinken auskommen. Noch irgendwelche Unklarheiten?«

Sie schüttelten die Köpfe.

»Dann übergebt mir jetzt eure Pferde.« Er nahm ihnen die Zügel ab. »Wenn ihr euch aber verlauft und vor Anbruch der Nacht nicht zu uns stoßt, wird euch keiner suchen kommen. Ich bin nämlich nicht hier, um für euch verwöhnte Brut das Kindermädchen zu spielen.« Mit den drei Tieren im Schlepptau brach er in Richtung der zweiten Steinpyramide auf, die er am Hügelkamm aufgeschichtet hatte, und rief Ian und Joshua, ihm zu folgen.

»Du kannst uns nicht einfach zurücklassen«, raunte Olyver seinem Zwilling zu.

Ian schüttelte den Kopf. »Ich kann's und ich tu's. Du hast deine Wahl getroffen, Bruder.« Er schnalzte mit der Zunge, um seine beiden Pferde anzutreiben. »Wenn ihr drei keine Spur ausmachen könnt, die von sieben Pferden stammt, dann erweist ihr euch als so nutzlos, wie Thaddeus euch einschätzt.«

Doch nachdem die Jungen schließlich den Mut gefunden hatten, sich auf den Weg zu machen, bemerkten sie schon bald, dass die Spur durch Kreidekreuze gekennzeichnet war. Über Nacht war Thaddeus auf eine bessere Lösung verfallen, als seine Klinge an der Baumrinde noch stumpfer werden zu lassen. Das Wasser des Flusses Pedle war so klar, dass er bei Tagesanbruch die Steine am Grund sehen konnte und auch die Fische, die sich in der Tiefe tummelten. Er wusste nicht, dass die Klarheit des Wassers daher stammte, dass es durch Kalkstein gefiltert wurde, aber das weiße Gestein, das im Gras schimmerte, war nicht zu übersehen.

Beim Rückweg bergauf war er gut zweihundert Yards abseits von seiner ursprünglichen Pyramide herausgekommen, weshalb er dann noch eine errichtet hatte, und Edmund, Olyver und Peter waren gewitzt genug, sie als das zu erkennen, was sie darstellen sollte – einen Wegweiser zum Abstieg.

Olyver war der Erste, der die Kreidekreuze an den Baumstämmen entdeckte. »Vielleicht ist Thaddeus doch nicht so wütend auf uns, wie es schien«, meinte er erleichtert.

»Glaub das bloß nicht«, gab Edmund zurück. »Er hat die Kreuze für sich gemacht, nicht für uns.«

Während sie darauf warteten, dass die Schatten länger wurden, hatten sie sich geschworen, immer zusammenzubleiben, egal, was geschah; als Gruppe waren sie stärker. »Dass er es uns leichter gemacht hat, ändert gar nichts«, sagte Peter. »Es heißt immer noch: wir gegen ihn.«

Olyver, der unter der Abtrünnigkeit seines Zwillings litt, runzelte die Brauen. »Damit bin ich nicht einverstanden. Wir haben gebibbert vor Angst, uns zu verirren oder zu verdursten – du am meisten von allen. Wir müssen um Verzeihung bitten, sonst bekommen wir weitere vierundzwanzig Stunden kein Wasser.«

»Er ist doch nicht der Herrgott. Er kann uns nicht vom Trinken abhalten, wenn er das Lager am Fluss aufgeschlagen hat.«

Edmund, dessen angeborene Rauflust durch Hunger und Durst noch zusätzlich angestachelt wurde, ballte die Fäuste. »Aber du wirst dich nicht als Erster vorwagen, stimmt's?«, blaffte er Peter an. »Du wirst so lange jammern und winseln, bis Olyver oder ich was trinken, und dann markierst du den Unschuldsengel. Ich hab dich nie für einen hinterhältigen Mistkerl gehalten, aber langsam geht mir das wirklich auf die Nerven.«

»Du bist doch auch nicht besser«, fauchte Peter zurück. »Vor einer Stunde noch wolltest du Thaddeus eine reinhauen, weil er uns im Stich gelassen hat, und jetzt möchtest du ihm am liebsten den Arsch küssen dafür, dass er Kreuze auf die Bäume gemalt hat. Du hast solchen Schiss vor ihm, dass es geradezu lachhaft ist.«

»Das nimmst du zurück.«

»Ich denk ja nicht dran.«

Olyver trat zwischen die beiden Kampfhähne und brachte sie auseinander. »Wenn ihr immer nur zanken könnt, dann geh ich eben allein. Mein Bruder hat recht. Wir haben gestern die falsche Entscheidung getroffen, und das soll mir nicht noch mal passieren. Wir müssen anfangen, unseren Wert zu beweisen, so wie Ian und Joshua es getan haben.«

Peter grinste sarkastisch. »Und wie stellst du dir das vor? Es ist ja keine besonders große Leistung, einen markierten Pfad runterzulaufen. Das würde auch meine kleine Schwester schaffen.«

»Na gut«, gab Olyver zurück. »Es ist beschämend, dass

Thaddeus uns nicht mehr zutraut als einer Vierjährigen. Selbst die Pferde hat er uns nicht mehr führen lassen, weil er wusste, dass wir sie nicht genug grasen lassen würden.«

»Aber wir haben ja nicht mal die Chance bekommen«, protestierte Edmund.

»Wir hätten sie nicht ergriffen – die Zeit wäre uns zu schade gewesen, und wir hätten die Tiere halb tot nach unten gebracht. Wenn du das nicht einsehen kannst, dann gehst du besser gleich nach Develish zurück.« Er schlug mit der Faust gegen den nächsten Baumstamm. »Wir waren von Anfang an nicht mit dem Herzen bei der Sache. Wir haben die Unternehmung als Strafe betrachtet, anstatt als Chance, uns zu beweisen.«

»Das musst gerade *du* sagen«, entgegnete Peter. »Du bist es doch, der gepetzt hat und der immer noch den treuen Knappen für Eleanor spielt. Du wärst in Develish geblieben und hättest für sie gelogen, wenn Thaddeus dich gelassen hätte.«

Ausnahmsweise ließ Olyver sich nicht provozieren. »Ich hatte Zeit, noch mal in Ruhe drüber nachzudenken. Mein Bruder hat gestern ein paar ganz richtige Sachen gesagt.«

»Na ja, ich hab jedenfalls nicht vor, mich noch mal von ihm vertrimmen zu lassen«, knurrte Peter. »Thaddeus hat Edmund die Verantwortung übertragen, nicht Ian. Dein Bruder nimmt sich ganz schön was raus, wenn er glaubt, er ist uns überlegen.«

Edmund fuhr mit der Stiefelspitze durch die raschelnden Blätter am Waldboden. »Wir würden immer noch schlafen, wenn Ian uns nicht aufgescheucht hätte – das wisst ihr genauso gut wie ich, also könntet ihr ihm eigentlich auch ein bisschen dankbar sein. Thaddeus wäre bestimmt nicht den Hang runtergekommen, um Wasser an uns zu verschwenden, wenn die anderen beiden allein mit den Pferden oben aufgetaucht wären. Darum halte ich es mit Olyver. Wir machen das hier jetzt ganz oder gar nicht.«

Dunst wallte ihnen entgegen, je tiefer sie kamen. Er hing in zarten Schwaden zwischen den Bäumen und wurde immer feuchter und dichter, bis sie die Wiese am Fluss erreicht hatten. Dennoch hatten sie keine Mühe, Ian und Joshua zu finden, die wie tot neben den Sätteln und dem Zaumzeug lagen, umgeben von den friedlich grasenden Pferden. Fast von Sinnen vor Durst, warfen die drei Jungen sich zu Boden und tauchten die Gesichter in den kühlen Strom. Erst als sie die Köpfe wieder hoben, um Atem zu schöpfen, blickten sie sich nach Thaddeus um.

Über der nebelverhangenen Wiese zeigten sich die geisterhaften Silhouetten der Erlen und Binsen entlang des Flussufers, aber von Thaddeus' großer Gestalt war nichts zu sehen. Nachdem sie nun schon bereit waren, ihre Verfehlungen zu bekennen und um Vergebung zu bitten, fühlten sie sich irgendwie um die Chance betrogen.

Olyver spähte zum Waldhang hin, der an die dreißig Yards hinter ihnen lag, doch der Nebel verhüllte die Bäume und verlieh dem Ort etwas Geisterhaftes. Der Junge erschauerte in der schnell abkühlenden Luft. »Vielleicht sollten wir uns doch mal vergewissern, dass mein Bruder und Joshua noch am Leben sind«, raunte er.

»Halt den Mund!«, blaffte Peter. »Ich bin nicht in der Stimmung für dumme Scherze.«

Edmund stützte sich auf den Ellbogen auf und nickte zu der Stelle am Ufer hin, wo Tiere das Gras niedergetreten hatten, um zum Wasser zu gelangen. »Wir sind auf einer Weide. Hier ist alles voller Schafsköttel.«

»Na und?«

»Das heißt, es muss ein Gut in der Nähe geben. Meint ihr, da wollte Thaddeus hin?«

»Wahrscheinlich«, sagte Olyver.

»Ich dachte, er will Leuten aus dem Weg gehen.«

»Na ja, er schaut wohl mal, wie nah das nächste Haus ist. Er wird hier kein Lagerfeuer machen, wenn er glaubt, dass es irgendwem auffallen könnte.«

»Also noch eine Nacht ohne Essen«, sagte Peter düster und machte Anstalten, sich wieder aufzurichten. »Am besten, wir schnappen uns einen Krug Wasser und ein paar Handvoll Trockenpflaumen und machen, dass wir den Hügel raufkommen, bevor er hier wieder erscheint.«

Er jaulte auf vor Schreck, als ein Stiefel auf seinem Rücken landete und ihm die Luft bis auf das letzte Quäntchen aus der Lunge presste. »Du bist eine jämmerliche Kreatur, Peter Catchpole«, verkündete Thaddeus' tiefe Stimme. »Du würdest deine eigene Mutter bestehlen, um nicht arbeiten zu müssen.«

Olyver und Edmund rappelten sich auf und stammelten ihre Entschuldigungen hervor. »Wir wussten ja nicht, dass du da bist«, schloss Olyver lahm. »Wir konnten dich nirgends sehen.«

»Dann hättet ihr besser schauen sollen. In dem Nebel könnte sich jeder verbergen.« Mit einer Kopfbewegung deutete Thaddeus gen Osten. »Edmund hat recht. In etwa einer Meile Entfernung gibt es ein Dorf, und den Grasstreifen hier am Ufer nutzen die Bewohner offenbar als Gemeinschaftsweide. Die Wiese wird breiter, je näher man den Häusern kommt.« Er zeigte gen Westen. »Nach etwa hundert Schritten in diese Richtung reicht der Wald bis an den Fluss hinunter, aber da scheint es einen Uferpfad zu geben, der vielleicht zu einem anderen Gut führt. Es liegt wohl ziemlich weit entfernt. Ich bin gut tausend Schritt gegangen und habe keinerlei Anzeichen davon gesehen.«

Edmund nickte zu Peter hin. »Er bekommt keine Luft mehr. Seine Lippen laufen schon blau an.«

»Ach ja?« Gleichgültig hob Thaddeus den Fuß und sah zu, wie der Junge mit bebenden Schultern Luft in die Lunge sog. »Mein Fehler. Ich dachte, du wärst so stark wie dein Vater, Peter … nicht so schwach und schmächtig wie deine kleine Schwester.«

»Hab's nicht so gemeint«, keuchte der Junge.

»Was denn?«

»Dass ich Essen wegnehmen wollte. War ein Witz.«

»Und doch habe ich dich zu Olyver sagen hören, du seist nicht in der Stimmung für dumme Scherze. Du denkst wohl, du kannst für andere die Regeln bestimmen und dir dann in aller Ruhe überlegen, ob auch du ihnen zu folgen gedenkst. Wie das? Welche Geistesgröße macht dich zu etwas Besonderem?«

Der Junge rappelte sich auf die Knie hoch. »Keine.«

Thaddeus nickte stumm und ließ das Thema fallen. Er deutete zu einer kleinen Lichtung am Waldrand hin, die von niedrigen Erlen und Weißdornbüschen gesäumt war. »Dort schlagen wir unser Lager auf. Die Stelle bietet mehr Schutz als die Uferwiese. Bringt mir so viel trockenes Kleinholz, wie ihr finden könnt. Je zügiger wir ein Feuer machen können, desto schneller bekommen wir was zwischen die Zähne.«

»Sollen wir Ian und Joshua wecken?«

»Nein. Wenn sie sich jetzt ausschlafen, können sie heute Nacht die erste Wache übernehmen. In dem Dorf drüben habe ich keine Leute gesehen, aber das heißt nicht, dass keine da sind.« Thaddeus wandte sich nach Westen, im Bestreben, die Sonne durch den wabernden Nebel zu orten. »Ich weiß nicht, wie lange wir noch Tageslicht haben oder wie kalt es heute Nacht wird, also beeilt euch. Bringt mir genug Feuerholz, dass es bis zum Morgen reicht, und dann geht Farnkraut für unsere Schlaflager suchen.« Er blickte vom einen zum anderen, als die drei sich nicht rührten. »Haben wir uns verstanden … oder wollt ihr die Sache lieber ausfechten?«

»Verstanden«, sagten die Jungen einstimmig.

»Dann seht euch aber trotzdem vor. Euch droht mehr als nur ein Stiefel zwischen den Schulterblättern, wenn euch ein Büttel schnappt.«

Sosehr er sich auch bemühte, es wollte Thaddeus nicht gelingen, seinen eigenen Rat zu befolgen. Er blieb lange genug auf, um das Feuer anzuzünden, aber nachdem er mehr als zwei Tage nichts gegessen und kaum geschlafen hatte und von dem feuchten Nebel bis auf die Knochen durchgefroren war, fielen ihm in der Wärme des Feuers die Augen zu, kaum dass er sich niedergelassen hatte. Die Jungen fanden ihn auf der Seite liegend im Gras vor, der Welt so abhandengekommen wie Ian und Joshua. So entspannt, mit geschlossenen Augen, wirkte er trotz der dichten dunklen Bartstoppeln jünger, weniger gebieterisch, und nicht einmal Peter konnte sich zu seinem üblichen Genörgel durchringen.

»Er ist nur ein paar Jahre älter als wir«, erinnerte er die anderen, bevor er ohne Murren loszog, um noch mehr Holz zu sammeln.

Kaum zu glauben, dachte Olyver. Thaddeus' Größe und Kraft hatten ihn vor der Zeit erwachsen werden lassen. Von dem Tag an, da er seinen Stiefvater überwältigt hatte, wurde er von den Männern als einer der ihren angesehen und war gezwungen gewesen, die Fronarbeit zu leisten, zu der eigentlich Will Thurkell verpflichtet war. So hatte Thaddeus sich von den Gleichaltrigen abgesetzt gefunden, denn seine Arbeitstage waren länger und beschwerlicher als ihre. Aber auch zu den Erwachsenen hielt er Distanz; die Angst, ausgelacht zu werden, hatte ihn wortkarg gemacht.

Olyver entsann sich, wie seine Mutter gesagt hatte, Thaddeus habe nie eine Kindheit gehabt und es sei die Grausamkeit, mit der er aufgewachsen war, die es ihm unmöglich mache, Gefühle zu zeigen oder Vertraulichkeiten auszutauschen. Es war eine Warnung an Isabella gewesen, ihr Herz nicht an einen Mann zu verlieren, der lieber für sich blieb und keine Freundschaften schloss, doch Olyver fand Isabellas Antwort treffender. »Du solltest nicht so hart urteilen, Mutter. Thaddeus hat mehr Güte in sich als jeder andere, den ich kenne – außer Lady Anne –, und er beweist sie durch das, was er tut, nicht durch ein falsches Lächeln.«

Martha hatte Isabellas Worte als Wunschdenken ihrer Tochter abgetan und sie daran erinnert, dass Thaddeus Evas Sohn war und dass der Apfel nun mal nicht weit vom Stamm fiel. Eva war selbstsüchtig, vor allem auf den eigenen Vorteil bedacht, und Isabella täte gut daran, dies zu bedenken. Ebenso wie sie bedenken sollte, dass Thaddeus' Vater wohl ein windiges Schlitzohr gewesen sein musste, sonst hätte Eva seinen Namen doch nicht all die Jahre geheim gehalten. Das Gleiche wurde unermüdlich von Eleanor wiederholt, die Thaddeus, »diesen Thurkell-Bankert«, als das sündige Erzeugnis von Evas Verworfenheit zu bezeichnen pflegte. Ein Bastard. Ein Straßenköter. Ein Sklave.

Doch Lady Anne hielt große Stücke auf ihn, wie auch Olyvers Vater, Gyles, der bei Marthas Altweibergeschwätz immer nur abwinkte. »Taten sagen mehr als Worte«, war sein

Wahlspruch – und seine Tochter Isabella pflichtete ihm darin bei.

Wie schon so viele vor ihm fragte sich Olyver, wer Thaddeus eigentlich war. Wo hatte Eva den Mann getroffen, der ihren Sohn gezeugt hatte? Und warum war Thaddeus so dunkel, wo seine Mutter doch so blond war? Er sah ihr überhaupt nicht ähnlich und auch sonst niemandem, den Olyver je gesehen hatte, mit diesen fast schwarzen Augen, der braunen Haut. Vor allem fragte sich Olyver, woher Thaddeus seinen scharfen Verstand hatte. Konnte sein Vater wirklich der herumzigeunernde Hausierer oder Seemann gewesen sein, von dem immer gemunkelt wurde?

All dies ging ihm durch den Kopf, als er es auf sich nahm, eine Mahlzeit zu bereiten. Sein leerer Magen krampfte sich schmerzhaft zusammen, nicht anders als Edmunds und Peters Mägen, und er wusste, dass Ian und Joshua mit einem Wolfshunger aufwachen würden. Oft genug hatte er seine Mutter Bohnen vor dem Kochen einweichen sehen, aber heute mochte er sich nicht damit aufhalten. Was machte es schon, wenn seine Bohnen vielleicht nicht ganz so gut schmeckten wie die von Martha?

Auch den gepökelten Schweinebauch wollte er nicht so lange wässern, wie es üblich war, sondern begnügte sich damit, das Salz auf der Oberfläche im Fluss abzuwaschen. Das fette, in dicke Streifen geschnittene Fleisch ließ ihm das Wasser im Munde zusammenlaufen, und am liebsten hätte er gleich alles auf einmal gekocht; aber er ließ sich nicht von den Forderungen seines leeren Magens verleiten, denn sonst würden sie allesamt ihre Gier noch bereuen, wenn es morgen nichts mehr zu essen gäbe.

Bei Anbruch der Dunkelheit gaben Peter und Edmund die Suche nach weiterem Farnkraut auf, hockten sich zu

Olyver ans Feuer und sogen die würzigen Dämpfe aus dem Kessel ein, an dem die Flammen hochleckten. Ab und zu goss Olyver Wasser nach und rührte dabei den Eintopf mit einem Zweig um.

»Was ist da alles drin?«, erkundigte sich Edmund.

»Bohnen, Schweinebauch und die Eierschwämme aus Thaddeus' Rucksack.«

»Und wie schmeckt das?«

»Probier einfach, dann weißt du's.«

Edmund rührte im Eintopf und leckte danach den Zweig ab. »Hab schon Schlechteres gegessen«, sagte er.

Peter tat es ihm nach. »Ich auch«, stimmte er zu, »obwohl ich nicht weiß, wann.« Grinsend gab er Olyver den Zweig zurück. »Bist du sicher, dass genug Salz drin ist?«

»Wieso, glaubst du wohl, kipp ich immer noch mehr Wasser dazu? Es wird schlimmer, je länger es schmort. Wenn wir nicht alle so hungrig wären, hätte ich den Schweinebauch ordentlich gewässert.«

»Wir könnten es ja mit Trockenpflaumen versüßen«, schlug Edmund vor. »Schlimmer kann's davon nicht werden.«

Olyver nickte. »Gute Idee. Wirf ein paar Handvoll rein. Mutter hat mir mal erzählt, dass das Leibgericht des Königs Spanferkel mit Feigen ist. Und wenn ein König salzig mit süß essen kann, dann können wir das auch.«

»Mmmh … das wär was!«, schwärmte Peter.

»König sein?«

»Ein Spanferkel ganz für mich allein. Ich hab mal eins gesehen, das sie für Sir Richard zubereitet haben. Herrliche Kruste, saftiges Fleisch und einen dicken Kanten Brot dazu, um das ganze Fett aufzustippen.« Er schloss genüsslich die Augen. »Ich würde die Knochen blank nagen, bis sie quietschen, und sogar die Feigen futtern, wenn's sein muss.«

»Ich würde ein ganzes Reh aufessen«, sagte Edmund verträumt, »dann ein Zicklein … dann ein Lamm … dann ein, zwei Hühnchen … mit all der knusprigen Haut.«

Das Auftauchen von Ian und Joshua, die sich gähnend zu den anderen gesellten, um sich am Feuer zu wärmen, weckte Thaddeus aus seinem Schlummer, aber er stellte sich weiter schlafend. Er hörte dem müßigen Geschwätz der Jungen zu und wunderte sich, wie schnell Eleanor vergessen und ihre Freundschaft wiederhergestellt war. Edmund trug immer noch die Spuren der Abreibung, die Olyver ihm zwei Nächte zuvor verpasst hatte, und sie alle hatten aufgeplatzte Lippen von ihrer Schlägerei am Morgen, doch die Stimmung zwischen ihnen war kameradschaftlicher, als Thaddeus es seit Langem erlebt hatte.

Es war ihm ein Rätsel, warum sie es Eleanor überhaupt gestattet hatten, einen Keil zwischen sie zu treiben. Hatte sie etwas an sich, was er bisher nicht wahrgenommen hatte, oder war der Geschlechtstrieb dieser Jungböcke einfach so stark, dass sogar Sir Richards Tochter ihnen begehrenswert erschien? Er selbst war nie versucht gewesen, sich zu einem Mädchen zu legen; nachdem er so lange mit dem Makel seiner Geburt gerungen hatte, wollte er keinem anderen Kind ein solches Schicksal zumuten. Auch hatte er nicht all diese Jahre von der Freiheit geträumt, nur um sie aufs Spiel zu setzen, indem er die Tochter eines Leibeigenen schwängerte. Sein Ehrgeiz war auf Höheres ausgerichtet, als das Leben eines verehelichten Knechts in Develish zu führen.

Er gab sich einen Ruck, als es zu offensichtlich wurde, dass der Hunger jeden Gedanken ans Wachehalten hinweggefegt hatte. »Zeit zu essen«, sagte er, setzte sich auf und strich sich die langen Haare aus den Augen. »Kann sein, dass wir an Olyvers Kochkünsten sterben, aber das ist immer noch besser als der Hungertod. Wo sind die Zinnteller? Wer hat einen Löffel?«

Edmund, Joshua und Peter zeigten ihre vor, aber die Zwillinge hatten gar nichts dabei. Thaddeus gab Olyver seinen eigenen Löffel, um den Eintopf auszuteilen. »Ich brauche auch ein Messer«, sagte der Junge. »Wir haben nur drei Scheiben Fleisch. Den Rest hab ich im Tontopf gelassen, für die nächsten Tage.«

»Sehr weise«, lobte Thaddeus, zog das Messer aus seinem Futteral und reichte es hinüber.

Er verkniff sich ein Schmunzeln, als aller Augen sich auf die verschmorten Schweinebauchstücke hefteten, die aus dem Kessel auftauchten, ein jedes so sorgfältig halbiert, dass keine Hälfte größer war als die andere, und als die Jungen genau mitzählten, wie viele Löffel voll Bohnen, Pflaumen und Soße Olyver ihnen auf die Teller häufte. Trotzdem wunderte er sich, dass der Junge ihm den ersten Teller reichte und die anderen ihn geduldig abwartend ansahen. »Esst«, befahl er. »Ich bin nicht euer Patron.«

»Aber unser Anführer«, sagte Ian. »Was auf das Gleiche rauskommt.«

Vielleicht war es die Müdigkeit, die dem schweigsamen, schwarzhaarigen Riesen eine unerwartete Gefühlswallung bescherte. »Nun macht schon, Jungs«, knurrte er. »Ich will verdammt sein, wenn ich hier der Einzige bin, der an Salzvergiftung stirbt.«

DIE ERSTEN ZWEI WOCHEN
IM SEPTEMBER 1348

SIEBZEHN

Develish, Dorseteshire

Nach dem Aufbruch von Thaddeus und seinen Gefährten hatte die Stimmung in Develish sich gewandelt. Eine neue Unsicherheit ergriff die Menschen, als wäre ihnen etwas abhandengekommen, auf das sie sich gewohnheitsmäßig immer verlassen hatten. Dennoch schienen sie mehr an sich selbst zu zweifeln als an den sechs Ausreißern, und Lady Anne verglich das Anwesen mit einem Haus: Waren alle Elemente an ihrem Platz, so stand es fest; fehlten aber ein paar Stützbalken, begann es zu wanken.

Isabella hatte die Veränderung ebenfalls bemerkt, drückte es nur anders aus. »Thaddeus würde gar nicht glauben, wie sehr er vermisst wird, Milady. Er ist so bescheiden, dass er sich nicht vorstellen kann, was er uns bedeutet.«

»Was bedeutet er euch denn, Isabella?«

»Nun, es ist wie mit Euch, Milady. Er gibt uns das Gefühl, wichtig zu sein, indem er uns zuhört. Mein Vater sagt, die Art, wie er als Kind behandelt wurde, hätte ihn verbittern müssen, wenn Ihr ihm nicht beigebracht hättet, dass jeder, auch der Geringste, angehört werden sollte.«

Lady Anne hielt ihre Gefühle unter Verschluss, doch ihren Unmut gegen Eleanor vermochte sie kaum noch zu bezähmen. Das Mädchen benahm sich von Tag zu Tag schlimmer.

Bei jeder Kleinigkeit bekam sie Tobsuchtsanfälle, sodass Lady Anne ihr schließlich befahl, auf ihrem Zimmer zu bleiben. Die Dienerschaft wurde angewiesen, ihr das Essen vor die Tür zu stellen, wo es aber oft genug unberührt blieb.

Eleanor verzehre sich nach Thaddeus, ging das Gerücht, eifrig herumgetratscht von Eva Thurkell, um Lady Anne und ihre Berater in Verlegenheit zu bringen. Sie behauptete, Thaddeus habe Lady Anne geraten, Eleanor fortzuschicken, als die erste Kunde von der Pest sie erreichte, da es nur Unheil bringen könne, ein so bildschönes Mädchen mit gleichaltrigen Jungen auf einem Anwesen zusammenzusperren. Törichterweise habe Lady Anne dies abgelehnt, ihre Entscheidung jedoch bereut, als ihre Hauptbauern aus reinem Machthunger ihre Söhne angestiftet hätten, um Lady Eleanors Gunst zu buhlen. Unter Erfolgsdruck hätten die Jungen ihre Wettkämpfe immer gewalttätiger ausgetragen und einander Wunden und Prellungen zugefügt, die alle sehen konnten.

Letzteres stimmte sogar. Es war nicht zu leugnen, dass Evas Zweitgeborener, Jacob, noch am Leben wäre, wenn er sich nicht davor gefürchtet hätte, im offenen Kampf den Kürzeren zu ziehen. Falsch war jedoch die Behauptung, Thaddeus habe die Wettkämpfe unterstützt – und damit indirekt den Tod seines Bruders herbeigeführt –, denn als einziger unter den erwachsenen Männern hatte er nicht daran teilgenommen. Ganz im Gegensatz zu Gyles und Alleyn Startout, John Trueblood, Adam Catchpole und James Buckler, deren aggressives Wetteifern nicht unbemerkt geblieben war.

Aus Angst um ihre Autorität, hieß es, habe Lady Anne Thaddeus befohlen, die Söhne dieser ehrgeizigen Männer aus dem Gut zu entfernen. So habe sie zwei Fliegen mit einer

Klappe geschlagen, denn ganz Develish wisse ja, dass Evas gut aussehender, hochgewachsener Erstgeborener Lady Eleanors heimliche Liebe sei. Die ausufernde Verzweiflung, die das Mädchen seit Thaddeus' Abgang an den Tag legte, war Beweis genug. Um auch noch die letzten verbleibenden Zweifel zu zerstreuen, pflegte Eva ihre Nachbarinnen an die Warnung zu erinnern, die Milady ihrer Tochter in Gegenwart der Dienerschaft hatte zukommen lassen.

Nimm du dich lieber in Acht vor Sir Richards Unmut, wenn er merkt, wie sehr du dich für Thaddeus Thurkell interessierst …

Lady Annes Hauptbauern drängten sie, das Gerücht zu unterdrücken. Sie waren unverbrüchlich loyal und verärgert über Evas Verleumdungen. Lady Anne zeigte ihnen Thaddeus' Brief und ließ ihn an das Hausportal nageln. Sie legte Wert darauf zu betonen, dass Thaddeus ohne ihre Erlaubnis aufgebrochen sei, aber versprochen habe, innerhalb von zwei Wochen zurückzukehren. Eine Verbündete fand sie in Isabella, die ihren Eltern gestand, dass ihre Brüder, Ian und Olyver, sie in den heimlichen Aufbruchsplan eingeweiht hatten. Es war eine kleine, aber notwendige Täuschung, fand sie, wenn es Thaddeus half, ihre Brüder aus dem Netz der Intrige zu befreien.

»Sie wollten alles tun, damit ihr stolz auf sie sein könnt«, versicherte sie Gyles und Martha. »Bitte denkt nicht schlecht von ihnen, mag Eva auch noch so schimpfen, dass Thaddeus sich mit ihnen davongemacht habe. Lady Eleanors Verzweiflung wird von allen jungen Mädchen auf dem Anwesen geteilt. Tausend Tränen hab ich um ihn vergießen sehen. Viele träumen heimlich davon, sein Eheweib zu werden.«

Martha streichelte ihrer Tochter die Wange. »Bist du eine davon, meine Süße?«

»Nicht mehr, Mutter, denn er wird sich nicht mehr mit Develish begnügen, nachdem er draußen in der Welt gewesen ist. Aber ich kann es kaum erwarten, ihn und die Zwillinge unversehrt zurückkehren zu sehen. Sie haben mir geschworen, nicht länger als vierzehn Tage fortzubleiben … allein das beweist ja, dass Eva lügt. Sie würden nicht wiederkommen, wenn Milady sie verbannt hätte.«

Mit Gyles' und Marthas Hilfe behielt die Vernunft die Oberhand, und Evas eifersüchtiges Getratsche fand nur wenig Zuhörer. Mütter schüttelten den Kopf, wenn ihre Töchter Lady Eleanors Verzweiflung nachahmten, und warnten sie, sich nicht in solchen Unfug hineinzusteigern. Thaddeus habe nie das geringste Interesse an den Mägden von Develish gezeigt. Seine Blicke suchten viel zu oft den Horizont ab, um sich mit jemandem von daheim zu begnügen. Besser, man schlug ihn sich aus dem Kopf und sah sich anderweitig nach einem Ehemann um.

Lady Annes Gefühle blieben verborgen. Nach außen hin wirkte sie so gelassen wie eh und je, doch sie vermochte die Gesellschaft anderer kaum noch zu ertragen. Master de Courtesmains übertriebene Ehrerbietung ging ihr auf die Nerven, und die steife Förmlichkeit, derer ihre Hauptbauern sich ihr gegenüber befleißigten, machte es ihr auch nicht leichter, offen mit ihnen zu sprechen. Anscheinend vermissten die Älteren Thaddeus' ruhige, besonnene Stimme genauso wie sie.

Thaddeus hatte instinktiv verstanden, wann es angebracht war zu schweigen und wann, sich einzumischen. Wenn er etwas zu berichten hatte, das nicht für andere bestimmt war, schrieb er es nieder. Lady Anne hielt es ebenso. Sie brauchte ihm so selten zu erklären, was sie meinte, dass es ihr zuweilen schien, als könnte er ihre Gedanken lesen. Er sah Probleme ebenso schnell voraus wie sie und bot Lösungen an, noch ehe sie danach fragte.

Von Master de Courtesmain und den Hauptbauern konnte man das leider nicht sagen; sie erwarteten von ihrer Herrin, auf alles eine Antwort zu haben. Das eine oder andere Mal ertappte sie sich sogar dabei, dass sie wünschte, ihr Gatte wäre noch am Leben. Es war einfacher gewesen, als sie das Gut hinter Sir Richards Rücken verwaltet hatte. Die Leute waren geduldig und nachsichtig mit ihren Fehlern gewesen, als er noch der Feind und sie ihre heimliche Freundin war. Jetzt war kein Raum mehr für Fehlentscheidungen. Sie hatte die Rolle des Lehnsherrn übernommen, und die Last wurde ihr schwer und schwerer, denn sie zweifelte an ihrer Befähigung, stets weise zu handeln. Sie herrschte kraft des Wohlwollens ihrer Bauern, und eine einzige unkluge Entscheidung würde sie um deren Unterstützung bringen.

Fünf Tage nach Thaddeus' Aufbruch brachte Martha Startout ihr einen Krug heißen Wassers, das mit Kamillen, Nelken und Apfelschalen gewürzt war. »Ihr seht müde aus, Milady. Der Trunk wird Euch erfrischen.« Martha reichte ihr den Aufguss in einem irdenen Becher und tat, als sähe sie die Tränen nicht, die Lady Anne in die Augen traten. »Ihr arbeitet zu hart, meine Liebe. Den ganzen Tag habt Ihr keinen Moment für Euch. Ihr solltet Euch ab und zu eine Stunde Ruhe gönnen.«

Lady Anne massierte sich mit Daumen und Zeigefinger die Nasenwurzel. »Ich fürchte, das geht nicht, Martha. Hier hat man ja nirgendwo seine Ruhe.« Sie nahm den Becher und dankte der Bäuerin für ihre Freundlichkeit. »Du musst dich nicht um mich bekümmern, wo du doch so viel ernstere Sorgen hast. Deine Söhne leisten Großes für Develish, und ich bete jeden Tag für sie.«

»Ich weiß, Milady, und ich dank Euch recht sehr dafür.« Sie machte einen Schritt zur Tür hin und wandte sich dann noch einmal um. »Wir Mütter von allen Jungs, die jetzt fort sind, trösten uns gegenseitig, Milady. Clara Trueblood sagt, Sorge und Verlust sind besser zu verkraften, wenn man sie miteinander teilt.«

»Clara ist ein kluger Kopf.«

»Sehr wahr, Milady. So klug, dass sie weiß, auch Euch blutet das Herz. Sie sagt, es steht uns nicht an, mit Euch darüber zu sprechen, wo Ihr Eure Gefühle doch so für Euch behaltet, aber …« Sie brach ab, als Lady Anne den Kopf senkte und sich mit den Fingerspitzen über die Augen fuhr. »Soll ich schweigen? Verletze ich Euch mit meiner ungeschickten Art? Gyles sagt immer, ich soll endlich mal lernen, den Mund zu halten.«

»Nein, Martha. Ich höre dir gerne zu.«

»Es bedrückt uns, dass Ihr all die Last alleine tragt, Milady. Unsere Männer tun ihr Bestes, Euch mit Rat und Tat zur Seite zu stehen, aber sie wagen es nicht so richtig, ohne Thaddeus, der immer mit dem rechten Wort zur Stelle war – und Master de Courtesmain ist nicht zu trauen.« Sie hielt inne. »In Zeiten wie diesen sollte Eure beste und engste Vertraute Eure Tochter sein … aber Lady Eleanor scheint entschlossener denn je, Euch das Leben schwer zu machen.«

Lady Anne winkte ab. »Der Fehler liegt allein bei mir. Unsere Art, die Dinge zu sehen, ist so verschieden, dass sie mich für kalt und gleichgültig hält, und nichts, was ich sage oder tue, vermag ihre Meinung zu ändern. Sie vermisst die Zuneigung ihres Vaters.«

»Nur weil sie diese für größer hält, als sie war, Milady. Ihr seid das einzig Beständige in ihrem Leben. Es gab eine Zeit, da wich sie Euch nicht von der Seite. Ich weiß noch, wie sie als Kind durchs Dorf gehüpft ist, wenn Ihr Euch zu uns begeben habt. Sie war nie glücklicher als in Eurer Gesellschaft, und sie hat sich wohlgefühlt unter uns.«

Lady Anne nickte. »Ich hätte mehr dafür tun sollen, dass es so bleibt.«

»Ihr hattet keine Chance, Milady. Sir Richard strafte Euch hart dafür, dass Ihr ihm Eure Kemenate verschlossen habt nach dem, was er meiner Abigail angetan hatte, und Lady Eleanor war noch so jung, dass es ihm leichtfiel, sie Euch zu entfremden. Die Gerechtigkeit, die Ihr uns widerfahren ließt, hat Euch Unglück gebracht, und dafür fühlen Gyles und ich uns verantwortlich.«

»Ohne Grund«, entgegnete Lady Anne. »Eleanor war Sir Richard zu ähnlich, sie konnte gar nicht anders, als sich ihm anzunähern. Was mich wahrhaft belastet, ist Abigails Tod. Ich hätte alles darum gegeben, deine Tochter zu retten, Martha.«

»Ich weiß, Milady, und ich bin Euch zutiefst dankbar dafür, dass Ihr es versucht habt. Aber ich hatte Angst um Euch, als Ihr Sir Richard deswegen die Stirn geboten habt. Ihr habt gewiss nicht vorhergesehen, wie einsam Ihr werdet, wenn Ihr Euch Euren Gemahl zum Feind macht.«

Lady Annes Augen wurden wieder feucht. »Ich habe nicht mehr verloren als die unwillkommene Zuwendung eines Mannes, der mir zuwider war.«

»Ihr habt viel verloren, Milady. Bei aller Loyalität, die Ihr Sir Richards Leibeigenen erweist, und sie Euch ebenso, hebt Eure Stellung Euch doch von anderen ab. Enge Freundschaften verweigert Ihr Euch, weil man falsche Schlüsse daraus ziehen könnte.«

Lady Anne senkte den Blick. »Was, meinst du, soll ich denn anders machen?«

Die Bauersfrau streckte den Arm aus und legte die Hand

an die Wange ihrer Herrin, um mit dem Daumen sanft über die weiche Haut zu streicheln. »Sorgt Euch weniger darum, wie man über Euch denkt, und erlaubt es Euch, so geliebt zu werden, wie Eure Leute Euch lieben möchten. Ihr werdet ihre Achtung nicht verlieren, wenn Ihr auch mal eine Umarmung von denen annehmt, die Euch trösten wollen.«

Lady Anne dachte an die Mutter, die im selben Moment gestorben war, in dem sie das Licht der Welt erblickte, und den Vater, der auf den Tod erkrankt war, bevor sie ihr sechstes Lebensjahr erreichte. Nie hatte sie ihren Verlust schmerzlicher empfunden als unter Marthas sanfter Berührung. Nicht einmal die Mutter Oberin ihres Klosters hatte Anne so offen ihre Zuneigung gezeigt. Sie legte ihre Hand auf die von Martha, zum Zeichen der Dankbarkeit, aber ihr Verstand sagte ihr, dass es falsch wäre, ihre Zurückhaltung zu schnell aufzugeben. Manche Lasten – diejenigen, die man sich geschworen hatte geheim zu halten – konnte man nur alleine tragen.

Hugh de Courtesmain war von der Tür verschwunden, bis Martha herauskam, doch er hatte genug gehört, um seine Neugier anzustacheln. Später, als Lady Anne die Zubereitung des Mittagsmahls überwachte, sah er in der Akte nach, wo die Geburten und Todesfälle in Develish vermerkt waren.

Abigail Startout, Tochter von Gyles und Martha
Geboren Sommer 1328 – gestorben Winter 1338

Für ihren Tod war kein Grund angegeben, obwohl Kindersterblichkeit auf dem Gut kaum vorkam. Er fand das Hauptbuch von 1338 und ging die Einträge vom November und Dezember durch. Der Winter sei ungewöhnlich nass gewesen, las er, und bei den Schafen habe es Klauenfäule gegeben, aber ein Startout wurde nur am Weihnachtstag erwähnt.

Ein stilles Freudenfest im Dorf, da Sir Richard wissen ließ, Gyles Startout werde von Stund an in seinem Tross mitreiten. Solche Ehre wird gewöhnlich nur Freien zuteil.

Hugh begann auf gut Glück, archivierte Pergamentrollen aus den Regalen zu ziehen und aufzurollen, um das jeweilige Datum unter dem Siegel zu prüfen. Lady Anne beobachtete ihn ein paar Minuten lang von der Tür aus, bevor sie sich bemerkbar machte. Er schien ganz versunken in einen Brief von Sir Richards Schwester, der auf fünfzehn Jahre zuvor datiert war.

Sie trat in sein Sichtfeld, froh, dass sie vorsichtig genug gewesen war, die Dokumente, die er nicht entdecken sollte, unter den Gewändern in der Kleidertruhe ihrer Kemenate zu verbergen. »Was sucht Ihr?«, fragte sie.

Hugh errötete schuldbewusst. »Aufklärung, Milady. Ich weiß so wenig über die Geschichte von Develish.«

»Die werdet Ihr in Lady Beatrix' Briefen nicht finden, Sir. Ich glaube, sie und Milord of Foxcote waren hier einmal zu Besuch, als Sir Richards Vater das Gut für seinen Sohn erworben hatte, aber seither nie wieder. Was wünscht Ihr denn zu erfahren?«

»Nun ja … ich habe mich gefragt, warum Sir Richard in Dorseteshire ansässig war, obwohl die Ländereien seiner Familie sich doch viel weiter im Norden befinden, Milady. Lag es daran, dass Develish das einzige Gut war, das sein Vater für ihn erwerben konnte?«

»Es war das entfernteste.«

»Das verstehe ich nicht, Milady.«

»Sir Richard hatte Schulden angehäuft, die seine Familie kaum zu begleichen vermochte. Im Gegenzug dafür, dass sie bezahlt wurden, musste er jeglichen Anspruch auf die Ländereien droben im Norden aufgeben und sich, so gut es eben ging, hier unten ansiedeln.« Sie lächelte über de Courtesmains verblüffte Miene. »Ich nehme an, Eure nächste Frage wäre gewesen, warum Develish nicht von Schulden beladen ist, wenn Sir Richard so verschwenderisch war?«

»Jawohl, Milady.«

»Meine Mitgift machte ihn wieder zahlungsfähig … wie aus diesem Brief von Lady Beatrix hervorgeht. Wenn ich mich recht entsinne, beglückwünscht sie ihren Bruder zu einer Verlobung, durch die er sich aus seinen Schwierigkeiten befreit, ohne sich gleichzeitig ein anspruchsvolles Eheweib aufzuhalsen. Eine junge Erbin, die zum Gehorsam erzogen wurde, erschien ihr als eine gute Wahl für ihren nichtsnutzigen Bruder.«

Hugh war wie immer befremdet von ihrer Offenheit. »Aber Lady Beatrix wird dies hier nicht selbst geschrieben haben, Milady. Sie hat keine Schulbildung.«

»Stimmt. Das Gleiche gilt für ihren Bruder. Meine erste Aufgabe als seine Braut bestand darin, ihm die Worte seiner Schwester vorzulesen. Er fand es amüsant, mich aussprechen zu lassen, was sie von mir hielt.« Sie lächelte. »Mir war's recht so.«

»Die Worte sind nicht sonderlich schmeichelhaft, Milady.«

»Aber ich habe daraus gelernt, Master de Courtesmain. Lady Beatrix bestätigte nur, was Sir Richard ihr bereits von mir erzählt hatte. Ich hätte Jahre daran verschwenden können, mühsam herauszufinden, wie ich meinem Gemahl am besten gefiele … stattdessen wurde ich in einem einzigen Brief darüber unterrichtet. Gehorsam und Sanftmut lassen sich leichter vortäuschen als Liebe und Bewunderung.«

Hugh fragte sich, warum Sir Richard den Täuschungen seines jungen Weibes gegenüber so blind gewesen war. Hielt er Schulbildung für so unwichtig, dass er meinte, sie könne ihm nichts anhaben? »Für sanftmütig hat er Euch gewiss nicht gehalten, als Ihr ihn aus Eurer Kemenate ausgesperrt habt, Milady. Das war nicht das Gebaren eines gehorsamen Eheweibs.«

Lady Anne musterte ihn bedächtig. »Ihr habt an zu vielen Türen gelauscht, Master de Courtesmain.«

»Aber nein, Milady. Ich habe es von Eurer Tochter gehört. Sie sagte, ihr Vater sei höchst ungehalten gewesen über Eure beharrliche Verweigerung.«

»Sie hat Euch fehlgeleitet«, schwindelte Lady Anne. »Die Trennung war Sir Richards Entscheidung. Er hatte genug von meiner Unfähigkeit, einen Stammhalter hervorzubringen – wie Lady Eleanor Euch doch gewiss auch schon erzählt haben wird.« Sie warf einen Blick auf das Hauptbuch, das bei dem Vermerk über Abigail Startout aufgeschlagen war. »Gibt es sonst noch geschichtliche Details, bei denen ich Euch vielleicht weiterhelfen kann?«

Hugh zögerte. Könnte er ihre Gedanken nur ebenso leicht erraten wie sie die seinen! »In der Tat, Milady. Ich frage mich, warum einige von Lady Beatrix' Briefen hier im Archiv fehlen.« Er hielt ihr das Pergament in seiner Hand hin. »Dieser Brief ist auf Mittsommer 1333 datiert, der nächste in der Reihe aber erst auf Mariä Verkündigung 1335.«

»Und warum macht Euch das stutzig?«

»Lady Beatrix sagte mir, sie habe ihrem Bruder jedes Vierteljahr geschrieben, seit er Lord of Develish wurde« – er deutete mit ausholender Armbewegung auf die Regale –, »und das scheint zu stimmen. Es gibt vier Pergamentrollen pro Jahr, über zwei Jahrzehnte hin, bis auf die sechs, die von der zweiten Hälfte des Jahres dreiunddreißig und dem ganzen Jahr vierunddreißig fehlen. Das scheint mir seltsam, da dieser Zeitraum Eure Hochzeit und die Geburt von Lady Eleanor umfasst.«

Lady Anne lachte kurz auf. »Wahrscheinlich hat Sir Richard seinem Verwalter befohlen, sie zu verbrennen. Er hatte genug von den Sticheleien seiner Schwester, dass er noch immer keinen Gutserben gezeugt hatte.« Sie trat zu den Regalen. »Wollen wir noch mal suchen? Vielleicht sind sie hinter des Fürstbischofs zahlreiche Schreiben über Hölle und Verdammnis gerutscht.«

In den Augen des Franzosen blitzte Gereiztheit auf. »Jetzt macht Ihr Euch über mich lustig, Milady.«

»Ja, das tue ich, Master de Courtesmain. Ihr täuscht Euch, wenn Ihr glaubt, die Wahrheit in Lady Beatrix' Briefen zu finden.«

Am Abend stand Eleanor am Fenster der Spinnkammer und sah zu, wie der blasse Mond am wolkenverhangenen Himmel aufstieg. Barfuß, nur mit ihrem Nachthemd angetan, bebte sie vor Wut auf ihre Mutter, die sie hierher verbannt hatte – wie in ein Verlies, wo sie die Nacht allein verbringen musste. Die Umquartierung der Dienerschaft hatte so großen Aufwand erfordert, dass alle sich an die Zeit vor zehn Jahren erinnert fühlten, als Sir Richard aus der Kemenate seines Eheweibes ausgesperrt worden war. Eleanor konnte sich vorstellen, wie allerorts darüber getratscht wurde, warum seine Tochter in ähnlicher Weise bestraft worden war.

Während sie mit fiebrigem Blick in den Nachthimmel

starrte, schwenkte ihre Wut bald auf Thaddeus und seine Begleiter um. Unfähig, sich selbst die Schuld für ihre Verbannung zuzuschreiben, verübelte sie ihnen ihr Verschwinden. Develish hatte seinen Frohsinn eingebüßt, seit sie fort waren, als hätte die Angst um ihr Überleben allen die Stimmung getrübt. Auf Lady Annes Anordnung hin waren die Wettkämpfe bis zu ihrer Rückkehr ausgesetzt worden; doch anstatt ihre Herrin oder Thaddeus als Spielverderber zu tadeln, machten die Leibeigenen *sie* dafür verantwortlich, wie es Eleanor schien. Sie sah Abneigung und Vorwurf in jeder Miene, und ihr Hass auf Isabella wuchs von Tag zu Tag. Es gab nur eine, die in der Lage war, hinter ihrem Rücken alles über sie auszuplaudern, und das war die verschlagene kleine Magd, die stets an Lady Annes Seite war.

Unter Wutgeheul schlug Eleanor mit der Stirn gegen die Scheibe. Manchmal fürchtete sie, verrückt zu werden, so fiebrig war ihr Kopf, so wirr schienen ihre Gedanken; denn auf alles, was ihr geschah, wusste sie sich keinen anderen Reim zu machen, als dass es die Schuld ihres Vaters sei, der sie durch seinen Tod im Stich gelassen hatte.

Von ihrer Verbannung in die Spinnkammer hatte sie erfahren, als sie am Nachmittag aus der Kirche kam, wo sie Pater Anselm wieder einmal vergebens zu überreden suchte, ihr die Beichte abzunehmen. Der Priester erzürnte sie, indem er sich in seinem Turmzimmer verschanzte und so tat, als hörte er nichts, mochte sie auch noch so laut an seine Tür hämmern und schreien, er solle herauskommen. Zornig funkelte sie Hugh de Courtesmain an, als sie in ihrem silbernen Gewand die Treppe hinaufstieg und ihn vor der Tür ihrer Mutter stehen sah. Seine wispernde Zunge fürchtete sie fast so sehr wie die von Isabella.

»Was wollt Ihr?«, fragte sie barsch.

Er deutete eine Verbeugung an. »Ich bringe frohe Kunde, Milady. Eure Mutter hat Euch einen eigenen Raum bewilligt. Gerade habe ich Eure Sachen in die Spinnkammer bringen lassen. Von jetzt an dürft Ihr dort die Nacht verbringen, frei von jeglicher Störung.«

Eleanor runzelte die Stirn. »Was für eine Störung?«

»Die Gegenwart von Mägden, Milady. Ihr habt Euch doch oft darüber beschwert, wie herabwürdigend Ihr es findet, Euer Schlafgemach mit der Dienerschaft teilen zu müssen. Die Mägde, die in der Spinnkammer schliefen, sind nach unten in die Halle verlegt worden.«

Er hatte erwartet, Wohlgefallen in ihrer Miene zu sehen. Stattdessen blickte sie nur noch grimmiger. »Soll das heißen, Ihr habt in meinem Namen darum gebeten? Warum habt Ihr mich denn nicht vorher gefragt?«

Hugh wich der Frage aus. »Ich hatte gehofft, Ihr würdet Euch freuen.«

»Mag sein … aber warum räumt Lady Anne mir ein Privileg ein, das nicht mal sie selbst genießt?«

»Weil sie die Gesellschaft der Mägde seit jeher schätzt. Ihr seid da mehr wie Euer Vater.«

Er sah, dass er die falschen Worte gewählt hatte, als ihre Augen sich misstrauisch verengten. Sie machte Anstalten, sich an ihm vorbeizudrängen. »Ihr bürdet Euch zu viel auf, wenn Ihr meint, Ihr müsstet meine Gedanken kennen«, fauchte sie. »Ich will gar nicht allein sein. Bringt sofort meine Sachen zurück und lasst mich meinen Platz an der Seite meiner Mutter einnehmen.«

Mit einem Seufzer baute Hugh sich vor der Tür auf. »Das darf ich nicht, Milady. Dieses Schlafgemach ist Euch von nun an versperrt. Eure Mutter hat es so befohlen. Ich habe nur versucht, es Euch schonend beizubringen.«

Eleanor wich alle Farbe aus dem Gesicht. »Welche Erklärung hat sie denn dafür vorgebracht?«

»Sie sagte nur, es wäre besser, wenn Ihr allein schlaft, und wies mich an, die Dinge in die Wege zu leiten.«

Die Angst in ihren Augen war unverkennbar, auch wenn das Mädchen sich bemühte, sie hinter einem gezwungenen Lächeln zu verbergen. »Dann hattet Ihr also recht … ich bekomme endlich einen Raum für mich, wie es der Tochter eines Lords gebührt.«

Hugh verneigte sich. »In der Tat, Milady. Auch ich habe angenommen, dass dies der Grund dafür war.« Er sah ihr nach, als sie mit schwankenden Schritten zur Spinnkammer ging, und zum ersten Mal fiel ihm auf, wie abgemagert sie war. Irgendetwas stimmte nicht mit dem Mädchen.

Zwei Stunden vergingen, bis Eleanor den Mut fand, ihre Mutter aufzusuchen. Sie vertauschte ihr Prachtgewand mit einem der verhassten Kittel und fand sich ganz bescheiden im Kontor ein. An der halb offenen Tür beobachtete sie Lady Anne, die lesend am Fenster stand, ehe sie anklopfte.

»Was willst du von mir, Tochter?«, fragte Lady Anne, ohne sich umzuwenden.

Sir Richard hatte immer gesagt, sein Eheweib sei eine Hexe mit Augen im Hinterkopf, und genau so kam es Eleanor jetzt auch vor. »Woher wusstet Ihr, dass ich es bin?«

»Du trittst genauso laut auf wie dein Vater.« Lady Anne trat an den Tisch und schob das Pergament in ihr Hauptbuch. Sie musterte das Mädchen einen Moment. »Was ist so wichtig, dass du dich in grobes Leinen verkleiden musstest, um mich zu beeindrucken?«

Eleanor trat ein und schloss die Tür hinter sich. »Warum habt Ihr mich aus Eurer Kemenate verbannt, Mutter? Damit gebt Ihr mich dem Klatsch und Tratsch preis.«

»Das tust du schon von allein, Eleanor. Deine Stimme ist zu schrill. Du hättest sie beizeiten senken sollen, wenn du nicht wolltest, dass ganz Develish dein Bedürfnis nach Erlösung von den Sünden kennt.«

Blankes Entsetzen spiegelte sich in der Miene des Mädchens. Es war ihr nicht in den Sinn gekommen, dass ihr Wutgeheul außerhalb der Kirche zu hören sein könnte. »Er will nicht mit mir sprechen«, sagte sie mit feuchten Augen. »Er hat Eure ketzerischen Reden gehört und denkt, ich bin auch so.«

Lady Anne blieb ungerührt. »Das hast du dir selbst zuzuschreiben, Tochter. Selbst Sir Richard war nicht so dumm, dem Priester mit Auspeitschen zu drohen, wenn er ihm nicht die Beichte abnähme. Ich hatte dich gewarnt, Vernunft anzunehmen. Die Leute fragen sich, was du getan hast, dass du so verzweifelt der Absolution bedarfst.«

Eleanor ballte die Fäuste. »Sie werden sich nur noch mehr Fragen stellen, wenn Ihr mich aus Eurer Kemenate aussperrt.«

»Ja.«

»Und warum tut Ihr es dann?«

»Weil du mir keine Wahl lässt. Deine Weigerung, für das, was du tust, Verantwortung zu übernehmen, bereitet mir Sorgen. Jedes Mal, wenn du den Priester mit Gebrüll zu zwingen versuchst, dich von Schuld zu befreien, wird es schlimmer mit deiner Wut. Du vermagst sie ja kaum noch zu bezähmen, besonders Isabella gegenüber, und ich fürchte, dass du wieder tust, was du schon einmal getan hast.«

»Aber ich hab doch gar nichts getan!«, schrie das Mädchen. »Ihr denkt schlecht von mir, weil Ihr mich hasst.«

Lady Anne trat zu einer Truhe an der Wand und hob den Deckel. »Du hättest die hier verbrennen sollen, wenn du sie verschwinden lassen wolltest«, sagte sie und nahm ein paar gefaltete Stoffe heraus. »Sie zwischen deinen Gewändern zu verbergen war töricht, wenn du zu faul bist, dich selbst um deine Sachen zu kümmern. Früher oder später musste eine Magd sie entdecken.« Sie schüttelte ein Kleid und ein Unterkleid aus und legte sie auf den Tisch. Beide waren blutbefleckt. »Es war Jenny Buckler, die sie mir gebracht hat. Sie hat es nur gut gemeint, sie dachte, du hättest Schwierigkeiten mit deiner Monatsblutung.«

Eleanor machte sich die Ausflucht sofort zunutze, wie ihre Mutter es erwartet hatte. »Ich habe mich geschämt«, murmelte sie. »Ich hab's nicht rechtzeitig bemerkt und musste mich säubern, so gut es ging.«

Lady Anne schüttelte den Kopf. »Das Blut ist an der falschen Stelle. Es wäre hinten am Unterrock, nicht an der Vorderseite und den Ärmeln des Kleides.« Sie faltete die Sachen zusammen und legte sie in die Truhe zurück. »Ich will Jacob in Frieden ruhen lassen, weil Thaddeus es so wünschte, aber vor Klatsch und Tratsch kann ich dich nicht bewahren, Eleanor. Damit musst du selbst zurechtkommen.«

Eleanors Wangen glühten vor Zorn. In ihrer Not fiel ihr nichts anderes ein, als jemand anderen zu bezichtigen. »Es war Euer hochgeschätzter Thaddeus, der Jacob getötet hat«, fauchte sie. »Ich habe den armen Kerl nur in den Armen gehalten, als er starb. Die Jungen, die nun mit Thaddeus fort sind, würden es bezeugen, wenn sie hier wären. Sie haben alles gesehen. Warum hat er sie wohl mitgenommen, wenn nicht in der Absicht, die Zeugen seiner Tat zu beseitigen?«

Lady Anne musterte sie nachdenklich. »Warum hast du das nicht eher erzählt?«

»Ihr hättet mir nicht geglaubt, nachdem Thaddeus Euch weisgemacht hat, dass es ein Unfall war. Ich hab versucht, Pater Anselm für mich sprechen zu lassen, aber er ist so taub für mein Flehen, wie Ihr es seid.« Tränen traten ihr in die Augen. »Eher würdet Ihr mir die Schuld an Jacobs Tod geben als Eurem kostbaren Thaddeus.«

Lady Anne trat an den Tisch, schlug das Hauptbuch auf und griff nach der Feder. »Hast du die Wahrheit gesprochen, Eleanor? Wenn ja, sollte ich es hier niederschreiben.«

Eleanor bekreuzigte sich. »Ich habe wahr gesprochen.«

Ihre Mutter tauchte die Feder in die Tinte und begann zu schreiben. »Dann wirst du die gleiche Anschuldigung in einer Stunde vor den Leuten von Develish wiederholen«, sagte sie ruhig. »Wenn Jacob ermordet wurde, sollen das alle wissen, ebenso wie den Namen des Unholds, der die Tat beging, und der Komplizen, die es mit angesehen haben. Ich werde Jacobs Sarg aus der Erde heben lassen, auf dass alle die Wunde in seiner Seite sehen können, und du wirst deine Kleider vorzeigen, zum Beweis, dass du seinen Tod bezeugen kannst und dass dein Zeugnis wahr ist.«

Eleanor wich mit angstvoll aufgerissenen Augen zur Tür zurück. »Das werde ich nicht tun!«

»Nein.« Lady Anne legte die Feder beiseite. »Das habe ich auch nicht angenommen. Lügen ist nicht so einfach, wenn man weiß, dass man beim Wort genommen wird. Ich habe die Väter all dieser Jungen gefragt, ob sie wüssten, wo ihre Söhne in jener Nacht waren, und nur zwei – Edmund Trueblood und Olyver Startout – waren abgängig. Sie mögen bei dir in der Kirche gewesen sein, die anderen waren es aber nicht.« Sie sah zu, wie das Mädchen ungeduldig an dem Riegel rüttelte, um so schnell wie möglich hinauszukommen. »Wenn es dir hilft, deine Gewissensbisse zu lindern, bin ich bereit zu glauben, Jacob habe sich dir aufgedrängt. Es ist so ungefähr alles, was sein Vater ihm beigebracht hat: dass man ein Weib mit Gewalt unterwirft.«

Doch Eleanor nutzte die Möglichkeit einer Entschuldigung für ihr Verhalten nicht, die ihre Mutter ihr bot. Im Glauben, es sei wieder nur eine Falle, riss sie die Tür auf und stürmte durch die Halle, um den Dämonen der Verfolgung und Verhöhnung zu entkommen, die ihr aus jedem Gesicht entgegengrinsten.

Am folgenden Morgen zuckte Pater Anselm erschrocken zusammen, als eine Schattengestalt sich von der Kirchenwand löste und ihm den Zutritt zu seiner Kammer verwehrte. In dem Dämmerlicht, das die Kirche erfüllte, konnte er nicht erkennen, wer ihm da entgegentrat.

»Ihr werdet von Eurem Bauch regiert, Pater«, ließ Hugh de Courtesmains Stimme sich vernehmen. »Ich dachte mir schon, dass Ihr Euch etwas zum Frühstück holen würdet, nachdem ich gestern den Dienstboten abfing, der Euer Abendessen brachte.«

Er hatte diese List anwenden müssen, um den Priester aus seinem Turm zu locken, da alles Klopfen und Rufen am Vortag nichts bewirkt hatte. Die ganze Nacht hatte er im Windfang der Kirchentür gewartet, unsichtbar für den Wächter auf dem Mauerposten, und seine Geduld war belohnt worden, als die Kirchentür sich im ersten Morgenlicht öffnete und Pater Anselm sich schwankenden Schritts auf den Weg zum Haus machte. Er sah zu, wie der Alte durch das Fenster der Halle spähte, um sich zu vergewissern, dass er unbesorgt eintreten konnte, und Hugh nahm an, dass es Lady Eleanor war, mit der er lieber nicht zusammentreffen wollte.

Er hätte sich über dieses alberne Gehabe amüsiert, wäre er nicht so gespannt darauf gewesen, den Grund für Pater Anselms seltsame Weigerung zu erfahren. Erst hatte er es schlicht der Faulheit des Kirchenmannes zugeschrieben, dass er es ablehnte, seines Amtes als Beichtvater zu walten, doch als Eleanor aus der Kemenate ihrer Mutter verbannt wurde, schien es so, als wollte nicht nur der Pater, sondern auch Lady Anne nicht mehr mit Eleanor sprechen. Dem Tratsch der Mägde zufolge verzehrte Lady Eleanor sich vor Liebeskummer um Thaddeus Thurkell. Alle fanden es nur zu verständlich – schließlich war der gut aussehende Leibeigene der Einzige, der ihr je Paroli geboten hatte –, aber Hugh konnte es nicht recht glauben. Hatte sie denn nicht ein ums andere Mal ihren Hass auf den niedrig geborenen Knecht bekundet, ihn beschuldigt, ihre Mutter gegen sie aufgehetzt zu haben?

Überzeugt, dass Isabella die Wahrheit wissen müsste, hatte Hugh die Magd am Vorabend geradeheraus gefragt, weshalb ihre junge Herrin in die Spinnkammer verbannt worden war, doch Isabella hatte ihn nur mit großen, arglosen Augen angesehen und Ahnungslosigkeit bekundet. Er zweifelte nicht daran, dass sie log; die Frage war nur, wer sie zum Schweigen angehalten hatte und warum. Es machte ihn nur noch begieriger, die Wahrheit aufzudecken.

Er hatte es satt, ein Niemand in Develish zu sein, war gekränkt von Lady Annes mangelndem Vertrauen, das auch die Leibeigenen gegen ihn einnahm. Man begegnete ihm höflich genug, aber niemand erwies ihm den Respekt, der ihm zukam. Verwalter – oder Haushofmeister, ein Titel, auf den er Wert legte – war er nur dem Namen nach; im Grunde diente er lediglich als Sprachrohr für Lady Anne, wenn es ihr gefiel, ihn als Boten einzusetzen.

Er grollte ihr dafür, dass sie ihm seine Loyalität nicht dankte, die er ihr in den Wochen seit Sir Richards Tod doch vielfach erwiesen zu haben glaubte. Er fand, sie schuldete ihm die gleiche Achtung, die sie Thurkell entgegenbrachte – indem sie ihm ihre Gedanken offenbarte und seinen Rat suchte –, aber stattdessen behandelte sie ihn von oben herab. Männer wie John Trueblood und Adam Catchpole sah er schmunzeln, wenn er Miladys Anweisungen an sie weitergab. Sie wussten so gut wie er, dass jeder kleine Junge die Aufgabe ganz genauso hätte erfüllen können.

Was war ein Gutsverwalter ohne Macht? Wozu ihn mit dem Amt betrauen, wenn das Vertrauen fehlte? Suchte er einmal die Schuld bei sich, so fiel ihm freilich ein, wie er sich Sir Richard angedient hatte, während er das unscheinbare Eheweib im Leinenkittel und Nonnenhäubchen keines Blickes gewürdigt hatte. Aber was hätte er denn anderes machen können, wo er seine Stellung doch ihrem Gemahl verdankte? Nein, schuld war allein Lady Anne. Sie wahrte ihre Geheimnisse zu gut. Wie hätte ein Neuankömmling ahnen können, dass es die zurückhaltende kleine Frau war, die ihren Einfluss in Develish geltend machte, und nicht der selbstherrlich sich aufplusternde Lehnsherr?

Hugh wusste eines ganz genau: Wissen war Macht. Das hatte er in Foxcote gelernt. Doch so sorgfältig er die Akten und Archive des Kontors durchstöberte, es ließ sich nichts finden, das er hätte nutzen können, um seinen Einfluss zu vergrößern. Er hatte den Verdacht, dass Milady ein privates Tagebuch führte, denn die Berichte, die sie ins Hauptbuch schrieb, konnten nicht all die Stunden ausfüllen, die sie am Schreibpult des Verwalters verbrachte. Doch ein solches Tagebuch war unauffindbar, ebenso wie die Erlasse und Briefe, die offensichtlich in den Regalen fehlten, wo klaffende Lücken anzeigten, dass Pergamentrollen entfernt worden waren. Es schien, als hätte Lady Anne ihm schon misstraut, bevor sie ihm begegnete, allein deswegen, weil er auf Empfehlung von Sir Richards Schwester hergekommen war.

Breitbeinig und mit vor der Brust verschränkten Armen hinderte Hugh den Priester daran, sich an ihm vorbeizudrängen. Betrunken und haltlos faselnd wäre der Alte ihm lieber gewesen, aber nach einer Nacht des erholsamen Schlafs war Pater Anselm durchaus bei Vernunft und obendrein höchst verärgert, heimtückisch aus seiner Turmkammer gelockt worden zu sein.

»Ihr verschwendet Eure Zeit, wenn Ihr mich zu überreden hofft, Lady Eleanor die Beichte abzunehmen«, polterte er. »Sie hat den Verstand verloren. Nur eine Verrückte würde einem Priester mit der Peitsche drohen, um die Absolution zu erlangen.«

Von der Peitsche hatte Hugh noch nichts gehört, doch auch dies konnte wohl kaum eine derart kategorische Weigerung erklären. »Das solltet Ihr Euch nicht so zu Herzen nehmen, Pater. Lady Eleanor droht uns allen, wenn sie sich aufregt. Es ist die einzige Methode, die sie kennt, um ihren Willen durchzusetzen. Spricht diese Heftigkeit nicht eher dafür, wie sehr sie Eures geistlichen Beistands bedarf, als für irgendeinen ernsthaften Wunsch, Euch etwas anzutun?«

Der Alte funkelte ihn zornig an. »Kommt Ihr auf Lady Annes Betreiben? Sind dies die Worte, die sie Euch in den Mund gelegt hat? Wagt sie es, die Kirche der Heuchelei zu bezichtigen und sich dann noch an einen Priester zu wenden, um ihre Tochter von Dämonen zu befreien? Ihr tut Euch selbst nichts Gutes in meinem oder Gottes Angesicht, indem Ihr Euch so von ihr ausnutzen lasst, Master de Courtesmain.«

Hugh ließ sich seine Überraschung nicht anmerken. *Heuchelei? Dämonen?* »Falls Lady Anne sich kränkend geäußert hat, so habe ich zumindest nichts davon gewusst«, tastete er sich vor. »Bitte nehmt meine Entschuldigung an, sollte ich aus Versehen das Gleiche getan haben. Ich bin ein gläubiger Mensch, wie Ihr wisst, und möchte mich keinesfalls, nicht einmal unwissentlich, gegen meinen Schöpfer versündigen.«

Aber Pater Anselm war nicht in der Stimmung für falsche Demutsbekundungen. »Kehrt zurück zu Milady und sagt ihr, sie soll die Verrücktheit ihrer Tochter mit Kräutern kurieren, bevor sie die Kirche heranzieht. Ich kann nichts für Lady Eleanor tun, solange sie in diesem Zustand der Raserei verharrt. Das Mädel fällt jedes Mal in Ohnmacht, wenn ihr Hirn sich vor Wut überhitzt.«

»Das klingt ja, als ob sie besessen wäre.«

»Was Wunder, mit einer Ketzerin als Mutter und einem Vater, der in ungeweihter Erde begraben liegt. Die Schuld liegt bei Lady Anne, also soll sie es auch wiedergutmachen. Sie hat diese Geistesverwirrung über ihre Tochter gebracht mit ihrer Gotteslästerei und Verhöhnung der Kirche und ihres gottgefälligen Ehegemahls.«

Hugh schwirrte der Kopf. »Ihr glaubt also, Gott bestraft Lady Eleanor dafür, dass ihre Mutter ihn gelästert hat? Wann ist das denn geschehen, Pater?«

Der Priester war nicht gewillt zu antworten. Mit einem plötzlichen Vorstoß nutzte er seine breitere Statur, um den Franzosen beiseitezustoßen. »In Develish sind wahrlich teuflische Zustände eingetreten, seit Sir Richard sie als seine Braut heimführte«, murmelte er, während er sich hinauf in seine Turmkammer trollte. »Nur Satan würde Gottes Gesetze verlachen und Leibeigene lehren, sich auf gleicher Höhe mit der Herrschaft zu wähnen. So hat Milady ihre Tochter zerstört und muss nun die Folgen tragen.«

Gerade wollte er die Tür seiner Kammer schließen, als

Hugh den Fuß in den Türspalt schob. »Soll das heißen, Leibeigene sind verantwortlich für Lady Eleanors Zustände? Wer genau, und was haben sie ihr getan? War es Thaddeus Thurkell? Sie hasst ihn mit besonderer Inbrunst, seit Lady Anne sich ihn zum Vertrauten erkoren hat.«

»Und mit Recht!« Der Alte machte Anstalten, die Türkante gegen das weiche Leder von Hughs Stiefel prallen zu lassen. »Welchen Platz hat Lady Eleanor noch in dieser Welt, wenn sogar ein niederer Knecht ermutigt wird, sich als ihr ebenbürtig zu betrachten?«

ACHTZEHN

Thaddeus' Lager am Fluss Pedle

In der Woche, die der Errichtung ihres Lagers folgte, oblag es den Jungen, sich um die Pferde zu kümmern und Kaninchen und Eichhörnchen zu fangen, während Thaddeus für Stunden verschwand, um so viel wie möglich über die umliegenden Dörfer in Erfahrung zu bringen. Da er sich vorerst noch scheute, irgendein Anwesen zu betreten oder sich zu erkennen zu geben, ging er zu Fuß und beobachtete jegliche Ansiedlung aus der sicheren Deckung des Waldsaums. Er lief viele Meilen, um die Landgüter von allen Seiten zu erkunden und im Geiste eine Landkarte der Gegend zu erstellen, mitsamt allen Wegen, Pfaden und Flussläufen. Jeden Abend schlug er den Jungen die Bitte ab, ihn am nächsten Morgen begleiten zu dürfen. Es wäre töricht, meinte er, sie alle der Pestgefahr auszusetzen, solange es nicht unbedingt nötig sei.

Die Wahrheit sah anders aus. Sie waren einfach noch nicht abgehärtet genug, mit anzusehen, was er sah, und er fragte sich, warum er je gedacht hatte, halbwüchsige Jungen könnten den Platz ihrer Väter einnehmen. Selbst Gyles, der Sir Richard bis zu seinem Tode gepflegt hatte, würde vor den halb zerrissenen Leichen zurückschrecken, die im Staub der südöstlich vom Fluss Pedle wegführenden Straße lagen.

Thaddeus war durch den Gestank vorgewarnt worden, doch sein hastiger Rückzug hatte ihm nicht den schockierenden Anblick freiliegender Eingeweide erspart. Wo Menschen zu Tode kamen, gediehen die Aasfresser.

Innerhalb von acht Tagen hatte er in diesen Dörfern nur einen einzigen lebenden Menschen gesehen: einen Bettelmönch, der vor einer Tür in Athelhelm auf den Knien lag und Blut und Galle spie. Das Gesicht unter der Kapuze war schmerzverzerrt, und Thaddeus nahm an, dass er ebenso krank war wie die, die er versorgte. Und doch raffte er sich wieder auf, um den flehenden Rufen zu folgen, die aus den Häusern drangen. Wohl wissend, dass er zu solcher Selbstverleugnung niemals fähig wäre, fragte sich Thaddeus, womit ein heiliger Mann wie dieser Mönch einen so schrecklichen Tod verdient hatte.

Auf hundert Schritt Entfernung wehte ihn der süßliche Hauch der Verwesung aus dem Dorf Athelhelm an. In Afpedle war es das Gleiche. Thaddeus' Schätzung nach hatte das Dorf einmal mindestens vierhundert Bauersleute beherbergt, aber das Einzige, was jetzt noch von ihnen zeugte, war der durchdringende Gestank des Todes. Sosehr er auch versuchte, die grausigen Bilder aus seinem Kopf zu verbannen, tauchten sie in seinen Träumen doch wieder auf. Am schrecklichsten war der Anblick eines kleinen Kindes, das von Hunden zerfleischt wurde, denn es war nicht zu erkennen, ob es schon tot gewesen war, als es aus der Wiege gezerrt wurde. Das Zucken der winzigen Ärmchen zwischen mächtigen Reißzähnen hatte noch den Anschein von Leben.

Jeden Abend kehrte Thaddeus durch den aufsteigenden Nebel zurück, den Rucksack voller Kräuter, Platterbsen und Bohnen für den Kochkessel. Er sagte nie, woher er die Sachen nahm, aber die Jungen errieten, dass er sich auf den

Feldern bedient hatte. So kamen sie auch von selbst darauf, dass die Dörfer rings umher menschenleer sein mussten, denn es war unmöglich, Feldfrüchte zu stehlen, während die Bauern bei der Arbeit waren. Sie hätten Thaddeus mit Gebrüll bis zum Lager verfolgt und es ihm und seinen Begleitern heimgezahlt.

Um die Jungen zu beschäftigen, während er fort war, wies er sie an, ihre Fertigkeiten im Bogenschießen auf der Uferwiese zu üben und sich die Ziele dabei nach und nach immer weiter zu stecken. Noch immer war es Ian, der für Ordnung zu sorgen hatte, und oft genug musste er dafür seine Fäuste einsetzen. Am Ende der Woche hielten die Jungen die quälende Monotonie nicht mehr aus und beknieten Thaddeus förmlich, ihnen endlich etwas Sinnvolles zu tun zu geben.

»Wir drehen noch durch vor Langeweile«, sagte Ian. »Wie sollen wir dir denn helfen, Vorräte für Develish aufzutreiben, wenn wir nie das Lager verlassen dürfen?«

Thaddeus nickte, während er sich fragte, ob sie bei der ersten Aufgabe, die er ihnen stellte, nicht erst recht durchdrehen würden. Es gab vieles, was schlimmer war als Langeweile.

Er hieß sie sich um das Feuer versammeln, das noch entfacht werden musste, und begann, ihnen die Dörfer rings umher zu beschreiben. Das größte war das, was er für Afpedle hielt; es befand sich auf der anderen Seite des Flusses, etwa eine Meile in südwestlicher Richtung. Auf den Wiesen grasten an die dreihundert Schafe, das Dorf selbst aber war verwaist. Das Gleiche galt für das im Osten, dessen Namen er nicht kannte. Es war ganz anders als Develish oder Afpedle, mit größeren Fachwerkhäusern zwischen den Lehmkaten und Vorhängeschlössern an fast allen Türen. Keiner der Bauten war als Herrenhaus erkennbar, obwohl ausgedehnte bewirtschaftete Ländereien zwischen den Häusern lagen. Auf den Wiesen am Fluss musste einst sehr viel Vieh gegrast haben, denn der Dung war noch überall sichtbar, aber jetzt war das Dorf von Mensch und Tier verlassen. Thaddeus beschrieb es als einen Ort ohne Leben, wo nicht einmal Ratten zu sehen waren. Doch eine Meile weiter nördlich gab es ein weiteres Anwesen mit einem herrschaftlichen Steinhaus, einer Kirche, etlichen Bauernkaten und massenweise Ratten.

Edmund schauderte. »Ich *hasse* Ratten.«

»Na, gewöhn dich lieber dran, denn sie sind überall«, entgegnete Thaddeus ungerührt. »Ich hab noch nie so viele gesehen – und dazu noch so dreiste. Sie mästen sich an dem Korn, das die fliehenden oder sterbenden Bauern zurückgelassen haben.« Er nickte nach Westen hin. »In der Richtung gibt es auch noch eine Ansiedlung. Ich glaube, das ist Athelhelm, denn dort befindet sich die Furt, wo die Landstraße nach Afpedle den Fluss quert. Es sind zwar noch Leute da, aber die meisten scheinen im Sterben zu liegen.«

»Woher weißt du das?«, fragte Ian.

»Ich hab einen ganzen Tag damit zugebracht, einen Mönch zu beobachten, der von Haus zu Haus ging. In jedem Haus hielt er sich lange auf, offensichtlich um Trost und Hilfe zu spenden. Manchmal habe ich Schreie aus den Häusern gehört.«

»Hast du mit dem Mönch gesprochen?«

Thaddeus schüttelte den Kopf. »Er konnte sich selbst kaum noch auf den Beinen halten. Bestimmt hat die Pest auch ihn schon ereilt.«

»Hatte er Beulen?« Peters Augen glänzten vor morbider Neugier.

»Wenn ja, dann waren sie unter seiner Kutte verborgen. Zur Sicherheit sollte man jeden meiden, der sein Haupt verhüllt. Wer weiß, vielleicht waren die Leute von Athelhelm frei von der Seuche, bis sie einem Bettelmönch Barmherzigkeit erwiesen.«

»Was, wenn er bis nach Develish kommt?«, fragte Joshua.

»So weit schafft er es nicht mehr«, sagte Thaddeus. »Er wird am Straßenrand liegen bleiben wie ein Leichnam, den ich weiter östlich sah.« Er lächelte grimmig angesichts ihrer betroffenen Mienen. »Der Tod ist überall um uns herum. Der Mönch war der einzige Lebende, den ich sah, und er ist eher eine Gefahr für uns als für Develish. Überhaupt müssen wir uns vor Athelhelm hüten.«

»Warum das?«, wollte Ian wissen.

»Wir kommen nicht drum herum, wenn wir Schafe oder eine Wagenladung Korn von Afpedle nach Develish bringen wollen.« Mit der Stiefelsohle strich Thaddeus die kalte Asche des gestrigen Lagerfeuers glatt. »So sieht die Gegend rings um uns aus. Ich habe sie von beiden Seiten des Hügelkamms her in Augenschein genommen und bin jeden Weg mehrere Meilen entlanggegangen.« Er nahm einen Stock und tupfte damit eine Kuhle in die Asche. »Da ist Develish« – er zog eine gerade Linie zu einer weiteren Kuhle –, »und da ist die Furt bei Athelhelm. Der Fluss fließt von West nach Ost« – er zog eine weitere Linie, im rechten Winkel zur ersten –, »und Afpedle liegt hier, an der Straße, die nach Süden führt.«

»Und was ist mit dem Dorf im Osten?«, fragte Olyver. »Hat das keine Furt, die wir nutzen könnten? Wo führt denn die Straße hin, an der das Dorf liegt?«

Thaddeus tupfte noch eine Kuhle in die Asche und zog von dort aus je eine Linie aufwärts und abwärts. »Sowohl gen Norden als auch gen Süden biegt die Straße leicht nach Osten ab. Ich weiß nicht, wohin sie in südlicher Richtung führt, aber in nördlicher Richtung führt sie wohl nach Blandeforde.«

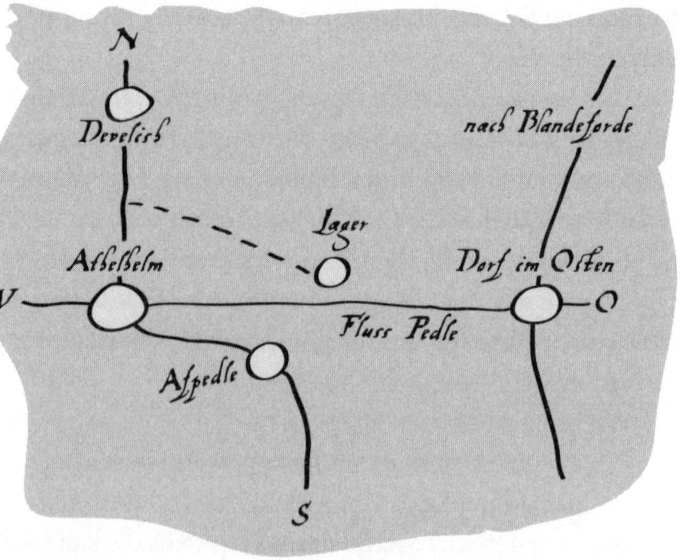

Die Jungen betrachteten die geometrischen Muster, die er in die Asche gemalt hatte. »Vielleicht führen alle Wege nach Blandeforde … auch unserer«, sagte Edmund. »Es muss ein wichtiger Ort sein, wenn dem Lord dort alles Land im Umkreis von Meilen gehört.«

Joshuas angeborene Furchtsamkeit spiegelte sich in seiner Miene. »Es wäre Wahnsinn, uns mit gestohlenen Schafen und einem gestohlenen Wagen dort in die Nähe zu wagen«, wandte er ein. »Da wird's doch wohl überall Büttel geben.«

Thaddeus zwinkerte ihm belustigt zu. »Eins nach dem anderen. Erst müssen wir uns mal einen Wagen aneignen. Ich weiß nicht, wie das gehen soll, geschweige denn, auch noch Schafe zu stehlen.«

»Aber du sagst doch, Afpedle ist menschenleer.«

»Es sieht so aus.« Thaddeus nickte. »Aber das heißt nicht, dass es auch wirklich so ist. Vielleicht haben die Leute sich hinter die Mauern des Herrenhauses geflüchtet und all ihre Karren und Vorräte mitgenommen.« Er hielt inne, um sich das, was er erspäht hatte, noch einmal ins Gedächtnis zu rufen. »Auf den Gemeindewiesen grasen rund dreihundert Schafe, aber es gibt nur einen Weg, um sie hinauszutreiben, und der führt mitten durchs Dorf.«

»Na und?«, sagte Ian. »Wenn alle hinter den Mauern hocken, werden sie aus Angst vor der Pest auch nicht mehr hervorkommen. Wir können uns nehmen, was immer wir wollen.«

Thaddeus dachte an den Besuch, den er Afpedle an jenem Tag abgestattet hatte. Er hatte gehofft, dass die inzwischen gesättigten Hunde verschwunden wären. »Milord of Afpedle hat nicht die gleichen Vorbereitungen getroffen wie wir. Er mag sich vor der Pest verschanzt haben, aber er hat nicht versucht, seine Bauern zu retten.«

»Woher weißt du das?«

»Hunde machen sich gegenseitig die Leichen in den Hütten streitig. Der Verwesungsgeruch ist entsetzlich. Wo die Türen sperrangelweit offen stehen, liegen nur noch blutige Kleiderfetzen am Boden. Raben und Ratten sind überall, und sobald es Nacht wird, gesellen sich wohl auch noch Füchse und Dachse dazu.«

Die Jungen schwiegen betroffen.

Thaddeus blickte grübelnd in die Asche. »Ich kann es mir nicht erklären. Als Gyles Sir Richard pflegte, rief ihm ein Reiter auf der Landstraße zu, dass die Pest in Afpedle schon fünfzig Opfer gefordert habe, und doch müssen bis vor Kurzem noch Menschen in den Hütten gelebt haben. Sonst wäre der Verwesungsgeruch nicht so übermächtig.«

Olyver war der Erste, der seine Stimme wiederfand. »Und was kannst du dir nun nicht erklären?«, fragte er.

»Weshalb nicht alle in Afpedle zur gleichen Zeit gestorben sind.«

»Vielleicht waren manche stark wie Gyles und haben darum länger überlebt«, meinte Edmund.

»Aber warum sind sie dann nach zwei Monaten doch krank geworden?«, fragte Thaddeus. »Es muss noch eine andere Art der Ansteckung geben als das Einatmen der vergifteten Dünste eines Kranken.«

»Vielleicht sind sie an etwas anderem gestorben«, mutmaßte Ian. »Vielleicht haben Räuber sie umgebracht.«

»Um *was* zu rauben?«

Der Junge zuckte die Achseln. »Korn?«

Thaddeus schüttelte den Kopf. »Bauern verteidigen einen Sack Korn nicht mit ihrem Leben, wenn es noch genug zu essen draußen auf den Feldern gibt. Und keines der Felder ist ganz abgeerntet.«

Joshua hob zögernd die Hand. »Du hast Gyles angewiesen, die Kleider abzulegen und nackt durch den Wassergraben zu schwimmen, falls er die Krankheit irgendwie am Körper trüge«, erinnerte er Thaddeus.

»Aber nur, um euch alle zu überzeugen, dass er gesund war. Sonst hätten manche geargwöhnt, dass er Beulen unter den Kleidern verbirgt.«

»Das Wasser könnte ihm gutgetan haben. Lady Anne sagt immer, waschen ist gut für uns.«

Thaddeus blickte stirnrunzelnd über den Fluss hin. Er entsann sich, wie Gyles nach den Beerdigungen von Sir Richard und den beiden anderen, die ihm nachfolgten, ein Bad im Devil's Brook genommen hatte. Jedes Mal hatte er Thaddeus um frische Kleider gebeten. Er sagte, er werde das Gefühl nicht los, dass der Dreck der Männer noch an ihm klebte. Er hatte Jacke, Hemd und Hose verbrannt und sich erst als gereinigt erklärt, nachdem er sich auch noch den Bart geschoren und die kurz geschnittenen Haare mit Pottasche und Soda bearbeitet hatte.

Thaddeus wünschte, er wäre damals schlau genug gewesen zu fragen, in welcher Form dieser »Dreck« sich zeigte, anstatt mit ein paar gemurmelten Worten des Mitgefühls auf Abstand zu gehen. Oft hatte er gefragt, auf welchem Wege die Pest in Bradmayne eingedrungen sei, aber der Vater der Zwillinge konnte ihm nur sagen, dass bei ihrer Ankunft noch niemand Anzeichen der Krankheit zu erkennen gegeben habe, bei ihrer Abreise neun Tage später jedoch schon mindestens siebzig Menschen gestorben waren. Die Bauern im Dorf waren die Ersten, die betroffen waren, aber die Seuche hatte sich bald auch in Milord of Bradmaynes Anwesen ausgebreitet.

Lady Anne hatte Gyles ebenfalls ausgefragt, nachdem er wieder zurückgekehrt war. Ob Sir Richard auf seiner zwei Tage währenden Reise nach Bradmayne nichts von der Krankheit gehört habe? Ob Milord of Bradmayne noch nichts davon gewusst habe?

Gyles konnte nicht für Sir Richard oder Milord of Bradmayne antworten, nur bezeugen, dass er selbst unterwegs nichts von einer tödlichen Krankheit gehört habe. Nach einer Woche habe er freilich gemerkt, dass im Dorf etwas im Argen lag, aber seine Warnungen waren von Sir Richards Gardehauptmann in den Wind geschlagen worden. Sir Richards Tage waren mit Würfelspiel und Zechgelagen ausgefüllt, und solange Wein und Bier in Strömen flossen, wurde das Sterben der Bauern ignoriert.

»Und was brachte Sir Richard schließlich dazu, sich ernüchtert auf den Heimweg zu machen?«, hatte Lady Anne trocken gefragt.

»Lady Eleanors Zukünftiger war der Erste in dem Haushalt, der von der Krankheit befallen wurde, Milady. Als Sir Richard dies erfuhr, war er nicht mehr geneigt, die Mitgift zu übergeben. Noch in derselben Stunde brachen wir auf, und das Gold nahmen wir wieder mit.«

»War Sir Richard da schon erkrankt?«

»Das kann ich nicht sagen, Milady. Er klagte über Kopfweh, nachdem wir in Steynsford übernachtet hatten, doch er schob es auf die Nachwirkungen seiner Zecherei. Die meisten Leute in seiner Garde hatten Fieber. Drei sind gar nicht mehr aus Bradmayne aufgebrochen, und fünf weitere waren am zweiten Abend schon zu schwach, um sich auf dem Pferd zu halten.«

»Was ist mit ihnen passiert?«

»Wir ließen sie im Wagen vor Pedle Hinton, Milady. Sir Richard bezweifelte, dass er ein Bett für die Nacht fände, wenn er kranke Männer in seinem Gefolge hätte.«

»Aber er hatte keine Skrupel, sich selbst als gesund auszugeben?«

»Absolut keine, Milady. Er hätte das Gleiche auch hier getan, wenn Ihr ihm nicht den Einlass verwehrt hättet. Dort machte das allerdings keinen Unterschied. Die Pest hatte Pedle Hinton schon befallen, bevor wir dort ankamen.« Gyles schüttelte müde den Kopf. »Ich wünschte, ich könnte Euch eine größere Hilfe sein, aber ich kann mir auch nicht erklären, warum die Seuche sich so schnell ausbreitet. Als wir auf der Hinreise durch Dorchester geritten sind, herrschte noch reges Treiben auf dem Marktplatz. Elf Tage später waren die Türen verrammelt und die Fensterläden geschlossen, und die wenigen Leute, die wir sahen, liefen ängstlich vor uns davon. Mein Lebtag habe ich keine solche Verödung gesehen, die sich in so kurzer Zeit ereignete.«

Nichts von dem, was Gyles berichtete, ließ Lady Anne oder Thaddeus zu dem Schluss kommen, dass die Pest im Vergleich zu anderen tödlichen Krankheiten etwas völlig Neues sei. In ihrem Kloster hatte Lady Anne gelernt, dass Fieber und Blattern durch Kontakt zu den Kranken übertragen wurden, und sie hatte oft genug bewiesen, dass die Isolierung der Kranken, seien es Menschen oder Schafe, die Ausbreitung der Krankheit eindämmte. Doch genau wie Gyles hatte sie noch nie von einer Krankheit gehört, die so schnell von Ort zu Ort zog und so viele Menschen dabei tötete. Hätte Melcombe nicht südwestlich von Develish gelegen und hätten die warmen Sommerbrisen nicht aus jener Richtung geweht, dann wären Thaddeus und sie zu dem Schluss gekommen, die Seuche würde durch den Wind vorangetragen. Doch als die Tage vergingen und niemand sich in Develish mit der Pest ansteckte, verließ sie die Angst. Thaddeus meinte, Gyles habe die Zahl der Toten womöglich überschätzt.

»Versperrte Türen und Fenster könnten ja auch die Lebenden geschützt haben, Milady. Nur Verrückte würden sich aus dem Haus wagen, wenn draußen eine tödliche Seuche grassiert.«

Lady Anne schüttelte den Kopf. »Der Bote des Bischofs sprach von Hunderten Toten in Melcombe. Hielte ich es für möglich, würde ich sagen, es müssten wohl Gesunde sein, die das Übel von einem Ort zum nächsten tragen – reisende Händler und Tagelöhner, zum Beispiel –, aber wie können sie andere anstecken, ohne selbst krank zu sein?«

»Sir Richard ist zwei Tage lang geritten, bevor ihn seine Kräfte verließen«, erinnerte sie Thaddeus. »Ein reisender Händler wäre vielleicht stark genug, eine Woche lang weiterzuziehen, bevor er zusammenbricht.«

»Während er die ganze Zeit schon weiß, dass er krank ist? Wie selbstsüchtig muss einer sein, dass ihm so wenig am Leben der anderen liegt?«

»Ich bezweifle, dass reisende Händler so gebildet sind wie Ihr, Milady. Die meisten glauben wohl, was die Kirche ihnen sagt: dass Leben und Tod in Gottes Hand liegen, nicht in der ihren.«

Doch je länger er später darüber nachdachte, desto wahrscheinlicher schien es ihm, dass Lady Anne recht haben könnte. In den Anfangstagen der Seuche hatte er viele Leute über die Landstraße ziehen sehen, und zu seiner Erleichterung war nie einer am Wegrand liegen geblieben. Er hatte angenommen, dass nur die Gesunden noch versuchten, sich in Sicherheit zu bringen, bis er Gyles fragte, wo Shafbury lag, einer der verwüsteten Orte, die Milord of Bourne genannt hatte. Zwei Tagesritte gen Norden, hatte Gyles gesagt, an derselben Landstraße, die auch durch Develish führte.

Irgendwann hatte Thaddeus es aufgegeben, sich den Kopf darüber zu zerbrechen. Es ergab keinen Sinn, dass einer gesund sein und dennoch die Krankheit an sich tragen konnte. Wie sollte das möglich sein? Wo wäre die Krankheit dann? Wie sähe sie aus? Manchmal ertappte er sich bei dem Gedanken, dass die Erklärung der Kirche die vernünftigste sei – Gott allein entschied, wen es treffen sollte –, und er hätte sogar daran geglaubt, wenn irgendjemand in Develish die Pest bekommen hätte. Doch die Tage wurden zu Wochen, und niemand erkrankte. Es war, als verhinderte ihre Abschottung von der Welt jegliche Krankheit, nicht nur die Pest.

Er entsann sich dieser Gedanken, während Joshua von Lady Annes Hang zur Sauberkeit sprach. Sie bestand noch mehr darauf, dass die Leute auf Reinlichkeit achteten, seit sie alle innerhalb der Mauern zusammengepfercht waren, mit der Begründung, dass so viele Menschen auf so engem Raum nach Kräften trachten mussten, Ärger und Unbill abzuwenden. Manche hatten ihre Ideen lachhaft gefunden, als sie noch neu in Develish gewesen war. Da drängte eine Vierzehnjährige erwachsene Mütter, ihren Kindern die Läuse aus den Haaren zu sammeln, da verbot eine Vierzehnjährige gestandenen Männern, ihre Notdurft zu verrichten, wo es ihnen gerade gefiel. Viele hatten eine solche Einmischung unverschämt gefunden und sich gefragt, wie ein junges Mädchen ohne Lebenserfahrung sich erdreisten konnte, Ältere unterweisen zu wollen.

Als es im Laufe der Zeit immer augenfälliger wurde, wie sehr ihr das Wohlergehen der Menschen am Herzen lag – weit mehr als ihrem Herrn und Gebieter –, begannen sie auch einzusehen, dass all diese Neuerungen etwas für sich hatten. Es ließ sich nicht abstreiten, dass die Gesundheit der Kinder sich unter der Obhut Lady Annes besserte und dass die Aushebung einer Latrine abseits des Dorfes den häufigen Durchfallerkrankungen ein Ende setzte, die früher solch eine Plage gewesen waren. Thaddeus hatte Lady Anne einmal gefragt, warum sie Exkremente so fürchtete, dass sie nicht mal erlaubte, sie in den Bach zu schütten. War das nicht, was jedermann tat?

»Gewiss«, hatte sie zugestimmt, »aber wer würde aus einem Krug trinken, der Kot enthält? Schon in der Bibel lehrte Moses die Israeliten, sich an Körper und Geist rein zu halten und ihren Abfall abseits vom Lager zu vergraben. Diese Weisungen waren ihnen auf ihren langen Wanderungen durch die Wildnis sehr nützlich. So blieben sie als Volk stark und fanden den Weg ins Gelobte Land. Wir täten gut daran, von ihnen zu lernen.«

Thaddeus hätte nicht mehr sagen können, wie oft Lady Anne aus der Heiligen Schrift zitierte, um zu beweisen, dass sie das Recht auf ihrer Seite hatte. Es hörte sich seltsam an, wenn sie sich so überzeugt gegen die Lehren der Kirche stellte. Im Laufe der Zeit begriff er, dass sie einen Unterschied machte zwischen dem, was sie in der Bibel las, und dem, was von der Kanzel herab gepredigt wurde. Als er dann des Lesens mächtig war, hatte sie die Parabeln Jesu auf Englisch niedergeschrieben und ihn angewiesen, sie sorgfältig zu lesen und sich selbst eine Meinung darüber zu bilden, ob Gott beabsichtigt habe, die Armen leiden zu lassen, auf dass die Reichen im Überfluss lebten.

Jetzt rief er sich unwillkürlich ihr Gesicht in Erinnerung und wünschte, sie wäre an seiner Seite, um ihn an ihrer Weisheit teilhaben zu lassen. »In Afpedle ist alles voller menschlicher Ausscheidungen«, belehrte er die Jungen. »Am lautesten hört man das Summen der Fliegen. Die Hunde fressen den Kot, der überall um die Häuser verteilt liegt. Wer weiß, ob sie nicht schon die Pest an den Zähnen tragen.«

Ein langes Schweigen trat ein. Die Jungen bereuten es jetzt, sich unzufrieden mit ihrem Lagerdasein gezeigt zu haben. Es war eine Sache, sich beim ewigen Bogenschießen zu langweilen, aber eine ganz andere, sich in eine Welt voller unvorstellbarem Grauen hinauszuwagen.

»Aber was sollen wir denn nun machen?«, fragte Ian. »Mit leeren Händen nach Develish zurückkehren?«

»Kommt ganz drauf an, wie brutal ihr vorgehen wollt«, sagte Thaddeus. »Die schnellste Art, diese Dörfer zu säubern, ist, das zu tun, was Milord of Bourne mit unserem Dorf getan hat: es niederbrennen. Wenn alles nur noch Asche ist, werden die Aasfresser sich verziehen.«

»Aber du sagst doch, in Athelhelm gibt es noch Lebende«, protestierte Peter.

»Stimmt«, entgegnete Thaddeus ungerührt, »und wir können nur hoffen, dass sie zu schwach sind, von ihren Betten aufzustehen, wenn wir ihre Strohdächer anzünden.« Er langte nach Kleinholz, um ein neues Feuer auf der Asche zu entfachen. »Sonst sterben sie draußen an der Landstraße, und aus ist's mit dem Vorhaben, Schafe durch Athelhelm zu treiben.«

Er wanderte stromabwärts am Flussufer entlang und zog die Stiefel aus, um ins Wasser zu gehen. Aus dem Lager konnte er noch die aufgeregten Stimmen der Jungen hören, doch er verschloss die Ohren vor ihrer Auseinandersetzung. Sie mussten lernen, ihre Entscheidungen selbst zu treffen, frei von seinem Einfluss, damit sie ihn später nicht beschuldigen konnten, sie zu irgendetwas gezwungen zu haben.

Der Nebel, der jeden Abend aufstieg, wenn die Luft über dem Tal abkühlte, zog wie Rauch über das Wasser. Im Fluss, der sehr viel breiter war als Devil's Brook, wimmelte es von Fischen, doch bisher war es den Jungen noch nicht gelungen, welche zu erwischen. Jetzt, in der Dämmerung, hoffte Thaddeus auf mehr Anglerglück. Die Forellen in den Schlaf zu kitzeln war eine der wenigen Fertigkeiten, die sein Stiefvater ihm im Laufe der Jahre beigebracht hatte. Sir Richard, der das süße rosa Fleisch für sich beanspruchte, ahndete jegliches Fischestehlen mit Peitschenhieben, doch nur die wenigsten ließen sich davon abschrecken. Wenn das Essen knapp war, überwog die Verheißung einer Mahlzeit bei Weitem die Angst vor der Pein.

Will war besonders geschickt darin, die Finger sanft von der Schwanzflosse zu den Kiemen gleiten zu lassen, obwohl

Thaddeus nie verstanden hatte, warum. Es brauchte Geduld, um die Fische unter der Deckung der Pflanzen auszumachen und sie behutsam in Trance zu versetzen, und genau diese Eigenschaften fehlten Will im täglichen Leben. Dennoch konnte er durchs Wasser waten wie ein Geist oder stundenlang am Ufer liegen und darauf warten, dass eine Forelle an die Oberfläche stieg – ausgerechnet der jähzornige Will, der sonst bei jeder Kleinigkeit aus der Haut fuhr.

Das Wasser war wärmer als die Luft, was auch der Grund für den Nebel war. Am Rand reichte es Thaddeus nur bis an die Knie, und er blieb einen Moment stehen, bis der aufgewühlte Schlamm sich wieder gesetzt hatte. Die Angst, dass die Pest durch das Wasser übertragen werden könnte, hatte sich gelegt. Sie befanden sich stromabwärts von Athelhelm und tranken seit Tagen aus dem Fluss, doch keinem von ihnen ging es deswegen schlechter.

Nahebei hörte er eine Wasserratte ins Wasser platschen, die sich offenbar nicht durch seine Anwesenheit stören ließ. Will hatte ihn gelehrt, dass Forellen stets gegen die Strömung ausgerichtet standen, wenn sie unter den Ufergräsern ruhten, und nun begann er, langsam flussaufwärts zurückzugehen, wobei er die Finger vorsichtig durchs Wasser gleiten ließ, immer darauf gefasst, eine Schwanzflosse oder einen seidigen Fischbauch zu ertasten. Drei verlor er durch Ungeschicklichkeit, ehe er eine erwischte, die Finger in die Kiemen hakte und sie in weitem Bogen ans Ufer warf, damit sie nicht zurückspringen konnte. Doch während er nun erneut wartete, dass wieder Ruhe einkehrte, fiel es ihm schwerer, die durchdringenden Stimmen der Jungen auszublenden.

»Also mir leuchtet das ein«, tönte Ian. »Wenn man die Schafe nur von Afpedle nach Develish treiben kann, indem man die Kranken in Athelhelm verbrennt, dann müssen wir das eben tun.«

»Ist mir ganz egal«, schrie Joshua zornig. »Das ist Mord, und so was mache ich nicht mit.«

»Sie sterben doch ohnehin«, warf Edmund ein.

»Wie willst du das wissen?«, entgegnete Peter. »Du weißt gar nichts von der Pest. Keiner von uns weiß irgendetwas. Vielleicht kann man sich damit anstecken und überleben.«

»Vielleicht aber auch nicht.«

»Dann sollten wir warten, bis alle tot sind, bevor wir zur Tat schreiten.«

»Und woher wissen wir, ob sie tot sind?«, wandte Olyver ein. »Habt ihr vor, jedes Haus zu durchsuchen, um sicherzugehen, dass wir nur Leichen einäschern?«

»Das dürften wir auch nicht tun«, beharrte Peter. »Die Kirche verbietet die Verbrennung von Toten.«

»Wir kommen doch sowieso in die Hölle«, klagte Joshua.

»Nicht, wenn wir nach Develish zurückkehren und mit allen anderen verhungern«, entgegnete Ian. »Gott wird sein Wohlgefallen an uns haben, wenn wir uns und unsere Familien opfern anstelle von ein paar angefressenen Leichen.«

»So etwas sagt man nicht.«

»Wieso nicht? Glaubst du, Gott hört zu?« Ein Knüppel schlug aufs Feuer. »Thaddeus scheint ja sicher zu sein, dass in Afpedle keiner mehr am Leben ist. Dann können wir doch da anfangen, um zu sehen, ob es klappt. Wenn die Hunde und die Ratten aber bleiben und wir die Schafe nicht stehlen können, dann brauchen wir Athelhelm gar nicht erst abzubrennen.«

»Und wenn im Herrenhaus noch Leute am Leben sind? Die kriegen das doch mit!«

»Sie werden uns dankbar sein. Es kann nicht angenehm

sein, den Hunden beim Zerreißen von Leichen zuzusehen. Stell dir vor, du erkennst deine eigene Mutter an den Kleidern, die aus dem Haus gezerrt werden.«

»Du hast ja eine kranke Fantasie«, sagte Joshua.

»Und du läufst mit geschlossenen Augen durch die Gegend«, giftete Olyver, seinen Bruder in Schutz nehmend. »Du bist schon in der Hölle, du siehst es bloß nicht.«

»Lass gut sein«, sagte Edmund. »Du, Ian und ich können mit Thaddeus gehen, und Joshua und Peter können hierbleiben. Irgendwer muss ja auf die Pferde und das Lager aufpassen.«

Thaddeus' Fingerspitzen strichen leicht über eine Flanke. Er ließ sie zum Fischbauch hinabgleiten und tastete sich sanft streichelnd zu den Kiemen vor. Der Fisch war lang und fett, und Thaddeus nahm die andere Hand zu Hilfe, um ihn aus dem Wasser zu bugsieren. Das Tier hatte eine Menge Kampfgeist in sich, es war ein Methusalem, der nicht sterben wollte, und Thaddeus tat es für einen kurzen Moment leid, als er ihm die Kiemen aufriss und ihn ans Ufer schleuderte, damit er im Gras sein Leben aushauchte. Es erschien ihm plötzlich frevelhaft, dem Tod, der überall um sie her war, noch einen weiteren hinzuzufügen.

NEUNZEHN

Develish, Dorseteshire

Nach zwei Tagen wurden Rufe laut, dass ein Reiter sich auf der Straße von Norden her näherte. Er war allein, und sofort keimte in Develish die Hoffnung auf, es könnte ein Bote von Milord of Blandeforde sein. Lady Anne beorderte ihre Leute vorsichtshalber ins Haus und wählte sich nur Gyles Startout als Begleiter, um den Ankömmling zu begrüßen.

Er trug eine Uniform, die sie schon von fern erkannte. Der Waffenrock wirkte abgetragen, als wäre er seit dem letzten Mal, da sie ihn gesehen hatte, weder ausgebürstet noch abgelegt worden. Damals war der Reiter glatt rasiert gewesen, im normannischen Stil; jetzt waren Kinn und Wangen mit dichten Stoppeln bedeckt, wie bei englischen Knechten, die sich den Bart nicht schoren, sondern nur mit der Schere kürzten.

»Das ist der Gardehauptmann von Milord of Bourne«, raunte Gyles. »Was führt ihn zurück? Hat es ihm nicht gereicht, unser Dorf niederzubrennen?«

»Er sieht reichlich verwildert aus«, entgegnete Lady Anne. »Wir sollten uns vor ihm in Acht nehmen, Gyles. Wenn er jetzt ohne seinen Herrn und seine Waffenbrüder reitet, dann werden sie wohl der Pest erlegen sein.«

»Er wird merken, dass wir das Floß hergerichtet haben, Milady. Ich hätte es außer Sichtweite bringen lassen sollen.«

Lady Anne legte ihm beruhigend die Hand auf den Arm. »Dazu war nicht genug Zeit. Man braucht sechs starke Männer, um es anzuheben … und dieser Teufel hätte sich gleich gefragt, warum hier immer noch jemand stark genug ist, so eine Aufgabe zu bewältigen.«

Gyles klopfte auf den Bogen, der ihm über der Schulter hing. »Wenn Ihr den Befehl gebt, kann ich ihn leicht über den Haufen schießen, sobald er noch zwanzig Schritt näher kommt.«

Sie schüttelte den Kopf. »Nicht, bevor wir erfahren haben, welches Schicksal Milord of Bourne ereilt hat. Ich möchte mir keinen Ärger aufhalsen, bevor es unvermeidlich wird. Wir müssen mit List vorgehen, wie Thaddeus und ich letztes Mal.«

»Ich verfüge nicht über Thaddeus' Geschick mit Worten, Milady.«

Lady Anne drückte Gyles begütigend den Arm, ehe sie die Hand sinken ließ. »Dann sag nichts. Ich werde für uns beide sprechen.«

Sie warteten stumm, während das Streitross die letzten dreißig Yards bis zum Burggraben zurücklegte. Was der Hauptmann von der adretten kleinen Frau im Leinenkittel und dem grauhaarigen Leibeigenen an ihrer Seite hielt, war unklar, doch Lady Anne war sich bewusst, dass ihrer beider wohlgenährte Erscheinung sich stark von dem Bild eines pestverseuchten Anwesens unterschied, das sie letztes Mal heraufbeschworen hatte. Beißender Schweißgeruch wehte zu ihnen herüber, als der Reiter zum Halten kam.

Er machte eine knappe, ironische Verbeugung und sprach sie auf Französisch an. »Milord of Bourne lässt seine herzlichen Grüße ausrichten, Milady of Develish, und sendet Euch sein Beileid zum Verlust Eures Gemahls.«

»Wie kommt Ihr darauf, dass mein Gemahl tot ist, Sir?«

»Sonst hättet Ihr letztes Mal keine Ausflüchte machen müssen, Milady.« Seine Augen musterten sie von Kopf bis Fuß. »Es wird Milord freuen zu hören, dass Ihr noch frei von der Pest seid. Er bewundert Euch sehr für Euren Versuch, Sir Richards Leute vor einem Tod zu bewahren, der schon so viele dahingerafft hat.«

Lady Anne fragte sich, wie er dies in Erfahrung gebracht hatte, und die Angst zog ihr schmerzhaft das Herz zusammen. »Ihr scheint mir sehr viel kenntnisreicher als bei unserem letzten Treffen, Sir. Wie das?«

»Die Leute reden von Eurem Anwesen, Milady. Es ist bekannt für seine gute Luft und reichlichen Erträge.«

Das war wohl kaum eine Antwort. »Welche Leute? Wir lechzen nach Kunde von der Außenwelt. Wie geht es unseren Nachbarn in diesen Pestzeiten? Hat Milord of Bourne auch Pedle Hinton und Funtenel besucht?«

»Er hat alle Güter in dieser Gegend besucht, Milady.«

»Er ist aber nicht empfangen worden, wie sich aus Eurem verwahrlosten Äußeren schließen lässt. Deshalb die Frage, woher Ihr so viel über uns wisst.«

»Reisende haben Augen, Milady. Die Weiseren unter ihnen bewegen sich querfeldein, um die Ansiedlungen zu umgehen, und einige haben in Blandeforde berichtet, dass sie Leben hinter Euren Mauern gesehen haben. Die hohen Hügel um das Anwesen bieten gute Aussicht, und von unserem Feldlager am Hang in Richtung Norden haben wir jede Menge Geschäftigkeit wahrgenommen. So viel, dass Milord of Bourne bezweifelt, es habe hier überhaupt Tote gegeben, seit Ihr Euch hinter Eurem Wassergraben verschanzt habt.«

Lady Anne ließ sich nicht anmerken, wie erleichtert sie war, dass Thaddeus und seine Gefährten nicht gewaltsam zum Reden gebracht worden waren. »Meine Bauern werden sich freuen zu hören, dass Milord of Blandeforde von unserem Überleben erfahren hat, Sir. Sie machen sich Sorgen, dass vielleicht niemals Boten kommen werden, um das Ende der Pest zu verkünden.«

»Und sie sollten sich weiter sorgen, Milady. Milord of Blandeforde und sein ganzer Haushalt sind vor einigen Wochen aus Dorseteshire fort auf ihre Güter im Westen gezogen, wie auch die meisten seiner Vasallen ihre Lehnsgüter längst verlassen haben.« Er blickte von ihr zu Gyles hin. »Nur Witwen und Bauern sind noch übrig, und es werden von Tag zu Tag weniger.«

Lady Anne fasste seine Worte als Drohung auf. »Aber Milord of Bourne ist noch bei uns«, sagte sie leichthin. »Warum, Sir? Ein so rechtschaffener, der Sünde abholder Mann hätte doch gewiss Zuflucht in einer anderen Grafschaft finden können?«

»Er reitet für den König, Milady. Er ist hier, um eine Inventur aller Güter in Dorseteshire vorzunehmen.«

Sie musterte ihn prüfend. »Ihr beliebt zu scherzen.«

»Nein, Milady. Ich spreche die Wahrheit.«

»Weiß der König denn nicht, dass hier die Pest wütet?«

»Das kann ich nicht sagen, Milady. Ich empfange meine Weisungen von Milord of Bourne, und er empfängt die seinen vom König. Jeder von uns tut, wie ihm geheißen.«

»Mag sein, aber was nützt eine Inventur, wenn ein Feldarbeiter, der heute am Leben ist, morgen schon tot sein kann? Der Reichtum eines Gutes besteht aus seinen Leuten. Versteht Euer Herr das denn nicht? Seine Aufgabe ist ganz unsinnig. Er täte besser daran, zum König zurückzukehren und ihm von der Notlage in Dorseteshire zu berichten.«

Der Hauptmann schmunzelte in seinen Bart. »Erwartet Ihr wirklich, dass ich ihm das ausrichte?«

»Warum nicht?«

»Er hört nicht auf Weiberrat, Milady.«

Lady Anne lächelte schwach. »Dann überzeugt ihn wenigstens, dass er in Develish seine Zeit vergeudet. Eine Inventur wurde hier bereits letzte Mariä Himmelfahrt durch Milord of Blandefordes Verwalter vorgenommen. Euer Herr wird das Protokoll in Milord of Blandefordes Schatzkammer vorfinden – ich kann Euch aber auch die Abschrift davon zukommen lassen, die unser Verwalter angefertigt hat. Welches von beidem würde Euer Plazet finden?«

Die Miene des Mannes verriet Unsicherheit. »Ich habe keine Entscheidungsbefugnis in diesen Dingen, Milady. Ich habe Euch nur davon in Kenntnis zu setzen, dass Ihr trotz aller gegenwärtigen Unbilden nicht davon ausgenommen seid, die fälligen Steuern zu zahlen. Ihr werdet also Eure Leute morgen Mittag auf dem Vorplatz versammeln, damit sie gezählt und Eure Abgaben entsprechend berechnet werden können. Wäre Euer Gemahl noch am Leben, würde Milord of Bourne sich wegen der Zahlung an ihn wenden, aber da dem nicht so ist, obliegt Euch die Verantwortung.«

Lady Anne nahm wahr, wie Gyles neben ihr unruhig wurde. Offenbar hatte er die Absicht hinter den hochtrabenden Worten ebenso verstanden wie sie. Zur Sicherheit neigte sie in gespielter Demut den Kopf. »In welcher Währung sollte diese Zahlung geleistet werden, Sir? Gold oder Getreide?«

»Gold, Milady. Euer Getreide wollen wir Euch lassen, um Eure Leute zu ernähren.«

Lady Anne hielt den Blick gesenkt, um ihren Ärger zu verbergen. In einer Grafschaft, in der die Lehnsherrn und ihre Vasallen fehlten und nur ungebildete Witwen und Bauern übrig waren, um die Güter zu bewachen, wer würde es da noch wagen, sich einem Lord samt bewaffnetem Tross zu widersetzen? Wenn man ihm nicht glaubte, dass er auf Geheiß des Königs ritt, dann schickte er seine Soldaten mit Langbogen vor. »Was soll ich tun?«, raunte sie Gyles auf Englisch zu. »Sie herausfordern oder Gehorsam heucheln?«

»Herausfordern, Milady. Eure Gewitztheit verwirrt ihn.«

Sie hob den Kopf. »Schämt Ihr Euch nicht, einem solchen Manne zu dienen, Hauptmann? Schon als er letztes Mal herkam, sah ich, dass er von Grund auf böse ist, doch ich hätte nicht gedacht, dass er sich als gemeiner Dieb und Mörder herumtreibt. Wie viel Lösegeld verlangt er dafür, dass meine Leute vor Euren Pfeilen verschont bleiben?«

Das Streitross wurde unruhig, als spürte es das Unbehagen seines Reiters. »Ihr sprecht aus Unwissenheit, Milady«, blaffte der Hauptmann, während er an den Zügeln riss. »Das Erheben der Steuern ist rechtens.«

»In der Tat, aber nur Milord of Blandeforde hat das Recht, sie bei uns einzutreiben. Euer Gebieter nutzt seine Abwesenheit, um zu stehlen, was er nur kann, und erhofft sich von der Pest, dass sie alle Zeugen seiner Verbrechen beseitigt. Wenn alle gestorben sind, kann ihn keiner mehr anklagen.«

»Ihr wärt weise, Eure Zunge im Zaum zu halten, Milady.«

»Ihr ebenfalls, Sir. Ihr bezichtigt Euren Gebieter ja selbst, wenn Ihr behauptet, er reite für den König. Es gibt hier auf dem Gut keinen Menschen, der nicht weiß, wann und wie die Steuern eingezogen werden, und sie alle werden Zeugnis von Milord of Bournes Verrat ablegen, wenn die Pest vorbei ist. Ihr und Eure Männer werden mit ihm abgeurteilt werden, denn zweifellos habt Ihr auf sein Geheiß hin wehrlose Witwen und Waisen gemordet.«

Die Augen des Hauptmanns wurden schmal. »Das Wort eines Knechts gilt nichts neben dem eines Herrn. Nur Ihr müsstet sterben, um uns von jeglichem Verdacht zu befreien. Denkt daran, bevor Ihr Milord weiter verunglimpft. Euer Haus wird so lichterloh brennen wie Euer Dorf, wenn er es befiehlt.«

Gyles nahm seinen Kurzbogen von der Schulter und legte einen Pfeil ein. »Dieser ist einer von vielen, die auf Euch gerichtet sind«, sagte er und hob den Bogen. »Denkt *daran*, bevor Ihr Milady droht.«

Der Hauptmann musterte ihn mit verächtlicher Miene. »Versuchst du etwa, mir Angst zu machen, Knecht?«

Kaum hatte er die Worte gesprochen, schrie er auf und hielt sich das blutende Ohr. »Ihr könnt froh sein, dass ich so genau ziele«, sagte Gyles ungerührt und legte einen neuen Pfeil ein. »Wenn ich meinen Pfeil erst auf das Herz richte, bleibt Euch keine Zeit mehr, Angst zu haben.« Wieder hob er den Bogen, ließ aber nur die Sehne schnalzen und pfiff dabei durch die Zähne. Er schmunzelte, als er den Hauptmann zusammenzucken sah. »Einen mutigen Normannen habe ich nie getroffen. So, wie Ihr stinkt, scheißt Ihr Euch doch schon seit Wochen ein.«

»Schluss jetzt!«, schrie der Hauptmann. »Befehlt ihm, die Waffe zu senken, Milady!«

»Ängstigt er Euch?«, fragte Lady Anne belustigt. »Kein Wunder. Die letzten zehn Jahre hat er Sir Richard getreulich als Hauptmann gedient, und nun befehligt er seine Garde. Es gibt hier noch zwanzig mehr, die ebenso gut zielen können wie er. Wenn Ihr mir nicht glaubt, werde ich sie vortreten lassen, um Euch Euer hübsches Ross zwischen den Beinen wegzuschießen. Es wird eine gute Mahlzeit für uns abgeben.«

Der Hauptmann wich mit seinem Reittier zurück. »Ich kam in friedlicher Absicht. Ihr verletzt die Gesetze der Gastfreundschaft, indem Ihr mich angreift.«

»Einen Mann erkennt man an seinen Taten, Sir. Wir waren gastfreundlicher, als Ihr es verdient. Im Sinne der Vergeltung wäre es unser gutes Recht, Euch Eurem Gebieter mit brennenden Kleidern zurückzuschicken. Richtet ihm aus, Lady Anne fordert, dass er sich umgehend aus diesem Tal entfernt und uns in Ruhe lässt. Wir werden ihn nicht belangen, wenn hier keine weiteren Verbrechen geschehen.«

Mit spöttischem Gelächter zog der Hauptmann die Zügel an. »Glaubt Ihr etwa, er wird einer läppischen Witwe erlauben, ihm den Schneid abzukaufen? Er wird Euch Euer Gold und alles andere nehmen, wenn Ihr ihm trotzen wollt.« Er warf sein Ross herum und gab ihm die Sporen.

Gyles spannte den Arm an, um ihm den zweiten Pfeil hinterherzujagen, aber Lady Anne hielt ihn zurück. »Sein Tod wird nichts bewirken. Lebend könnte er seinen Herrn vielleicht zur Vernunft bringen.«

Widerstrebend ließ Gyles den Bogen sinken. »Ich hoffe, Ihr habt recht, Milady. Hier gibt es mehr als Gold, um sie zu locken, nun, da sie wissen, dass unsere Weiber frei von der Pest sind.«

(AUSZUG AUS EINER NIEDERSCHRIFT VON LADY ANNE OF DEVELISH, DIE ALS EINE GESCHICHTE IHRER LEUTE GELTEN SOLL, FALLS NIEMAND DIE PEST ÜBERLEBT)

Der sechste Tag im September 1348

Dies ist vielleicht der letzte Eintrag, den ich in dieser Niederschrift tätige. Sollte dies der Fall sein, dann ist es eine Mordanklage gegen Milord of Bourne und seine Garde. Milord kam als Fremder in unsere Gegend (sein Wappen ist mir unbekannt) und bedrohte mich und meine Leute, um uns des letzten noch in Develish verbliebenen Goldes zu berauben.

Er behauptet, auf Geheiß des Königs in Dorseteshire zu sein, mit der Aufgabe betraut, Steuern in Form von Münzen einzutreiben. Ich halte diese Behauptung für falsch. Nur zu seinem eigenen Nutzen sucht Milord of Bourne unbedarfte Witwen auszubeuten, die leider nicht wissen, wie Steuern berechnet und abgeleistet werden. Eine solche Frau bin ich nicht. Sir Richard war seinem Lehnsherrn Blandeforde zu Abgaben verpflichtet, und ich als seine Witwe habe die Verpflichtung geerbt. Alle Steuern, die dem König aus Develish zu entrichten sind, werden Milord of Blandeforde zu treuen Händen übergeben, der in dieser Region von Dorseteshire als Schatzmeister des Königs eingesetzt ist.

Indem er gegen diese gesetzliche Regelung verstößt, entlarvt Milord of Bourne sich als gemeiner Dieb. Er hat sich bereits gegen Develish versündigt, indem er vor zwei Monaten unser Dorf von seinen Bogenschützen niederbrennen ließ. Bei dieser Gele-

genheit behauptete er, in Gottes Namen zu handeln, und maßte sich die Amtsgewalt eines Richters an, um zum Zwecke der Abschreckung die Häuser meiner Leute zu zerstören. Heute hat er die Drohung ausgestoßen, dass er auch das Herrenhaus abbrennen werde, falls ich seine Gier nach Gold nicht befriedige.

Ich habe dieses abgelehnt, und meine Leute rüsten sich, Develish gegen ihn zu verteidigen. Sollten wir bei dem Versuch sterben, bitte ich jeden, der dieses Dokument findet, es Milord of Blandeforde zukommen zu lassen und um unseretwillen Gerechtigkeit zu erwirken.

Milord of Bourne ist ein Unhold, der für die Verbrechen, die er im Namen des Königs an den leidenden Witwen und Bauern begeht, verurteilt und bestraft werden sollte.

In nomine Patris et Filii et Spiritus Sancti
Anne of Develish

ZWANZIG

Afpedle, Dorseteshire

Den schockierten Blicken der Jungen bot sich am nächsten Morgen ein Chaos, tausendmal schlimmer als alles, was Thaddeus ihnen schon zuvor von Afpedle erzählt hatte. Blutbesudelte Kleiderfetzen und Habseligkeiten waren aus jedem Haus gezerrt worden, und der Verwesungsgestank war unerträglich. Keiner von ihnen hatte je so viele Ratten, so viele verwilderte Hunde gesehen. Wütendes, kehliges Knurren klang durchs Dorf und immer wieder klägliches Gejaule, wenn die Fangzähne sich ins Fell eines Gegners gruben.

Thaddeus hatte sie an den Rand des Waldes geführt, bis auf Sichtweite der ersten Häuser, und es bedurfte keiner Warnung, sich still zu verhalten. Alle begriffen, wie gefährlich es wäre, die Aufmerksamkeit der Hunde auf sich zu ziehen. Ian sah drei von ihnen, die grollend um den Unrat am Boden herumschnüffelten – ein Jagdhund und zwei Doggen –, doch sicherlich gab es noch mehr Hunde in den Hütten. »Woher die wohl alle kommen?«, raunte er Thaddeus zu.

»Vom Herrenhaus«, murmelte Thaddeus. »Sie werden sie freigelassen haben, damit ihre Vorräte länger reichen. Vielleicht dachten sie, die Hunde würden sich an die Schafe halten, um was zu fressen zu finden.«

»Und wieso fressen sie die Ratten nicht?«

»An das Futter in den Hütten ist bequemer ranzukommen.«

»Da hinten liegt eine Wiege auf der Straße«, wisperte Olyver. »Glaubst du, da war ein Baby drin?«

»Denk einfach nicht darüber nach«, riet ihm Thaddeus. »Denk nur daran, was als Nächstes zu tun ist, nicht an das, was man sowieso nicht mehr ändern kann.«

»Wir müssen die Hunde töten«, sagte Edmund. »Sonst kommen wir nie weit genug heran, um Feuer an die Strohdächer zu legen.« Jetzt verstand er allmählich, warum Thaddeus darauf bestanden hatte, dass sie übten, auf entfernte Ziele zu schießen. »Nur Langbögen haben von hier aus genügend Reichweite.«

»Und wenn wir den Wind im Rücken hätten?«, fragte Thaddeus. »Würde der Rückenwind die Pfeile weiter tragen?«

»Die Hunde würden uns wittern«, sagte Ian, »und ich bin nicht scharf drauf, sie abzuschießen, wenn das ganze Rudel auf einmal angestürzt kommt. So schnell ist keiner von uns mit den Pfeilen bei der Hand.«

»Wir müssen einen nach dem anderen erledigen«, sagte Olyver, »und das schaffen wir nicht von hier aus. Edmund hat ganz recht, wir brauchen Langbögen. Und selbst damit werden wir sie vielleicht nur verwunden.«

Thaddeus beobachtete, wie die beiden Doggen sich drohend mit gefletschten Zähnen gegenüberstanden. Ihre Kiefer waren mächtig genug, einem Mann das Bein zu brechen, und die Biester wären noch viel gefährlicher, wenn sie einen Pfeil in der Flanke stecken hätten. »Wir haben zwanzig Pfeile«, erinnerte er die Jungen, »und das ist nicht genug, wenn ihr nicht sicher sein könnt, mit jedem Schuss zu treffen. Ich schlage vor, wir machen die Hunde auf andere Weise unschädlich. Töten können wir sie immer noch, wenn das Dorf erst abgebrannt ist.«

Das war leichter gesagt als getan. Olyver erspähte ein paar Schafgehege auf einem der Felder, aber um solche Hunde darin gefangen halten zu können, waren die Zäune nicht stabil genug. Auch würden sie sich nicht wie Schafe verhalten, gab Edmund zu bedenken. »Man kann sie nicht wie eine Herde zusammentreiben. Sie könnten in die Falle gehen, wenn wir einen Aasköder auslegen, aber doch nicht alle auf einmal.«

»Vielleicht brauchen wir sie gar nicht einzufangen«, sagte Ian. »Vielleicht müssen wir sie nur lange genug vom Dorf fernhalten, bis wir die Dächer angezündet haben. Wenn jemand …« Er brach unvermittelt ab.

»Sprich weiter«, ermunterte ihn Thaddeus.

Der Junge schüttelte mit betretenem Grinsen den Kopf. »War 'ne blöde Idee.«

»Raus damit.«

»Na ja, ich dachte, Jagdhunde folgen doch immer einer Fährte. Wenn man ihnen also eine Fährte legt und ihnen dabei weit genug voraus bleibt …« Er brach wieder ab. »Ich sag ja, war 'ne blöde Idee.«

»Hab schon bessere gehört«, erwiderte Thaddeus schmunzelnd und scheuchte die Jungen los, um Feuerholz zu holen. »Aber nur trockene Knüppel«, warnte er. »Es muss lichterloh brennen, wenn es so weit ist.« Er hob sein Schwert auf. »Wechselt euch mit Wachehalten ab, bis ich zurückkomme.«

»Wo willst du denn hin?« Olyver sah ihn fragend an.

Thaddeus deutete auf den Haufen Pfeile am Boden. »Etwas finden, damit die hier zu Brandpfeilen werden. So ganz von selbst werden sie die Dächer nämlich nicht anzünden.«

Ian schätzte die Wartezeit auf mindestens drei Stunden, bevor er einen Zweig knacken hörte und Thaddeus' hohe Gestalt zwischen den Bäumen auftauchen sah. Der Junge hatte blitzschnell einen Pfeil eingelegt und zielte damit auf Thaddeus' Herz, und der Ältere nickte anerkennend. »Gut so«, murmelte er, während er eine Ladung Pflanzen von der Schulter zu Boden gleiten ließ. Er bückte sich, um den Strick aufzuknüpfen, der den Ballen zusammenhielt. »Ich habe ein Flachsfeld auf der anderen Seite des Herrenhauses gefunden. Es hätte schon lange abgeerntet werden sollen.«

»Geht das denn damit?«

»Ich denke schon … Die Samen enthalten noch Öl.« Thaddeus klaubte den Ballen auseinander. Drinnen steckte ein Klumpen talgige Schafwolle. »Wenn wir die Flachsstängel mit Wollfasern an die Pfeile binden, müsste der Talg noch eine Weile weiterschwelen, nachdem der Flachs ausgebrannt ist.«

»Und fliegen sie dann auch noch gerade?«, fragte Olyver.

»Das werden wir dann schon sehen. Der Pfeil, den ich probeweise ins Feld geworfen habe, flog tadellos, aber er brannte ja auch nicht.« Er fing an, den klebrigen Wollklumpen zu zerfasern. »Wo ist Edmund?«

»Der passt auf, dass die Hunde nicht herkommen.«

»Sehr weise. Sortiert die Stängel zu Zehnerbündeln. Wenn sie fest an die Pfeile gebunden sind, werden sie ihren Flug nicht allzu sehr beeinträchtigen.«

Beide Jungen machten sich an die Arbeit, obwohl sie deren Sinn nicht recht einsahen. Auch wenn der Flachs gut brannte und selbst wenn die Pfeile schnurgerade flogen, was half es, wenn die Ziele doch zu weit entfernt waren? »Wir haben insgesamt sieben Hunde gezählt«, berichtete Ian. »Fünf Jagdhunde und zwei Doggen. Wenn sie nicht raufen, dann schlafen sie. Oder sie streifen um das Herrenhaus herum und winseln am Tor, als ob sie hineingelassen werden wollten.«

Thaddeus versah den letzten Pfeil mit dem Flachsverband. »Ihr werdet all diese Pfeile brauchen, wenn es so weit ist, aber behaltet ein paar in Reserve, bis ihr seht, wie das Feuer sich ausbreitet. Am Anfang zielt ihr erst mal nur auf jedes zweite Dach.«

Olyver runzelte die Stirn. »Und was ist mit dir? Bist du denn nicht dabei?«

Thaddeus schüttelte den Kopf. »Ihr seid alle bessere Schützen als ich. Also übernehme ich es, die Hunde fortzulocken.« Er sah zu dem Stapel Brennholz hinüber, den die Jungen zusammengetragen hatten. »Sobald die Hunde weg sind, müsst ihr das Holz näher ans Dorf heranschaffen. Traut ihr euch zu, es schnell zum Brennen zu bringen?«

Die Jungen schwiegen.

»Das hier ist kein Spiel.« Thaddeus' Stimme klang warnend. »Ich knüpf euch am nächstbesten Baum auf, wenn ich zurückkomme und feststelle, dass ihr nicht mal den einfachen Teil geschafft habt.«

»Und was, wenn du *nicht* zurückkommst?«, fragte Ian besorgt. »Was, wenn die Hunde dich erwischen?«

»Werden sie nicht.« Thaddeus deutete auf die restlichen Flachsstängel. »Die könnt ihr als Zunder verwenden. Wer von euch hat die Zunderbüchse?«

»Ich«, meldete sich Olyver. »Aber du kannst nicht einfach sagen, ›werden sie nicht‹. Was, wenn doch?«

Thaddeus versetzte ihm eine freundliche Kopfnuss. »Ich bin nicht so weit gekommen, um hier vor die Hunde zu gehen. Kümmert ihr euch mal um euren eigenen Kram.«

Er nahm die Jungen mit zu der Stelle, wo Edmund neben

einer Eiche Posten bezogen hatte, und ließ sie alle drei mehrmals wiederholen, was sie zu tun hatten. Absichtlich ernannte er keinen zum Anführer; wenn etwas schiefging, wären sie alle gleichermaßen schuld. Ihre einzige Entschuldigung, falls sie ihre Aufgabe nicht erfüllten, wäre sein Misserfolg beim Fortlocken der Hunde. Wie er dies allerdings zu bewerkstelligen gedachte, würde er ihnen nicht verraten.

Er wollte nicht, dass sie noch mehr Angst bekämen, als sie ohnehin schon hatten.

Für seinen Plan benötigte er Sir Richards Rappen sowie das lange Brunnenseil, das er aus Develish mitgenommen hatte. Er war eigens zum Lager zurückgekehrt, um beides zu holen. Peter und Joshua waren ganz aus dem Häuschen, ihn schon so bald wiederzusehen, aber Thaddeus dachte gar nicht daran, ihre Neugierde zu befriedigen. Nachdem er das Ross mit dem besten Sattel, den längsten Steigbügeln und den stärksten Zügelgurten aufgezäumt hatte, war er am nördlichen Flussufer entlang in Richtung Athelhelm geritten.

Die Straße führte ihn an Afpedle vorbei, das auf der anderen Seite lag, und hoch zu Ross konnte er sich einen besseren Überblick verschaffen als vorher zu Fuß. Erlensträucher und Binsen verdeckten den größten Teil der Landschaft auf Augenhöhe, und nur das Herrenhaus, die Kirche und das Dorf, die auf erhöhtem Gelände standen, waren sichtbar gewesen, als er den Pfad entlanggelaufen war. Ein paar Minuten lang hielt er, um die Straße hinab gen Süden zu spähen. Sie verlief etwa drei Meilen schnurgerade abwärts, bevor sie sich in den waldigen Hängen der nächsten Hügelkette verlor, doch selbst hoch zu Ross konnte Thaddeus nicht erkennen, wie zerfurcht sie war. Er hielt Ausschau nach Menschen oder Tieren, konnte aber kein einziges Lebewesen sehen.

Gut fünfhundert Schritt vor der Furt bei Athelhelm durchquerte er den Fluss, trieb seinen Rappen die jenseitige Böschung hinauf und stieg schließlich ab, um seinen Weg zu Fuß fortzusetzen. Dieser Teil der Landstraße, der Afpedle mit Athelhelm verband, war völlig hinter Bäumen verborgen, und es war ratsam, sich erst aus der Deckung hervorzuwagen, wenn man wusste, was einen dahinter erwartete. Vorsichtig führte er sein Ross durch die Erlensträucher, hielt immer wieder horchend inne und achtete auf die Reaktionen des Tiers, um zu sehen, ob es die Nähe von Hunden spürte.

Es war ein besonders gefügiges Pferd, und gewiss hatte Sir Richard es sich genau aus diesem Grund auserkoren. Jedes Ross, das versucht hätte, ihn abzuwerfen, wäre gnadenlos mit der Peitsche gezüchtigt worden, doch Thaddeus bezweifelte, dass dieses hier genug Feuer besaß, um so etwas zu wagen. Er fragte sich, ob es überhaupt zu einem gestreckten Galopp fähig war, nachdem es immer nur in Sir Richards gemächlichem Tempo dahingezockelt war. Thaddeus ärgerte sich, dass er nicht Lady Eleanors ungebärdige Stute gewählt hatte, als er sich wieder in den Sattel schwang, um das schwerfällige Ross aus dem Schatten der Bäume hinaus auf die in beiden Richtungen leere Straße zu bugsieren. Er wandte den Kopf des Tiers gen Afpedle und stieß ihm die Fersen in die Flanken, um es zum Galopp zu bewegen.

Der Rappe raste mit solcher Geschwindigkeit los, dass Thaddeus aus den Steigbügeln rutschte und nur deshalb im Sattel blieb, weil er sich mit den Händen in der Mähne und mit den Beinen am Bauch des Pferdes festklammerte. Verzweifelt versuchte er, die Zügel anzuziehen, um das Tier zu bremsen, bevor sie Afpedle erreichten. Er hatte nicht vorgehabt, auf einem durchgehenden Ross in ein Dorf voller wilder Hunde zu stürmen, unvorbereitet und schutzlos, jeden Moment in der Gefahr, abgeworfen zu werden.

Sir Richard hatte sein Streitross Edward genannt, nach dem König, aber Thaddeus beschloss, ihm einen anderen Namen zu geben, nachdem er es endlich zum Stehen gebracht hatte. »Na, du Killer?«, keuchte er, als er aus dem Sattel glitt. »Willst du mir etwa das Genick brechen? Ist das alles, was du kannst? Schneckentempo oder Durchgehen? Hat man dir denn nichts dazwischen beigebracht?« Er tätschelte den schweißnassen Hals des Rappen. »Wie zum Teufel soll ich mich auf deinem Rücken halten, wenn eine Meute wilder Hunde dir nach den Fesseln schnappt?«

Die Frage war noch ungeklärt, als er zurückkam. Er hatte den Zwillingen geholfen, die Pfeile zu Brandwaffen umzurüsten, und Killer solange im Wald an einen Baum gebunden. Jetzt blähte das Ross erschrocken die Nüstern bei seinem Anblick. Mit gutem Grund. Thaddeus gab eine bedrohliche Silhouette ab mit einem toten Schaf über den Schultern, dessen Kopf im Takt seiner Schritte baumelte, während ihm blutiger Schleim aus dem Maul troff. Er hatte es früher schon von der Herde getrennt und in ein Gehege gesperrt, um es nach seiner Rückkehr zu schlachten. Er brauchte es frisch und warm, damit es eine Blutspur hinterlassen konnte, und er hatte ihm das Messer in den Nacken gestoßen, um zu vermeiden, dass es vorzeitig aus einer aufgeschlitzten Kehle blutete.

Besänftigend brummelte er auf das Pferd ein, als er das Schaf ablud. »Du wirst mich noch weniger mögen, wenn ich es erst ausweide, aber was sein muss, muss sein.« Thaddeus nahm den aufgerollten Strick von Killers Sattel und band das eine Ende um den Hals des Schafs, schlang den Strick zur Sicherheit auch noch um die Hörner. Das andere Ende befestigte er am Sattelknauf, legte den schlaffen Kadaver über Killers Widerrist und schwang sich dahinter in den Sattel.

»Ich bin der Einzige, der dich von dieser Last befreien kann, wenn dir die Hunde auf den Fersen sind«, raunte er Killer ins Ohr, während er sich vorbeugte und die um einen Ast geschlungenen Zügel löste. »Denk daran, wenn du versucht sein solltest, mich abzuwerfen. Dann kommen wir sicher viel besser miteinander aus.«

Ian hatte sich von Olyver und Edmund entfernt, um die andere Seite des Dorfes zu beobachten, von wo aus die Straße gen Süden führte. Bewaldete Hänge, die sich allmählich rotgold verfärbten, dehnten sich vor ihm, so weit das Auge reichte, und er fragte sich, was wohl jenseits davon liegen mochte. Ein anderes Tal? Das Meer? Wenn Thaddeus die Hunde fortlocken wollte, dann sicher in jene Richtung. Aber vorerst passierte noch gar nichts. Olyver und Edmund klagten über Hunger und Langeweile, und Ian fürchtete mehr und mehr, dass Thaddeus etwas zugestoßen war.

Er gähnte herzhaft und versuchte, sich das Meer vorzustellen. Sein Vater hatte es ihm als »endloses blaues Wasser« beschrieben, aber Ian hatte noch nie Wasser gesehen, das blau war. Es gab so viel, was er nicht wusste. Seufzend drehte er sich zu den Feldern um, die im Westen des Dorfes ein Zickzackmuster in der Landschaft bildeten. Gut vierhundert Yard entfernt erspähte er etwas, das vielleicht ein Reh sein konnte. Er kniff die Augen ein wenig zusammen, um seinen Blick zu schärfen, und erkannte plötzlich, dass es Thaddeus war, der auf das südliche Ende des Dorfes zuritt.

Sein Herz fing an zu rasen. »O Gott!«, stöhnte er. »Was zur Hölle hat er jetzt vor?« Eilig winkte er Olyver und Edmund heran. »Thaddeus macht sich selbst zum Köder«, wisperte er.

Sie alle spürten seine Furcht, als das Ross das Ende des Wiesengrunds erreichte und auf die offene Landstraße hinaustrat. »Warum macht er so langsam?«, fragte Olyver.

»Vielleicht wartet er darauf, dass die Hunde ihn bemerken.«

Edmund, der die schärfsten Augen von allen hatte, schüttelte den Kopf. »Er schneidet irgendwas mit seinem Messer ein. Ich glaube, es ist ein Schaf. Da!« Aufgeregt deutete er in Richtung von Thaddeus, als dieser den blutigen Kadaver zu Boden fallen ließ und ein gellendes Johlen von sich gab, das bis zu den Jungen herüberschallte.

Falls es ein Signal war, das Feuer zu entfachen, so reagierte keiner von ihnen darauf. Sie erstarrten vor Schreck, als wildes Gebell aus dem Dorf ertönte und ein riesiger Hund mit witternd erhobener Nase hinter der letzten Hütte hervorkam. Thaddeus trieb den Rappen an, sodass der Kadaver in seinem Schlepptau schlingerte und eine Spur aus Blut und Eingeweiden im Straßenstaub hinterließ.

»Warum macht er denn nicht schneller!«, zischte Olyver, bebend vor Anspannung.

Und seine Worte wirkten prophetisch, als der Hund immer schneller hinter dem Ross herzutrotten begann und drei weitere ebenfalls die Verfolgung aufnahmen. Für die Jungen, die aus der Ferne zusahen, war es ein einziger gespenstischer Albtraum. Die Leitmeute schien Thaddeus fast erreicht zu haben, als die beiden Doggen und der letzte der Jagdhunde ihnen unter wölfischem Geheul nachsetzten.

»Oh, mein Gott!«, platzte Ian heraus. »Wir müssen irgendwas tun!«

Edmund legte ihm die Hand auf den Arm. »Sie haben ja gerade erst die Spur aus Eingeweiden erreicht. Sieh mal, jetzt geht er aber ab! Jesus!«

»Er wird sich niemals oben halten können«, sagte Olyver düster. »Nicht bei dem Tempo.«

Thaddeus' einzige Erinnerung an den Ritt war ein geradezu ekstatisches Hochgefühl. Während die Hunde aus dem Dorf herangehetzt kamen, empfand er den Kitzel eines Spielers, der die Spannung bis zum Äußersten dehnt, ehe er Killer lospreschen ließ. Es war, als hätte er eine Droge im Blut, die ihm die Überzeugung verlieh, unbesiegbar zu sein. Vergessen die Sorge, dass Killer in ein Kaninchenloch treten oder über eine Furche stolpern könnte; vergessen die Angst, dass seine eigenen mangelnden Reitkünste ihn aus dem Sattel katapultieren würden.

Als der Rappe auf seinen Ansporn hin einen Satz nach vorn machte, beugte Thaddeus sich tief über den Hals des Pferdes, verkeilte die Füße fest in den Steigbügeln und gab Killer die Zügel, um ihm genug Freiheit zu lassen. Das Gewicht des Schafskadavers schien ihn nicht im Geringsten zu behindern. Der Rappe jagte die Straße entlang gen Süden, die hetzende Meute dicht hinter ihm. Vielleicht war es das Gebell, das anspornend wirkte, denn Thaddeus musste dem Tier kein einziges Mal mehr die Fersen in die Flanken schlagen. Es lief wie der Wind auf die waldbedeckten Hänge vor ihnen zu, und langsam, aber sicher begannen die Hunde zu ermüden.

Thaddeus hatte die Absicht, den Schafskadaver vom Strick zu kappen, wenn die Meute sie einholte, doch als die Hunde zurückfielen, war es ihm eher darum zu tun, ihr Interesse wachzuhalten. Sie lange genug vom Dorf fernzuhalten, damit die Jungen die Strohdächer in Brand setzen konnten, war das eine; sie zu verwirren, indem er sie aus ihrem gewohnten Revier fortlockte, wäre sogar noch besser. Als sie den Wald erreichten und es immer steiler bergauf ging, zog er sanft die Zügel an, damit das Ross in Trab fiel, aber die wilde Jagd ging weiter, bis er Killer ein lang gezogenes »Hüh-hoh, Junge, hüh-hoh« ins Ohr rief.

Mit der Zeit kam Thaddeus darauf, wie der Rappe unter Kontrolle zu bringen war – mit Kommandos in dem zerdehnten Französisch, das Sir Richard gesprochen hatte – *ahl-lez … troht-thez … gahlo-pez … hu-e* –, aber damals kannte er sie noch nicht. Der Halt war so abrupt, dass er aus dem Sattel flog und über den Hals des Tiers gerutscht wäre, wenn er sich nicht in den Steigbügeln verfangen hätte. »Gottverdammt!«, brüllte er. »Das sollte *langsamer* heißen, nicht *stehen!*« Er schob sich in den Sattel zurück und kämpfte mit den Steigbügeln, um die Füße frei zu bekommen, während er sich nach der Meute umblickte.

Als er nach dem Messer griff, um den Kadaver loszuschneiden, sah er, dass die Hunde ebenfalls angehalten und sich in einigem Abstand mit hängenden Zungen niedergelassen hatten. Er spürte, wie Killers Brustkorb sich zwischen seinen Knien hob und senkte, und seine eigene Lunge pumpte wie ein Blasebalg, um Luft einzusaugen. Thaddeus musste lachen beim Anblick der Hunde, die gekuscht dort lagen und hechelnd in den Straßenstaub sabberten. Sie machten einen geradezu friedlichen Eindruck.

Er drehte Killer so, dass er quer zur Straße stand, damit er die Hunde im Auge behalten konnte. Es gab keinen Grund weiterzureiten, solange sie blieben, wo sie waren, aber zur Sicherheit ließ er die Klinge auf dem Strick ruhen, um ihn bei Bedarf sogleich durchtrennen zu können. Beim Blick zurück auf Afpedle fragte er sich, ob er die Entfernung zwischen dem Landgut und dem Wald nicht überschätzt hatte. Wie lange hatte er im Sattel gesessen? Zwei Minuten? Fünf?

Es musste doch länger gewesen sein, dachte er, als er Rauch über dem Dorf aufsteigen sah. Selbst im günstigsten Fall war es schwer, ein Feuer in weniger als fünf Minuten in Gang zu bringen. »Seid ihr darauf abgerichtet zu halten, wenn ein Ross anhält?«, fragte er die Hunde. »Werdet ihr dafür belohnt? Wirft euer Herr euch dann ein Stück Wild zu, um euch bei Laune zu halten?«

Eine der Doggen legte den Kopf schief und stellte die Ohren auf, als ob sie zuhörte, und Thaddeus wünschte, er wüsste mehr über das Jagdwesen. Welche Aufgaben hatten die Hunde, außer den Fährten zu folgen? Und warum töteten und zerfleischten sie das Wild nicht selbst, anstatt es den Bogenschützen zu überlassen? Von Sir Richards Jagdausflügen war ihm nur noch in Erinnerung, dass der Mann sich prächtig mit Pelz und kniehohen Lederstiefeln ausstaffiert hatte und oft genug mit leeren Händen zurückgekehrt war. Er besaß keine eigene Meute, da er Hunde angeblich nicht mochte, und hatte nur selten in den Wäldern rings um Develish gejagt.

Die einzigen Hunde, die Thaddeus gekannt hatte, waren die Straßenköter, die im Dorf die Ratten im Zaum hielten und um Brosamen von den Tischen der Leibeigenen bettelten. Sie waren mager und furchtsam, neigten mehr dazu, sich zu ducken, als anzugreifen, und als Lady Anne ihre Bauern innerhalb des Burggrabens einsperrte und die Vorräte rationiert werden mussten, hatte man sich der Hunde in aller Stille entledigt. Bei den Kindern gab es deswegen viele Tränen, doch jeder Erwachsene wusste, dass es nötig war, und so nahmen die Männer es auf sich, den Tieren die Kehlen durchzuschneiden. Eine solche Tötungsart wäre bei diesen wohlgenährten Bestien mit den riesigen, pestverseuchten Fangzähnen nicht möglich, dachte Thaddeus.

»Euer Herr hat sich um niemand anderen geschert, als er euch losgelassen hat«, rief er den Hunden zu. »Hat er euch so geliebt, dass er sich nicht dazu überwinden konnte, das Todesurteil über euch zu verhängen? Oder hatten seine Leute zu viel Angst vor euch, um es auszuführen?« Drei der Hunde gähnten mit weit aufgerissenen Schnauzen und erbrachten damit den Beweis ihrer Kraft und Gefährlichkeit, falls Thaddeus noch einen gebraucht hätte.

Er blickte über sie hinweg zu der Rauchwolke hin, die sich rasch über den Dächern ausgebreitet hatte. Doch als die Spannung des halsbrecherischen Galopps nachließ, wurde ihm langsam klar, wie zwecklos das ganze Unterfangen war. Selbst wenn er weiterritt und die Hunde ihm weiter folgten, war damit nicht gesagt, dass sie nicht wieder nach Afpedle zurückfinden und das Schafestehlen erneut vereiteln würden. Wenn die Leichen verbrannt waren, würden sie die ganze Herde in den zwei Tagen niedermachen, und dann gäbe es ohnehin nichts mehr zu stehlen.

Deprimiert und mit keinem besseren Plan, als die Meute über den Hügel ins nächste Tal zu locken, machte Thaddeus sich bereit, Killer von Neuem anzutreiben. Er zog am Zügel, worauf das Ross zu tänzeln begann und der Schafskadaver in Bewegung geriet. Alle sieben Hunde sprangen auf und gingen mit gesenkten Köpfen zum Angriff über, und Thaddeus war so überrascht, dass er es nicht mehr schaffte, den Strick rechtzeitig zu kappen und den Kadaver abzustoßen.

Sobald die Dächer brannten, kehrten Olyver, Ian und Edmund in den Schutz der Bäume zurück, um sich den Anblick von Leichen zu ersparen, wenn die Hütten einstürzten. Sie waren schon angewidert genug von der Masse der Ratten, die panisch aus den Strohdächern sprangen und auf der Suche nach einem Versteck Hals über Kopf die Straße entlangrannten.

Edmund warf einen Stein nach dem anderen in ihre Richtung. »Ich hasse diese Viecher. Wenn irgendwer Krankheiten verbreitet, dann die. Ich hab sie in den Latrinen gesehen. Ekelhaft!«

Selbst aus sicherer Entfernung war das Röhren des Feuers zu hören. Die trockenen Balken barsten krachend, wenn die Flammen übergriffen, und Funken flogen von Hütte zu Hütte und setzten alles in Brand, selbst die vertrockneten Pflanzen in den Bauerngärten. Hätten die Jungen näher dabeigestanden, wäre die Hitze unerträglich gewesen.

»Meint ihr, die Viecher kommen alle im Feuer um?«, fragte Edmund und warf zur Sicherheit noch einen weiteren Stein.

»Na, zumindest die Babys«, sagte Ian. »Dann vermehren sie sich nicht mehr ganz so schnell.«

Olyver sah zu den fernen Hügeln hin. »Glaubt ihr, Thaddeus kann den Rauch sehen und weiß, dass wir unseren Teil erledigt haben?«

»Er ist ja nicht blind. Wahrscheinlich sehen auch Joshua und Peter den Rauch, wenn er hoch genug steigt.«

Edmund folgte Olyvers Blick. »Was, wenn Thaddeus bis zum Abend nicht zurück ist?.«

Die Zwillinge gaben keine Antwort.

»Wir müssen jetzt eine Entscheidung treffen«, beharrte Edmund. »Wir können nicht die ganze Nacht hierbleiben.

Ich hab einen Riesenhunger – und ich will mein Bett nicht mit Ratten teilen.«

»Jetzt hör schon auf mit deinen Ratten!«, fuhr Olyver ihn an. »Die werden unsere geringste Sorge sein, wenn Thaddeus tot ist.«

EINUNDZWANZIG

Develish, Dorseteshire

Dass dem Anwesen Gefahr drohte, erfuhr Eleanor erst, als Clara Trueblood kurz vor Tagesanbruch in die Spinnkammer kam und ihr eröffnete, Lady Anne erwarte sie in der Kirche. Sie sprach in barschem Ton, ärgerlich, dass sie sich gegen die Truhe hatte stemmen müssen, die Eleanor vor die Tür geschoben hatte, um die Dienerschaft draußen zu halten. Da sie eine starkknochige Person war, war es für Clara ein Leichtes gewesen, sich Zutritt zu der Kammer zu verschaffen, doch sie grollte der jungen Herrin ob der unnötigen Mühe.

»Ich ziehe es vor hierzubleiben.«

Clara ging nicht darauf ein. »Ich helfe Euch beim Ankleiden.« Sie hob einen achtlos hingeworfenen Kittel vom Boden auf und schüttelte ihn aus.

Eleanor wich zurück. »Wo ist Isabella? Ich lasse mich nur von ihr ankleiden.«

»Sie ist mit den Kindern in der Kirche, Milady. Ihr müsst mir gestatten, Euch anzukleiden, oder aber im Unterrock mitkommen.«

»Ich tue weder das eine noch das andere.«

Mit einem tiefen Seufzer legte Clara den Kittel über einen Hocker. »Wir haben keine Zeit zu verlieren. Gyles rechnet jede Minute mit einem Angriff.«

Eleanor riss die Augen auf. »Was für ein Angriff denn?«

Clara schnalzte ungeduldig mit der Zunge. »Wisst Ihr denn nicht, was hier los ist? Seht Ihr nicht, wie unsere Leute die Mauern bewachen und Wasser aus dem Graben holen, um ein mögliches Feuer zu bekämpfen? Habt Ihr gestern Nacht nicht gehört, was hier los war, als die Möbel aus allen Zimmern rausgeschleppt wurden?«

»Hier drin ist nichts passiert.«

Clara blickte sich um und sah, dass das Mädchen die Wahrheit sprach. Die Kammer war unberührt, und sie empfand ein leises Schuldgefühl. War Eleanor tatsächlich so verhasst, dass keiner hereinkommen und mit ihr sprechen wollte? Auch sie selbst wäre jetzt nicht hier, wenn Lady Anne nicht gefragt hätte, weshalb ihre Tochter nicht in der Kirche sei.

Eilig zog Clara Truhen, Hocker und Matten vom Fenster weg. »Gestern kam ein Bote von Milord of Bourne«, erklärte sie. »Er ließ uns wissen, dass Milord die Absicht hat, alles Gold zu rauben, das noch in Develish verblieben ist. Unsere Männer bereiten sich auf den Kampf vor, während Eure Mutter versucht, die Frauen und Mädchen in Sicherheit zu bringen. Glaubt Ihr mir jetzt, dass Ihr mitkommen müsst?«

An dem plötzlich aufflackernden Hoffnungsschimmer in Eleanors Augen sah sie, dass dem nicht so war.

»Milord ist nicht hier, um Euch zu retten, Kind. Wenn seine Männer den Burggraben überqueren, werdet Ihr nicht anders behandelt werden als die Bauernmägde. Sie werden so viele vergewaltigen, wie sie nur können, weil sie wissen, dass wir frei von der Pest sind. Seid Ihr denn wirklich zu vernagelt, um das zu begreifen?«

»Was ich denke, geht dich nichts an.«

Clara richtete sich auf. »In der Tat … obwohl ich mich

manchmal frage, ob Ihr *überhaupt* denkt. Gott erwartet mehr von denen, die er mit Glück segnet, als Wutanfälle und Übellaunigkeit.« Sie begab sich zur Tür. »Der Bote warnte uns, dass Milord zu Mittag wiederkommen werde, aber Gyles meint, er wird schon früher auftauchen. Ihr müsst Euch jetzt entscheiden. Kommt Ihr mit, oder bleibt Ihr hier?« Sie hielt inne. »Wenn Ihr hierbleibt, müsst Ihr Euch selber helfen, so gut Ihr könnt. Wenn brennende Pfeile durchs Dach oder durchs Fenster geflogen kommen, tretet die Flammen sofort aus. Sonst wird der Rauch Euch schon umbringen, ehe Ihr aus dem Raum flüchten könnt. Versteht Ihr das?«

»Ich verstehe, dass solche Aufgaben von Dienstboten zu erledigen sind. Hol dir drei zu Hilfe und bring sie her.«

Clara schüttelte den Kopf. »Sie wachen alle an der Mauer oder in der Kirche.«

Eleanor lief rot an. »Du widersetzt dich meinem Befehl?«

Clara hob den Riegel an und riss die Tür weit auf. »Jawohl. Ich habe mich verpflichtet, Eurer Mutter dabei zu helfen, alle Töchter von Develish zu verteidigen – nicht nur eine.« Sie musterte das Mädchen einen Moment lang. »Wenn Ihr Euch entschließt, uns beizustehen, seid Ihr willkommen. Wenn nicht, müsst Ihr Euch allein zur Wehr setzen.«

Vor langer Zeit war Clara Eleanors Amme und Kinderfrau gewesen, und Eleanor erinnerte sich noch, wie liebevoll sie immer gelächelt hatte. Nun aber hatte sie kein Wohlwollen mehr für Lady Annes Tochter übrig. Sie zuckte die Schultern, als Eleanor nicht antwortete, und hastete davon. Eleanor versuchte sich einzureden, dass es ihr nichts ausmachte, aber das flaue Gefühl im Magen und die heißen Tränen, die ihr übers Gesicht liefen, bekundeten etwas anderes.

Am Vorabend hatte Gyles alle erwachsenen Männer und Jugendlichen in knappen Abständen an der Mauer postiert und ihnen befohlen, dort angelehnt sitzen zu bleiben und möglichst zu schlafen. Er fürchtete, dass Bourne seine Männer im Schutz der Dunkelheit herüberschicken würde, und zog es vor, seine Männer in Deckung zu belassen, bis es so weit war. Einige waren mit Schwert oder Kurzbogen bewaffnet, die sie selbst angefertigt hatten, aber die meisten verfügten nur über Messer und Mistgabeln. Die zwanzig Bogenschützen, mit denen Lady Anne sich vor dem Hauptmann gebrüstet hatte, waren leider nur eine Finte gewesen.

Dennoch war das Überraschungsmoment in der Verteidigung ebenso wirkungsvoll wie im Angriff, und Gyles hoffte, allein der Anblick der Männer, die auf den Alarm hin alle auf einmal über der Mauer auftauchten, würde die Invasion verhindern. Jugendliche mit guten Augen hatte er an den Aussichtspunkten der Mauer aufgestellt, mit der Weisung, sofort Alarm zu schlagen, sobald sich auch nur der kleinste Schatten regte. Besser, sie alarmierten ihre Väter einmal umsonst, als dass es Milords Söldnern gelang, den Wassergraben zu überqueren.

Wohl wissend, dass jegliche Geschäftigkeit innerhalb der Einfriedung vom frühesten Morgen an beobachtet werden konnte, hatten Lady Anne und er über Nacht dafür gesorgt, dass alles zur Verteidigung des Hauses vorbereitet wurde. Die Fensterläden im Erdgeschoss waren versperrt, die Säcke mit Vorräten in die Mitte der Halle geschafft worden, zusammen mit den Matten, Wandteppichen und Möbeln. Das Gleiche war im Kontor des Verwalters geschehen, ebenso in der Küche, den Lagerräumen, Vorzimmern und Schlafkammern. Nur die Spinnkammer war unberührt geblieben, weil die Mägde, die sich darum kümmern sollten, zu viel Angst vor Lady Eleanors Wutanfällen hatten.

All diesen Vorbereitungen lag die Hoffnung zugrunde, die Ausbreitung von Bränden auf die Weise verhindern zu können. So hatte Lady Anne außerdem auch Wasser aus dem Burggraben bringen lassen, um möglichst viele der Holzbalken zu durchnässen. Die Frauen bildeten eine Eimerkette bis zum Haus, wo sie Türen, Fensterrahmen, Fensterläden und Bodendielen die halbe Nacht lang begossen. Es müsste schon mit dem Teufel zugehen, wenn ein flammender Pfeil noch eine Lücke fände und weit genug flöge, um die Matten und Möbel zu treffen.

Fünf Knaben, die Gyles noch zu jung zum Kämpfen fand, hatten sich freiwillig erboten, im Haus zu bleiben und die Flammen zu ersticken, bevor sie sich ausbreiten konnten. Sie wurden von Alleyn Startouts Sohn Robert angeführt, der Lady Anne – Hand aufs Herz – gelobte, dass er und seine Freunde sich zurückziehen würden, wenn die Aufgabe ihnen über den Kopf wüchse. »Sieh zu, dass du dich daran hältst«, sagte sie und umfing zärtlich sein Gesicht. »Ich kann es mir nicht leisten, auch nur einen der Söhne von Develish zu verlieren.«

Gyles ging davon aus, dass Bournes Söldner keine unbegrenzte Anzahl von Pfeilen zur Verfügung hatten, weshalb es von Vorteil wäre, wenn sie möglichst viele davon auf das Haus abschossen. Je mehr Pfeile sie vergeudeten, ohne dass es ihnen gelang, das Haus in Brand zu stecken, desto schneller würde ihr Vorrat zur Neige gehen. Um Milord und seinen Hauptmann dazu zu bringen, sich das Haus als Ziel vorzunehmen, erging ein Verbot an alle, sich nach Tagesanbruch noch draußen blicken zu lassen. Milord musste davon überzeugt werden, dass Männer, Frauen und Kinder sich allesamt ins Innere geflüchtet hatten.

»Sie werden versuchen, mit ihren Brandpfeilen Panik auszulösen«, erklärte Gyles Lady Anne und ihren Beratern. »Sobald die Balken brennen, erwarten sie, dass alle in den Vorhof hinausrennen und leichte Ziele abgeben. So können wir uns nicht gegen sie verteidigen.«

»Wie dann?«, fragte James Buckler.

»Indem wir uns überall verstecken und warten, bis sie ihren Vorrat an Pfeilen verschossen haben. Wenn das Haus nicht gleich brennt, weil es durchnässt ist, werden sie es immer weiter versuchen – so hoffe ich zumindest.« Er hielt inne, um seine Gedanken zu ordnen. »Sobald ihre Langbögen nutzlos geworden sind, haben wir eine Chance. Wir sind zehnmal so viele wie Milords Männer. Wenn wir sie zum Wassergraben locken können, steht es günstig für uns.«

»Und was wird sie anlocken?«

»Neugier … Überheblichkeit … Unglauben. Sie denken vielleicht, wir sind über Nacht geflüchtet, wenn sie hier keine Menschenseele sehen. Knechte sind dafür bekannt, dass sie weglaufen, nicht dafür, dass sie standhaft kämpfen.«

John Trueblood wiegte zweifelnd den Kopf. »Das Haus ist das einzige Gebäude, das groß genug ist, um zweihundert Leute zu fassen. Wo könnten wir uns denn sonst verstecken?«

»Die Männer bleiben, wo sie sind – unsichtbar hinter der Mauer. Die Frauen und Kinder gehen mit Lady Anne in die Kirche.« Er wandte sich zu seiner Herrin um. »Es müssen alle drinnen sein, bevor die Sonne aufgeht, Milady. Milord wird nicht zögern, sie abzubrennen, wenn er Frauen und Kinder hineingehen sieht, auch wenn es das Gotteshaus ist. Und unsere Männer werden nicht kämpfen, wenn das passiert. Es gibt keinen schnelleren Weg, den Kampfgeist eines Mannes zu brechen, als seiner Familie mit dem Tod zu drohen.«

Ehe sie sich in die Kirche zurückzogen, brachten Lady Anne und die Frauen den Wächtern an der Mauer Brot und Käse und sprachen ihnen Mut zu für das, was ihnen bevorstand. Tränen wurden vergossen, als die Eheweiber und Mütter ihre Männer und Söhne in die Arme schlossen. Keiner zweifelte daran, dass es gut und richtig war, was sie taten, doch alle fürchteten den Ausgang. Das Einzige, worauf sie sich verstanden, war Ackerbau und Viehzucht. Selbst Gyles hatte noch nie einen Menschen töten müssen.

Lady Anne legte die Hände auf die ihres ergrauten Getreuen, nachdem sie die Frauen und Kinder mit ihren eigenen Proviantpäckchen in die Kirche geschickt hatte. So viel lastete auf seinen Schultern, so viele Menschenleben. »Es bleibt noch Zeit, eine Schatulle mit dem restlichen Gold zu füllen und sie mit dem Floß hinüberzuschaffen«, sagte sie. »Das könnte Milord und seine Söldner vielleicht zufriedenstellen.«

Gyles schüttelte den Kopf. »Ich glaube nicht, Milady. Der Hauptmann wird Euch nicht leben lassen, um Zeugnis gegen ihn abzulegen. Ich habe es in seinen Augen gesehen. Er ist darauf aus, Euch zu töten, selbst wenn sein Herr es ihm nicht befiehlt … und vorher wird er noch sein Mütchen an Euch kühlen.«

Sie zeigte ihm den Dolch, den sie sich an die Innenseite des Handgelenks gebunden hatte. »Nicht ohne Gegenwehr.«

Gyles' breites Gesicht erstrahlte in einem Lächeln. »Ich habe nichts anderes erwartet, Milady. Solange Ihr Widerstand leistet, werden wir alle es tun. Geht nun, gesellt Euch zu unseren Frauen und Kindern in der Kirche, solange es noch dunkel ist. Unsere Pläne werden zunichte, wenn Milord Euch hineingehen sieht.«

Eleanor kleidete sich in das Gewand, das sie zu Jacobs Beerdigung getragen hatte, und schmückte ihr Haar, ihren Hals und die Handgelenke mit den Goldreifen, die ihr Vater ihr geschenkt hatte. Zufrieden, dass sie nicht mit einer Magd verwechselt werden konnte und Gold zum Verhandeln hatte, begab sie sich in die Kemenate ihrer Mutter, wo die Aussicht über das Anwesen besser war als die aus der Spinnkammer. Nichts regte sich draußen. Nur Vogelgesang durchbrach die Stille, die das Haus umgab. Hätte sie die Männer nicht sehen können, die hinter der Mauer postiert waren, hätte sie geglaubt, dass alle sich davongemacht hatten.

Als die Zeit verging und die Straße noch immer leer blieb, war sie schließlich davon überzeugt, dass Clara gelogen hatte. Die Geschichte von Milord of Bourne war nichts als ein übler Trick, um Eleanor zum Gespött zu machen. Sie hatte das Gefühl, dass die Augen eines jeden Mannes dort draußen auf sie gerichtet waren und dass alle wussten, worauf sie hoffte. Sie würden sagen, Sir Richards Tochter habe sich wie eine Königin herausgeputzt, um Milord of Bourne zu beeindrucken, und alle Weiber von Develish würden sie auslachen, weil sie den ganzen Tag am Fenster gestanden und auf das Wohlwollen eines Fremden gehofft hatte.

Sie zerrte die aufgehäuften Matten vom Bett ihrer Mutter und ließ sich darauffallen. Plötzlich wurde ihr angst und bange bei dem Gedanken, dass die Leibeigenen die Macht über das Gut an sich gerissen hatten. Sie versuchte sich zu erinnern, ob sie Lady Anne gesehen hatte, seit sie zwei Tage zuvor im Zorn vor ihr davongelaufen war. Und sie malte sich aus, wie ihre Mutter das Anwesen verlassen hatte, um Milord of Bourne um Hilfe zu ersuchen. Warum sonst kauerten die Männer von Develish dort hinter der Grenzmauer und wetzten ihre Messer?

Die Müdigkeit langer, schlafloser Nächte überwältigte sie, und sie nickte immer wieder ein. Sobald sie für einen Moment zu sich kam, verwirrten zahlreiche Ängste und Befürchtungen ihren Geist, sodass sie sich nicht mehr zu erinnern vermochte, was sie eigentlich hierhergetrieben hatte und warum sie auf dem Bett ihrer Mutter ruhte. In seltenen Momenten der Klarheit begriff sie, dass irgendetwas mit ihr im Argen lag, denn sosehr sie es auch versuchte, sie konnte den dunklen Höllenvisionen nicht entrinnen, die ihr durch den Kopf spukten. Als das Geräusch von splitterndem Glas sie aus dem Halbschlaf riss und sie Flammen aus den Matten schlagen sah, die sie vom Bett geworfen hatte, glaubte sie, der Teufel käme sie holen.

Lange Sekunden sah sie ihn im Feuer tanzen, bevor sie mit einem verzweifelten Schrei aufsprang und ihn mit bloßen Fäusten zu Boden schlug.

In der Kirche sahen die Frauen, die am Altarfenster standen, Feuer vom Himmel regnen, und alle beteten, dass die Balken noch nass genug waren, um dem Angriff standzuhalten. Ein flammender Pfeil blieb in der Kirchentür stecken, und sie alle hielten den Atem an, als der brennende Talg über das Holz leckte. »Gott sei Lob und Dank«, flüsterten einige, als die Flammen zischend erloschen.

Die Fensterläden im Erdgeschoss widerstanden dem Ansturm, nicht aber die ungeschützten Fenster im oberen Stockwerk. Lady Anne sah einen Pfeil durch das Gitterwerk in ihr Gemach dringen und einen zweiten in das von Sir Richard. Sie legte den Arm um Alleyn Startouts Eheweib und zog sie an sich. »Keine Angst, Susan. Robert ist schlau genug, sich und seine Freunde nicht aus purem Wagemut in Gefahr zu bringen. Er weiß, dass er durch die Küche verschwinden muss, wenn das Feuer um sich greift.«

Susan Startout war sich da nicht so sicher. »Er will sich unbedingt genauso tapfer zeigen wie seine Vettern, Milady. Er wäre mit Thaddeus gegangen, wenn Ian und Olyver ihn in das Geheimnis eingeweiht hätten.«

»Nichts könnte tapferer sein als das, was er gerade tut. Ich mache mir weniger Sorgen um Eleanor, da ich weiß, dass sie nicht allein ist.«

Sie wäre das Mädchen selbst holen gegangen, hätten die Eheweiber der Hauptbauern sie nicht zurückgehalten. Clara Trueblood vertrat ihr mit flehender Geste den Weg. »Ihr geht uns verloren, wenn Ihr uns jetzt verlasst, Milady. Lady Eleanor wird alles tun, was sie nur kann, um Euch im Haus zu halten. Sie will einfach keine Vernunft annehmen.«

Jenny Buckler nickte. »Wir brauchen Euch hier, Milady. Ohne Eure Anleitung werden die Frauen und Kinder Angst bekommen und hinauslaufen.«

»Gyles verlässt sich auf Eure Kraft, Milady«, setzte Martha hinzu und deutete auf das Altarfenster. »Die Sonne ist schon aufgegangen. Ihr könnt nicht kommen und gehen, ohne gesehen zu werden, und sein Plan wird fehlschlagen, wenn wir vom Feuer aus der Kirche gejagt werden. Vor den Pfeilen der Langbögen gibt es kein Entrinnen.«

Robert Startout packte Eleanor bei den Haaren und zog sie zurück, hakte ihr seinen Fuß um den Knöchel und brachte sie damit zu Fall. »Dickschädel! Hohlkopf! Spatzenhirn!«, schrie er, warf sich rittlings über sie und schlug mit den Fäusten auf sie ein. Zugleich stieß er den Jungen, der am Boden lag, mit dem Fuß an. »Steh auf, Walter! Steh auf!«

Der andere rappelte sich stöhnend auf die Knie hoch. »Ich hab nichts Böses getan, Robert.«

Eleanor begann sich aufzubäumen, und Robert hielt ihr die gewölbte Hand über Mund und Nase. »Wir müssen sie fesseln, sonst überleben wir das hier nicht.« Er deutete mit dem Kopf zu einem Bastknäuel zwischen den Matten am Boden hin. »Hol mir das her, und beeil dich, bevor der nächste Pfeil einschlägt.«

Walter Catchpole reichte ihm den Bast. »Warum hat sie denn auf mich eingeprügelt?«

»Wer weiß? Vielleicht will sie, dass das Haus abbrennt. Vielleicht behagt ihr die Vorstellung, von den Söldnern so richtig durchgerammelt zu werden. Blöd genug ist sie ja.« Robert schlang Bastfasern um Eleanors linkes Handgelenk und zog ihre rechte Hand über seine Knie, um beide Hände fest zusammenzubinden. »So, jetzt mach du noch das Gleiche mit ihren Füßen, sonst tritt sie nach mir, wenn ich aufstehe.«

Als er sicher war, dass Eleanor sich nicht mehr rühren konnte, erhob er sich und knüpfte ihr noch einen doppelt gezwirbelten Strick aus dem rauen Bast um den Hals. An den Haaren zog er sie zum Bett und band den Strick mit einem Schlupfknoten an einen Bettpfosten. »Die Schlaufe wird nur enger werden, wenn Ihr zappelt«, sagte er und sah ihr in die Augen, die voller Tränen standen. »Bevor der Strick reißt, habt Ihr Euch schon erdrosselt.«

»Und ihr zwei Schufte werdet bestraft«, zischte sie durch die geschwollenen Lippen hervor.

»Nicht, wenn ich Euch hier verbrennen lasse und sage, dass es ein Unfall war.« Robert wandte sich zum Fenster, als erneut eine Scheibe zu Bruch ging. Diesmal blieb der Pfeil im Rahmen hängen, und Robert beförderte ihn mit einem

Tritt hinaus. Dann sammelte er die Matten ein und warf sie aufs Bett, ohne darauf zu achten, ob sie auf Eleanor landeten. »Ihr seid ja wohl das allerdümmste Miststück in ganz Develish«, schimpfte er vor sich hin. »Wie kann man nur jemand schlagen, der einen retten will?« Er hob den talggetränkten Pfeil auf, den Walter gelöscht hatte, und ließ ihn Eleanor auf die Brust fallen.

Nachdem er Walter beim Arm genommen und in den Flur hinausgeführt hatte, kümmerte er sich nicht mehr um sie. Jedes Mal, wenn er Glas splittern hörte, tauchte er wieder auf und trat die Flammen aus oder erstickte sie mit nassen Lappen. Der Gestank des verbrannten Schaftalgs stach Eleanor in die Nase, doch jedes Mal, wenn sie die gefesselten Hände heben und die Pfeilspitze von sich werfen wollte, fürchtete sie sich schließlich doch zu sehr vor dem scheuernden Baststrick an ihrer Kehle, um es zu versuchen.

Als der Pfeilhagel endlich nachließ, kam Robert mit Walter und drei anderen Jungen herein. Sie kauerten sich unter die Fenster, um zu beobachten, wie es nun draußen weiterging. Walter schlug vor, Lady Eleanor freizulassen, doch Robert lehnte das ab. Wenn er schon dafür bestraft werden sollte, dass er sie gefesselt hatte, wollte er lieber von seinem Vater Prügel beziehen als von ihr. Dann würde er sich vorher wenigstens rechtfertigen dürfen.

»Ihr Gesicht ist ganz schön übel zugerichtet«, sagte Walter. »Wie willst du das erklären?«

Robert grinste. »Ich werde sagen, ich hab ihr einen Gefallen getan. Jetzt ist sie so hässlich, dass nur ein Blinder sie noch vergewaltigen würde.«

Gyles hatte sich in dem steinernen Torbogen versteckt, der zum Obstgarten führte. Von dort aus konnte er die Straße gen Norden und die Abzweigung zum Dorf überblicken. Wie er vorausgesagt hatte, kam Milord zeitig des Weges, und es war offensichtlich, dass er nicht herauszufinden gedachte, ob Lady Anne willens war, auf seine Forderungen einzugehen. Er ließ den Wagen zweihundert Yards vor dem Burggraben halten und behielt seinen Kutscher und einen Soldaten zu seinem persönlichen Schutz bei sich, während der Hauptmann und ein Trupp von acht Mann in südwestliche Richtung über die Felder ritten.

Im Obstgarten bewegte Gyles sich vorsichtig von Baum zu Baum, um ihr Vorankommen zu beobachten. Sie hielten, als sie das Herrenhaus im Visier hatten, und postierten sich etwa dreihundert Schritt vor der Burgmauer. Selbst Gyles' Kurzbogen, der beste von denen, die in der Waffenkammer aufzutreiben gewesen waren, hatte nicht genug Zugkraft, um einen Pfeil so weit fliegen zu lassen. Dann setzte der Hagel aus Brandpfeilen ein.

Offenbar waren Milords Söldner nicht sehr geübt im Umgang mit Langbögen, da ebenso viele Pfeile im Graben oder auf dem Vorhof wie im Fachwerk des Hauses landeten. Gyles begann zu fürchten, dass das trockene Holz der Hütten, all das Heu und Laub innerhalb der Einfriedung Feuer fangen könnten und die Leute herausgestürzt kommen würden, um die Flammen zu ersticken. Doch wie es schien, lächelte Gott auf Develish hernieder. Selbst als ein Pfeil dicht vor Gyles' Füßen aufschlug, erlosch der brennende Talg sogleich und hinterließ nur einen versengten Kreis im Gras.

Als der Ansturm langsam nachließ, sandte der Hauptmann einen Reiter zu Milords Wagen. Eine Viertelstunde verstrich, ehe der Reiter zurückkehrte und der Hauptmann seinen Männern befahl, wieder aufzusteigen. Gyles sah zu, wie sie in die Richtung abzogen, aus der sie gekommen waren, und lief dann gebückt zur Mauer, wo er die Nachricht von Mann zu Mann weitergeben ließ, dass alle noch in Deckung bleiben sollten, bis er Entwarnung gab. »Die Überraschung ist unsere stärkste Waffe«, erinnerte er sie. »Wenn wir sie nicht hereinlocken können, können wir sie auch nicht bezwingen.«

»Hast du vor, sie allesamt niederzumachen?«, fragte John Trueblood. »Ist das überhaupt möglich? Milord wird doch ganz sicher nicht nah genug herankommen.«

»Ich habe vor, ihn so zu vergrämen, dass er niemals wiederkommt«, entgegnete Gyles. »Ein weiteres Mal sind wir nicht mehr so gut aufgestellt. Gib die Weisung weiter, dass alle Männer, die Bögen haben, sich am Portal einfinden sollen. Und sie sollen geduckt bleiben!«

Eine weitere Stunde verging, bis der Hauptmann neun Reiter in dichter Phalanx vom Dorf aus aufmarschieren ließ. Dreißig Schritt vor dem Graben ließ er sie halten und brüllte zum Haus hinüber, dass alle herauskommen sollten.

Gyles sah zu dem Trüppchen von Bogenschützen hin, das neben ihm kauerte. »Ihr habt eure Weisungen«, flüsterte er. »Aufs Pferd zielen, nicht auf den Mann. Das Ziel ist größer und die Verwirrung dann auch. Mir nach, Männer.«

Er wartete, bis der Hauptmann die Aufforderung noch einmal brüllte, dann trat er aus der Deckung der Mauer hervor. Die breiten Brustkörbe der vorderen Pferde überließ er seinen Kameraden; er selbst zielte auf die Flanken der hinteren. Eins nach dem anderen bäumten die armen Tiere sich auf, warfen ihre Reiter ab und wieherten kläglich. Als Gyles sah, dass der Hauptmann, gut geschützt in seiner Phalanx, noch immer hoch zu Ross saß, zielte er auf den Mann, nicht auf das Pferd. Er wollte sein Herz treffen, traf aber nur den Hemdsärmel, denn im selben Moment machte das Streitross einen Satz aus dem heillosen Gewühl hervor und galoppierte den Weg zurück, den sie gekommen waren. Drei weitere flüchteten mit ihm, dazu noch zwei reiterlose Pferde, denen wippende Pfeilschäfte aus den Bäuchen hingen. Sechs der Söldner lagen gekrümmt am Boden, zwischen den im Todeskampf dreschenden Hufen der letzten vier Pferde.

»Bleibt liegen«, rief Gyles auf Französisch, »oder ich befehle meinen Bogenschützen, euch zu töten.«

Einer der Männer rappelte sich halb auf, nur um mit einem Pfeil in der Schulter wieder umzusinken.

»Ihr wart gewarnt«, rief Gyles und ließ den durchdringenden Pfiff ertönen, der das Signal für die Männer von Develish war, sich zu zeigen. »Euer Herr und euer Hauptmann haben euch im Stich gelassen, und ihr seid jetzt den Leuten ausgeliefert, denen ihr Unrecht getan habt. Eure einzige Chance ist, genau das zu tun, was ich sage. Seid ihr dazu bereit?«

»Wozu?«

»Tod oder Leben – was wählt ihr?«

»Leben.«

»Dann steht auf. Legt eure Waffen, Waffenröcke und Stiefel ab und häuft sie vor euch auf. Wenn ihr irgendetwas vor mir versteckt, schicke ich euch splitternackt zu eurem Herrn zurück.«

Fünf taten, wie ihnen geheißen.

»Auguste kann nicht aufstehen«, sagte ihr Wortführer. »Er stirbt an den Wunden, die ihr ihm zugefügt habt.«

»Das bezweifle ich … aber wenn es stimmt, dann brecht den Schaft ab und zieht ihn aus. Ohne Kleider werden die Aasfresser besser mit seiner Leiche fertig. Wir wollen seinen Gestank nicht länger als nötig herüberwehen haben.«

Auguste erhob sich, zog den Schaft aus seiner Schulter,

ohne auch nur mit der Wimper zu zucken, und grollte: »Milord wird es dich büßen lassen, Knecht!«

Gyles lachte auf. »Er wäre ein Dummkopf, wenn er es versuchte. Gott ist auf unserer Seite. Es ist kein Zufall, dass Develish lebt, während alles ringsum zugrunde geht.« Erneut hob er den Bogen. »Weg mit den Waffen, runter mit dem Waffenrock. Eine Armee aus hundert Engländern ist gegen euch aufgestellt, und jeder einzelne ist bereit, den Graben zu überqueren und dir dein räuberisches Herz aus der Brust zu reißen.«

Wütend warf der Mann sein Schwert von sich und wand sich aus seiner Livree. »Das sind doch leere Drohungen«, blaffte er. »Ich zähle bloß neun Bogenschützen.«

»Dann kannst du nicht zählen«, brüllte James Buckler, schnappte sich eine Mistgabel von seinem Nachbarn und sprang auf die Mauer. Er wog den Stiel kurz in der Hand und schleuderte die Forke dann wie einen Speer. Allgemeines Johlen erklang, als sie vor den Füßen des Normannen im Boden stecken blieb. »Die nächste steckt dir in der Gurgel!«

»Und meine in der Gurgel von dem Diebsgesindel hinter dir!«, rief Alleyn Startout und trat ebenfalls hervor. »Wir halten hier nichts von Normannen. Lieber machen wir euch zu Aas für die Krähen, als euch das Leben zu lassen.«

Rufe der Zustimmung setzten sich wie ein Lauffeuer rings um die Mauer fort. Forkenstiele hämmerten auf den Boden. Einer der Jungen warf einen Stein, und andere folgten eifrig seinem Beispiel.

Blutend und abgerissen rannten die Franzosen davon, hüpfend und stolpernd, um die spitzen Steine auf dem Weg zu meiden.

»Werden sie wiederkommen?«, fragte Adam Catchpole an Gyles' Schulter.

Verhaltener Triumph leuchtete in Gyles' Augen. »Erst müssen sie ihre Pferde und Waffen ersetzen.«

Robert hockte sich neben Eleanor. »Ich hätte Euch nicht geschlagen, wenn Ihr Walter nicht geschlagen hättet«, erklärte er. »Ihr hattet keinen Grund dazu, denn er wollte Euch nur vor dem Verbrennen retten. Ich selbst hätte es wohl eher geschehen lassen, da ich Euch nicht leiden kann und nicht so weichherzig bin wie Walter. Er rettet auch Tauben mit gebrochenen Flügeln. Ich esse sie.« Prüfend sah er ihr in die Augen. »Ihr seid wirklich sehr dumm, nicht? Isabella sagt, Ihr könnt nicht mal richtig schreiben und zählen. Das ist eine Schande. Meine Schwester kann beides, und sie ist erst fünf.« Er zog das Messer aus dem Gürtel. »Wenn Ihr auch nur ein bisschen Verstand hättet, dann hättet Ihr begriffen, dass hier heute etwas Großes geschehen ist. Aber Ihr könnt ja nur heulen und wehklagen und hoffen, dass Euch jemand rettet.« Er durchtrennte die Schlinge an ihrem Hals. »Das wäre sowieso nicht passiert. Gold zu tragen ist kein Beweis dafür, dass man bedeutend ist. Eure Mutter trägt keins, und sie ist die einzige Lady, die Milord of Bourne mit sich genommen hätte. Sie ist klug und schön, und man merkt gleich, dass sie von edlem Geblüt ist. Wenn Ihr den Mund aufmacht, merkt man auch gleich, was Ihr seid – ein hirnloses, launisches Gör.« Er ließ sich auf die Fersen zurücksinken. »Ich verpass Euch noch ein blaues Auge, wenn Ihr versucht, mich zu schlagen, während ich Euch die Fesseln abnehme. An meiner Bestrafung ändert das auch nichts mehr. Meine Hiebe kassiere ich so oder so, egal, wie viele blaue Flecken Ihr habt.«

Eleanor fuhr sich mit der Zunge über die geschwollenen Lippen. »Ich schlag dich nicht.«

»Das will ich Euch auch geraten haben. Ihr seht ohnehin schon aus wie ein geschecktes Schwein. Wenn Ihr Euch hinstellt, um mich anzuklagen, wird ganz Develish Euch auslachen.«

Als sie nicht antwortete, zerschnitt Robert eilig ihre Fesseln und sprang zur Tür. »Ihr könnt lange warten, bis eine Magd Euch helfen kommt«, warnte er sie. »Sie laufen jetzt alle durchs Gelände, auf der Suche nach ihren Vätern und Brüdern.«

»Isabella soll herkommen«, wisperte Eleanor.

Robert schüttelte den Kopf. »Ich sag's ihr bestimmt nicht. Es wär nicht fair, sie unglücklich zu machen, während alle anderen so fröhlich feiern. Ihr Platz ist an der Seite ihres Vaters. Wenn Onkel Gyles nicht wäre, dann wären wir jetzt alle tot.«

ZWEIUNDZWANZIG

Thaddeus' Lager am Fluss Pedle

Es wurde schon dunkel, als Ian, Olyver und Edmund den Fluss erreichten. Sie streiften ihre Kleider und Stiefel ab, um hinüberzuwaten. Die Bündel hielten sie hoch über den Kopf, und das kalte Wasser, das ihnen bis an die Brust platschte, half auch nicht, ihr Elend zu lindern. Vergebens hatten sie auf Thaddeus' Rückkehr gewartet, hatten gehofft, ihn wenigstens von fern auf der Straße südlich von Afpedle zu sehen, und nun waren ihre Mienen finster und verschlossen.

Joshua war klug genug, den Mund zu halten, als sie sich neben das Lagerfeuer fallen ließen, um ihre Hemden und Hosen anzuziehen, aber Peter platzte schier vor Neugier. Wie sah Afpedle aus? Waren dort alle tot? Hatten sie Leichen gesehen? War der Gestank wirklich so schlimm, wie Thaddeus behauptete? Warum war er noch mal zurückgekommen, um ein Pferd und einen Strick zu holen? Hatten sie es geschafft, das Dorf abzubrennen?

Er wurde ärgerlich, als er keine Antwort erhielt. »Was ist los mit euch? Sagt uns wenigstens, wo Thaddeus ist.«

»Keine Ahnung«, murmelte Ian.

Peter runzelte die Stirn. »Warum wisst ihr das nicht?«

»Du müsstest nicht fragen, wenn du mitgekommen wärst«, gab Edmund zurück.

Ehe die Gereiztheit auf beiden Seiten in eine Keilerei ausarten konnte, griff Joshua ein. »Ich hab ein paar Eichhörnchen gefangen und die letzten Bohnen eingeweicht«, sagte er. »Die werde ich jetzt kochen. Wenn Thaddeus nicht zurück ist, bis sie gar sind, lassen wir ihm was übrig.«

Peter entfernte sich, um am Fluss Wache zu halten. Er wollte allein sein, aber gleichzeitig auch Edmund beweisen, dass Wachehalten ebenso wichtig war wie Dörfer abbrennen. Angestrengt spähte er in den aufsteigenden Nebel, in die zunehmende Dunkelheit. Sonst hätte er auch die beiden Gestalten nicht gesehen – zwei schwarze Schatten, dunkler als die Nacht, die am anderen Ufer zwischen den Bäumen hervorglitten.

Eilig machte er ein paar Schritte zurück, zog das Messer aus dem Gürtel und hielt es zitternd vor sich ausgestreckt. »Eindringlinge im Süden!«, krächzte er mit trockener Kehle.

Ein paar schreckliche Sekunden lang fürchtete er, seine Freunde würden es für einen Scherz halten, doch zu seiner Erleichterung hörte er, wie sie fluchend über das nasse Gras angelaufen kamen. »Da drüben«, flüsterte er und deutete mit der Klinge zu der Stelle, während die anderen vier sich um ihn scharten. »Seht ihr sie?«

Ian nickte. »Was machen wir jetzt? Wir haben unsere ganzen Pfeile verbraucht.«

»Ruf ihnen eine Warnung zu«, flüsterte Olyver.

Ian hob die Stimme: »Das hier ist ein bewaffnetes Lager! Von Soldaten bewacht! Kehrt dahin zurück, wo ihr herkommt, wenn euch euer Leben lieb ist! Jeder Versuch, über den Fluss zu kommen, wird als Kriegserklärung aufgefasst und hat den Tod zur Folge!«

Ein seltsames Grummeln drang durch den Nebel. Joshua erschauerte vor Angst. Es kam ihm vor, als gähnte der

Schlund der Hölle dort vor ihnen, um den Schwarzen Tod auf sie loszulassen. Und auch Ians Stimme bebte hörbar, als er es noch einmal versuchte. »Kommt nicht näher! Wir haben Langbögen und lassen unsere Pfeile auf euch los, wenn ihr euch weiter vorwagt! Hört ihr mich?«

»Ich höre dich«, antwortete Thaddeus lachend. »Und ich sehe dich. Du gibst eine hübsche Zielscheibe vor dem Feuer ab.« Er murmelte etwas, das sich anscheinend nicht an die Jungen richtete. »Bevor ich rüberkomme, zieht euch lieber hinter das Feuer zurück. Ich erwarte keinen Ärger, will mir aber auch keinen einhandeln. Bleibt ruhig und macht keine plötzlichen Bewegungen.«

Was immer die Jungen erwartet hatten, standen sie doch starr vor Staunen, als Thaddeus nackt und triefend aus dem Wasser stieg, mit Sir Richards Rappen und sieben gesättigten Hunden im Schlepptau. Er ging auf sicheren Abstand zu ihnen, wartete, bis sie sich geschüttelt hatten, und befahl ihnen zu kuschen, bevor er seine Kleider vom Pferderücken nahm. Er zog sie über, schlang eine lose Fessel um die Vorderhufe des Tiers und streifte ihm das Zaumzeug ab. »Bist ein feiner Kerl«, murmelte er ihm ins Ohr, hob einen unförmigen Packen von der Kruppe und nahm ihm dann auch den Sattel ab. »Du darfst dir jetzt deine wohlverdiente Ruhe gönnen.« Mit einem freundlichen Klaps aufs Hinterteil schickte er den Rappen zu den anderen Pferden. Die Hunde ließ er dabei nicht aus den Augen.

Für Peter und Joshua war die Szene weit weniger surreal als für Ian, Edmund und Olyver. »Wieso hat er was von Ärger gesagt?«, wisperte Joshua. »Sie wirken doch ganz friedlich.«

»Aber nicht in Afpedle, da waren es Bestien«, antwortete Olyver. »Wir dachten, sie hätten ihn getötet.«

Die Jungen sahen zu, wie Thaddeus sich ins Gras kniete und sich an dem Packen zu schaffen machte. Sie konnten nicht erkennen, was es war, weil das Licht des Feuers nicht weit genug reichte, aber das Interesse der Hunde war nicht zu übersehen. Langsam krochen sie vorwärts, voller kaum bezähmter Gier, und drängten den knienden Mann mit kurzen Kläfflauten zur Eile. »Einer nach dem anderen«, sagte er streng. »Du zuerst.« Er zeigte auf eine der Doggen und warf ihr etwas zu. »Braver Junge. Jetzt du.« Er wiederholte das Ganze mit jedem der Hunde.

»Füttert er sie mit dem toten Schaf?«, fragte Olyver seinen Bruder.

»Entweder das oder mit einer Pestleiche«, sagte Ian. »Hoffen wir, dass es das Schaf ist.«

Edmund zuckte zurück. »Das ist nicht witzig«, murmelte er. »Er hätte sie nicht herbringen sollen. Wenn sie ihn nicht beißen, dann uns.«

»Na, wenigstens ist er nicht tot. Vor einer Stunde noch wolltest du ihn unbedingt zurückhaben, selbst mit Ratten im Bart … und jetzt beklagst du dich über ein paar Köter.«

»Was, wenn sie die Pest an den Zähnen haben?«

Thaddeus ersparte Ian die Antwort. »Ihr könnt jetzt hinter dem Feuer hervorkommen«, rief er, hob den Sattel und das Zaumzeug auf und ging ihnen entgegen. »Sie scheinen ganz zufrieden, solange ich sie füttere.« Er ließ seine Last zu Boden fallen, hockte sich ans Feuer und spähte händereibend in den Kochtopf. »Lasst uns essen«, sagte er munter. »Bin noch nie im Leben so ausgehungert gewesen.«

Was grinst er bloß so? fragte sich Ian, ein wenig neidisch, dass Thaddeus so viel Spaß an dem Abenteuer hatte, ganz im Gegensatz zu Olyver, Edmund und ihm. »Wir dachten, du wärst tot«, sagte er vorwurfsvoll.

»Ich wüsste nicht, wieso.«

»Das letzte Mal, als wir dich gesehen haben, hatte die Meute dich fast eingeholt.«

»Das habt ihr falsch gesehen. Ich sagte schon, ich bin nicht so weit gekommen, um an einem Hundebiss zu sterben.« Er nahm einen Teller Eintopf von Joshua entgegen. »Ihr drei scheint euch ja ganz wacker geschlagen zu haben. Das Dorf hat noch gebrannt, als ich meine neuen Freunde über die Felder hergeführt habe.«

»Aber es hat uns keinen *Spaß* gemacht«, murrte Olyver, der die gleiche Vergnügtheit an Thaddeus wahrnahm wie Ian. »Was ist denn passiert, dass du so frohgemut bist?«

Thaddeus' Augen blitzten schalkhaft, während er an einem Eichhörnchenbein nagte. »Ich fühle mich lebendig«, sagte er. »Vielleicht sollte ich jeden von euch mal auf einem durchgehenden Pferd mit einer wilden Meute auf den Fersen über die Straße hetzen lassen. Es tut gut, sich der Angst zu stellen.«

Er sah den Mienen der Jungen an, dass sie mit seinen Worten nichts anfangen konnten. Doch er hatte keine andere Erklärung. Er wusste nur, dass er in den letzten Stunden intensiver gelebt hatte als in den ganzen zwanzig Jahren zuvor.

Schließlich beantwortete er ihre Fragen doch noch, aber so zurückhaltend, dass die Jungen den Eindruck gewannen, die Eskapade sei gar nicht so aufregend gewesen. »Es war alles ganz einfach, sobald mir klar war, dass die Hunde darauf abgerichtet waren, Befehlen zu gehorchen«, berichtete er. »Sir Richards Rappe kennt nur zwei Gangarten – schnell oder langsam –, also haben wir dann den Rest des Weges ganz gemächlich zurückgelegt.«

»Und wo bist du gewesen?«

»Im Nachbartal. Ich hatte gehofft, ich würde die Hunde unterwegs abhängen können, aber nein; selbst als ein Reh vor uns aus dem Unterholz sprang, klebten sie weiter an Killers Hufen … wahrscheinlich, weil ich mir das Schaf hinter den Sattel gepackt hatte. Offenbar erkennen sie jeden als ihren Herrn an, der sie füttert.«

»Hättest du sie sich nicht über dem Kadaver streiten lassen und schnell wegreiten können?«

»Hätte ich«, nickte Thaddeus. »Aber als ich gerade den Strick kappen wollte, fing Killer an, wie ein Schwachkopf herumzutänzeln, und ich bekam das Messer nicht zu fassen. Die Hunde gingen auf uns los, und mir fiel nichts anderes ein, als ›kusch!‹ zu rufen – und sie kuschten. Sie sind erstaunlich gut erzogen.«

»Du hättest es später noch mal versuchen können.«

»Ja, aber da war die Straße zu Ende. Das nächste Dorf gen Süden liegt keine anderthalb Meilen vom Hügelkamm entfernt, und wenn ich umgekehrt wäre, hätte ich die Hunde nach Afpedle zurückgeführt. Ich dachte, ich würde sie eher abschütteln, wenn ich quer durch den Wald zum Fluss ritte, aber das Unterholz war zu dicht, um ihnen zu entkommen. Wir konnten nur noch Schritt gehen.«

Thaddeus beschrieb, was er gesehen hatte, als er über den Hügel gekommen war: einen weiteren Fluss, der sich in breiten Windungen durchs Tal schlängelte, mit Nebenarmen und Seen; dichte Bewaldung an den Hängen wie am Talgrund und ein Anwesen in Rufweite, doppelt so groß wie Afpedle. »Das Herrenhaus steht an einem See. Es ist wunderschön.«

»Hast du auch Leute gesehen?«

Thaddeus schüttelte den Kopf. »Ich hab mich lieber nicht zu dicht herangewagt. Der Ort sah reich genug aus, um eine Garde mit Langbögen zu haben, und ich wollte keinen Pfeil zwischen die Augen bekommen. Stattdessen bin ich vorsichtig durch den Wald gepirscht und hab die Hunde mal ein Bad im Fluss nehmen lassen. Mich und Killer ebenfalls.«

»Der Gaul heißt Edward«, sagte Joshua.

»Jetzt nicht mehr. Er hat mir fast das Genick gebrochen, als er mit mir durchgegangen ist.«

»Und wie hast du die Hunde genannt?«, wollte Ian wissen.

»Nicht jeden einzeln, aber sie scheinen alle miteinander auf ›Todsünden‹ zu hören. Todsünden *auf*, Todsünden *kusch* – es funktioniert prächtig.«

Edmund warf einen furchtsamen Blick auf die Meute. »Wieso hast du sie hergebracht? Heute Morgen hattest du doch auch Angst vor ihnen. Was, wenn sie uns beißen? Wer weiß, ob sie nicht die Pest übertragen?«

»Tja, wer weiß … aber wenn du nicht gebissen werden willst, dann lass dir deine Angst vor ihnen nicht anmerken. Ihr Fell ist jetzt jedenfalls sauber. Ich hab Joshuas Rat befolgt. Sie sind durch fünf verschiedene Bäche geschwommen – zuletzt durch unseren Fluss hier.« Thaddeus lächelte. »Tatsache ist, ich bin sie einfach nicht losgeworden. Sie wollten mich nicht aus den Augen lassen. Am Ende schien es mir ratsamer, sie bei mir zu behalten.«

»Warum?«

Thaddeus zuckte die Schultern. »Sie werden leichter zu töten sein, wenn sie nicht mehr wild umherstreifen.«

Er schürte das Feuer auf, bedeutete den Jungen, ihre Farnbetten dahinter aufzuschlagen, und lehnte sich an den Sattel, um die Hunde im Auge zu behalten. Heute hielt er es nicht für nötig, Wachen aufzustellen, denn die Meute würde Fremde eher wittern, als menschliche Augen oder Ohren sie wahrnehmen konnten; nur war er sich nicht so sicher, dass die Hunde ihn nicht des Nachts anfallen würden. Den Jungen sagte er, das Feuer sei ihre beste Verteidigung, und zu seinem eigenen Schutz hielt er das Messer und die Reste des Schafskadavers griffbereit.

»Ruht euch aus, so gut ihr könnt«, murmelte er. »Morgen müsst ihr Haselruten sammeln, um neue Pfeile anzufertigen.«

Mitten in der Nacht kroch Joshua hinter dem Feuer hervor und gesellte sich zu ihm. »Ich hab keine Angst vor Hunden«, flüsterte er. »Ich hab unsere Straßenköter in Develish darauf abgerichtet, Eichhörnchen und Karnickel zu apportieren. Mein Vater beklagte sich schon, dass er dauernd diese Nager vorgesetzt kriegt.«

Thaddeus schmunzelte. »Und wie hast du sie abgerichtet?«

»Mit Futterhappen … genauso, wie du die Meute dazu gebracht hast, dir zu folgen. Einem Hund kann man alles beibringen, wenn man ihn belohnt.«

»Außer dass diese hier keine unterwürfigen Köter sind. Es sind abgerichtete Jagdhunde, die einen Appetit auf Menschenfleisch entwickelt haben. Wie lange werden sie mir noch folgen, wenn das Schaf aufgebraucht ist?«

»Gar nicht mehr. Du musst dir noch ein Schaf besorgen. Sie sind nur so lange folgsam, wie du sie fütterst. Dann ordnen sie sich dir unter. Ich zeig's dir morgen, wenn du willst.«

»Mhm. Bei dem Futterverbrauch wird die Folgsamkeit teuer. Sie haben ein halbes Schaf an einem einzigen Tag verschlungen – mehr, als wir in einer ganzen Woche bekommen haben. Wir wären besser dran ohne sie.«

Joshua zögerte. »Wie wär's, wenn du ihnen die Chance gibst, sich zu bewähren? Wenn ich so einem armseligen Dorfköter beibringen kann, Karnickel zu fangen, müsste ich doch auch einen abgerichteten Jagdhund dazu bewegen können, ein Reh für uns zur Strecke zu bringen. So hätten wir durch sie sogar mehr zu essen anstatt weniger.«

Thaddeus schwieg.

»Weißt du«, fuhr Joshua entschlossen fort, »Lady Anne hätte die Dorfköter nicht abschlachten lassen sollen. Wir hätten keine Wachen an der Mauer aufstellen müssen, wenn wir sie am Leben gelassen hätten. Sie wären die ganze Nacht durch das Anwesen patrouilliert und hätten gebellt, sobald sich was geregt hätte.« Prüfend blickte er Thaddeus an, der noch immer kein Wort sagte. »Sieh doch nur, wie gut diese Hunde uns jetzt beschützen. Wie aufmerksam die Doggen schauen!«

»Du bist zu weichherzig, Joshua. Du würdest anders über sie denken, wenn du sie heute Morgen mit gefletschten Zähnen gesehen hättest.«

»Aber nein, das ist doch gerade gut! Man würde sich viel sicherer fühlen, wenn man mit einer Meute scharfer Hunde in ein Dorf geritten käme. Dann könnte man alles stehlen, was man wollte. Keiner würde sich einem entgegenstellen.«

Er wusste nicht, ob er Thaddeus überzeugt hatte, denn dessen Miene war selbst bei Tageslicht undurchschaubar; doch er schöpfte Hoffnung aus der Tatsache, dass Thaddeus das Thema fallen ließ.

Es war nicht zu leugnen, Joshua hatte ein weiches Herz, was Hunde betraf. Er trauerte den toten Dorfkötern immer noch nach, besonders einem, Red, dessen Fell den gleichen rötlichen Ton gehabt hatte wie Joshuas Haare. Sein ganzes Leben lang hatte er an Joshuas Seite geschlafen, und Joshua hatte seinen Vater angefleht, ihn nicht zu töten. Aber James Buckler hatte es dennoch getan. Sein Sohn hatte ihn dafür gehasst, und das Zerwürfnis zwischen ihnen war noch nicht behoben worden, als Joshua davonging. Lady Anne hatte er auch gehasst, weil sie das Töten befohlen hatte, und es hatte ihm wohlgetan, Eleanor über ihre Mutter giften zu hören. »Vermisst du Develish?«, fragte er Thaddeus plötzlich.

»Nein.«

»Nicht mal Lady Anne?«

Thaddeus warf ihm einen Blick zu. »Wie kommst du darauf?«

»Jeder weiß doch, dass du sie magst.«

»Warum auch nicht? Sie war mir eine bessere Lehrerin, als meine Mutter es je sein konnte.«

Joshua warf ihm ein schelmisches Lächeln zu. »Du kannst sie nicht mit deiner Mutter vergleichen. Sie ist kaum acht Jahre älter als du.«

Thaddeus nahm eine bequemere Position am Sattel ein und fragte sich, ob der Junge das wohl von Eleanor hatte. »Mich beschäftigt mehr unser Mangel an Pfeilen als das Alter der Mutter von deiner Dirne«, knurrte er. »Morgen werden wir Haselruten sammeln müssen. Hat dein Vater dir beigebracht, wie man sie richtig spleißt?«

Aber Joshua ließ sich nicht so leicht ablenken. »Glaubst du, Lady Anne weiß inzwischen, was passiert ist?«

»Kommt drauf an, was Eleanor ihr erzählt hat.«

Der Junge beugte sich vor und klemmte die Hände zwischen die Knie. »Sie war diejenige, die damit angefangen hat. Wir hätten uns nie getraut, ihr Avancen zu machen.«

Das hatte Thaddeus sich schon gedacht, doch er wollte Joshua nicht so leicht davonkommen lassen. »Soll ich jetzt eine bessere Meinung von dir haben?«

»Uns war langweilig, und sie war da. Das war alles.«

»Dasselbe könnte ich von deinen älteren Schwestern sagen«, murmelte Thaddeus. »Oft genug haben sie sich vor mir zur Schau gestellt. Hätte ich da meinen Schwengel rausholen sollen, weil ich nichts Besseres zu tun hatte?«

Joshua wand sich vor Verlegenheit. Er wusste sehr wohl, dass seine Schwestern sich Thaddeus als Gatten ersehnten. »Nein.«

»Dann schieb Lady Eleanor nicht die Schuld für dein Benehmen zu. Übernimm die Verantwortung für dein Handeln und lebe hinterher mit den Folgen.«

»Du solltest nicht versuchen, das Gute in ihr zu sehen«, warnte ihn der Junge. »Sie hasst dich. Wahrscheinlich hat sie Jacob deswegen umgebracht. Weil er dein Bruder war.«

»Umso schwerer wird es ihr auf dem Gewissen lasten«, gab Thaddeus zurück. »Einen Menschen zu töten, weil man einen anderen hasst, ist wirklich der dümmste Grund für ein solches Verbrechen.«

Zehn Meilen entfernt stand Eleanor am Fenster der Spinnkammer und zog sich die Spitze einer Schnürnadel über den Unterarm. Ohne einen Gedanken an die Pest zu verschwenden, hatten Männer den Burggraben auf dem Floß überquert, um die toten Pferde zu zerlegen und sie dann auf das Gut zu bringen, und nun brieten die besten Stücke über einem offenen Feuer auf dem Vorhof. Je weiter der Abend fortschritt und je voller ihre Bäuche wurden, desto ausgelassener sangen und tanzten die Bauern mit glühenden Gesichtern in der Hitze des Feuers. Und mitten unter ihnen, die dunklen Haare offen um die Schultern wirbelnd, tanzte Lady Anne.

So angewidert war Eleanor von der Glückseligkeit ihrer Mutter, dass sie die Nadel nahm und sich leuchtend rote Streifen in die blasse Haut ritzte. Jeder brennende Schnitt verschaffte ihr einen kurzen Moment der Erholung von den

Höllenvisionen, die sie ohne Unterlass quälten. In ihrem Wahn hielt sie ihre Mutter und jeden Leibeigenen in Develish für Dämonen, eigens gesandt, um sie zu peinigen. Es erleichterte sie, sich selbst zu verletzen. Gott würde Erbarmen mit ihr haben, wenn Er sah, dass ihr Blut in Strömen floss wie das des Heilands.

Und Sein Erbarmen hatte sie bitter nötig. Sie war die Tochter ihres Vaters – Sir Richard lebte durch sie –, und doch war die Gewissheit, dass ihr Platz in Develish durch das Privileg ihrer normannischen Abstammung gesichert war, für immer dahin. Milord of Develish war an der Pest gestorben, und Milord of Bourne war geschlagen. Nur Lady Anne war noch da, die sich ihrer angelsächsischen Herkunft rühmte; und sie hatte mehr für ihre Knechte übrig als für ihre Tochter.

Eleanor sah zu, wie Lady Anne sich niederbeugte, um besser hören zu können, was Robert Startout zu ihr sagte. An der Art, wie er zur Spinnkammer hindeutete, konnte sie erkennen, dass er von ihr sprach, und sicher war es nichts Schmeichelhaftes. Ihr Herz flatterte ängstlich, bis er mit feierlichem Ernst nickte, als Lady Anne sich auf ein Knie niederließ und ihm Schweigen gebietend den Finger auf die Lippen legte. Kurz darauf sah sie ihn mit Walter Catchpole reden, und die Jungen lachten und schlugen sich auf die Schultern. Was mochte sie wohl so erheitern, fragte sich Eleanor. Dass Robert nicht bestraft würde, obwohl er sie geschlagen hatte? Oder dass sie sich ihrer blauen Flecken wegen schämte, unter die Leute zu gehen?

Gefühle von Einsamkeit und Eifersucht kämpften in ihr, während sie das fröhliche Treiben dort unten beobachtete. Sie hatte ihre Mutter angefleht, nichts zu sagen und sie verborgen zu halten, bis ihre Schönheit wiederhergestellt sei, aber jetzt verfluchte sie Lady Anne dafür, dass sie Robert so bereitwillig verziehen hatte. Es war kein Zufall, dass sie Roberts angelsächsische Lippen mit größerer Zärtlichkeit berührte, als sie beim Verarzten der Prellungen im Gesicht ihrer normannischen Tochter aufgebracht hatte. Sie würde immer eher Eleanor von einer Feier ausschließen als einen unverschämten, brutalen Knecht.

Zornig stach Eleanor sich die Spitze der Schnürnadel in den Arm, und der Schmerz brachte ihr einen Moment der Klarheit. Sie hatte ihren Vater so sehr geliebt und ihre Mutter verachtet, um ihm zu gefallen, doch sie zitterte bei dem Gedanken, dass alles, was er zu ihr gesagt hatte, womöglich gelogen war. Lady Annes Stimme hallte ihr durch den Kopf.

Er konnte auch nie die Wahrheit sagen … Es war lachhaft, wie er dieses Kreuz an die Brust drückte, den Messwein soff und in Freudentränen ausbrach, wenn sein verkommener Priester ihn für reingewaschen von allen Sünden erklärte … Gott beurteilt uns nach unseren Taten, nicht nach der Zahl der mea culpas, *die wir herunterleiern …*

DREIUNDZWANZIG

Als die Sonne hoch genug über den Horizont gestiegen war, um die Finsternis aus dem Tal zu verbannen, und die Hunde sich streckten und gähnend den neuen Tag begrüßten, ließ Thaddeus sich von Joshuas Bitten erweichen, ihm vorführen zu dürfen, was er konnte. Er wusste nicht, ob es eine weise Entscheidung war, und nahm das Schwert zur Hand, falls etwas schiefgehen sollte, aber Joshua war zuversichtlich. Zunächst schnitt er kleine Fleischhappen aus dem Rest des Schafskadavers und verstaute die meisten davon in seinem Rucksack, dann ging er mit dem Rest des Fleisches in der Hand auf die Meute zu.

Bald krochen auch Edmund, Olyver, Ian und Peter aus ihren Farnbetten und gesellten sich zu Thaddeus. »Der spinnt wohl«, stöhnte Edmund, als er sah, wie Joshua die Hunde hinter den Ohren kraulte und sie aus der Hand fütterte. »Sobald ihn einer von denen beißt, werden sie sich alle auf ihn stürzen.«

Thaddeus schüttelte den Kopf. »Sie haben die Zähne gebleckt und das Fell gesträubt, als er auf sie zuging. Jetzt schaut sie euch an.«

»Aber woher will man wissen, dass ihnen die Pest nicht am Speichel haftet?«

»Keiner weiß das – ebenso wenig, wie wir wissen, ob die Pest im Wasser ist, das wir trinken, oder in der Luft, die wir atmen. Nur eins ist sicher: Die Pferde übertragen die Seuche nicht, sonst wären wir alle längst tot.« Er lachte auf. »Es ist ein schöner Tag, Edmund. Genieße ihn. Wir sind am Leben, wir sind frei, und die wilden Bestien von gestern fressen unserem Joshua heute aus der Hand.«

»Mag sein, aber damit hast du die Chance vertan, sie zu töten«, warnte ihn Peter. »Joshua hat seinem Vater nicht verziehen, dass er Red die Kehle aufgeschlitzt hat, und er wird es auch dir nicht verzeihen, wenn du das Gleiche mit denen da machst.«

Thaddeus sah zu, wie Joshua die Meute bei Fuß gehen ließ und mit Armbewegungen anzeigte, in welche Richtung sie sich wenden sollten. »Wir brauchen Pfeile«, wechselte er abrupt das Thema. »Weiß jemand von euch, wie man mit Haselruten verfährt, um sie stabil und gerade zu machen?«

Alle vier hoben die Hand.

»Wir brauchen Schnüre, um die Hälften festzubinden«, erklärte Ian.

»Und Federn«, sagte Edmund. »Sonst fliegen sie nicht gerade.«

»Und Eisen, um die Pfeilspitzen zu schmieden«, setzte Olyver hinzu.

»Und einen Wetzstein«, meldete sich Peter. »Mein Messer ist so stumpf, dass ich gar nicht mehr weiß, welche Seite der Klinge eigentlich schneiden soll.«

»Sonst noch Wünsche?«, fragte Thaddeus bissig. »Wie wär's mit einem bequemen Stuhl zum Arbeiten? Oder Wollfett, um eure Haut geschmeidig zu halten?« Er begann, das Feuer auszutreten. »Wir müssen uns mit dem begnügen, was wir finden können. Ich brauche genügend Pfeile, um Athelhelm in vier Tagen abzubrennen. Oder sogar eher, falls sich Regenwolken im Westen aufbauen. Eins ist sicher: Unser Glück kann nicht ewig währen.«

Sich selbst und Joshua machte er es zur Aufgabe, Eisen und Federn aufzutreiben, und die anderen vier Jungen schickte er gen Osten los, wo er am Rande des Dorfangers etliche üppige Haselsträucher gesehen hatte. Er schärfte ihnen ein, allzeit wachsam zu bleiben, während sie die Ruten schnitten, denn nach wie vor blieb der Kontakt mit Fremden seine größte Sorge; selbst ein Gesunder könnte die Seuche schon in sich tragen. Das Lager ließ er unbewacht. Es wäre wirklich ein dummer Zufall, wenn ein Reisender ausgerechnet heute darauf stieße, nachdem tagelang kein Mensch in ihre Nähe gekommen war.

Zu Joshua sagte er, dass er nach Afpedle zurückwollte. »Wird die Meute unruhig, wenn wir ihr Revier betreten? Wirst du sie unter Kontrolle halten können?«

Joshua, der die Hunde dazu gebracht hatte, geduldig im Gras zu liegen, warf ihm einen unsicheren Blick zu. »Keine Ahnung. Warum müssen wir ausgerechnet dorthin?«

»Weil es Pfeilspitzen in der Asche der Hütten aufzusammeln gibt. Wir werden sie vielleicht nicht alle finden, aber es ist einen Versuch wert. Außerdem können wir bei der Gelegenheit gleich noch ein Schaf schlachten.« Er bückte sich, um Killers Sattel aufzuheben. »Wir werden reiten müssen. Auf dem See im Nachbartal gab es Enten, die uns genügend Federn liefern können.«

»Ich kann die Hunde besser abrichten, wenn ich sie hierbehalte.«

Thaddeus warf die Steigbügelriemen über das Sattelleder. »Das würde ich dir nicht raten. Ich schlachte kein Schaf für sie und zeige ihnen heute Abend kein Wohlwollen, wenn ich die ganze Arbeit alleine machen muss. Ich bin bereit, ein

Tier zu füttern, das etwas dafür tut, aber nicht eins, das nur eine Last ist.«

Joshua sank der Mut. Er war sich nicht sicher, ob die Hunde sich zu Thaddeus' Zufriedenheit bewähren würden, mochte aber auch nicht dessen Unwillen auf sich ziehen, indem er ihm widersprach. »Jedenfalls habe ich die Meute besser im Griff, wenn ich erst einmal zu Fuß losgehe«, sagte er. »Du wirst mein Pferd am Zügel mitführen müssen, bis ich so weit bin aufzusteigen.«

Während sie den Fluss durchquerten und in das Waldgebiet auf der anderen Seite vordrangen, fragte sich Thaddeus, warum Joshua so wenig Vertrauen in sich selbst hatte. Der Bursche wurde jeder Aufgabe gerecht, die man ihm stellte, und doch war er ständig von Versagensängsten geplagt. Vielleicht tadelte sein Vater ihn unentwegt, anstatt ihm die Gelegenheit zu geben, aus seinen Fehlern zu lernen? Sein Geschick im Umgang mit den Hunden war jedenfalls außergewöhnlich. Ein paarmal entschuldigte er sie dafür, dass sie vom Pfad abwichen – »Es sind eben Jagdhunde, sie haben wohl ein Reh gewittert« –, aber die meiste Zeit hielt er sie dicht an seiner Seite. Erst als Thaddeus ankündigte, dass Afpedle gleich in Sicht käme, wurde er wieder unruhig.

»Es wird nicht die Schuld der Hunde sein, wenn sie weglaufen«, gab er zu bedenken. »Alles, was sie je gekannt haben, befindet sich hier. Das verstehst du doch, oder?«

Thaddeus brachte Killer zum Stehen und sah zu, wie die Meute ihn schwanzwedelnd umkreiste. »Na, meine Schuld wird es aber auch nicht sein«, entgegnete er. »Du bist es, der die Verantwortung für sie übernommen hat. Ich will Ergebnisse, Joshua, keine faulen Ausreden, sobald es ein Problem gibt.«

»Und wenn es nun nicht klappt?«

Thaddeus fuhr sich mit dem Finger über die Kehle.

Der Junge stürmte los und schnippte mit den Fingern, um die Hunde hinter sich zu versammeln. »Du wirst in der Hölle schmoren, wenn du's auch nur versuchst«, murrte er. »Dafür werde ich schon sorgen.«

Thaddeus schmunzelte in sich hinein und ließ Joshua etwas Vorsprung, bevor er Killer wieder antrieb und den Zügel des zweiten Pferdes straffer zog. Als der Wald sich lichtete, musterte er die schwärzlichen Ruinen, aufmerksam nach jeglicher Bewegung oder Veränderung gegenüber dem Vortag Ausschau haltend. Aber das Dorf war ausgebrannt und verlassen, und nur ein penetranter Geruch nach Ruß und Asche hing noch in der Luft.

Die Hütten hatten noch gebrannt, als Thaddeus die Hunde am Abend zuvor über die Felder geführt hatte. Ihr Desinteresse am Schicksal ihrer Heimat hatte er ihrer Angst vor den Flammen zugeschrieben, doch auch jetzt schienen sie ihre Umgebung nicht wiederzuerkennen. Gemächlich trotteten sie neben Joshua her und legten sich hechelnd in den Straßenstaub nieder, als er ihnen anzuhalten befahl. Der Romantiker in Thaddeus dankte ihnen im Stillen für ihre Fügsamkeit; der Zyniker in ihm stellte fest, dass jedermann sie mit einem Brocken Fleisch im Handumdrehen fortlocken konnte.

Er band die Pferde am Rande einer Lichtung an einen Baum und ging zu Fuß weiter, bis er Joshua eingeholt hatte. »Gut hast du das gemacht«, sagte er und überwand sich, einer der Doggen das Ohr zu kraulen. Eigentlich teilte er Edmunds Ansicht, dass man große Hunde mit gelben Reißzähnen, die sich an Leichen gütlich taten, besser auf Abstand halten sollte; aber man musste sich ja irgendwann mal seinen Ängsten stellen, und dieser eine Hund, der so aufmerksam zuzuhören schien, war ihm etwas weniger unheimlich als die anderen.

»Du musst sie alle streicheln«, sagte Joshua. »Sonst werden sie eifersüchtig. Und fahr ihnen mit der Hand um die Schnauze, damit dein Geruch ihnen so vertraut wird wie meiner. Im Moment überlagert der Brandgeruch noch alle anderen Gerüche, die sie wiedererkennen könnten, aber das wird sich ändern, sobald wir uns gegen die Windrichtung bewegen. Sie müssen sich ebenso auf dich fixieren wie auf mich, wenn sie uns weiter getreulich folgen sollen.«

Thaddeus glaubte ihm kein Wort. »Willst du mich auf die Weise etwa dazu bringen, sie zu mögen?«, fragte er, während er sich von einem der Jagdhunde die Hand abschlecken ließ.

»Na ja – es reicht schon, wenn du keine Angst mehr vor ihnen hast.«

Thaddeus blickte belustigt auf. »Wie kommst du darauf, dass ich Angst vor ihnen habe?«

»Du zuckst jedes Mal zusammen, wenn einer von ihnen gähnt.«

»Hm … gestern waren sie auch noch viel beängstigender als heute.« Thaddeus richtete sich auf und spähte die Straße entlang. »Wie der ganze Ort hier.«

Die Glut schwelte noch in manchen der Ruinen, und um seine Stiefel zu schonen, vertagte Thaddeus die Suche nach Pfeilspitzen auf den Nachmittag. Eine halbe Stunde lang streifte er durch die ausgebrannten Überreste des Dorfes und sah sich nach irgendetwas um, das die Flammen überlebt haben könnte, doch die Ascheschicht überdeckte alles so gleichmäßig, dass kaum noch ein eiserner Topf oder irdener Krug darin zu erkennen war. Ohne Harke war es praktisch unmöglich, Pfeilspitzen zu finden, doch er fragte sich, was er wohl sonst noch aufdecken würde, wenn sie eine hätten. Joshua wäre gewiss nicht sehr erpicht darauf, halb verbrannte Schädel aus den Ruinen zutage zu fördern.

Ein paarmal schreckte ihn das Rascheln kleiner Tiere im versengten Gesträuch der Gärten auf, aber die Rattenbrut, die zuvor noch im Dorf herumgewimmelt war, schien verschwunden zu sein. Ebenso wie die Raben. Nachdem alles verbrannt war, fanden sie kein Futter mehr, und wie alle hungrigen Völker waren sie weitergezogen.

Thaddeus blieb stehen und blickte versonnen zum Herrenhaus hinüber. Es war ein wuchtiger Steinbau mit zwei Außentreppen zum oberen Stockwerk. Ob dort wohl noch jemand am Leben war? Oder war es nur mehr die Heimstatt von Ungeziefer? Auf seinen früheren Erkundungsgängen hatte er nie auch nur einen Schatten am Fenster oder den Hauch einer Bewegung an der Mauer gesehen. Die Mauer umschloss ein ausgedehntes Gelände, das außer dem Herrenhaus auch eine Kirche enthielt. Da die Umfriedung aber nur brusthoch war, bot sie wenig Schutz vor Eindringlingen.

Er kehrte zu Joshua zurück und teilte ihm seine Entscheidung mit, dem benachbarten Anwesen einen Besuch abzustatten. »Wir brauchen eine Harke«, sagte er. »Sonst können wir nichts aus der heißen Asche bergen.« Mit langen Schritten machte er sich auf, die Pferde zu holen.

Joshua lief ihm hinterher. »Was soll das jetzt mit der Harke?« Er wandte sich um und rief die Hunde zu sich. »Du hast doch gesagt, du brauchst Enten.«

»Die auch.«

»Hör mal, ich breche doch nicht in ein fremdes Anwesen ein, um eine Harke zu stehlen. Du hast gesagt, sie haben da Wächter mit Langbögen.«

Thaddeus schüttelte den Kopf. »Ich habe gesagt, ich *fürchte*, sie haben Wächter mit Langbögen.«

»Ist mir egal. Ich riskier doch nicht mein Leben für eine Harke.«

Thaddeus lachte trocken. »Aber du denkst, ich riskier meins, was? Du bist ein komischer Kerl, Joshua.« Er band Killer los und schwang sich in den Sattel. »Steig auf. Von jetzt an reitest auch du.«

Er geleitete ihn hinaus über die Felder und über die Gemeindewiesen, wo die Schafe grasten. An einer Gabelung des Geländes schickte er ihn nach links. »Nimm die Hunde mit zur Straße südlich vom Herrenhaus und warte dort auf mich. Falls sie unruhig werden und zum Dorf zurückwollen, reite einfach weiter entlang der Straße, ich hole dich dann schon wieder ein.«

»Und was machst du?«

»Zwei von den Schafen in eine Koppel sperren, damit wir sie heute Abend schlachten können. Wenn es dunkel wird, werden sie nicht mehr so leicht einzufangen sein.«

Joshua war sich nicht sicher, ob er Thaddeus glauben sollte, und blickte sich immer wieder nach ihm um, sodass er nicht merkte, wie zwei Hunde sich von der Meute ablösten und in Richtung Herrenhaus liefen. Dass er die Kontrolle über sie verloren hatte, wurde ihm erst bewusst, als der Rest der Meute ihnen folgte. Fluchend wendete er sein Ross und setzte ihnen nach. So kam er von der Südseite her auf das Haus zu, und weil er hoch zu Ross saß, konnte er ohne Mühe über die Mauer blicken.

Sogleich fiel ihm ein hoher Erdhügel auf, zwischen der Kirche und dem Vorplatz des Hauses gelegen, etwa dreißig Fuß lang und zwölf Fuß breit. Es dauerte einen Moment, bis ihm klar wurde, was es war. Ein Grab. Aber wie viele Leichen mochte es wohl enthalten, überlegte er, und wer mochte es gefüllt und aufgeschüttet haben? Es lief ihm kalt über den Rücken, als er zu den Fenstern hochsah, hinter denen es kein Lebenszeichen gab. Konnte wirklich irgendwer am Leben – oder bei Verstand – bleiben, nachdem er eine solche Aufgabe bewältigt hatte?

Die Hunde liefen mit witternd erhobenen Nasen an der Mauer auf und ab. Wäre der Weg, der unter dem massiven Eichentor hindurchführte, nicht gepflastert gewesen, hätten sie sich wohl schon darunter durchgebuddelt. Doch es war unklar, was sie dort anzog, denn nach Tod und Verwesung roch es nicht, nur fürchterlich nach Jauche, die unterhalb der Fenster über den Boden sickerte. Instinktiv hielt Joshua sich die Hand vor Mund und Nase, um zu filtern, was er einatmete.

So nachhaltig war Lady Annes Sauberkeitserziehung, dass Joshua sich vor den Leuten ekelte, die hier lebten, und ganz unbewusst Edmunds Furcht vor Ratten übernahm. Sie waren überall, sogar auf der Mauer, und er beschimpfte sie wüst, während er sich aus dem Sattel beugte und versuchte, die Hunde mit den restlichen Fleischbrocken aus seinem Rucksack anzulocken. Später erzählte er Thaddeus, er habe den Eindruck gehabt, sie hätten etwas aus dem Haus gehört – eine Stimme vielleicht, die aber sofort wieder verstummte –, denn er wunderte sich, wie schnell die Hunde von ihrem Vorhaben abließen und sich wieder um ihn scharten.

»Glaubst du, dass da drin noch jemand am Leben ist?«, fragte Thaddeus, als sie die Straße entlangritten.

»Ich denke schon. Die Jauche würde nicht so stinken, wenn sie schon Wochen alt wäre, und selbst das Grab sah frisch aus, ohne Gras oder Unkraut auf der Erde.« Joshua verzog das Gesicht. »Das Einzige, was sich bewegt hat, waren Ratten. Edmund hat ganz recht, sie zu fürchten. Wie sie da durch die Scheiße wuselten … da will man sie ganz bestimmt nicht in der Nähe haben.«

Er schwieg, als sein Ross den Hügelkamm erreichte. Die Landschaft, die sich unter ihnen ausbreitete, war genau so, wie Thaddeus sie beschrieben hatte – ein langes, weites Tal voller Flüsse und Seen –, aber Joshuas ängstliches Gemüt sah gleich noch schlimmere Gefahren als Langbögen auftauchen, als er die Ausdehnung des Anwesens vor ihnen gewahrte. »Da wird es Büttel geben«, wisperte er. »Sie werden uns auspeitschen, wenn sie uns erwischen.«

Thaddeus lachte. »Hast du nicht gesagt, dass keiner uns etwas anhaben kann, wenn wir in Begleitung bissiger Hunde anrücken? Habe ich diese Kreaturen etwa die ganze Zeit für nichts und wieder nichts gepäppelt?«

»Natürlich nicht! Aber wenn die Büttel nun auch so ein Rudel haben?«

»Dann kannst du nur hoffen, dass deine Viecher die größeren Raufbolde sind.« Thaddeus deutete auf einen Trampelpfad, der auf halbem Wege den Hang hinab nach rechts abzweigte. »Da entlang kommst du zum See. Ich bin dann in etwa einer Stunde wieder bei dir.« Er schüttelte den Kopf, als Joshua protestieren wollte. »Habe ich dich bisher schon einmal enttäuscht?«

Der Junge schüttelte den Kopf.

»Dann hör auf, hinter jeder Ecke Gefahren lauern zu sehen.« Mit einer Geste forderte er Joshua auf, sich auf den Weg zu machen. »Auf geht's. Ich bleibe hinter dir, bis du von der Straße abbiegst.«

Thaddeus hielt sein Versprechen, doch als sie an die Abzweigung kamen, trieb er Killer sogleich ins Unterholz auf der anderen Seite der Straße. Joshua drehte sich im Sattel um und blickte ihm nach. Offenbar wollte Thaddeus sich dem Anwesen von östlicher Seite her im Schutz des Waldes nähern, um es ungesehen beobachten zu können. Und aus Angst um seine eigene Haut, falls die Sache unglücklich ausging, beschimpfte er Thaddeus im Stillen als Schwachkopf, Blödmann und Vollidiot.

Thaddeus ließ Killer selbst seinen Weg durch die Bäume – zumeist Eschen und Eichen – finden und tippte nur hin und wieder den Zügel an, wenn er das Gefühl hatte, dass sie vom Kurs abkamen. Sie kreuzten einen ausgetretenen Pfad, der direkt zum Herrenhaus zu führen schien, aber Thaddeus ritt weiter quer durch den Wald, bis er nach einer halben Meile offenes Gelände durch die Bäume sah. Er glitt aus dem Sattel, band Killer an einen Baum und setzte seinen Weg zu Fuß fort.

Kurze Zeit später befand er sich am Rande einer ausgedehnten Ackerfläche. Das Haus stand vierhundert Yards entfernt zu seiner Rechten, und dahinter blinkte der See, doch sein Augenmerk richtete sich allein auf einen Mann, der auf dem Feld vor ihm in der Erde stocherte. Er war wie ein Knecht gekleidet und grub Rüben mit einer hölzernen Kelle aus. Thaddeus konnte sein Gesicht nicht sehen, weil er tief über die Arbeit gebeugt war, aber seine weißen Haare und mageren Beine ließen darauf schließen, dass er schon alt war.

Vorsichtig, um sich nicht durch eine plötzliche Bewegung zu verraten, wandte Thaddeus den Kopf und sah sich auf den anderen Feldern nach Lebenszeichen um. Er zählte zwölf Leute, sieben zu seiner Linken, fünf zu seiner Rechten, doch sie waren alle zu weit entfernt, als dass er ihr Alter oder Geschlecht hätte bestimmen können. So beobachtete er weiter den Rübenstecher, unentschlossen, ob er sich bemerkbar machen sollte oder nicht. Die Jungen hatte er dringlich vor dem Kontakt mit Leuten gewarnt, doch es schien ihm auch nicht vernünftig, weiter in Unwissenheit zu verharren, wenn sich die Chance bot, endlich etwas mehr zu erfahren. Zumindest konnte er herausfinden, wie das Anwesen hieß und was jenseits der Hügel auf der anderen Seite des Tals lag.

Plötzlich entschieden, trat er unter den Bäumen hervor. »Fürchtet Euch nicht, Sir«, rief er dem alten Mann zu und wählte dabei absichtlich die höfliche Form. »Ich führe nichts Böses im Schilde und halte Abstand, um Euch meinen guten Willen zu bekunden. Mein Name ist Thaddeus. Ich komme von einem anderen Anwesen in Dorseteshire, das Develish heißt. Ich suche lediglich meine Kenntnisse zu erweitern und werde Euch dafür mein Wissen mitteilen.«

Der Mann wich entsetzt zurück und faltete die zitternden Hände vor der Brust. »Gott behüte mich!«, rief er.

Er war sogar noch älter, als Thaddeus angenommen hatte, ein ehrwürdiger Greis mit runzligen, eingefallenen Wangen, so wettergegerbt, dass seine Haut an Walnüsse erinnerte. Aber seine Magerkeit war erschreckend. Seine Hände wirkten fast durchsichtig in ihrer Knochigkeit, und seine Beine waren dünn wie Stöcke. »Bitte um Vergebung, Sir«, rief Thaddeus. »Ich wollte Euch keinen Schreck einjagen. Ich glaube, ich bin frei von der Pest, werde mich aber sofort zurückziehen, wenn es das ist, was Euch ängstigt.«

Eine lange Pause entstand; Thaddeus wurde durchdringend gemustert. »Wie könnt Ihr aus Develish sein? Ihr seid überaus groß und dunkel für jemanden aus Dorseteshire.«

Eine wahrheitsgemäße Antwort schien unnötig. Thaddeus wusste selbst am besten, dass seine olivfarbene Haut und sein rabenschwarzes Haar ihn als Ausländer abstempelten. »Ich war gerade auf der Durchreise, als die Kunde von der Pest das Anwesen erreichte. Kurz darauf hörten wir, dass Sir Richard gestorben war, und so blieb ich dort, um seiner Witwe, Lady Anne, bei der Verwaltung des Anwesens beizustehen. Ich komme auf ihre Weisung hin, um zu erkunden, was anderswo in unserer Grafschaft geschieht.«

»Ihr seid selbst ein Lord, Sir?«

Thaddeus schmunzelte. »Sehe ich so aus?«

»Vielleicht nicht in der Aufmachung, aber Ihr gehabt Euch wie ein bedeutender Mann, und wir können hier dringend Hilfe brauchen.«

»Wie viele seid ihr?«

»Siebenunddreißig, Sir. Fünfzehn Kinder unter zehn, vier Graubärte, die keine Kraft mehr zum Arbeiten haben, die dreizehn, die Ihr auf diesen Feldern seht, und fünf, die Nüsse und Beeren sammeln gegangen sind.«

Thaddeus sah zum Herrenhaus hin. »Und was ist mit eurem Lord und seinem Haushalt? Wie viele sind das?«

»Unser Herr und seine Familie sind nach Norden gezogen, gleich als wir Kunde von der Pest erhielten.« Seine fahlen, tränenden Augen folgten Thaddeus' Blick. »Danach sperrten die Dienstboten uns aus und fingen an, unsere Abgaben des letzten Vierteljahres zu verprassen. Ursprünglich waren es etwa sechzig, aber wie viele es jetzt noch sind, das wissen wir nicht.«

»Wie viele Leibeigene sind gestorben?«

Der Alte seufzte. »Wir haben mehr als zweihundert begraben, aber viele haben sich davongemacht, seit unser Herr uns verlassen hat. Sie wollten lieber auf der Landstraße sterben als hier der Pest zum Opfer fallen oder verhungern. Vor einem Jahr lebten noch mehr als sechshundert Seelen in Woodoak ... jetzt sind es kaum mehr hundert. Ist es in Develish auch so?«

Thaddeus schüttelte den Kopf. »Dort sind alle noch am Leben – abgesehen von Sir Richard und seinen Gefolgsleuten, die in Bradmayne krank geworden sind.« Er deutete auf das Land rings umher. »Das Anwesen hier heißt also Woodoak?«

»So ist es.«

»Und wie heißt Ihr, Sir?«

»Thomas Breakspear«, erwiderte der Alte, dem Tränen unter den welken Lidern glitzerten. »Ich habe meine ganze Familie dahinsiechen sehen, und doch gefällt es dem Allmächtigen, mich am Leben zu lassen ... wenn ich auch nicht begreife, zu welchem Zweck. Warum sollte ein sündiger Alter verschont bleiben, wenn unschuldige Kinder dahingerafft werden? Könnt Ihr einen Sinn darin erkennen, Sir?«

»Was sagt denn euer Priester dazu?«

»Er war einer der Ersten, die gestorben sind. Seit Monaten ist hier keinem mehr die Absolution erteilt worden. Wir sterben wie er, ohne Letzte Ölung, ohne Segen.« Breakspear blickte Thaddeus geradewegs in die Augen. »Ist es, weil Develish solch ein frommer Ort ist, dass Gott sie alle am Leben gelassen hat?«

Thaddeus fragte sich, ob die Wahrheit ihn freuen oder eher ein Grund zur Reue darüber sein würde, dass Woodoak nicht die gleichen Schutzmaßnahmen getroffen hatte. Es widerstrebte ihm jedoch, eine Frömmigkeit vorzutäuschen, die er nicht besaß. »Keineswegs«, antwortete er. »Überlebt haben sie nur, weil sie sich auf sich selbst verlassen haben.« Er beschrieb die Maßnahmen, die Develish getroffen hatte, um die Pest in Schach zu halten, und endete damit, wie Gyles

Startout der Ansteckung entkommen war, obwohl er Sir Richard und seine Getreuen bis zu deren Tod begleitet hatte. »Euch und den anderen hier auf den Feldern scheint es genauso zu gehen, Master Breakspear. Alle um Euch her sind der Pest zum Opfer gefallen, nur Ihr nicht. Könnt Ihr Euch einen Grund dafür denken – abgesehen von Gottes Barmherzigkeit?«

»Ein barmherziger Gott hätte mir nicht meine Kinder und Enkel genommen, Sir«, entgegnete der Alte mit gesenktem Kopf. »Meine Nachbarn sollten Eure Geschichte hören. Seid Ihr tapfer genug, mir ins Dorf zu folgen und mit ihnen zu sprechen?«

»Könnt Ihr es ihnen nicht selbst erzählen?«

Ein trockenes Kichern kam aus dem runzligen Mund. »Was soll ich ihnen denn sagen? Dass ich einen schwarzbärtigen Riesen im Wald getroffen habe, der behauptet, aus Develish zu kommen, wo alle noch am Leben sind? Sie würden mir eher glauben, dass ich ein Einhorn gesehen habe.«

Die Kinder, die im Straßenstaub spielten, stoben davon, als Thaddeus herankam, suchten Zuflucht in den Hütten und schlugen die Türen hinter sich zu. Zwei alte Weiber, im Windschatten einer Mauer über ihren Kochtopf gebeugt, blieben, wo sie waren, doch aus der Art, wie sie horchend die Köpfe neigten, schloss Thaddeus, dass sie blind waren. Er thronte auf Killer, ein totes Schaf über der Kruppe, das blanke Schwert gut sichtbar in der Hand, und folgte Thomas Breakspear und den anderen, die auf dem Feld gearbeitet hatten, in gebührendem Abstand. Sieben davon waren Frauen, und sie riefen den Kindern zu, dass sie sich nicht zu fürchten brauchten.

»Dieser Mann ist ein Freund; ihr müsst euch nicht vor ihm verstecken«, rief die eine.

»Er kommt in friedlicher Absicht, um uns Kunde zu geben von dem, was er weiß«, rief eine andere. »Er hat ein Schaf geschlachtet, damit wir zu essen haben.«

Thomas Breakspear erhob die Stimme. »Er ist ein reisender Lord aus Develish. Er bittet nur darum, dass wir Abstand halten. Er will uns nichts Böses, aber er wird sich verteidigen, wenn jemand ihn bedrängt. Kommt aus euren Häusern vor und hört, was er zu sagen hat.«

Die Gefährten folgten seinem Beispiel und ermunterten die Kinder, Mut zu beweisen, und nach und nach öffneten sich die Türen. Ein kleines Mädchen, dünn und durchscheinend wie ein Geist, beobachtete Thaddeus aus dem Halbdunkel, bevor sie auf ein Erlengehölz am See zurannte und unsichtbaren Leuten zurief, sie sollten zurückkommen. Bald tauchte ein Grüppchen halbwüchsiger Jungen zwischen den Bäumen auf, alle erbarmungswürdig ausgemergelt unter ihren schlotternden Hemden.

Thaddeus kniff spähend die Augen zusammen und ließ den Blick über die Mauern des Herrenhauses wandern. Konnte es sein, dass die Dienerschaft nichts von dem Geschrei im Dorf vernommen hatte? Er war gern bereit, diesen abgerissenen, hungernden Bauern zu helfen, aber nicht denen, die sie im Stich gelassen hatten. Dennoch war es kaum zu glauben, dass die Rufe der Dörfler in der stillen Herbstluft nicht zu hören gewesen waren. Bildete er sich das nur ein, oder sah er wirklich Fenster einen Spalt aufgehen und schemenhafte Gesichter dahinter im Halbdunkel auftauchen? Nein, er täuschte sich nicht.

VIERUNDZWANZIG

Woodoak, Dorseteshire

Joshua stand am zweihundert Yards entfernten Seeufer, als die Hunde plötzlich aufsprangen. Aus tiefster Kehle knurrend, die Ohren gespitzt, richteten sie die Schnauzen auf die Quelle des Geräuschs. Erschrocken wirbelte der Junge herum und starrte fassungslos zum Dorf. Die Gestalt, die er dort auf dem Rücken von Killer sah, war ebenso wenig zu verkennen wie das Schwert in ihrer Hand – Thaddeus. Joshua schien es, als müsste sein Gefährte sich einer ganzen Horde von Widersachern erwehren. Thaddeus' Glückssträhne war zu guter Letzt gerissen, davon war der Knabe überzeugt. So tat er das Einzige, was ihm in seiner Verzweiflung in den Sinn kam: Um die Aufmerksamkeit der Dorfbewohner von Thaddeus abzulenken, rannte er verzweifelt rufend und gestikulierend das grasbewachsene Ufer entlang, das kläffende Hunderudel dicht auf den Fersen.

Vielleicht dachten die Bewohner von Woodoak, das dämonische Heulen der Hunde käme aus dem Schlund der Hölle. Jedenfalls erstarrten sie vor Angst, während Thaddeus sich fragte, ob er jemals zuvor eine derart abgrundtiefe Hoffnungslosigkeit in Menschengesichtern gesehen hatte. War die Demut, mit der sie sich in den Tod fügten, so fest in ihnen verwurzelt, dass sie keinerlei Kampfeswillen mehr aufbrachten? Was Joshua betraf, so nahm er an, der Junge fliehe vor einer Gefahr. Rasch warf er den Schafskadaver von Killers Rücken, um das Tier von dieser Last zu befreien. Da es keinen sicheren Weg durch die Menge der Leibeigenen gab, lenkte er das Streitross auf die zwischen Dorf und Herrenhaus gelegene Gemeindewiese zu und ließ dort die Zügel hängen.

Wenigstens dieses eine Mal entschied sich das Pferd, das zu tun, was Thaddeus von ihm erwartete. Es wechselte in einen leichten Galopp und schien Freude daran zu finden, vor den Fremden mit seiner Pracht zu prahlen. Thaddeus klopfte ihm anerkennend den Hals, als es am Seeufer langsamer wurde und gemächlich weitertrottete. Gleichwohl beugte er sich vor und murmelte Killer ins Ohr, dass er für ihn immer noch ein störrischer Ackergaul war.

Unterdessen war Joshua nach gut fünfzig Yards am Ufer stehen geblieben, um sich herum die Hunde. »Geht's dir gut?«, rief er.

»So gut wie noch nie.« Im Näherkommen spähte Thaddeus zu den Bäumen am Ufer hinüber. »Was hast du gesehen? Wovor bist du weggelaufen?«

Der Junge funkelte ihn böse an. »Vor gar nichts! Ich wollte *dich* retten!«

»Wovor denn?«

Joshua deutete empört in Richtung auf das Dorf. »Du hast uns immer eingebläut, dass wir uns von Orten wie diesem fernhalten sollen – und was tust du? Du reitest mitten hinein! Ich sah dich dein Schwert schwingen. Da dachte ich, du würdest angegriffen.«

»Du hast dich geirrt.«

»Es hätten Soldaten mit Langbögen sein können.«

»Das waren sie aber nicht.« Kurz musterte Thaddeus die aufgebrachte Miene des Halbwüchsigen. »Kennst du das

Sprichwort: ›Der Tapfere stellt sich seinen Ängsten, der Feigling läuft vor ihnen davon‹?«

»Und wenn ich es kenne?«, blaffte Joshua. »Nicht jeder kann so sein wie du!«

Thaddeus stieß ein dröhnendes Lachen aus, das deutlich verriet, wie sehr es ihn erregte, wieder einmal mit der Gefahr zu spielen. »Ich wollte dir nur ein Kompliment machen, du Einfaltspinsel. Du hättest selbst an die Langbögen denken müssen, bevor du mir zu Hilfe geeilt bist.« Den Unterarm auf den Sattelknauf gestützt, beschrieb er Joshua nun seine Begegnung mit Thomas Breakspear und erklärte, warum er bereit gewesen war, dem alten Mann ins Dorf zu folgen. »Die Bauern, die die Pest überlebt haben, sind am Verhungern, weil sie es nicht wagen, die Schafe und Fische ihres Herrn anzurühren. Sie haben Angst davor, bei seiner Rückkehr ausgepeitscht zu werden.«

»Wer würde sie denn anklagen?«

»Wenn man Thomas Glauben schenken kann, dann die sechzig Leute, die sich im Haus verbarrikadiert haben.« Thaddeus schüttelte den Kopf. »Das scheint mir ein übler Ort zu sein, ganz anders als Develish. Die Hausbediensteten halten sich für etwas Besseres als die Bauern auf den Feldern und finden Freude daran, sie bei ihrem Lord anzuschwärzen. Die Denunzianten bekommen eine Belohnung und die anderen Peitschenhiebe über den Rücken, bis ihnen die Haut in Fetzen herunterhängt.«

Joshua warf einen verstohlenen Blick auf das Herrenhaus. Tiefer Abscheu wallte in ihm auf. »Aber damit haben wir nichts zu tun, Thaddeus. Wir sind wegen Federn und Pfeilspitzen gekommen, sonst nichts.«

»Diese Menschen erhoffen sich Hilfe von mir. Soll ich ihnen da wirklich den Rücken kehren?«

»Ja. Du solltest jedem den Rücken kehren, der zu dumm ist, um sich selbst zu helfen. Warum machen sie es nicht wie wir und holen in der Nacht Fische aus dem Wasser oder jagen das Wild in den Wäldern, wo niemand sie sieht?«

»Das weiß ich nicht«, gestand Thaddeus. »Aber es gibt Knaben deines Alters, die anscheinend eher bereit sind, den Tod in Kauf zu nehmen, als Peitschenhiebe von einem abwesenden Dienstherrn zu riskieren, der vielleicht nie wieder zurückkommt.« Er wendete Killer. »Ich habe Thomas mein Wort gegeben, dass ich mit ihnen sprechen werde, und das tue ich jetzt. Ich komme zu dir, sobald ich fertig bin.«

Mit einem unterdrückten Seufzer beobachtete Joshua, wie das Pferd anmutig seinen Weg durch das Gras fand. »Wenn ihr Lord so schlimm ist, wie sie sagen, wirst du ihnen keinen Gefallen damit erweisen, dass du sie gegen ihn aufhetzt!«, rief er Thaddeus nach. »Sie werden so oder so die Peitsche zu spüren bekommen!«

Ein leises Lachen wehte an sein Ohr. »Mag sein, doch zumindest werden sie dann noch leben.«

Joshua folgte Thaddeus mit einigem Abstand. Er wollte wenigstens beobachten und lauschen. Etwas anderes zu tun gestattete ihm seine Natur nicht, also suchte er weiter im Schatten des Waldes Schutz und behielt das Haus wegen möglicher Bogenschützen im Auge.

Diesmal näherte sich Thaddeus dem Dorf vom See her und hielt dreißig Yards vor dem ersten Haus auf der Straße an. Was sich nun dort vor Joshuas Augen abspielte, gehörte zum Verstörendsten, was er je gesehen hatte. Die Leute, denen Thaddeus gegenüberstand, waren so abgemagert, dass die Augen in ihren Gesichtern riesig wirkten; ihre Beine vermochten sie kaum noch zu tragen. Joshua, der nur die kräftigen, gut genährten Bauern von Develish gewöhnt war, erschütterte der Anblick dieser blassen, verängstigten Schatten bis ins Mark. Dennoch verspürte er mehr Zorn als Mitgefühl. Wie konnten sie nur so schwachsinnig sein und ihre eigenen Bedürfnisse verleugnen, wenn es doch Fleisch und Fisch im Überfluss gab?

Er ertappte sich dabei, wie er Thaddeus in Gedanken drängte, den Menschen genau diese Frage zu stellen. Denn weshalb sollte man sich mit höflichem Gebaren abgeben, wenn einem ihre Dummheit geradezu ins Gesicht sprang? Doch Thaddeus wählte eine feinere Methode, die Wahrheit aufzudecken. Er sprach laut und deutlich, damit seine Worte auch das Herrenhaus erreichten. Zunächst wiederholte er, was er Thomas Breakspear über Lady Annes Maßnahmen berichtet hatte, mit denen sie durch die Rationierung der Lebensmittel und deren Verteilung in gleich großen Mengen an alle ihre Bauern am Leben erhalten hatte. »Lady Anne bemüht sich darum, jeden zu schützen, der auf ihrem Gut lebt. Nur so gibt es bei ihr für alle eine Zukunft. Man muss schließlich bedenken: Wenn die Bauern sterben, tritt eine Hungersnot an die Stelle der Pest, und die Leute sterben daran – alle, auch Milord of Woodoak, sollte er jemals zurückkehren.«

»Es muss Schafe auf seinen Feldern und Hechte in seinem See geben«, sagte Thomas. »Er hat uns mit dem Treueid dazu gezwungen zu gewährleisten, dass dies so bleibt.«

»Unter Androhung welcher Maßnahmen?«

»Dass wir mit unserem Leben bezahlen müssen. Jeder Diebstahl von Vieh wird mit dem Tod bestraft. Bevor er aufbrach, wurden alle Schafe gezählt, einschließlich der für den Frühling erwarteten Lämmer. Wenn die Zählung dann weniger ergibt, als ihm versprochen wurde, oder es im See nicht von Fischen wimmelt, ist es um uns geschehen. Das ist der Grund, warum so viele von uns fortgegangen sind, um woanders nach Essen zu suchen.«

»Und was, wenn Räuber die Kadaver stehlen? Werdet ihr dann immer noch zur Verantwortung gezogen, obwohl ihr zu wenige seid, um solche Verbrechen zu verhindern?«

Der Alte nickte. »Wenn Tiere von Milord fehlen, wird das immer unsere Schuld sein.«

»Auch das Schaf, das ich vor einer Stunde geschlachtet habe?«

»Nicht wenn wir es auf der Straße liegen lassen und die Hausbediensteten so ehrlich sind zu bezeugen, dass ein Fremder es geschlachtet hat.«

»Das heißt, niemand kann des Diebstahls beschuldigt werden, wenn er es nicht isst?«

»Nein, dann nicht.«

Thaddeus überlegte einen Moment lang. Den Blick auf das Haus gerichtet, hob er dann erneut die Stimme. »Ihr alle, die ihr auf diesem Gut lebt, hört meine Worte und merkt sie euch wohl! Ich, Lord of Foxcote, Vasall des Königs und Vetter von Lady Anne of Develish, habe die Vollmacht benutzt, die mir verliehen wurde, damit ich diese verhungernden Bauern mit Nahrung versorge. Mit seiner Flucht in sichere Gebiete hat Milord of Woodoak seinen heiligen Eid gebrochen, denjenigen Schutz und Hilfe zu gewähren, die ihm Lehenstreue gelobt haben, und für seinen Eidbruch wird er sich vor der Kirche und dem König verantworten müssen. Dieses Versprechen gebe ich im Namen von Lady Anne of Develish, die geschworen hat, für die Armen und Bedürftigen von Dorseteshire Gerechtigkeit zu erstreben, sobald diese schreckliche Seuche vorüber ist. Jeder Lord, der es wagt, das Leben eines einzigen Schafs auf seinen Feldern höher zu bewerten als dasjenige seiner Leibeigenen, verliert sämtliche Rechte auf seine Ländereien und Viehbestände. Sie werden beschlagnahmt, und seine freien Bediensteten werden in die Knechtschaft gezwungen.«

Für einen langen Moment herrschte völlige Stille, bis vom Haus ein Ruf herüberdrang: »Wo liegt Foxcote?«

»Im Norden.«

»Dann seid Ihr nicht aus dieser Gegend und überschreitet Eure Befugnisse! Die Macht, über dieses Landgut zu verfügen, liegt beim Lord of Blandeforde, nicht bei Lady Anne of Develish!« Die Stimme klang hart und gebieterisch.

»Du irrst dich!«, rief Taddeus zurück. »Dieses Land gehört dem König von England, wie überhaupt jeder Grund sein Eigentum ist. Wenn ich über das, was ich heute hier gesehen habe, Zeugnis ablege, wird Lady Anne diese Angelegenheit Seiner Majestät vortragen und um Gerechtigkeit für die verhungernden Bauern bitten. Sie haben das gleiche Recht auf Schutz durch ihren Lord wie du!«

»Uns trifft keine Schuld. Wir tun nur das, was uns geheißen wurde.«

»Dann wird dein Zeugnis die Verdammnis deines Herrn besiegeln. Ich werde dich vor Gericht stellen lassen. Dort kannst du die Anweisungen, die er dir erteilt hat, wiederholen. Wiederhol sie auch bitte schon jetzt für uns, damit die Leibeigenen auf diesem Gut erfahren, wie gering Milord of Woodoak ihr Leben schätzt.«

Thaddeus' Worte trafen auf Schweigen, auch wenn Joshua, der näher beim Haus stand, glaubte, in einem der Gemächer einen Streit ausbrechen zu hören. Halb erwartete er schon Rufe wie ›Betrüger!‹, gefolgt von der Forderung, Thaddeus solle beweisen, dass er wirklich der Mann war, als der er sich ausgab. Ein schlecht gekleideter Leibeigener mit schmutzstarrender Hose und einem Wams, von dem die Ärmel abgeschnitten worden waren, sollte der Lord eines Landguts irgendwo in der Ferne und Vetter von Lady Anne of Develish sein? Das würde doch gewiss niemand glauben!

»Euer Zögern verrät alles«, fuhr Thaddeus fort, jetzt an alle gewandt. »Ihr habt euch zum Komplizen von Milord of Woodoak gemacht und gemeinsam mit ihm eure Brüder und Schwestern im Dorf ihrem Schicksal überlassen. Vielleicht gefällt es euch ja, ihnen beim Sterben zuzuschauen. Wartet ihr auf den Tag, an dem ihr Schafe von den Feldern stehlen könnt, um euch den Bauch vollzuschlagen und die Schuld auf sie abzuwälzen? Tote geben schließlich gute Sündenböcke ab, wenn Milord zurückkehrt und feststellen muss, dass seine Viehbestände geplündert worden sind.«

»Ihr werft uns Dinge vor, die wir gar nicht getan haben!«

»Noch nicht vielleicht. Aber ihr werdet es tun. Aus jedem Eurer Worte höre ich die Täuschung heraus. Ihr seid von übler Gesinnung und sprecht mit gespaltener Zunge. Ich habe die Narben auf Thomas Breakspears Rücken gesehen, nachdem ihn einer als Brotdieb verleumdet hat, und werde vor dem Richter einen Eid darauf leisten, falls Thomas den Tag nicht mehr erlebt, an dem die Wahrheit ans Licht kommt.«

Im Haus herrschte kurz Stille, bis sich eine andere Stimme meldete. »Ihr könnt weder wissen, dass die Beschuldigung falsch war, noch, dass Thomas Breakspear Euch die Wahrheit gesagt hat.«

»Es fällt mir leichter, einem Verhungernden zu glauben als einem Schmarotzer, der sich auf Kosten der Leibeigenen auf den Feldern einen Wanst angefressen hat«, entgegnete Thaddeus. »Ihr werdet am eigenen Leib spüren, wie beschwerlich das Leben dieser Menschen ist, wenn ihr das Land mit eigenen Händen bearbeiten müsst. An Barbieren mit weichen Händen wird kein Bedarf sein, wenn es daran geht, die Erde zu pflügen und den Weizen auszusäen. Seid ihr alle so närrisch, dass ihr das nicht selbst erkannt habt? Wie könnt ihr von eurem Herrn erwarten, dass er euch erhält, wenn es keine Männer mehr gibt, die gelernt haben, die Felder zu bepflanzen und die Ernte einzubringen?«

Schweigen breitete sich aus. Je länger es währte, desto klarer trat Joshua vor Augen, dass solche Erwägungen tatsächlich keinem der Bediensteten je in den Sinn gekommen waren. Wenn er es recht bedachte, hatte auch er selbst erst angefangen, sich damit zu befassen, als Thaddeus eines Nachts über die Zukunft gesprochen hatte. Sich in Zeiten der Pest durchzuschlagen könne ihre geringste Sorge sein, hatte er erklärt, während sie gemeinsam um das Lagerfeuer saßen und speisten. Denn der Schwarze Tod verspreche jedem Freiheit, der ihn überlebe. In Anbetracht der vielen Toten würden Leibeigene, die sich auf den Ackerbau verstanden, über kurz oder lang sehr begehrt sein, sobald die Gutsbesitzer erkannten, wie dringend notwendig es war, ihre Felder bestellen zu lassen. Und das würde es den Frauen und Männern ermöglichen, ihre Befreiung von der Knechtschaft auszuhandeln und Bezahlung für ihre Arbeit zu verlangen.

Das Staunen der Jungen, als er ihnen erzählte, dass ihre Väter und Lady Anne häufig über solche Gedanken debattierten, hatte Thaddeus belustigt. Worüber, glaubten sie wohl, sprach denn ihr Rat, wenn nicht über Pläne für die Zeit nach der Pest? Verstanden sie denn nicht, wie anders die Welt vielleicht aussehen würde, wenn es so weit war? Statt als allseits verachtete Sklaven zu darben, würden die Bauern sich zu hochgeschätzten Landarbeitern erheben, da ohne ihre Mühen kein Lord in der Lage war, sein Gut zu erhalten und zu bewirtschaften.

Der Anblick der ausgemergelten Gestalten dort drüben bestätigte Joshua jetzt, dass diese Voraussage zutraf. Milord of Woodoak und seine Familie wären bettelarm, wenn sie darauf angewiesen wären, dass diese erbärmliche Handvoll von Graubärten und Kindern ihre Nahrung anbaute. Plötzlich empfand Joshua Bewunderung für Lady Anne und Thaddeus – und auch für seinen Vater –, weil sie so weise gewesen waren, diese Ereignisse vorherzusehen, während die Bediensteten von Woodoak es anscheinend noch nicht einmal vermocht hatten, die Katastrophe zu erkennen, die sich unmittelbar vor ihren Augen abspielte.

»Ihr sprecht, als ob es leicht wäre, Entscheidungen zu treffen, aber das ist es nicht!«, rief die zweite Stimme. »Wir haben die Dorfbewohner doch nicht verlassen, weil wir schlechte Menschen sind. Wir haben nur zu große Angst davor, uns mit der Pest anzustecken, wenn wir aus unseren Häusern kommen und unser Essen mit ihnen teilen.«

»Ist denn keiner von den Dienern daran gestorben?«

»Doch, wir haben ein Viertel verloren, und diejenigen, die geblieben sind, leben in ständiger Angst voreinander. Wir studieren unsere Gefährten auf Anzeichen einer Krankheit hin – aber noch aufmerksamer beobachten wir die Dorfbewohner. Weil so viele daran zugrunde gegangen sind, gehen wir davon aus, dass sie die Seuche in sich tragen.«

Thaddeus wandte sich an Thomas. »Wer war der letzte Leibeigene, der dieser Krankheit erlegen ist?«

»Mary Hynd«, antwortete der alte Mann und blickte nach Bestätigung heischend in die Runde. »Sie pflegte die Erkrankten, bis sie selbst von der Pest befallen wurde.«

»Wie lange ist das her?«

»Ein paar Wochen. Sie starb allein, weil sie aus Furcht, andere anzustecken, niemanden zu sich ließ.«

Eine Frau nickte. »Sie war zu allen barmherzig, nur Gott hat ihr keine Gnade erwiesen. Sie ist unter entsetzlichen Schmerzen gestorben, aber weil der Priester schon lange tot war, gab es niemanden, der ihr die Absolution erteilte.«

»Wo habt ihr sie begraben?«

Thomas deutete auf einen Erdhügel im Osten des Dorfes. »In der Grube mit all den anderen.«

»Hattet ihr nicht Angst davor, sie zu berühren?«

»Allerdings. Bei jedem, der gestorben ist, hatten wir Angst, ihn anzufassen. Andererseits hätten wir nicht hierbleiben können, wenn wir die Leichen hätten liegen lassen, bis sie verwesten. Der Gestank hätte uns vertrieben, noch bevor die Aasfresser über sie hergefallen wären.«

»Und dennoch ist die Krankheit an euch vorübergezogen. Empfindet ihr das nicht als eigenartig?«

Thaddeus' Frage wurde mit einem müden Achselzucken quittiert, als wäre dieses Thema schon bis zum Überdruss erörtert worden. »Gott will es eben so«, sagte einer der Männer.

Thaddeus schüttelte entschieden den Kopf. »Ein liebender Gott würde einen Menschen nicht vor der Pestilenz bewahren, nur um ihn dann verhungern zu lassen. Es muss einen anderen Weg der Ansteckung geben, außer die Luft der Kranken einzuatmen oder ihre Leichen zu berühren.« Er blickte zum See hinüber. »Habt ihr euch nach jeder Beerdigung gewaschen?«

»Mary Hynd bestand darauf«, antwortete die Frau. »›Der ganze Körper muss unter Wasser‹, hat sie uns gepredigt. ›Nur so könnt ihr die Unreinheit beseitigen.‹«

Unwillkürlich musste Thaddeus an Gyles denken. »Welche Art von Unreinheit hat sie damit gemeint?«

Die Frau runzelte die Stirn, als hielte sie die Frage für töricht. »Nun, die Toten haben sich immer schwarz verfärbt.

Und alle hatten offene Wunden. Allein schon beim Näherkommen hat sich unsere Haut gekräuselt.«

»Aber es genügte offenbar nicht, sich die Hände zu waschen. Warum hat sich auch der übrige Körper unrein angefühlt?« Da die Frau nicht antwortete, wandte sich Thaddeus Thomas zu. »Gyles Startout, der Mann aus Develish, der diese Krankheit vermeiden konnte, hat auch davon gesprochen, dass er sich schmutzig fühlte. Aber ich habe ihn nie gefragt, welche Form der Schmutz annahm. Er musste mehrmals im Bach untertauchen und seine Kleider verbrennen, bis er sich davon befreit fühlte.«

Das schien den Alten nachdenklich zu stimmen. »Alles fühlte sich unrein an: die Luft, die Erde, unsere Kleider, unsere Haut … Meine Tochter klagte über ein schreckliches Jucken, bevor sie der Krankheit erlag. Sie kratzte sich die Haut blutig, und dann erschienen die Beulen am Genick.« Er legte der Frau neben sich die Hand auf den Arm. »Suzanna hat das sehr gut beschrieben, als sie sagte, dass sich uns die Haut gekräuselt hat. In den See zu springen hat den meisten von uns etwas Erleichterung verschafft, auch wenn wir es hauptsächlich getan haben, um Mary bei Laune zu halten. Zum Ende hin hat sie den Verstand verloren. Als sie krank wurde, hat sie sich in ihrem Häuschen eingesperrt und versucht, es in Brand zu setzen. Nur weil der See so nahe ist, konnten wir die Flammen löschen.«

»Konnte sie noch sagen, warum sie das getan hat?«

»Sie hoffte, das Feuer würde sich auf das ganze Dorf ausbreiten. Das sei die einzige Möglichkeit, uns von der Pest zu befreien.«

Aus dem Augenwinkel bemerkte Thaddeus eine Bewegung. Schnell drehte er sich zu einem Knaben um, der am Rand der Gruppe stand. Er hatte schüchtern die Hand gehoben, ließ sie aber sofort wieder sinken, als der schwarzbärtige Riese seiner gewahr wurde. »Hab keine Angst zu sprechen«, ermunterte ihn Thaddeus. »Ich bin gerne bereit, mir anzuhören, was jeder hier zu sagen hat.«

Zunächst gab der Junge ein derart unverständliches Genuschel von sich, dass Thaddeus ihm erneut Mut zusprechen musste. »Mistress Hynd hat geglaubt, dass es die Ratten waren, die die Pest übertragen haben«, brachte er schließlich hervor. »Sie hat die Ältesten bedrängt, die Viecher mit Feuer aus den Strohdächern und den Mauern zu vertreiben. ›Merzt die Ratten aus, merzt die Seuche aus‹, hat sie gesagt … aber keiner hat auf sie gehört.«

Einer der Leibeigenen, die Thaddeus und Thomas hierherbegleitet hatten, hob die Hand in einer ungeduldigen Geste. »Ja, und du weißt genau, warum, junger Catstock. Wenn wir getan hätten, was Mary wollte, hätten wir kein Dach mehr über dem Kopf gehabt. Jedes Haus wäre zerstört worden. Aber wozu, wo die Pest sich von selbst verzogen hat?«

Ein anderer Knabe meldete sich zu Wort. »Aber Ihr schlaft ja schon seit Wochen nicht mehr in Eurem Haus, Master Blount. Und wir anderen genauso wenig.«

»Das wird nicht mehr lange so sein. Bald kommt der Regen und mit ihm die Kälte. Dann werden wir den Schutz von Mauern und Strohdächern brauchen.«

Einen Moment lang herrschte Stille, bis der erste Knabe wieder die Hand hob und vortrat, um Thaddeus persönlich anzusprechen. »Als sie noch lebte, hat sich Mistress Hynd an uns fünf gewandt« – er deutete auf die vier Halbwüchsigen hinter sich – »und uns gebeten, jeden Abend am Seeufer ein Lagerfeuer zu schüren, damit auch die Kleinen bei uns draußen schlafen können. Damit fingen wir gerade an, als sie sich zum ersten Mal krank fühlte. In der Nacht darauf haben sich auch die älteren Leute zu uns gesellt, und seitdem ist keiner mehr gestorben.«

Thaddeus rieb sich nachdenklich das Kinn. »Wo ich auch war, ich habe in der Tat überall Ratten gesehen. Manche sind so verwegen, dass sie sich auch tagsüber aus ihren Löchern wagen.« Er spähte zu der Häuserreihe hinüber. »Nur hier sehe ich nie welche.«

»Seit uns die Essensvorräte ausgegangen sind, gibt es weniger«, meinte der Knabe, »aber wir glauben, dass sie immer noch auf den Dachböden nisten. Manchmal hören wir so ein Rascheln. Meine Freunde und ich denken, dass Mistress Hynd recht hatte. Wir wollen die Häuser abbrennen und weiter entfernt vom Dorf neue bauen.«

Thaddeus bemerkte einen werbenden Ton in seiner Stimme und nahm an, dass der Junge sich von ihm, einem völlig Fremden, erhoffte, er würde für ihn Partei ergreifen anstatt für Thomas Breakspear und die anderen Dorfältesten. »Von den Dienern im Haus ist in letzter Zeit auch keiner gestorben«, erinnerte er den Jungen freundlich, »und dennoch bleiben sie alle hinter verschlossenen Türen. Wie würde Mistress Hynd das erklären, junger Catstock?«

»Das weiß ich nicht, Sir. Aber wenn sie noch leben würde, wüsste sie gewiss eine Antwort. Sie war klüger, als ich es bin.«

»Was sie gesagt hat, klingt in der Tat weise«, bestätigte Thaddeus. Den Blick auf das Haus gerichtet, hob er erneut die Stimme. »Wisst ihr einen Grund dafür, warum ein Viertel von euch gestorben ist, während die anderen noch leben? Wenn ihr mir sagt, das sei Gottes Gnade, kann ich euch das nicht glauben. Nur ein überheblicher Mann würde behaupten, er hätte ein reineres Herz als ein Säugling in der Wiege, der einen schrecklichen Tod erleiden musste.«

»Keinem von uns steht es zu, an Gottes Absichten zu zweifeln!«, erscholl die Antwort aus dem Gebäude.

»Dann haltet ihr euch wohl für besonders gesegnet, wenn Er euch auserwählt hat, damit ihr überlebt. Da frage ich mich allerdings, warum ihr einander misstrauisch beäugt und so große Angst davor habt, von den Bauern hier draußen angesteckt zu werden, dass ihr euch weigert, das Haus zu verlassen. Was gibt es denn schon zu fürchten, wenn ihr Gottes Schutzschild tragt?«

Erneut trat Stille ein, bis eine Frau widersprach. Ihre Stimme schien allerdings vom anderen Ende des Hauses zu kommen, was Thaddeus vermuten ließ, dass sie sich nicht im selben Gemach aufhielt wie die Männer. »Ihr sprecht, als wüsstet Ihr, warum die Pest uns befallen hat, Sir. Möchtet Ihr dieses Wissen nicht mit uns teilen?«

»Ich weiß, dass sie im Hafen von Melcombe um den Festtag des Heiligen Johannes des Täufers ausgebrochen ist und sich schnell über das ganze Land ausgebreitet hat. Außerdem weiß ich, dass sie nicht vom Wind weitergetragen werden kann, denn sonst hätte Develish ebenso viele Menschen verloren wie Woodoak. Ich halte es für möglich, dass sie von fremden Seeleuten an unseren Gestanden eingeschleppt wurde, vermag aber nicht zu erklären, wie sie so schnell über Land reisen konnte, noch warum manche – so wie ihr – verschont geblieben sind, eure Gefährten aber nicht.«

»Wir sehen, dass die Leute im Dorf jeden Abend ein Feuer am See entfachen. Warum tun sie das?«

»So ist es ihnen möglich, im Freien zu schlafen und die Ratten fernzuhalten, die in den Wänden und Dächern ihrer Hütten nisten. Mistress Hynd nahm an, sie würden die Pest übertragen. Das könnte wohl zutreffen, zumal niemand mehr erkrankt ist, seit sie ihre Häuser verlassen haben.«

Thaddeus hielt einen Moment inne. »Gibt es in den Gemächern, die ihr bewohnt, Ratten?«

»Nicht seitdem Mary uns von ihren Befürchtungen erzählt hat. Sie war eine gute Seele, die uns nie etwas Böses wollte. Eines Tages kam sie zur Mauer und drängte uns, alles Ungeziefer zu vernichten. Da zwangen die Männer die Frauen, das mit …« Jäh wurde ihr das Wort abgeschnitten. Es war, als hätte ihr ein Mann eine Hand auf den Mund gepresst.

Diesmal konnten alle das wütende Geschrei, das daraufhin ausbrach, klar und deutlich vernehmen. »Lass sie in Ruhe!«, rief jemand, und ein Mädchen kreischte: »Die Männer halten uns gefangen, Milord! Sie tun uns schreckliche Gewalt an! Selbst an den Jüngsten befriedigen sie ihre Lust! Wir brauchen Eure Hilfe genauso dringend wie das Dor…«

Sie hörten das Klatschen einer Ohrfeige, begleitet vom wütenden Knurren des Mannes, der als Erster gesprochen hatte. Vielleicht waren es diese grimmigen Laute oder der Umstand, dass Joshua einen Schritt vortrat, um sich eine bessere Sicht zu verschaffen, jedenfalls brachen die sieben Hunde in ein bedrohliches Knurren und wütendes Bellen aus, als Thaddeus forderte, man solle dem Mädchen erlauben weiterzusprechen. Als ihm niemand antwortete, fuhr er zu Thomas Breakspear herum. »Wessen Stimme war das, die zuerst gesprochen hat? Wer hat dort das Sagen?«

»Gregory de Joulet, der Haushofmeister von Milord of Woodoak. Er führt das Haus seit fünf Jahren, und uns ist es unter ihm wahrlich nicht gut ergangen.«

Thaddeus wandte sich wieder zum Haus um. »Ich warne dich im Guten, de Joulet!«, donnerte er. »Lass die Frauen sofort zur vorderen Tür kommen, oder du zahlst den Preis für deine Weigerung. Dafür hast du genauso viel Zeit, wie es dauert, bis mein Ross den Boden zwischen dir und mir überquert hat. Habe ich mich deutlich genug ausgedrückt?«

»Nur zu. Aber dann steckt Euch ein Pfeil zwischen den Augen!«

Später sollte Thaddeus Joshua versichern, dass ihm keinerlei Gefahr gedroht hatte, als er Killer zum Haus lenkte. Hätten sich kampfesfähige Männer darin befunden, hätten sie sich hinter den Fenstern gezeigt, sobald er seine Absicht erklärte. Ein Hausknecht wiederum hätte nicht die Fähigkeit besessen, ein Ziel zu treffen, das in Bewegung war. In Wahrheit war es jedoch viel einfacher. De Joulets knarzende Stimme und sein harscher Ton hatten ihn zu sehr an seinen Stiefvater Will erinnert und das Wimmern der Frauen an seine Mutter Eva. So ritt er einfach drauflos, ohne an die Folgen zu denken.

In schnellem Galopp lenkte er Killer erst das Seeufer entlang, ehe er in einem weiten Bogen den Schutz einer steinernen Treppe an der westlichen Ecke des Hauses erreichte. Einen Wall, der das Anwesen abgegrenzt und dem Haus mehr Sicherheit geboten hätte, gab es nicht. Aber das war hier auch gar nicht nötig, wie Thaddeus bald erkannte. Keines der Fenster lag so tief, dass ein Angreifer ohne Weiteres hätte eindringen können, und jedes einzelne war zusätzlich verstärkt durch innen angebrachte Läden aus massiver Eiche. Nur die Fenster im oberen Stockwerk standen offen, um Licht und Luft hereinzulassen.

Vorsichtig führte Thaddeus Killer so nahe wie möglich längs der Fassade weiter, womit er den Winkel von den Fenstern aus sehr spitz hielt, um auf diese Art einem möglichen Pfeilschützen die Aufgabe zu erschweren. So gelangte er zur Vorderseite und erreichte die von einem Bogen überwölbte Eingangstür. Diese schien ähnlich unüberwindbar zu sein wie die Fensterläden, sodass Thaddeus mehr aus Verärgerung denn in der Absicht, irgendetwas damit zu erreichen, blitzschnell den Fuß aus dem Steigbügel riss und mit dem Stiefelabsatz gegen die Holzplanke in der Mitte trat. Danach war er sich nicht sicher, was ihn mehr überraschte: das plötzliche Auftauchen von Joshua und den Jagdhunden oder der Knall mitsamt dem Prasseln des unter seinem Absatz zerberstenden Holzes.

In späteren Schilderungen seiner Erlebnisse sollte Joshua diese zu einem wahren Heldenepos ausschmücken – in dem er allerdings ausließ, dass die Hunde von selbst losgerannt waren und Thaddeus nach dem Tritt gegen die Tür mit nur einem Fuß im Steigbügel größte Mühe hatte, sich im Sattel zu halten, als Killer wegen der aufgeregt kläffenden Hundemeute zu scheuen begann.

»Was zum Teufel machst du hier?«, blaffte er den Jungen an. »Zur Seite, bevor dieses Vieh mich abwirft!«

Joshua gehorchte. Schnell wich er zur Mauer hin aus und drückte sich dagegen. Gleichzeitig zog er eine Handvoll Fleischstücke für die Hunde aus dem Tornister. Die ließen sich damit sogleich ablenken. Während die Tiere sich um die Leckerbissen balgten, schielte Joshua vorsichtig nach oben. Dort standen gewiss Leute hinter den Fenstern, die jedes Wort belauschten. »Verzeihung, Milord«, sagte er und vollführte eine kunstvolle Verbeugung. »Das Rudel geht bei der Suche etwas übereifrig zu Werke.«

Ein halb unterdrücktes Lachen zuckte über Thaddeus' Gesicht. »Alles zur rechten Zeit, Buckler. Halte dich bereit. Ich muss nur noch diese Tür aufbrechen. Sie ist nicht halb so massiv, wie sie aussieht.«

Erneut manövrierte Thaddeus Killer zur Tür. Sobald der Winkel günstig war, rammte er den Absatz einmal mehr in die Planke. Dann beugte er sich hinab zu dem gut einen Fuß langen Spalt, den er hineingetreten hatte. Da sämtliche Fenster verbarrikadiert waren, herrschte drinnen tiefe Finsternis. Doch was seine Augen nicht sahen, verriet ihm seine Nase. Ein abscheulicher Brandgeruch schlug ihm entgegen, der allerdings nicht stark genug war, um den darunterliegenden fauligen Gestank zu verdecken. Als sich seine Augen an die Dunkelheit gewöhnt hatten, konnte er in der Mitte des Raumes eine Pyramide aus aufeinandergehäuften verrußten Leichen ausmachen. Inmitten der Trümmer waren Schädel und Knochen noch deutlich zu erkennen. Das war nichts anderes als ein Gebeinhaus, das man in ein Krematorium umgewandelt hatte. Der Verwesungsgestank verriet ihm freilich, dass die Flammen weder lange genug gebrannt noch die nötige Hitze entwickelt hatten, um sämtliches Fleisch einzuäschern.

Angewidert fragte sich Thaddeus, was für eine Art von Wahnsinn die Diener befallen haben mochte, dass sie ein solch aberwitziges Werk verrichteten. Das Feuer hatte die Leichen zwar nicht vollständig vernichtet, dafür aber auf alles andere übergegriffen. Sämtliche Türen waren versengt; bei einigen hatte sich der Rahmen infolge der Hitze so sehr verzogen, dass sie schief in den Angeln hingen. Hier und dort konnte Thaddeus die traurigen Reste von Möbeln erkennen, die dereinst Truhen oder Tische gewesen sein mochten. Wie Lumpen hingen die Überbleibsel von rußgeschwärzten Wandteppichen bis auf Kopfhöhe herab. Kurz, Thaddeus bot sich ein Bild der Verwüstung. Andererseits legte die Tatsache, dass keiner der Fensterläden verbrannt war, den Schluss nahe, dass irgendjemand so geistesgegenwärtig gewesen war, die Flammen zu löschen, bevor sie sich ins obere Stockwerk fressen konnten.

Thaddeus richtete sich wieder auf und berichtete Joshua

kopfschüttelnd: »Hinter dieser Tür liegt die Hölle. Bis auf ein paar halb verbrannte Leichen in der Mitte hat das Feuer so gut wie alles zerstört. Wären die Mauern nicht aus Stein, wäre das ganze Gebäude eingestürzt.«

Nervös fuhr Joshua sich mit der Zunge über die Lippen. Er wusste nicht so recht, ob Thaddeus die Wahrheit sagte oder ob er die Einzelheiten ausschmückte, um den Dienern über ihnen Angst einzujagen. Er wies mit den Augen in Richtung der Hunde und bildete mit den Lippen die Worte: *Wir dürfen sie nicht hineinlassen.*

Mit einem Nicken bekundete Thaddeus, dass er verstanden hatte. »Hör meine Worte, de Joulet!«, rief er nach oben. »Die Hölle, die ihr unten im Saal angerichtet habt, ist nichts im Vergleich zu der, die ich euch bereiten kann, sobald ich diese Tür aufgestemmt habe und das Ungeziefer von Woodoak zu euch hineinlasse. Wir haben Raben und Füchse sich an den Toten von Athelhelm und Afpedle laben und mit Kot und Erbrochenem verschmierte Ratten auf Nahrungssuche die Wände hinaufflitzen sehen … Uns ist die Gallenflüssigkeit in die Kehle gestiegen, als sie ihren Schmutz unter den Lebenden verbreiteten. Willst du, dass dasselbe auch hier passiert?«

»Mit dem Feuer habe ich nichts zu tun!« Die Stimme des Mannes klang jetzt fast schrill. »Während wir schliefen, hat einer der Diener in einem Anfall von Wahnsinn die Vorhalle in Brand gesetzt.«

»Und was hat diesen Wahnsinn ausgelöst? Der Gestank der verfaulenden Leichen im Haus? Bist du ein Dämon oder ein Narr, weil du dich geweigert hast, sie draußen zu beerdigen?«

»Gebt den niederen Dienern die Schuld, nicht mir«, fauchte de Joulet wütend. »Nachdem der Totengräber gestorben war, mochte sich keiner mehr in die Nähe der Grube wagen. Bevor sie in den sicheren Tod gingen, wollten sie lieber ausgepeitscht werden.«

Joshua sah die Verachtung auf Thaddeus' Gesicht. Flehentlich presste er die Hände aneinander. Hoffentlich blieb der Ältere weiter besonnen. Die Hunde wurden schon unruhig. Aufgeregt schnüffelnd reckten sie die Schnauzen in die Luft. Sie hatten den Verwesungsgeruch gewittert, und Joshua bezweifelte, dass er noch viel länger in der Lage sein würde, sie zurückzuhalten. »Ihr seid wegen der Frauen hier, Milord«, erinnerte er ihn. »Die Treppe an der Westseite wird ihnen ausreichend Sicherheit bieten.«

»Wollt Ihr mich etwa meines Spaßes berauben, Master Buckler?«, fragte Thaddeus mit einem schalkhaften Zwinkern. »Meine Hunde werden diesen Teufel von einem Verwalter zu Hackfleisch verarbeiten, wenn ich sie zu ihm hineinlasse. Die Doggen werden ihm an die Gurgel gehen, noch bevor er auf dem Boden aufschlägt.«

»Und den anderen Männern auch, Milord. Eure Jagdhunde sind darauf abgerichtet, Männer wie Feinde zu behandeln, wenn Ihr sie auf sie hetzt. Nur die Frauen werden sie verschonen.«

»Dann haben wir ja nichts zu verlieren, wenn wir die Tür aufbrechen.«

»Wir wissen aber nicht, ob alle Männer ebenso schuldig sind wie Master de Joulet, Milord.«

Thaddeus zögerte einen Augenblick, dann ließ er den Knauf seines Schwerts gegen die Holzverkleidung donnern. »Wenn das wahr ist«, dröhnte er, »werden diejenigen unter euch, die ihre Schandtaten aufrichtig bereuen, die Frauen auf der Stelle freilassen – ansonsten wird Gottes Wille durch die Kiefer der Doggen vollstreckt!«

Den letzten Teil der Geschichte brauchte Joshua später nicht auszuschmücken. Thaddeus trug den Umhang eines Lords mit der gleichen Selbstverständlichkeit, mit der er auch die Rolle als Lady Annes Verwalter eingenommen hatte. So kam trotz seiner groben Kleider, seines struppigen Barts und ungepflegten Haupthaars niemand auf den Gedanken, ein Dokument als Beweis von ihm zu verlangen.

Nach der gleichen Logik galt Joshua als sein Knappe und hatte sich in dieser Rolle Respekt erworben. Zum ersten Mal in seinem Leben hatte der Junge das Gefühl, den Kopf hochhalten zu können, ohne Spott und Hohn zu fürchten. Ja, er befand es sogar für nötig, Zuversicht zu zeigen, wenn Thaddeus gezwungen wurde, seine Macht durchzusetzen.

Was sie nun hier trieben, war natürlich eine Farce. Von Anfang an hatte Joshua nur Probleme auf sich zukommen sehen – und zwar von allen Seiten, insbesondere jetzt, da fast zwanzig Dienerinnen, viele davon junge Mädchen, mit vor Panik verzerrten Gesichtern die steinerne Treppe herabgestürzt kamen. Mit einem Mal hatte er solche Angst, die Hunde könnten die Mädchen anfallen, dass er den Hunden unwillkürlich einen Befehl zubrüllte: »Bleibt!« Bestürzt stellte er fest, dass die Frauen genauso gehorchten wie die Tiere.

Am Fuß der Treppe drängten sich die Mädchen aneinander, allesamt verdreckt und zu Tode geängstigt – wegen all der Dinge, die vor ihnen lagen, aber auch wegen jener, die sie hinter sich hatten. Eine der Älteren streckte Thaddeus beide Hände entgegen und flehte ihn an, sie zu beschützen.

»Die Hunde werden euch nichts tun«, versprach er.

»Es sind nicht nur die Hunde, Milord«, schluchzte sie. »Wir haben vor allem Angst vor den Bauern draußen und vor den freien Dienern hier im Haus.«

Jetzt erkannte Thaddeus die Stimme. Sie gehörte der Frau, die ihn gefragt hatte, wie die Pest ausgebrochen war. Die anderen schienen zu ihr als ihrer Anführerin aufzusehen. »Ihr braucht euch nicht zu fürchten. Thomas Breakspear ist ein guter Mann. Weder durch ihn noch durch seine Gefährten wird euch ein Leid geschehen.«

»Sie werden uns fortschicken, Milord, und dann finden wir nirgends mehr Schutz.« Die Frau legte dem kleinsten Mädchen der Gruppe die Hand auf den Kopf. »Selbst unsere Jüngste ist von den Dienern geschändet worden. Von unseren Schwestern sind schon viele gestorben – mehr vor Scham als an einer Krankheit.«

Noch nie hatte Joshua solches Elend in Gesichtern von Menschen gesehen. Ungehemmt strömten ihnen die Tränen über die Wangen. Wäre Thaddeus ein Priester gewesen, schoss es ihm in den Sinn, hätten sich diese Frauen ihm gewiss zu Füßen geworfen und ihn um Vergebung der Sünden angefleht, die an ihnen begangen worden waren. Nun, vielleicht war es ein Glück für sie, dass Thaddeus kein Geistlicher war, denn gewiss wäre kein Mann Gottes so behutsam und verständnisvoll mit ihnen umgegangen wie Thaddeus.

»Die Bauern sind selbst halb tot, gute Frau«, sagte er sanft. »Sie haben weder den Willen noch die Kraft, über euch Gericht zu halten … Und selbst wenn ihnen der Sinn danach stünde, würden sie sich mir verantworten müssen. Keine von euch trägt eine Schuld. Schuld haben nur die Männer auf sich geladen, die euch so abscheulich behandelt haben.« Seine Augen wurden weicher, als er sah, wie die Frau immer noch versuchte, die jungen Mädchen in ihrer Nähe mit den Armen vor Gefahren abzuschirmen. »Bedauert nichts«, mahnte er. »Lebt für heute und sucht Gerechtigkeit für morgen.«

»Für unsereins wird es keine Gerechtigkeit geben, Milord. Die ist uns noch nie zuteilgeworden.«

»Es gibt viele Arten von Gerechtigkeit. Und einige davon sind durchaus befriedigend. Was mich betrifft, bin ich zufrieden, wenn ich Angst im Gesicht meines Feindes sehe, weil er dann weiß, dass ich mächtig genug bin, um ihm Schaden zuzufügen. Eure beste Rache wird darin bestehen, diese Pest mit unverminderter Kraft und ungetrübtem Verstand zu überstehen, sodass diejenigen, die euch gequält haben, von nun an in Angst vor eurem Zorn leben müssen.«

Als die Frau schwieg, fragte sich Joshua, ob ihr Geist bereits so sehr gebrochen war, dass sie nicht mehr fähig war, sich selbst oder anderen zu helfen. Wenn es so war, hatte Thaddeus mit ihrer Errettung große Verantwortung auf sich geladen. In einem stillen Stoßgebet flehte Joshua, Thaddeus möge nicht noch mehr Anteilnahme zeigen. Bei der bloßen Vorstellung, diese ungewaschenen, zerlumpten Frauen würden sich ihm und Thaddeus in einer verzweifelten Bitte um Schutz zu Füßen werfen, begann es ihn am ganzen Körper zu jucken. Wer wusste denn schon, von welchen Krankheiten sie befallen waren? Hatte Thaddeus sein selbst auferlegtes Gebot, sich von Menschen fernzuhalten, etwa vergessen?

Offenbar. Vielleicht genoss er es ja zu sehr, den Lord zu spielen.

»Sag mir, wie ich dir helfen kann«, bat Thaddeus die Frau. »Kein Problem ist derart groß, dass es nicht gelöst werden kann.«

»So wie wir aussehen, können wir die Bauern nicht bitten, uns bei sich aufzunehmen, Milord. Unsere Kleider sind von unseren Bemühungen, den Brand zu löschen, zerfetzt und angesengt. Und seit Master de Joulet die Leichen im Saal hat liegen lassen, haben wir uns nicht mehr gewaschen.

Der einzige Brunnen war in der Küche unten, und es hat unseren ganzen Mut erfordert, um hinunterzulaufen und auch nur etwas Trinkwasser zu holen.«

»Habt ihr denn keine anderen Kleider oder Stoffe zum Nähen?«

»Die waren in den Truhen, die im Feuer verbrannt sind.«

»Und Milady of Woodoak? Hat sie keine Umhänge in ihrer Kemenate zurückgelassen?«

»Keine, die wir benutzen könnten, Milord.«

»Warum nicht?«

»Sie gehören uns nicht.«

»Mir auch nicht«, knurrte Thaddeus. »Aber ich werde sie trotzdem nehmen.« Er rief den Dienern zu, sie sollten sämtliche Roben, Kleider und Stoffe hinunterwerfen, die sie finden konnten. »Und wenn Milady of Woodoak zurückkehrt, sagt ihr, dass Foxcote versprochen hat, sie mit dem doppelten Wert von alldem zu entschädigen, unter der Bedingung, dass keine dieser Frauen als Diebin angeprangert wird.«

»Welche Garantie haben wir, dass Ihr tut, was Ihr sagt?«

»Zweifelst du an meinem Wort, de Joulet? Überleg dir lieber, was du antworten wirst, wenn ich mit dem High Sheriff nach Woodoak komme und dich vor deinen Herrschaften beschuldige, diese Armen so schlecht behandelt zu haben, dass du es ihnen sogar verweigert hast, der Sittsamkeit zu genügen, als sie darum flehten, sich reinigen und von diesem Verwesungsgestank befreien zu dürfen.«

Joshua sprangen schier die Augen aus dem Kopf vor Staunen über die Seidenroben, bestickten Kleider und Hemden, die schon bald zu Dutzenden von den Fenstern herabflatterten. Gleichwohl gelang es ihm schnell wieder, eine ausdruckslose Miene aufzusetzen. Wenn er heute eines gelernt hatte, dann, sich den Kniff anzueignen, mit dessen Hilfe

Thaddeus seine Gefühle verbarg. Andererseits bereitete es ihm Sorgen, dass der Hüne von einem Leibeigenen mit seinem großspurigen Gebaren sein Glück vielleicht allzu sehr herausforderte. Und wann immer ihm einfiel, was alles misslingen konnte, sank ihm das Herz. Ein ums andere Mal flackerte sein Blick zu den zwei Straßen nördlich und südlich des Anwesens hinüber. Gewiss würden Soldaten genau dann angeprescht kommen, wenn sie am wenigsten damit rechneten.

Dennoch fühlte er sich mehr gekränkt als erleichtert, als Thaddeus ihm befahl, zu ihren Pferden am See zurückzukehren und die Entenjagd wiederaufzunehmen. »Habt Ihr sonst keine Aufgabe für mich, Milord?«, fragte er.

Thaddeus schüttelte den Kopf. »Nein, es sei denn, diese freundlichen Seelen hier legen Wert auf Zuschauer, während sie ein Bad nehmen, Master Buckler. Wir erweisen ihnen wohl einen größeren Gefallen, wenn wir uns entfernen.« Er steckte sein Schwert in die Scheide und wandte sich an die Sprecherin der Gruppe. »Ihr müsst jedes Kleidungsstück ablegen und selbst vollständig im Wasser untertauchen. Das war der Rat, den Mary Hynd den Bauern gegeben hat, und er hat offenbar geholfen. Erst wenn ihr das Gefühl habt, ganz und gar sauber zu sein, zieht ihr die bereitliegenden Kleider an und begebt euch zum Dorf. Ich werde dort auf euch warten.«

»Und dann werdet Ihr uns verlassen«, murmelte die Frau niedergeschlagen.

»Ich kann nicht anders«, erwiderte Thaddeus bedauernd. »Ich bin auch noch für andere verantwortlich, die schon auf mich warten.« Er musterte ihr Gesicht und bemerkte die Angst in ihren Augen. »Wie heißt du?«

»Sarah Standfast, Milord.«

»Das ist ein guter Name, und er verheißt Kraft, Sarah. Glaubst du, ihm gerecht werden zu können? Diese jungen Damen sind darauf angewiesen, dass du ihnen furchtlos zur Seite stehst – und ich auch.«

Tränen der Erschöpfung quollen Sarah aus den Augenwinkeln. »Ich werde mein Bestes tun, Milord.«

Die nun folgenden Ereignisse beobachtete Joshua aus der Ferne. Da er nichts hören konnte, war er darauf angewiesen, Thaddeus' Gesten und das Treiben der Bauern zu interpretieren. Den inneren Widerstand gegen das Häuten und Ausnehmen des toten Schafs schienen die fünf Halbwüchsigen recht leicht zu überwinden. Kaum hatte Thaddeus auf den Kadaver gedeutet, als sie auch schon losrannten, um ihn zu bergen. Sehr viel länger dauerte es dagegen, die Dorfbewohner dazu zu bewegen, ihre eigenen Häuser niederzubrennen. Es wurde heftig debattiert, bis die Frauen, Kinder und Graubärte sich endlich zu jener Stelle am See bequemten, wo sie jeden Abend ihr Lagerfeuer entfachten, und die Aufgabe, das Dorf niederzubrennen, den jungen Burschen zugewiesen wurde.

Diese gingen auf ganz ähnliche Weise vor, wie es Ian, Olyver und Edmund in Afpedle getan hatten: Am südlichen Ende der Siedlung schürten sie ein Feuer und rannten dann mit brennenden Scheiten zum Dorfkern, um sie eines nach dem anderen auf die Strohdächer zu schleudern. Selbst aus zweihundert Yards Abstand konnte Joshua sehen, mit welchem Eifer sie zu Werke gingen. Begeistert schlugen sie Purzelbäume und boxten einander in die Arme. Es war anzunehmen, dass ihre Freude vor allem damit zu tun hatte, dass sie sich mit ihren Argumenten durchgesetzt hatten, und nicht so sehr der Zerstörung ihrer Häuser galt. Freilich bezweifelte er, dass die älteren Männer solchen Übermut auch dann noch durchgehen lassen würden, wenn Thaddeus erst einmal weitergezogen war.

Als Joshua ihn später darauf ansprach, beurteilte Thaddeus diese Situation allerdings ganz anders. »Diese jungen Burschen sind die Einzigen, die hier noch Lebenskraft haben. Die älteren Männer haben keinen Willen mehr. Der wurde schon vor Langem gebrochen. Wenn du mich fragst, wird Catstock bis Weihnachten der Anführer der Gemeinschaft sein. Er hat schon die Stelle markiert, wo das neue Dorf entstehen soll, und entschieden, welche Bäume gefällt werden müssen.«

Joshua hörte Bewunderung in Thaddeus' Stimme, und schlagartig schnürte sich ihm vor Eifersucht die Kehle zu. »Wenn er so schlau ist, sollte er besser schon jetzt ihr Anführer werden, dann müssen sie nicht verhungern.«

»Er benötigte eine Erlaubnis für den Diebstahl. Die haben sie alle gebraucht.«

»Also darum hast du sie ihnen gegeben?«

Seite an Seite ritten sie die Straße nach Afpedle hinauf. Joshua hatte sich sechs Enten an einer Schnur über die Schultern gehängt, während Thaddeus sich einen Rechen an den Rücken gebunden hatte. »Nicht unbedingt. Ich habe sie vielmehr aufgefordert, sich die Erlaubnis selbst zu erteilen. Darin liegt ein großer Unterschied.«

»Inwiefern?«

»Um überhaupt überleben zu können, brauchen sie ein gemeinsames Ziel. Jeder Einzelne von ihnen hat daran gedacht, ein Schaf zu schlachten oder eine Forelle aus dem See zu fischen, aber keiner hatte den Mut, es allein zu tun. Wenn sie hingegen in gegenseitigem Einvernehmen handeln, wird Milord of Woodoak nichts anderes übrig bleiben, als sie alle auszupeitschen – oder sie alle zu verschonen. Und ich vermute, er wird sie verschonen. Ihm wird es ohnehin an Feldarbeitern fehlen.«

»Hast du ihnen gesagt, dass sie um ihre Freiheit feilschen sollen, so wie du es uns immer predigst?«

Thaddeus nickte. »Ja. Allerdings schien nur der junge Catstock dem Gedanken etwas abgewinnen zu können. Den anderen machte er Angst.«

»Warum?«

Thaddeus zuckte mit den Schultern. »Wohl deshalb, weil sie schon zu lange in der Sklaverei leben. Vielleicht haben sie keine Vorstellung davon, wie man für sich selbst arbeiten kann. Vielleicht liegt es auch an ihrer Ahnungslosigkeit von der Welt jenseits von Woodoak, dass sie sich vor einem Leben ohne den Schutz eines Lords fürchten. Auf Develish wäre es auch so gekommen, wenn Lady Anne nicht ihr Wissen mit uns geteilt hätte.«

»Glaubst du, dass Milord of Woodoak zuhören wird, wenn ihn seine Leibeigenen um Freiheit bitten? Sir Richard hätte das nicht getan. Er hätte uns wegen des bloßen Gedankens daran auspeitschen lassen.«

»Wenn er auch nur einen Funken Verstand hat, hört er sich an, was sie zu sagen haben.«

Joshua war sich da nicht so sicher. Nach allem, was er im Dorf gesehen und gehört hatte, hielt er es für wahrscheinlich, dass der Lord ebenso böse und unbesonnen war wie sein Verwalter. »Ich habe mehrere Männer das Haus über die äußere Treppe verlassen und den Dienerinnen folgen sehen«, sagte er dann. »War Master de Joulet auch darunter?«

Es hatte ihn beunruhigt, dass er offenbar als Einziger bemerkt hatte, wie diese Gruppe sich aus dem oberen Stockwerk stahl, um hinter den Frauen herzuschleichen. Die Mägde hatten in den bunten Roben und Kleidern, die sie jetzt trugen, wie exotische Vögel gewirkt. Vorsichtig waren sie das Seeufer entlanggestakst und hatten ihre Röcke an den Seiten angehoben, um nicht über den Saum zu stolpern. Die Männer hinter sich schienen sie gar nicht wahrgenommen zu haben. Joshua hatte erst aufgeatmet, als Thaddeus sein Schwert gezogen, Killer die Sporen gegeben und die Kerle zur Rede gestellt hatte. Diese erweckten allerdings nicht den Eindruck, als würden sie böse Absichten verfolgen, denn sie warfen sich sofort vor Thaddeus auf die Knie. Der ließ sich dennoch nicht beeindrucken. Mit energischen Gesten wies er sie an, dorthin zurückzukehren, woher sie gekommen waren. So traten sie den Rückzug an und verschwanden bald im Wald westlich des Hauses. Das war das Letzte, was Joshua von ihnen gesehen hatte.

»Nein«, sagte Thaddeus nun. »Es sei denn, er ist noch feucht hinter den Ohren. Diese Diener waren in deinem Alter und behaupteten, schreckliche Angst vor de Joulet zu haben. Sie sagten, sie litten unter Gewissensbissen und bedauerten, was sie getan hätten. Am Ende baten sie mich, ihnen zu erlauben, sich den Bauern anzuschließen.«

»Warum hast du ihnen das verwehrt?«

»Es stand mir nicht zu, darüber zu entscheiden. Soviel ich weiß, waren sie diejenigen, die den Frauen und Mädchen die meiste Gewalt angetan haben. Es liegt bei Sarah Standfast und den anderen Mägden, sie willkommen zu heißen, nicht bei mir.«

»Warum haben sie sich dann nicht an Sarah gewandt?«

»Weil ich ihnen gesagt habe, dass sie sich zuallererst drei Tage lang gründlich schrubben sollen, bevor sie überhaupt daran denken können, um Vergebung zu flehen«, lachte Thaddeus. »Sie werden sehr viel bußfertiger sein, wenn sie zwei Nächte hintereinander in durchnässten Kleidern vor

Kälte bibbern mussten. Schließlich haben sie die armen Mädchen nicht nur vergewaltigt, sondern sie darüber hinaus gezwungen, jedes Rattennest aufzuspüren und zu zerstören, bevor sie sie fünf Tage lang ohne Nahrung in ein Gemach gesperrt haben.«

»Warum haben sie das getan?«

»Um sich zu vergewissern, dass die Ratten sie nicht mit der Pest angesteckt hatten. Ich hätte diese Kerle ja einen nach dem anderen persönlich ausgepeitscht, wenn ich geglaubt hätte, dass es ihre Idee war, die Frauen zu erniedrigen, aber es war der Verwalter, der es verlangt hatte. Wenn jemand es verdient, einen qualvollen Tod zu erleiden, dann er.«

Joshua war froh, dass sie Afpedle fast erreicht hatten und ihr Gespräch sich jetzt um die anstehenden Aufgaben drehte, denn er wurde das scheußliche Gefühl nicht los, dass Thaddeus keinen großen Unterschied zwischen dem sah, was de Joulet den Mägden auf Woodoak angetan hatte, und dem, was er und seine Freunde mit Eleanor getrieben hatten. Wenn er geglaubt hätte, ein weiterer Versuch, sich zu rechtfertigen, würde ihm helfen, hätte er ihn vielleicht unternommen, doch im Nachhinein schätzte er sich glücklich, dass es nicht dazu gekommen war.

Sie hatten ihr Ziel erreicht. Thaddeus hieß Killer anhalten und schnallte sich den Rechen vom Rücken, stieg aber noch nicht ab. Stattdessen drehte er sich lächelnd zu Joshua um. »Es war Thomas Breakspear, der ihn mir gegeben hat. Er hat mich nicht gefragt, was ich damit vorhabe, sondern nur gesagt, das sei das Mindeste, was er mir zum Dank schenken könne.«

»Den verdienst du ja auch. Du warst sehr gütig zu ihnen.«

»Mm.« Jetzt schwang Thaddeus sich aus dem Sattel und tätschelte träge der Dogge neben ihm den Kopf, womit er dem Knaben besser als mit Worten bewies, dass die Hunde seine Billigung gefunden hatten. »Er hat mir außerdem gesagt, dass mein Knappe tapferer ist als jeder einzelne von Milord of Woodoaks bewaffneten Männern. Du hast dich wacker geschlagen, Joshua.«

Er tat so, als würde er nicht bemerken, dass das von Sommersprossen übersäte Gesicht des Jungen rot anlief. Joshua verschenkte seine Zuneigung zu schnell – an Hunde wie an Menschen –, und Thaddeus war nicht geneigt, die Stelle seines abwesenden Vaters einzunehmen. Er besaß weder die Fähigkeit noch die Geduld, um launenhafte Knaben großzuziehen.

(AUSZUG AUS LADY ANNES TAGEBUCH)

Der achte Tag im September 1348

Es ist drei Tage her, dass Milord of Bourne und seine normannischen Soldaten von englischen Bauern vertrieben wurden, und ich vermag es immer noch kaum zu fassen. Wie wunderbar meine Leute doch zusammengewirkt haben, um die Feinde zu schlagen. Master de Courtesmain bedrängt mich zu erklären, es sei Gottes Gnade zu verdanken, dass Develish siegreich daraus hervorgegangen ist. Doch das könnte ich nicht in aller Aufrichtigkeit behaupten. Denn der Ruhm gebührt Gyles Startout. Ich gehe jede Wette ein, dass Milord und sein Hauptmann zögern werden, einen so tapferen und brillanten Leibeigenen wie ihn noch einmal zu unterschätzen.

Sobald sie das Tal verlassen hatten, setzten Alleyn Startout, John Trueblood, James Buckler und Adam Catchpole mit dem Floß auf die andere Seite über, um die vier toten Pferde zu schlachten und alles zu bergen, was von Wert war. John Trueblood meinte, die Waffenröcke und Stiefel würden zu sehr nach normannischem Schweiß stinken, als dass ein Engländer, der auf sich hält, so etwas an seinem Leib tragen würde, und beförderte sie mit James Bucklers Mistgabel in den Wassergraben. Alles andere kam jedoch aufs Floß: 6 Langbögen, 6 Kurzbögen, eine Sammlung von Pfeilen, dazu Sättel und Zaumzeug für 4 Pferde. Reicher Lohn für eine gewonnene Schlacht! Da die Hälfte seiner Soldaten ihrer Waffen beraubt ist, wird es Milord Mühe bereiten, noch einmal einen Angriff gegen uns zu führen.

Zur Feier unseres glorreichen Sieges haben wir ein Freuden-

feuer entfacht und darüber Pferdefleisch am Spieß gebraten. Das Festmahl und der folgende fröhliche Tanz waren ein herrliches Erlebnis. Was vom Fleisch übrig blieb, wurde gepökelt; die Waffen wurden geölt. Das Haus ist so weit wie möglich wieder hergerichtet worden, obwohl viele Balken nach dem Wasserbad, das wir ihnen verabreicht haben, immer noch nass sind. Die traurigsten Verluste sind die Fensterscheiben mit dem Gitterwerk in Sir Richards und in meinem Gemach. Sie zerbarsten, als Pfeilspitzen dagegenprallten, und leider haben wir weder das handwerkliche Geschick noch die nötigen Kenntnisse, um Glas zu gießen.

Doch das hat nichts zu bedeuten. Bretter werden ihren Zweck auch erfüllen, und lieber verliere ich Glas, wie kostbar auch immer, als das Leben eines der mir anvertrauten Menschen. Mein einziger Kummer ist, dass Thaddeus und die Söhne meiner vier besten Bauern nicht zugegen waren und am Triumph nicht Anteil nehmen konnten. Hätten sie Milord of Bournes Soldaten aus Angst vor Engländern über Stock und Stein davonjagen sehen, hätten sie sich gewiss vor Lachen gebogen.

Ich bete zu Gott für ihre sichere Rückkehr.

FÜNFUNDZWANZIG

Thaddeus' Lager am Fluss Pedle

Während Joshua mit Ian, Olyver und Edmund Geschichten über Heldentaten austauschte, schien sich Peter Catchpole immer mehr zurückzuziehen. Gelegentlich musste sich Thaddeus, der über dem Feuer Enten am Spieß briet, in das Gespräch einmischen, um die Erzähler wieder in die Wirklichkeit zurückzuholen, doch je später es wurde, umso lauter krakeelten die Jungen in ihrer ausgelassenen Stimmung durcheinander. Edmund beharrte darauf, dass er hinsichtlich der Ratten von Anfang an recht gehabt habe. Ian und Olyver betonten, die einzige Möglichkeit, ein Haus in Brand zu setzen, bestehe darin, einen brennenden Pfeil abzuschießen. Und Joshua beharrte darauf, dass die Hunde, die nach der Fütterung mit einem geschlachteten Schaf zufrieden in den Schlaf gesunken waren, der Schlüssel zum Erfolg seien, egal was man vorhatte.

Es wurde still, als ihre Zähne sich in die fertig gegarten Enten gruben, doch kaum war ihr Hunger gestillt, ging das Geschwätz von vorne los. Joshua, der wegen seines rotbraunen Haars und seiner Sommersprossen früher immer die Zielscheibe von Peters Sticheleien gewesen war, fing an, damit zu prahlen, wie leicht es ihm und Thaddeus gefallen sei, sich als Lord und Knappe auszugeben. Trotz ihrer Bauernkittel, die überdies schon bedenklich fadenscheinig waren, hätten die Leibeigenen von Woodoak sie als Männer von höherem Stand akzeptiert.

»Das ist uns nur gelungen, weil ich mit einem Schwert in der Hand auf dem Schlachtross eines Ritters saß und du ein Rudel Jagdhunde an deiner Seite hattest«, murmelte Thaddeus.

»Vielleicht hättest du dem Verwalter befehlen sollen, ein paar von den Kleidern seines Herrn herunterzuwerfen«, regte Olyver an. »Mit einem bestickten Wams und einem mit Fell gefütterten Mantel würdest du jeden Zoll wie ein Lord aussehen.«

»Ich war tatsächlich versucht, das zu tun«, gab Thaddeus zu, »aber mir fiel keine Ausrede ein, die gut genug gewesen wäre. Selbst Thomas Breakspear hätte dann wissen wollen, warum ich den Putz seines Lords brauche, wenn ich auf Develish eine ganze Truhe voller eigener Sachen habe.«

»Wir alle brauchen neue Kleider«, beschwerte sich Edmund und hob die Arme, damit jeder die über seinen Ellbogen durchgescheuerten Ärmel sehen konnte. »Wir leben Tag und Nacht in stinkenden Lumpen. Wie lange dauert es noch, bis wir heimgehen und uns saubere Kleider holen können?«

»So lange, bis wir fertig sind«, seufzte Thaddeus und gähnte.

»Womit?«

»Diese Ruten zu schälen …« – er deutete mit dem Kinn auf einen Haufen dünner Haselnusszweige neben den Sätteln –, »die Enden zu spitzen und säuberlich die Federn anzubringen. Aber selbst dann ist es noch eine Frage des Glücks, ob sie gerade fliegen. Wenn nicht, müssen wir uns auf den Teufel verlassen, dass er Athelhelm in Brand setzt.

Jedenfalls habe ich nicht vor, Schafe über den Flussübergang zu treiben, bevor das Dorf gesäubert ist.«

»Du meinst von Ratten.« Edmund rieb sich zufrieden die Hände.

»Und von Leichen.«

Nachdenkliches Schweigen trat ein. Ian beendete es nach einer Weile. »Wenn die Pfeile eine Metallspitze hätten, würden sie gerade fliegen. Wieso hast du in der Asche von Afpedle nur drei gefunden?«

»Die Zacken des Rechens standen zu weit auseinander.« Das war die Wahrheit. Was Thaddeus allerdings für sich behielt, war der Umstand, dass er die Suche abgebrochen hatte, als ein verkohlter Schädel im Rechen hängen geblieben war. Er war so klein gewesen, dass er von einem Säugling stammen musste. Um Joshua einen solchen Anblick zu ersparen, hatte er ihn sofort wieder zum übrigen Schutt zurückgeschoben, wobei die Knochen endgültig zersplittert waren. Er blickte Peter an, der noch immer stumm dasaß. »Du wirkst so niedergeschlagen. Was hast du?«

An seiner Stelle antwortete Edmund. »Er drückt sich schon seit Stunden vor jeder Arbeit. Er hätte Soldaten gesehen, sagt er. Und jetzt schmollt er, weil wir ihm nicht geglaubt haben.«

»Genau«, bestätigte Ian. »Als er zurückgerannt kam und von einer Armee auf der Straße schwadronierte, haben wir alles unter den Bäumen versteckt. Aber unsere Mühe war völlig umsonst. Kein Trupp ist vorbeigezogen.«

Peter schaute zu Boden. »Ich habe nie behauptet, dass sie in *diese* Richtung zogen.«

»Das hast du uns aber zu verstehen gegeben, als du Hals über Kopf in den Wald gestürzt bist und dich versteckt hast«, knurrte Olyver. »Edmund, mein Bruderherz und ich haben dann die Pferde zusammengetrieben und hinter den Bäumen versteckt. Du verschwindest ja jedes Mal, wenn es Arbeit zu erledigen gibt.«

Thaddeus musterte Peter, der immer noch den Kopf hängen ließ. »Was haben die Soldaten denn gemacht?«

»Ich weiß nicht. Sie waren auf dem Landgut, von dem du gesprochen hast.«

»Dasjenige weiter nördlich?«

»Ja … und es waren dieselben, die Develish in Brand gesetzt haben. Ich habe das Wappen an ihrem Waffenrock erkannt.« Peter ballte die Fäuste. »Es ist doch nicht meine Schuld, dass sie nicht hierhergekommen sind. Es wäre schließlich möglich gewesen.«

Wütend trat Edmund nach Peters Knöchel. »Du bist eine Kröte mit zwei Gesichtern! Immer musst du irgendetwas finden, womit du prahlen kannst, nur weil du der Einzige bist, der noch nicht gezeigt hat, dass er tapfer sein kann. Wenn *ich* eine Armee erfunden hätte, dann hätte ich wenigstens behauptet, es wäre die von Milord of Blandeforde. Du hast Milord of Bourne ja bloß deshalb herausgegriffen, weil es der erstbeste Name war, der dir eingefallen ist.«

Thaddeus musste sich darauf verlassen, dass ihm das schwache Mondlicht den Weg wies. Als er sich aus dem Lager stahl, hatten sich die Hunde zwar gerührt, zu seiner Erleichterung aber keinen Laut von sich gegeben. Unbehelligt folgte er dem Fluss in östlicher Richtung zur Straße und bog dann links auf den Feldweg ab, der ihn durch das verlassene Dorf führte. Dort huschte er von Anwesen zu Anwesen, jederzeit bereit, sich hinter die nächste Mauer zu kauern, sobald er irgendetwas sah oder hörte.

Vor jeder Tür blieb er stehen und lauschte nach Geräuschen, die auf die Nähe von Menschen hinweisen mochten.

Wäre er so des Nachts durch Develish geschlichen, hätte er eine Vielzahl von Geräuschen vernommen – das Schnarchen von Männern, das Weinen Neugeborener, die beruhigenden Töne ihrer Mütter –, doch an diesem verlassenen Ort herrschte vollkommene Stille. Vom Wald drangen die Rufe von Eulen herüber und gelegentlich das Kläffen eines Fuchses. Nur Menschen schien es hier nicht zu geben. Sogar der Geruch des Todes fehlte.

Sobald er die Häuser hinter sich gelassen hatte, verließ er die Straße und lief die nächsten tausend Schritte im Schutz der Bäume. Als der Wald sich lichtete und schließlich den Blick auf eine weite Weidefläche freigab, blieb er stehen. Vor einer Woche hatte er dieses Landgut mehrere Stunden lang bei Tageslicht beobachtet, sodass er noch im Kopf hatte, wie es angelegt war. Da störte es ihn auch nicht weiter, dass jetzt eine Wolke den Mond verdunkelte. Links von ihm erhoben sich das Herrenhaus, eine Kirche und eine Handvoll Hütten für die Leibeigenen, rechts führte ein Weg zur Landstraße. Bei seiner letzten Erkundung hatte es ihn verblüfft, wie viel kleiner hier die gerodete Fläche im Vergleich zu Develish war. Dieses Missverhältnis hatte ihn daran zweifeln lassen, dass dieses Anwesen mehr als sechzig Menschen ernähren konnte. Dabei war das Haus so viel beeindruckender als das von Lady Anne und erforderte gewiss ganze Heerscharen von Bediensteten, um es zu erhalten. Also wie um alles auf der Welt konnten der Lord und seine Familie auf einem so winzigen Gut so viel anbauen, dass es für sie alle und die Steuern reichte? Zu guter Letzt hatte ihm gedämmert, dass es im Süden auch noch das verlassene Dorf mit seinen eigenen Anbauflächen gab, die ebenfalls zum Gut gehören mussten. Thaddeus wusste nicht, wie genau es um das Verhältnis zwischen den zwei Gemeinschaften bestellt war, doch er hatte die Hoffnung gehegt, dass es ein Beispiel für das war, was Lady Anne und die Bewohner von Develish anstrebten: ein Gut, auf dem freie Menschen Pacht für ihr Land und Haus zahlten und wo es ihnen freistand, ihren Lebensunterhalt auf jede von ihnen selbst gewählte Weise zu verdienen. Der Lord bereicherte sich zwar immer noch an der Arbeit seiner Pächter, aber da der Preis für die Pacht feststand, konnte ein freier Mann die Früchte seiner Arbeit selbst verkaufen und Geld für die Zukunft beiseitelegen.

Selbst bei Tageslicht war es schwer gewesen zu erkennen, ob jemand im Haus zurückgeblieben war. Nun, Thaddeus hatte bei den Hütten der Bauern Ratten gesehen, aber keine Menschen, und da auf der Weide nur ungefähr zwanzig Schafe grasten – zu wenige, um den Bedürfnissen von Develish auf lange Frist zu genügen –, hatte er beschlossen, seine Bemühungen der größeren Herde von Afpedle zu widmen. Auf diesem Gut hatte es wohl keine gute Ernte gegeben, es sei denn, die Nahrungsmittel wurden in den verriegelten Gebäuden im verlassenen Dorf weiter südlich gelagert.

Thaddeus war schon zu der Vermutung gelangt, dass das Herrenhaus ebenso verwaist war wie das Dorf, als plötzlich hinter einem der Kellerfenster flüchtig ein Licht aufflackerte. Kurz danach wurde in der Dunkelheit ein lichterfülltes Rechteck geöffnet, und ein Mann erschien in der Haustür. Mit einer Hand hielt er eine Laterne über den Kopf. Er machte keinerlei Anstalten, das Haus zu verlassen oder irgendetwas zu rufen, sondern schwenkte nur die Laterne, um den großen Vorhof zu beleuchten. Dabei fiel auch Licht auf ihn selbst, wodurch Thaddeus erkennen konnte, dass er wie ein Bauer gekleidet war, während der zitternde Lichtstrahl den Schluss nahelegte, dass er Angst hatte. Es war eine merkwürdige kleine Szene, die sich in der nächsten Stunde noch zweimal wiederholte. Thaddeus fragte sich, ob der Mann sich wohl nur vergewissern wollte, dass sich wirklich niemand auf dem Vorhof herumtrieb. Es sah nicht so aus, als würde er etwas Bestimmtes suchen.

Aber wer sollte sich hier noch aufhalten? Soldaten, bewaffnet mit brennenden Pfeilen?

Er folgte dem Rain des Weidelandes, bis er zu dem Feldweg gelangte, der vom Haus zur Straße führte. Dort verharrte er eine gute Viertelstunde unter einem Baum und lauschte auf die Geräusche der Nacht, insbesondere auf das Rascheln von Nagetieren unter der Erde. Aber es war nichts zu hören. Vielleicht hatte ja seine bloße Gegenwart genügt, um die Ratten zu verscheuchen.

Als er sich davon überzeugt hatte, dass außer ihm niemand unterwegs war, wagte er sich auf die Straße. Die Pferdeäpfel stachen ihm gleich ins Auge. Er bückte sich danach und nahm einen davon zwischen die Finger; er fühlte sich feucht an. Diese Tatsache und der Geruch verrieten ihm, dass er frisch war. Entschlossen marschierte Thaddeus weiter in Richtung Blandeforde. Nach etwa zweihundert Schritten stieß er auf einen weiteren Haufen. Und noch einen. Aus Vorsicht verzichtete er darauf weiterzugehen. Immerhin wusste er jetzt, dass die Reiter tatsächlich auf diesem Gut gewesen waren. Und da Edmund, Ian und Olyver sie nicht gesehen hatten, mussten sie von Norden gekommen und auch dorthin zurückgekehrt sein.

Hatte Peter recht mit seiner Vermutung, es seien Milord of Bournes Männer gewesen? Thaddeus hielt es nicht für sehr wahrscheinlich, dass ein Edelmann ohne Land in diesem Teil von Dorseteshire sich länger in einer Gegend aufhalten sollte, in der die Pest wütete. Welche Gründe konnte er haben, dennoch zu bleiben? War er so sehr von seiner

Tugendhaftigkeit überzeugt, dass er glaubte, die Seuche könne ihm nichts anhaben? Dachte er womöglich, Gott hätte ihn dazu auserkoren, die Welt von den Sündern zu reinigen? Falls das zutraf, zeigte er sich beim Aussuchen der Landgüter, die er verbrennen ließ, eigenartig wählerisch. Als Thaddeus auf dem Rückweg zum Lager erneut das verlassene Dorf durchquerte, fragte er sich mit bitterem Humor, warum ausgerechnet diese Siedlung verschont worden war.

Waren Männer, denen es freistand, ihre Türen zu verschließen und vor dem Schwarzen Tod zu fliehen, weniger sündig als Leibeigene, die aufgrund des Treueids keine andere Möglichkeit hatten, als zu bleiben und sich ihm zu stellen?

Als Thaddeus das Lager schon fast wieder erreicht hatte, schossen ihm auf einmal Schatten aus der Dunkelheit entgegen. Reglos verharrte er und ließ zu, dass ihn die Hunde umkreisten, das Fell am Nacken aufgestellt und tief in der Kehle ein Knurren.

»Ich habe dir ja gesagt, dass sie sich bezahlt machen werden!«, rief Joshua, der nun aus der Dunkelheit trat, voller Genugtuung. »Würden sie dich nicht kennen, hätten sie dich zerfetzt.«

»Dennoch scheinen sie genau darauf versessen zu sein«, erwiderte Thaddeus. »Sie haben mir die Schnauze in den Unterleib gerammt, und ich spüre ihren heißen Atem durch die Hose hindurch.«

»Nur weil sie dich mögen. Sonst würdest du nicht ihren Atem, sondern ihre Zähne spüren.«

»Ruf sie zurück, bevor ich dir den Hals umdrehe.«

Joshua brauchte nur mit den Fingern zu schnippen, und schon scharte sich das Rudel um ihn. »Du warst stundenlang weg«, sagte er vorwurfsvoll. »Was hast du gemacht?«

»Pferdeäpfel gesucht.« Thaddeus folgte Joshua zum langsam verglühenden Feuer, setzte sich aber erst, als die Hunde sich niedergelassen hatten. Die anderen vier Jungen waren noch wach. Im Schneidersitz hockten sie auf ihren aus Farn geflochtenen Matratzen. Mit vor Neugier leuchtenden Augen starrten sie Thaddeus an. Ian ergriff ein Holzscheit und wollte es schon in die Glut werfen, doch Thaddeus packte seinen Arm. »Ohne lodernde Flammen ist es sicherer für uns. Peter hatte recht mit seiner Beobachtung, dass hier Reiter unterwegs waren. Ich glaube, dass sie nordwärts auf die Straße zuhielten, aber wir sollten uns nicht darauf verlassen, dass sie nicht zurückkehren.« Er blickte kurz in die Runde, dann schilderte er, was er beobachtet hatte. »Bist du sicher, dass es Milord of Bournes Wappen war, das du auf dem Waffenrock der Soldaten gesehen hast?«, fragte er Peter, als er geendet hatte.

Der Junge nickte. »Ich habe ihn durch ein Fenster im großen Saal beobachtet, als er nach Develish kam. Das Wappen war deutlich an seinem Wagen zu sehen. Ich habe es mir eingeprägt und würde es jederzeit wiedererkennen.«

»Aber wie war es dir möglich, sie heute zu beobachten? Zum Herrenhaus ist es eine gute Meile, und ich hatte euch vieren ausdrücklich den Befehl erteilt zusammenzubleiben. Warum hast du mir nicht gehorcht, sondern bist auf eigene Faust losgezogen?«

»Ich wollte mich nicht widersetzen. Ich bin nur kurz in den Wald gegangen, um mein Geschäft zu verrichten. Dabei hörte ich Stimmen. Erst dachte ich, das wären die anderen, die sich einen Spaß erlauben und mir zuschauen wollten, aber dann habe ich gemerkt, dass es Männer waren, die miteinander französisch sprachen. Ich bekam eine Höllenangst. Sie waren zu zweit und gingen zu Fuß den Weg hinter den Häusern entlang.«

Sofort befielen Thaddeus Zweifel. »Du hast gesagt, du hättest sie auf dem Landgut gesehen, und zwar weiter nördlich.«

»Sie kamen aus nördlicher Richtung ... Zumindest glaube ich das. Sie sprachen von Holcombe und meinten, es sei wirklich gut, dass es dort Pferde und Sättel gebe, die man beschlagnahmen könne.« Peter senkte betreten den Blick, als wüsste er selbst, dass seine Geschichte nicht sehr überzeugend klang. »Nur einer von ihnen trug einen Waffenrock, der andere war gekleidet wie ein Bauer. Und er hatte Pantoffeln an, keine Stiefel. Aber ich habe ihn trotzdem erkannt. Er war gleich hinter Milord of Bournes Hauptmann geritten ...«

»Sprich weiter.«

»Sie beklagten sich darüber, dass man sie in diesen Teil des Landguts geschickt hatte, während ihre Kameraden die viel leichtere Aufgabe hatten, den Bauern Angst einzujagen. Der Größere von ihnen meinte, so reich, wie das Gut aussehe, würde es Milord sicher froh machen, und der andere sagte, sie hätten Glück gehabt, dass der Verwalter mit den freien Bauern nach Norden geflohen sei, denn die Leibeigenen wüssten nichts über Steuern.«

»Welche Steuern?«

»Das weiß ich nicht. Ich habe ohnehin nur die Hälfte von ihrem Gespräch verstanden. Der mit den Pantoffeln hat gesagt, dass er sich Stiefel kaufen will, wenn Milord einmal großzügig gestimmt ist.«

»Und was wollten sie im Wald?«

»Nach Fleisch suchen. Der mit dem Waffenrock meinte, wenn hier irgendwo Schafe wären, dann gewiss auf der Weide am Fluss.«

Thaddeus machte eine skeptische Miene. »Es gibt doch

auf der Weide beim Herrenhaus Schafe. Warum haben sie nicht einfach die geschlachtet?«

Peter schüttelte den Kopf. »Vielleicht wollten sie nicht, dass die Leibeigenen sie beim Jagen bemerken. Sie sagten, dass sie von diesem Dorf aus nach Lust und Laune jagen können, weil niemand da ist.«

Tatsächlich hatte Thaddeus dasselbe gedacht, als er an den verlassenen Häusern vorbeigeritten war. Er musterte Peter neugierig. »Wo hast du dich eigentlich versteckt, dass du so viel gehört hast? Normalerweise müsste jetzt ein Pfeil in deiner Brust stecken.«

»Hinter einem Brombeergestrüpp ungefähr zwanzig Schritte vom Feldweg entfernt. Sie blieben in meiner Nähe stehen, weil der mit den Pantoffeln über Blasen jammerte.« Ein schiefes Grinsen zuckte um seine Mundwinkel. »Ich hätte mir vor Angst in die Hosen gemacht, wenn ich mich nicht kurz zuvor erleichtert hätte.« Er schien einen kurzen Moment mit sich zu ringen, ob er weitersprechen sollte, dann fuhr er fort: »Sie waren nicht bewaffnet. Der Kleinere hatte ein Messer, aber das war auch schon alles. Für den Fall, dass sie mich sahen, wollte ich aufspringen und davonlaufen. Ich wusste, dass ich schneller rennen kann als sie.«

Thaddeus überlegte, ob eine derart unwahrscheinliche Geschichte am Ende nicht doch wahr sein konnte. Peter war im Lügen geschickter als alle anderen, und Thaddeus hätte ihm kein Wort geglaubt, hätten nicht die Pferdeäpfel auf der Straße gelegen. »Warum haben sie dann ihren Weg nicht zum Fluss fortgesetzt, wo sie Edmund und die Zwillinge entdeckt hätten?«, fragte er. »Oder haben sie das getan, und du vergisst nur deshalb, uns davon zu berichten, weil du nichts getan hast, um es zu verhindern?«

Das Gesicht des Jungen nahm sofort einen verschlossenen Ausdruck an. »Ich wusste, dass du mir nicht glauben würdest. Ich hätte den Mund halten und so tun sollen, als wäre nichts gewesen. Es wäre den anderen nur recht geschehen, wenn sie dort tatsächlich gesehen worden wären. Sie prahlen schon den ganzen Tag damit, wie tapfer sie sind!«

»Überzeuge mich; ich höre dir zu. Warum sind die Soldaten umgekehrt?«

Thaddeus' Frage stieß auf dumpfes Schweigen. Schon wollte er dem Jungen vorhalten, er solle sich doch nicht immer gleich in den Schmollwinkel zurückziehen, als ihn ein tiefes Knurren aufschreckte, das immer lauter wurde und schließlich in wütendes Bellen überging. Ein neuerliches Knurren folgte, nicht ganz so tief, dann ein Schmerzensschrei, der von einem Tier oder einem Menschen stammen mochte. Die Geräusche versetzten Joshuas Rudel mit einem Schlag in Alarmbereitschaft. Die Hunde sprangen auf, fletschten die Zähne und drängten sich aneinander, als wäre ihnen nicht so recht klar, wer oder wo ihr Feind war.

Abrupt erstarben die Laute. Stattdessen fing Peter wieder an zu sprechen. »Das habe ich von den Kötern auf Develish gelernt«, erklärte er mit tonloser Stimme. »Die haben ständig miteinander gekämpft.«

»Doch nur deshalb, weil du sie dazu angestachelt hast!«, fuhr ihn Joshua an. Und in ruhigerem Ton sagte er an Thaddeus gewandt: »Er ist ein Idiot. Er findet es lustig, Tiere zu ärgern. Aber wenn meine Hunde böse werden, hat keiner von uns mehr was zu lachen. Dann gibt es ein Blutbad.«

Thaddeus verbarg ein Grinsen. »Was kannst du noch alles?«, fragte er Peter.

Der Junge legte die Hände wie einen Trichter an den Mund, und plötzlich trillerte das Lied einer Amsel durch die Nacht, dann das Zirpen eines Grashüpfers, gefolgt vom Schrei eines

Habichts. »Ich kann so ziemlich alles. Aber ich hätte nicht gedacht, dass die Soldaten so furchtbare Angst bekommen würden. So schnell wie die zwei habe ich noch nie jemanden rennen sehen.«

Da keiner von ihnen schlafen konnte und die Glut in der Feuerstelle immer noch für reichlich Licht sorgte, machte Thaddeus sich daran, aus einer Haselnussrute einen Pfeil zu schnitzen. Dabei murmelte er vor sich hin: »Ich habe den jungen Catstock gefragt, ob Mary Hynd an Menschen, die der Pest zum Opfer gefallen waren, jemals Spuren von Rattenbissen gesehen hatte. Daran konnte er sich aber nicht erinnern, nur dass sie ständig von Kot und Schmutz geredet hat. Na ja, was mich betrifft, kann ich an beidem ums Verrecken nichts erkennen, was eine tödliche Krankheit übertragen könnte. Develish hat auch schon vor Miladys Ankunft mit Ratten gelebt, und nie ist dort jemand an der Pest gestorben.«

Edmund nickte. »Es ergibt wirklich keinen Sinn, dass die Pest in den Ratten sitzen soll. Menschen stecken sich doch nicht von Tieren an. Wenn das so wäre, müssten wir ja jedes Mal krank werden, wenn ein Schaf oder ein Huhn was hat.«

»Mm.«

»Aber?« Peter blickte Thaddeus fragend an.

»Ich kann nicht erklären, warum die Pest sich so sehr von anderen Krankheiten unterscheidet. Nach Gyles' Schätzung sind auf Bradmayne innerhalb einer Woche gut siebzig Menschen daran gestorben. Von den anderen Krankheiten, die wir kennen, verbreitet sich keine so schnell, und sie sind bei Weitem nicht so tödlich. Lady Anne weiß über alle Bescheid, aber sie hat nie von einer Seuche gehört, bei der einem Beulen wachsen und das Blut schwarz wird. Ich bezweifle, dass Mary Hynd in dieser Hinsicht mehr wusste, aber sie schien in der Medizin mindestens so bewandert zu sein wie Milady – und wenn sie gesagt hat, dass Ratten die Krankheit verursachen, sollten wir da nicht auf sie hören?«

»Lady Anne ist eine gelehrte Frau«, sagte Edmund. »Ich würde es eher glauben, wenn es aus ihrem Mund käme.«

Joshua hob die Hand. »Thomas Breakspear hat erzählt, dass seine Tochter sich unentwegt an den Armen gekratzt hatte, bevor die Beulen an ihrem Hals auftauchten.«

»Daran erinnere ich mich auch.«

»Ich habe dasselbe getan, als ich von Red die Flöhe bekommen habe. Alle Köter hatten sie.«

»Was hat das mit der Pest zu tun?«, fragte Peter.

»Nichts«, murmelte Joshua achselzuckend. »Ich wollte nur darauf hinaus, dass Edmund sich täuscht, wenn er glaubt, dass die Menschen sich nicht von Tieren anstecken.«

Olyver, der gerade dabei war, aus einem Stapel von Ruten diejenigen auszusuchen, die möglichst gerade gewachsen waren, sah auf. »In Bradmayne hat es Unmengen von Ratten gegeben. Vater hat gesagt, dass es das schmutzigste Landgut ist, das er je besucht hat. Nicht einmal Sir Richard hat es gefallen. Er hat unentwegt gefragt, ob Eleanor dort wirklich glücklich werden kann.«

»Dann *muss* es schlimm gewesen sein«, brummte Thaddeus.

Olyver verstand den Seitenhieb nicht. Es war Tage her, seit er Eleanor das letzte Mal verteidigt hatte. »Vielleicht steckt man sich durch Berührung an.«

»Das kann nicht sein«, widersprach Thaddeus kopfschüttelnd. »Dein Vater war fast eine ganze Woche lang in John Truebloods Häuschen und hat Kranke gepflegt. In der Zeit hat er ihnen zahllose Male die Hände getätschelt, um sie zu trösten.«

Ian nahm Peters Messer und begann nun selbst, eine Rute zu schälen. »Mutter glaubt, er weiß, dass Gott ihn verschont hat, ist aber zu bescheiden, um darüber zu sprechen. Denkst du, dass sie recht hat?«

»Hast du ihn danach gefragt?«

»Nur ein Mal. Er meinte lediglich, das sei eine dumme Frage.«

Thaddeus lächelte. Er hatte auch schon das eine oder andere Mal die Schärfe von Gyles' Zunge zu spüren bekommen. »Du würdest ihn nicht mehr so gern mögen, wenn er sich seiner Güte rühmte.«

»Er rühmt sich nie. Vielleicht ist das der Grund, warum Gott ihn hat leben lassen.«

Edmund nickte eifrig. »Und warum Sir Richard sterben musste. Er tat nichts lieber, als mit seiner Frömmigkeit zu protzen.«

Thaddeus befeuchtete einen Schilfhalm mit der Zunge, bevor er seine Pfeile damit zu einem Bündel zusammenband. »So sieht Gyles das aber nicht.«

»Wie dann?«, fragte Ian.

»Er fühlt sich schuldig, weil er noch am Leben ist.« Thaddeus dachte an die lange Nacht zurück, die er mit dem Vater der Zwillinge verbracht hatte, nachdem er den letzten Pesttoten, Pierre de Boulet, den Hauptmann von Sir Richards Garde, begraben hatte. »Es bedrückt ihn, dass er gegen seine Gefährten eine Abneigung empfand, als sie noch lebten, und dass er es später nicht vermochte, ihnen in ihrem Leiden zu helfen. Er glaubt, er hätte mehr für sie tun müssen, und das belastet sein Gewissen.«

»Was hätte er denn tun *können?*«, fragte Olyver.

»Eigentlich nichts, denke ich. Er wich den dreien, die zurückgekehrt waren, nicht einen Moment von der Seite und nahm ihnen am Ende sogar die Beichte ab. Ich habe dabei zugesehen, wie er Hauptmann de Boulet segnete. Er sagte, die Sünden des armen Mannes seien klein gewesen im Vergleich zu seinen eigenen.«

»Ist das wahr?«

»Ich habe zu viele eigene Mängel, um die der anderen zu zählen. Dein Vater kennt die seinen, und das ist der Grund, warum er glaubt, dem Tod nur aus Zufall entgangen zu sein und nicht, weil Gott es so wollte.«

Peter beugte sich vor. »Siehst du das auch so?«

Thaddeus nickte. »Gyles und Hauptmann de Boulet haben dieselbe Reise unternommen, in denselben Unterkünften übernachtet, dieselbe Luft eingeatmet und dieselben Leute getroffen. Wie man es dreht und wendet, sie hätten auch denselben Tod sterben müssen.«

»Es sei denn, Gott benötigt Gyles noch für irgendeine zukünftige Aufgabe«, wandte Peter ein. »Pater Anselm sagt, dass der Mensch die Wege des Herrn nie ergründen kann.«

Thaddeus' Lippen zuckten. »Darin würde ich ihm zustimmen, wenn er für sich selbst spräche.«

Gedankenverloren strich Joshua einer schlafenden Dogge über das Fell. »Glaubst du überhaupt, dass es Gott gibt, Thaddeus?«

»Warum fragst du?«

»Du hast keine Angst vor der Hölle. Sonst würdest du weder den Leuten vorlügen, du wärst ein Lord, noch die Leibeigenen auffordern, ihren Treueid zu brechen.«

Thaddeus musterte ihn belustigt. »Vom Tag meiner Geburt an war ich für die Hölle bestimmt. Soll ich nun mein ganzes Leben lang die Verdammnis fürchten, weil ich in Sünde gezeugt und geboren wurde?«

Joshua vernahm den spöttischen Ton in Thaddeus' Stimme

nicht, Peter hingegen sehr wohl. »Du weißt genau, dass das nicht wahr ist«, tadelte er ihn. »Keiner von uns kommt wegen Dingen in die Hölle, für die wir nichts können.«

»So mancher Pestkranker wird sich nach einer solchen Gewissheit sehnen. Wenn einem Menschen von mächtigen Männern wie Milord of Bourne gesagt wird, dass Gott eine Strafe ausgesandt hat und er in diesem Leben vorzeitig sterben muss, dann wird er wenig Hoffnung auf Vergebung seiner Sünden im nächsten haben.«

Nach einem kurzen Moment des Schweigens fragte Edmund: »Glaubst du, Milord weiß, dass er unrecht hat?«

Thaddeus schüttelte den Kopf. »Wenn er das glaubte, müsste er auch alles andere infrage stellen.«

»Zum Beispiel sein Recht, ein Lord zu sein?«

»Zum Beispiel.«

An dem folgenden Gespräch der Jungen beteiligte sich Thaddeus nur noch zurückhaltend. Er zog es vor zuzuhören, während sie die gleichen tiefschürfenden Themen aufwarfen, über die er all die Jahre mit Lady Anne debattiert hatte. Ein-, zweimal machte er sich Vorwürfe, sie darin bestärkt zu haben, in ihren Überlegungen immer weiter zu gehen, denn er bezweifelte, dass ihre Eltern derlei Häresie dulden würden, doch er unternahm nichts, um sie zu zügeln. Ihr Geist würde umso gesünder sein, wenn sie zu fragen wagten, ob ein Leben in Knechtschaft wirklich alles war, was ein Leibeigener erwarten konnte.

Im grauen Licht der Morgendämmerung ging Thaddeus zum Fluss hinunter, um sich das eiskalte Wasser ins Gesicht zu spritzen. Danach reckte und streckte er sich zu voller Größe und lockerte so die Sehnen an Hals und Schultern. Es war eine klare, kalte Nacht gewesen, aber er hatte endlich einmal gut geschlafen, was er dem Entenfleisch im Magen und den stets wachsamen Hunden verdankte, die rechts vom Feuer an Joshuas Seite lagen.

Mehrere Minuten lang stand er da und beobachtete sie. Wieder fiel ihm ein, wie Edmund Joshua gewarnt hatte, dass Thaddeus nicht der Einzige war, der sich wünschen würde, sie loszuwerden, sobald sie Flöhe bekamen. Es war schlimm genug, Kleider zu tragen, die sich langsam von selbst auflösten; man musste sie sich wegen dieser lästigen Insekten nicht auch noch durch ständiges Kratzen aufreißen. Joshua schwor Stein und Bein, dass seine Hunde sauber waren. Wenn sie jemals Flöhe gehabt hätten, hätte Thaddeus sie weggewaschen, weil er das Rudel auf dem Rückweg zum Lager durch Flüsse und Seen geführt hatte. Zum Zeichen seines guten Willens versprach Joshua, sie jeden Morgen im Pedle baden zu lassen.

Was Thaddeus selbst betraf, hatte er sich nie von Flöhen stören lassen. Seine von Natur aus dunkle Haut schien die Blutsauger abzuschrecken. Will hatte diese Besonderheit als weiteres Werkzeug benutzt, mit dem er auf den Jungen einprügeln konnte – selbst Parasiten würden einen wertlosen Bastard auf Anhieb erkennen –, doch später hatte Thaddeus Freude an seinem Anderssein gefunden, als Lady Anne ihm erklärt hatte, dass Flöhe an der Haut und Läuse im Haar vieles über einen Menschen verrieten: Nur die Faulen und Schmutzigen waren bereit, sich mit ihnen abzufinden, und Will Thurkell war beides, obwohl er sich nie selbst die Schuld gab, wenn seine Frau und seine Kinder wegen seiner Schlamperei von Schmarotzern befallen wurden.

Nachdenklich blickte Thaddeus zu dem verlassenen Dorf hinüber. Edmunds Feststellung, dass sie neue Kleider brauchten, kam ihm in den Sinn. Der Junge hatte recht. Sie wachten fast jeden Morgen in ihren von Tau und Nebel feuchten Jacken und Hosen auf, und die Herbstsonne war nicht mehr stark genug, um sie restlos zu trocknen. Eine Ersatzgarnitur würde ihnen das Leben wahrhaftig erleichtern.

Er kehrte ins Lager zurück und rührte mit der Fußspitze in dem Stoß aus nicht fertig geschnitzten Pfeilen. »Wie lange, glaubst du, wird es dauern, die hier zu befiedern und zu schärfen?«, fragte er Ian, der ihm gegenüber am Feuer saß und sich mit den Fingern über seinen Kinnflaum strich, als wollte er ihn damit ermuntern, schneller und kräftiger zu wachsen.

»Einen Tag vielleicht«, sagte der Junge. »Sie werden besser fliegen, wenn wir nach Afpedle zurückgehen und die anderen Pfeilspitzen finden.«

Thaddeus nickte. »Sag mir, hat dein Vater sich je über Flöhe beklagt?«

Die Frage kam so überraschend, dass es einen langen Moment dauerte, bis Ian reagierte. »Warum willst du das wissen?«

»Es interessiert mich nur. Manche Leute ziehen sie an, andere nicht. Da habe ich mich gefragt, welcher Gruppe Gyles wohl angehört.«

Ian stöhnte auf. »Sag bitte nicht, dass du den Unsinn glaubst, den Joshua dahergeplappert hat.«

»Ich will meinen Geist offen halten. Nur Dummköpfe verschließen sich neuen Gedanken.«

»Das Einzige, was ich weiß, ist, dass Vater immer lacht, wenn Olyver und ich davon befallen werden. Er sagt dann gern, wenn wir härter arbeiten, wird unsere Haut zu Leder, so wie seine. Mutter treibt das in den Wahnsinn. Sie sagt, Flöhe sind ein Werk des Teufels.«

»Hast du jemals welche an einem Pferd gesehen?«

»Nein … aber Hunde haben die verdammten Viecher sehr wohl. Und in Afpedle gab es so viele Ratten … Wenn Joshua recht hat, sind sie am ganzen Körper mit Beulen übersät, die alle eine nach der anderen platzen.«

Nachdenklich betrachtete Thaddeus das Hunderudel. »Vielleicht haben diese hier eine zähe Haut, so wie dein Vater.« Weil einige der Jungen eingeschlafen waren, stupste er sie mit den Zehen an. Er wollte über die anstehenden Aufgaben sprechen. »Ian, Olyver und Edmund werden an den Pfeilen arbeiten. Peter und Joshua begleiten mich. Joshua wird zu Fuß gehen und die Hunde führen. Peter, du und ich werden reiten. Du musst aussehen wie ein Söldner, darum geben wir dir einen Bogen und ein Schwert.«

»Wohin gehen wir?«, wollte Joshua wissen.

»Das wirst du früh genug herausfinden.« Thaddeus pickte ein Stück Holzkohle aus dem Feuer und winkte Peter zu sich. »Was du im Gesicht trägst, hat zwar schon mehr Ähnlichkeit mit einem Bart als bei den anderen, aber du wirst älter aussehen, wenn du mich ihn schwärzen lässt. Ich brauche einen Soldaten, der an meiner Seite reitet, keinen Gutsherrn.«

Peter zögerte. »Ich werde dich nur enttäuschen«, murmelte er verzagt. »Ich tauge nicht viel mit einem Schwert.«

»Meinst du etwa, ich wäre besser? Es geht nur darum, den Leuten Angst einzujagen, damit sie uns ausweichen und nicht auf die Idee kommen, uns herauszufordern.« Thaddeus stieß ein leises Lachen aus. »Falls es doch dazu kommt, nehmen wir schnell Reißaus und hoffen, dass die Hunde tapferer sind als wir. Komm, lass uns sehen, welch einen Furcht einflößenden Krieger ein bisschen Ruß aus dir machen kann.«

Ian, der den Mummenschanz von der anderen Seite des Feuers aus beobachtete, fragte sich, ob Thaddeus sich darüber im Klaren war, dass er längst nicht mehr so unnahbar war wie zuvor in Develish. Er konnte sich nicht erinnern, dass Thaddeus je das Gesicht eines anderen Menschen berührt hatte – nicht einmal das seiner Mutter –, doch genau das tat er jetzt: Er schwärzte seine Finger und verrieb den Ruß sorgfältig auf Peters Kinn, nur um dem albernen Bauernlümmel einen Anstrich von Mut zu verleihen.

SECHSUNDZWANZIG

Holcombe, Dorseteshire

Dort, wo der Dorfanger an die Straße grenzte, hielt Thaddeus an. Rechts von ihnen mündete der Weg in eine Furt, um am anderen Ufer weiter nach Süden zu führen. Links von ihnen verlief er zwischen den Häusern des verlassenen Dorfs in nördlicher Richtung. Thaddeus deutete auf tiefe Furchen zu seinen Füßen. »Auf dieser Straße gibt es mehr Verkehr als auf der anderen zwischen Afpedle und Woodoak.«

»Aber nicht in letzter Zeit«, meinte Joshua. »Zwischen den Furchen wächst Gras.«

»Mag sein, allerdings sind hier in den letzten Tagen durchaus Karren und Wagen gefahren, und zwar regelmäßig.«

Peter spähte in Richtung Süden. »Glaubst du, man kommt auf dieser Straße nach Melcombe?«

Thaddeus schüttelte den Kopf. »Falsche Richtung. Die Straße macht eine Biegung nach Osten. Ich bin ihr drei Meilen weit gefolgt, bis ich auf die Leiche gestoßen und umgekehrt bin. Es muss weiter unten an der Küste noch einen anderen Hafen geben.« Er wandte sich wieder in Richtung des Dorfs und wies auf die Steinbrocken, die vor vielen Gebäuden lagen. »Ich glaube, dass diese Steine als Aufsitzblöcke benutzt wurden und die Handwerker und Ladeninhaber es ihren berittenen Kunden damit so leicht wie möglich machen wollten, weil sie ihre Waren wohl auch an Reisende verkauften, die nach Blandeforde unterwegs waren.« Jetzt zeigte er auf ein großes zweistöckiges Gebäude mit einem vergitterten Torbogen in der Mitte der Frontseite. Obwohl es aus Holz war und ein Lehmfachwerk aufwies, waren die Holzbalken doppelt so lang und massiv wie bei Bauernhäusern üblich, und die Anzahl der Fensterläden ließ erkennen, dass es in viele Räume aufgeteilt war. »Das ist ein Gasthof. Gyles hat mir erzählt, dass einige Gasthöfe einen Innenhof haben, sodass Kutschen von der Straße aus direkt hineinfahren und drinnen vor der Tür halten können.«

»Wozu soll das nötig sein?«, fragte Peter.

»Lords haben nicht gerne Schmutz an den Füßen.«

»Bist du sicher, dass das kein Herrenhaus ist? Groß genug sieht es ja aus.«

Thaddeus schüttelte den Kopf. »Es gibt keinen Grund, warum ein und dasselbe Landgut zwei Prachtbauten haben sollte.« Er wandte seine Aufmerksamkeit dem ersten Gebäude rechts von der Straße zu, vor dessen Wand sich ein Aschehaufen auftürmte und dessen zweiflügeliges Portal mit einem Eisenriegel gesichert war. »Ich wette mit euch, dass das eine Schmiede ist.«

»Und wenn schon«, maulte Joshua.

»Dort könnte Werkzeug zu finden sein.«

»Wir können da nicht einbrechen. Am Ende hört man uns noch.«

»Das Dorf ist verlassen.«

»Hinter den Fensterläden könnten sich Leute verstecken. Vielleicht haben sich Milord of Bourne und seine Soldaten für die Nacht hineingeschlichen.«

»Und den Riegel draußen vorgeschoben gelassen?«, fragte Thaddeus lächelnd. »Ein solches Kunststück würde ich auch gern beherrschen.«

»Wir können ja nur ein paar Häuser von hier aus sehen.«

Thaddeus ergriff Killers Zügel. »Ich überprüfe die anderen. Ihr zwei bleibt bei den Hunden.« Mit einem wölfischen Grinsen entblößte er die Zähne. »Wenn ich in Gefahr gerate, könnt ihr mich retten.«

Er hörte die Jungen hinter ihm jammern, während er sich entfernte. Doch Thaddeus kannte kein Mitgefühl. Wenn sie bei der Rückkehr nach Develish einen Anteil am Ruhm ernten wollten, war es höchste Zeit, dass sie ihr Gewissen belasteten. Überrascht ertappte er sich bei dem Wunsch, sein Stiefvater wäre jetzt an seiner Seite. Diebstahl lag Will ebenso im Blut, wie das bei Jacob der Fall gewesen war, und Thaddeus hatte nicht den geringsten Zweifel, dass beide sofort gewusst hätten, wie man am besten in verbarrikadierte Häuser eindrang.

Er lenkte Killer in gemächlichem Schritt zum Ende des Dorfs und wieder zurück. Vom Sattel aus beugte er sich über die Vorhängeschlösser an den Türen, um sie zu begutachten, und bisweilen spähte er durch die Ritzen von Fensterläden in die Häuser. Etwas mehr Zeit verbrachte er vor dem Gasthof mit der Untersuchung der Fenster. Dort erwies sich Killers Höhe als hilfreich, weil er im Sitzen über das Tor in den Innenhof schauen und sich so einen Überblick verschaffen konnte. Als er genug gesehen hatte, hämmerte er mit dem Schwertknauf gegen die Holzbalken und gab sich mit lauter Stimme als Lord of Foxcote aus.

»Gewährt mir Einlass!«, donnerte er. »Ich komme mit einer Armee! Wir sind frei von der Pest, benötigen aber Nahrung und ein Dach über dem Kopf!« Er lotste Killer in die Mitte der Dorfstraße und hob die Augen zu den oberen Fenstern. »Falls mich jemand hört, zeigt euch jetzt, sonst brechen meine Soldaten die Türen auf und nehmen sich, was sie brauchen, auch ohne eure Erlaubnis.«

Stöhnend schloss Joshua die Augen. »Seinetwegen werden wir tot sein, wenn das alles vorbei ist. Wenn wir nicht an der Pest sterben, dann werden wir wegen Raubes gehängt!«

Thaddeus beschloss, als Erstes die Schmiede zu plündern. Er rechnete damit, dass der Schmied mindestens eine Axt und einen Hammer zurückgelassen hatte, da er auf der Flucht nach Norden nicht zu viele Lasten mitschleppen konnte. Vorab warnte er die Jungen, dass es kein leichtes Unterfangen sein würde, weil es keine Fenster gab und das Tor mit einem gewaltigen Riegel und einem massiven Vorhängeschloss gesichert war. Zugang konnten sie sich wohl nur durch das Lehmfachwerk verschaffen.

Die Jungen protestierten vehement.

»Was, wenn wir gefasst werden?«, rief Joshua aufgebracht. »Jemand könnte die Straße hinunterkommen und uns sehen!«

»Ich will nicht für etwas bestraft werden, das ich nicht tun will!«, sagte Peter. »Du hättest Edmund mitnehmen sollen. Dem ist egal, wie viele Verbrechen er begeht.«

»Und die Zwillinge«, stimmte ihm Joshua zu. »Die sind ohnehin schon in der Hölle, heißt es. Da kommt es nicht mehr darauf an, was sie noch alles tun.«

Mit einem Tritt in die Kniekehlen brachte Thaddeus sie zu Fall, und bevor sie sichs versahen, lagen sie rücklings im Staub. Unsicher, wie sie mit dieser Situation umgehen sollten, sprangen die Hunde aufgeregt umher und verlegten sich aufs Knurren, als Thaddeus Joshua einen Fuß auf die Brust stellte.

»Sie werden dich beißen!«, keuchte der Junge.

Ungerührt bückte sich Thaddeus nach dem Tornister, den Joshua sich um die Schulter gehängt hatte, griff hinein und zog eine Handvoll in Würfel geschnittenes Hammelfleisch heraus, das er vor das Tor warf. Dann beobachtete er regungslos, wie das Rudel sich daraufstürzte. »Sie kennen Loyalität sogar noch weniger als ihr«, murmelte er und blickte die beiden Jungen abwechselnd an. »Ihr denkt nur an euer eigenes Seelenheil. Was aus euren Freunden wird, ist euch völlig gleichgültig.«

Peter fuhr sich nervös mit der Zunge über die Lippen. Er war verunsichert. Thaddeus' Stimmung konnte von einem Moment zum anderen umschlagen, sodass man bei ihm nie wusste, woran man war. »Denkst du das, weil wir nicht dabei geholfen haben, Afpedle abzubrennen?«

»Unter anderem.«

»Edmund und die Zwillinge haben gesagt, dass wir das nicht müssen.«

»Aber doch nur, weil sie wussten, dass ihr keinen Mut habt. Aus Angst, erwischt zu werden, bringt Joshua es noch nicht einmal über sich, ein Schaf zu stehlen. Und er erwartet, über mich die Zuneigung seiner Hunde zu gewinnen. *Ich* soll mich darum bemühen, während er selbst keinen Finger rührt.«

»Erst g-gestern ha-hast du noch gesagt, i-ich hätte meine Sache g-gut gemacht«, stotterte Joshua.

»Ja, als du nicht an jeder Ecke nach Gerichtsbütteln und Soldaten Ausschau hieltest.« Thaddeus schüttelte missbilligend den Kopf. »Peter ist kein bisschen besser. Ihr zwei würdet jeden Leibeigenen verhungern lassen – einschließlich derjenigen in Develish –, Hauptsache, ihr befleckt euer Gewissen nicht.« Jetzt erst nahm er den Fuß von Joshuas Brust und trat zur Seite. »Ich bin eurer müde. Schickt eure Freunde zu mir. Sie sollen eure Stelle einnehmen.«

Peter rappelte sich als Erster auf. Seine größte Sorge galt der Frage, wie man seine Taten in Develish bewerten würde. »Ich möchte bleiben«, bat er. »Ich habe keine Angst vor Gefahren, sondern nur davor, einen Auftrag schlecht auszuführen. Fast alle leisten bessere Arbeit als ich – sogar Joshua.«

Thaddeus fragte sich, wie oft Peter seinem Vater gegenüber wohl die gleichen verschlagenen Formulierungen benutzt hatte, um sich vor der Arbeit zu drücken. Er deutete auf eine Erle am Flussufer. »Du hast Zeit, deinen Wert zu beweisen, bis der Schatten dieses Baumes den Straßenrand berührt. Gelingt dir das nicht, musst du allein nach Develish zurückkehren.« Er blickte dem Jungen fest in die Augen. »Ausreden lasse ich nicht gelten. Bist du dir sicher, dass du bleiben willst?«

Noch nie hatte Peter in diesen dunklen Augen eine derartige Kälte gesehen. Dabei waren sie vor einer Stunde noch so warm gewesen, als Thaddeus ihm Holzkohle auf den Wangen verrieben hatte. Schlagartig verschwand jeder Gedanke daran, Übelkeit oder Müdigkeit vorzuschützen. »Ja!«

Thaddeus blickte Joshua an. »Und du?«

»Wenn ich gehe, kann ich dann die Hunde mitnehmen?«

»Nein. Ich brauche ihre Augen und Ohren, falls Milord of Bourne oder die Bauern von Holcombe hier durchziehen.«

Joshua streckte die Hand nach seinem Tornister aus, in den Augen ein herausforderndes Funkeln. »Dann bleibe ich.«

Thaddeus wandte sich ab. »Unter den gleichen Bedingungen wie Peter«, sagte er warnend und ließ den Tornister zu Boden fallen. »Du stellst deinen Wert unter Beweis oder kehrst allein nach Develish zurück. Die Hunde hatten mich als ihren Herrn anerkannt, bevor ich sie dir überlassen habe, und sie werden das wieder tun. Vergiss das nicht.«

Damit führte er die Jungen zurück zur Schmiede. Mehrere Minuten lang blieb er an der Ecke stehen und inspizierte die Mauer auf Fehler hin. Er wusste aus eigener Erfahrung: Leibeigene erlernten die Kunst das Bauens schon früh im Leben und verstanden sich allesamt trefflich darauf, Weidenruten um Stützbalken zu flechten und so ein Gitterwerk herzustellen, bevor sie Lehm und Mist miteinander vermengten und diese Mischung mit aller Kraft in das Flechtwerk pressten. Auf die Art schufen sie Platten, die in getrocknetem Zustand sogar schweren Hämmern oder sehr scharfen Äxten massiven Widerstand leisteten, sodass jeder Versuch, ein solches Haus zu zerstören, viel Zeit und Mühe erforderte.

In der Hoffnung, dass das Haus nahe genug beim Fluss gelegen war, um von dessen Feuchtigkeit beeinträchtigt zu sein, ließ Thaddeus sich auf die Knie sinken, um den Fuß des senkrecht stehenden Stützbalkens in der Mitte der Seitenfassade zu untersuchen. Versuchsweise stieß er seine Messerklinge in das Holz. Ohne große Mühe ließ sich die Klinge gut zwei Zoll tief darin versenken. Er zog sie wieder heraus und versuchte sein Glück ein Stück weiter oben noch einmal. »Unser Schmied ist ein Faulpelz«, stellte er zufrieden fest. »Er gleicht Will, der auch meint, seine Stützpfosten nicht schützen zu müssen. Dieser hier ist schon halb verfault.«

Mit Peters Hilfe schnitt Thaddeus das weiche Holz weg, bis sie den harten inneren Kern erreichten. Da der Lehm um den Pfosten herum Wasser aufgesogen hatte, war er verhältnismäßig weich, sodass sich mühelos zwei faustgroße

Löcher in die Seiten bohren ließen. »Du bist dran«, beschied Thaddeus Joshua und erhob sich, um den schmerzenden Rücken kräftig zu strecken. »Versuch, vor dem Pfosten so viel Erde wegzukratzen, wie du kannst. Es ist gut möglich, dass das Holz in zehn bis zwölf Zoll Tiefe durch und durch verfault ist.«

Er ging zu den Pferden, die sie vor dem Gasthof an einer Stange vertäut hatten. Trotz der Entfernung hörte er immer noch die skeptischen Kommentare, die Joshua vor sich hin brummelte, während er mit dem Messer auf die Erdklumpen einhackte und Peter ihn nervös zu beschwichtigen suchte. Nun, wenigstens einer der beiden nahm seine Drohungen ernst, sagte sich Thaddeus und hob eine Seilrolle von Killers Sattel.

Egal ob der Schmied den Bau selbst errichtet oder jemanden für diese Arbeit bezahlt hatte, sie war schludrig ausgeführt worden. Je tiefer Joshua grub, desto mehr neigte sich der Pfosten, doch statt sich darüber zu freuen, sah der Junge nur Probleme auf sich zukommen. »Dir ist hoffentlich klar, dass das ganze Gebäude einstürzt, wenn wir diesen Balken herausziehen«, warnte er Thaddeus und ließ sich auf die Fersen sinken. »Und wenn die Eckpfeiler genauso schlecht sind, fliegt uns auch noch das Dach um die Ohren.«

»Sie werden halten«, versicherte ihm Thaddeus. »Sie sind doppelt so dick und dazu noch in Schotter verankert.« Er drückte Joshua ein Seilende in die Hand und wickelte sich das andere um die Taille. »Führ es durch die Löcher an den Seiten und mach einen ordentlichen Knoten. Ich reiße dir die Eingeweide heraus, wenn ich auf den Rücken falle, nur weil du es auf deiner Seite nicht richtig festgezurrt hast.«

»Warum lässt du das nicht die Pferde erledigen? Wir könnten das Seil an den Sattelknäufen festbinden.«

»Richtig, das könnten wir«, stimmte ihm Thaddeus zu und überprüfte die Festigkeit des Knotens, während Joshua sich hochstemmte. »Aber ich fürchte, dann werden die Schnallen an den Gurten auseinanderbrechen, noch bevor die Wand einstürzt.« Er winkte Peter zu sich. »Halt das gut fest. Und du, Joshua, gehst auf die andere Straßenseite und achtest darauf, dass die Hunde uns nicht in die Quere kommmen.«

Peter war sich nicht sicher, wie viel er selbst zu der lange andauernden gewaltigen Kraftanstrengung beitrug, die nun folgte. Den Blasen nach zu urteilen, die ihm seine Bemühungen einbrachten, musste ihm das Seil mehr als einmal aus den Händen gerutscht sein, doch seine schmerzenden Muskeln in Schultern und Schenkeln erzählten eine andere Geschichte. Er war schon drauf und dran zu verkünden, dass er mit den Kräften am Ende sei, als sich der Pfosten mit einem anhaltenden Knirschen aus der Verankerung löste und das Flechtwerk links und rechts von ihm aufplatzte.

»Genug!« Thaddeus ließ das Seil fallen und fing Peter auf, der das Gleichgewicht verloren hatte. »Es ist noch am oberen Balken befestigt. Wenn wir weiter ziehen, bestätigen wir am Ende noch Joshuas Geunke.« Er presste sich den Saum seines Rocks gegen den Mund, um sich vor dem Staub zu schützen, der um sie herum durch die Luft wirbelte, und zog Peter gut zehn Yards mit sich zu einer Stelle, wo sie frei atmen konnten.

Als der Staub sich legte, erkannten sie, was das Gebäude barg. Die Esse und der Blasebalg, der mit den Füßen betrieben werden musste, standen in Hüfthöhe vor der Flügeltür, die immer offen stehen musste, damit die Hitze und die giftigen Dämpfe von brennendem Holz entweichen konnten. An der Seite befand sich auf einem Podest ein imposanter Amboss mit flacher, an den Rändern abgerundeter Arbeitsfläche. Das stand in keinem Vergleich zu dem schlichten Kohleherd und dem kleinen Eisenkeil, den Adam Catchpole benutzte, wenn er gebeten wurde, ein Hufeisen oder eine Türangel anzufertigen. In der Tat, je klarer die Sicht auf die Gegenstände weiter hinten wurde, desto deutlicher erkannte Thaddeus, dass sich dieser Schmied sehr viel besser auf sein Handwerk verstand als Peters Vater.

Es gab Werkzeuge aller Art: Messer, Hämmer, Äxte, Sensen, Sicheln. Auf dem Boden lag eine eiserne Pflugschar, von den Dachsparren hingen Ketten herab, und an eine Wand waren Wagenräder mit Metallfelgen gelehnt worden. Das stellte Thaddeus vor ein Rätsel. Hätte ein kluger Mann nicht zumindest die kleineren Werkzeuge mitgenommen, um sie unterwegs zu verkaufen? Er richtete diese Frage an Peter.

»Sie werden ihm nicht gehören«, meinte der Junge. »Die Leute bringen meinem Vater alles Mögliche zum Schleifen oder Ausbessern, und manchmal behält er Sachen wochenlang in der Werkstatt. Das hängt davon ab, wie dringend der Besitzer sie braucht oder ob er zahlen kann.« Und kopfschüttelnd fügte er hinzu: »Das hier ist ja ein wahres Ungetüm von einer Schmiede.«

Joshua gesellte sich zu ihnen und sah sich ebenfalls um. »Wir sollten die Hunde hineinschicken«, schlug er vor. »Wenn sich noch Ratten in dem Durcheinander verbergen, würden sie sie wohl vertreiben.«

»Gute Idee«, lobte Thaddeus.

Der Junge musste zu den Hunden laufen und sie dazu ermuntern, sich in die Werkstatt zu bequemen. Diese schien wenig zu bergen, das für die Tiere von Interesse war. Schnüffelten sie noch wenigstens träge an Esse und Amboss, vermochte der Rest sie gar nicht aus ihrer Lethargie zu locken.

Immerhin ließ dieses Verhalten darauf schließen, dass es hier keine Ratten gab. Ermutigt wagte Joshua sich tiefer in die Werkstatt. »Ich habe einen Schubkarren entdeckt«, meldete er schließlich. »Soll ich darin die Werkzeuge stapeln?«

»Ja.«

»Schwerter und Steigbügel auch?«

»Ja.«

»Und Pfeilspitzen? Hier steht eine ganze Schachtel.«

»Gewiss«, antwortete Thaddeus ungeduldig. »Ich bezweifle, dass die drei, die ich in Afpedle aus der Asche gerecht habe, genügen werden.«

»Dann ist da noch ein Schleifstein. Den auch?«

Thaddeus seufzte tief, ehe er Peter zu der eingestürzten Wand herüberwinkte. »Hol mir eine Axt. Dann können wir schon einmal mit dem Gasthaus anfangen. Sonst verbringen wir hier noch den ganzen Tag.«

SIEBENUNDZWANZIG

Während Thaddeus sich den Staub aus den Kleidern klopfte, spähte er die Landstraße in beide Richtungen hinunter. Nirgends war etwas zu sehen. Wenn sich wirklich noch Leute im Dorf verbargen, so hatte nicht einmal der Krach beim Einsturz der Schmiedewand sie dazu bewegen können, aus ihren Häusern zu kommen. Er überließ es Peter, sich eine Axt zu besorgen, während er selbst die Pferde von dem quer über dem Gasthoftor angebrachten Balken losband und zu einem Geländer an der Seite eines zweistöckigen Gebäudes gegenüber führte. Es war kleiner und gedrungener als der Gasthof und wies im oberen Stockwerk Fensterläden im Inneren auf, während die Fenster im Erdgeschoss mit Brettern verrammelt und mit Vorhängeschlössern gesichert waren.

Kurz sinnierte Thaddeus darüber, was dieses so überaus gut geschützte Haus enthalten mochte, ehe er zum Gasthof zurückkehrte und das massive Eichentor inspizierte, das den Bogengang ausfüllte. Es war solide gefertigt, und der Balken davor ruhte in vernieteten Holzklammern. Zwei waren an den Torflügeln befestigt, zwei weitere ragten zu beiden Seiten aus der Mauer. Die einzige Möglichkeit, den Balken zu entfernen, bestand darin, ihn aus den Klammern zu heben, doch die von Schlössern geschützten Ketten, die in Form einer Acht um die Klammern in der Mauer geschlungen worden waren, machten dieses Unterfangen unmöglich. Probeweise rüttelte Thaddeus an den Halterungen, doch sie waren zu fest verankert, als dass der Riegel sich hätte bewegen lassen.

»Hast du eine Idee?«, fragte er Peter, als der Junge ihm eine schwere Axt brachte.

»Den Balken zerhacken?«

»Die Holzmaserung verläuft längs. Gegen ihre Richtung zu schlagen hat keinen Sinn. Da dringt kein Beil durch. Außerdem ist der Balken mindestens sechs Zoll dick.«

Peter hob die Stimme. »He, Joshua! Gibt es in der Schmiede eine Säge?«

»Nein.« Dann war von drinnen ein angestrengtes Ächzen zu hören. »Kannst du mir mit dem Schubkarren helfen? Er ist zu schwer, um ihn allein über den Schutt zu schieben.«

Peter eilte sogleich zu seinem Freund und überließ es Thaddeus, das Problem zu lösen, wie man in ein Anwesen einbrach, in dem Diebe derart unerwünscht waren. Gab es an der Rückseite vielleicht einen Eingang, der nicht so gut geschützt war wie dieser? Wollte man, dass Diebe sich vorne die Zähne ausbissen, um davon abzulenken, dass es an anderen Stellen durchaus Schwächen gab? Nun, einen Versuch war es jedenfalls wert. Thaddeus ging um das Gebäude herum, rüttelte an allen Fensterläden und hielt Ausschau nach anderen Möglichkeiten einzudringen. Doch auch hinten wirkte das Haus uneinnehmbar. Als er wieder auf der Straßenseite ankam, warteten Peter und Joshua bereits mit einem Schubkarren voller Schachteln und Werkzeuge auf ihn.

»Hattest du inzwischen Glück?«, erkundigte sich Peter.

Thaddeus schüttelte den Kopf. »Das ist eine Festung.« Noch einmal beäugte er den Balken. »Wir müssen es mit Gewalt versuchen.«

»Können wir uns nicht einfach mit dem begnügen, was

wir im Schubkarren haben?«, fragte Joshua. »Schließlich ging es uns nur um Pfeilspitzen, und die haben wir.«

»Mir nicht. Ich wollte von Anfang an alles, was ich finden kann.«

»Aber der Schubkarren ist voll! Mehr können wir gar nicht schleppen.«

Thaddeus blickte zur Erle hinüber, unter der jetzt das Rudel lag. »Du bist ja schnell bereit, deine Hunde aufzugeben«, knurrte er. »Es ist noch keine Stunde her, als du dich entschieden hast, sie zu behalten.«

»Ich gebe sie nicht auf!«, empörte Joshua sich. »Ich frage nur, warum du den ganzen Tag damit verbringen willst, in dieses Haus einzubrechen, das wahrscheinlich ohnehin leer ist.«

Statt zu antworten, baute sich Thaddeus vor dem Balken auf und legte die Schneide seiner Axt an dessen obere Kante, um ein Gefühl für den richtigen Abstand zu bekommen. Dann spreizte er die Beine, womit er einen sichereren Stand gewann, und schlug das Beil leicht nach rechts geneigt gegen den Balken. Es war seine Absicht, eine V-förmige Kerbe in das Holz zu hacken, doch er hatte sich verschätzt, und die Axt rutschte weg, ohne auch nur den geringsten Schaden anzurichten. Nach kurzer Überlegung zog er den Meißel unter dem Gürtel hervor und bat Joshua, einen der Hämmer vom Schubkarren zu bringen.

Widerstrebend reichte ihm der Junge einen solide aussehenden Fäustel. »Es wird eine Ewigkeit dauern, wenn du einen Meißel benutzt«, klagte er. »Ich gehe jede Wette ein, dass die Schneide obendrein nicht mehr scharf ist.«

»Nichts ist für die Ewigkeit.«

»Doch, deine Wankelmütigkeit. In einem fort legst du neu fest, was wichtig ist und was nicht. Was hat es für einen Sinn, die anderen dazu zu zwingen, mit untauglichen Werkzeugen nutzlose Pfeile zu schnitzen, wenn wir hier alles haben, um gute zu machen?«

»Überhaupt keinen«, gab Thaddeus zu. »Darum bringst du jetzt den Schubkarren mitsamt seinem Inhalt ins Lager zurück. Ian, Olyver und Edmund werden mit deiner Hilfe mehr anfangen können als Peter und ich.«

Joshuas Hals lief vor Zorn rot an. »Und die Hunde bleiben bei dir.«

»Allerdings.«

»Das ist nicht gerecht! Ich habe alles getan, worum du mich gebeten hast.«

Thaddeus ging nicht auf Joshuas Klagen ein. Er wandte sich einfach von dem Jungen ab und wog bedächtig den Meißel in der Hand. Peter, der spürte, was sich in Joshua zusammenbraute, legte seinem Freund warnend die Hand auf den Arm. Er selbst hatte mittlerweile begriffen, dass Thaddeus meinte, was er sagte. Doch Joshua schüttelte die Hand wütend ab. »Warum musst du das immer tun?«, fauchte er Thaddeus an.

»Was?«

»Nichts auf den Rest von uns geben, nur damit du beweisen kannst, dass du größer und besser bist als wir. *Du* darfst alles ausprobieren … alles tun … alles stehlen … sogar ein Lord sein, wenn dir der Sinn danach steht.«

»All das und mehr«, bestätigte Thaddeus. Dann holte er aus und drosch den Fäustel gegen den Griff des Meißels. »Ich habe Develish nicht verlassen, um mich vor jeder Herausforderung wegzuducken.« Der Meißel grub sich ins Holz, allerdings nicht so tief, wie Thaddeus es angesichts des Winkels, in dem er ihn hielt, erwartet hatte. Verwirrt nahm er eine andere Haltung an und führte einen neuerlichen Schlag aus. Diesmal war klar zu erkennen, was geschah: Der Balken bewegte sich in dieselbe Richtung wie die Schneide. Thaddeus ließ die Arme locker herabhängen und betrachtete die Kette und das Schloss um die linke Wandhalterung. »Wirklich raffiniert«, murmelte er.

»Was ist raffiniert?«, fragte Peter.

»Die Art und Weise, wie das Auge den Verstand täuscht.« Thaddeus bezog rechts vom Tor Stellung. »Wir dachten nur immer daran, den Balken zu heben, weil wir es eben so gewohnt sind.« Beherzt schlug er mit dem Fäustel gegen das Ende des Balkens und beobachtete, wie er mehrere Zoll verrutschte. »Erinnere mich daran, dass ich mich nicht von Ketten beeindrucken lassen darf. Der einzige Zweck dieser hier besteht darin zu verhindern, dass der Balken angehoben wird.«

Es dauerte zwei Minuten, den Balken durch eine Halterung nach der anderen hindurchzuklopfen. Danach verfolgte Thaddeus mit einem zufriedenen Grunzen, wie die endlich von allen Fesseln befreiten Flügel des Tors vor ihm aufschwangen. Er wandte sich zu Joshua um. »Glaubst du immer noch, dass wir für ein paar Werkzeuge und eine Handvoll Pfeilspitzen dankbar sein sollten?«

Der Junge starrte den im Innenhof abgestellten Wagen an. »Nein … aber du hast ein Glück, als wärst du mit dem Teufel im Bunde. Du konntest doch unmöglich wissen, was sich hinter dem Tor befindet.«

»Es schloss oben nicht ganz. Und weil ich auf Killers Rücken saß, konnte ich durch die Lücke schauen und den Wagen sehen.«

»Und warum hast du nichts gesagt?«, knurrte Joshua. »Wenn ich das gewusst hätte, hätte ich nicht mit dir gestritten.«

Thaddeus lehnte den schweren Balken gegen die Wand. Er war nicht geneigt, Joshua zu besänftigen. Der Junge schien sich zu viel auf seine Leistungen in Woodoak einzubilden, so als stünde er jetzt über den anderen. »Wenn ich deinen Rat benötige, werde ich dich darum bitten. Bis dahin empfehle ich dir, deine Zunge im Zaum zu halten.«

Joshua ballte die Fäuste. »Werde ich froh sein, wenn wir wieder in Develish sind«, zischte er. »Unsere Eltern wissen, wer und was du bist. Sie werden dich nicht in diesem Ton mit uns sprechen lassen.«

»Ob sie das tun oder nicht, ist ohne Bedeutung. Du wirst auf der einen Seite des Grabens sein und ich auf der anderen. Ich habe mich dazu verpflichtet, euch zusammen mit Getreidevorräten und Nutztieren zurückzubringen, zu mehr aber nicht. Sobald meine Schuld beglichen ist, werde ich wieder verschwinden.«

»Das wird man dir nicht erlauben. Du bist doch weit mehr Sklave als wir. Milady wird dich als flüchtigen Leibeigenen an den Pranger stellen.«

Thaddeus schüttelte den Kopf. »Sie weiß über meine Stellung besser Bescheid als jeder andere, denn sie war es, die sie mir erklärt hat. Es bringt auch einen Vorteil mit sich, ein verhasster Bastard zu sein. Hätte Will mich mit dem Treueid an sich binden wollen, hätte er mich als seinen Sohn anerkennen müssen. Da er das nicht getan hat, hat er mir eine Freiheit gewährt, die seine eigenen Kinder nicht genießen.«

Thaddeus nahm Joshuas Gesichtsausdruck mit einem flüchtigen Achselzucken zur Kenntnis. Wenn er nicht geglaubt hätte, seine Augen würden ihn täuschen, hätte er gesagt, das seien Tränen des Kummers, die dem albernen Flegel unter den Lidern hervorquollen.

Rasend vor Wut wirbelte Peter zu Joshua herum, als sich sein Freund zum dritten Mal darüber beschwerte, dass Thaddeus all seine Macht zu Kopf gestiegen sei. »Willst du wohl endlich aufhören!«, schrie er. »Ich habe es satt, mir dein Gerede anzuhören! Wenn du nicht gewollt hättest, dass er dir über den Mund fährt, hättest du dich nicht wie ein verzogenes Balg aufführen sollen!«

Vorsichtig wanderten sie im oberen Stockwerk des Gasthofs von Gemach zu Gemach. Dabei schickten sie stets die Hunde voraus, damit sie jeden Winkel nach Ungeziefer absuchten. Unter einer alten Strohmatte scheuchten sie eine Gruppe Küchenschaben auf, aber keiner von ihnen sah etwas, das der Größe oder Farbe nach eine Ratte hätte sein können. Thaddeus hatte ihnen aufgetragen, jede Truhe zu öffnen und nach Kleidern zu durchwühlen, aber ihnen auch eingeschärft, sich in Acht zu nehmen, da jeder Stoff eine hervorragende Brutstätte sein konnte.

Bisher hatten sie vier Räume durchsucht, doch bis auf an die Wand gelehnte Binsenbündel, ein paar niedrige Holzbetten und den einen oder anderen dreifüßigen Hocker nur wenig Beachtenswertes entdeckt. Peter interessierte brennend, wie viele Menschen hier in einem Raum schlafen konnten und ob sie einander wohl völlig fremd waren. Eine solche Art zu leben erschien ihm höchst unangenehm. Da man nie wissen konnte, ob man seine Schlafstatt mit einem Dieb teilte, musste man ständig mit Adleraugen auf sein Eigentum achten. Ausführlich erklärte er Joshua seine Bedenken, doch der ging nicht darauf ein – er wollte sich nur weiter über Thaddeus auslassen.

Nun warf ihm Peter einen eigenartigen Blick zu. »Welcher Teufel reitet dich eigentlich? Gestern Abend warst du noch so von Thaddeus begeistert. Warum bist du ihm jetzt auf einmal so gram?«

»Da hatten wir auch noch keinen Wagen entdeckt.«

»Ja … und?«

»Ich will nicht nach Develish zurück.«

»Das will doch keiner von uns. Diese Freiheit ist viel besser, als auf einem Landgut festzusitzen, tagein, tagaus dasselbe zu tun und dieselben Leute zu sehen.«

»Aber wenn Thaddeus weggeht, nimmt er uns nicht mit«, seufzte Joshua. »Er glaubt doch, wir halten ihn nur auf.«

Sie hatten die letzte Tür erreicht. Peter blieb davor stehen. »Und er hätte recht damit«, sagte er nüchtern. »Wahrscheinlich wäre er jetzt schon in Frankreich, wenn wir nicht wie Mühlsteine an seinem Hals hingen.«

»Wieso denn Frankreich?«

»Dort kann er sich jederzeit als Sir Richard of Develish ausgeben, wenn ihm danach ist. Kein Franzmann könnte ihm das Gegenteil beweisen.«

Im unteren Stockwerk streifte mit der gleichen Verdrossenheit wie über ihm Peter und Joshua auch Thaddeus von Gemach zu Gemach. Er war fest davon überzeugt gewesen, dass es Ratten oder Mäuse geben musste, fand aber keinerlei Spuren von ihnen, nicht einmal Mäuseköttel. Das war wirklich merkwürdig, und er hatte keine andere Erklärung dafür, außer dass die Bewohner noch vor dem Eintreffen der Pest geflohen waren und nur wenig zurückgelassen hatten, das Ungeziefer als Nahrung dienen konnte. Sein dringendstes Anliegen bestand allerdings im Augenblick darin, ein Joch zu finden, mit dessen Hilfe sich der Wagen ziehen ließe, oder wenigstens die Bestandteile, mit denen man eines fertigen konnte. In diesem Dorf konnten noch kostbare Schätze ruhen, doch ohne die Mittel, sie nach Develish zu befördern, waren selbst die größten Schätze ohne Wert für sie.

Da Thaddeus noch nie einen Gasthof von innen gesehen hatte, war er nicht minder neugierig als Peter. Die Eingangshalle, in der es stark nach Ale roch, erstreckte sich längs der Rückseite des Innenhofs und war mit Eichentischen und -bänken ausgestattet, allesamt über und über mit getrockneten Flüssigkeiten und Kerzenwachs befleckt. Thaddeus versuchte sich diesen Raum mit Reisenden gefüllt vorzustellen, die die ganze Nacht zechten und feierten, doch da das Licht wegen der geschlossenen Fensterläden trübe war und die Luft abgestanden roch, wollten sich keine Bilder einstellen.

Noch schmutziger waren die Zimmer, in die man von den zwei Enden der Halle aus gelangte. Thaddeus begann mit dem linken Flügel. Vorsichtig öffnete er die Tür und lauschte zunächst nach Geräuschen, bis seine Augen sich an die Dunkelheit gewöhnt hatten. Dann formten sich allmählich Reihe um Reihe von hölzernen Ale-Fässern aus dem Dämmerlicht, die man entlang der Hinterwand aufgestellt hatte, und ein Tisch in der Mitte des Raums, beladen mit Tonkrügen und -humpen, wurde sichtbar. Vorsichtig trat er ins Innere und kippte eines der Fässer hin und her, um zu prüfen, ob es etwas enthielt. Dem Gewicht nach war es voll. Allerdings war anzunehmen, dass sein Inhalt schon vor einiger Zeit schlecht geworden war. Er drehte am Verschluss eines bereits angebrochenen Fasses daneben und rümpfte angewidert die Nase, als eine säuerlich stinkende Flüssigkeit herausrann.

Als er wieder aufblickte, entdeckte er vor sich eine weitere Tür. Sobald er sie geöffnet hatte, drang Tageslicht durch die schlecht schließenden Fensterläden auf der Straßenseite herein. Ein Holzbett an der Wand rechts von ihm und zwei verschieden große Stühle ließen Thaddeus vermuten, dass er sich im Gemach der Wirtsleute befand. Wer mochten sie sein? Und wie würden sie sich fühlen, wenn sie bei ihrer Rückkehr entdeckten, dass ihr Wagen geraubt worden war?

Sie hatten keinerlei persönliche Gegenstände zurückgelassen. Keine Kleider, keine Schmuckstücke, keine Schachteln, keine Truhen. Die einzigen nützlichen Gegenstände waren ein Flintstein, eine Kerze und eine Zunderbüchse auf einem Hocker in der Ecke. Während Thaddeus mit dem Feuerstein Funken schlug und über die Holzkohle blies, bis eine Flamme flackerte, überlegte er, wie das Paar wohl gereist war. Hatten die zwei so viele Wagen, dass sie es sich leisten konnten, einen davon zurückzulassen? Oder besaßen sie keine Pferde? Wie wenig er doch über die Welt jenseits von Develish wusste! Vielleicht waren sie auch nur Pächter eines Lords, die kein Eigentum hatten und zu Fuß mit ihren wenigen Habseligkeiten auf dem Rücken aufgebrochen waren.

Thaddeus kehrte zur Eingangshalle zurück und trat durch die andere Tür in einen Flur. Die Kerze vor sich erhoben, löste er den Riegel an der ersten Tür und fand sich in einer Kammer wieder, von der er annahm, dass es sich um den Vorraum einer Küche handelte, denn auf einem Tisch stapelten sich Holzteller und Kochtöpfe. Ein ledernes Kummet und Pferdegeschirr lagen auf dem Boden. Vielleicht hatte jemand beides eilig hineingeworfen, damit es geschützt war, wenn der Winter kam. Hier gab es zwei Türen, und Thaddeus war sich sicher, dass diejenige rechts von ihm in die Küche führte. Als er das Gebäude von außen besichtigt hatte, waren ihm ein einstöckiger Anbau mit Kamin und massiver Tür und wenige Schritte davor ein Brunnen aufgefallen. Das passte gut, denn wo gekocht wurde, brachen nur allzu oft Feuer aus, und gerade bei Holzhäusern bestand die Gefahr, dass die Flammen sich rasend schnell ausbreiteten. Darum musste Wasser immer sofort verfügbar sein.

Thaddeus entschied sich dagegen, diese Tür zu öffnen – wenn es hier Ratten gab, dann am ehesten in der Nähe einer Nahrungsquelle –, und probierte es mit der anderen weiter vorne. Hier hatte er mit einem weiteren Schlafgemach gerechnet, einem für Bedienstete, aber nicht mit den aufrecht stehenden Holzfässern, die den ganzen Boden bedeckten. Wie viel trank man denn in Häusern wie diesem? Waren Reisende ständig betrunken?

Gerade wollte er sich zum Gehen wenden, als das Kerzenlicht auf etwas fiel, das weit hinten in der Ecke in der Dunkelheit funkelte. Einen Herzschlag lang starrte Thaddeus in zwei körperlose Augen – noch nie hatte er etwas derart Merkwürdiges, ja Dämonisches gesehen –, dann glitt ein langer Schatten geschmeidig auf ihn zu. Mit einem erschrockenen Aufschrei ließ er die Kerze fallen, stolperte im Zurückweichen über das Kummet und prallte gegen den Tisch, worauf sämtliche Töpfe und Teller mit einem grässlichen Getöse zu Boden krachten.

Die Flamme flackerte kurz, dann erlosch sie. In der Finsternis ahnte er, mehr als er ihn sah, den Schatten einer großen schwarzen Kreatur, die an ihm vorbei in die Vorhalle sprang. *Heilige Mutter Gottes!* Was für ein Wesen konnte das sein? Das Einzige, was ihm in den Sinn kam, waren Dämonen, und in einem Anflug von religiöser Höllenangst bekreuzigte er sich unwillkürlich.

Er versuchte noch immer, seinen Atem zu beruhigen, als Peter und Joshua, vom Lärm aufgeschreckt, die Wendeltreppe heruntergeschlichen kamen, hinter sich die Doggen. »Was ist los?«, flüsterte Peter vom Treppenabsatz aus, sobald er Thaddeus in der offenen Tür stehen sah.

Der große Mann wies hinter sich. »Etwas hat sich in einem der Gemächer bewegt. Es ist an mir vorbei in die Halle hinausgeschossen.«

Die Jungen wechselten beunruhigte Blicke. »Wie sah es aus?«, wollte Joshua wissen.

»So etwas habe ich noch nie gesehen. Lang und schwarz, mit grünen Schlitzaugen … ungefähr von der Größe eines Fuchses.« Er spähte über die Tische hinweg nach Anzeichen einer Bewegung und suchte dann auch den Boden darunter ab. »Lass die Hunde los. Sie werden es aufspüren.«

»Was, wenn es gefährlich ist?«, begehrte Joshua auf.

»Besser, die Hunde sterben, als wir«, erwiderte Thaddeus ungerührt und bedeutete Peter mit einem Nicken, ganz herunterzukommen.

Kaum waren die Tiere von der Leine, jagten sie zum Innenhof hinaus, und binnen Sekunden brach ein infernalischer Lärm aus. Sie knurrten, bellten und heulten. Diese Geräusche kannten die Jungen. Fremd war ihnen dagegen das Zischen, Kreischen und Fauchen, das sich hineinmischte. Diese Laute hatten beinahe etwas Menschliches, und das ließ Thaddeus und seine Schützlinge vor Entsetzen erstarren. Vielleicht hätten sie noch länger verharrt, hätte nicht plötzlich eine der Doggen vor Schmerzen gejault und sich winselnd in die Vorhalle gerettet, um sich dann unentwegt mit der Pfote über eine klaffende blutende Risswunde in der Schnauze zu streichen.

Zumindest Joshua war nicht bereit, seine geliebten Hunde massakrieren zu lassen. Mit einem Wutschrei riss er das Schwert, das Peter sich unter den Gürtel gesteckt hatte, an sich und eilte wild entschlossen zum Tor.

In seinem ganzen Leben hatte er noch nie ein Wesen gesehen wie dasjenige, das in der Mitte des Hofs auf dem

Wagen kauerte und nach jedem Hund schlug, der den Mut aufbrachte, den Kopf über die Ladefläche zu heben.

»Selbst die Doggen haben Angst davor«, flüsterte er, als Peter und Thaddeus neben ihm auftauchten. »Was kann das nur sein?«

Thaddeus, dem der Anblick von Geschöpfen wie diesem ebenso fremd und unheimlich war, konnte auch nur raten. Es war schwarz wie die Nacht und hatte einen Schwanz, der von einer Seite zur anderen zuckte, dazu Reißzähne und Krallen so scharf wie Messer. »Ich glaube, das ist … ein Katzentier«, murmelte er.

Jetzt war es Peter, der das Kreuz vor der Brust schlug. »Wir hätten nie hierherkommen dürfen«, stöhnte er. »Diese Bestie ist der Grund, warum alle geflohen sind. Hier haust der Teufel!«

Thaddeus fiel wieder ein, wie ihm Lady Anne einmal gesagt hatte, dass die Verfolgung von Katzen durch die Kirche genauso unsinnig war wie der Glaube, ein Mann wie Sir Richard sei von Gott dazu auserwählt worden, Leibeigene wie sein Eigentum zu behandeln. Die Äbtissin ihres Klosters hatte heimlich eine Katze besessen – »hätten die Nonnen sie verraten, wäre sie als Hexe gebrandmarkt worden« –, und sie sei ein süßes, liebevolles Geschöpf gewesen, das zu nichts Bösem fähig war. Katzen seien Tiere wie alle anderen, hatte sie erklärt, doch die Kirche betrachte sie als Vertraute des Teufels und befehle ihre Tötung, wann immer eine entdeckt wurde.

Thaddeus hatte Lady Anne gefragt, wie sich in Katzen das Böse zeigte, worauf sie seufzend den Kopf geschüttelt hatte. »Sie gehen nachts auf die Jagd nach Essbarem«, hatte sie erklärt, »und alles, was mit der Nacht zusammenhängt, wird gefürchtet. Das ist die Zeit, in der Satan unterwegs ist.«

Thaddeus war damals ungefähr zehn Jahre alt gewesen. »Ist das wahr?«, hatte er nervös gefragt.

Mit einem verschmitzten Lächeln und einem fröhlichen Funkeln in den Augen hatte sie ihm geantwortet: »Das solltest du besser wissen als ich, Thaddeus. Steht Satan neben dir, wenn du die Fische meines Gemahls aus dem Devil's Brook stiehlst?«

»Nein, nur Will«, hatte er arglos geantwortet.

Thaddeus erinnerte sich an ihr helles Lachen, an die Art und Weise, wie ihre Finger seine Wange berührten. »Dann hast du nichts zu befürchten«, hatte sie gesagt. »Nicht einmal Will ist hässlich genug, um ein Dämon zu sein.«

»Sind denn Katzen hässlich?«

»Ich habe nur die der Äbtissin gesehen, aber in meinen Augen war sie wunderschön – schöner als die ahnungslosen Priester, die uns lehren, sie zu hassen. Wenn Gott die Welt und jede Kreatur darin erschaffen hat, dann sind Katzen sein Werk und nicht das des Teufels. Es ist unsinnig, sie zu fürchten.«

Während Thaddeus beobachtete, wie das wilde Tier erneut einer Dogge blutende Wunden zufügte, fragte er sich, ob Lady Anne wirklich recht hatte. »Ruf die Hunde zurück«, wies er Joshua an. »Wir haben nichts, womit wir sie behandeln könnten, wenn ihre Wunden sich entzünden. Führ sie in den Gasthof und bring mir das Kummet aus dem Gemach rechts von der Halle. Habt ihr oben etwas Nützliches gefunden?«

Joshua schüttelte den Kopf.

»Wirst du die Katze umbringen?«, wollte Peter wissen.

»Das weiß ich noch nicht. In dem Raum, der an die andere Seite der Halle grenzt, liegen in der Nähe des Kummets eine Kerze und eine Zunderbüchse auf dem Boden. Sieh nach, ob du in der Wand oder an der Tür Löcher findest, die es der Katze erlaubt haben könnten, sich frei zu bewegen. Ich wüsste gern, wie ein Tier, egal welches, immer noch leben kann, obwohl der Gasthof schon so lange verwaist ist. Wenn die Katze die ganze Zeit in einem stockdunklen Gemach eingesperrt war, müsste sie längst tot sein.«

»Was, wenn ich keine Löcher finde?«

Thaddeus grinste. »Dann werde ich sie für einen Dämon halten und ihr mit meinem Schwert den Kopf abschlagen.«

Kaum waren die Jungen mit den Hunden im Haus, schloss er die Tür und zog sich in den dunkelsten Winkel des Hofs zurück, wo er regungslos im Schatten verharrte. Eigentlich erwartete er, dass die Katze vom Wagen springen und sich in Richtung Dorf davonmachen würde, doch stattdessen blieb sie, wo sie war, ebenso still und regungslos wie der Mann, der sie beobachtete. Nachdem zwei, drei Minuten vergangen waren, zogen sich ihre Krallen zurück unter die Ballen ihrer Pfoten, ihr gesträubtes schwarzes Rückenfell glättete sich, und ihr Schwanz sank langsam herab.

Unter Thaddeus' Blicken wurde ein anderes Tier aus ihr, schlanker und geschmeidiger, eines, das gähnend das Rückgrat wölbte, die Vorderbeine streckte und sich dann auf die hinteren setzte, um sich mit den Pfoten über Ohren und Gesicht zu wischen. Thaddeus fragte sich, ob es in diesem Dorf noch mehr Katzen gab und ob damit erklärt war, warum hier nirgends Ratten zu sehen waren. Lady Anne hatte keinen Zweifel daran gelassen, dass Katzen Nagetiere jagten.

In einem war sich Thaddeus jetzt schon sicher: Wenn er sich der Katze näherte, würde sie Angst bekommen und davonrennen. Gleichwohl war er zu neugierig, es nicht zu versuchen. Von allen Geschenken, die er nach Develish mitbringen konnte, wäre ein Tier, das Ratten tötete, das wertvollste. Auf leisen Sohlen bewegte er sich vorwärts und murmelte beruhigende Worte, damit das Tier sich an seine Nähe gewöhnte. »Ich will dir nichts Böses. Sag, bist du wild, oder weißt du, wie es ist, mit Menschen zusammenzuleben?«

Die Katze achtete nicht auf ihn und warf kaum einen Blick in seine Richtung, senkte stattdessen den Kopf und leckte sich an der Flanke über das Fell. Mehrere Minuten lang sprach Thaddeus weiter auf sie ein, doch die Katze wirkte unbeeindruckt, zeigte weder Furcht noch Interesse, sondern gab sich ausgiebig der Körperpflege hin. Erst als sie ihre Toilette abgeschlossen hatte, erhob sie sich, sprang mit einem unbekümmerten Schwanzzucken von der Ladefläche und spazierte durch das Tor hinaus. Thaddeus folgte ihr und beobachtete sie aufmerksam dabei, wie sie die Straße hinunter in Richtung des Flusses stolzierte.

Noch nie hatte er ein Tier von solchem Selbstvertrauen gesehen. Diese Katze hatte es mit riesigen Hunden aufgenommen und sich auch nicht von Thaddeus einschüchtern lassen, als wüsste sie, dass sie allem gewachsen war, was auch immer ihr begegnen sollte. War das der Grund, warum die Kirche solche Tiere fürchtete? Weil sie wussten, was sie wollten? In der Bibel stand, dass Gott die Menschen nach Seinem Bild geschaffen und ihnen die Herrschaft über jedes lebende Wesen auf der Erde gegeben hatte, doch die Katze schien nicht willens zu sein, ihren Rang als Dienerin anzuerkennen.

Dieser Gedanke entlockte Thaddeus ein Lächeln. Er hatte genau dieselben Gefühle und konnte nicht anders, als diese Vertraute des Teufels für ihre Weisheit zu bewundern.

Hinter ihm kam jetzt Peter aus dem Gasthaus gestürzt. Ungeduldig zerrte er ihn zur Tür. »Das muss ich dir unbedingt zeigen!«, rief er aufgeregt. »Es wimmelt im ganzen

Haus von Löchern! Aber das Beste ist das hier …« Er stupste den unteren Teil der mittleren Planke in der Tür mit dem Fuß an, und eine sechs Zoll breite Platte glitt nach hinten. »Sie geht in beide Richtungen, aber diesen Mechanismus erkennt man nur, wenn man danach sucht.«

»Wie ist die Platte angebracht?«

»Dünne Metallringe, die so klein und fein sind, dass mein Vater sie nicht fertigen könnte. Wenn du dich davor hinkauerst, kannst du sie sehen.«

Thaddeus ließ sich nicht zweimal bitten. Das Metall war in der Tat hauchzart und biegsam. Durch winzige Löcher sowohl im Paneel als auch in der Tür waren sie wie Fäden gezogen und auf der Rückseite zu einer Schleife verzwirbelt worden. Er tippte mit dem Zeigefinger gegen das Paneel und verfolgte, wie es zurück und wieder nach vorne glitt. »Ich weiß nicht, wer schlauer ist«, sagte er anerkennend, »der Schmied oder die Katze. Der eine hat den Metallfaden angefertigt, und die andere hat herausgefunden, wie man diese Vorrichtung benutzt. Wie beschränkt wir in Develish doch im Vergleich dazu sind!«

Peter verstand den Kommentar als Herabsetzung. »Wenn mein Vater diese Ringe sähe, könnte er sie vielleicht nachmachen«, protestierte er.

Thaddeus nickte. »Daran habe ich nicht den geringsten Zweifel. Und ich werfe auch weder ihm noch sonst einem Bewohner unseres Anwesens mangelndes Wissen vor. Wir leisten mit den Kenntnissen, die wir haben, gute Arbeit, aber sie wären noch umfassender, wenn wir frei reisen und mit anderen Menschen sprechen könnten.« Mit plötzlicher Entschlossenheit packte er das Paneel und zog langsam an der Schleife, worauf sich die metallenen Fäden lösten. Mit geschickten Fingern drehte er sie wieder zusammen, dann stand er auf und reichte das Paneel Peter. »Verwahre es sicher. Wenn Adam nicht hierherkommen und sich selbst ein Bild davon machen kann, können wir es ihm mitbringen.«

Peter wollte gerade nicken, als von der Vorhalle ein aufgeregter Schrei zu ihnen herüberdrang. »Thaddeus! Thaddeus! Du musst sofort kommen! Du wirst nicht glauben, was es in dem Gemach gibt, in dem die Katze war … Ein Fass voller Mehl!«

Insgesamt waren es zwölf Fässer, jedes davon mit einem großen weißen Holzstöpsel versiegelt, um den Inhalt trocken und frei von Ungeziefer zu halten. Einige waren mit Getreidekörnern gefüllt, und Thaddeus entschied, den Wagen für den Transport zum Lager zu benutzen, aber je Fahrt nur mit drei Fässern zu beladen. Sie besaßen nur ein Kummet, und er hatte Zweifel daran, dass ein einziges Pferd die Kraft haben würde, das voll beladene Gefährt zu ziehen. Bei der Vorstellung, welche Arbeit ihnen bevorstand, sackte Peter in sich zusammen und schlug vor, den Wagen im Innenhof stehen zu lassen, bis sie bereit waren, nach Develish zurückzukehren.

»Zum Lager ist es eine ganze Meile!«, klagte er. »Willst du im *Ernst* sagen, dass wir diese Fahrt acht Mal machen sollen, obwohl wir die Sachen genauso sicher hier stehen lassen können?«

»Ich habe nicht all die Mühen auf mich genommen, nur damit mir diese Waren vor der Nase wegstibitzt werden.«

»Wer soll sie denn schon stehlen?«, sagte Peter. »Die einzigen Diebe weit und breit sind wir, und wenn schon wir die elenden Fässer nicht fortschaffen können, wie soll das dann einem vorbeiziehenden Räuber gelingen?«

»Er wird sich gar nicht erst damit abgeben«, erwiderte

Thaddeus mit einem grimmigen Lächeln. »Er wird die Fässer kurzerhand aufbrechen, alles auf den Boden schütten und zwei Säcke mit Mehl und Gerste füllen. Und wenn wir morgen zurückkommen, finden wir nur noch das vor, was uns die Vögel übrig gelassen haben. Aber du kannst gerne zurückbleiben und sie bewachen, Peter. Ich bin genauso wenig wie du darauf versessen, mir mit acht solchen Märschen den Rücken zu brechen. Weißt du was? Ich kann ja deine Freunde zu dir schicken, damit sie dir Gesellschaft leisten. Ich denke, ein geschützter Gasthof wird ihnen bei Weitem lieber sein als ein feuchtes Flussufer.«

Peter blickte Joshua fragend an, doch der schüttelte nur den Kopf. »Ich glaube, Thaddeus hat recht. Wir sollten die Fässer zum Lager bringen. Wenn tatsächlich Räuber vorbeikommen, sind wir in diesem Gebäude gefangen. Und ich möchte nicht in einem Streit um Lebensmittel Menschen töten. Ich wüsste gar nicht, wie ich das tun sollte … und du auch nicht.«

Peter beschlich der Verdacht, dass Joshua vor allem die Sorge umtrieb, Thaddeus könnte beschließen, allein in die große, weite Welt aufzubrechen, sobald er sich seiner Gefährten entledigt hatte, doch er war so ehrlich zuzugeben, dass sein Freund recht hatte. Auch er vermochte sich nicht vorzustellen, dass einer von ihnen – selbst Thaddeus – in der Lage wäre, einen Mann mit einem Schwert zu durchbohren. »Na gut«, murmelte er. »Wo fangen wir an? Wird sich Killer das Kummet anlegen lassen?«

Thaddeus blickte zu seinem Schlachtross hinüber. »Nicht ohne geduldiges Üben. Bisher ist er nur geritten worden. Eleanors Fuchsstute ebenso.« Dann verstummte er für einen langen Moment, bis er schließlich den Jungen befahl, mit dem Schubkarren ins Lager zurückzukehren. »Joshua, du tauschst mit Edmund. Sag ihm, dass er zu mir kommen soll. Und du, Peter, holst das gefleckte Packpony und bringst es hierher. Wenn ich mich richtig erinnere, hat es früher immer den Pflug gezogen.«

Joshua warf enttäuscht die Arme hoch. »Was Edmund kann, kann ich doch auch.«

»Das war keine Rüge, Joshua. Ich brauche einfach die zwei Größten unter euch, damit sie mir dabei helfen, die Fässer auf den Wagen zu heben, und das sind nun einmal Peter und Edmund.« Thaddeus bemerkte Joshuas besorgte Miene. »Nimm die Hunde mit. Ich habe Besseres zu tun, als mir verfaulendes Fleisch um den Hals zu hängen. Killer hat genauso gute Ohren wie sie. Er wird mich warnen, wenn sich jemand nähert.«

Nachdenklich beobachtete er die Jungen dabei, wie sie den Schubkarren abwechselnd schoben. Tat er wirklich das Richtige? Beschwor er nicht Ärger herauf, weil er von ihnen mehr verlangte, als ihre Väter es je getan hatten? Wenn ihr Vertrauen zu sich selbst weiter wuchs, würden sie sich nicht mehr ohne Weiteres an das Leben in Develish gewöhnen.

ACHTUNDZWANZIG

Develish, Dorseteshire

Mit einem Blick über die Schulter vergewisserte sich Hugh de Courtesmain, dass er nicht beobachtet wurde, dann klopfte er leicht an die Tür zur Spinnkammer. »Darf ich Euch behilflich sein, Lady Eleanor?«, murmelte er. »Ich komme als Freund. Die Frau in der Küche hat mir gesagt, dass Ihr nichts esst, und ich sorge mich um Euer Wohlergehen.«

In Wahrheit hatte er nicht mit den Küchenbediensteten gesprochen, sondern verließ sich lediglich auf seine eigenen Beobachtungen. In den fünf Tagen seit dem Sieg gegen Milord of Bourne hatte sich in Develish ein neuer Hass gegen die Normannen verbreitet. Es war viel von schmutzigen, feigen Franzosen die Rede, wenn Gemächer wieder in Ordnung gebracht und zerbrochene Fenster ausgebessert wurden. Nur wenige waren so freundlich, die Stimme zu senken, wenn Hugh de Courtesmain in der Nähe war, sodass er das Gefühl hatte, man gebe ihm eine Mitschuld an Milord of Bournes Raubzügen.

Für Eleanor galt das Gleiche. Ihre Weigerung, sich in der Kirche den anderen Frauen anzuschließen, war nicht unbemerkt geblieben, und Hugh hörte so manche spitze Bemerkung, dass Sir Richards Tochter sich einen Sieg der Normannen gewünscht hätte. Floss in ihr denn nicht das Blut ihres Vaters? Und war Blut etwa nicht dicker als Wasser? Laut einem Gerücht hatte sie den jungen Walter Catchpole angegriffen, als dieser versuchte, die Flammen zu löschen und das Haus zu retten, doch dann hatte Walters Vater, Adam, öffentlich erklärt, dass nichts davon zutreffe. Genauso hatten sich auch die anderen führenden Bauern verhalten, als ihnen die Gerüchte zugetragen wurden. Lady Eleanor sei auf Clara Truebloods Rat hin in ihrer Spinnkammer geblieben, erklärten sie, und die Jungen hätten sie nicht gesehen.

Was Hugh am meisten befremdete, war Lady Annes Verhalten. Dass ihre Tochter sich seit fünf Tagen in ihrem Gemach verbarrikadierte und niemandem Zutritt gewährte, schien sie nicht weiter zu beunruhigen. »Sie wird noch verhungern, wenn sie nichts zu essen bekommt, Milady«, hatte Hugh gewarnt.

»Ihr grämt Euch ohne Not, Master de Courtesmain. Als wir Gyles' Sieg feierten, habe ich ihr einen Laib Brot, Käse und eingelegte Eier gebracht. Sie wird herauskommen, wenn sie dazu bereit ist.«

»Sie hat womöglich zu große Angst vor dem Hass Eurer Leute, Milady. Sie reden über ihr normannisches Blut und behaupten, sie hätte einen der Jungen angegriffen, weil sie wollte, dass das Haus abbrennt.«

Lady Anne legte eine Schriftrolle an ihren Platz auf einem der Regale zurück. »Und ich höre andere Bewohner unseres Dorfs flüstern, dass Ihr zu verängstigt wart, um Euch Euren Landsleuten zu zeigen, als Gyles das Signal dazu gab, Master de Courtesmain. Ist das wahrer als die Geschichten über Lady Eleanor?«

»Nein, Milady«, log Hugh. »Ich war so kampfbereit wie jeder andere Mann in Develish.«

»Ich hätte mir auch nichts anderes vorstellen können, Sir.« Lady Anne lächelte. »Bitte glaubt mir, dass ich meine Leute besser kenne als Ihr. Welche Abneigung sie auch immer gegen die Normannen hegen mögen, sie betrifft nicht diejenigen, die in unserer Mitte leben. Ihr und meine Tochter habt nichts zu befürchten.«

»Seid Ihr sicher, Milady? Eurem Gemahl sind sie nicht gewogen.«

»Durch seine eigene Schuld. Er hat sein Privileg öfter missbraucht als in Ehren gehalten … wie auch Milord of Bourne, als er uns mit Gewalt drohte.« Sie hielt seinem Blick so lange stand, bis ihn das unangenehme Gefühl beschlich, sie lese seine Gedanken. Und ihre Worte bestätigten das: »Verschwendet nicht Eure Zeit mit Versuchen, Eleanor zu einer Verbündeten zu machen, Master de Courtesmain. Sie weiß nichts über Frankreich oder die Normandie und hat nur äußerst lückenhafte Kenntnisse der englischen Geschichte. Heute wird sie Euch sagen, dass sie stolz auf ihr normannisches Blut ist … und morgen wird sie Euch eine Abfuhr erteilen. Sucht unter meinen führenden Bauern nach Verbündeten. Genießt Ihr deren Respekt, ist Euch der Respekt aller sicher.«

Hugh vollführte eine kunstvolle Verbeugung. »Ich erstrebe nur den Euren, Milady.«

Lady Anne gewährte ihm ein schwaches Lächeln. »Ihr habt ihn bereits, Sir.«

Als er nun vor der Tür zur Spinnkammer stand und in die Stille lauschte, fragte Hugh sich, ob sein Verhalten wirklich klug war. Lady Anne hatte ihm nicht ausdrücklich befohlen, sich von Eleanor fernzuhalten, doch sie hatte eindeutig eine Warnung ausgesprochen. Aber warum? Waren Pater Anselms Geschichten über Dämonen denn wahr? Hugh, der von seinem Wesen her abergläubisch war, hatte diese Vorstellung sofort aufgegriffen – jedenfalls glaubte er, dass Lady Anne mit ihrem ketzerischen Verhalten den Teufel vielleicht schon heraufbeschworen hatte –, doch die ermüdenden Gespräche, die er mit Eleanor nach dem Tod ihres Vaters geführt hatte, hatten eher von Egoismus denn von Besessenheit gezeugt.

Hugh vermutete, dass es sehr handfeste Gründe gab, weshalb Lady Anne sich so verdrossen über ihre Tochter zeigte und warum das Mädchen gedroht hatte, den Priester auspeitschen zu lassen. Jacob Thurkells Tod vor der Kirche, Thaddeus' heimlicher Aufbruch und Pater Anselms Weigerung, Eleanor die Absolution zu erteilen, waren zu eng miteinander verflochten, um nicht in einem direkten Zusammenhang zu stehen. Hugh hatte Thaddeus' Botschaft an Eleanor nicht vergessen – *Erlaubt meinem Bruder, in Frieden zu ruhen* – und hatte sich zusammengereimt, dass hinter Jacobs Tod mehr steckte, als verlautbart worden war. Es waren diese Einzelheiten, die er brauchte. Wenn Thurkell sein Versprechen, binnen zweier Wochen zurückzukehren, tatsächlich hielt, stand seine Ankunft unmittelbar bevor. Doch Hugh missfiel die Aussicht, dann erneut degradiert zu werden und den Rang eines dieser verhassten Leibeigenen einzunehmen. Er brauchte eine Stellung, die ihm Macht über Lady Anne gewährte – oder, besser noch, sowohl über sie als auch über Thaddeus –, und der einzige Mensch, der ihm diese Macht verschaffen konnte, war Eleanor. Hugh hatte sich Pater Anselms Meinung, dass das Mädchen wahnsinnig war, nur allzu bereitwillig angeschlossen. Je verwirrter ihr Geist, desto größer die Wahrscheinlichkeit, dass sie ihm Geheimnisse offenbarte.

Er klopfte noch einmal. »Hört Ihr mich, Lady Eleanor?«,

flüsterte er. »Ich habe die Sorge, dass Ihr in Eurer Zurückgezogenheit nicht von den Zuständen draußen erfahrt. Die Knechte haben die Herrschaft über das Gut ergriffen und harren auf Thurkells Rückkehr. Wenn das geschieht, fürchte ich, wird sich Eure Lage noch verschlechtern. Gyles Startout genießt ihre Hochachtung, weil er die Normannen zurückgeschlagen hat, Milady, aber Thurkell wird in ihrem Ansehen noch höher steigen, wenn es ihm gelingt, ihnen frische Vorräte zu bringen. Die Leute werden nach einem Führer suchen und Thurkell wählen. Dann wird er die Stelle Eures toten Vaters einnehmen, und die führenden Bauern werden sich alle aus Dankbarkeit auf seine Seite schlagen, weil ihren Söhnen nichts geschehen ist.«

Eleanor antwortete so leise, dass Hugh ihre Stimme kaum vernahm. »Sie hätten an der Pest sterben sollen.«

»Das könnte durchaus geschehen sein, Milady, aber es wäre nicht weise, sich darauf zu verlassen. Wenn Ihr nicht auf Thurkells Ränke vorbereitet seid, werdet Ihr Euch auf einer noch niedrigeren Stufe wiederfinden als diese Zofe, Isabella. Seit Milord of Bournes Ankunft herrscht hier tiefer Hass gegen die Normannen. Die Bauern prangern jeden mit französischem Blut in den Adern als Dieb oder Mörder an … selbst Euren Vater.«

»Sir Richard ist tot, Master de Courtesmain.«

»Und seine Leute werden nie in seinem Sinne handeln, wenn sie nicht dazu gezwungen werden, Milady. Die Stelle, wo sich das Grab befindet, ist nur Isabellas Vater bekannt, und er behält sein Wissen für sich. Ich habe ihn mehrmals damit prahlen hören, dass er es Sir Richards Seele nicht erlauben wird, Frieden zu finden.«

Während Hugh dem Mädchen diese Lüge auftischte, wettete er mit sich selbst, dass Eleanors Liebe zu ihrem Vater ihre Zunge lösen würde. Gewissensbisse hatte er deswegen nicht. Die Einzelheiten zum Grab hatte Thaddeus persönlich ins Hauptbuch des Verwalters eingetragen, und Eleanor hätte sich mit eigenen Augen davon überzeugen können, wenn sie sich je damit abgegeben hätte, lesen und schreiben zu lernen.

De Boulet und Foucault liegen in einem abgelegenen Winkel im Norden der Weide. Ich habe so tief gegraben, wie ich konnte, doch der Boden war von der Sommerhitze festgebacken, und Startout befürchtet, dass Füchse und Dachse das faulende Fleisch unter der frisch aufgeworfenen Erde riechen werden. Lady Anne hat mich gebeten, Stillschweigen zu wahren, was den genauen Ort der Gräber betrifft. Indes wird ein Mann mit guten Augen sie mühelos finden, wenn er weiß, wo er suchen muss. Es ist besser, Lady Eleanor bleibt im Ungewissen über die Ruhestätte ihres Vaters, statt durch den Klatsch der Leute zu erfahren, dass Grabplünderer dort ihr Unwesen getrieben haben. Bis zum heutigen Abend erfreut sich Gyles Startout guter Gesundheit.

Dass Lady Anne edle Motive hatte, bedeutete Hugh nichts. Wann immer er daran dachte, was sie alles vor ihm geheim hielt, wallte der Groll aufs Neue in ihm auf.

»Seid Ihr wirklich mein Freund, Master de Courtesmain?«, wisperte Eleanor durch die Tür.

»Aber gewiss, Milady«, murmelte Hugh, die Lippen an ein Paneel gepresst. »Ich bin hier, um Euch auf jede mir mögliche Weise zu dienen. Ihr müsst mich nur bitten.«

»Was soll ich nur tun?«

»Erlaubt mir einzutreten, damit ich vertraulich mit Euch

sprechen kann, Milady. Der Rat, den ich Euch gebe, ist nicht für die Ohren der Diener bestimmt.«

Eine ausgedehnte Stille trat ein, ehe Eleanor antwortete. »Es beschämt mich, dass Ihr mich so sehen müsst, Master de Courtesmain. Ich habe mir das Hemd beschmutzt, und dann ist mir der Kamm im Haar stecken ge…« Sie brach in Schluchzen aus. »Ich brauche so dringend einen Freund, Sir! Aber lieber will ich verhungern, als mich Euch so zu zeigen! Ich bin so schrecklich hässlich geworden!«

»Ich werde nicht über Euch urteilen, Milady.«

»Ich urteile selbst über mich, Sir. Ich brauche die Hilfe von Dienerinnen. Sonst kann ich Euch nicht hereinlassen.«

»Ich bringe Euch eine mit, Milady.«

Ein Hoffnungsschimmer schien ihre Stimme zu beleben. »Dann lasst es Isabella sein. Sie ist seit Langem meine Zofe und wird mich nicht an die anderen Bauern verraten. Aber ich bitte Euch, im Geheimen mit ihr zu sprechen, denn es wird gewiss mein Tod sein, wenn ich zum Gespött der Leute werde.« Sie hauchte einen Seufzer durch die Paneele. »Kann ich Euch vertrauen, Master de Courtesmain?«

»Das könnt Ihr, Milady.«

»Dann werde ich gern mit Euch sprechen, sobald Isabella meine Schönheit wiederhergestellt hat.«

Später sollte Hugh seine Selbstgefälligkeit bereuen, doch als er sich auf die Suche nach Isabella begab, gratulierte er sich zu der Leichtigkeit, mit der er Eleanors Gunst zurückgewonnen hatte. Ja, er empfand sogar ein wenig Mitgefühl für sie. Denn auch ihn quälte die Sorge, von den Bauern verlacht zu werden.

Isabella runzelte unglücklich die Stirn, als Hugh mitten in den Unterricht hineinplatzte, den sie den kleineren Kindern gerade erteilte, und sie anwies, mit einer Schüssel Wasser und mehreren Tüchern zu Lady Eleanor in die Spinnkammer zu kommen. »Sie hat sich besudelt und schämt sich zu sehr, um ihr Gemach zu verlassen«, murmelte er. »Sie erbittet deine Hilfe, möchte aber, dass niemand von ihrer Not erfährt.«

»War es Lady Eleanor, die Euch aufgefordert hat, mich zu holen, Sir?«, fragte sie. »Wenn es so ist, muss ich zuerst Lady Anne um Erlaubnis bitten. Es wird ihr vielleicht missfallen, dass ich einen solchen Dienst leiste.«

Aus Verärgerung darüber, dass eine Dienstmagd Zweifel am Recht eines Verwalters äußerte, Befehle zu erteilen, griff Hugh zu einer Lüge. »Die Anweisung kommt direkt von Lady Anne!«, bellte er. »Glaubst du, sie liebt ihre Tochter so wenig, dass sie Lady Eleanor zwingen würde, den Weg zum Brunnen zu Fuß zu gehen, um sich dort zu säubern? Sie möchte, dass *du* deiner jungen Herrin hilfst, weil du mehr Herzenswärme und Taktgefühl hast als alle anderen … aber vielleicht hat sie sich ja in dir getäuscht.«

Isabella kniete sich vor die Tür zur Spinnkammer und platzierte die schwere Wasserschüssel mitsamt den Waschlappen und Handtüchern auf dem Boden. Von drinnen hörte sie ein ersticktes Schluchzen, das ganz anders klang als die herrischen Rufe, die Eleanor sonst immer ausstieß, wenn sie etwas wünschte. Dieses eine Mal wenigstens klang die Not des Mädchens echt, und mit einem erleichterten Seufzer konnte Isabella sich nun vorstellen, dass Lady Anne Master de Courtesmain tatsächlich gebeten hatte, sich an sie, Isabella, zu wenden. Dennoch war das Ganze irgendwie merkwürdig. Miladys Befehl, dass Isabella Lady Eleanor nach deren Umzug in die Spinnkammer nicht länger als Zofe dienen durfte, war unmissverständlich gewesen. Darum hätte Isabella sich in jedem Fall noch einmal an ihre oberste Herrin gewandt, um endgültige Klarheit zu erlangen, hätte Master de Courtesmain nicht darauf bestanden, sie bei ihrem Dienstgang auf Schritt und Tritt zu begleiten.

Nun, immerhin war er am Fuß der Treppe zurückgeblieben, wofür sie dankbar war. An diesem Franzosen war so vieles, das ihr nicht gefiel. Die Art und Weise, wie er in der Ecke des großen Saals stand und sie beim Unterrichten beobachtete, stets bereit, sich beim geringsten Fehler einzumischen; seine Art, sich an sie heranzuschleichen und ihr Fragen über Lady Eleanor zu stellen; die Verächtlichkeit, mit der er über ihren Vater und die anderen führenden Bauern sprach; die übertriebenen Verbeugungen, die er vor Lady Anne vollführte, als ob Schmeichelei genügen würde, um ihr Vertrauen zu erringen. Isabella hielt ihn für falsch und eigennützig und konnte nicht begreifen, warum ihre geliebte Herrin es ihm gestattete, in Thaddeus' Abwesenheit die Rolle des Verwalters zu spielen.

Sie nahm einen tiefen Atemzug und klopfte dann leicht an die Tür. »Ich bin gekommen, um Euch zu helfen, Milady.«

Kurz herrschte Stille. »Bist du das, Isabella?«

»Ja, Milady. Ich habe Waschlappen und Wasser. Wenn Ihr mir aufmacht, kann ich Euch alles bringen. Soll ich Euch auch etwas zu essen aus der Küche holen? Clara wird mir eine Schale mit Weizen in heißer Milch geben, wenn ich ihr sage, dass sie für Euch ist.«

»Nein.« Dann war zu hören, wie ein schwerer Gegenstand zur Seite geschoben wurde. »Bist du allein?«, flüsterte Eleanor schließlich. »Ich mache nur auf, wenn mich außer dir niemand sonst in diesem Zustand sieht.«

»Ich bin allein, Milady.«

Es war Nachmittag, als Clara Trueblood Lady Anne im Kontor des Verwalters aufsuchte und sie fragte, ob sie wüsste, wo Isabella steckte. »Das tut sie normalerweise nie, dass sie weggeht, ohne vorher um Erlaubnis zu bitten. Ohne sie langweilen die Kinder sich und werden unruhig.«

Lady Anne legte ihre Feder beiseite. »Ich habe sie seit heute Morgen nicht mehr gesehen. Wissen die Kinder denn nicht, wo sie ist?«

»Sie haben gesagt, dass Master de Courtesmain sie mitgenommen hat, aber als ich ihn fragte, gab er vor, völlig ahnungslos zu sein.«

Lady Anne runzelte die Stirn. »Was wollte er von ihr?«

»Er hatte Gyles gesucht. Er nahm an, sie wäre nach dem Gespräch mit ihm zu den Schülern zurückgekehrt.«

»Wie merkwürdig. Wo könnte sie stecken?«

»Ich weiß es ja selbst nicht, Milady. Und wen ich auch gefragt habe, niemand hat sie gesehen. Ich habe schon überlegt, ob sie vielleicht bei Lady Eleanor ist. Ich glaubte, in der Spinnkammer Stimmen gehört zu haben – aber als ich anklopfte, war es plötzlich totenstill.«

Lady Anne überlegte. »Eigentlich hat Isabella keinen Grund, dort hineinzugehen. Es ist über eine Woche her, dass ich ihr neue Aufgaben zugewiesen habe und sie nicht mehr Eleanors Zofe ist.«

»Sie ist sehr fügsam, Milady. Wenn sie vielleicht dachte, Ihr hättet ihr ausrichten lassen, dass sie etwas für Lady Eleanor tun soll, könnte sie zu ihr gegangen sein.« Clara zögerte. »Ich glaube, es war Master de Courtesmain, der Isabella zuletzt gesehen hat.«

»Du meinst, Eleanor hat ihn gebeten, Isabella zu ihr zu bringen?«

Clara nickte. »Er ist töricht genug, um ihr Gefälligkeiten

zu erweisen, Milady. Eure Tochter hat einen starken Willen und weiß, dass Ihr Isabella zugetan seid. Wenn sie Eure Aufmerksamkeit nicht mit Wutanfällen erlangt, greift sie womöglich zu anderen Mitteln. Schlau ist sie ja.«

Hugh de Courtesmain blieb abrupt im vorderen Portal stehen, als er Lady Anne und Clara Trueblood in der Mitte der Vorhalle die Kinder befragen sah. Sein erster Gedanke war, sich lautlos davonzustehlen, und fast wäre ihm das auch gelungen, hätte Lady Anne sich nicht nach ihm umgedreht, als die jüngste Thurkell-Tochter in seine Richtung wies. »Sie is' mit ihm mitgegangen, Milady«, piepste das Mädchen. »Er hat mit ihr eine Schüssel Wasser zur Treppe getragen, weil die für sie zu schwer war.«

Lady Anne strich der Kleinen über das Haar. »Es sieht so aus, als wäre uns Isabella abhandengekommen«, wandte sie sich an Hugh. »Wisst Ihr, wo sie sein könnte?«

»Leider nein, Milady«, murmelte er. »Ich habe sie seit heute Vormittag nicht mehr gesehen. Kann es sein, dass sie in die Kirche gegangen ist? Soll ich das überprüfen?«

Lady Anne schüttelte den Kopf. »Das werden Clara und die Kinder machen. Aber aus welchem Grund hat sie Wasser die Treppe hinaufgetragen?«

Mit einem leichten Schulterzucken bekundete Hugh seine Ahnungslosigkeit. »Ich nahm an, sie bräuchte es für sich selbst. Ich hatte sie nach ihrem Vater gefragt und danach gesehen, wie sie Wasser aus dem Brunnen schöpfte. Da die Schüssel recht schwer war, habe ich sie ihr abgenommen und durch die Vorhalle getragen.«

Glaubte Milady ihm? Die Art und Weise, wie sie Clara anwies, die Kinder mit ins Freie zu nehmen und jedes Grundstück gründlich zu durchkämmen, ließ ihn das vermuten.

»Aber halte die Kleinen vom Wassergraben fern«, schickte sie Clara halblaut hinterher. »Wenn wir Isabella nicht bald finden, muss ich die Männer aussenden, damit sie den Wall absuchen. Womöglich ist sie irgendwo gestolpert und ins Wasser gefallen.«

Mit einer kleinen Verbeugung trat Hugh einen Schritt vor. »Lasst mich diese Aufgabe übernehmen, Milady.«

Lady Anne schüttelte den Kopf. »Hoffentlich wird das nicht nötig sein, Master de Courtesmain. Ihr durchsucht zusammen mit mir das Haus.« Mit einer Geste bedeutete sie Clara, die Kinder mit hinaus ins Freie zu nehmen. Dann reichte sie Hugh den Arm und wies zur Treppe. »Wir fangen oben an.«

Als Erstes führte sie den Aufseher zu ihrem Gemach und schloss hinter sich die Tür. Zunächst blieb sie unschlüssig stehen. Hugh bemühte sich unterdessen, eine ausdruckslose Miene zu wahren, jederzeit bereit, sich erneut auf seine Ahnungslosigkeit zu berufen. Allerdings hatte er sich inzwischen zusammengereimt, dass irgendetwas nicht stimmte. Eigentlich hätte die Dienstmagd gleich wieder auftauchen müssen. Zu spät erkannte er jetzt, dass ein bestimmter Grund vorliegen musste, wenn sie Eleanor so widerstrebend bedient hatte. Doch nun konnte er unmöglich zur Spinnkammer zurückkehren, ohne sich in eine peinliche Lage zu bringen. Abgesehen davon hatte er keinen Anlass, das Mädchen dort zu suchen, nachdem er Clara Trueblood erklärt hatte, er wisse nicht das Geringste über Isabellas Verbleib.

Lady Anne hob den Kopf. »Ich bin mir über mein weiteres Vorgehen nicht sicher, Master de Courtesmain. Ich habe die Sorge, dass Isabella sich bei meiner Tochter in der Spinnkammer aufhält und ihr dort etwas zugestoßen ist … doch ich zögere, Einlass zu verlangen, denn noch größer als meine

Sorge ist die Befürchtung, die Lage dort drinnen zu verschlimmern. Nach dem Tod von Eleanors Vater seid Ihr zu ihrem Vertrauten geworden. Besteht diese Freundschaft noch, und wird Eleanor Euch mit größerem Verständnis zuhören als mir?«

Hugh war sich nicht sicher, was er darauf antworten sollte. Wusste diese Frau etwas, oder hatte sie einfach nur geraten? »Ich verstehe nicht, Milady. Wollt Ihr damit sagen, dass Lady Eleanor Isabella in voller Absicht … eine Verletzung zufügen würde?«

Lady Anne nickte. »Genau das befürchte ich. Sie kann das Mädchen nicht ausstehen. Ich habe Isabella inständig gebeten, Abstand zu wahren, aber vielleicht war meine Warnung nicht deutlich genug. Es beunruhigt mich, dass sie die Treppe mit einer Schüssel Wasser hinaufgestiegen ist.«

Hugh gab sich verwirrt. »Was hat diese Abneigung verursacht? Es ist wahr, dass Lady Eleanor sich voller Hass über die Leibeigenen äußert, doch ich kann mich nicht erinnern, dass sie sich Isabella herausgepickt hätte. Hat das Mädchen in letzter Zeit etwas getan, womit es Lady Eleanor gekränkt haben könnte?«

Die Frage war berechtigt, doch darauf konnte Lady Anne nicht wahrheitsgemäß antworten, ohne diesen Mann ins Vertrauen zu ziehen. Und dazu war sie auf keinen Fall bereit. Auch war sie nicht sicher, ob sie die richtigen Worte wählen würde. Ihrer Meinung nach wusste Isabella, dass Jacobs Tod kein Unfall gewesen war, und – mehr noch – sie glaubte, dass Thaddeus sie auf seine eigene Weise davon in Kenntnis gesetzt hatte, bevor er fortgegangen war. Doch damit hatte er Isabella in einer bedrohlichen Situation zurückgelassen, und das beunruhigte Lady Anne zutiefst. Nun erwiderte sie bedächtig: »Möglicherweise hat Thaddeus'

Fortgang alle beide bestürzt. Meine Tochter gibt ihm gegenüber eine Gleichgültigkeit vor, die sie gar nicht empfindet. Isabella wiederum ist so hübsch, dass sie durchaus seine Aufmerksamkeit auf sich gezogen haben könnte. Die Mädchen sind fast gleichen Alters, und Eifersucht kann einen massiven Keil zwischen zwei Menschen treiben.«

Hugh, der sich endlich auf sicherem Gelände wähnte, schüttelte den Kopf. »Da seid Ihr falsch unterrichtet, Milady. Wenn wirklich Eifersucht sie entzweit hat, liegt der Grund woanders. Lady Eleanor äußert nichts als Hass gegen Thurkell. Sie nennt ihn einen Bastard und verübelt ihm mit jeder Faser ihres Herzens seinen Platz in Eurer Gunst.«

»Dennoch empfindet sie seine Kälte ihr gegenüber als unerträglich und würde ihn am liebsten zu ihrem Sklaven machen, wenn sie könnte. Es ist ein Jammer, dass die Pest ihre Hoffnung auf eine Ehe zerstört hat. Wäre sie nach Bradmayne gezogen, hätte sie Thaddeus bald vergessen.«

»Er ist von niederer Geburt«, wandte Hugh ein. »Es hätte ohnehin nie etwas zwischen ihnen entstehen können.«

Seine Gewissheit schien Lady Anne zu belustigen, denn ein Lächeln zuckte um ihre Mundwinkel. »Allerdings.« Sie musterte Hugh. »Vertraut Eleanor Euch so sehr, dass sie Euch die Tür zur Spinnkammer öffnen würde? Es ist mir lieber, Ihr antwortet aufrichtig, statt eine Freundschaft vorzuschützen, die nicht länger besteht.«

Hugh ergriff die Gelegenheit, sich herauszureden, beim Schopfe. »Dann muss ich der Ehrlichkeit halber zugeben, dass diese Freundschaft nicht mehr besteht, Milady. In der Zeit, als ich Sir Richard zur Treue verpflichtet war, vertraute sie mir, doch jetzt betrachtet sie meine Loyalität zu Euch als Verrat.« Er hielt inne. »Was hindert uns daran, die Tür zu öffnen und einfach nachzuschauen?«

»Sie hat eine Truhe davorgeschoben.«

»Zwei kräftige Diener sollten in der Lage sein, sich Eintritt zu verschaffen.«

»Während sie das tun, könnte Isabella weiterer Schaden zugefügt werden.« Sie erwiderte seinen starren Blick. »Ich hoffe, ich täusche mich, Sir, aber ich fürchte, meine Tochter ist von ihren Impulsen getrieben. Darin gleicht sie ihrem Vater; und wenn es ihr beliebt, in ihrem Zorn auf Isabella einzuschlagen, wird sie das auch tun.«

»Der Schaden wird sich in Grenzen halten, wenn sie keine Waffen hat.«

»In diesem Raum gibt es Schnürnadeln, so lang und scharf wie Messer. Isabella könnte das Augenlicht, wenn nicht gar das Leben verlieren. Wollt Ihr nicht wenigstens versuchen einzugreifen, Master de Courtesmain? Eleanor wird es als Sieg werten, wenn sie meine Stimme erkennt. Ich glaube, sie ist darauf aus, mir ihren Willen aufzuzwingen, indem sie Isabella in ihre Gewalt bringt, und das kann ich ihr nicht gestatten.«

Egal welche Antwort er ihr gab, überall lauerten Fallstricke. Gleichwohl erkannte er, dass er mit einer Zusage höheres Ansehen bei Lady Anne gewinnen würde. »Mit Unwahrheiten kann ich sie leichter überzeugen, Milady, aber ich fürchte, was ich dann sage, wird Euch verletzen. Werdet Ihr mich mit ihr unter vier Augen sprechen lassen?«

»Das kann ich nicht, Sir. Wenn Ihr sie reizt und sie beschließt, Isabella etwas anzutun, muss ich eingreifen.«

»Aber Lady Eleanor wird wahrscheinlich mit der gleichen falschen Zunge sprechen wie ich, Milady, und meine eigene Stellung hier wird in Gefahr geraten, wenn Ihr ihr glaubt. Ich weiß viel zu wenig von all diesen Dingen – insbesondere von der Feindseligkeit Eurer Tochter Euch gegenüber. Was, wenn ich das Falsche sage und sie so zu noch größerem Zorn anstachele?«

»Sagt, was immer sie Eurer Meinung nach veranlassen könnte, Euch einzulassen, Master de Courtesmain. Isabella ist Gyles und Martha Startouts einzige überlebende Tochter. Ich kann und werde Eleanor nicht vor deren Zorn schützen, wenn dem Mädchen etwas zustößt. Ganz Develish wird dann Vergeltung fordern.«

Obwohl er so gerissen war, hatte es bei Hugh viel länger gedauert als bei Thaddeus, bis er erkannte, wie sich Eleanors Taten auf das ganze Anwesen auswirken konnten. Vielleicht hatte ihn Foxcotes beiläufige Grausamkeit so sehr abstumpfen lassen, dass er gelernt hatte, die Gefühle von Leibeigenen einfach abzutun, wenn einer der ihren grausam behandelt wurde. Gleichwohl begriff er nun, wie schrecklich die Konsequenzen sein würden, falls Eleanor Isabella tötete oder verwundete. Niemand würde es hier hinnehmen, dass die Tochter eines Lords ungestraft tat, was sie wollte.

Er machte eine kleine Verbeugung. »Ich kann nur mein Bestes versuchen, Milady.« Trotz seiner Sorgen, sich in Eleanors Stricken zu verfangen, dachte er bereits an die Gegenleistungen, die er von Lady Anne erwarten konnte, wenn er ihr gab, was sie sich wünschte.

Vor der Tür des Mädchens stehend, konnte Lady Anne das seidene Netz, das Hugh für Eleanor wob, nur bewundern. Er war so sehr in der Kunst der Täuschung geübt, dass ihm seine Lügen über die Lippen gingen, als wären sie das Natürlichste der Welt. »Ich weiß, dass Isabella bei Euch ist, Lady Eleanor«, flüsterte er jetzt durch die Vertäfelung. »Noch bin ich der Einzige, der diese Gewissheit hat, aber es wird nicht lange dauern, bis Clara Trueblood zurückkommt. Im Augenblick rennt sie zeternd über das Anwesen, aber bald wird ihr klar sein, dass das Mädchen nur hier sein kann.«

Durch die Tür war das Rascheln von Spreu zu hören. Das konnte nur eines bedeuten: Jemand ging durch das Gemach.

»Ich habe Clara die Treppe hinaufsteigen sehen«, fuhr Hugh fort. »Sie wollte mit Euch sprechen, ist dann aber wieder umgekehrt, weil sie keine Antwort erhielt. Beim nächsten Mal wird sie nicht aufgeben. Die Leibeigenen entscheiden dieser Tage für sich selbst, Milady. Wenn Ihr hofft, Eure Mutter wird kommen und Euch anflehen, Isabella gehen zu lassen, dann muss ich Euch sagen, dass das nicht geschehen wird. Niemand hat ihr mitgeteilt, dass das Mädchen vermisst wird. Wie üblich steht sie vor dem Fenster ihres Kontors und starrt nach Norden zur Straße hinüber, hoffend, dass dort Botschafter auftauchen … oder, besser noch, Thaddeus Thurkell persönlich.«

Er presste das Ohr an die Vertäfelung, doch drinnen rührte sich nichts.

»Lady Anne hat keine Macht mehr, Milady. Vor ein paar Wochen habe ich schon einmal versucht, Euch das zu erklären, aber vielleicht habt Ihr mich damals nicht verstanden. Solange er hier war, hielt Thurkell die Macht in Händen, aber seit er weg ist, haben die führenden Bauern und ihre Frauen das Sagen. Der starke Mann ist jetzt Gyles Startout, Isabellas Vater, und er wird ganz gewiss Vergeltung fordern, wenn seiner Tochter auch nur das Geringste geschieht.« Er machte eine Kunstpause. »Wenn Ihr sie jetzt freilasst, braucht niemand zu wissen, dass sie hier war. Sie wird so klug sein und alles für sich behalten. Und Ihr könnt auch meines Schweigens versichert sein.«

Von der anderen Seite vernahm Lady Anne ein Kichern.

»Ja, Isabellas Schweigen wäre Euch recht, nicht wahr, Master de Courtesmain?«

Hugh achtete darauf, den Kopf von Lady Anne abgewandt zu halten. »Ich gebe Euch einen guten Rat, Lady Eleanor. Eure Mutter kann Euch nicht vor dem Zorn der Leibeigenen schützen, wenn Ihr eine Torheit begeht. Sie führt das Gut nur noch dem Namen nach.«

Drinnen blieb es still. Erst nach einer Weile erwiderte das Mädchen: »Ihr täuscht Euch, Master de Courtesmain. Meine Mutter ist so mächtig wie eh und je.« Plötzlich wurde ihre Stimme lauter, als presste sie die Lippen an die Tür. »Ist es nicht so, Mutter? Ich weiß, dass Ihr da seid. Ich höre doch, wie nervös der Franzmann wird, sobald er den Mund aufmacht, weil er Angst hat, Ihr könntet zu viel erfahren.«

Hugh spähte über die Schulter, um zu sehen, ob die Frau hinter ihm zu einer Antwort ansetzte, doch Lady Anne schüttelte nur den Kopf und hielt sich den Zeigefinger an die Lippen.

»Es wird Euch verdrießen zu erfahren, wie sehr er sich danach verzehrt, unsere Geheimnisse zu erfahren, Mutter. Vorhin war er hier und hat tausend Schmeicheleien durch die Tür geflüstert, nur weil er hoffte, ich würde sie ihm offenbaren. Das habe ich ihm auch versprochen – unter der Bedingung, dass er Isabella zu mir bringt. Jeder weiß, wie gern Ihr sie mögt und wie verzweifelt Ihr wärt, wenn Gyles auch noch seine zweite Tochter verlöre.« Eleanor hielt inne. Als sie fortfuhr, klang ihre Stimme wieder weiter entfernt. »Diese alberne kleine Mademoiselle versucht doch tatsächlich so zu tun, als ob ihr die Nadel nicht wehtäte. Trotzdem schwimmen ihre Augen jedes Mal in Tränen.« Tatsächlich hörten Hugh und Lady Anne nun ein Wimmern. »Na bitte. Jetzt habt Ihr eine Vorstellung davon, wie weh das tut, wenn ich sie ihr in ihre winzige Brust steche. Sagt mir, dass Ihr lauscht, Mutter, sonst tue ich es noch einmal. Ihr müsst mich jetzt sehr fürchten.«

Lady Anne starrte für einen Augenblick zu Boden, dann scheuchte sie Hugh zur Seite. »Ich bin da, meine Tochter, und ja, ich fürchte dich.«

»Ist das alles?«

»Was erwartest du noch? Dass meine Furcht vor dir so groß ist wie die um Isabella? Das ist sie in der Tat.«

»Dann fragt mich, was ich von Euch verlange, um ihr noch mehr Schmerzen zu ersparen.«

»Das würde ich tun, wenn ich dächte, du würdest dein Versprechen halten, Eleanor. Aber wir beide wissen, dass du das nicht tust. Je inständiger ich dich bitte, desto größere Schmerzen wirst du ihr zufügen, nur um zu beweisen, dass du dazu in der Lage bist. Aus demselben Grund hast du ja schon als Kind Fliegen die Flügel abgerissen. Flehe lieber um dein eigenes Leben, denn noch einmal werde ich dich nicht retten.«

Das Mädchen lachte. »Das werdet Ihr schon noch tun, wenn Ihr nicht wollt, dass Isabella so blutet wie ihre Schwester. Die Leibeigenen können gar kein Urteil über mich fällen. Ich bin Richard Develishs Tochter, und niemand außer einem Lehnsherrn kann über meine Schuld entscheiden.« Sie entfernte sich von der Tür, und ihr Ton wurde hart. »Ihr haltet mir doch so gern Predigten über Verantwortung. Gut, dann übernehmt die Verantwortung für Isabella. Mir liegt nichts an diesem wimmernden Geschöpf – im Gegensatz zu Euch.«

»Und worum willst du mich bitten? Um Vergebung?«

Diese Frage schien das Mädchen zu verwirren, denn es dauerte einen Moment, bis sie antwortete. »Ich möchte, dass jeder Leibeigene mir den Treueid leistet, so wie sie es alle meinem Vater gegenüber getan haben. Wenn am Ende die Pest überstanden ist, soll keiner bestreiten dürfen, dass *ich* Lady Eleanor von Develish bin. Ich bin besser geeignet, dieses Anwesen zu führen, als eine angeheiratete Ehefrau, die es ihren Leibeigenen erlaubt zu entscheiden, wie sie das Gut leiten soll.«

Nach kurzem Überlegen wandte sich Lady Anne an Hugh und sagte mit klarer, deutlicher Stimme, damit Eleanor auch jedes Wort verstand: »Master de Courtesmain, Ihr werdet John Trueblood und Gyles Startout beim Getreidemahlen antreffen. Schickt sie mit Äxten bewaffnet hierher und weist den jungen Robert Startout an, unsere Leute in den Vorhof zu rufen. Wenn wir nach dem Aufbrechen der Tür Isabella tot oder tödlich verwundet vorfinden, wird Eleanor hinausgezerrt, in welchem Zustand sie sich auch befinden mag, damit sie sich denjenigen stellt, denen sie Unrecht getan hat. Habe ich mich klar genug ausgedrückt?«

»Gewiss, Milady«, murmelte Hugh, riss aber die Augen auf, wie um zu fragen, ob sie das wirklich ernst meinte. »Es wird einige Minuten dauern, die Männer herbeizurufen, aber haltet Ihr es tatsächlich für weise, Gyles eine Axt in die Hand zu drücken, wenn sein Blut in Wallung geraten ist und er voller Zorn auf Rache sinnt?«

»Niemand kann ihm das verdenken«, erwiderte Lady Anne. »Ich ganz gewiss nicht. Welches Schicksal ihr auch immer beschieden ist, Eleanor muss es akzeptieren. Auf, auf, Sir. Tut, wie ich Euch geheißen habe. Wir haben lange genug gesäumt.«

Später war Hugh sich ganz sicher, dass Lady Anne den Dingen ihren Lauf gelassen hätte, wenn Eleanor nicht plötzlich geschrien hätte, dass sie die Tür öffnen würde. Dann hörten sie, wie die Truhe zur Seite geschoben und gleich darauf der Riegel angehoben wurde.

Hugh bekam den erbärmlichen Zustand des Mädchens als Erster zu sehen. Ließe Wahnsinn sich malen, dachte er, würde das Bild dem Anblick gleichen, den Eleanor jetzt bot: die Haare verfilzt und in alle Richtungen abstehend, spärlich bekleidet, langsam verblassende Blutergüsse um die Augen, eine Schnürnadel in der Hand, blutende Schnittwunden an den Armen.

Eigentlich erwartete er, dass Lady Anne so reagieren würde wie er – voller Sorge –, doch sie würdigte Eleanor kaum eines Blicks, sondern stürmte hinein und kniete sich vor Isabella, die regungslos, die Arme um die Knie geschlungen, in der Ecke kauerte. Zärtlich strich sie dem Mädchen die Haare aus der Stirn und sah ihr lächelnd in die mit Tränen gefüllten Augen. »Meinst du, du kannst stehen?«

»Ich glaube, ja, Milady.«

Behutsam schob ihr Lady Anne die Hände unter die Achseln und half ihr, sich langsam aufzurichten. Und Isabella hielt sich auf den Beinen, wenn auch etwas wackelig. Während Lady Anne das Mädchen zur Tür führte, schirmte sie es mit ihrem Körper gegen Eleanor ab. »Master de Courtesmain wird dich zu meiner Kemenate bringen. Dort wirst du den Riegel vorschieben und auf deine Mutter warten. Außer ihr lässt du niemanden herein.« Sie drehte sich zu Hugh um. »Sobald die Tür fest verriegelt ist, geht Ihr Martha suchen und bringt sie zu Isabella. Sagt ihr, dass das Kind verletzt ist, erklärt ihr aber auf keinen Fall die Umstände. Ich werde später mit beiden sprechen.«

Hugh schielte an ihr vorbei zu Eleanor. »Und was ist mit Eurer eigenen Tochter, Milady? Sie sieht genauso schlimm aus wie die Magd.«

Lady Anne trat wieder in das Gemach. »Ihr habt Eure Befehle, Master de Courtesmain. Führt sie exakt so aus, wie ich es gesagt habe. Tut Ihr das nicht, lasse ich Euch von diesem Anwesen jagen. Eure Entschlossenheit, auf Kosten anderer voranzukommen, ermüdet mich.«

NEUNUNDZWANZIG

Wortlos nahm Lady Anne Eleanor die lange Nadel aus der Hand und legte sie zurück in den Nähkorb. Erst danach führte sie das Mädchen zu einem Hocker. Als es sich nicht von selbst setzte, drückte sie es darauf nieder. Arnika hatte die Schwellungen um Eleanors Augen zurückgehen lassen, aber es würde noch einen Tag dauern, bis auch die letzten Spuren von Robert Startouts Schlägen vollends verblasst waren.

Lady Anne tauchte einen Lappen in eine Schale Wasser, die in der Nähe des Fensters auf einem Tisch stand, und begann, das Blut an Eleanors Armen abzutupfen. Ob die Wunden im Kampf entstanden waren, falls Isabella sich gewehrt hatte, oder ob Eleanor sie sich selbst zugefügt hatte, ließ sich nur schwer beurteilen. Einige verhärtete Verkrustungen legten allerdings den Schluss nahe, dass diese Wunden schon zwei, drei Tage zuvor entstanden waren. Sie verliefen in exakt parallelen Streifen quer über beide Oberarme. Die Sauberkeit der Wunden und die präzisen Abstände sprachen dafür, dass sie von einer Nadelspitze herrührten.

Lady Anne konnte sich nicht vorstellen, aus welchem Grund Eleanor sich so etwas antun sollte, es sei denn, sie wollte wie die Flagellanten mit Selbstkasteiung für ihre Sünden büßen. Hatte sie Roberts Schläge womöglich mit der gleichen Geisteshaltung hingenommen? Sie hatte sich heftig gegen Roberts Bestrafung gesträubt und ihre Mutter angefleht, ihn und seine Freunde auf Verschwiegenheit einzuschwören. Zu guter Letzt hatte Lady Anne diesem Wunsch entsprochen. Gleichwohl zeugte es von einem seltsam wirren Geist, wenn sie einerseits bereit war, dem Knaben zu vergeben, und andererseits ihre Raserei an einem unschuldigen Mädchen ausließ.

Lady Anne bezweifelte nicht, dass Eleanors Weigerung, Robert zu beschuldigen, ihrer Eitelkeit geschuldet war – es hatte ein paar Tage gedauert, bis ihr Gesicht wieder seine vorherige Schönheit zurückgewonnen hatte –, doch irgendwie schien sie anerkannt zu haben, dass das, was Robert ihr angetan hatte, gerechtfertigt war. Fast wäre sie sogar so weit gegangen, sich zu entschuldigen – soweit sie dazu überhaupt in der Lage war –, als sie sagte, sie hätte weder verstanden, warum die Jungen im Haus waren, noch, was sie dort hätten tun sollen. Unter Tränen hatte sie die Hände ihrer Mutter umklammert und sie inständig gebeten, ihr zu glauben. Daraufhin hatte Lady Anne ihr das Gesicht mit einer kühlenden Salbe eingerieben, sie beruhigt und ihr versprochen, Robert und Walter zu bitten, für sich zu behalten, was geschehen war.

Sie hatte so sehr gehofft, Eleanor hätte gelernt, sich in andere hineinzuversetzen, doch jetzt erkannte sie, wie unangebracht diese Hoffnung gewesen war. Welche Gründe das Mädchen auch immer hatte, Robert zu schonen, für Isabella galten sie jedenfalls nicht. Ebenso wenig für Eleanor selbst, wie es schien, denn welche andere Interpretation für die Schnittwunden an ihren Armen konnte es geben als Selbstbestrafung? Waren diese Wundmale ein sichtbares Zeichen von Sühne für Jacobs Tod? Fügte sie sich Verletzungen zu, um sich damit Gottes Vergebung zu verdienen? Aber wenn dem so war, warum beschwor sie dann mit Übergriffen auf Isabella erneut Gottes Zorn auf sich herab?

Da fiel es schon leichter zu glauben, Eleanor hätte den Verstand vollends verloren, als in ihrem Tun einen Sinn zu suchen. Ihr ganzes Gebaren sprach ja von Wahnsinn. Mit ausdruckslosen Augen starrte das Mädchen ins Leere und zeigte nicht die geringste Regung, während Lady Anne ihr Gesicht und Hände abwischte, ehe sie zu einer Haarbürste griff und ihr behutsam die verfilzten blonden Locken entwirrte. »Wie kann ich dir helfen, wenn die einzige Welt, die du haben willst, diejenige ist, an die dein Vater glaubte?«, murmelte sie. »Ist es wirklich so schwer einzusehen, dass ein Leibeigener ein Mensch ist, der genauso sehr von Gott geliebt wird wie du und das gleiche Recht darauf hat, glücklich zu sein?«

Sie legte die Bürste beiseite und suchte aus einer Truhe an der Wand gegenüber ein sauberes Hemd heraus. Ihr erster Impuls war es, ein dazu passendes Kleid aus von ihr selbst gesponnener Wolle auszuwählen, doch dann überlegte sie es sich anders und entschied sich für eine Robe mit langen Ärmeln. Eleanor ließ sich widerstandslos vom Hocker hochziehen und entkleiden, kehrte ihrer Mutter aber den Rücken, anstatt sich deren prüfendem Blick auszusetzen, als Lady Anne ihre beschmutzte und zerfetzte Unterwäsche wegräumte und durch frische ersetzte. Von hinten betrachtet wirkte Eleanors nackter Körper so dünn, dass man eher ein Kind vor sich zu haben glaubte als eine junge Frau.

Sobald sie fertig war, platzierte Lady Anne Eleanor wieder auf dem Hocker und machte sich daran, das Gemach aufzuräumen. Was hier geschehen war, offenbarte sich nur anhand der zu Boden geworfenen Flanellwäsche, der umgestoßenen Schüssel und des verschütteten Wassers, das

Isabella so mühselig heraufgeschleppt hatte. Auf Spuren eines Kampfes gab es allerdings kaum Hinweise. Die Spinnräder standen unversehrt an Ort und Stelle, und die gekämmte Wolle lag ordentlich aufgetürmt bereit. Durcheinandergeraten war nur die Spreu auf dem Boden. Durch sie zog sich eine Spur bis zu der Ecke, in der Isabella misshandelt worden war.

Es fiel Lady Anne nicht schwer zu erraten, dass Eleanor die Magd beim Eintreten mit einem schweren Gegenstand niedergeschlagen und durch das ganze Gemach in die Ecke geschleift hatte. Und auch Isabellas Entsetzen, als sie wieder zu sich kam und den wilden Hass in Eleanors Augen und die lange Nadel in ihrer Hand sah, konnte Lady Anne sich nur allzu lebhaft vorstellen.

Müde lehnte sie sich an die Wand und sprach, während sie zum Fenster hinausschaute, ihre Gedanken laut aus. »Was soll ich nur mit dir machen? Du fügst dir selbst Leid zu, wenn du allein bist, und anderen, wenn du es nicht bist. Allmählich wünsche ich mir, dein Vater wäre lebend heimgekehrt. Dann hätte er dich bei seiner nächsten Reise womöglich mit sich genommen.« Sie hatte gar nicht mit einer Antwort gerechnet. Umso überraschter war sie, als Eleanor mit flacher, gefühlloser Stimme zu sprechen begann.

»Ihr hättet mich nach Foxcote gehen lassen sollen, als ich darum gebeten habe. Wir hatten noch Pferde auf den Feldern, und Master de Courtesmain hätte mich hingebracht, wenn Ihr es ihm befohlen hättet.«

Den Blick weiter auf die Straße hinter dem Fenster gerichtet, sann Lady Anne darüber nach, wie übergangslos sich das Mädchen zwischen Wahnsinn und Vernunft hin und her bewegte. »Dein Onkel hätte dir den Einlass verweigert, so wie er es auch vor so vielen Jahren bei deinem Vater getan hat. Seiner Gemahlin gestattete er noch, ihrem Bruder zu schreiben, aber weiter reichte seine Großzügigkeit nicht. Er ist keiner, der vergeben kann.«

»Ich brauche seine Vergebung nicht. Ich habe nichts getan, womit ich ihn gekränkt haben könnte.«

»Nein«, bestätigte Lady Anne. »Die Schuld lag bei Sir Richard … aber das ändert nun auch nichts mehr. Milord of Foxcote wird dir niemals gestatten, unter seinem Dach zu leben.«

Für einen langen Moment trat Stille ein, ehe Eleanor wieder das Wort ergriff: »Lügt Ihr mich jetzt an, oder habt Ihr letztes Mal gelogen, als Ihr sagtet, es liege an der Eifersucht meiner Tante, dass ich nicht willkommen bin?«

Lady Anne drehte sich um und blickte sie unverwandt an. »Ich habe beide Male die Wahrheit gesagt. Deine Tante ist so eitel wie dein Onkel grob. An beiden gibt es nur wenig Bewundernswertes. Das macht das Leben in Foxcote schier unerträglich.«

»Wie könnt Ihr das wissen? Ihr seid nie dort gewesen.«

»Dein Vater und ich waren kurz nach unserer Vermählung dort. Es ist kein Ort, den ich noch einmal besuchen möchte.«

Ein triumphierendes Schimmern glomm in Eleanors Augen auf. »Dann wart Ihr es, die Verdruss erregt hat, und nicht Sir Richard. Werft Ihr ihm etwas vor, das Ihr selbst getan habt?«

»Sir Richard wurde der Zutritt verweigert. Also war ich gezwungen, mich dort ohne ihn aufzuhalten. In dieser Zeit gewann ich einen sehr schlechten Eindruck von dem Anwesen, und man wird mir meine Gefühle angesehen haben. Das kannst du mir vielleicht vorwerfen, aber sonst nichts.«

»Wie lange währte Euer Besuch?«

»Fünf Monate. Sie kamen mir vor wie eine Ewigkeit.«

Eleanor starrte sie mit weit geöffneten Augen an, die eher Verwirrung verrieten denn Triumph. »Was wollten sie von Euch?«

Lady Anne wandte sich wieder dem Fenster zu. Ein erster Hauch von Rotgelb in den Wäldern, die die sanften Hänge des Tals bedeckten, ließ die Hügel förmlich leuchten, aber man konnte nie wissen, welche Hässlichkeit sich unter den Kronen der Bäume verbarg. Wie viel Leben starb wohl gerade jetzt in ihrem Schatten?, sinnierte sie. Wurden in diesem Moment Kaninchen von Füchsen zerfetzt, Igeln von Dachsen die Innereien herausgerissen? Natürlich, auch das gehörte zur Natur und war notwendig, wenngleich so schrecklich zerstörerisch und blutig. Musste denn immer die Überlegenheit an Größe und Kraft obsiegen? Hatte der unschuldige Spatz denn keinen Wert, außer den Appetit des räuberischen Habichts zu befriedigen?

»Dein Onkel wollte mich wegen meiner Fähigkeiten als Pflegerin im Haus haben. Ich versorgte seine Halbschwester, die an ihre Kammer gefesselt war. Sie war ein zerbrechliches Kind, ein Jahr jünger, als du es jetzt bist, und ihr Leben hing an einem seidenen Faden. Ob sie lebte oder starb, kümmerte Milord of Foxcote wenig, aber er gestattete mir, ihr nach meinen Möglichkeiten zu helfen. Als sie wieder gesund war, schickte er sie in ein Kloster und mich heim nach Develish. Was danach aus ihr wurde, weiß ich nicht. In den Botschaften, die Lady Beatrix deinem Vater sandte, wurde ihr weiteres Schicksal nie erwähnt.«

»Wie hieß sie?«

»Mathilde. Ich hätte dich nach ihr genannt, aber das hat Sir Richard nicht zugelassen. Wir wurden in der Zeit, die wir zusammen verbrachten, zu Freundinnen.«

»Was für ein alberner Name! Ich hätte ihn nicht haben wollen.«

»Mir gefiel er … vielleicht auch deshalb, weil Mathilde selbst so überaus schön war. Sie war blond und hatte blaue Augen, so wie du.«

»War meine Tante eifersüchtig auf sie?«

»Mehr als eifersüchtig. Sie war förmlich zerfressen von ihrem Hass. Sie hielt Mathilde für böse und gab ihr die Schuld an jedem Übel, das Foxcote befiel. Selbst bei einer Missernte warf sie ihr vor, sie verursacht zu haben. Sie war zu dumm, um zu erkennen, wo der wahre Grund lag.«

So oft hatte Lady Anne sich gewünscht, Sir Richards Verwalter wäre da gewesen, als vier Monate nach ihrer Hochzeit das Pergament aus Foxcote eintraf. Hätte ihr Gemahl es ihr nicht hingeworfen und sie aufgefordert, ihm den Inhalt vorzulesen, hätte sie wohl nie erfahren, was darin stand. Selbst ein so grober und ungebildeter Mann wie Sir Richard wäre wohl davor zurückgeschreckt, eine solche Kunde mit seiner jungen Gemahlin zu teilen.

Es wäre nicht zutreffend gewesen zu behaupten, der Brief hätte irgendwelche Gefühle zerstört, die Lady Anne für Sir Richard hatte – sie hatte keine –, doch er ließ die Verachtung entstehen, die sie von Stund an für ihn empfand. Dieser Mann hatte keine Ehre im Leib. Er plusterte sich auf, brüllte durchs ganze Haus und behauptete, irgendein anderer Mann müsse die kleine Metze entjungfert haben; dann suchte er im Ale Zuflucht und zerfloss vor Selbstmitleid. Jeder war schuld, nur er nicht. Vor allem natürlich Lady Anne, weil sie weiter aus dem Pergament vorlas, obwohl er ihr längst befohlen hatte aufzuhören.

Doch was wäre aus Mathilde und Eleanor geworden, wenn sie nicht gesehen hätte, was da geschrieben stand? Milord of

Foxcotes wütenden Worten war zu entnehmen, dass seine dreizehnjährige Halbschwester ebenso verantwortlich für ihren Zustand war wie Sir Richard. Er forderte Entschädigung – wohlgemerkt für sich selbst, nicht für das Mädchen, das nach dem Tod seiner Mutter seiner Obhut anvertraut worden war. Für Mathilde gab es keine Zukunft. Jede Gelegenheit, eine Ehe für sie zu arrangieren, war vertan. Er betete für ihren Tod und für den des Inkubus in ihrem Leib.

»Welche Krankheit hatte sie?«

»Keine, die nicht mit Johanniskraut und ein bisschen Freundlichkeit geheilt werden konnte. Sie weinte sich jede Nacht in den Schlaf, weil sie glaubte, ihr Leben sei vorbei.«

»War sie Euch dafür dankbar, dass Ihr sie gerettet habt?«

»Ja.«

»Ich wäre das nicht gewesen. Lieber sterbe ich, bevor ich ins Kloster gehe!«

Lady Annes Atem beschlug die Glasscheibe. Sie beobachtete, wie die winzigen Tröpfchen sich auflösten, ebenso schnell, wie sie entstanden waren. »Sie wollte es aber. Ihre größte Sorge war, dass man sie zwingen würde, in Foxcote bei einem Bruder zu bleiben, der sie verabscheute und verachtete. Sie empfand für das Anwesen eine noch größere Abscheu als ich.«

»Sie scheint mir arm im Geiste.«

»Das mag sein, aber die Härten des Lebens, mit denen sie kämpfte, werden dir erspart bleiben. Ich denke oft an sie und hoffe, dass sie in ihrem Kloster Frieden gefunden hat.«

»Wie alt ist sie – falls sie noch lebt?«

»Siebenundzwanzig.«

Aus dem Augenwinkel verfolgte Lady Anne, wie Eleanor etwas an den Fingern abzählte. »Ihr müsst mich in Euch getragen haben, als Ihr sie gepflegt habt. Wurde ich in Foxcote geboren?«

Lady Anne nickte. »Ich habe dich nach Hause gebracht, als du zwei Wochen alt warst.«

Das Mädchen starrte sie aufgebracht an. »Wie konnte mein Vater das erlauben? Was, wenn diese Krankheit ansteckend gewesen wäre? Ihr hättet sterben können und ich mit Euch!«

»Er hoffte, Milord of Foxcotes Achtung zurückzugewinnen, indem er mich als Pflegerin anbot. Vor seiner Hochzeit hatte er das Anwesen oft besucht. Drei Wochen nachdem wir von Mathildes Zustand erfahren hatten, reisten wir gemeinsam in den Norden.«

Das war die einzige Form der Entschädigung, die Sir Richard leisten konnte, wenn er nicht Lady Annes Mitgift anbieten wollte. Doch ihr Geld war alles, was zwischen ihm und seinem Ruin stand, und er war gewiss nicht gewillt, es zu opfern. Auch hatte er bei Weitem nicht genug Achtung vor seiner Gemahlin, um sich darum zu scheren, ob der Sohn einer anderen Frau sein Anwesen erbte, solange das Kind nur von ihm stammte.

Als Sir Richards Eigentum blieb Lady Anne keine Wahl, als sich seinem Willen zu fügen. Allerdings stand ihr ebenso wenig wie ihm der Sinn danach, Develish zu verlieren. Sie wusste, dass ihre Ehe unerträglich werden würde, wenn man sie zusammen mit Sir Richard in einem abgelegenen, winzigen Gemach im Haus irgendeines Verwandten einsperrte. Und – wichtiger noch – sie kannte den Wert von Geheimnissen. Zwar mochte sie nur halb so alt sein wie ihr Gemahl, doch sie war klug genug, einen Machthebel zu erkennen, wenn sich ihr einer bot. Und die kleine Mathilde war in ihrer verzweifelten Sehnsucht nach Liebe so gewillt, wie Lady Anne sich das nur wünschen konnte, die Geschichte der Zeugung ihres Kindes zu erzählen und sie mit ihrer Unterschrift zu bestätigen, sobald Lady Anne sie niedergeschrieben hatte.

Im Laufe der Zeit hatte Lady Anne allerdings erkannt, dass das Dokument wertlos sein würde, es sei denn, sie ginge so weit, die Wahrheit über Eleanors außereheliche Geburt zu enthüllen. Sie hätte ihr Wissen vielleicht tatsächlich benutzt, wenn das Kind ein Knabe und Lady Anne selbst mit einem männlichen Erben gesegnet gewesen wäre, doch mit einer Tochter konnte man nichts erreichen, außer dass man der armen Eleanor viel Leid aufbürdete. Sie erinnerte sich noch an den Tag, da sie das Pergament den Flammen übergeben hatte – Isabella hatte ihr kurz davor voller Stolz erzählt, dass die Bediensteten im Unterricht große Fortschritte machten und die meisten inzwischen recht gut lesen konnten.

»›Zustand‹ ist ein sonderbares Wort für eine Krankheit«, sagte Eleanor langsam in das Schweigen hinein. »Erwartete sie etwa ein Kind?«

»Ja.«

»Bin … ich ihre Tochter?«

»Ja.«

Kurzes Zögern. »War Sir Richard mein Vater?«

Lady Anne drehte sich zu Eleanor um. »Daran hat es nie den geringsten Zweifel gegeben«, erklärte sie. »Schon bei deiner Geburt sahst du aus wie er, und im Heranwachsen bist du ihm immer ähnlicher geworden, in jeder Hinsicht. Von Zeit zu Zeit sehe ich auch deine Mutter in dir, aber nicht sehr oft. Sie war zu scheu, um sich wie du in den Mittelpunkt zu stellen. Wenn du schläfst, hast du ihre Gesichtszüge, aber nur dann.«

Eleanor starrte auf ihre Hände hinab. »Warum habt Ihr mir das nicht früher gesagt?«

»Dein Vater wollte es nicht erlauben. Er hat Milord of Foxcote einen Eid darauf geleistet, dass die Wahrheit für immer verborgen bleibt. Nur so konnte er es vermeiden, eine Entschädigung zu zahlen und zu verarmen. Zur Zeit deiner Geburt war so viel ...« – sie rang um das treffende Wort – »*Feindseligkeit* in der Luft, Eleanor. Hätte ich mich geweigert, in den Norden zu reisen und dich mit nach Hause zu bringen, wäre deine Zukunft völlig ungewiss gewesen.«

Die Züge des Mädchens verzerrten sich. »So wie Eure! Wenn man meinen Vater zum Zahlen gezwungen hätte, wärt Ihr nicht all die Jahre die Herrin von Develish gewesen. Ihr rückt Euch gern ins beste Licht, habt damit aber Eurem eigenen Interesse mindestens ebenso gedient wie meinem.«

»Es hätte mich ganz gewiss erbost zu sehen, wie meine Mitgift einem grausamen Untier wie Foxcote als Entschädigung in den Rachen geworfen worden wäre. Du durftest leben, weil ich darin eingewilligt habe, dich als mein eigenes Kind aufzuziehen. Wäre Mathilde weiter der Gnade ihres Bruders ausgeliefert geblieben, hätte er dich ersticken lassen, bevor du deinen ersten Atemzug getan hättest, und die Entschädigung für ein weiteres Pferd ausgegeben.« Mit einem Kopfschütteln nahm sie Eleanors Gesichtsausdruck zur Kenntnis. »Sei nicht naiv, Eleanor. Dein Vater war genauso wenig davon angetan, sich zu dir zu bekennen, wie es Milord of Foxcote und Lady Beatrix waren. Später hat er dich geliebt, aber nicht am Anfang, als du ein Säugling warst.«

»Ich würde gern wissen, warum *Ihr* mich nicht erstickt habt. Ich bin doch immer eine Enttäuschung für Euch gewesen.«

Lady Anne schwieg, denn ein Widerspruch wäre auf taube Ohren gestoßen. Eleanor würde wie immer nur das glauben, was sie glauben wollte. Mehrmals hatte Lady Anne in den letzten zwei Jahren versucht, Sir Richard zu überreden, seinen Eid zu brechen und Eleanor aufzuklären, doch er hatte sich stets geweigert. Er hatte Angst vor Eleanors Wutanfällen, befürchtete, sie würde ihre Heiratsaussichten zunichtemachen, indem sie ihr Geheimnis eines Tages im Zorn verriet. Wenn auch nur einer der Bauern die Wahrheit erfuhr, würde bald ganz Develish die Geschichte über die Abstammung von Sir Richards Tochter kennen.

Unter gesenkten Augenlidern beobachtete Eleanor Lady Anne. »Warum sagt Ihr mir das jetzt? Ihr hättet es doch auch an dem Tag tun können, an dem mein Vater starb. Oder in der Kirche, nachdem Thaddeus fortgegangen war. Oder im Kontor des Verwalters. Ist Isabella Euch so wichtig, dass Ihr mich verstoßt, nur weil sie weint?«

»Es steht nicht in meiner Macht, dich zu verstoßen. Das hätte nur Sir Richard tun können. Du kannst dich für frei erklären, wann immer du willst; mir ist das nicht möglich. Ich bin an meine Versprechen gebunden, die ich Mathilde vor und nach deiner Geburt gegeben habe.« Sie breitete bedauernd die Arme aus. »Ich weiß nicht, was ich mit dir anfangen soll, Eleanor. Ich dachte, es würde helfen, wenn du wüsstest, dass ich nicht deine Mutter bin. Du hättest vielleicht eine Erklärung dafür, warum du dich mehr zu deinem Vater hingezogen fühlst als zu mir. Die Blutsbande zwischen euch sind sehr stark. Er konnte deine Zuneigung auf eine Weise gewinnen, die mir nicht möglich war.«

Eleanor wand die Bänder ihres Kleids um ihre Finger und löste sie wieder. »Ihr habt es ja nicht einmal versucht. Es machte Euch glücklich, die Liebe Eurer Leibeigenen zu gewinnen, aber ich war Euch nie so wichtig, dass Ihr Euch um die meine bemüht habt.«

Lady Anne unterdrückte einen Seufzer. Es gab so wenig, was Eleanor richtig zu verstehen schien. »Weißt du überhaupt, was Liebe ist?«, fragte sie. »Anscheinend bist du nicht fähig, sie zu erkennen, es sei denn, sie ist prunkvoll und laut und kommt mit allerlei Schmuck und Tand daher.«

»Ich habe die Sorge in Eurem Gesicht gesehen, als Ihr zu Isabella geeilt seid. Mich habt Ihr nie auf diese Weise angeschaut. Selbst als Ihr mir gerade eben den Arm abgewischt habt, war Euch keine Besorgnis anzumerken … nur Zorn.«

Lady Anne bezweifelte, dass das zutraf – sie hatte versucht, das Mädchen zu beruhigen, nicht zu bestrafen –, andererseits hielt sie es für zwecklos, sich mit ihr auseinanderzusetzen. Eleanor lebte in ihrer eigenen Welt und würde die Wirklichkeit nicht an sich heranlassen. »Natürlich bin ich zornig«, bestätigte sie mit leiser Stimme. »Du kennst die Gesetze gut genug, um zu verstehen, dass ich als Lehnsherrin Gericht über dich halten muss. Was erwartest du eigentlich von mir? Dass ich so tue, als hättest du Isabella keine Nadel in die Brust gestoßen? Dass ich versuche, zweihundert Bauern einzureden, das sei nur ein harmloser Streich gewesen und es sei nicht nötig, dich zu bestrafen? Bist du wirklich derart töricht?«

»Was sie denken, ist doch völlig gleichgültig. Ihr seid ihre Herrin. Sie müssen hinnehmen, was Ihr sagt.«

»Wie auch du. Ich habe dir schon einmal gesagt, dass ich dich kein zweites Mal schützen werde. Noch heute wirst du im großen Saal als Angeklagte vor unseren Leuten stehen. Ich möchte Isabella nur etwas Zeit geben, ein wenig zu Kräften zu kommen.« Sie musterte das Mädchen. »Wenn du klug bist, wirst du deine Schuld zugeben und Isabella um

Verzeihung bitten, ohne sie zu zwingen, eine Aussage zu machen. Viele werden sich an Jacobs Tod erinnern, wenn Isabella beschreiben muss, wie grausam du sie verwundet hast. Wenn ich kann, werde ich versuchen, deine Taten als einen Anfall von Wahnsinn darzustellen.«

Eleanors Augen flammten auf, wenn auch mehr aus Wut als vor Angst, wie es Lady Anne schien. »Ich bin nicht verrückt, und eine Sklavin werde ich niemals um Verzeihung bitten. Und wenn Ihr versucht, mich dazu zu zwingen, werde ich Euch Develish wegnehmen. Als Sir Richards Erbin habe ich ein größeres Recht darauf als Ihr. Zu seinen Lebzeiten wart Ihr sein Eigentum, und jetzt, da er tot ist, seid Ihr überhaupt nichts mehr!«

Lady Anne schaute wieder aus dem Fenster. »Keine von uns beiden kann Develish für sich beanspruchen, Eleanor«, antwortete sie ruhig. »Und das weißt du. Ich habe es dir schon so oft erklärt: Nun, da Sir Richard tot ist, wird das Anwesen an einen neuen Lord fallen, und du wirst auf seine Mildtätigkeit angewiesen sein. Falls Sir Richards Vetter noch lebt, wenn die Pest vorübergezogen ist, wird er Herr über dieses Gut werden. Sollte er tot sein, wird Milord of Blandeforde hier einen Fremden einsetzen.«

»Das werde ich nicht akzeptieren.«

»Dann musst du hoffen, dass Milord dich für reizvoll genug hält, um sich die Mühe zu machen, einen wohlhabenden Witwer für dich zu finden, der willens ist, dich zu heiraten und die für die Erbschaft fälligen Abgaben und Steuern zu zahlen. Wenn du Glück hast, wird der Mann, den er auswählt, nicht über vierzig sein.«

»Das würdet Ihr doch gar nicht zulassen. Ihr werdet ihn Euch selbst angeln, damit Ihr hier die Herrin bleiben könnt.«

Den Blick auf den fernen Horizont gerichtet, murmelte

Lady Anne: »Da täuschst du dich. Mir war von Anfang an klar, dass es hier in Develish nach dem Tod deines Vaters keine Zukunft für mich geben wird. Sobald die Gefahr vorbei ist, werde ich das Anwesen verlassen und zusehen, dass ich mir meine eigene Zukunft aufbaue. Ich ziehe es vor, von den Talenten zu leben, die *ich* habe, statt mich von einem Mann abhängig zu machen, den ich nicht respektieren kann.«

»Und was wird aus mir?«, begehrte Eleanor auf. »Ich werde Euch auf keinen Fall folgen und die Rolle der Tochter einer Frau ohne Rang und Namen spielen.«

Lady Anne ließ sich auf einen Hocker nieder und griff nach einem Kamm und einem Ballen Rohwolle. »Das würde ich auch gar nicht von dir erwarten. Du musst für dich selbst entscheiden.« Sorgfältig zog sie den Kamm durch die verhedderten Wollfasern und glättete sie.

»Ich möchte hier die Herrin sein.«

»Wenn das so ist, tritt Milord of Blandeforde als gehorsame Dienerin gegenüber und bitte ihn um einen Gemahl. Zornesausbrüche und Tobsuchtsanfälle werden dir nichts nützen. Milord wird viel eher geneigt sein, dir zu helfen, wenn er dich für sanft und unterwürfig hält.«

»Aber er wird nicht wissen, wer ich bin. Ihr müsst das Ersuchen für mich stellen.«

Lady Anne schüttelte den Kopf. »Damit würde ich dir keinen Gefallen erweisen. Als Witwe eines seiner Vasallen bin ich ebenso sein Eigentum, wie ich es für Sir Richard war. Es wird für keine von uns beiden einen Ausweg geben, wenn er an deiner Stelle mich zu einer Ehe zwingt. Du musst mir gestatten fortzugehen und selbst für dich sprechen.«

»Werdet Ihr Eure Leibeigenen genauso leichtherzig im Stich lassen?«, stieß Eleanor bitter hervor.

»Nicht, wenn sie sich entscheiden, mit mir zu gehen.«

»Das können sie doch nicht! Milord of Blandeforde wird darauf bestehen, dass sie ihren Eid einhalten.«

Lady Anne bedachte Eleanor mit einem dünnen Lächeln. »Wie denn? Wo ist er? Wo sind seine Büttel? Wo sind seine Boten? Sind er und seine Leute überhaupt noch am Leben?«

Eleanor spürte im Bauch ein banges Flattern. Bisher hatten sich ihre Vorstellungen von der Zukunft immer um die Sorge gedreht, nicht als diejenige anerkannt zu werden, die sie war, und nie darum, dass der Mann, den sie für sich gewinnen musste, tot sein könnte. »Es wird schon jemand kommen.«

»Und was wird er vorfinden? Ein verlassenes Herrenhaus, niedergebrannte Hütten und seit Monaten vernachlässigte Felder. Er wird annehmen, dass wir denselben elenden Tod erlitten haben wie die Bewohner aller anderen Landgüter in dieser Gegend.« Als das Mädchen keine Regung zeigte, hob Lady Anne den Kopf. »Unsere Bauern sehnen sich genauso sehr nach Freiheit wie ich, Eleanor. Da so viele tot sind, werden sich all jenen, die geschickt sind und etwas können, Männern wie Frauen, ungeahnte Möglichkeiten eröffnen, in den Städten einen guten Lebensunterhalt zu verdienen – insbesondere denjenigen, die des Lesens und Schreibens mächtig sind. Wenn sie einen neuen Namen annehmen und sich eine neue Geschichte geben, wird niemand sie als ehemalige Leibeigene auf dem Gut Develish erkennen.«

Zorn flammte in Eleanor auf. »Sie haben meinem Vater den Treueid geleistet! Ich werde Milord of Blandeforde sagen, dass sie geflüchtet sind, und verlangen, dass er auf sie Jagd macht.«

Lady Anne maß sie mit einem skeptischen Blick, dann beugte sie sich wieder über ihre Arbeit. »Man wird dir nicht glauben«, murmelte sie. »Seine Büttel werden denken, dass du wahnsinnig bist, wenn sie dich ganz allein in diesem Haus antreffen, noch dazu mit verfilzten Haaren und einem unverschnürten Kleid. Es ist nicht gerade üblich, dass junge Damen aus besseren Familien ohne Aufpasserin oder eine ältere Zofe in einem verlassenen Haus umherstreifen. Sie werden dich für eine Dirne halten.«

»Nicht jeder Leibeigene wird fortgehen.«

»Du musst dafür beten, dass du recht behältst. Sonst wirst du nicht in der Lage sein, dich zu ernähren.«

Die Augen des Mädchens verengten sich. »Ihr vergeudet nur Euren Atem, wenn Ihr versucht, mir Angst einzujagen, damit ich Isabella um Vergebung anflehe. Schon aus Angst vor der Pest wird sich niemand von hier fortwagen, solange Thaddeus nicht zurückgekehrt ist.«

»Die meisten fürchten den Hunger mehr. Falls es Thaddeus gelingt, Vorräte zu finden, können wir den Aufbruch vielleicht noch bis zum Frühling hinausschieben, aber wenn er scheitert, haben wir nur eine Wahl: verhungern oder uns den Proviant auf den Rücken laden und unsere Freiheit woanders suchen – und zwar noch vor Weihnachten. Manche befürchten vielleicht, sie könnten eine solche Strapaze nicht bewältigen, aber Gyles und John Trueblood sind zuversichtlich, dass dennoch alle bereit sind, es zu versuchen.«

Eleanor starrte sie ungläubig an. »Ihr wollt mit *Leibeigenen* auf Wanderschaft gehen? Habt Ihr denn gar keinen Stolz?«

»Keinen, den du anerkennen würdest. Meiner gilt unseren Leuten und ihren Leistungen. Ich werde gern an ihrer Seite marschieren, wenn das ihre Hoffnung stärkt. Du wirst dasselbe tun, ohne zu klagen, sofern du dich entscheidest mitzukommen.«

Die Fassungslosigkeit in Eleanors Blick wich Verachtung. »Das werde ich nicht. Es beschämt mich, dass Ihr vor Leibeigenen zu Kreuze kriecht.«

»Dann musst du dich hier allein zurechtfinden. Ich werde dir die gleichen Rationen zurücklassen, die jeder von uns mitnehmen wird. Aber es wird dann deine Sache sein, das Essen zuzubereiten. Im Gemüsegarten wurden Winterweizen und Steckrüben angepflanzt. Wenn du sie richtig pflegst, kannst du im Frühling eine gute Ernte einbringen.«

»Ich werde doch nicht die Arbeit von Leibeigenen verrichten!«

»Du wirst verhungern, wenn du es nicht tust.«

»Dann müsst Ihr den Bediensteten befehlen zurückzubleiben!«

Lady Anne schüttelte den Kopf. »Jeder wird über seine Zukunft selbst entscheiden – wie du. Du hast noch ein paar Wochen Zeit, deine Entscheidung zu treffen, aber wenn du klug bist, fängst du schon jetzt damit an, darüber nachzudenken.«

Eleanor starrte sie mit flackernden Augen an. Sie klammerte sich an die Hoffnung, dass nichts von alldem der Wahrheit entsprach und Lady Anne ihr nur Angst einjagen wollte, um sie so zu einer Entschuldigung zu bewegen. »Ich werde froh sein, wenn Ihr geht!«, stieß sie trotzig hervor. »Ich wollte Euch ohnehin nie als Mutter haben.«

»Ich weiß – und hätte ich einen besseren Weg gefunden, dir zu helfen, hätte ich ihn gewählt. Ich hatte nie die Absicht, so zu tun, als wäre ich etwas, das ich nicht bin.«

Das Mädchen nahm diese Sätze ohne Regung hin. »Ich habe mich entschieden, mich ab sofort für frei von Euch zu erklären. Wenn ich nicht Eure Tochter bin, könnt Ihr mir nicht befehlen, vor die Leibeigenen zu treten.«

»Doch, das kann ich allerdings«, entgegnete Lady Anne milde. »In einer Stunde wirst du dich Isabellas Beschuldigungen stellen. Falls nötig, entsende ich Gyles Startout und John Trueblood, damit sie dich den Bauern vorführen.«

»Wagt das bloß nicht!«, zischte das Mädchen. »Glaubt Ihr etwa, ich lasse mich von Euch erniedrigen, wo Eure Verbrechen so viel schwerer wiegen?«

»Welche Verbrechen habe ich denn begangen?«

»Ketzerei … Gotteslästerung … Frevel … falsches Zeugnis. Ich werde enthüllen, wie Ihr unsere Bauern betrogen und Euch als meine Mutter ausgegeben habt, damit Ihr Develish für Euch behalten könnt.«

Lady Anne musterte sie. »Du würdest all das sagen, nur um Isabella nicht um Verzeihung bitten zu müssen?«

»Das würde und werde ich sagen.«

»Ich bitte dich, darauf zu verzichten.«

»Ich werde es trotzdem tun«, erklärte Eleanor, die Lippen in kaltem Triumph gekräuselt. »Und Ihr müsst die Schuld bei Euch selbst suchen, wenn Eure hochgeschätzten Bauern Euch als die Lügnerin erkennen, die Ihr seid.«

Seufzend legte Lady Anne Wolle und Kamm beiseite. »Dann sei es so.« Sie erhob sich und streifte die Wollfussel von ihren Röcken. »Ich werde Master de Courtesmain bitten, sie alle in den großen Saal zu rufen. Und da ich durchaus die Absicht habe, dich zu zwingen, dich zu den Verletzungen zu bekennen, die du Isabella zugefügt hast, kannst du von mir aus gern dein Sprüchlein aufsagen, bevor Beschuldigungen gegen dich vorgebracht werden.« Sie näherte sich der Tür. »Nutze die nächste Stunde und geh noch einmal in dich, Eleanor. Noch sind wir, du und ich, die Einzigen, die wissen, dass du nicht meine Tochter bist. Du wärst gut beraten, es dabei zu belassen.«

Hugh de Courtesmain drückte sich unsicher vor Lady Annes Kemenate herum, bis er sie die Spinnkammer verlassen sah. »Ist alles gut, Milady?«, erkundigte er sich, als sie auf ihn zutrat.

»Nur wenn es Isabella gut geht«, antwortete sie. »Ist Martha bei ihr?«

Er nickte. »Ich habe beide auf Geheimhaltung eingeschworen.«

»In wessen Namen, Master de Courtesmain?«

»In Eurem, Milady. Ich dachte mir, Ihr würdet gewiss nicht den Wunsch haben, Eure Tochter zum Gegenstand des allgemeinen Klatsches werden zu lassen.«

»Und was sind Marthas Gefühle, was ihre Tochter betrifft, Sir? Ist sie glücklich, wenn sie schweigt, um meine zu schützen?«

Er machte eine kleine Verbeugung. »Sie ist eine Leibeigene, Milady. Sie wird alles tun, was Ihr befehlt.«

»Gewiss. Sie ist eine großzügige Frau. Auf die eine oder andere Weise hat sie all ihre Kinder in Develishs Diensten hergegeben. Ich freue mich auf den Tag, an dem Thaddeus ihre Söhne heimbringt. Der Tod ihrer Tochter Abigail war schlimm genug. Verlöre sie nun auch noch Ian und Olyver, würde sie das nicht überleben.«

»Ich bete jeden Tag für die Zwillinge, Milady.«

»Dessen bin ich mir sicher, Master de Courtesmain«, antwortete Lady Anne, sorgfältig darauf bedacht, sich keinen Sarkasmus anmerken zu lassen. »Möchtet Ihr mir noch einen weiteren Dienst erweisen?«

»Selbstverständlich, Milady.«

»Würdet Ihr die Bewohner dieses Anwesens bitten, sich in einer Stunde im großen Saal zu versammeln? Gebt keinen Grund an, sondern versichert ihnen nur, dass Isabella lebend gefunden wurde. Ich fürchte, Clara Trueblood hat womöglich mehr Aufregung verbreitet, als nötig gewesen wäre.« Sie klopfte sachte an die Tür zu ihren Gemächern. »Ich bin es, Martha, Lady Anne. Ich kann dir jetzt helfen. Darf ich eintreten?«

Die Tür öffnete sich einen Spaltbreit, und Hugh bekam kurz Marthas vernarbtes Gesicht zu sehen, bevor Lady Anne hineinschlüpfte und die Tür vor seiner Nase wieder schloss. Ein hastiger Blick nach links und rechts, dann presste er das Ohr an die Holzvertäfelung, doch was immer drinnen besprochen wurde, die Stimmen waren so gedämpft, dass er im Dunkeln darüber blieb, warum die Bauern in den großen Saal befohlen wurden, und auch nicht erfuhr, was Lady Anne bei der Versammlung zu verkünden gedachte.

Während die zweihundert Leibeigenen in den Saal strömten, steigerte der Franzose sich in einen immer tieferen Groll hinein. Selbst die Kinder nahmen teil. Und er, Hugh de Courtesmain, kannte die Gründe für diese Versammlung nicht. Noch wütender wurde er, als er Martha durch die Menge huschen und Vertrauliches in bereitwillig gespitzte Ohren flüstern sah. Er beobachtete die Gesichter derjenigen, mit denen sie sprach, sah die Überraschung und den Unglauben in ihren Augen und erkannte, dass diese Frau seinen Befehl zu schweigen dreist missachtete.

War Lady Anne denn von allen guten Geistern verlassen? Glaubte sie allen Ernstes, sie könne eine von Martha zur Raserei angestachelte Menge unter Kontrolle behalten? Er nahm an, sie beabsichtigte, sich für Eleanors Verhalten zu entschuldigen, doch wenn dem so war, hatte sie ihr Urteilsvermögen von ihrer Überheblichkeit trüben lassen. Gab sie sich wirklich derartigen Illusionen über die Liebe dieser

Leute zu ihr hin, dass sie glaubte, sie könne sie dazu bringen, ihrer Tochter zu vergeben und zu vergessen, dass sie der Magd in die Brust gestochen hatte? Heute mochten sie sich ihre Bitten vielleicht noch anhören, aber morgen würde ihre Stimme im Getöse der Forderungen nach Gerechtigkeit untergehen.

Jetzt verfluchte er Lady Annes Narretei, auf dem Gut eine Gesellschaft geschaffen zu haben, in der Bauern sich den Lords ebenbürtig fühlten, und verfluchte auch seine eigene Naivität, mit der er Martha um Diskretion gebeten hatte. Er entdeckte den Vorwurf in den Blicken, die sich auf ihn richteten, und stellte sich vor, Martha würde überall verbreiten, der Franzmann habe nicht gewollt, dass Eleanor sich für ihre Taten verantwortete. In seiner Angst davor, zur Rechenschaft gezogen zu werden, setzte er dazu an, in die hinterste Ecke zurückzuweichen, wo es am dunkelsten war – doch dazu kam es nicht mehr. Plötzlich erstarb das Stimmengewirr.

Oben am Treppenabsatz war Lady Anne erschienen, an ihrer Seite Isabella, der sie den Arm um die Taille gelegt hatte, um sie zu stützen. Das Mädchen wirkte gefasst, wenn auch ein wenig blass. Sie lächelte sogar, als sie vorne, am Kopf der Menge, ihren Vater erblickte. Lady Anne fragte sie, ob sie sich zu ihm setzen wollte, doch Isabella schüttelte den Kopf. »Ich würde lieber bei Euch bleiben, Milady.«

Die zwei gaben ein hübsches Bild ab, dachte Hugh bitter: Jede hatte ein liebreizendes Gesicht, das einfach allen gefallen musste. Und vielleicht war Lady Anne gar nicht so dumm. Wer würde es schon wagen, sie zu schelten, solange Isabella an ihrer Seite blieb?

Die sanften braunen Augen der Frau suchten die ihr zugewandten Gesichter ab. »Ihr habt großes Vertrauen in mich gesetzt«, begann sie. »Gemeinsam haben wir hart gearbeitet, um in Develish ein gedeihendes Gut aufzubauen. Von Anfang an hat uns das ehrgeizige Ziel verbunden, dass ihr eines Tages in der Lage sein werdet, euch einen Weg aus der Knechtschaft zu erkaufen und als freie Männer und Frauen auf eurem eigenen Land zu arbeiten. Ich bedaure von ganzem Herzen, dass ich nicht schon zu Sir Richards Lebzeiten mit aller Kraft darauf hingearbeitet habe, dieses Ziel zu erreichen. Es war ein Fehler zu glauben, die Zeit sei auf unserer Seite.«

»Macht Euch keine Vorwürfe, Milady!«, rief eine Stimme aus der Menge. »Niemand hätte die Pest voraussagen können.«

Aus allen Kehlen erhob sich zustimmendes Gemurmel. »Wir haben ja nur dank Euch überlebt«, erklärte der weit vorne postierte John Trueblood.

Lady Anne schüttelte den Kopf. »Ihr habt überlebt, weil ihr euch gegenseitig geholfen habt, John. Und dafür wart ihr gar nicht auf meine Befehle angewiesen. Ihr alle, die ihr in Develish lebt, habt schon früh verstanden, wie wertvoll es ist, sich gemeinsam für das Wohl aller einzusetzen.«

»Ihr wart es, die uns das gelehrt hat, Milady«, sagte Gyles Startout. »Bevor Ihr kamt, hatten wir wenig, worauf wir uns freuen konnten. Es gab nicht viel zu erwarten außer schlechter Gesundheit und Not … ganz zu schweigen von den Drohungen des Priesters mit der Hölle, wenn wir es wagten, uns über die Bedingungen hier zu beklagen.«

»Und ich fürchte, das könnte wieder passieren, wenn die Pest überstanden ist, Gyles. An dem Tag, an dem räuberische Reiter entdecken, wie gut es uns in Develish geht, kann ich nichts mehr tun, um zu verhindern, dass unser Leben von Kerlen wie Milord of Blandeforde bestimmt wird.«

»Was wird dann aus uns?«, fragte eine Frau.

»Das müsst ihr selbst entscheiden. Wenn ihr es vorzieht, in Develish zu bleiben, braucht ihr nur dem neuen Lord den Treueid zu leisten und die Forderungen, die er an euch stellt, zu erfüllen.«

»Aber sie werden eine schreckliche Bürde sein«, gab John Trueblood zu bedenken. »Wir werden mindestens zwei Jahre lang Hunger leiden, wenn ein neuer Lord von uns verlangt, dass wir seine Speicher und Truhen auffüllen, ehe wir etwas in unsere eigenen geben.«

»Und was wird aus Euch, Milady?«, rief eine Männerstimme. »Wird Milord of Blandeforde auch über Eure Zukunft bestimmen?«

»Gewiss … solange ich bereit bin, auf die Knie zu sinken und ihn um Milde zu bitten«, schmunzelte sie, und jäh tanzten ihre Augen. »Wer weiß? Vielleicht ist er ja großzügig und findet für mich einen Mann wie Sir Richard.« Vergnügt nahm sie das schallende Gelächter entgegen, das daraufhin ausbrach. »Wir sind gar nicht so verschieden, ihr und ich. Unsere Zukunft wird davon abhängen, wie gut oder schlecht Milord of Blandeforde sein Essen an dem Tag verdaut haben wird, an dem er einen neuen Herrn für uns bestimmt.«

»Werdet Ihr diesen Ehemann annehmen, Milady?«, fragte Clara Trueblood.

»Nein, Clara, das werde ich ganz bestimmt nicht! Lieber bin ich arm als mit einem zweiten Sir Richard verheiratet. Ebenso wenig habe ich den Wunsch, in ein Kloster einzutreten. Die Ketten der Kirche sind so stark wie diejenigen, mit denen unser Vieh und unsere Leibeigenen angebunden werden. Ich aber strebe nach Freiheit, nicht nach noch mehr Knechtschaft.« Sie zog Isabella näher an sich heran. »Genau wie dieses Kind … Doch wenn Milord of Blandefordes Männer hier nach dem Ende der Pest einfallen, werden sie

sie als Leibeigene betrachten, und dann ist ihr Schicksal für immer besiegelt. Dasselbe wird für euch alle gelten.«

»Welche andere Wahl haben wir?«

»Das Anwesen zu verlassen und uns woanders ein neues Dasein aufzubauen. Ich habe diese Angelegenheit mit euren Anführern erörtert, und wir sind alle einig, was Milord of Bourne betrifft: Sofern er die Wahrheit sagte, bevor er unsere Häuser in Brand setzte, ist tatsächlich jedes Dorf weit und breit zerstört worden. Warum sollte es Develish anders ergehen? Wenn Reiter vorbeikommen und es verlassen vorfinden, werden sie annehmen, dass wir an der Seuche zugrunde gegangen sind. Wir können überallhin ziehen, wo es uns gefällt, und wenn wir unseren Verstand nutzen, finden wir ein Auskommen. Niemand wird uns suchen.«

Hugh musste an sich halten, um seinen Schock zu verbergen. Er hatte schon einigen Frevel aus dem Mund dieser Frau vernommen, aber das hier war bislang der schlimmste! Weit davon entfernt, ihre Tochter zu entschuldigen, stachelte sie ihr Volk jetzt zum Aufruhr an! Kannte sie denn nicht die Strafe für solches Gerede? Begriffen ihre Leibeigenen nicht, was es bedeutete, den Treueid zu brechen? Waren sie alle derart verblendet, dass sie es auf ihren Befehl hin trotzdem taten?

Nun sprach John Trueblood zur Menge. »Diejenigen unter uns, die über unsere Möglichkeiten beratschlagt haben, haben in aller Ruhe darüber nachgedacht, wie es weitergehen soll. Und das muss auch jeder von euch tun: sich Zeit nehmen und über die Zukunft nachdenken. Über einen Aufbruch von hier hat Thaddeus gemeint: entweder alle oder keiner. Jemanden zurückzulassen ist gefährlich. Die Zurückgebliebenen mögen noch so fest entschlossen sein zu schwören, dass alle anderen gestorben sind, doch wenn

Milord of Blandeforde nur den geringsten Zweifel hat, wird er die Wahrheit mit glühenden Eisen aus ihnen herauspressen.«

»John hat recht«, bestätigte Lady Anne. »Ihr müsst miteinander sprechen und euch einig werden, bevor ihr eine Entscheidung trefft. Ich bete inständig zu Gott, dass Thaddeus und seine jungen Gefährten bald zurückkehren und uns über die Verhältnisse auf dem Land jenseits unserer Grenzen berichten. Wenn ihr diese Schilderung hört, werdet ihr besser in der Lage sein, den Plan zu beurteilen.«

Von hinten meldete sich James Buckler zu Wort. »Während ihr überlegt, denkt bitte daran, dass die Zeit drängt. Wenn wir den Gürtel enger schnallen, reichen unsere Vorräte vielleicht noch bis Weihnachten oder etwas länger, aber ohne Nachschub von Thaddeus haben wir nur die Wahl zwischen dem Hungertod und den Gefahren eines Aufbruchs ins Unbekannte.«

Allgemeines Gemurmel wogte durch den Saal, da sich nun jeder mit erregten Bemerkungen und Fragen an seinen Nachbarn wandte. War es das, worauf Martha sie alle vorbereitet hatte?, fragte sich Hugh. Dass sie über ihre Freiheit sprechen sollten, anstatt Lady Eleanor zu verdammen?

Schließlich gebot Lady Anne mit erhobener Hand Stille. »Es gibt noch etwas, das ihr wissen solltet«, erklärte sie. »Lady Eleanor zieht es vor, hierzubleiben und euch als Drückeberger zu titulieren, wenn ihr weggeht. Sie beansprucht Develish als ihr Eigentum und wird alles tun, was nötig ist, um an die Stelle ihres Vaters zu treten. Das könnte ihr auch gelingen, wenn sie Milord of Blandeforde davon überzeugt, dass ich ein Verbrechen begangen habe, als ich Sir Richard bei seiner Rückkehr von Bradmayne den Einlass verweigerte.«

»Ihr habt nur getan, was recht und billig war, Milady!«, erklärte Gyles in der vordersten Reihe. »Versteht Lady Eleanor das denn nicht?«

»Das kannst du sie selbst fragen, Gyles.« Lady Anne spähte zur Vorhalle hinaus in Richtung Spinnkammer. »Ich habe es ihr freigestellt zu sagen, was sie auf dem Herzen hat, bevor sie Isabella Rede und Antwort steht.«

DREISSIG

Holcombe am Fluss Pedle

Thaddeus wartete, bis Peter und Joshua nicht mehr zu sehen waren, dann trug er Axt und Hammer über die Straße zu dem Gebäude gegenüber dem Gasthof. Killer, der immer noch vor dem Haus angebunden war, begrüßte ihn mit einem Schnauben. Kurz strich er ihm mit der Hand über den Hals und flüsterte ihm ins Ohr, er solle weiter wachsam bleiben, dann machte er sich daran, die breite Haustür zu untersuchen, die sich rechts neben einem mit schweren Läden versiegelten Fenster befand. Sofort bannte eine kreisrunde Öffnung unter dem Riegel seinen Blick. Sie glich derjenigen im Portal der Kirche von Develish, und Thaddeus vermutete, dass die Tür sich auf die gleiche Weise öffnen ließ.

In Develish war der Riegel aus massivem Eichenholz geschnitzt, ummantelt von einem robusten, grob gezimmerten Kasten. Niemand wusste, wer das Schloss angefertigt hatte – ein reisender Handwerksmeister vielleicht –, doch der Mechanismus hatte es Thaddeus seit jeher angetan. Ein Schlüssel mit einem aus winzigen Rechtecken gefertigten Bart wurde durch das Loch hindurch bis zum Kasten am anderen Ende geschoben, dann musste man vorsichtig herumnesteln, bis der Bart auf drei Stifte stieß, die dann je nach

Drehrichtung aus geschnitzten Einkerbungen heraussprangen oder in sie hineinglitten. Pater Anselm hatte behauptet, es sei unmöglich, ein solches Schloss aufzubrechen, doch Thaddeus hatte dagegengehalten, dass die Schwäche dieses Systems nicht in den Stiften bestand, sondern im Kasten, der mit Holzdübeln an der hinteren Seite der Tür angebracht war. Ein kräftiger Hieb mit der Axt konnte schon genügen, um das Holz zu zersplittern und die Dübel entsprechend zu lockern. Was nun dieses Schloss betraf, kam Thaddeus wohl auch das Glück des Tüchtigen zu Hilfe, jedenfalls entstand gleich beim ersten Schlag ein Spalt, der hinreichend groß war, um ein Messer hindurchzuschieben. Tatsächlich spürte er kurz darauf voller Genugtuung, dass ein Dübel nachgab. Mehrere Axthiebe später konnte er das hintere Ende des Kastens sehen – er war breiter und tiefer als sein Gegenstück in Develish –, und als Edmund und Peter zurückkehrten, ging er bereits mit Hammer und Meißel zu Werke, um die Dübel aus ihrer Verankerung zu lösen. Mit ihrem lauten Geschwätz rissen ihn die Jungen aus seiner Konzentration.

»Ist es wahr, dass du ein freier Mann bist?«, fragte ihn Edmund. »Joshua heult sich die Augen aus dem Kopf, weil er glaubt, dass du nach Frankreich gehst und die Hunde mitnimmst.«

Thaddeus hielt inne. »Könntest du dich bitte verständlicher ausdrücken?«

»Keiner von uns will nach Develish zurück. Es ist herrlich, frei zu sein. Wenn du fortgehen willst, möchten wir gerne mit dir gehen.«

»Und was hat Frankreich damit zu tun?«

Peter wand sich vor Verlegenheit. »Ich habe Joshua gesagt, dass du längst dort wärst, wenn wir dir nicht so eine

Last wären. Weißt du, Thaddeus, er mag dich wirklich gern. Es wird ihm das Herz brechen, wenn du ohne ihn verschwindest.«

Edmund nickte. »Wir alle mögen dich. Unsere Väter lassen uns nie über die Dinge sprechen, die wirklich wichtig sind.«

»In Frankreich könnten wir deine Leibgarde sein«, drängte Peter. »Und du kannst dich Sir Richard of Develish nennen. Keiner wird irgendetwas merken.«

Thaddeus schmunzelte. »Ihr wollt mir den Namen eines kleinen, fetten, ungebildeten Mannes aufhalsen, der weder lesen noch schreiben konnte, zu unbedeutend war, um mehr als ein winziges Landgut zu bekommen, und der eine schreckliche Tochter zeugte, die meinen Bruder umgebracht und Jungen zum Spaß ausgepeitscht hat? Da bleibe ich lieber ein Sklave.«

»Dann nenn dich doch Lord of Foxcote«, schlug Peter vor. »Niemand ist gestern misstrauisch geworden.«

»Der würdest du aber auch nicht sein wollen«, wandte Edmund nachdenklich ein. »Meine Mutter sagt, dass er noch schlimmer als Sir Richard ist. Selbst seine eigene Familie hat Angst vor ihm.«

Thaddeus löste einen weiteren Dübel aus dem Holz. »Woher will Clara das denn wissen? Milord of Foxcote ist noch nie in Develish gewesen.«

»Sie hat mit der Amme gesprochen, die Eleanor gesäugt hat, als sie auf die Welt kam.«

Thaddeus warf dem Jungen einen zweifelnden Blick zu. »Was weiß eine Amme denn schon über Foxcote?«

»Alles«, erwiderte Edmund. »Sie hat dort gelebt.« Er bemerkte Thaddeus' Stirnrunzeln und hielt unsicher inne. Vielleicht hatte er auch erkannt, dass seine Zunge wieder einmal mit ihm durchgegangen war. »Mein Vater hat gesagt, dass er mich grün und blau schlägt, wenn ich diese Geschichte jemals wiederhole.«

»Und wenn du sie für dich behältst, bekommst du von *uns* eine Tracht Prügel«, drohte Peter. »Du kannst doch nicht mittendrin einfach aufhören. Warum sollte Lady Anne nach einer Amme aus Foxcote schicken? Hielt sie die Frauen aus Develish nicht für gut genug?«

Edmund musste offenbar nicht zum Reden ermuntert werden. Vielleicht wurde einfach jedes Geheimnis nach einer gewissen Zeit unerträglich.

»Sie hat nicht nach ihr geschickt. Eleanor wurde in Foxcote geboren, und Lady Anne brachte die Amme mit nach Develish, weil sie selbst keine Milch für die Kleine hatte. Mutter meinte, das hätte daran gelegen, dass sie gar nicht schwanger war und Eleanor darum auch nicht ihr Kind ist.«

Der Meißel in Thaddeus' Hand schnellte vor, denn der Spalt im Holz hatte sich jäh verbreitert. Nun musste er die andere Hand zu Hilfe nehmen, um das Werkzeug besser halten zu können. »Ich wusste gar nicht, dass deine Mutter so einfallsreich ist«, murmelte er, das Bild von der stets sachlichen, nüchternen Clara Trueblood vor Augen. »Wer, sagt sie, ist denn Eleanors Vater?«

»Sir Richard natürlich. Sie ist ihm wie aus dem Gesicht geschnitten. Mit Lady Anne dagegen hat sie überhaupt nichts gemein. Wenn man nicht wüsste, dass sie Mutter und Tochter sein sollen, würde man es nicht glauben.«

Peter stieß ein verächtliches Schnauben aus. »Das hast du vollkommen falsch verstanden, du Dummkopf. Es sind die Frauen, die ihren Männern Bastarde unterschieben, nicht umgekehrt.« Erst danach begriff er, was er gesagt hatte. Zerknirscht schnitt er eine Grimasse. »Es tut mir leid, Thaddeus, ich wollte dich nicht beleidigen.«

»Schon vergessen.« Mit einem zufriedenen Grunzen registrierte Thaddeus, dass der letzte Dübel herausglitt und der Holzkasten gleich darauf mit einem dumpfen Schlag auf der anderen Seite zu Boden fiel. Er richtete sich auf und drehte sich zu Edmund um. »Und wer hat dann laut Clara Eleanor auf die Welt gebracht, wenn es nicht Lady Anne war?«

»Das meiste ist wohl reine Vermutung. Sie hat es uns erst vor Kurzem erzählt, und Vater meinte, sie hätte da bestimmt etwas durcheinandergebracht. Es ist ja schon schwer genug, sich an Dinge zu erinnern, die nur zwei Jahre zurückliegen, und bei Eleanor sind es vierzehn!«

»Wieso hat sie es dir überhaupt erzählt?«, wollte Thaddeus wissen.

Edmund zog eine betrübte Miene. »Sie hat mich einmal dabei ertappt, wie ich Eleanor angestarrt habe. Dafür hat sie mir eine Ohrfeige verpasst. Sie hat sie einen Wechselbalg genannt und mir gesagt, dass ich es jeden Tag meines Lebens bereuen werde, wenn ich sie noch einmal so anstiere. Das ist übrigens der Grund, warum ich unbedingt von Develish wegwollte. Sie hätte mir die Eingeweide aus dem Leib gerissen, wenn sie herausgefunden hätte, was wir in der Kirche getrieben haben.«

»Das wäre dir nur recht geschehen«, bemerkte Thaddeus trocken. »Was hat sie noch gesagt?«

»Ich bin mir nicht sicher, ob ich ihr glauben soll, aber selbst wenn …« Edmund unterbrach sich. »Ich meine, kann es denn gerecht sein, wenn man Eleanor die Schuld gibt? Sie kann ja nichts dafür, dass ihr Vater ein Schwein war.«

Peter boxte ihn in den Arm. »Raus mit der Sprache!«

»Schon gut, schon gut! Also, laut Mutter hat Sir Richard Lady Anne auf Milord of Foxcotes Bitte hin nach Foxcote gebracht, als sie schon im vierten Monat guter Hoffnung war – oder behauptete, es zu sein. Die Amme sagte, der Lord hatte Lady Anne zu sich befohlen, damit sie seiner jüngeren Schwester Gesellschaft leistete, die zu krank war, um ihr Gemach zu verlassen. Jedenfalls verbrachte Lady Anne ihre ganze Zeit mit dem Mädchen, und zwanzig Wochen nach ihrer Ankunft kam das Kind zur Welt. Eine Woche später wurde Milord of Foxcotes Schwester ins Kloster geschickt, und Lady Anne stellte die Amme ein, damit sie die Kleine fütterte.«

»Das ist eine interessante Geschichte«, sagte Thaddeus nachdenklich. »Wie kommt es, dass Clara als Einzige Bescheid weiß?«

»Lady Anne bat sie, Eleanor zu stillen, weil sie durch mich noch genug Milch hatte. Die Amme hatte nämlich Heimweh nach ihrer Familie und weinte die ganze Zeit. Bevor sie nach Hause zurückkehrte, vertraute sie Mutter alles an, aber Lady Anne und dem Mädchen zuliebe hat sie die Sache für sich behalten.«

Peter zog eine skeptische Miene. »Das kann doch gar nicht wahr sein. Warum sollte Lady Anne einem solchen Geschäft zustimmen? Als sie Sir Richard heiratete, war sie jung und hätte selbst Kinder bekommen können. Warum sich die Tochter einer anderen aufbürden, wenn sie genauso gut die Rolle einer Stiefmutter hätte spielen können?«

»Mutter sagt, sie hätte es Eleanors leiblicher Mutter versprochen«, erwiderte Edmund. »Laut der Amme hätte Milord of Foxcote das Kind gleich nach der Geburt ersticken lassen, wenn Lady Anne nicht eingewilligt hätte, es als das ihre auszugeben. Er ist wahrlich kein freundlicher Mann. Sie erzählt, er hätte seiner Schwester unentwegt mit der Faust gegen den Bauch geschlagen, damit sie eine Fehlgeburt erleidet. Schließlich hat Milady sie gerettet.«

»Wie alt war die Schwester?«, erkundigte sich Thaddeus.

»Jünger als Eleanor jetzt ist«, antwortete Edmund. »Mutter sagt, dass sie vergewaltigt wurde – auf die gleiche Weise, wie Sir Richard Abigail Startout geschändet hat.«

Mit plötzlicher wütender Brutalität trat Thaddeus die Tür ein. »Da hast du die Antwort«, sagte er an Peter gewandt und betrat dann das Gebäude. »Mit ihrem Handeln hat Lady Anne zwei Mädchen das Leben gerettet. Allerdings bezweifle ich, dass ihr je dafür gedankt wurde.«

Im Inneren des Hauses hing der abgestandene Geruch von Urin, den man gern dazu verwendete, Leder weich zu machen. So unerträglich, dass er einen Rückzug erforderlich gemacht hätte, war er allerdings nicht. Thaddeus und Edmund erklärten einmütig, der Gestank der Leichen in Afpedle sei schlimmer gewesen. Vorsichtig bewegten sie sich zwischen auf dem Boden stehenden Fässern und hoben immer wieder Deckel an, um den Inhalt zu prüfen. Die meisten waren leer, aber aus zweien entwichen derart beizende Schwaden, dass ihnen die Augen davon brannten.

Sie alle erkannten auf Anhieb, dass sie sich in einer Gerberei befanden, obwohl keiner von ihnen jemals zuvor in einer gewesen war. Mithilfe seines Meißels rührte Thaddeus die Flüssigkeit in einem der Fässer um und brachte so die Ecke eines Fells an die Oberfläche. Es hatte schon so lange in der Flüssigkeit gelegen, dass das Leder bereits begonnen hatte, sich aufzulösen. Thaddeus wandte sich ab und ging weiter zur hinteren Wand, wo mehrere Webstühle in einer Reihe standen, einige mit halb fertigen Stoffen zwischen den Rollen. »Hier arbeiten also auch noch Weber«, murmelte er.

»Wie ertragen die nur diesen Gestank?«, ächzte Edmund und beugte sich vor, um ein Spannbrett zu untersuchen.

»So wie wir: Sie gewöhnen sich daran … nur dass sie vermutlich die Fässer ins Freie schaffen, wenn Menschen hier drin arbeiten.« Thaddeus blickte zu einer klapprigen Treppe in der Ecke hinüber, eher eine Art Leiter, die zu einer Falltür in der Decke führte. »Willst du nachschauen, ob es dort oben vielleicht noch etwas gibt?«, fragte er. »Hier unten finde ich jedenfalls nichts.«

Mit unwilliger Miene spähte der Junge in die ihm gewiesene Richtung. »Was, wenn dort Ratten sind? Ich werde sie nicht sehen können.«

»Du könntest ja versuchen, das hier anzuzünden.« Peter nahm eine Fackel von einem ganzen Stoß und prüfte mit einem Finger nach, ob die mit Harz getränkte Spitze noch klebrig war.

»Wir sollten sie ins Lager bringen«, schlug Edmund vor. »Dort werden sie uns von mehr Nutzen sein. Ich verstehe nur nicht, warum hier so viele gebraucht wurden.«

»Weil die Arbeiter sich auch in der Nacht plagen mussten. Ich könnte mir vorstellen, dass diese Treppe zu einem Schlafsaal führt.« Thaddeus wies Peter an, die Fackel zu halten, während er der Zunderbüchse, die sie im Gasthof entdeckt hatten, eine Flamme entlockte.

»Was willst du dort denn finden?«, protestierte Edmund. »Niemand lässt etwas an seinem Schlafplatz zurück.«

»Bist du gar nicht neugierig auf die Welt außerhalb von Develish?«

Edmund bewegte sich auf die offene Tür zu. »Nicht wenn Ratten im Spiel sind.«

Thaddeus hielt einen glühenden Holzspan so lange gegen die Fackel, bis ein Funke übersprang. Dann ließ er Peter durch Blasen eine Flamme entfachen, während er selbst die Treppe erklomm und sich an der Falltür zu schaffen machte. Halb erwartete er, auf ein weiteres kompliziertes Schloss zu stoßen, doch es genügte, sie nach oben zu stemmen. Ein Scharnier sorgte dafür, dass er sie mühelos umlegen konnte. Zu seiner Überraschung blies ihm ein Luftzug durch die Haare. Vorsichtig reckte er den Kopf und spähte durch die Öffnung.

Durch eine von grünen Trieben überwachsene Öffnung in der Mitte des Strohdachs fiel Tageslicht herein und bildete auf dem Boden wirre Muster aus Schatten und Lichtflecken. Plötzlich überlief es Thaddeus eiskalt, als er an der linken Wand einen aufrecht stehenden Mann ausmachte. Wäre Peter nicht unmittelbar mit der Fackel hinter ihm gewesen, hätte er einen Satz von der Leiter gemacht.

Ein kurzer Blick, dann brachen beide in schallendes Gelächter aus. Im Licht der Flammen erwies sich der »Mann« als ein mit Pelz gefütterter Ledermantel, der an einem Holzgestell aufgehängt war. Darüber thronte ein kegelförmiger Hut aus Biberfell. »Allmächtiger!«, seufzte Thaddeus und kletterte ganz in den Speicherraum hinauf. »Ich dachte schon, Sir Richard wäre von den Toten zurückgekehrt.«

Hinter ihm erklomm nun auch Peter die letzte Stufe und lief sogleich zum Mantel hinüber. »Ganz schön stutzerhaft, der Kerl, hm?« Prüfend ließ er einen Finger über den Pelz gleiten. »Aber fein gearbeitet. Nicht einmal meine Mutter, die die beste Schneiderin von Develish ist, kann so gut nähen.«

Thaddeus hob den Deckel einer Truhe an und atmete den Geruch von Weinrauten- und Lavendelblüten ein, die man zum Schutz vor Motten über die darin gestapelten Wollkittel gestreut hatte. Eine zweite Truhe enthielt Hosen, eine dritte Wämser. »Ich weiß nicht, was wir getan haben, um das zu verdienen«, murmelte er, »aber Gott scheint uns wohlgesinnt zu sein.«

»Hier gibt es Sättel und Zaumzeug!«, rief Peter vom hinteren Ende des Speichers. »Und sieh nur!« Er hielt ein paar Zügel in der ausgestreckten Hand.

Thaddeus steckte die Fackel in eine Halterung, die an der Wand angebracht war, und ließ den Blick durch den Raum schweifen. Sie befanden sich ganz offensichtlich in einer Werkstatt, die sich mehrere Handwerker teilten. Unten waren die Gerber und Weber und hier oben Schneider, Kürschner und Sattler, vielleicht auch noch Schuster untergebracht gewesen. Kurz stellte er sich vor, wie entsetzt diese Leute sein würden, wenn sie bei ihrer Rückkehr merkten, dass ihnen die Früchte monatelanger Arbeit geraubt worden waren, doch seine Anteilnahme war nur von kurzer Dauer. Anscheinend hatte er Geschmack am Diebstahl gefunden, und zwar kaum weniger als sein Stiefvater.

»Wir nehmen alles mit«, sagte er bestimmt. »Leere jede Truhe und wirf den Inhalt zu Edmund hinunter. Was wir nicht brauchen, können wir immer noch aussortieren, wenn wir im Lager sind.«

Die blasse, immer wieder von durchziehenden Wolken verdunkelte Sonne war nur noch ungefähr zwei Stunden davon entfernt, im Westen zu versinken, als sie endlich mit ihrer Arbeit fertig waren. Thaddeus, der den Großteil der Lasten gestemmt und geschleppt hatte, fühlte sich ziemlich erschöpft, als er das letzte Fass auf den Wagen lud. Gegen Ende war er immer langsamer geworden, und nun erst wurde den Knaben klar, was er geleistet hatte. Auch die Zwillinge hatten sich am Verladen beteiligt, während Joshua weiter Pfeile geschnitzt hatte. Nach der Werkstatt waren Thaddeus und Peter noch in andere Häuser eingebrochen, hatten jedoch keine nennenswerte Beute mehr gemacht. Bis auf Katzen gab es hier kaum noch etwas.

Olyver behauptete, mindestens ein Dutzend dieser Geschöpfe erspäht zu haben, doch Ian widersprach energisch. Da sie alle schwarz seien, meinte er, hätte sein Bruder sie wohl eher doppelt gezählt. Zwei oder drei waren so zahm, dass sie sich sogar streicheln ließen. Schon bald verloren die Jungen ihre Angst vor den Tieren, während sie ihnen mit den Händen über das seidenweiche Fell strichen und die Katzen ein zufriedenes Schnurren von sich gaben, das ihre geschmeidigen Körper vibrieren ließ. Thaddeus, der nur zuschaute, wusste, dass diese Tiere sich ohne Weiteres einfangen lassen würden, wenn es an der Zeit war, nach Develish zurückzukehren. Und wenn tatsächlich Ratten die Pest übertrugen und Katzen sie jagten, würden sich diese Inkuben des Satans von allen Geschenken vielleicht als das wertvollste erweisen.

Alle Jungen, sogar Joshua und Peter, sahen in den neuen Kleidern und Werkzeugen einen Anlass zu feiern. So schlugen sie im Gras Purzelbäume und boxten einander spielerisch auf den Arm. Eine Viertelstunde lang ließ Thaddeus ihr ausgelassenes Lärmen über sich ergehen, dann spazierte er westwärts am Flussufer entlang in Richtung Athelhelm. Als hinter dem anderen Ufer Afpedle auftauchte, hielt er an und betrachtete, gegen den Stamm einer Erle gelehnt, das verlassene Anwesen. Es hätte ihm gefallen, jetzt Milord of Afpedle mit einer Phalanx von Soldaten durch das Tor reiten zu sehen, falls das bedeutet hätte, dass er wenigstens für einen Moment aufhören konnte, an Lady Anne zu denken. Den ganzen Nachmittag schon hatte er versucht, sie aus seinen Gedanken zu verscheuchen, doch das war eine Schlacht, die er nicht gewinnen konnte. Sein Herz war einfach zu schwer, als dass er dieses starke Empfinden von Verlust ebenso hätte abtun können wie viele andere Gefühle.

Er versuchte, sich mit den noch anstehenden Problemen zu befassen. Nur dadurch, dass sie nie alles auf einmal auf den Wagen geladen, sondern denselben Weg mehrmals zurückgelegt hatten, um ihre Beute nach und nach zum nächsten Etappenziel zu bringen, hatten sie es vermieden, im Gras stecken zu bleiben. Um den Wagen in voll beladenem Zustand zu ziehen, hätten sie schon drei starke Pferde gebraucht. Und wo sollten sie zusätzliche Kummete auftreiben? Und überhaupt: Welchem Weg sollten sie nach Develish folgen? Ohne Kenntnisse der Straßen und Feldwege waren sie so gut wie blind.

Die Sorgen nahmen weiter zu. Nun hatte auch noch der Wind aufgefrischt, und Thaddeus brauchte nur den Kopf ein wenig zu drehen, um zu sehen, welch bedrohliche Wolken sich am Horizont auftürmten. Mit etwas Glück würde der Regen noch bis morgen warten, aber offenbar gab Gott freizügig mit der einen Hand, nur um sich seine Geschenke mit der anderen wieder zurückzuholen. Denn für Thaddeus stand fest: Wenn der Himmel seine Schleusen öffnete, würde er alles zunichtemachen, was sie heute geleistet hatten. Die Getreide- und Mehlfässer würden volllaufen, und es würde Wochen dauern, bis Athelhelm so trocken war, dass sie es niederbrennen konnten. Er ermahnte sich, dass er schleunigst zum Lager zurückkehren und einen Unterstand bauen sollte, doch noch zögerte er, von Zweifeln und einer übermächtigen Ungewissheit gelähmt.

Lady Anne schuldete ihm nichts, und dennoch schmerzte

ihn der Gedanke, dass sie ihn belogen hatte. Er war, was er war, weil sie es gut mit ihm gemeint hatte – und dafür dankte er ihr von Herzen –, doch es fiel ihm unendlich schwer, sich damit abzufinden, dass mit ihrer Billigung Sir Richards Bastard so völlig anders behandelt wurde als der von Eva Thurkell. Warum schützte sie Eleanor, rührte aber keinen Finger, um zu verhindern, dass er, Thaddeus, wegen »dieser Hure von einer Mutter« blutig geschlagen wurde? Weshalb behauptete sie, alle Menschen seien von Geburt an gleich, nur um mit ihrem Handeln zu beweisen, dass sie selbst nicht daran glaubte? Waren die Sünden der Fleischeslust bei Leibeigenen schlimmer als bei Lords?

Er brachte es nicht über sich zuzugeben, dass sein Verdacht, betrogen worden zu sein, mehr mit seinen eigenen Gefühlen zu tun hatte als mit denen von Lady Anne. In den letzten Monaten hatte er gewagt zu glauben, dass seine Liebe zu ihr erwidert wurde. Aus welchem Grund hätte sie sonst gleich nach dem Tod ihres Gatten durch seine Erhöhung vom Leibeigenen zum Verwalter ihr Vertrauen zu ihm vor aller Öffentlichkeit bekundet? Und warum wohl hatte sie so frei über ihren Wunsch gesprochen, die Fesseln einer Ehe zu sprengen, in der die Frau Eigentum des Mannes war, und ihr Leben so zu führen, wie es ihr gefiel? Warum schließlich hatte sie ihr Haar von der Haube befreit, um es in seiner Gegenwart offen zu tragen, oder beim Studieren der Einträge im Hauptbuch ihren zierlichen Körper an den seinen geschmiegt? Hatte er sich diese Momente der Vertrautheit etwa nur eingebildet? Thaddeus hatte nie versucht, die Zuneigung, die sie ihm zeigte, auszunutzen – er war zu befangen und zu sehr um ihren Ruf besorgt, um böswilligem Tratsch Nahrung zu liefern –, aber insgeheim hatte er gewagt zu hoffen, dass ihre Zuneigung aufrichtig war.

Doch falls Edmund die Wahrheit sagte, dann hatte sie eineinhalb Jahrzehnte lang Muttergefühle mit einer solchen Leichtigkeit vorgegaukelt, dass niemand an ihrer Echtheit gezweifelt hatte. Thaddeus ganz gewiss nicht. Der Gedanke daran, wie mühelos sie ihn getäuscht hatte, hinterließ einen bitteren Nachgeschmack. Seit jenem Tag, da sie ihn als Sechsjährigen in seinem Versteck hinter der Kirche entdeckt und seine Blutergüsse gepflegt hatte, glaubte er blindlings jedes Wort, das aus Lady Annes Mund kam. Sie hatte ihm lächelnd in die Augen geschaut, eine kühlende Salbe auf seine Wunden gestrichen und ihn inständig gebeten, seinen Eltern nichts von dieser Begegnung zu erzählen. »Das ist unser Geheimnis«, hatte sie geflüstert.

Doch was war in ihn gefahren, dass er sich einbildete, er sei der Einzige, der ein heimliches Wissen mit ihr teilte? Wie viele andere waren noch von ihr auf Verschwiegenheit eingeschworen worden? Ihm fiel wieder ein, mit welchen Manövern sie Sir Richard getäuscht hatte, damit er nicht erfuhr, dass in Wahrheit sie es war, die das Anwesen führte. Und damit kehrte die Erinnerung an die Kniffe zurück, die sie ihre Leute gelehrt hatte, damit die Unbotmäßigkeit und die Häresie, die sie ihnen predigte, nicht nach außen drangen. War das die Art und Weise, wie sie sich die Liebe dieser Menschen verdient hatte – mit Lug und Trug?

Thaddeus wünschte sich inständig, glauben zu können, Edmunds Geschichte sei nichts als das Geschwätz zweier Klatschweiber über einen quengelnden Säugling; doch andererseits würde es so vieles erklären, wenn Eleanor tatsächlich nicht Lady Annes Tochter war. Thaddeus wusste schon lange nicht mehr, wie oft er sich gefragt hatte, woran es liegen mochte, dass Mutter und Tochter so wenig gemeinsam hatten.

Nun, eines stand für ihn schon jetzt fest: Eleanor ahnte nichts davon, dass eine andere Frau sie auf die Welt gebracht hatte. Hätte sie die Umstände ihrer eigenen unehelichen Geburt verbergen wollen, hätte sie Thaddeus gewiss nicht derart genüsslich als Bastard beschimpft. Sogar ein Mädchen von so beschränktem Verstand wie Eleanor hätte lange gezögert, bevor es mit Verleumdungen um sich warf, die auf es selbst zurückfallen konnten.

Thaddeus' Gedanken kehrten zu Jacobs Tod zurück, und jetzt verfluchte er sich dafür, dass er Eleanor geschont hatte, um Lady Anne zu schützen. Im Nachhinein kam es ihm so vor, als hätte er die Gerechtigkeit für seinen Bruder wegen einer Lüge geopfert. Jacobs vorzeitiger Tod sollte nicht untersucht werden, nur damit einer Mutter der Herzenskummer erspart blieb, die Wahrheit über ihre Tochter zu erfahren. Oh, wie hohl dieses Opfer doch war, wenn das Mädchen mit der Frau gar nicht verwandt war!

Und wie wütend er, Thaddeus, erst sein würde, wenn seine Entscheidung, die Jungen fortzuschaffen, Eleanor dazu ermutigt hätte, den Verdacht von sich selbst auf sie zu lenken. Es war töricht von ihm gewesen, sich selbst und die Söhne von Männern, vor denen er höchste Achtung hatte, in Gefahr zu bringen – und das alles nur wegen eines bösartigen Wechselbalgs, der um keinen Deut besser war als er selbst.

Das Licht verblasste schon, als Thaddeus ins Lager zurückkehrte, und sein Groll, der den ganzen Tag geschwelt hatte, kochte jäh über, als er sah, wie die Jungen in den gestohlenen Prachtkleidern über den Rasen stolzierten, mit Schwertern herumfuchtelten und so taten, als wären sie Lords und deren Leibgardisten. Ohnehin schon belastet durch seine

Verantwortung und sein Bedauern über frühere Entscheidungen, platzte ihm bei dem kindlichen Treiben der Kragen.

Am liebsten hätte er seinen Ärger in den Himmel geschrien: lauthals über die Anforderungen geschimpft, die seine Mutter und Will seit seiner Kindheit an ihn stellten; seinen närrischen Bruder verflucht, weil er Eleanor einen Grund gegeben hatte, ihn umzubringen; Lady Anne wegen ihrer Lügen und seine Schützlinge wegen ihrer Unreife verdammt. Musste er sein ganzes Leben lang immer nur für andere da sein? Musste er aus Angst vor der Wut, die in ihm tobte, ständig die eigenen Gefühle zügeln?

Aufgebracht stieß er Edmund den Biberfellhut vom Kopf und entwand ihm den pelzgefütterten Ledermantel. »Was zum Teufel tut ihr da?«, knurrte er. »Habt ihr nicht die Regenwolken im Westen gesehen? Spürt ihr denn gar nicht, wie der Wind zunimmt? Ihr solltet ein Schutzdach bauen, anstatt eure Zeit mit albernen Kinderspielen zu vergeuden!«

Edmund warf sich trotzig in Pose. »Wir haben uns bloß ein wenig vergnügt. Aber wenn dir das so wichtig ist, warum hast *du* dann kein Schutzdach gebaut?«

Darauf gab Thaddeus keine Antwort, sondern starrte nur von einem zum anderen, als hätte er die Jungen noch nie gesehen.

Unsicher wagte sich Ian einen Schritt vor. Irgendwie fühlte er sich verpflichtet, Thaddeus zu beruhigen, wusste jedoch weder, was er sagen sollte, noch, welchen Grund der Ältere für seinen Groll hatte. Sein Zögern ließ den goldenen Moment ungenutzt verstreichen.

Thaddeus nahm Killers Sattel und Zaumzeug an sich und stapfte weiter zu der etwa fünfzig Yards entfernten Grasfläche, wo die Pferde friedlich an den Halmen knabberten.

Verwirrt blickten ihm die Halbwüchsigen nach. »Warum

ist er denn so schlecht gelaunt?«, flüsterte Peter. »Er kann doch froh sein, dass er den Wagen entdeckt hat.«

»Frag lieber, wohin er jetzt will«, murmelte Ian, als Thaddeus Killer das Zaumzeug über den Kopf streifte. »In einer Stunde ist es pechschwarze Nacht. Er wird nicht die Hand vor Augen sehen, und er hat noch nichts gegessen – ebenso wenig wie wir.«

Schweigend warteten sie, während Thaddeus die Gurte zuschnallte, den Mantel anzog und sich auf den Sattel schwang, ehe er Killer zu ihnen lenkte. Beim Wagen blieb er stehen, um aus dem Kleiderhaufen einen Chaperon zu ziehen und ihn sich sogleich über den Kopf zu streifen. Als ob dessen wärmender Stoff nicht genügte, setzte er überdies den Hut aus Biberfell auf. Als Nächstes wählte er Handschuhe aus, die breit genug für seine Pranken waren. Schließlich deutete er auf den Stoß von Fackeln auf dem Boden. »Reich mir die«, befahl er Olyver, um sie dann eine nach der anderen entgegenzunehmen und quer vor sich zu platzieren. »Jetzt mein Schwert und die Tasche.« Das Schwert schlang er sich mit einem Gurt über den Rücken, die Tasche öffnete er kurz, um sich zu vergewissern, dass die Zunderbüchse nicht fehlte. »Von mir aus könnt ihr erfrieren, wenn ihr wollt«, knurrte er und lenkte Killer zu dem Weg, der nach Athelhelm führte. »Aber wenn auch nur eines dieser Fässer nass wird, ziehe ich euch die Haut vom Leib. Ich habe mich nicht den ganzen Tag geschunden, nur um verfaultes Getreide nach Develish zu bringen.«

Beschämt machten die Jungen sich daran, im Wald einen Unterstand zu zimmern. Einmal wenigstens arbeiteten sie als Gemeinschaft, in der jeder wusste, dass er seinen Teil der Verantwortung trug. Edmund beseitigte das Unterholz und räumte den Boden unter vier jungen Buchen frei, deren Äste noch geschmeidig genug waren, um sich biegen zu lassen. Nachdem er die unteren Äste mit der Axt abgehackt hatte, konnte er die Baumkronen so zusammenbinden, dass sie auf Kopfhöhe Halt für ein Dach boten. Ian und Olyver schnitten von den Korbweiden am Flussufer Ruten herunter und verbanden sie zu einem Flechtwerk, das oben auf den Ästen platziert wurde, während Peter und Joshua Farnkraut, Schilf und Riedgras sammelten, um daraus ein behelfsmäßiges Dach anzufertigen.

Als die Dunkelheit hereinbrach, deutete Joshua auf eine Flut von Funken, die westlich von ihnen über den Bäumen in den Himmel spritzte. »Schaut, jetzt fackelt Thaddeus Athelhelm ab.«

»Wir sind nicht blind«, maulte Ian.

»Warum hat er uns nicht mitgenommen?«

»Weil er weiß, dass er das allein besser und schneller erledigen kann«, knurrte Olyver und versetzte den zu einem Haufen geschichteten Pfeilen, die sie den ganzen Vormittag lang geschnitzt und mit eisernen Spitzen versehen hatten, einen Tritt. »Wir haben all das Zeug hier umsonst gemacht. Man kann wohl genauso gut auf Killers Rücken sitzen und brennende Fackeln auf die Strohdächer schleudern. Die Ratten kommen nicht an ihn heran, wenn er auf einem Pferd reitet.«

Peter, der auf einem Fass kauerte, wob eine weitere Gerte in ihr Flechtwerkdach. »Allein erledigt er alles einfach schneller und besser. Wir halten ihn doch bloß auf.«

»Sprich nur für dich selbst«, mahnte Edmund, der sich damit abmühte, mit der Zunderbüchse aus dem Gasthaus ein Feuer zu entfachen, damit sie sehen konnten, was sie taten.

»Das tue ich ja. Nicht ich war es, der die Schmiedewand eingerissen hat. Thaddeus hätte das alles auch allein geschafft. Er hat mich nur mitgenommen, damit ich das Gefühl habe, von Nutzen zu sein.«

»Allein hätte er Afpedle doch nicht abbrennen können.«

»Ach wirklich?«, fragte Olyver sarkastisch. »In Athelhelm veranstaltet er jedenfalls eine hübsche Feuersbrunst. Peter hat recht: Keiner von uns bringt etwas zuwege, außer Thaddeus sagt uns, was wir wann und wie tun müssen.«

»Er tut es deshalb allein, weil er weiß, dass dort drüben immer noch Menschen in ihren Häuschen sind«, fuhr Ian dazwischen. »Das bedeutet: Von uns wird keiner einen Mord auf dem Gewissen haben. Zeigt ihm also wenigstens dieses eine Mal eure Dankbarkeit.«

»Glaubst du, er ist deshalb vorhin so böse gewesen?«

»Für mich wäre es Grund genug.«

EINUNDDREISSIG

Develish, Dorseteshire

Hugh de Courtesmain zog sich tief in den Schatten zurück, als Eleanor aus der Spinnkammer kam und zum Treppenabsatz schritt. Das Wahnsinnige, Wilde, das er vorhin noch an ihr bemerkt hatte, hatte sich verflüchtigt – mehr noch: Sie wirkte genauso hübsch, wie er sie immer wahrgenommen hatte, sogar die blauen Flecken waren von Puder und einem Hauch von Rouge auf den Wangen überdeckt worden –, doch ihn beunruhigte ihr Unvermögen, die Feindseligkeit im Saal unten zu erkennen und aus dem eisigen Schweigen, das ihr entgegenschlug, die richtigen Schlüsse zu ziehen. Hatte sie denn nicht die geringste Ahnung, was diese Leute über sie dachten?

Er schüttelte verständnislos den Kopf. Wie konnte sie nur so närrisch sein und ihren Anklägern auf diese Weise entgegentreten? Es hatte ihm schon Sorgen bereitet, dass die Menge Eleanors Mutter ihren Zorn spüren lassen würde, falls sie Entschuldigungen für die Tochter vorbrachte, doch um wie viel höher würden die Wogen der Entrüstung schlagen, wenn die Tochter sich zu rechtfertigen suchte? Er konnte sich nicht vorstellen, dass Eleanor genug Demut besaß, um Abbitte zu leisten.

Hugh beobachtete, wie Lady Anne Isabella zu ihrer Familie hinunterschickte und sich dann zu Eleanor umwandte. »Wo soll ich stehen?«, fragte sie. »Unten bei unseren Leuten oder hier bei dir?«

»Unten.«

»Bist du sicher, Eleanor? Hast du dir gründlich überlegt, was du sagen möchtest?« Lady Anne hob beschwörend die Hände. »Von der Entscheidung, die du jetzt triffst, wird es kein Zurück geben. Hast du erst ein Wort ausgesprochen, ist es unwiderruflich gültig.«

Das Mädchen starrte sie hasserfüllt an. »Ihr hättet selbst Rat suchen sollen. Wenn Milord of Blandeforde von der Rebellion erfährt, die Ihr diesen Leibeigenen predigt, wird er Euch in Ketten in seine Verliese schleifen lassen. Und die anderen werden Euer Schicksal teilen, wenn sie dieses Anwesen ohne meine Erlaubnis verlassen.« Sie warf einen verächtlichen Blick auf die Versammelten. »Habt ihr mich gehört?«

Niemand antwortete. Der einzige Laut, der die Stille durchbrach, war das Rascheln von Füßen, als die vorne Stehenden auseinanderwichen, um Lady Anne den Platz in ihrer Mitte einnehmen zu lassen. Hugh konnte sich nicht erinnern, jemals eine so tiefe Stille erlebt zu haben wie diese, die von den Bauern ausging, während Eleanor sich zur rechtmäßigen Herrin des Anwesens erklärte. Sie dachte nicht daran, sich bei Isabella zu entschuldigen, sondern machte im Gegenteil keinen Hehl aus ihrer Verachtung für die ganze Klasse der Leibeigenen und für die Frau, die es ihnen gestattet hatte, Develish als ihr Eigentum zu betrachten.

Nachdem Eleanor zu guter Letzt offenbart hatte, dass Lady Anne ihr endlich gebeichtet habe, gegen jedes Gesetz die Vollmachten einer Mutter an sich gerissen zu haben, schien das Schweigen in Hughs Ohren beinahe zu dröhnen.

»Seid ihr zu dumm, um meine Worte zu verstehen?«, rief Eleanor wütend. »Lady Anne ist unfruchtbar, hat mich aber trotzdem als ihr Kind ausgegeben! Sie hat euch all die Jahre belogen und betrogen, um sich in Develish ihren Rang als Mutter von Sir Richards Erbin zu sichern. Nach dem Tod meines Vaters hatte sie keinerlei Recht darauf, die Kontrolle über das Anwesen zu übernehmen oder sich zu meinem Vormund zu erklären.«

Die Antwort bestand zunächst in einem rasselnden Geräusch, mit dem ein Mann sich räusperte. »Du bist reichlich undankbar, Miss!«, knurrte Will Thurkell und spuckte Schleim auf den Boden. »Es gibt nich' viele, die einen Bastard zu sich nehmen. Du solltest Milady auf Knien für ihre Wohltätigkeit danken und sie nich' dafür verurteilen, dass sie dich vor der Knechtschaft gerettet hat.«

Eleanors Augen weiteten sich vor Entsetzen, während Hugh sich fragte, ob ihr überhaupt je in den Sinn gekommen war, dass man sie ein Hurenkind nennen würde. »Wagst du es etwa, daran zu zweifeln, dass Sir Richard mein Vater war?«

»Ob er es war oder nich', ist mir gleich. Vor der Tochter einer Dirne werde ich nich' das Knie beugen.«

»Wenn du noch einmal in diesem Ton mit mir sprichst, bekommst du die Peitsche zu spüren.«

Will stieß ein verächtliches Schnauben aus. »Für eine halbwüchsige Göre bist du mächtig hochnäsig. Ich war dir noch so was wie Respekt schuldig, als Lady Anne dich an Kindes statt aufnahm – wenn auch nur ihr zuliebe –, aber damit ist es jetzt vorbei. Sie war dir eine bessere Mutter, als ich ein Vater für Thaddeus war. Eher beuge ich das Knie vor dem Balg, das ich aufgezogen habe, als vor einer bösartigen Straßenmischung, die sich ohne eigenes Verdienst aufs hohe Ross setzt.«

Aus der Menge erhob sich beifälliges Murmeln. In Hughs Ohren klang es überaus unheilvoll. Gebannt wartete er auf Eleanors Antwort. Offenbar hatte sie nicht begriffen, dass sie sich mit dem Verzicht auf Lady Annes Schutz dem Zorn dieser Menschen ausgesetzt hatte. Sie hatte ihre Verhaltensweisen von ihrem Vater gelernt und glaubte wohl – ob aus Verblendung oder aus Dummheit –, dass sich ihre Welt mit dem Ausbruch der Pest nicht im Geringsten verändert hatte.

Er empfand ein wenig Mitleid für sie, als sie über Wills Worte ins Toben geriet. Einem Hahnrei wie Will Thurkell stehe es nicht zu, die Tochter von Sir Richard of Develish auf eine Stufe mit dem Wechselbalg dieser Hure von Thurkells Frau zu stellen. Sie sei die Tochter einer Lady – der Schwester von Milord of Foxcote – und könne den Rang des Vaters und der Mutter für sich beanspruchen.

»Mein Vater wollte einen Erben«, verkündete sie und zeigte anklagend mit dem Finger auf Lady Anne, »doch diese Frau konnte ihm keinen schenken. Sie spielte nur die Rolle meiner Mutter, um ihre eigenen Sünden zu verbergen. Glaubt ihr denn, sie hätte die Umstände meiner Geburt geheim gehalten, wenn sie Sir Richard einen Sohn hätte schenken können?«

Jetzt ergriff Clara Trueblood das Wort. »Wenn du die Wahrheit sagst, ist jede Frau hier unfruchtbar. Siehst du seine Züge in irgendeinem von unseren Kindern? Und doch hat er sich uns allen aufgezwungen, bis Lady Anne in Develish eingetroffen ist und diese grausame Fron auf sich genommen hat. Es war eine Gnade, dass sein Samen nicht mehr stark genug war, sonst würde es auf diesem Anwesen von Bastarden nur so wimmeln – alles Halbbrüder und -schwestern von dir.«

»Und alle vom gleichen herzlosen Wesen, das du von ihm

geerbt hast«, ergänzte Martha Startout mit gepresster Stimme. »Dein Vater war erst dann zufrieden, wenn er Frauen und Kindern Schmerzen zufügen konnte – so wie du selbst, Miss.« Sie musterte Eleanor mit unverhohlenem Abscheu. »Ich habe allen Grund, den heutigen Tag zu feiern, obwohl du meiner Isabella so große Schmerzen zugefügt hast. Ja, es bereitet mir Freude, dass nicht ein Tropfen von Lady Annes Blut in deinen Adern fließt. Sie ist zu gut und zu freundlich, um eine Tochter wie dich hervorgebracht zu haben.«

»Dafür wirst du das Knie vor mir beugen!«, keifte Eleanor. »Sonst lasse ich Lady Anne als Häretikerin verbrennen. Glaubst du vielleicht, Milord of Blandeforde leiht dem Gewinsel einer Bäuerin sein Ohr? O nein! Stattdessen wird er sich anhören, was Sir Richards Tochter zu sagen hat.«

Konnte sie mit einer solchen Drohung tatsächlich recht behalten?, überlegte Hugh. Nun, an den verschlossenen Mienen um ihn herum ließ sich das jedenfalls nur schwer ablesen.

Einmal mehr stieß Eleanor auf Schweigen. Wütend fauchte sie Lady Anne an. »Ich meine es ernst! Ihr werdet als Hexe verbrennen, wenn diese Leute mir nicht huldigen. Ich brauche nur die Gotteslästerung zu wiederholen, die Ihr in der Kirche ausgestoßen habt, und Milord of Blandeforde wird Euch zum Feuertod verurteilen. Macht das diesen Leuten endlich begreiflich.«

»Sie haben dich bereits ganz gut verstanden, Eleanor. Deutlicher als du kann ich deine Absicht nicht darstellen.«

»Dann verbrennen sie eben zusammen mit Euch. Ich bin diejenige, die Macht über ihr Schicksal hat, nicht Ihr.«

Mit einem gelangweilten Seufzer trat nun Gyles Startout vor. »Wir verschwenden unsere Zeit, wenn wir uns diesen Unsinn noch länger anhören. Milord of Blandeforde wird sich nicht mit den Tiraden eines närrischen Mädchens abgeben. Er besitzt riesige Ländereien, und es wird viele Monate dauern, bis er erfährt, welche seiner Vasallen die Pest überlebt haben. Unsere Wahl ist ganz einfach: Wollen wir denjenigen akzeptieren, den er uns als Gutsherrn schickt, oder wollen wir vor der Ankunft seines Boten aufbrechen?«

»Welche Wahl triffst du, Gyles?«, rief eine Frau.

»Mit Lady Anne zusammen will ich die Freiheit für meine Familie suchen.«

Darauf brach ein vielstimmiger Chor in Jubel aus. Alle wollten mitziehen.

Mit erhobener Hand bat Gyles noch einmal um Ruhe. »James Buckler hat euch ja die Lage geschildert. Wir könnten zu einem vorzeitigen Aufbruch gezwungen sein, wenn Thaddeus und unsere Söhne nicht bald zurückkehren. Wenn wir uns die Vorräte klug eintei…« Er verstummte verdattert, als John Trueblood jäh auf ihn zuschoss und ihn zur Seite stieß.

»O nein, das wirst du nicht!«, knurrte der Mann, packte Eleanor, die sich von hinten herangeschlichen hatte, am Handgelenk und drehte ihr den Arm hinter den Rücken. »Für einen Tag hast du genug Schaden angerichtet.« Er entwand ihr die Schnürnadel und warf sie zu Boden. Das Mädchen weiter in festem Griff, wandte er sich an Lady Anne. »Wenn sie an einem Wahn leidet, Milady, dann ist es ein gefährlicher. Über kurz oder lang bringt sie jemanden um. Was sollen wir mit ihr machen?«

»Die Entscheidung liegt bei dir und den anderen führenden Bauern, John. Sie hat sich von mir losgesagt und mich damit von meiner Verantwortung für sie befreit.«

»Martha und Gyles werden verlangen, dass sie für das, was sie Isabella angetan hat, zur Rechenschaft gezogen wird.«

»Dazu haben sie jedes Recht.«

Wütend versuchte Eleanor, sich Johns Griff zu entwinden. Gleichzeitig trat sie nach Lady Anne. »Dieser Kerl ist nichts als ein Sklave!«, fauchte sie. »Sagt ihm, dass er mich sofort loslassen soll!«

Doch Lady Anne schüttelte den Kopf. »Diesen Weg hast du selbst gewählt, Eleanor. Den Rest der Reise musst du allein gehen.«

Tränen der Enttäuschung – und der Angst? – quollen unter Eleanors Lidern hervor. »Ich nehme an, Ihr habt das alles mit Thaddeus ausgeheckt, bevor er aufgebrochen ist.«

Lady Anne zögerte nur einen kurzen Moment lang. »Niemand weiß besser als du, dass ich das nicht getan habe, Eleanor. Und Thaddeus hatte wegen des Todes seines Bruders keine Zeit, irgendetwas zu planen. Hast du denn die Tragödie, die die Familie Thurkell heimgesucht hat, so schnell vergessen? Ich nicht, das kann ich dir versichern.«

Jeder konnte sehen, dass Lady Annes Worte bei Eleanor etwas auslösten. Schlagartig hörte sie auf, um sich zu schlagen, und verlangte, von John Trueblood in die Spinnkammer zurückgebracht zu werden. Als er keine Anstalten machte zu gehorchen, wandte sie sich an Lady Anne. »Befehlt ihm, es zu tun. Ich bin nicht bereit hierzubleiben.«

»Das mag sein, Eleanor, aber du hast dich Beschuldigungen zu stellen, und da die Spinnkammer *mir* gehört, habe ich entschieden, dass die Frauen, die seit einiger Zeit im Freien schlafen, sie bekommen sollen. Das, was dir gehört, wird daraus entfernt, sobald feststeht, wo du untergebracht wirst.«

Hugh beobachtete das lebhafte Mienenspiel auf Eleanors Gesicht. Die Gefühle, die sich darin spiegelten, waren nicht schwer zu lesen. Er hörte fast ihr inneres Pendel ticken, während sie ihre Möglichkeiten durchzählte. Wie nur allzu leicht vorherzusehen, setzte sie auf Lady Annes Mitgefühl.

»Ihr wart in all den Jahren meine Mutter, zumindest dem Namen nach. Werdet Ihr mich jetzt fallen lassen?«

»Du lässt mir keine Wahl«, sagte Lady Anne sanft. »Ich habe nicht die Macht, die Entscheidungen, die du getroffen hast, zu ändern. Du wirst dich wie wir alle der Wirklichkeit beugen und lernen müssen, damit zu leben.«

Einen Moment lang erwiderte sie John Truebloods Blick, als übertrüge sie ihm damit die Verantwortung, dann stieg sie langsam die Treppe zu ihren Gemächern hinauf.

James Buckler und Adam Catchpole stellten sich Hugh de Courtesmain in den Weg, als er versuchte, sich im Rücken der Menge durch das Portal davonzustehlen. Der Grund dafür war den Männern nur allzu bewusst: Er wollte sich von Eleanors Verhör fernhalten. Doch sie konnten nicht einmal ahnen, dass er Angst hatte, Isabella würde offenbaren, wie er dabei geholfen hatte, sie in Todesgefahr zu bringen. Törichterweise hatte er seine Hoffnung auf die alte Volksweisheit »Aus den Augen, aus dem Sinn« gesetzt.

»Eure Gegenwart im Vorhof ist erforderlich, Sir«, flötete Buckler und deutete mit dem Kinn zu Eleanor hinüber, die Alleyn und Gyles Startout ihre ganze Wut entgegenkreischte, während sie mit gefesselten Armen abgeführt wurde.

Hugh benetzte sich nervös die Lippen. Nicht auszudenken, was passieren würde, wenn Eleanor verriet, was er ihr durch die Tür zur Spinnkammer zugeflüstert hatte! Von diesen Leuten konnte er kein Verständnis erwarten, falls das Mädchen seine Treue- und Freundschaftsschwüre wiederholte. »Ich muss eine dringende Angelegenheit mit Pater Anselm erörtern«, nuschelte er.

»Nichts ist so dringend, dass es nicht eine Stunde warten kann, Sir. Ihr seid der Einzige unter uns, der etwas vom Gesetz versteht. Jeder weiß, dass Ihr in Foxcote Gerechtigkeit geübt habt.«

Hughs Augen weiteten sich vor Angst. Was, wenn Eleanor alle möglichen Gemeinheiten gegen ihn vorbrachte, sobald er – wenn auch gezwungenermaßen – das Amt des Richters übernahm? »Da täuscht ihr euch. Ich verstehe überhaupt nichts vom Gesetz. Wer hat euch denn diese Unwahrheit aufgetischt?«

»Sir Richard. Vor Eurer Ankunft hat er viel davon geredet, dass sein neuer Verwalter keinen Diebstahl dulden wird. Er hat uns angekündigt, welche Strafen uns erwarten, wenn wir nicht jeden Scheffel Getreide, den wir geerntet haben, genau zählen. Ihr seid ein Eiferer, hat er gesagt, der einen Mann lieber auspeitschen lässt, als dass er ihm erlaubt, seine hungernde Familie zu ernähren.«

Der Wortlaut von Lady Beatrix' Brief an ihren Bruder kam Hugh wieder in den Sinn. »Bei der Hinterziehung von Abgaben unterscheidet sich das Gesetz grundlegend von anderen Regelungen«, erwiderte er lahm.

»Dann müsst Ihr wohl oder übel einfach Euer Bestes geben«, beschied ihn Catchpole. »Jemand muss diesem närrischen Mädchen klarmachen, dass sie nicht erwarten kann, mit ihren Taten ungestraft davonzukommen.«

»Es steht einem Verwalter nicht zu, über sie zu urteilen. Dazu ist nur Lady Anne befugt. Das Recht von Adeligen, dass nur Gleichrangige über sie zu Gericht sitzen dürfen, ist im Gesetz festgeschrieben.«

»Und die junge Miss wird außer sich vor Freude sein, wenn sie Milady zwingen kann, sich ihrer auf diese Art anzunehmen«, sagte Buckler und zog Hugh nicht allzu sanft weiter. »Ihr habt Euch in Eurer Rolle als Verwalter gefallen, solange die Herrin die Arbeit gemacht hat. Zeigt uns jetzt, dass Ihr es auch allein könnt.«

Hugh blieb abrupt stehen. »Was erwartet ihr von mir?«

»Dass Ihr tut, was Euer Amt verlangt. Es steht Marthas Tochter zu, dass wegen der Wunden an ihren Brüsten und Armen Gerechtigkeit geübt wird. Wenn sie die nicht von Euch bekommt, werden die Bewohner von Develish das Gesetz selbst in die Hand nehmen und Vergeltung üben … und das wird für Lady Eleanor schlimmer sein als jede Strafe, die Ihr verhängt.«

»Aber man kann doch nicht einmal vernünftig mit ihr reden!«, protestierte Hugh, der noch immer mit einem Auge verfolgte, wie sich das Mädchen rasend vor Wut gegen den Haltegriff der Bauern wehrte. »Sie ist in ihrer Tobsucht von Sinnen!«

»Dann versucht es erst gar nicht mit Vernunft«, versetzte Catchpole. »Ihr wart doch Zeuge, als sie Isabella zu ihrer Gefangenen machte, nicht wahr? Wenn sie sich weigert, auf Isabellas Beschuldigungen zu antworten, könnt Ihr sie aufgrund Eurer eigenen Beobachtungen verurteilen.« Er musterte Hugh. »Glaubt Ihr, dass Thaddeus sich weigern würde zu handeln, wenn er hier wäre? Er hat keine Liebe für Lady Eleanor übrig, aber er würde nicht zulassen, dass eine wütende Menge sich auf sie stürzt, statt sie für eine bestimmte Zeit in einer Hütte einzusperren.«

Hughs Augen verengten sich. »Du scheinst dich ja recht gut darauf zu verstehen, einen Prozess zu führen, Catchpole. Warum willst du mir die Pflichten des Richters aufzwingen, wenn du sie auch selbst erfüllen kannst? Habt ihr etwa doch mehr Angst davor, euch Gottes natürlicher Ordnung zu widersetzen, als ihr zugeben wollt?«

Adam Catchpole schüttelte belustigt den Kopf. »Das ist *Eure* Angst, Sir. Ihr würdet Euch lieber verstecken, anstatt Lady Eleanor einen Grund zu geben, Euch zu beschuldigen, wenn Milord Blandefordes Boten hier ankommen.« Er stieß dem schmächtigen Franzosen den Zeigefinger in die Brust. »Seid Ihr Maus oder Mann? Machen Euch die Wutanfälle einer verwöhnten Rotznase solche Angst?«

»Ihr habt mich um rechtlichen Rat gebeten, und den habe ich euch erteilt. Keiner von uns hat die Befugnis, über Lady Eleanor zu urteilen. Wollt ihr etwa, dass ich lüge?«

»Nicht wenn es Euch Unbehagen bereitet. Wir haben Euch nur aus Höflichkeit angeboten, den Prozess als Richter zu leiten.« Adam nickte James Buckler zu. »Halte ihn weiter gut fest. Er wird sich nur lächerlich machen, wenn er für seine Aussage von der Kirche zum Gericht geschleift werden muss.«

Danach sollte sich Hugh noch zahllose Male für seine Dummheit verfluchen. Er war es gewesen, der Eleanor gesagt hatte, dass die Macht dauerhaft in Händen desjenigen liege, der schlau und stark genug sei, sie zu ergreifen – doch als sich ihm eine Möglichkeit dazu bot, hatte ihm der Mut gefehlt, sie zu nutzen. Er hätte Bewunderung ernten können, hätte er den Prozess gegen Eleanor mit John Truebloods Gewissenhaftigkeit und Sinn für Gerechtigkeit angetreten. Stattdessen hatte er deutlich sein Widerstreben gezeigt, sich an der Wahrheitsfindung zu beteiligen.

Die Bauern hatten einen großen Ring um den Vorhof gebildet, in dessen Mitte sich John Trueblood zwischen Eleanor und Isabella postiert hatte. Erstere wurde immer noch mit eisernem Griff von Adam Catchpole und Alleyn Startout gehalten, während Isabella von ihren Eltern gestützt wurde. Die Magd, die blass und erschöpft wirkte, hatte ihre

Geschichte mit leiser Stimme vorgetragen, dabei aber mit keinem Wort erwähnt, warum sie überhaupt in die Spinnkammer gegangen war. Stattdessen hatte sie lediglich geschildert, was nach ihrem Eintreten geschehen war. Hughs Name fiel erst, als sie erklärte, wie der Verwalter und Lady Anne sie gerettet hatten, nachdem Lady Eleanor ihr die Schnürnadel in die Brust gestochen hatte, bis sie vor Schmerz aufschrie.

Eleanors Gesichtsausdruck verriet Hugh, dass er nicht ungeschoren davonkommen würde, wenn sie an die Reihe kam – außer er gab ihr einen Grund, ihm dankbar zu sein. Als James Buckler ihn zwang vorzutreten, damit sie ihn ganz sehen konnte, starrte sie ihn allerdings noch voller Hass an. Von Trueblood dazu aufgefordert, seine Sicht der Ereignisse zu präsentieren und Isabellas Aussage zu stützen, schüttelte Hugh den Kopf und erklärte nur, das könne er nicht. Ja, er sei zusammen mit Lady Anne in die Spinnkammer getreten, aber da sie zunächst verschlossen gewesen sei, könne er nicht unter Eid bestätigen, dass die Magd die Wahrheit gesagt habe. Von ihrer Anwesenheit habe er gar nichts gewusst und sie erst bemerkt, als Lady Eleanor die Tür völlig freiwillig geöffnet habe.

John Trueblood runzelte die Stirn. »Lasst mich das verstehen«, sagte er nachdenklich am Ende von Hughs nicht gerade hilfreichen Ausführungen. »Ihr könnt nicht bestätigen, dass Isabella eine Gefangene war, weil die Tür kein Schloss hat und von Lady Eleanor ohne Weiteres geöffnet wurde. Ihr könnt nicht bestätigen, dass Isabella schwer verwundet war, weil es ihr keine Mühe bereitete, das Gemach zusammen mit Lady Anne zu verlassen. Ihr könnt auch nicht bestätigen, dass an ihrem Kleid Blut klebte, weil Lady Anne sie gegen Eure Augen abschirmte. Und Ihr könnt nicht bestätigen, dass Lady Eleanor in böser Absicht handelte, weil Ihr nichts dergleichen bezeugen könnt. Trifft das alles zu?«

»Ja.«

»Und dennoch sagt Isabella, dass Ihr auf der anderen Seite der Tür wart, als Lady Eleanor ihr die Schnürnadel in die Brust stach, um sie zum Schreien zu bringen. Ist das unwahr? Hat Isabella gelogen?«

»Daran kann ich mich nicht erinnern. Ich glaube, Lady Anne hatte mich da schon gebeten, zur Seite zu treten.«

»Das kann gut sein«, knurrte der andere. »Ihr wart ihr zweifellos kaum von Nutzen, wenn Ihr in dieser Situation keine Gefahr erkennen konntet. Isabella hat uns berichtet, dass sie befürchtete, Lady Eleanor hätte den Verstand verloren. Hattet Ihr denselben Eindruck, als die Tür zur Spinnkammer geöffnet wurde?«

»Ich erinnere mich, dass sie etwas zerzaust aussah, aber daraus zog ich keine Schlüsse über ihren Geisteszustand.«

Trueblood entließ Hugh mit einer Handbewegung und wandte sich an Eleanor. Nach einer kurzen Zusammenfassung forderte er sie auf, sich zu den Vorwürfen zu äußern, sie habe das Mädchen gefangen gehalten und ihr Verletzungen zugefügt.

Während Isabellas und Hughs Aussagen hatte Eleanor in störrischem Schweigen dagestanden, doch nun hielt sie ihre Zunge nicht länger im Zaum. In einem wahren Wortschwall erklärte sie, dass sie sich weigerte, dieses Gericht anzuerkennen, und geißelte seine Vertreter als Leibeigene, die sich anmaßten, über sie zu urteilen.

»Leugnet Ihr, Isabella gefangen gehalten und mit einer Schnürnadel verwundet zu haben?«, fragte Trueblood, als sie schließlich innehielt, um Luft zu holen.

»Es ist unter meiner Würde, deine Fragen zu beantworten.«

»Wie Ihr wünscht. Aber versteht Ihr auch, dass dies Eure letzte Gelegenheit ist, für Euch zu sprechen?« Er deutete mit dem Kinn auf Hugh. »Wenn Ihr möchtet, werde ich Master de Courtesmain bitten, für Euch zu plädieren. Er scheint Verständnis für Eure Misere zu haben.«

»Du wirst nichts dergleichen tun! Ihn verachte ich genauso wie dich und deinesgleichen. Er konnte es nicht eilig genug haben, meinen Vater zu verraten … wie alle anderen hier auch. Gib dir selbst die Schuld an meinem Zorn und meinem Hass gegen die Leibeigenen, bevor du mich dafür verantwortlich machst.«

»Wäre es Euch lieber, wir wären alle an der Pest zugrunde gegangen, Lady Eleanor?«

»Ja«, stieß sie verächtlich hervor.

»Ihr selbst auch?«

»Es wäre Gottes Wille gewesen, wenn es so gekommen wäre.«

»Dann war es auch Gottes Wille, dass Euer Vater gestorben ist und Isabella nicht. Solltet Ihr darum nicht eher Gott Verrat vorwerfen, bevor Ihr uns beschuldigt? Glaubt Ihr, Ihr wärt in Eurer jetzigen misslichen Lage, Milady, wenn er die Develishs ebenso begünstigte wie die Startouts?«

Eleanors weit aufgerissene Augen bestätigten, dass genau hier die Wurzel ihrer Furcht saß. Vielleicht erklärte es auch ihren Hass gegen Gyles' Tochter. Die bequeme Welt, wie sie sie zu Zeiten ihres Vaters gekannt hatte, existierte nicht mehr. Sie konnte toben und drohen, so viel sie wollte – der Gott, den sie kannte, hatte nur so lange in Develish residiert, wie Sir Richard gelebt hatte.

Eine piepsige Knabenstimme durchbrach die sich ausbreitende Stille. »Ich möchte ein Wort für Lady Eleanor einlegen, wenn das sonst keiner tut, Master Trueblood.«

»Tritt vor.«

Robert Startout drängte sich in die Mitte des Kreises und blickte Eleanor fest in die Augen. »Ist es Euch recht? Ich schulde Euch diesen Gefallen, weil Ihr mich damals nicht habt auspeitschen lassen.«

Zur Überraschung aller nickte Eleanor knapp.

Der Junge drehte sich zur Menge um. »Ich hab darüber nachgedacht, wie es ist, Lady Eleanor zu sein. Ich selber wär ganz schön wütend, wenn mein Vater an der Pest sterben würde und keiner sagt, dass es ihm leidtut ... Und noch wütender wär ich, wenn ich herausfinden würde, dass meine Mutter gar nicht meine Mutter ist. Ich sag nicht, dass es ihr das Recht gibt, Isabella wehzutun, aber ich sag, dass es ihr jeden Grund gibt, wütend zu sein. *Ich* wär wütend!« Er machte eine kleine Verbeugung vor John Trueblood. »Das ist alles ... nur ob Isabella sich so dringend wünscht, dass Lady Eleanor bestraft wird, wie meine Tante Martha das gern hätte – das weiß ich nicht.«

Als die Dunkelheit hereinbrach, fand Isabella den Weg ins Kontor des Verwalters, wo Lady Anne bei Kerzenlicht ihre Einträge machte. Die Frau sah lächelnd auf und erkundigte sich nach dem Befinden des Mädchens, um es dann mit einer Geste aufzufordern, Platz zu nehmen. »Es tut mir leid, dass Eleanor dich so misshandelt hat, Isabella. Ich hätte dich noch deutlicher vor ihr warnen sollen.«

»Das ist nicht Eure Schuld, Milady. Ich wusste besser als alle anderen, dass sie mir übel gesinnt ist.« Isabella ließ sich auf einem Hocker nieder, die Hände über einem Pergament in ihrem Schoß gefaltet.

»Warum bist du dann zu ihr gegangen?«

»Master de Courtesmain hat es mir befohlen. Er sagte, Ihr hättet es angewiesen.«

Lady Anne schüttelte den Kopf. »Er hat gelogen. Ich habe keinen solchen Befehl erteilt.«

»Ich glaubte auch nicht, dass Ihr das getan hättet, Milady, aber er war sehr hartnäckig«, murmelte Isabella mit einem verlegenen Lächeln. »Ich wäre auch zu Euch gekommen und hätte Euch gefragt, aber er ist mir nicht von der Seite gewichen.« Sie zögerte. »Ich verstehe immer noch nicht, was er eigentlich damit beabsichtigte, dass er mich zu Lady Eleanor schickte. Außer … er wollte, dass sie mir wehtut.«

»Ich bezweifle, dass es das war, Isabella. Er war tief betroffen, als er erkannte, was sie getan hat.«

»Warum dann?«

»Um ihre Gunst zu gewinnen. Ich könnte mir vorstellen, dass sie ausdrücklich nach dir verlangt hat, und er hat wohl gehofft, für seine Aufmerksamkeit belohnt zu werden, wenn er dich zu ihr bringt. Er wollte unbedingt wissen, warum ich sie aus meinem Gemach habe entfernen lassen, und glaubte vermutlich, er könne sich einen Vorteil verschaffen, wenn er den Grund dafür in Erfahrung brächte. Versuchte er noch einmal mit Eleanor zu sprechen, nachdem sie dich zu ihrer Gefangenen gemacht hatte?«

Isabella schüttelte den Kopf. »Nur Mistress Trueblood kam. Lady Eleanor antwortete aber nicht, und auch ich musste still bleiben.«

»Wo ist Lady Eleanor jetzt?«

»Master Trueblood hat angeordnet, dass sie fünfzehn Tage lang in der Hütte neben der seinen eingesperrt wird – für jeden Nadelstich einen Tag. Das war der Vorschlag meines Vetters Robert. Er hat sich für sie eingesetzt, als keiner ihr helfen wollte. Und ich bin froh, dass er es getan hat.«

»Bist du mit dieser Strafe zufrieden?«

Isabella nickte. »Es ist besser, wenn sie von spitzen Gegenständen ferngehalten wird, Milady. Sie ist nicht ganz bei Trost. Ihr müsst wissen, für jeden Stich, den sie mir zugefügt hat, hat sie auch sich selbst blutig gestochen. Ich hätte nicht gewollt, dass sie noch strenger bestraft wird.«

Lady Anne studierte das anmutige Gesicht des Mädchens, das sie so sehr an das von Abigail erinnerte. »Tut sie dir leid?«

»Ja, Milady. Sie glaubt, dass sie selbst nichts wert ist, außer man erkennt sie als die Tochter von Sir Richard of Develish an. Ich selbst fände es schrecklich, mich so leer zu fühlen.«

»Dennoch tut sie nichts, um sich den Respekt ihrer Leute zu verdienen!«

»Sie weiß nicht, wie sie das bewerkstelligen soll, Milady. Sir Richard hat ihr beigebracht, dass ein Leibeigener, der schlecht behandelt wird, eher das Knie beugt als einer, dem es gut geht. Ich musste ihr immer wieder den Treueid leisten, damit sie mir diese Nadel nicht in die Augen sticht.« Das Mädchen senkte den Blick auf das zusammengerollte Pergament, das sie zwischen den Fingern hin und her drehte.

»Gibt es etwas, wovon du glaubst, dass ich es wissen sollte, Isabella?«

»Leider ja, Milady. Aber Ihr werdet es nicht hören wollen. Darum solltet Ihr erst diesen Brief lesen, den Thaddeus für mich zurückgelassen hat.« Sie legte das Dokument auf das Pult. »Bitte glaubt ihm, dass er die Wahrheit geschrieben hat.«

Widerstrebend griff Lady Anne nach dem Pergament.

Die Handschrift erkannte sie auf Anhieb, als sie die erste Zeile überflog. *Meine liebe Freundin, nie habe ich Deine Freundlichkeit und Klugheit mehr gebraucht als …* Sie ließ den Bogen sinken. »Bist du sicher, Isabella? Ich bezweifle, dass Thaddeus mich das sehen lassen wollte …«

»Wenn mich das nicht stört, wird es ihn auch nicht stören, Milady.«

Lady Anne hielt das Blatt näher an die Kerze und las weiter.

… bitte glaube mir, dass ich all dieses tue, um Deine Brüder und ihre Freunde aus dem Netz der Intrige zu befreien, und nicht, um sie noch mehr darin zu verstricken …. Schütze Dich, indem Du niemand weitersagst, was Du heute Morgen von Lady Eleanor gehört hast …

Lange fiel kein Wort, bis Lady Anne schließlich den Kopf hob und Isabella anblickte. »Ich hätte dich längst danach fragen müssen, was du weißt. Aber ich hatte wohl Angst davor, es zu erfahren.«

»Ich bin froh, dass Ihr es nicht getan habt, Milady. Ich hätte nicht lügen wollen.«

»Willst du es mir jetzt sagen? Ich hatte von Anfang an den Verdacht, dass Eleanor Jacobs Tod verschuldet hat und Thaddeus' Gefährten irgendwie darin verwickelt waren. Nichts, was du sagst, kann mich noch schrecken.«

Wie sehr sie sich täuschen sollte! Ein Teil von Isabellas Geschichte bezog sich auf das, was sich am Tag von Thaddeus' Aufbruch zwischen ihm und Eleanor abgespielt hatte, doch das meiste stammte von Eleanors Offenbarungen in den Stunden, da sie Isabella in der Spinnkammer gefangen gehalten hatte. Und das alles übertraf noch Lady Annes schlimmste Befürchtungen.

»Hat sie die Wahrheit gesagt?«, fragte sie Isabella am Ende.

»Ich glaube, ja, Milady. Sie hat gehungert und sich selbst verwundet, ohne dass es ihr geholfen hat. Ich musste ihr die Hand auf den Bauch legen, bis ich die Wölbung spürte. Weil sie so dürr ist, passt sie noch in ihre Kleider, aber bald wird jeder sehen, was mit ihr los ist. Ich glaube, sie braucht Eure Hilfe.«

Nachdem das Mädchen gegangen war, blieb Lady Anne allein im Kontor sitzen, und erst als die Kerze fast niedergebrannt war und die Flamme zu flackern begann, ermahnte sie sich, dass es an der Zeit war aufzustehen. Doch sie war zu erschöpft, um sich zu bewegen. Sie hatte von Isabella die ganze Wahrheit erfahren wollen und sie mit der Frage bedrängt, wer denn nun Eleanors Kind gezeugt hatte, doch darauf wusste das Mädchen keine Antwort.

Isabella konnte lediglich wiederholen, was Eleanor ihr mitgeteilt hatte: dass Jacob Thurkell und die fünf Knaben, mit denen Thaddeus auf Wanderschaft gegangen war, sie einer nach dem anderen in der Kirche geschändet hatten.

Pater Anselm lag betrunken vor seinem bis zum Bodensatz geleerten Metfass, und es dauerte mehrere Minuten, bis das hartnäckige Klopfen in sein benebeltes Bewusstsein drang. Normalerweise hätte er sich einfach auf die andere Seite gewälzt und weitergeschlafen, hätte er nicht Lady Annes Stimme erkannt und das Licht ihrer Laterne durch die Ritzen in der Eichenholztür dringen sehen. »Ich brauche Euch hier draußen in der Kirche, Pater! In welchem Zustand Ihr seid, ist dabei ohne Bedeutung.«

Als er nicht antwortete, setzte sie ihr Klopfen fort, ein schreckliches *ra-ta-tat*, das ihn schier verrückt machte.

»Ich bin in großer Sorge, Pater. Wollt Ihr mir die Beichte verweigern, nur weil es draußen dunkel ist?«

Der alte Mann setzte sich mühsam auf. Sich die Augen reibend, grummelte er: »Seit Ihr Witwe seid, wollt Ihr doch von einer Absolution nichts mehr wissen, Milady. Und davor war Eure Frömmigkeit auch nur gespielt. Warum soll ich Euch glauben, dass Ihr jetzt auf einmal Frieden mit Eurem Schöpfer schließen wollt?«

»Ihr seid nicht dazu befugt, das zu entscheiden, Pater. Euer Amt ist es, uns daran zu erinnern, dass im Himmel Freude über einen Sünder sein wird, der Buße tut.«

Sie hörte ihn grunzen, während er sich hochstemmte. Dann folgte ein plätscherndes Geräusch – offenbar entleerte er seine Blase in den Nachttopf. Schließlich knurrte er missmutig etwas von einer Finte, mit der er aus seinem warmen Bett gelockt werden sollte. Dann endlich sprang die Tür auf. Was für ein widerwärtiger Kerl, dachte Anne und hielt unwillkürlich die Luft an, als ihr der ekelerregende Geruch von Urin und sein alkoholgeschwängerter, fauliger Atem entgegenschlugen. Hatte ihr Gemahl wirklich geglaubt, dass ein solcher Mann bei Gott Fürsprache für ihn einlegen konnte? Hatte Eleanor das geglaubt, als sie bei ihm gegen die Tür gehämmert und ihre Not vor ganz Develish herausgeheult hatte?

Sie trat vor den Altar und stellte ihre Laterne unter dem Kreuz ab. Nun erst schlug sie ihre Kapuze zurück und zeigte dem Priester ihr Gesicht. »Ihr und ich, wir haben einander nie getraut«, begann sie. »Ihr wurdet gelehrt, an die Religion der Kirche zu glauben, und mir wurde beigebracht, dass Gottes Wort in der Bibel geschrieben steht. Das ist nicht dasselbe. Jesus predigte Liebe, wohingegen die Kirche nur Grausamkeit und Hass kennt.«

Der Priester funkelte sie an. »Das klingt nicht wie eine Beichte, Milady. Möchtet Ihr all Euren anderen Sünden auch noch Lügen hinzufügen?«

»Ich kann ein paar *mea culpa* herunterleiern, wenn Euch das glücklich macht, Pater, aber Ihr werdet früher in Euer Bett zurückkehren können, wenn wir diesen Unsinn weglassen. Gott kann in meinem Herzen lesen, ohne dass es Eurer Übersetzung bedarf.«

»In einem Herzen, das verschlossen ist, kann Gott nichts lesen. Es gibt keine größere Sünde als die der Häresie. Glaubt Ihr etwa, ich war taub für das, was Ihr vor diesem Altar zu Eleanor gesagt habt?«

Lady Anne schüttelte den Kopf. »Nicht mehr als für alles andere, was in Eurer Kirche geschieht.« Sie hielt seinem bohrenden Blick stand. »Ihr scheint die Sünden, die Ihr verdammt, sorgfältig auszuwählen, Pater. War meine kleine Lüge, mit der ich Euch aus Eurer Kammer gelockt habe, verabscheuungswürdiger als Jacobs Ermordung?«

Der Alte war zu betrunken, um sich ahnungslos geben zu können. Sosehr er sich um eine Unschuldsmiene bemühte, er scheiterte kläglich. Aufmerksam beobachtete Lady Anne, wie sein rot geädertes Gesicht zuckte und sich verzerrte, als ihm die Bedeutung ihrer Worte dämmerte. *Wenn sie wusste, dass Jacob nicht durch einen Unfall ums Leben gekommen war, was wusste sie dann noch alles?* »Da … täuscht Ihr Euch gewiss«, presste er zu guter Letzt heraus. »Ich habe Thaddeus so verstanden, dass der Tod seines Bruders ein Unfall war.«

»Wirklich, Pater? Dann schulde ich Euch eine Entschuldigung. Ich war mir sicher, Ihr wüsstet die Wahrheit, weil schließlich so wenig Eurer Aufmerksamkeit entgeht – ob innerhalb Eurer Kirche oder um sie herum.«

Er wandte den Blick ab. »Ich weiß nur das, was Thaddeus mir gesagt hat, Milady, und einen Mord hat er nicht erwähnt.«

»Und Ihr hofft jetzt sicher, dass Ihr Euch dank Eurer Weigerung, Eleanor die Beichte abzunehmen, auch weiterhin auf Euer Unwissen berufen könnt.«

»Ich habe ihr gar nichts verweigert.«

»Ganz Develish weiß, dass Ihr das sehr wohl getan habt. Als sie nach Euch rief, mögt Ihr Euch schlafend gestellt oder Eure Abwesenheit vorgetäuscht haben, aber es bleibt dabei: Ihr habt sie abgewiesen.« Lady Anne hielt inne. »Ich frage mich, warum, da Ihr doch als Priester an das Beichtgeheimnis gebunden seid und keinerlei Verpflichtung habt, Euch nach den näheren Umständen zu erkundigen. Hattet Ihr Sorge, Eleanors Notlage würde Euch zu sehr belasten?«

Der Priester musterte sie voller Abneigung. »Mich wundert, dass Euch auf einmal so viel daran liegt, ob sie die Absolution erhält oder nicht. Ihr hattet nichts Gutes darüber zu sagen, als Ihr vor diesem Altar mit ihr spracht, und habt Euch sogar über die Hingabe ihres Vaters an das Kreuz lustig gemacht.«

»Sir Richards Hingabe galt ausschließlich ihm selbst und seinen Gelüsten.« Lady Anne nahm das Kreuz in die Hand. »Es war sein Glück, dass seine vielen niederträchtigen Taten sich nicht in seinem Gesicht spiegelten. Solange Ihr ihm die Hände auf den Kopf legtet und Gebete zur Buße und Vergebung der Sünden spracht, hielt er sich für rein – bis zum nächsten Frevel.«

»Bei Gottes Gnade, das trifft doch auf uns alle zu!«

»Nicht auf Frauen wie Eva Thurkell!«, entgegnete Lady Anne mit erhobener Stimme. »Sie und ihre Sünden werden allen vor Augen geführt, und selbst die armen Kinder, die diese unglücklichen Frauen austrugen, lässt man noch dafür büßen.« Sie starrte auf das Holzstück in ihrer Hand. »Wo war Gottes Gnade, als die dreizehnjährige Mathilde von Sir Richard geschändet, mit ihrer Verzweiflung allein gelassen und gezwungen wurde, die Schuld für sein Verbrechen auf sich zu nehmen? Könnt Ihr mir das sagen, Pater?«

Der Priester senkte verlegen den Blick. »Ihr benutzt starke Worte gegen Euren Gemahl, aber allein Gott weiß, was in Wahrheit geschehen ist.«

»Oh, ganz und gar nicht. Mathildes Geschichte war die gleiche wie die von Abigail Startout fünf Jahre später. Mein Gemahl war ein Mann von abscheulicher Verderbtheit – und niemand weiß das besser als Ihr, der ihm seine Sünden jedes Mal vergeben hat.« Sie sah dem Priester in die vom Alkohol getrübten Triefaugen. »Mit wie vielen anderen Verbrechen dieser Art ist er zu Euch gekommen und hat behauptet, das Kind sei schuld gewesen, weil es ihn verführt habe?«

Zum zweiten Mal konnte er ihrem Blick nicht standhalten. »Ihr wisst, dass ich Euch das nicht sagen darf.«

»Allerdings«, bestätigte sie bedächtig. »Die Wahrung der Geheimnisse des Beichtstuhls kommt Euch ebenso gelegen wie ihm.« Sie legte das Kreuz auf den Altar und blickte mehrere lange Sekunden darauf hinab. »Eleanor trägt ein Kind unter dem Herzen. Um es loszuwerden, hat sie gehungert und sich selbst Wunden zugefügt. Die Schuld an ihrem Zustand gibt sie Thaddeus' Gefährten. Sie sagt, sie hätten sie hier, in Gottes Haus, einer nach dem anderen geschändet. Ist das wahr, Pater? Ihr müsst es beobachtet haben, wenn es geschehen ist.«

Der alte Mann gab kollernde Geräusche wie ein Truthahn von sich. Seine Hände flatterten in ohnmächtigem Protest, doch ob das am Schock über diese Kunde lag oder ob er damit seine Rolle als Zeuge zu leugnen trachtete, konnte Lady Anne nicht beurteilen.

»Ich fürchte, Ihr befindet Euch in einer unglücklichen Lage«, fuhr sie fort. »Es scheint kein Zweifel daran zu bestehen, dass Eleanor sich an diesem Ort heimlich mit den Söhnen von Leibeigenen traf. Auch in der Nacht, als Jacob starb, war sie hier und hat es auch Thaddeus gegenüber zugegeben, kurz bevor er das Anwesen verließ. Das Gespräch fand hier statt, vor dem Altar.« Sie beobachtete, wie die Augen des Priesters sich vor Schreck weiteten. »Wenn das, was sie sagt, wahr ist, werden viele fragen, warum Ihr nichts zu ihrem Schutz unternommen habt und – schlimmer noch – warum Ihr zugelassen habt, dass ihre Schändung so lange fortgesetzt werden konnte. Sie hat Isabella erzählt, dass drei Blutungen ausgeblieben sind, und das würde bedeuten, dass die Knaben sie bereits vor Sir Richards Aufbruch nach Bradmayne geschändet hätten.«

Dem Priester hatte es die Sprache verschlagen. Sein Mund klappte tonlos auf und zu.

»Seid vergewissert, Pater, dass jede Frau auf diesem Anwesen die Monate vom Tag der Entbindung des Kindes an zurückzählen wird. Glaubt Ihr, dass auch nur eine von ihnen verstehen wird, warum Ihr es nicht für nötig erachtet habt, Eleanors Vater über die Geschehnisse in Kenntnis zu setzen?«

Der Priester fuhr sich mit der Zunge über die Lippen. »Ihr scheint zu glauben, ich wüsste von bestimmten Dingen, was aber nicht der Fall ist, Milady.«

Sie schüttelte den Kopf. »Ich sage Euch, was ich glaube, Pater: Es gibt viele Geheimnisse, die Eleanor Euch anvertrauen möchte … aber da Ihr bereits wisst, worin sie bestehen, schreckt Euer Herz davor zurück, sie noch einmal anzuhören. Wie viel leichter ist es doch, den schlafenden Betrunkenen zu geben, als mit dem Wirbelsturm ihrer Gefühle zurechtzukommen, den Sir Richards Tod ausgelöst hat. Eleanor war noch nie leicht zu lenken – das wissen wir beide –, aber seit ihr Tun von dem bestimmt wird, was in ihrem Inneren heranwächst, lässt sie sich überhaupt nichts mehr sagen.«

»Ihr könnt mich nicht verantwortlich machen!«, schrie der Priester. »Das ist alles Thaddeus' Schuld! Er hätte sie nicht hierherbringen dürfen, nachdem sie Euer Gemach zerstört hatte. Das hat sie auf dumme Gedanken gebracht.«

Lady Anne fragte sich, ob dem Priester klar war, wie viel er mit diesem kurzen Ausbruch bereits verraten hatte. »Natürlich kann ich Euch verantwortlich machen«, erwiderte sie gelassen. »Sie hätte die Söhne von Leibeigenen nicht in meine Kemenate oder in die Spinnkammer führen können. Hier war das viel leichter. Wie verzweifelt sie jemanden gesucht haben muss, dem sie die Schuld an ihrem unseligen Zustand geben konnte!«

Ein Seufzer entwich Pater Anselms Lippen. »Ich konnte nicht das Geringste tun. Es war einzig und allein Lady Eleanors Sünde. Die Knaben haben ihr erlaubt, sie zu peitschen. Als Gegenleistung durften sie sie küssen und sie auf unheilige Art berühren. Als ich sie deswegen zur Rede stellte, drohte sie sogar mir mit der Peitsche und ermunterte die Jungen, ihren Samen auf dem Boden zu vergießen. Da fiel es mir weiß Gott leichter, mich schlafend zu stellen, als ihnen bei ihrem sündigen Treiben zuzuschauen.«

»Wie lange ging das so weiter?«

»Einen Monat ... bis die Knaben zusammen mit Thaddeus aufbrachen. Sie war wirklich schamlos.«

»Hättet Ihr wohl dasselbe gesagt, wenn die Jungen hiergeblieben wären und Eleanor sie der Schändung bezichtigt hätte?« Als der Priester schwieg, fuhr Lady Anne fort. »Thaddeus hat sein Bestes getan, um die Knaben zu schützen, aber Eleanor wird sicher hoffen, dass sie nicht mehr zurückkehren; dann stünde es ihr nämlich frei, nach Belieben Schilderungen grober Schändung in ihre Geschichte einzufügen. Hofft Ihr vielleicht dasselbe? Wenn sie tot sind, wird Euer Leben doch viel einfacher sein, nicht wahr? Ihr könntet weiter so tun, als wärt Ihr taub und blind für Eleanors närrische Versuche, ihren geschwollenen Bauch zu erklären.«

»Macht Euch selbst Vorwürfe, nicht mir!«, bellte der Geistliche. »Hättet Ihr Euch so um sie gekümmert, wie eine Mutter es tun sollte, dann hättet Ihr ihr nicht die Freiheiten gewährt, die sie sich herausgenommen hat.«

»Warum habt Ihr mich dann nicht davon in Kenntnis gesetzt? Als mein Seelsorger wärt Ihr doch gewiss dazu verpflichtet gewesen, mich zu ermahnen, wenn ich dem Kind meines Gemahls zu viel erlaubte.«

»Das wäre Euch damals ebenso wenig willkommen gewesen wie heute. Ich habe dafür gebetet, dass diese Sache aufhört – und so ist es gekommen.«

»Allerdings«, sagte Lady Anne mit einem bitteren Lächeln. »Zusammen mit Jacob Thurkells Ermordung. Euer Gott hat merkwürdige Wege, Gebete zu erhören, Pater. Gefällt es Ihm, einen Frevel mit einem anderen zu vergelten?«

»Seine Wege sind unerforschlich.«

»Wenigstens darauf können wir uns einigen. Und das größte Geheimnis ist, warum Er ein Ungeheuer wie Sir Richard geschaffen hat.« Erneut blickte sie auf das Kreuz hinab. »Wie böse muss ein Mann sein, dass er sich zu seiner eigenen Tochter legt … und wie verkommen ein Priester, dass er ihm dafür die Absolution erteilt?«

Die Augen des Alten verengten sich zu Schlitzen. »Die Schuld dafür liegt bei Euch! Euren kostbaren Leibeigenen habt Ihr jeden Schutz gewährt, dem Kind, das Ihr Euer eigenes nanntet, hingegen nicht den geringsten.«

Draußen vor der Kirche löschte Lady Anne das Licht ihrer Laterne. Auf keinen Fall wollte sie, dass die Wärter neugierig wurden. Im Gespräch mit dem Priester hatte sie noch eine gefasste Miene gewahrt, doch jetzt senkte sie den Kopf und ließ zu, dass die Tränen ihr über die Wangen strömten. Der Kummer in ihrem Herzen war einfach zu groß. Der Priester hatte ganz recht mit seinem Vorwurf, dass sie allein schuld war. Nach Abigail hatte sie jede Jungfrau vor ihrem lüsternen Gemahl beschützt, nur bei Eleanor war sie nie auf den Gedanken gekommen, dass auch sie behütet werden musste. Wie oft hatte sie doch Sir Richard dabei beobachtet, wie er das Mädchen in einer Umarmung fest an sich drückte und dabei die Hände über ihren jungen, schlanken Körper gleiten ließ! Wie oft hatte sie Eleanor getadelt, nur um der Eifersucht bezichtigt zu werden!

Sie hätte sich dessen bewusst sein müssen, dass Sir Richard seine Tochter mit der gleichen Gewissenlosigkeit entehren würde, wie er es bei Mathilde und Abigail getan hatte. Eleanor hatte für ihn geschwärmt, und umso leichter war es ihm gefallen, ihr Vertrauen auszunutzen. Er hatte der Versuchung einfach nicht widerstehen können. War das der Grund, warum er sich darum bemüht hatte, sie möglichst schnell zu verheiraten? Hatte er eingesehen, dass eine unnatürliche Beziehung wie diese beendet werden musste? Oder – was noch schlimmer war – hatte er geahnt, dass Eleanor ein Kind erwartete, und danach getrachtet, es Lord Peter unterzuschieben?

Ihre Trauer schlug in Zorn um. Wütender als jemals zuvor verfluchte sie Gott. Würde denn für alle Zeiten stets sie verantwortlich gemacht werden, wenn Sir Richard Schmerz und Leid verursacht hatte? Sie war schon drauf und dran, ihre Verwünschungen in die Nacht hinauszuschreien, als hinter der Friedhofsmauer eine Stimme ertönte.

Es war Gyles. Er trug eine Laterne, die auf kleiner Flamme brannte. »Euch fehlt doch hoffentlich nichts, Milady?«, fragte er besorgt und drehte die Flamme etwas größer.

Rasch zog sich Lady Anne die Kapuze ihres Umhangs ins Gesicht. »Ich bin nur müde, Gyles. Die Ereignisse des Tages haben mir zugesetzt.«

Er hörte das Zittern in ihrer Stimme und ahnte, dass es mehr war als nur Müdigkeit, was sie niederdrückte. Besser als die meisten verstand er, welchen Schmerz es bedeutete, eine Tochter zu verlieren. »Gibt es etwas, das ich für Euch tun kann, Milady?«

Zu seiner Überraschung lachte sie leise auf. »Nein, es sei denn, Ihr habt irgendwie gelernt, die Zeit zurückzudrehen, mein Freund.«

ZWEIUNDDREISSIG

Lady Anne saß bei Kerzenlicht im Kontor und machte Einträge in das Hauptbuch, bis sie sicher war, dass alle im Haus schliefen. Wenig von dem, was sie schrieb, entsprach der Wahrheit, denn dies war nur das Manuskript, das sie zurückzulassen gedachte, damit Fremde es fanden. Sein Inhalt würde Milord of Blandeforde ganz gewiss nicht auf die Pläne der Leibeigenen aufmerksam machen, die Gegend zu verlassen. Stattdessen schilderte sie den zurückliegenden Tag, als wäre er wie jeder andere gewesen: die Erziehung von Kindern, das sorgfältige Zählen der Vorräte, die Vorbereitung von Tagesrationen und das Aufstellen von Wachtposten, die nach sich nähernden Fremden Ausschau hielten.

Sie hatte jede Einzelheit von Milord of Bournes Überfall vermerkt in der aufrichtigen Hoffnung, dass an ihm und seinen Männern Vergeltung geübt werden würde. Allerdings musste sie sich spätestens bei ihrem gemeinsamen Aufbruch noch überlegen, wie sie die Pest in ihre Geschichte einbringen sollte. Sie hielt es für unklug, ihre und Thaddeus' Maßnahmen zu beschreiben, mit denen sie die Seuche ferngehalten hatten, wenn sie dann auf einmal so tun wollte, als wären sie damit gescheitert. Von welchem Wert wäre dieses Dokument denn noch für diejenigen, die nach ihnen in das Dorf kamen, wenn sie daraus nur den einen Schluss ziehen konnten, dass sich der Mensch trotz all seines Einfallsreichtums letztlich doch Gottes Willen fügen musste?

Laut dem Stundenglas ging es auf Mitternacht zu, als sie sich schließlich erhob und all das einsammelte, was sie benötigte: einen Aufguss aus Engelwurz, Wermutkraut und Flohkraut, den sie in einer stets abgeschlossenen Vitrine verwahrte, sowie einen Stoß Servietten aus einer Truhe. Zuletzt hüllte sie sich in ihren Umhang und griff nach der Laterne. Die Luft draußen fühlte sich kalt auf ihrer Haut an. Im Westen hatten sich den ganzen Tag über Wolken gebildet, und auch der zunehmende Wind verhieß Regen. Ihre Gedanken wanderten zu Thaddeus, der jetzt sicher schutzlos im Freien übernachtete. Würde er dem wohl zustimmen, was sie jetzt vorhatte? Immerhin war seine eigene Existenz eine ständige Erinnerung daran, dass sie jedes Mal Gott spielte, wenn sie einer Frau half, die Geburt eines Kindes zu verhindern.

Wie bereitwillig sich die Männer von Develish doch immer ihren Rat angehört hatten, wenn es darum ging, die Gesundheit ihrer Frauen zu erhalten. Und wie nachlässig sie bei der Umsetzung in die Tat wurden. Ein Mann stellte seine Bedürfnisse immer denen einer Frau voran. Die Äbtissin selbst hatte sie das gelehrt, als sie ihre junge Schülerin darin unterwies, wie man die Ausstoßung einer Leibesfrucht herbeiführte, und ihr zeigte, wie viele Samen der Wilden Karotte man kauen musste, um zu verhindern, dass überhaupt ein Kind im Leib heranwuchs. Lady Anne hatte beides genutzt, um Frauen eine ungewollte Schwangerschaft zu ersparen, und hätte seinerzeit auch Mathildes Leibesfrucht ausgetrieben, doch als sie Foxcote erreichte, war der Zustand des armen Mädchens schon zu weit fortgeschritten. Selbst Mutter Maria hätte zu einem so späten Zeitpunkt keine Blutung mehr herbeiführen können, ohne mit dem Kind auch die Mutter zu töten.

Als sich Lady Anne auf dem Weg, der zur Kirche führte, den Hütten der Leibeigenen näherte, ertappte sie sich bei dem Wunsch, sie könnte Eleanor die Tinktur eingeben, ohne ihr zu verraten, was sie enthielt. Vermutlich würde ihr das Mädchen jetzt zwar dankbar sein, aber würde das auch noch in einem halben Jahr gelten, wenn ihre Ängste vergessen waren und ihr dämmerte, dass Lady Annes Wissen auch anderen Frauen zugutegekommen war? Dann würde ihr das Wort »Mörderin« genauso leicht von der Zunge gehen wie »Ketzerin«. Doch da schon drei Regelblutungen ausgeblieben waren, hatte Lady Anne gar keine andere Wahl, als sie über die Kräutermischung aufzuklären. Es war unmöglich, ein Abtreibungsmittel mit einem Schlaftrunk zu verwechseln. Jetzt konnte sie nur noch beten, dass Isabellas Aussage zutraf und die Blutung wirklich erst dreimal ausgesetzt hatte. Sofern die Empfängnis höchstens drei Monate zurücklag, war es noch möglich zu helfen.

Vor der Tür der Truebloods hielt sie inne und wappnete sich mit einem tiefen Atemzug. »Bist du da, John?«, flüsterte sie, die Lippen an die Vertäfelung gepresst, und klopfte leise an. »Dürfte ich fünf Minuten mit Lady Eleanor sprechen?«

John Trueblood erschien im Türrahmen, immer noch mit seinem Wollrock bekleidet, als wäre er gerade erst von seinem Wachdienst an der Mauer zurückgekehrt. »Wenn Milady das wünschen«, murmelte er und musterte sie neugierig. »Aber ich muss Euch mit ihr zusammen einsperren; das Urteil verlangt es so.«

»Dann musst du das tun«, willigte Lady Anne ein. »Ich rufe nach dir, wenn ich bereit bin zu gehen.«

Er nickte, obschon in seinen Augen noch immer ein neugieriges Funkeln lag, als er einen Schlüssel vom Wandhaken nahm und wenig später das Vorhängeschloss an Eleanors Hütte damit öffnete. »Sie dürfte nach ihren Tobsuchtsanfällen erschöpft sein«, murmelte er und betrachtete das Mädchen, das auf einer aus Binsen gefertigten Matte schlief. »Trotzdem solltet Ihr vorsichtig sein. Sie tritt kräftiger zu als die meisten Männer.«

Während John das Vorhängeschloss wieder anbrachte und zusperrte, stellte Lady Anne die Laterne auf dem Boden ab; dann kniete sie sich neben Eleanor und legte ihr die Handfläche leicht auf den Mund. »Ich bin gekommen, um dir zu helfen«, flüsterte sie und wartete, bis das Mädchen die Augen aufschlug. Dann hielt sie sich selbst den Zeigefinger vor die Lippen und wisperte: »Du musst leise sein, wenn du nicht willst, dass du belauscht wirst.«

Es war schwer zu erkennen, was Eleanor empfand – ihre Miene zeigte eher Argwohn als Freude –, doch schließlich signalisierte sie Zustimmung. »Wollt Ihr sie dazu zwingen, mich freizulassen?«, fragte sie, sobald Lady Anne die Hand von ihrem Mund nahm.

Die Frau schüttelte den Kopf. »Wenn du das willst, musst du Reue darüber zeigen, dass du Isabella verletzt hast. Was ich dir anbiete, ist eine andere Art der Befreiung.« Sie zeigte Eleanor die Phiole mit dem Aufguss. »Das hier wird das Kind in deinem Bauch fortschwemmen. Die Hälfte davon musst du jetzt einnehmen und die zweite Hälfte nach Sonnenaufgang. Du wirst Schmerzen bekommen und viel Blut verlieren, aber in ein paar Tagen geht es dir wieder gut.«

Die Augen des Mädchens weiteten sich vor Entsetzen.

»Dich zu Tode zu hungern wird nichts nützen, Eleanor. Du brauchst Engelwurz, Wermutkraut und Flohkraut, um das kleine Geschöpf aus deinem Unterleib herauszulösen.

Ich komme zwei Stunden nach dem Morgengrauen wieder, um dir bei allem zu helfen.« Sie zog die Servietten aus der Innentasche ihres Kleids. »Nimm das hier, um das Blut aufzusaugen, wenn es schon vor meiner Rückkehr zu fließen beginnt.«

»Hat … Isabella Euch davon erzählt?«

Lady Anne nickte. »Auf deinen Wunsch. Sonst hättest du sie wohl nicht deinen Bauch betasten lassen.«

»Hat sie Euch auch gesagt, dass ihr Bruder daran schuld ist, weil er mich in der Kirche geschändet hat?«

»Ja.«

»Dann wisst Ihr ja, wen Ihr verantwortlich machen müsst.«

Lady Anne schüttelte den Kopf. »Dafür ist es bei dir zu weit fortgeschritten«, flüsterte sie und legte die Hand auf Eleanors Unterleib. »Wenn bereits drei Blutungen ausgeblieben sind, musst du noch vor Sir Richards Aufbruch nach Bradmayne befruchtet worden sein. Und solange er lebte, hätte keiner von den Bauernsöhnen es gewagt, dir Gewalt anzutun … schon gar nicht fünf, die sich der Reihe nach an dir vergangen haben sollen. Er hätte sie in dem Moment aufhängen lassen, in dem du ihm davon berichtet hättest.«

Wütend schlug Eleanor Lady Annes Hand weg. »Das hat nichts mit meinem Vater zu tun!«, zischte sie.

»Ist es dir lieber, das Kind wird geboren, wenn du doch genau weißt, dass jede Frau auf diesem Landgut die Tage und Wochen zurückzählen und im Handumdrehen herausfinden wird, wer es gezeugt hat? Selbst wenn es gesund und wohlgeformt ist – was, wie ich befürchte, nicht der Fall sein wird –, kann niemand es für das Kind eines Leibeigenen halten, denn es wird blondes Haar und blaue Augen haben, so wie du und Sir Richard. Ist dir denn nie in den Sinn gekommen, dich an mich zu wenden, statt danach zu trachten, leichtgläubigen Knaben die Schuld für etwas in die Schuhe zu schieben, das dein Vater dir angetan hat?«

Eleanors Augen füllten sich mit Tränen. »Ihr wärt böse gewesen.«

»Und das mit Recht. Sir Richard hat viele schlimme Sünden begangen. Aber die schrecklichste war es, dass er sich zu seiner eigenen Tochter gelegt hat.«

»Er hat mich wenigstens geliebt.«

Er hat mich wenigstens geliebt … Reichte Eleanors Begriffsvermögen tatsächlich nicht weiter? Plötzlich fühlte sich Lady Anne unendlich müde. Sie ließ sich auf die Fersen zurücksinken. »Ich habe gesagt, ich werde keine Entscheidungen mehr für dich treffen, und daran werde ich mich auch halten«, murmelte sie. »Diese Tinktur ist das Mittel, mit dem du dich befreien kannst, aber die Entscheidung, ob du sie nimmst oder nicht, liegt bei dir.« Sie schüttelte betrübt den Kopf, als sie die abweisende Miene des Mädchens bemerkte. »Sei dir über die Konsequenzen im Klaren, wenn du nichts tust, Eleanor. Falls dieses Kind auf die Welt kommt, wird man dich Schlimmeres heißen, als du Eva Thurkell geheißen hast – und ›Metze‹ wird davon noch das Freundlichste sein.«

Ungehemmt flossen nun die Tränen über Eleanors Wangen. »Was, wenn es ein Knabe ist? Er wird der Erbe sein, den Develish braucht. Milord of Blandeforde wird ihn anerkennen, wenn Ihr sagt, dass Ihr ihn geboren habt. Genau das hätte Euch mein Vater befohlen.«

Hätte er das tatsächlich gewagt?, schoss es Lady Anne durch den Sinn, die genau wusste, wie wütend sie ihn wegen seiner verderbten, abartigen Liebe zu seiner Tochter zur Rede gestellt hätte. Nun, vielleicht … »Hast du ihm deinen Zustand anvertraut, bevor er nach Bradmayne aufgebrochen ist? Ist das der Grund, warum er so begierig darauf war, deine Ehe mit Lord Peter zu besiegeln?«

»Diese Ehe war Euer Wunsch.«

»Nein, Eleanor. Mein Wunsch war es, noch ein Jahr zu warten und jemanden zu finden, der dir besser gefällt. Es war Sir Richard, der auf dieser Verbindung bestanden hat. Wäre die Pest nicht ausgebrochen, wärst du seit Ende August eine verheiratete Frau. Ich hätte mir denken müssen, dass er etwas Schreckliches getan hat.«

Trotz allem schien Eleanor immer noch das Bedürfnis zu haben, ihren Vater zu verteidigen. »Es war überhaupt nicht schrecklich. Nein, es war schön. Er liebte mich so sehr … und ich liebte ihn.« Sie beobachtete Lady Anne aufmerksam. »Er hat gesagt, dass es Eure Schuld ist. Wenn Ihr ihm eine bessere Frau gewesen wärt, hätte er das nie getan. Er hat Euch zur Herrin dieses Guts gemacht, und Ihr habt es ihm mit Kälte und Abneigung gedankt.«

Lady Anne hatte diese Worte schon so oft gehört, dass sie sie kaum noch wahrnahm. Ohne darauf einzugehen, platzierte sie die Phiole neben den Servietten auf dem Boden. »Das ist die einzige Hilfe, die ich dir geben kann. Wenn du dich entscheidest, sie nicht anzunehmen, musst du der Welt sehr tapfer gegenübertreten und in der Frage der Vaterschaft ehrlich sein. Auf keinen Fall werde ich dir gestatten, Thaddeus' Gefährten zu beschuldigen. Ich werde darauf bestehen, dass Pater Anselm vor aller Öffentlichkeit wiederholt, was er mir unter vier Augen gesagt hat – dass das Schlimmste, was sie getan haben, darin bestand, ihren Samen auf dem Boden zu vergießen. Hast du verstanden?«

»Es gibt auch andere Möglichkeiten, mir zu helfen.« Verzweifelt umklammerte Eleanor Lady Annes Hand. »Habt Ihr Sir Richard so sehr gehasst, dass Ihr eher bereit seid, sein

Kind zu töten, als mich einen Weg finden zu lassen, es zu behalten? Seid Ihr eifersüchtig, weil ich einen Sohn bekommen könnte, der Develish erben wird?«

Lady Anne riss sich los. »Hör auf, von Dingen zu träumen, die nicht geschehen können, Eleanor. Da er nicht legitim ist, wird dein Sohn nie etwas erben. Sein Schicksal wird das gleiche sein wie das von Thaddeus, ja, noch viel schlimmer, wenn der Zeitpunkt seiner Geburt den Verdacht nährt, dass er durch Inzest gezeugt wurde. Er wird die Sünde seines Vaters sein Leben lang mit sich tragen – ebenso wie du. Gottes Gesetz erlaubt es einer Frau nicht, sowohl Mutter als auch Schwester ihres Kindes zu sein.«

Das Mädchen senkte den Blick. »Ich könnte immer noch sagen, dass es ein Leibeigener war. Und es könnte sogar fast wahr sein. Die Knaben *hätten* mich geschändet, wenn sie gekonnt hätten – Jacob mehr als die anderen. Er dachte, er könne mir mit seinem lächerlichen kleinen Messer drohen, und glotzte mich völlig verdattert an, als ich es ihm aus der Hand riss.« Für einen Moment verstummte sie. »Erst Thaddeus hat dann alles verdorben, indem er so getan hat, als wäre es ein Unfall. Ich habe so sehr gehofft, dass jemand anders die Leiche findet … jemand, der solche Angst bekommt, dass er schreiend durch das Anwesen rennt.«

»Aber warum?«

»Ihr hättet mir geglaubt, wenn Ihr mich in einer Ecke versteckt entdeckt hättet und ich gesagt hätte, dass ich einen Jungen getötet habe, weil er sich mir aufgezwungen hat.«

Lady Anne studierte Eleanors gesenkten Kopf. »Warum hast du mich nicht geweckt und es mir gesagt?«

»Ich wusste nicht, dass Jacob tot war. Das konnte eigentlich auch gar nicht sein. Ich habe ihn doch nur ein wenig geritzt.«

»Und Thaddeus hat es dir nicht gesagt, als Isabella dich ins Kontor des Verwalters brachte?«

»Nein.«

»Dann muss er erraten haben, dass du es gewesen bist, die Jacob getötet hat. Ich könnte mir vorstellen, dass er die Jungen fortgebracht hat, um zu verhindern, dass du sie beschuldigst, um den Verdacht von dir abzulenken. Andererseits könnte er nach seinem Gespräch mit Olyver und Edmund etwas noch Schlimmeres vermutet haben. Hast du einem von den Jungen erzählt, dass du ein Kind bekommst? Könnten sie deinen Bauch betastet und etwas gemerkt haben?«

Eleanors Schock wirkte echt. »Natürlich nicht! Ich hasse Leibeigene. Mir wird schlecht, wenn sie mich berühren.«

Ein mattes Lächeln zuckte um Lady Annes Mundwinkel. »Und doch bist du bereit zu behaupten, dein Kind stamme von einem Leibeigenen, wenn das bedeutet, dass du es behalten kannst? Denkst du wirklich, irgendjemand wird glauben, dass du ein unter diesen Umständen gezeugtes Kind lieben oder so für es sorgen könntest, wie eine Mutter das sollte?«

»Ich gebe es einfach Euch. Niemand wird an Eurer Liebe zu einem solchen Kind zweifeln.«

Lady Anne stemmte sich hoch. Ihr war klar geworden, dass mit Reden nichts mehr zu erreichen war. Im Kopf des Mädchens musste ein heilloses Durcheinander herrschen, wenn sie allen Ernstes glaubte, das Kind eines Leibeigenen könne Develish erben. »Versuch zu begreifen, dass das Mittel in der Phiole dir den besten Ausweg bietet«, erklärte sie knapp. »Die Laterne lasse ich hier zurück, damit du sehen kannst, was du tust. Morgen komme ich in der Früh und am Abend wieder und versorge dich.« Damit wandte sie sich zur Tür, doch Eleanor packte sie am Saum ihres Kleides und hielt sie zurück.

»Warum könnt Ihr zu mir nicht so liebevoll sein wie zu Mathilde?«

»Was möchtest du denn noch von mir?«

»Dasselbe wie das, was Ihr für sie getan habt. Wenn Ihr den Leuten erklärt, dass ich krank bin und Ihr meine Rückkehr in Eure Gemächer befohlen habt, wird niemand Fragen stellen. Ihr könnt ja sagen, dass ich den Verstand verloren habe.« Sie zerrte an dem Kleid, in den Augen einen flehenden Ausdruck.

Lady Anne schüttelte den Kopf. »Das Geschenk, das Mathilde von mir wollte, ist dasjenige, das ich dir jetzt gebe. Und ich hätte es ihr nur zu gerne angeboten. Zu ihrem Unglück war ihre Schwangerschaft jedoch schon zu weit fortgeschritten, als ich eintraf.«

Es dauerte einen Moment, bis Eleanor begriff. »Dann wäre ich gar nicht geboren worden.«

»Nein … und die Leben zweier Frauen, die gezwungen wurden, Mutter zu spielen, wären anders verlaufen.«

Wie immer bezog Eleanor alles auf sich selbst. »Ihr habt ja noch nie das Gute in mir sehen wollen«, flüsterte sie bitter. »Warum wart Ihr in der Lage, Mathilde Eure Zuneigung zu zeigen, aber nicht mir?«

Lady Anne befreite ihr Kleid aus Eleanors Fingern. »Anders als dir fiel es Mathilde nicht schwer, meine Liebe zu erkennen«, antwortete sie und ließ John Trueblood wissen, dass sie bereit war zu gehen.

Als Lady Anne sich dem Vorhof näherte, löste sich eine kleine Gestalt aus dem Schatten eines Stützpfeilers. Kurz beleuchtete ein Lichtstrahl ihr Gesicht, als eine Laterne auf- und gleich wieder zugedreht wurde. Da die schweren Wolken inzwischen den Mond verdunkelten, wusste Lady Anne zunächst nicht, wen sie vor sich hatte; erst als er sie ansprach, erkannte sie die Stimme als die von Robert Startout. Der Junge klang verängstigt. »Mi... Milady, Milady«, stammelte er. »Mein O-onkel Gyles bedarf Eurer. Er ... er hat meine Mutter zu Euren Gemächern gesandt, aber Ihr wart nicht da – und sie konnte Euch auch nirgendwo sonst finden.«

Um ihn zu beruhigen, legte sie ihm freundlich die Hand an die Wange. »Jetzt bin ich da, Robert. Wo ist dein Onkel denn?«

Der Junge ergriff ihre Hand und zog sie in Richtung Wassergraben. »Er bewacht die nördliche Mauerbrüstung, Milady. Räuber sind von Süden her über die Hügel gekommen. Mein Vater und Master Catchpole sagen, dass sie das Tal umzingeln, um von allen Seiten über uns herzufallen.«

Es dauerte einen Moment, bis Lady Anne die Bedeutung dieser Kunde erfasste. Ihre Gedanken drehten sich immer noch unentwegt um Eleanors Kummer, sodass in ihrem Kopf kaum Platz für anderes blieb. Sie verlangsamte ihre Schritte. »Räuber?«

»Ja, Milady. Mein Vater bewacht die östliche Mauerbrüstung, von wo man zur Straße schauen kann, und er hat dort vor vielleicht einer halben Stunde Männer gesehen. Und Master Catchpole hat von seinem Posten im Süden dasselbe beobachtet ...« Robert seufzte erleichtert, als ein Schatten auf sie zuhuschte. »Mein Onkel kann Euch das besser erklären als ich.«

Gyles begrüßte Lady Anne mit einem Nicken, während er Robert begütigend eine Hand auf die Schulter legte. »Gräme dich erst, wenn wir keine Hoffnung mehr haben, Junge. Sag, möchtest du noch einmal mein Botschafter sein? Dann warte am Stützpfeiler, bis du mein Signal hörst. Wenn ich pfeife, weckst du die Männer und schickst sie hierher zu mir. Sie müssen alles mitbringen, was an Waffen zur Hand ist, und ihren Weg ohne Laternen und Kerzen finden. Verstanden?«

Lady Anne wartete, bis der Junge außer Hörweite war. Plötzlich schien die Angst ihr Herz zu umklammern, so sehr, dass sie kaum noch Luft bekam. »Ist das alles wahr, Gyles?«

»Ja, Milady. Alleyn und Adam sind sich ganz sicher. Etwas weiter im Süden ist auf der Straße eine Fackel aufgeflackert. Sie wurde gleich wieder gelöscht, aber man konnte erkennen, dass dort eine Horde von Männern unterwegs ist. Es bestätigt genau das, was wir schon immer befürchtet haben – eine Armee von Leibeigenen auf Nahrungssuche.« Er sah, dass Lady Anne einen kurzen Moment ins Wanken geriet, und stützte sie eilig am Ellbogen. »Jetzt müssen wir auf den Regen als Verbündeten zählen. Es wird ihnen nicht gelingen, uns auszuräuchern, wenn Gott uns einen kräftigen Schauer schickt.«

»Und wenn nicht?«

»Dann müssen wir kämpfen, auch wenn ich mir nicht sicher bin, ob unsere Leute es übers Herz bringen werden, Landsleute zu töten. Ich fürchte, dass sie zögern werden, wenn jemand aus unserem Landesteil um Gnade fleht.« Er spürte, wie Lady Anne erbebte. »Ihr müsst tapfer sein, Milady. Unsere Männer werden den Mut verlieren, wenn sie sehen, dass Ihr Angst habt.«

Er verlangte zu viel von ihr. »Aber ich *habe* Angst«, wisperte sie. »Ich dachte, ich könne die Rolle des Lehnsherren spielen, aber das war ein Irrtum. Ich bin zu schwach, um all die Bürden zu schultern, die diese Stellung mir auferlegt.«

Gyles hatte keinen Zweifel, dass Eleanor die Ursache von Lady Annes Verzagtheit war, und insgeheim verfluchte er das Mädchen. Anscheinend hatte sie der Schmerz, den sie Isabella zugefügt hatte, noch nicht zufriedengestellt. Legte sie es jetzt etwa darauf an, Lady Anne zu zerstören – und mit ihr die Bevölkerung von Develish? Unwillkürlich legte er Lady Anne einen Arm um die Taille und drückte sie mit der gleichen beschützenden Zärtlichkeit an sich, wie er sie auch seiner Tochter gegenüber zeigte.

»Ich erinnere mich, wie Ihr als junge Braut zum ersten Mal nach Develish kamt«, murmelte er. »Ihr wart kaum älter als meine Isabella heute. Ich stand auf diesem Vorhof und musste auf Befehl des Lords bei einer Auspeitschung zuschauen. Den Ausdruck in Euren Augen, als Ihr vom Wagen herabgestiegen seid und den armen Kerl saht, der da gequält wurde, habe ich nicht vergessen. In dem Moment wusste ich, dass wir eine Freundin gefunden hatten. Und nach zwei Monaten war es tatsächlich vorbei mit den brutalen Züchtigungen. Dafür habt Ihr Euch Sir Richards Zorn zugezogen. Wollt Ihr Euch nun heute Nacht gegenüber einer zerlumpten Diebesbande wirklich weniger entschlossen zeigen?«

Lady Anne hob den Saum ihres Umhangs und rieb sich damit über die Augen. Der letzte Mann, der sie auf diese Weise gehalten hatte, war ihr Vater gewesen. Mit zitternden Nasenflügeln atmete sie tief durch, dann reckte sie das Kinn. »Ich werde mein Bestes geben, Gyles. Sag mir, was du von mir brauchst, und ich werde es tun.«

Gyles zweifelte nicht einen Moment an ihrem Wort. Sein Vertrauen zu ihr war unerschütterlich. »Helft Robert, die Leute zu wecken, und verbarrikadiert Euch dann drinnen mit den Frauen und Kindern. Unsere Männer werden umso besser kämpfen, wenn sie die Gewissheit haben, dass ihre Familien geschützt sind.« Er spähte zum Wassergraben hinüber, doch die dicken, schwarzen Regenwolken türmten sich jetzt mit solcher Geschwindigkeit auf, dass man die Straße, die zum Dorf führte, nicht mehr sehen konnte, und erst recht nicht das Land links und rechts davon. »Ihr werdet erst in der Morgendämmerung erfahren, ob wir gesiegt haben. Achtet also streng darauf, dass die Tür verbarrikadiert bleibt. In dieser Dunkelheit werdet Ihr Freund und Feind nicht voneinander unterscheiden können.«

Lady Anne widersprach nicht. Gyles wusste so gut wie sie, dass auch seine Männer nicht sehen würden, gegen wen sie kämpften. Sich blind in eine Schlacht zu stürzen war schierer Wahnsinn, aber was blieb ihnen anderes übrig? Wenn seine Mauern erst einmal durchbrochen waren, gab es für Develish keine Zukunft mehr. Sie schickte ein stummes Stoßgebet gen Himmel, dass Alleyn und Adam sich getäuscht haben mochten, doch ihre Hoffnung erlosch sogleich, als in der Dunkelheit vor ihnen ein stecknadelkopfgroßer Punkt aufglomm. Der Richtung nach musste er sich am Rand des Dorfes befinden, doch dann bewegte er sich, wurde größer und heller und kam direkt auf sie zu.

»Was ist das?«, flüsterte Lady Anne.

»Eine brennende Fackel, Milady.«

»Wer trägt sie?«

Gyles starrte die verzerrten Gestalten an, die in diesem gespenstisch flackernden Licht wie Dämonen zu wirbeln schienen. Seufzend ließ er Lady Anne los und nahm mit einem Griff über die Schulter den Bogen in die Hand. Er hatte zu lange gewartet. »Die Leute, die wir befürchtet haben, Milady. Sie haben das Dorf schneller umstellt, als ich dachte. Allein diese Gruppe scheint fünf oder sechs zu zählen.«

»Warum lenken sie unsere Aufmerksamkeit auf sich?«

»Als ein Signal an die anderen im Tal, dass sie im Begriff sind anzugreifen.« Gyles hielt in Richtung Westen Ausschau nach Anzeichen von Bewegungen auf den Äckern. Doch die Dunkelheit war undurchdringbar. »Ihr müsst jetzt gehen«, drängte er. »Ermutigt unsere Männer und benutzt Eure Klugheit, um diese Diebe von unseren Frauen und Kindern fernzuhalten. Selbst unter Belagerung können im Inneren des Hauses hundert Personen mit den Vorräten, die wir haben, noch eine gute Weile überleben.«

Da sie sich die Kapuze tief in die Stirn gezogen hatte, konnte Gyles ihre Gefühle nicht in ihrem Gesicht ablesen, doch den leichten Druck ihrer Fingerkuppen an seiner Wange spürte er sehr wohl. »Du bist mein liebster Freund«, flüsterte sie. »Pass heute Nacht gut auf dich auf.«

Gyles zwang sich zu einem zuversichtlichen Ton. »Seid dessen gewiss, Milady.«

Doch als er die Flammen und die Schatten darunter näher kommen sah, war er sich nicht mehr so sicher, ob er sein Versprechen würde halten können.

(AUSZUG AUS LADY ANNES TAGEBUCH)

Hat es jemals eine Nacht wie diese gegeben? Gott hat mich von Verzweiflung zu Freude erhoben, doch trotz seiner Güte ermatten meine Lebensgeister bereits wieder. Es ist wahrhaftig so, wie es in dem Sprichwort heißt: Die dunkelste Stunde ist die vor Sonnenaufgang.

Ich erzittere immer noch bei der Erinnerung daran, wie kurz Gyles davorstand, Thaddeus' Herz mit einem Pfeil zu durchbohren, auch wenn die Schatten, die die wirbelnden Flammen warfen, tatsächlich äußerst merkwürdig wirkten. Es bedurfte Robert Startouts scharfer junger Augen, um einen Mann auszumachen, der mit hocherhobenen Händen zu Fuß neben seinem Pferd ging – in einer Hand die Zügel eines müden Streitrosses, in der anderen eine Fackel. Zum Dank habe ich dem Knaben einen Penny gegeben, habe aber keinen Zweifel daran, dass er seinen Vater und seinen Onkel fortan gnadenlos damit aufziehen wird, dass sie das Pferd für eine Gruppe Räuber hielten.

Doch sie haben keinen Vorwurf verdient. Wir sind hier so sehr mit uns selbst beschäftigt, dass uns alles von jenseits des Wassergrabens ängstigt. Voller Hoffnung haben wir nach Kundschaftern Ausschau gehalten, die uns vielleicht melden, dass die Pest vorübergezogen ist. Verzweifelnd haben wir befürchtet, dass wir die einzigen Überlebenden sind.

Ich wünschte, ich könnte vermelden, Thaddeus habe uns einen Grund mitgebracht, an eine Zukunft außerhalb von Develish zu glauben, doch die Ödnis, die er uns geschildert hat, ist schrecklicher als alles, was ich mir vorstellen konnte. Sich eine beinahe menschenleere Welt auszumalen ist etwas ganz anderes, als erfahren zu müssen, dass so etwas wirklich existiert. Was soll nur aus uns werden?

Der Himmel, der uns schon seit Stunden mit Regen drohte, hat endlich seine Schleusen geöffnet. Noch nie habe ich eine Sturzflut erlebt wie diese, die auf das Dach niederprasselt und gegen die Fenster hämmert. Wenn der Tag anbricht, wird er die Dunkelheit draußen wohl kaum mildern. Ich höre die Kinder im großen Saal sich regen und fürchte, die ängstlichen Seelen werden glauben, diese nicht enden wollende Nacht sei der Vorbote des Schwarzen Todes.

Ich wünschte, ich könnte ihnen sagen, dass sie sich täuschen.

Fortsetzung folgt …